metzler kompakt

Heike Gfrereis (Hrsg.)

Literatur

Verlag J. B. Metzler
Stuttgart · Weimar

Inhalt

A

Abenteuerroman, seit der Antike wichtiger Typus des ↗Romans: eine lockere Folge relativ selbständiger, um einen Helden gruppierter Geschichten; oft in einen zyklischen Handlungsrahmen (Finden/Trennen/Wiederfinden eines Liebespaars o. ä.) eingebunden, meist in volkstümlich-realistischem Stil.

Charakteristisch: Das Motiv der freiwilligen oder erzwungenen Reise, die den Helden in die unbekannte Fremde (über den Ozean, in den Wilden Westen, auf eine einsame Insel) führt und seine zahlreichen Abenteuer begründet, wobei ›Zeit‹ und ›Raum‹ (↗Chronotopos) nur die narrativen Funktionen ›Mittel der Handlungsverknüpfung‹ und ›Schauplatz der Handlung‹ erfüllen und von der Antike bis ins 18. Jahrhundert außerhalb historisch, biographisch oder geographisch bestimmbarer Raum-Zeit-Vorstellungen liegen (↗Motivation von hinten). Wenn sich z. B. in Longos' *Daphnis und Chloe* (Ende 2./Anfang 3. Jh. n. Chr.) oder Heliodors *Aithiopika* (3. Jh. n. Chr.) die Liebenden nach einer oft jahrzehntelangen Trennungszeit und einer fast endlosen Kette von Entführungen, Kämpfen, Schiffbrüchen, Prüfungen u. a. am Ende wiederfinden, dann sind sie so jung und schön wie zu Beginn: Die Zeit ist spurlos an ihnen vorübergegangen, der Moment, in dem sie sich wiederfinden, deckt sich mit dem Moment, in dem sie sich auf den ersten Blick ineinander verliebten. Im Unterschied zum ↗Detektivroman, der mit fortlaufender Handlung ein Geschehen der Vergangenheit (den Tathergang) enthüllt; hier ist die Zeit das Thema (der Mord ist ein Einschnitt in die Zeit, nichts ist nach ihm so, wie es vorher war) und der Raum Voraussetzung und Zeuge der Tat (der historisch, geographisch und biographisch genau bestimmte Tat-Ort kann gegen keinen anderen ausgetauscht werden).

Beispiele für Variationen des Abenteuerroman-Schemas: die Homer zugeschriebene *Odyssee* (↗Epos), die ↗Artusdichtungen des Mittelalters, die ↗Spielmannsdichtungen, ↗Amadisromane und ↗Volksbücher (z. B. *Fortunatus*, *Til Eulenspiegel*) der frühen Neuzeit, die ↗Schelmenromane und ↗heroisch-galanten Romane des Barock, im 18. Jahrhundert D. Defoes *Robinson Crusoe*, Chr. A. Vulpius' *Rinaldo Rinaldini*, im 19. Jahrhundert die Indianer- und Zukunftsromane (K. May, L. Stevenson, J. F. Cooper, J. Verne), im 20. Jahrhundert die Liebes-, Ärzte-, Wildwestromane der Trivialliteratur.

Beispiele für kunstvolle Weiterentwicklungen: Apuleius: *Der Goldene Esel* (3. Jh. n. Chr.); M. Cervantes: *Don Quijote* (1606); Chr. von Grimmelshausen: *Simplicissimus* (1669); H. Fielding: *Tom Jones* (1749), J. W. von Goethe: *Wilhelm Meisters Lehrjahre* (1795/96); J. Eichendorff: *Taugenichts* (1826).

Abgesang ↗Aufgesang, ↗Epode

Abhandlung, im 17. Jahrhundert für den ↗Akt im Drama.

Absolute Dichtung [von lat. *absolutus* = losgelöst], auch ↗autonome, reine oder abstrakte [von lat. *abstractus* = abgezogen] Dichtung; reine Wortkunst (L'art pour l'art, ↗autonome Kunst, ↗Poésie Pure).

Eine der Idealvorstellungen der literarischen ↗Moderne: Das Wortkunstwerk löst sprachliche Prozesse aus, die nach seinen eigenen Gesetzen ablaufen, und ist so von direkten Wirklichkeitsbezügen unabhängig. Im ›absoluten Roman‹ (z. B. C. Einstein: *Bebuquin*, 1906; G. Benn: *Roman des Phänotyp*, 1949) wird dies u. a. durch ein Minimum an Handlung, eine auf das Einzelwort hin verknappte Sprache, eine Reihung bestimmter Wortarten wie z. B. von Farbadjektiven oder gegenständlichen Hauptwörtern und assoziativ-lyrische Monologe zu erreichen versucht, in der ›absoluten Lyrik‹ (z. B. von E. A. Poe, Ch. Baudelaire, St. Mallarmé, A. Rimbaud, St. George, A. Stramm) vor allem durch alogische, Grammatik und Syntax scheinbar ignorierende Zusammenstellung von Sprach- und Lautmaterial (*akustische*, *visuelle* Dichtung usw.), im ›absoluten Theater‹ u. a. durch das von vornherein auffallend künstliche ↗Puppenspiel. Richtet sich gegen die traditionelle Auffassung, Literatur entspringe dem Gefühlserlebnis, wäre kritisches Abbild der Wirklichkeit (↗Mimesis) und wolle dem Leser einen ›Sinn‹, eine Moral vermitteln (↗*prodesse et delectare*, ↗engagierte Literatur). Höhepunkte in ↗Symbolismus (↗Décadence, ↗Fin de siècle, ↗Impressionismus, ↗Wiener Moderne), ↗Expressionismus (↗Sturmkreis), ↗Dadaismus, ↗konkrete Dichtung; auch ↗Computerliteratur und ↗Pop-Literatur.

Absurdes Theater [von lat. *absurdus* = unrein klingend], Theaterform vor allem der 1950er Jahre, die sich gegen das traditionelle ↗Drama wendet: Statt einer überschaubaren, psychologisch oder durch göttliche ›Schicksalsmächte‹ motivierten, auf einen Höhepunkt ausgerichteten Handlung bestimmen Rituale, sich immer weiter reduzierende Abläufe das Geschehen, statt in spannungsreichen ↗Dialogen sprechenden Personen agieren Demonstrationsfiguren, die sich nicht verstehen, sinnentleerte Floskeln wiederholen und oft ganz verstummen.

Beispiele schon von A. Jarry (*König Ubu*, 1896) und G. Apollinaire, nach dem Zweiten Weltkrieg von E. Ionesco, S. Beckett, H. Pinter, Fr. Dürrenmatt, P. Handke u. a. ↗Theater der Grausamkeit

Abvers, 2. Teil einer ↗Langzeile oder eines ↗Reimpaars, auch Schlußvers eines ↗Stollens, im Unterschied zum *Anvers*, dem 1. Teil.

Accumulatio [lat.], Häufung von Wörtern, nicht durch Wiederholung verschiedener Wörter für dieselbe Sache (Synonyme), sondern durch Detaillierung eines übergeordneten, vor- oder nachgestellten oder auch fehlenden Kollektivbegriffs: »Dem Schnee, dem Regen, dem Wind [der winterlichen Natur] entgegen« (Goethe); oft durch den Wortinhalt oder längere, vollklingendere Wörter gesteigert (↗Klimax): »Ein *Wort* – ein Glanz, ein Flug, ein Feuer, ein Flammenwurf, ein Sternenstrich« (Benn). ↗Adiunctio, ↗Amplificatio

Adaption [von lat. *(ad-)aptus* = angepaßt], Umarbeitung eines literarischen Werks, um es – ohne den Gehalt wesentlich zu verändern – den strukturellen Bedingungen einer anderen ↗Gattung oder eines anderen Medium anzupassen, z. B. P. Tschaikowskijs Adaption von Fr. Schillers *Jungfrau von Orleans* für die Oper, H. von Hofmannsthals Adaption von E.T.A. Hoffmanns Novelle *Die Bergwerke zu Falun* für die Bühne, J. Osbornes Adaption von H. Fieldings *Tom Jones* für den Film. Kann auch (anders als die *Bearbeitung*) durch den Autor selbst erfolgen (↗Fassung), z. B. M. Frischs Adaptionen seines Hörspiels *Herr Biedermann und die Brandstifter* für Bühne und Fernsehen.

Adiunctio [lat. Anschluß, Zusatz], Reihung bedeutungsverschiedener Wortgruppen, die vom selben Satzglied abhängen: »*Er* … wird Euch aus diesem Neste ziehen, Eure Treu in einem höhern Posten glänzen lassen« (Schiller). ↗Accumulatio, ↗Zeugma

Adoneus [nach dem Klageruf *O ton Adonin* in griechischen Totenklagen um den schönen Jüngling Adonis], fünfgliedriger antiker Versfuß, im Deutschen mit ↗Daktylus und ↗Trochäus nachgebildet: –◡◡–⏓ (x́ x x x́ x: »Líebe der Góttheit«, Klopstock).

Metrisch identisch mit den beiden letzten Versfüßen des ↗Hexameters, in dem der Adoneus als wiederkehrende rhythmische Formel jeweils das Ende einer Zeile deutlich markiert (die obligatorische Einkürzung des letzten Daktylus um eine Silbe vertritt beim mündlichen Vortrag den Punkt). Häufig in ↗Odenmaßen (Schlußzeile der sapphischen Strophe) und als rhythmische Formel in der ↗Kunstprosa (↗Klausel).

Ad spectatores [lat. an die Zuschauer], im Theater: 1. Vorrede, ↗Prolog; 2. direkte Hinwendung einer Bühnenfigur zum Publikum, die – von den übrigen Bühnenfiguren scheinbar unbemerkt – damit die Illusion stört, die Welt der Bühne wäre eine geschlossene und in sich quasi wirkliche Welt. Häufig in ↗Komödie (↗Parabase) und modernem Drama (z.B. in Brechts ↗epischem Theater).

Agitprop-Theater [Kurzwort aus *Agit*ation und *Prop*aganda], besonders in sozialistischen Staaten verbreitete Form politischer Dichtung, die der Verbreitung der marxistisch-leninistischen Lehre dienen wollte und zu konkreten politischen Aktionen aufrief. In Deutschland in den 1920er Jahren von kommunistischen (Jugend)verbänden vor allem als Straßentheater praktiziert (gesammelt z.B. in *Das rote Sprachrohr*, 1929). In den westlichen Staaten in den 1960er Jahren populär (z.B. P. Weiss: *Viet Nam Diskurs*, 1968).

Agon [gr.], 1. in der griechischen Antike: sportlicher Wettkampf oder musischer Wettstreit, besonders bei Festspielen (Olympiade) und kultischen Festen (an den ↗Dionysien in Athen z.B. wurden seit Ende des 6. Jahrhunderts an drei aufeinanderfolgenden Tagen die ↗Tetralogien dreier konkurrierender Dichter aufgeführt, seit 486 v.Chr. zusätzlich fünf Komödien, und anschließend prämiert); 2. Streitgespräch, als selbständige Gattung oder Einlage in einem größeren Werk (Hauptbestandteil der klassischen griechischen ↗Komödie).

Akatalektisch [gr. nicht (vorher) aufhörend], Bezeichnung für Verse, deren letzter Versfuß vollständig ausgefüllt ist. Dagegen ↗katalektisch, ↗hyperkatalektisch.

Akrostichon [gr. Spitze eines Verses], ein aus den ersten Buchstaben (Silben, Wörtern) aufeinanderfolgender Verse oder Strophen gebildetes Wort (oft ein Name, auch ganze Sätze); ursprünglich wohl mit magischer Funktion, später vor allem als Hinweis auf Autor oder Empfänger und als Schutz gegen Verfälschungen (↗Interpolationen) und Auslassungen.

Akt [lat. Vorgang, Handlung], im Dt. auch *Aufzug, Abhandlung*: größerer, in sich geschlossener Handlungsabschnitt eines ↗Dramas, ursprünglich durch den ↗Chor (↗Reyen), seit dem 17. Jahrhundert vor allem durch den Vorhang markiert.

Besteht meist aus mehreren Szenen, Bildern o.ä. und bestimmt den Aufbau eines Dramas entscheidend mit. Besonders das an der Antike (vor allem den ↗Poetiken von Aristoteles und Horaz) orientierte Drama folgt einer strengen, gattungsabhängigen Akteinteilung (für die ↗Komödie sind 3, für die ↗Tragödie 5 Akte üblich), die den Gang der Handlung schematisch gliedert in: 1. ↗*protasis* (Exposition, Einführung der Figuren, Vorbereitung des Konflikts), 2. ↗*epitasis* (Entfaltung des Konflikts), 3. ↗*krisis* (Höhepunkt des Konflikts), 4. ↗*katastasis* (Ausgangspunkt der ↗Peripetie, des plötzlichen Umschlagens der Handlung), 5. ↗*katastrophe* (abschließender Wendepunkt); im Dreiakter konzentriert: 1. *protasis*, 2. *epitasis*, 3. *katastrophe*.

Akzent [lat. Lehnübersetzung. von gr. *prosodia* = Tongebung], Hervorhebung einer Silbe im Wort oder eines Worts im Satz durch größere Schallfülle (*dynamischer* oder *expiratorischer* Akzent) oder höhere Tonlage (*musikalischer* Akzent).

Akzentuierendes Versprinzip, rhythmische Gliederung der Sprache durch den (freien oder geregelten) Wechsel betonter und unbetonter Silben.

Liegt vor allem den Dichtungen der germanischen Völker zugrunde (↗Stabreimvers, ↗Volksliedstrophe). Anders als im ↗quantitierenden (Wechsel langer und kurzer Silben) und ↗silbenzählenden Versprinzip (Anzahl der Silben) fallen im akzentuierenden Versprinzip Wort- und Versakzent zusammen; der gleichmäßige Wechsel betonter und unbetonter Silben (*Alternation*) oder eine Reihung stark betonter Silben kann jedoch zur Unterdrückung des Wortakzents und zur Hervorhebung auch unbetonter Silben führen, z. B. »Dies íst die Zéit der Kṓnigé nicht méhr« (Hölderlin), »Gott schäfft, erzéucht, trägt, spéist, tränkt, lábt, stärkt, nährt, erquíckt« (Logau).

Alba, Gattung der provenzalischen ↗Trobadorlyrik, vergleichbar mit dem mittelhochdeutschen ↗Tagelied.

Aleatorische Dichtung [von lat. *alea* = Würfel(spiel)], Sammelbezeichnung für Literatur, deren Kompositionsprinzip vom ›Gesetz des Zufalls‹ bestimmt wird. Ansätze in der deutschen ↗Romantik, Höhepunkte im ↗Dadaismus und ↗Surrealismus (↗Écriture automatique).

Alexandriner [nach dem afrz. *Alexanderroman*, 1180], wichtigster französischer Sprechvers: aus 12 bzw. 13 Silben, mit männlichem oder weiblichem ↗Reim und fester ↗Zäsur nach der 6. Silbe; nach Art der obligatorischen Reimbindung unterschieden in *heroischen* Alexandriner (aabb) und *elegischen* Alexandriner (abab).

Im 12. Jahrhundert in Frankreich ausgebildet, im ↗Barock auch in Deutschland vorherrschend (besonders in ↗Tragödie, ↗Epos, ↗Lehrgedicht, ↗Sonett): nachgebildet durch sechshebige Jamben mit Zäsur nach der 3. Hebung (»Was díeser héute báut, / reißt jéner mórgen éin«, Gryphius); seit dem 18. Jahrhundert durch die reimlosen Versmaße ↗Hexameter und ↗Blankvers zurückgedrängt.

Alkäische Strophe ↗Odenmaße

Allegorese, ein vor allem im Mittelalter ausgeprägtes Verfahren der Textauslegung, das darauf zielt, eine hinter dem Wortsinn (*Sensus litteralis*) verborgene, nicht unmittelbar zugängliche tiefere Bedeutung (*Sensus spiritualis*) zu entschlüsseln (mehrfacher ↗Schriftsinn); auch auf Gegenstände, Situationen usw. der außerliterarischen Wirklichkeit angewandt, die als Zeichen, als ›Schrift Gottes‹ verstanden wurden (›Buch der Natur‹, ›Lesbarkeit der Welt‹). In der Antike zur Erhellung dunkler Textstellen, aber auch zur Verteidigung von Texten gegen philosophische, moralische oder religiöse Einwände entwickelt. ↗Exegese, ↗Hermeneutik, ↗Typologie

Allegorie [gr. *allo agoreuein* = etwas anderes sagen], in ↗Rhetorik, ↗Poetik, Literatur- und Kunsttheorie: Veranschaulichung a) eines Begriffes durch ein rational faßbares Bild (*Begriffsallegorie*): Justitia als Frauengestalt mit Waage, Schwert und Augenbinde (↗Personifikation) oder der Staat als Schiff, b) eines abstrakten Vorstellungskomplexes durch eine Bild- und Handlungsfolge: z. B. Kampf zwischen den Tugenden und Lastern als episch ausgeführter Kampf menschlicher Gestalten. Kann Bestandteil eines längeren Texts oder selbständige literarische bzw. bildkünstlerische Gattung sein (z. B. Martianus Capellas Allegorie der ↗Artes liberales: *De nuptiis Mercurii et Philologiae*, 5. Jh.).

Im Gegensatz zur ↗Metapher ist die Bedeutung der Allegorie nicht unmittelbar im Bild anschaulich, da die Beziehung zwischen Bild und Bedeutung willkürlich gewählt ist; rationale Erklärungen (entweder im Bildprogramm der Allegorie selbst enthalten, *Allegoria permixta*, oder nur aus dem literarischen, religiösen, sozial- und kulturgeschichtlichen Kontext zu entwickeln, *Allegoria tota*) müssen nachgereicht werden (↗Allegorese, ↗Exegese), wobei Gleichsetzungen oft bis ins Detail möglich sind (wie in der Minnegrotte-Allegorie in Gottfrieds *Tristan*). Von P. de Man (↗Poststrukturalismus, ↗Wirkungsästhetik) als Modell für die Uneinholbarkeit der Bedeutung eines Textes, die Unabschließbarkeit der Lektüre verstanden. ↗Emblem

Alliteration [von lat. *ad* + *littera* = zu + Buchstabe], gleicher Anlaut aufeinanderfolgender Wörter: »Das Lernen ohne Lust ist eine läre Last / Dann Lehre wird durch Geist und Lieb ein lieber Gast« (G. Ph. Harsdörffer).

Ursprünglich Mittel magisch-religiöser Beschwörungs- und Gebetsformeln (z. B. im 2. Merseburger Zauberspruch: »ben zi bena, bluot zi bluoda, lid zi geliden«); verbindet Wörter über die Satzstruktur hinaus, hebt z. B. koordinierte Begriffe hervor (»das Lernen ohne Lust«) oder ordnet einem Substantiv das zugehörige Adjektiv fest zu (»eine läre Last«, ↗Epitheton), dient der Einprägsamkeit und besitzt eine sprachmusikalische Bedeutung: »Komm Kühle, komm küsse den Kummer, / süß säuselnd von sinnender Stirn« (C. Brentano). In der altgermanischen, altnordischen Dichtung verskonstituierendes Prinzip (↗Stabreimvers).

Allusion [lat.], Anspielung auf bestimmte Personen, Sachverhalte, literarische Texte, ↗Zitate usw. Soll vom Wissen, auch vom ↗Witz des Autors zeugen, errichtet eine zusätzliche Bedeutungsebene (↗Camouflage) und macht den Leser, falls er die Allusion versteht, zum Eingeweihten.

Almanach [mlat.], ursprünglich im Orient verwendete astronomische Tafeln, dann Kalender, im 18. und 19. Jahrhundert ein Jahrbuch, das sich vor allem mit Mode, schöngeistiger Literatur und Theater befaßt (*Musenalmanach*, *Gothaischer Theateralmanach*), ein wichtiger Ort für Erstpublikationen, Rezensionen und Kunstdiskussionen und häufig zentrales Organ von Dichterkreisen (z. B. ↗Göttinger Hain) ist. Im 20. Jahrhundert als Verlags-Almanach auch Werbemittel.

Alternierende Versmaße [lat. *alternare* = wechseln], beruhen beim ↗akzentuierendem Versprinzip auf dem regelmäßigen Wechsel betonter und unbetonter, beim ↗quantitierendem Versprinzip auf dem regelmäßigen Wechsel langer und kurzer Silben (z. B. ↗Jambus, ↗Trochäus im Gegensatz zu ↗Daktylus, ↗Anapäst).

Amadisroman, im 16. Jahrhundert weit verbreiteter Typus des (Prosa)-Ritterromans um die Figur des Amadis de Gaula (›von Wales‹), der Strukturen des antiken ↗Abenteuerromans mit Sagengut des Mittelalters verbindet: Der nach seiner Geburt ausgesetzte Held besteht zahllose Abenteuer an exotischen Schauplätzen, bis er endlich mit seiner Geliebten Oriana wieder vereint wird.

Erste erhaltene Fassung von G. R. de Montalvo (1508), Einfluß auf Tasso, Ariost, Cervantes (*Don Quijote*, 1605/1615, als ↗Parodie des Amadisromans): im ↗Barock neben Heliodors *Aithiopika* und H. d'Urfés Schäferroman *L'Astrée* (1607–27) wichtigste Grundlage des ↗heroisch-galanten Romans; auch noch im 18. Jahrhundert aufgegriffen (z. B. in Händels Oper *Amadigi* und Wielands Verserzählung *Der neue Amadis*).

Ambiguität [lat. Zweideutigkeit, Doppelsinn], 1. allgemein: Mehrdeutigkeit von Wörtern, Werten, Motiven, Charakteren und Sachverhalten (↗Polysemie), im Unterschied zur Unbestimmtheit; 2. in der ↗Rhetorik: lexikalische oder syntaktische Mehrdeutigkeit (z. B. durch *Homonyme*: Bank = Sitzgelegenheit/Geldinstitut, oder ungeschickte Anordnung: »Er gab ihm sein Buch«. Konstitutiv für viele literarische Kleinformen, z. B. ↗Witz, ↗Rätsel, Orakel, Scherzgedicht, ↗Wortspiel.

Amphibrachys [gr. beidseitig kurz], dreisilbiger antiker Versfuß, im Dt. als Folge von Senkung/Hebung/Senkung nachgebildet: ◡–◡ (»Die Sónne mit Wónne den Tágeswachs míndert«, J. Klaj).

Amphitheater [gr. rings, ringsum + Theater], Form des antiken römischen Theaterbaus: stufenweise ansteigende Sitzreihen um eine runde Arena (lat. *Arena* = Sandplatz, gr. ↗Orchestra) unter freiem Himmel; meist in natürliches Gelände eingefügt, auch freistehende

Holz-, später Steinbauten. Die heute bekannten ringsum geschlossenen Amphitheater wurden ursprünglich nur für sportliche Wettkämpfe, Gladiatorenkämpfe, Tierhetzen usw. genutzt (z. B. das Kolosseum in Rom mit 50 000 Plätzen); berühmt: die Amphitheater von Taormina, Arles, Verona.

Amplificatio [lat.], in der ↗ Rhetorik: kunstvolle Erweiterung einer Aussage über das zur unmittelbaren Verständigung Nötige hinaus; vor allem erreicht durch Variation der Gedanken und verschiedene rhetorische Figuren der Häufung (wie ↗ Accumulatio, ↗ Enumeratio, ↗ Synonymie, ↗ Periphrase, ↗ Exkurs, ↗ Litotes, ↗ Oppositio); Gegenteil der *Abbreviatio*, der Verknappung einer Aussage durch Auslassung oder Abkürzung.

Beliebt besonders in antiker ↗ Kunstprosa, mittelalterlicher Versdichtung und komisch-humoristischen ↗ Romanen (z. B. F. Rabelais, Jean Paul). Dient u. a. der Wirkungs- und Spannungssteigerung, der Befreiung der Literatur von der Darstellungspflicht (Verlust von Bedeutungen durch Wiederholung, vgl. auch ↗ absolute Dichtung), aber auch der systematischen Vergrößerung des Textumfangs.

Anachronie [gr.], von G. Genette (*Discours du récit. Figures III*, 1972) geprägter Begriff der Erzähltextanalyse: Abweichung der Erzählung von der faktischen, chronologischen Abfolge der zu erzählenden Ereignisse.

Verursacht durch: *Analepse* (Rückgriff auf frühere Ereignisse) oder *Prolepse* (Vorwegnahme eines künftigen Ereignisses) auf der Ebene der ›Ordnung‹ der Ereignisse, Unstimmigkeiten zwischen der ›Dauer‹ der Erzählung und der ›Dauer‹ der Ereignisse (mittels *Pause*, ↗ *Ellipse*, ↗ *Szene*, *Summary*: Zeitraffung), Wiederholungen von Aussagen oder Ereignissen auf der Ebene der ›Frequenz‹ einer Erzählung, z. B. x-mal erzählen, was einmal passiert ist (*repetitive* Erzählung), oder einmal erzählen, was x-mal passiert ist (*iterative* Erzählung), oder x-mal erzählen, was x-mal passiert ist (*anaphorische* Erzählung), im Gegensatz, zur *singulativen* Erzählung, die einmal erzählt, was einmal passiert ist. Verweist auf die Differenz von ↗ Fabel und ↗ Sujet.

Anachronismus [gr.], zeitlich falsche Einordnung von Vorstellungen, Sachen, Personen. Absichtlich (z. B. bei Aktualisierungen im Theater: Hamlet im Frack) oder versehentlich (so schlagen in Shakespeares *Julius Caesar* die erst im 14. Jahrhundert erfundenen Uhren).

Anadiplose [gr., lat. *reduplicatio*], Wiederholung des letzten Wort der letzten Wortgruppe eines Verses/Satzes am Anfang des folgenden Verses/Satzes, z. B.: »(Euphorion:) Laß mich in düsterm Reich, / Mutter, mich *nicht allein!* (Chor:) *Nicht allein!* – wo du auch weilest« (Goethe: *Faust II*). Sonderform der ↗ Gemination.

Anagnorisis [gr. Erkennen, Wiedererkennen], in der antiken ↗ Tragödie: Umschlag von Unwissenheit in Erkenntnis, z. B. durch das Erkennen von Verwandten und Freunden (z. B. in Sophokles' *König Ödipus*). In Aristoteles' *Poetik* neben ↗ Peripetie und ↗ *katastrophe* wichtigster Bestandteil einer dramatischen Handlung.

Anagramm [gr. Umstellung, Vertauschung], Umstellung der Buchstaben eines Worts/Namens/Wortgruppe zu einer neuen, sinnvollen Lautfolge, z. B. *Amor – Roma* (Goethe), *Ave – Eva.* Oft zur Aufdeckung bzw. Herstellung verborgener Beziehungen, als Mittel der Verschlüsselung und Geheimhaltung, der Texterzeugung (vgl. J. Starobinski: *Les mots sous les mots*, 1971), häufig auch als Pseudonym verwendet, z. B. Christoffel von Grimmelshausen – German Schleifheim von Sulsfort, Melchior Sternfels von Fuchshaim; Arouet l(e) j(eune) – Voltaire. ↗ Palindrom

Anakoluth, n. [zu gr. *an-akolouthon*: nicht folgerichtig], Satzbruch, falsche oder veränderte Fortführung eines begonnenen Satzes, z. B. »deine Mutter glaubt nie, daß du vielleicht erwachsen bist und kannst allein für dich aufkommen« (U. Johnson: *Mutmaßungen über Jakob*). Als Stilmittel meist zur Charakterisierung einer sozial oder emotional bestimmten Redeweise verwendet.

Anakreontik, Richtung der europäischen Lyrik des 18. Jahrhunderts (↗Empfindsamkeit, ↗Rokoko), die sich am Vorbild des griechischen Dichters Anakreon (6. Jh. v. Chr.) orientiert, dem die sog. *Anakreonteen* zugeschrieben werden: Im 3. Jahrhundert v. Chr. in Griechenland entstandene reimlose, unstrophische ↗Oden, die vor allem der erotischen Liebe, dem Wein und dem Dichten, der Natur, Freundschaft und Geselligkeit gelten. Charakteristisch für die Anakreontik: Variation von ›Wein, Weib und Gesang‹, Vorliebe für mythologisches Personal (Nymphen, Musen, Satyren, Liebesgott Amor, Weingott Bacchus; ↗Schäferdichtung) und für Verkleinerungsformen und -gattungen (↗Epigramm, ↗Triolett, ↗Lied, Veröffentlichung in Gedichtbändchen mit Titeln wie ›Kleinigkeiten‹ und ›Tändeleyen‹).

Zuerst in Frankreich im 16. Jahrhundert im Umkreis der ↗Pléiade gepflegt, in Deutschland seit 1740 im ↗Halleschen Dichterkreis (J.W.L. Gleim: *Versuch in scherzhaften Liedern*, 1740; J. P. Uz: *Lyrische Gedichte*, 1749) und im Freundeskreis um Fr. Hagedorn. Weitere Beispiele von Fr. G. Klopstock (↗Göttinger Hain), S. Geßner (↗Idyllen), G. E. Lessing, M. Claudius, Fr. von Schiller, J. W. von Goethe u. a., wobei vor allem Klopstock und Goethe Verfahren ausbilden (z. B. Verzicht auf mythologischen Rahmen, ↗freie Rhythmen), die das vorgegebene Thema als real erlebtes Gefühl ausgeben (↗Erlebnislyrik); Nachwirkungen bei Fr. Rückert, W. Müller, A. von Platen, H. Heine, E. Mörike, D. von Liliencron, R. Dehmel, M. Dauthendey u. a.

Analogie [gr.], Entsprechung, Verhältnisgleichheit, als Gleichheit von Zahlenverhältnissen oder Entsprechung von Verschiedenem bestimmt (Mikro-/Makrokosmos, die Welt als *Analogia entis*, als Kosmos, in dem jedes Teil auf das Ganze verweist). ↗binäre Opposition, ↗Metapher, ↗Typologie, ↗Vers, ↗Witz

Analytisches Drama, Dramenform, für die ein bestimmtes Handlungsschema kennzeichnend ist: Die den dramatischen Konflikt verursachenden Ereignisse, Verwicklungen, Verhältnisse und Tatbestände liegen *vor* dem Beginn der Bühnenhandlung und werden in deren Verlauf erst schrittweise aufgedeckt.

Beispiele: Sophokles: *König Ödipus*, Fr. von Schiller: *Braut vonn Messina*, H. von Kleist: *Der zerbrochene Krug*, Fr. Hebbel: *Maria Magdalena*, A. Holz: *Sonnenfinsternis*, G. Hauptmann: *Der Biberpelz*, H. Kipphardt: *In der Sache J. Robert Oppenhenheimer.*

Anapäst [gr. rückwärts geschlagener, d. h. umgekehrter ↗Daktylus], dreigliedriger. antiker Versfuß, im Deutschen als Folge von Senkung/Senkung/Hebung nachgebildet: ◡◡–. Oft verwendet im Schlußchor des gr. Dramas (↗Exodos), in Spott-, Marsch- und Schlachtliedern; in der deutschen Dichtung zuerst bei A. W. Schlegel (*Ion*, 1803) und Goethe (*Pandora*, 1808/10).

Anapher [gr. Rückbeziehung, Wiederaufnahme], Wiederholung eines Worts/Wortgruppe am Anfang aufeinanderfolgender Sätze/Satzteile/Verse/Strophen: »*Wer nie* sein Brot mit Tränen aß, / *Wer nie* die kummervollen Nächte / Auf seinem Bette weinend saß« (Goethe). Mittel der syntaktischen Gliederung und des rhetorischen Nachdrucks. Gegensatz zur ↗Epipher, Weiterentwicklung in der ↗Symploke.

Anekdote [gr. *anekdotos* = nicht herausgegeben, Terminus technicus der antiken ↗Textkritik für unveröffentlichte Schriften, dann übertragen: die von der Geschichtsschreibung nicht berücksichtigten kleinen, nicht bezeugten ›Geschichtchen‹], ursprünglich mündlich überlieferte kurze, pointierte Geschichte, die einer historischen Persönlichkeit nachgesagt wird.

Versucht, einen merkwürdigen, in Erinnerung gebliebenen Vorfall in gedrängter, stilistisch meist unbekümmerter sprachlicher Form (häufig in Rede und Gegenrede) zu erfassen und mündet oft in den scharfsinnigen Ausspruch der Hauptfigur. Unterscheidet sich von der ↗Kalendergeschichte, die den Vorfall einer typisierten Figur zuordnet (z. B. Brechts Herr Keuner), durch den Anspruch auf Faktizität. Verwandt mit ↗Apophthegma, ↗Faszetie, ↗Novelle, ↗Witz u. a., oft als ↗Exemplum in ↗Chronik, ↗Predigt, ↗Traktat usw. verwendet.

Erster Höhepunkt in der ↗Renaissance (G. Boccaccio, H. Steinhöwel, S. Brant), künstlerische Ausgestaltung bei Kleist (*Berliner Abendblätter*, 1810/11), J. P. Hebel (*Schatzkästlein des rheinischen Hausfreundes*, 1811), J. Gotthelf, P. Ernst, W. von Molo u. a. Als vergessene, ›nicht herausgegebene Stimme der Vergangenheit‹ im ↗New Historicism wichtige Quelle literaturwissenschaftlicher Erkenntnis.

Annalen, Pl. [lat. Jahrbücher], nach Jahren geordnete Geschichtsdarstellung; die auf übergeordnete Erklärungsmuster (kausal-genetische Entwicklungen, Einteilung in ↗Epoche u. ä.) verzichtet. ↗Chronik, ↗Historie

Antagonist [gr.], Gegenspieler des ↗Protagonisten.

Anthologie [zu gr. *anthos* + *legein* = Blüten + lesen; lat. Florilegium], Sammlung von Gedichten, kürzeren Prosastücken, Auszügen aus größeren epischen Werken, Briefen usw. eines Dichters, einer Epoche, einer Gattung u. a.

Beispiele: die um 980 in Konstantinopel angelegte *Anthologia Graeca* (mit rund 3700 ↗Epigrammen von der Spätantike bis ins byzantinische Mittelalter), die *Lyrische Anthologie* von F. Mathisson (20 Bde, 1803 ff.), die Volksliedsammlung *Des Knaben Wunderhorn* von A. von Arnim/C. Brentano (1806 ff.), die von St. George und K. Wolfskehl getroffene Auswahl *Deutsche Dichtung* (1902), K. Pinthus' *Menschheitsdämmerung* (1920), W. Höllerers *Transit* (1956).

In der Literaturwissenschaft vor allem Gegenstand sozialwissenschaftlicher Untersuchungen (Funktion der Auswahl, Adressat, Rezeption, Einfluß der Verleger, Einfluß auf Geschmacks- und ↗Kanonbildung usw.).

Antiheld, der dem aktiv-handelnden, positiven Helden entgegengesetzte handlungsunfähige, problematische ›Gegenheld‹, z. B. Gontscharows Oblomov, Büchners Woyzeck. Im ↗Schelmenroman, humoristischen Roman, ↗absurden Theater, ↗Nouveau roman u. a. die Hauptfigur.

Antike [zu lat. *antiquus*, frz. *antique* = alt], seit dem 18. Jahrhundert Bezeichnung für das griechisch-römische Altertum (von etwa 1100 v. Chr. bis zur Völkerwanderungszeit im 4./6. Jh. n. Chr.).

In der Antike werden Gattungen wie ↗Tragödie, ↗Komödie, ↗Epos, ↗Epigramm, ↗Ode, ↗Satire, ↗Dialog, Vers- und Strophenformen wie ↗Hexameter und ↗Distichon, die Regelsysteme der ↗Rhetorik, Grammatik und ↗Poetik und ein Großteil der zum Fundus der Literatur gehörenden Mythologien, Stoffe und Motive (Stoffe wie Antigone, Elektra, Iphigenie, Orpheus, Amphitryon usw.) ausgebildet, ebenso die Grundlagen der abendländischen Schriftkultur (Entwicklung der ersten reinen Lautschrift: Vokale und Konsonanten werden einzeln bezeichnet, um 900 v. Chr., ↗Schrift) und damit des modernen Prosa-↗Romans (↗Abenteuerroman), der modernen ↗Lyrik (↗freie Rhythmen), Geschichtsschreibung (Herodot, Thukydides) und Philosophie gelegt.

Die antike Literatur ist – durch mehr oder weniger bewußte Nachahmung, kritische Weiterbildung oder auch Ablehnung – die wichtigste Konstante der europäischen Literaturgeschichte. Folgenreich waren vor allem die Homer zugeschriebenen Epen *Ilias* und *Odyssee* (vermutlich 2. Hälfte des 8. Jh.s v. Chr.), Vergils *Aeneis* (um 31–19 v. Chr.), die *Poetik* des Aristoteles (um 355 v. Chr.), die frühgriechische Lyrik (Tyrtaios, Pindar, Sappho, Alkman, Anakreon usw.), die Liebeslyrik Catulls (84–54 v. Chr.), die Poetik und Satiren des Horaz (65–8 v. Chr.), die *Metamorphosen* Ovids (um 1 v. Chr.–10 n. Chr.), der hellenistische Prosaroman (z. B. Heliodors *Aithiopika*; Apuleius' *Der goldene Esel*; ↗Hellenismus), Petronius' humoristischer Roman *Satyricon* (Mitte des 1. Jh.s n. Chr., ↗Prosimetrum), die Dramen der gr. Klassik (frühes 5. Jh. – 4. Jh. v. Chr., z. B. Sophokles' Tragödie *König Ödipus*, ca. 425 v. Chr., Aristophanes Komödie *Die Frösche*, 405 v. Chr.), die römischen Komödien von Plautus (um 250–184 v. Chr.) und Terenz (um 185–159 v. Chr.).

Epochen und Stilrichtungen wie ↗Humanismus, ↗Renaissance, ↗Klassik, ↗Klassizismus werden durch ihr Verhältnis zur Antike definiert; auch der Begriff der ↗Moderne ist programmatisch in Auseinandersetzung mit der Antike entstanden.

Antiker Vers, beruht auf der geregelten Abfolge kurzer und langer Silben (↗quantitierendes Versprinzip; graphisch notiert als – = Länge und ⏑ = Kürze).

Im Dt. durch Hebungen und Senkungen (x́ x) nachgebildet, ohne daß diese jenen entsprechen. Unterschieden werden: a) Verse aus sich wiederholenden festen Versfüßen (z. B. ↗Jambus, ↗Trochäus, ↗Daktylus), meist zu ↗Dipodien, zu Zweifüßlern, zusammengefaßt: Je nach Zahl der Wiederholungen pro Vers ergeben sich ↗Dimeter, ↗Trimeter (2, 3 Dipodien), ↗Tetrameter, ↗Pentameter, ↗Hexameter (4, 5, 6 Versfüße); b) nicht nach bestimmten Metren gebaute Verse, z. B. die ↗Odenmaße (↗äolische Versmaße). Singverse werden in der Regel zu ↗Strophen zusammengefaßt (↗Epode), Sprechverse in Reihen (↗stichisch) geordnet und fortlaufend wiederholt (wie der Hexameter im Epos).

Antilabe [gr. Griff; metaphorisch: Einwendung], Aufteilung eines Verses auf zwei oder mehrere Sprecher, häufig mit ↗Ellipse, Sonderform der ↗Stichomythie, z. B.:

Gräfin: O halt ihn! halt ihn!
Wallenstein: Laßt mich!
Max: Tu es nicht,
Jetzt nicht. […]
(Schiller: *Wallensteins Tod*)

Antithese [gr. Gegensatz, lat. *oppositio*], Gegenüberstellung gegensätzlicher Begriffe, z. B. *Krieg und Frieden*, *Leben und Tod*; oft durch andere Stilmittel unterstützt wie ↗Alliteration (*Freund und Feind*), ↗Parallelismus (»Der Wahn ist kurz, die Reu ist lang«, Schiller) oder ↗Chiasmus (»Die Kunst ist lang, und kurz ist unser Leben«, Goethe).

Viele literarische Formen, Gattungen und ästhetische Konstellationen (wie ↗Aphorismus, ↗Epigramm, ↗Sonett, ↗Alexandriner, ↗Vers allgemein, ↗Parodie, ↗Tragödie: ↗Antagonist und ↗Protagonist, ↗Erzählung: Vorher und Nachher, ↗Märchen, ↗das Komische, ↗das Erhabene usw.) tendieren zu antithetischer Strukturierung; daher wird die Antithese in der ↗Ästhetik und ↗Literaturtheorie oft als Modell einer ästhetischen Erfahrung des ›Entweder-Oder‹ (S. Kierkegaard) verstanden: ein Augenblick, in dem man glaubt, zwei gegensätzliche Dinge zugleich zu denken. ↗Dialektik, ↗Dichontomie, ↗Oxymoron

Antizipation [lat. Vorwegnahme, gr. ↗Prolepsis], 1. rhetorische Figur: a) Vorwegnahme eines Ereignisses im Adjektiv oder Partizip, oft ein logischer Fehler: »Blindwütend schleudert der Gott der Freude / Den Pechkranz in das *brennende* Gebäude« (d. h. er zündet es erst an; Schiller); b) Vorwegnahme möglicher Einwände, nach der Art »Ein spitzfindiger Leser wird es vielleicht unwahrscheinlich finden, daß …«; 2. erzähltechnisches Verfahren: Vorgriff auf chronologisch spätere Handlungsteile (durch Prophezeiungen, Visionen, Träume der Figuren oder Vorausdeutungen des Erzählers), in G. Genettes ↗Erzähltheorie als *Prolepse* bezeichnet (↗Anachronie). ↗Präfiguration

Antonomasie [gr.], Umbenennung: a) Ersetzung eines Eigennamens durch den Namen des Vaters (der *Atride* = Agamemnon, Sohn des Atreus), durch Volksnamen (der *Korse* = Napoleon), durch ein besonderes Charakteristikum (*Literaturpapst* = Reich-Ranicki, *Erlöser* = Jesus) oder durch eine mehrgliedrige Umschreibung (↗Periphrase: *Vater der Götter und Menschen* = Zeus); b) Ersetzung einer Gattungsbezeichnung durch den Eigennamen eines ihrer typischen Vertreter (z. B. *Eva* für Frau, *Casanova* oder *Don Juan* für Frauenheld). ↗Synekdoche

Anvers ↗Abvers

Äolische Versmaße, die überlieferten Versformen der in der griechischen Region Äolien um 600 v. Chr. wirkenden Dichter Sappho und Alkaios; im Gegensatz zu den meisten anderen ↗antiken Versen silbenzählend, zeichnen sich durch die sog. *äolische Basis* (die ersten beiden Silben sind meist zwei lange Silben) und einen deutlichen ↗Chorjambus in der Versmitte aus. Wichtig für die europäische Literatur vor allem durch die Rezeption der ↗Odenmaße.

Appellfunktion, -struktur, vor allem von W. Iser (*Die Appellfunktion literarischer Texte*, 1976) beschriebene Eigenschaft literarischer Texte, die sie von nichtliterarischen Texten unterscheidet und über deren Ausdrucks- und Darstellungsfunktion (*expressive* und *referentielle* Funktion) hinausreicht: Sie bieten dem Leser gezielt einen »Spielraum von Aktualisierungsmöglichkeiten« und Bedeutungen an, die sich erst im Prozeß des Lesens realisieren. ↗Rezeptionsästhetik, ↗Wirkungsästhetik

Aphorismus, Pl. Aphorismen [gr. *aphorizein* = abgrenzen, definieren], knappe und geistreiche, oft überspitzte Formulierung eines Gedankens in Prosa.

Zeichnet sich durch Denk- und Stilfiguren (↗Antithese, ↗Chiasmus, ↗Ellipse, ↗Paradoxon, ↗Parallelismus, ↗Zeugma, ↗Wortspiel u. a.) aus, die verblüffende Verbindungen (↗Analogie) herstellen und dazu führen, daß der Aphorismus nur schwer widerlegt werden kann: Ein Aphorismus leuchtet ein oder nicht, er ist nicht richtig oder falsch. Im Unterschied zu *Aperçu* und *Bonmot* primär schriftlich, nicht mündlich entstanden; im Unterschied zur ↗Sentenz kontextunabhängig; im Unterschied zu ↗Apophthegma und ↗Anekdote nicht an eine Geschichte gebunden und anders als das im Volksmund überlieferte anonyme ↗Sprichwort immer auch Beweis für den geistreichen Kopf des Urhebers.

Berühmte Aphoristiker: La Rochefoucauld, B. Pascal, G. Chr. Lichtenberg, Fr. Schlegel, Novalis, Fr. Nietzsche, K. Kraus.

Apokoinou, n. [gr. vom Gemeinsamen], ein Wort/Satzteil gehört syntaktisch und semantisch auch zum folgenden Satz(-teil): »Leer steht von Trauben und Blumen und von Werken der Hand ruht *der Markt*« (Hölderlin). ↗Ellipse, ↗Zeugma

Apokope [gr. Abschlagen], Wegfallen eines Lauts/einer Silbe am Ende eines Worts, aus sprachgeschichtlichen (z. B. mhd. *frouwe* – nhd. *Frau*), metrischen (»manch' bunte Blumen«, Goethe) oder artikulatorischen Gründen (vor allem mundartlich oder umgangssprachlich: *bitt' schön, hatt' ich*); meist durch Apostroph angezeigt. Gegensatz zur *Aphärese*, der Wegnahme eines Lauts/einer Silbe am Anfang eines Worts (»'s Röslein auf der Heiden«, Goethe; heraus – *'raus*, eine – *'ne*). ↗Elision, ↗Synkope

Apokryphen, Pl. [gr. Verborgenes], ursprünglich Bezeichnung für geheimzuhaltende Kultliteratur, dann für die jüdischen und altchristlichen Schriften, die nicht zum Kanon des Alten und Neuen Testaments gehören, aber inhaltlich und formal eng mit der Bibel verbunden sind (z. B. Weisheit Salomos als Apokryphen zum Alten Testament, Apostelgeschichten als Apokryphen zum Neuen Testament).

Apolog [gr.], kurze märchenhaft-moralische Erzählung, ursprünglich mündlich überliefert. ↗Anekdote, ↗Bîspel, ↗Exemplum, ↗Fabel, ↗Predigtmärlein

Apologie [gr.], Verteidigungsrede, -schrift, z. B. die Apologie des Sokrates bei Platon.

Apophthegma, Pl. Apophthegmata [gr. prägnante Aussage], gewandt formulierter, meist einer historischen Persönlichkeit zugeschriebener Ausspruch. Wie die ↗Anekdote und anders als die ↗Gnome mit Angaben über die Situation und die beteiligte(n) Person(en) eingeleitet, beansprucht jedoch im Gegensatz zur Anekdote überzeitliche Geltung. V.a. in der Antike, dann im 16. und 17. Jahrhundert beliebt (Plutarch, Erasmus von Rotterdam, G. Ph. Harsdörffer u. a.).

Aporie [gr. Unwegsamkeit, Ratlosigkeit, Zweifel], 1. philosophische Bezeichnung für ein unlösbares Problem, 2. ↗Dubitatio.

Aposiopese [gr.], Verstummen, bewußtes Abbrechen der Rede vor der entscheidenden Aussage. Oft als Ausdruck der Drohung (*Euch werd' ich!*) oder emotionaler Erregung: »Was! Ich? Ich hätt' ihn –? Unter meinen Hunden –? / Mit diesen kleinen Händen hätt' ich ihn –?« (Kleist: *Penthesilea*). ↗Ellipse

Apostrophe [gr. Abwendung], in der antiken Gerichtsrede: Wegwendung des Redners von den Richtern zum Kläger hin; dann in der Literatur: direktes Ansprechen von Dingen, Göttern (↗Invocatio), Abstrakta (Tod, Liebe, Welt), abwesenden (auch toten) Personen oder auch des Publikums durch den Dichter, das lyrische Ich, den Erzähler, eine Figur usw., z. B. der Musenanruf im ↗Epos. Oft schon im Titel sichtbar, z. B. *An den Mond* (Goethe), *Ode an den Westwind* (Keats), *An eine Äolsharfe* (Mörike). ↗Personifikation, ↗Prosopopoie, ↗Sermocinatio

Äquivalenz [lat.], 1. Gleichwertigkeit aller aufeinanderfolgenden Elemente, z. B. aller Versfüße eines Gedichts, aller Szenen eines Dramas, aller Kapitel eines Romans, aller Teile einer ↗Trilogie usw.; 2. in der Übersetzungswissenschaft: die Gleichwertigkeit von Übersetzung und Original allgemein, besonders hinsichtlich der Form (Beibehaltung z. B. metrischer und klanglicher Besonderheiten), des Inhalts, der Intention oder der Wirkung. Für R. Jakobson (↗Strukturalismus, ↗Vers) *das* entscheidende Kennzeichen der *poetischen* Rede im Unterschied zur *praktischen*, durch Differenz, Sukzession und Hierarchie geprägten Rede ↗Analogie, ↗binäre Opposition

Arabeske, stilisiertes Blatt- und Rankenornament in der hellenistischen, römischen und islamischen Kunst; in der Goethezeit Synonym für ↗Groteske (ein Ornament mit vielfach ineinander verschlungenen Pflanzen-, Tier- und Menschengestalten), seit etwa 1800 literarische Gattungsbezeichnung für mannigfach verschlungene, spielerisch-leichte, geistreiche Stoff- und Formkompositionen (z. B. N. Gogol: *Arabesken*; K. L. Immermann: *Münchhausen. Eine Geschichte in Arabesken*; E. A. Poe: *Tales of the Grotesque and Arabesque*). In der Literaturtheorie der ↗Romantik zentrale Metapher für eine ↗absolute, in sich unendliche Dichtung: Die Arabeske gestalte »die unendliche Fülle in der unendlichen Einheit« (Fr. Schlegel).

Arbeiterliteratur, 1. allgemein jede Literatur von Arbeitern, meist mit Stoffen und Motiven aus der technisch-industriellen Arbeitswelt, 2. in der marxistischen Literaturtheorie: proletarische Literatur von Arbeitern für Arbeiter, mit Aufruf zur politischen und geistigen Selbstbestimmung des Proletariats; charakteristisch sind die realistisch-volkstümliche Darstellungsweise und die Beschränkung der Themen auf kollektive soziale Probleme, Arbeiterkampf u. ä.

Die Arbeiterliteratur entsteht in der Mitte des 19. Jahrhunderts, wird von den Arbeiterorganisationen verbreitet und benutzt vor allem einfache, leicht zu verbreitende Formen wie das balladenhafte Lied (z. B. G. Weerth: *Lieder aus Lancashire*, 1845 und F. Freiligrath: *Neuere politische und soziale Gedichte*, 1849–51), den Einakter (z. B. H. Goldstein: *Die Sozialdemokraten*, 1877) und den Roman (z.B. M. Kretzer: *Meister Timpe*, 1888). Höhepunkte bzw. Weiterentwicklung bei: E. Piscator, B. Brecht, E. Toller, J. R. Becher, Fr. Jung, E. Mühsam, Fr. Wolf, W. Mehring, K. Kläber, M. von der Grün. ↗Bitterfelder Weg, ↗Gruppe 61

Arbitrarität [von lat. *arbitrarius* = willkürlich], seit F. de Saussure (*Cours de linguistique générale*, 1916) zentraler Begriff der Linguistik: die an sich willkürliche, nur durch Konventionen geregelte Zuordnung einer Bezeichnung zu einem Gegenstand.

Archaismus [zu gr. *archaios* = alt], bewußter Rückgriff auf ein veraltetes Wort, eine altertümliche Wendung, syntaktische Eigenheit oder Schreibung. Soll dem Text ein archaisches Kolorit verleihen (so z. B. Goethes Anleihen bei Hans Sachs und der Lutherbibel in *Faust I*) oder ihn als alt ausgeben (so die Archaismen in Macphersons *Ossian*, 1760); oft auch in satirisch-parodistischer, ironischer Absicht verwendet (so z. B. in Th. Mann: *Der Erwählte*).

Archetypus [gr. Anfang + das Geprägte, Urform], in der Psychologie C. G. Jungs (1875–1961) die ur- und überzeitlichen Symbole und Bilder des kollektiven Unbewußten, die sich vor allem in Träumen, Mythen, Märchen, in der Kunst und Literatur zeigen, z. B. der ›Schatten‹ (als Projektion der dunklen Seite der eigenen Persönlichkeit auf andere), das ›göttliche Kind‹ oder der ›alte Weise‹. In der Literaturwissenschaft vor allem im ↗New Criticism (N. Frye: *Anatomy of Criticism*, 1957) aufgegriffen. ↗einfache Formen, ↗Formel, ↗Erzählgrammatik, ↗Mythos

Architext [zu gr. *archein* = der erste sein, Führer sein], von G. Genette (*Einführung in den Architext*, 1979, dt. 1990) geprägter Begriff: Gesamtheit aller ↗Diskurs-Typen (↗Gattungen, Mythen usw.), aus denen ein einzelner Text hervorgeht. ↗Dialogizität, ↗Intertextualität

Argument(um) [zu lat. *arguere* = erhellen, beweisen], knappe, einem literarischen Werk (auch einzelnen Büchern, Kapiteln, Akten) vorangestellte Inhaltsangabe. Ursprünglich Orientierungshilfe für den Leser und Erleichterung der Geschichtenauswahl beim Vorlesen (z. B. in Boccaccios *Decamerone*), dann gezielt eingesetztes Kunstmittel, das den Leser auf das ›Wie‹, nicht das ›Was‹ der Handlung lenkt (z. B. in Grimmelshausens *Simplicissimus* oder Döblins *Berlin Alexanderplatz*). ↗Prolog

Arlecchino [ital. von frz. *harlequin* = Teufel], komische Figur der ↗Commedia dell'arte: naiv-schelmischer, gefräßiger, auch gerissener Diener mit geschorenem Kopf, buntem Flickenwams und schwarzer Halbmaske, spricht den italienischen Dialekt der Gegend um Bergamo und übersteht durch seine List oder sein ›Narren-Glück‹ unbeschadet alle Liebeshändel und Katastrophen. Hauptspaßmacher (Witze, Akrobatenstücke, Zauberkunststücke usw.) und aufgrund seiner kleinen menschlichen Schwächen der Publikumsliebling; ↗Hanswurst.

Artes, Pl. [lat. Fertigkeiten, Künste], im Mittelalter Bezeichnung für die profanen, nicht theologischen Wissenschaften; am bedeutendsten: die aus einem für das ganze Mittelalter verbindlichen Kanon von 7 Fächern bestehenden *Artes liberales*, die 7 *freien Künste* (in der römischen Antike so bezeichnet, weil sie von freien Bürgern gepflegt wurden und nicht dem Broterwerb dienten): *Grammatik*, *Rhetorik*, *Didaktik* (zusammengefaßt im *Trivium*, lat. Drei-Weg) und *Geometrie*, *Arithmetik*, *Astronomie*, *Musik* (zusammengefaßt im *Quadrivium*, lat. Vier-Weg). Zur Vorbereitung für die höheren Fakultäten (Theologie, Recht, Medizin) an der Artistenfakultät, der Vorläuferin der philosophischen Fakultät, gelehrt, seit dem ↗Humanismus mit diesen gleichwertig.

Artusdichtung, Dichtung, deren Helden dem Kreis um den sagenhaften bretonischen König Artus angehören.

Im Mittelalter wichtigste Gattung des ↗höfischen Romans, übertrifft andere Erzählgattungen (z.B. nationale Heldendichtung, Nachformung antiker Stoffe) an Wirkung und Umfang; schöpft aus Sagentraditionen (z.B. der keltisch-bretonischen *matière de Bretagne*), literarischen Überlieferungen und Geschichtswerken (z.B. G. von Monmouth: *Historia regum Britanniae*, 1130/35). Zeichnet sich besonders durch phantastische Episoden, Offenheit für stoffliche Erweiterungen und Darstellung einer idealen, heroischen Ritterwelt aus.

Vorbildhaft: die nordfranzösischen Versromane *Erec*, *Yvain*, *Lancelot*, *Perceval* und *Cligès* von Chrestien de Troyes (um 1140–1190), in denen der Artushof jedes Mal Ausgangspunkt und Ziel der Aventiuren (↗Âventiure, ↗Abenteuerroman) ist, auf welche die Romanfiguren ausziehen, um ihre Tugenden unter Beweis zu stellen und eine Frau oder (im *Perceval*) den ›Heiligen Gral‹ – einen metaphysisch-religiösen, nicht materiellen Besitz – zu finden. In Deutschland u.a. aufgegriffen in Hartmanns von Aue *Erec* (spätes 12. Jh.) und *Iwein* (um 1205), Wolframs von Eschenbach *Parzival* (nach 1200), Gottfrieds von Straßburg *Tristan* (um 1210) und zahlreichen sog. *niederen* Artusdichtungen. Wirkt durch ↗Prosaauflösungen bis in die ↗Volksbücher und Prosaromane der frühen Neuzeit. Zahlreiche Wiederbelebungsversuche im 19. und 20. Jahrhundert, u.a. in der Oper (R. Wagner), im Comic (*Prinz Eisenherz*, 1974f.), Film (*Excalibur*, 1981) und Drama (Chr. Hein: *Die Ritter der Tafelrunde*, 1989).

Asklepiadeische Strophen ↗Odenmaße

Assonanz [zu lat. *assonare* = übereinstimmen], Form des ↗Reims, bei der die Vokale, nicht aber die Konsonanten gleich klingen: *Büschen – verblühen*, *Atem – entschlafen*; konstitutiv für bestimmte, vor allem spanische und altfranzösische Gattungen der Versdichtung (↗Romanze). ↗unreiner Reim

Asterisk, Asteriskus [gr. Sternchen], sternchenförmiges Zeichen in einem Text: 1. als Verweis auf eine Fußnote, Anmerkung usw., 2. zur Kennzeichnung einer textkritischen Besonderheit (↗Konjektur, ↗Crux), 3. zur Markierung eines größeren Abschnitts, 4. in der Sprachwissenschaft: zur Kennzeichnung. erschlossener Wortformen (z.B. nhd. *fahl*, ahd. *falo* aus germanisch **falwo*), 5. anstelle eines Tabuworts, eines Verfasser- (Asteronym) oder eines Personennamens (wie z.B. in H. von Kleists *Die Marquise von O*****).

Ästhetik [gr. *aisthesis* = sinnliche Wahrnehmung], in A.G. Baumgartens *Aesthetica* (1750–58) geprägter Terminus: die Theorie von den sinnlichen Wahrnehmungen und ihrer Reflexion, besonders die philosophische Disziplin, die sich mit Problemen der Kunst (ihren Formen, Stoffen, Funktionen, Wirkungen usw.) und insbesondere des Schönen allgemein befaßt.

Die Ästhetik versucht vor allem, die Gesetze des Schönen (Harmonie, Variation, Innovation usw.) zu erfassen, seine Entsprechungen, Abwandlungen und Gegensätze (das Gute und Wahre, das ↗Erhabene, das ↗Imaginäre, das ↗Tragische, das ↗Komische, das Häßliche, das Anmutige, das Wunderbare, das Spielerische, das ↗Dionysische, das Naive und Sentimentalische usw.) zu definieren und das Verhältnis des Schönen zu Kunst und Natur (die Differenz von Kunstschönem und Naturschönem,

Kunst als Nachahmung, Idealisierung, Verschönerung der Natur, als Konstruktion neuer Wirklichkeiten usw.) zu klären.

Sie ersetzt im 18. Jahrhundert die ↗Poetik, von der sie sich durch ihren weniger normativen, mehr beschreibenden Charakter und, wie von der im 20. Jahrhundert ausgebildeten Kunst- und ↗Literaturtheorie, durch ihre auch nicht-künstlerischen Bereiche (Lebenskunst, Spiel usw.) einschließenden Fragestellungen unterscheidet (wobei die Grenzen oft fließend sind: die sog. Produktions- und ↗Rezeptionsästhetik etwa beschäftigt sich ausschließlich mit der Entstehung und Wahrnehmung von Kunstwerken).

Von nachhaltigem Einfluß auf Literaturwissenschaft, Kunstwissenschaft und Kunstproduktion waren u.a. Platon (*Phaidros*, *Symposion*, 1. Hälfte des 4. Jh.s v.Chr., ↗Enthusiasmus, ↗das Erhabene), Aristoteles (↗Poetik), Pseudo-Longinus (*Über das Erhabene*, vermutlich 1. Jh. n.Chr.), Plotin, G.E. Lessing (*Laokoon*, 1766, ↗*ut pictura poesis*), D. Diderot, J.J. Rousseau, I. Kant (*Kritik der Urteilskraft*, 1790), Fr. W. Schelling, J.W. von Goethe, Fr. von Schiller (*Über die ästhetische Erziehung des Menschen*, 1793/95), Fr. Schlegel, G.W. Hegel (*Vorlesungen über die Ästhetik*, postum 1835), A. Schopenhauer, K. Rosenkranz (*Ästhetik des Häßlichen*, 1853), Fr. Nietzsche, K. Marx, B. Croce, E. Cassirer, W. Benjamin, G. Lukács, M. Heidegger, J.P. Sartre, M. Bense, Th. W. Adorno (*Ästhetische Theorie*, 1970), der ↗Formalismus, ↗Strukturalismus und ↗New Criticism.

Ästhetizismus, künstlerische Strömung in der 2. Hälfte des 19. Jahrhunderts, Gegenbewegung zum ↗Realismus und ↗Naturalismus, Oberbegriff für verschiedenartige europäische Ausprägungen wie ↗Décadence, ↗Fin de siècle, ↗Impressionismus, ↗Symbolismus, ↗Jugendstil usw., die sich durch eine Hochschätzung des Artifiziellen, gewollte Künstlichkeit und hermetisch-dunkle Sprache, durch deutliche ↗Selbstreferentialität und verweigern der Wirklichkeitsnachahmung (↗Mimesis) auszeichnen.

Hauptvertreter: E.A. Poe, Ch. Baudelaire, die englischen Präraffaeliten (D.G. Rosetti, E. Burne-Jones u.a.), R.M. Rilke, ↗George-Kreis, H. von Hofmannsthal, O. Wilde, W. Pater, G. d'Annunzio, J.-K. Huysmans, M. Maeterlinck, P. Valéry.

Asyndeton [gr. Unverbundenheit], Reihung von Sätzen/Satzgliedern ohne Bindewörter: »alles rennet, rettet, flüchtet« (Schiller). Dient, wo nicht einfach Ausdruck einer unkomplizierten Sprechweise, der pathetischen Stilerhöhung, unterstützt Stilmittel wie ↗Klimax (»Veni, vidi, vici«) oder ↗Antithese. Gegensatz zum ↗Polysyndeton.

Aufgesang ↗Stollenstrophe

Aufklärung, der Pädagogik des ausgehenden 18. Jahrhunderts entlehnte Bezeichnung (*Auf-Klärung* im Sinn von ›Er-Hellung, Er-Leuchtung‹ des Geistes) für die gesamteuropäische ↗Epoche von etwa 1720–1785.

Von I. Kant, der als Vollender der philosophischen Aufklärung gilt, definiert als »Ausgang des Menschen aus seiner selbstverschuldeten Unmündigkeit. Unmündigkeit ist das Unvermögen, sich seines Verstandes ohne Leitung eines anderen zu bedienen«. Zeichnet sich allgemein durch die kritische Haltung gegenüber traditionellen Normen und Weltanschauungen (vor allem des absolutistisch geprägten ↗Barock) aus. Charakteristisch für die Literatur der Aufklärung: lehrhafte Kleinformen wie ↗Epigramm, ↗Epyllion, ↗Fabel, ↗Verserzählung, exemplarische Sujets (z.B. Wielands *Geschichte des Agathon*, 1776/77, Lessings *Nathan der Weise*, 1779), das Interesse für fremde Welten und Denkweisen (↗Reiseromane, Robinsonaden, ↗Utopien), der poetische Entwurf einer affektenreichen, doch rational kontrollierbaren Gefühlskultur

(↗Pietismus, ↗Empfindsamkeit), in der jeder Einzelne durch Bildung und ästhetische Erfahrung, nicht aufgrund sozialer, ständischer Merkmale ›mündig‹ ist; die Vergrößerung der literarischen Produktion und Verbreitung (↗moralische Wochenschriften, Taschenbuch, ↗Almanach, ↗Kalender, ↗Wanderbühne).

Hauptvertreter: B. H. Brockes, Chr. Fr. Gellert, S. Geßner, A. von Haller, Fr. G. Klopstock, G. E. Lessing, Chr. Fr. Nicolai, J. P. Uz, J. C. Wezel, J. E. W. Zachariä, Abbé A.-F. Prévost, S. Richardson, H. Fielding, L. Sterne, D. Defoe. Philosophische Voraussetzungen u. a. im französischen Rationalismus (R. Descartes, Voltaire, D. Diderot), im englischen Empirismus (Fr. Bacon, J. Locke) und Sensualismus (D. Hume), in den Schriften von G. W. Leibniz und Chr. Wolff.

Auftakt, unbetonte Silbe(n) am Versanfang. ↗Takt

Aufzug [ursprünglich Aufmarsch zu festlichen Prozessionen und Umzügen], dt. Bezeichnung für ↗Akt, auch Szene eines Dramas.

Augenreim, Reim zwischen orthographisch identischen, aber verschieden ausgesprochenen Wörtern: z. B. engl. *love – prove*, dt. *Loge – Woge*.

Auktoriales Erzählen ↗Erzählsituation

Autobiographie [gr. selbst + Leben + schreiben], literarische Darstellung des eigenen Lebens oder größerer Abschnitte daraus.

Im Unterschied zum ↗Tagebuch mit erklärtem Öffentlichkeitsbezug und relativ homogener Schreibweise, Darstellung, Komposition und ↗Perspektive: Im Rückblick kann das Leben als Ganzes überschaut, gedeutet und dargestellt werden. Im Unterschied zu den ↗Memoiren Konzentration auf Erfahrungen oder Entwicklungen der eigenen Person. Meist in Ich-Form und in ↗Prosa geschrieben, seltener in der 3. Person, als ↗Brief, ↗Dialog, ↗Prosimetrum (Dante: *Vita nova*, 1292–95) oder in Versen (W. Wordsworth: *The Prelude*, 1805).

Die Grenzen zwischen *autobiographischem Roman*, der die Darstellung des eigenen Lebens in ein fiktionales Geschehen übersetzt (z. B. K. Ph. Moritz: *Anton Reiser*, 1785/90, ↗Confessio, ↗Pietismus), und *romanhafter Autobiographie*, die das eigene Leben (durch Beschönigung, Übertreibung, Herausstellen schicksalshafter Zusammenhänge usw.) zum Kunstwerk ordnet, sind fließend.

Beispiele von Augustinus (*Confessiones*, 397), B. Cellini (1558/66), der Heiligen Theresa von Avila (*Vida*, 1561/62), J. J. Rousseau (*Les confessions*, 1782/89), J. W. von Goethe (*Dichtung und Wahrheit*, 1811/32), W. von Kügelgen, M. von Meysenburg, E. Canetti u. a.

Autonome Kunst [gr. *autonomos* = Eigengesetzlichkeit, Unabhängigkeit], besonders in ↗Sturm und Drang, ↗Romantik, ↗Ästhetizismus, ↗Formalismus, ↗werkimmanenter Interpretation zentraler Begriff: Eine Kunst, die frei ist von jedem Zweck, die nach ihren ganz eigenen Gesetzen gebaut ist und aus sich selbst heraus wahrgenommen bzw. verstanden werden kann, auch als Poésie Pure, ↗absolute Dichtung u. ä. bezeichnet.

Autopoiesis [gr. selbst + erzeugen], zentraler Begriff der Systemtheorie N. Luhmanns (↗Literatursoziologie), von den Neurophysiologen H. Maturana und F. Varela Anfang der 1970er Jahre geprägt, bezeichnet das zentrale Merkmal lebender Systeme, ihre Fähigkeit zur fortwährenden (Re-)Produktion ihrer selbst, zur Erzeugung und Erneuerung der systemkonstituierenden Elemente, die die Bewahrung einer relativ geschlossenen ↗Struktur auch unter veränderten Bedingungen erlaubt (Anpassung durch ↗Selbstreferenz).

In der Literaturwissenschaft zur Beschreibung literarischer Entwicklungen usw. genutzt (auch eine literarische Gattung wie das ↗Epigramm z. B. erneuert sich ständig, etwa im Graffiti, in dem anstelle der systemkonstituierenden

Versform die Farbigkeit der Aufschrift und die nur Eingeweihten verständlichen Namenskürzel die Funktion ›Abweichung von der Alltagssprache‹ übernehmen).

Autor, in der Literaturwissenschaft unterschieden in a) den *historischen*, den realen Verfasser eines Textes; b) den *impliziten* Autor: die Vorstellung, die sich der Leser während der Lektüre eines Textes von dessen Autor macht; eine aus dem Text erschließbare Instanz zwischen dem historischen Autor und dem ↗Erzähler/dem ↗lyrischen Ich; wird für die literarische Gestaltung der verschiedenen narrativen Instanzen verantwortlich gemacht und als ›Stimme‹ des Textes begriffen (vgl. W. Booth: *Die Rhetorik der Erzählkunst*, 2 Bde, 1974).

Der *historische* Autor ist nicht mit dem ↗Erzähler, dem ↗lyrischen Ich und anderen fiktiven Sprecherinstanzen zu verwechseln. Er wird ideologiekritisch seit dem ↗Poststrukturalismus gegen ↗Erlebnisdichtung und Programmästhetik gewendet und für die Bedeutungen und Funktionen eines literarischen Textes als nicht maßgebliche Instanz erkannt (R. Barthes: *The Death of the Author*, 1977): Der literarische Text ist mehr und oft auch etwas anderes, als der Autor bewußt oder unbewußt hineingelegt hat, als er an Erlebnissen oder Programmen auszudrücken oder umzusetzen vorgibt.

Mit dem Stichwort ›Die Rückkehr des Autors‹ wird der Autor seit Ende der 1990er Jahre in der Literaturwissenschaft offensiv als Konstrukt untersucht: Er entwirft nach bestimmten Vorbildern und mit unterschiedlichen Mitteln sein öffentliches Image – unter Umständen stilisiert er sein Leben nur im Hinblick auf seine literarischen Texte oder sie selbst sind ihm nur ein Mittel, berühmt, erfolgreich und letztlich auch durch seinen Nachruhm unsterblich zu werden.

Autoreferentialität ↗Selbstreferenz

Avantgarde [frz. Vorhut], ursprünglich militärischer Begriff, seit Mitte des 19. Jahrhunderts programmatisch auf die jeweils neuesten künstlerischen und literarischen Entwicklungen angewandt, die formal und inhaltlich bewußt in Opposition zu den bestehenden Konventionen treten (z. B. ↗Dadaismus, ↗Surrealismus, ↗Nouveau roman, ↗konkrete Dichtung).

Âventiure, f. [mhd., von mlat. *adventura* = Ereignis], in der Literatur des Mittelalters (besonders in der ↗Artusdichtung) Bezeichnung für eine ritterliche Bewährungsprobe (häufig personifiziert als ›Frau Âventiure‹): ein Kampf mit Riesen und Drachen, eine gefährliche Begegnung mit Feen an verwunschenen Orten (Wald, Zaubergarten) u. ä. Die Âventiuren sollen den Ruhm und den moralisch-sozialen Wert des Helden erhöhen, sind Prüfung und Beweis seiner Tugend. Als ›Âventiure‹ wird auch die Erzählung von einer Âventiure als Ganzes bezeichnet.

B

Ballade [ital.-provenzalisches Tanzlied], ursprünglich zum Reihen- und Kettentanz gesungenes Tanzlied mit Refrain, dann (sangbares) Erzähllied, das zwischen lyrischen Kurz- und epischen Langformen der Versdichtung steht.

Charakteristisch: Die liedhafte, sangbare, ›lyrische‹ Form (in der Regel gereimte, kurze, einfach gebaute Verse mit strophischer, meist vierzeiliger Gliederung, mit auffälliger Wiederholung metrisch-musikalischer und syntaktischer Schemata, ↗Refrain) und die epische Erzählweise verbinden sich mit dramatischer Gestaltung (Konzentration auf die Höhepunkte des Geschehens, ↗Dialog) und dramatisch-novellistischen Themen (typisch: das ungewöhnliche, geheimnisvolle, meist tragische Geschehen). Die Ballade galt für Goethe deswegen als ›lebendiges Ur-Ei‹ der Dichtung, das alle drei ↗Gattungen (Epos,

Lyrik und Drama) in sich vereint. Von der ↗Verserzählung, mit der die Ballade die Gattungsmischung teilt, durch die Sangbarkeit der Strophen, den ↗Refrain, die stilistische Einfachheit, die Konzentration auf ein einziges Ereignis und die Zurückhaltung des Erzählers unterschieden, von der ↗Romanze, mit der sie Gattungsmischung, Sangbarkeit und Volkstümlichkeit teilt, u. a. durch ihren Stoffreichtum.

Wichtige Sammlungen von (Volks-) Balladen entstehen im 18. und 19. Jahrhundert: Th. Percy: *Reliques of Ancient English Poetry, Old heroic Ballads* (1765), J.G. Herder: *Volkslieder* (1778/79), A. von Arnim/C. Brentano: *Des Knaben Wunderhorn* (1806–08); berühmte Kunstballaden von L. Chr. H. Hölty, G.A. Bürger (*Lenore*), J.W. von Goethe (*Der Erlkönig*), Fr. von Schiller (*Die Bürgschaft*), L. Tieck, C. Brentano, J. von Eichendorff, W. Scott, S.T. Coleridge, J. Keats, E. Mörike (*Der Feuerreiter*), A. von Droste-Hülshoff (*Der Knabe im Moor*), L. Uhland, Th. Fontane (*Archibald Douglas*), C.F. Meyer (*Die Füße im Feuer*), H. Heine (*Die schlesischen Weber*), B. Brecht, W. Biermann u. a. ↗Bänkelsang, ↗Romanze, ↗Volkslied

Bänkelsang [nach der Bank, die die Vortragenden als Podium benutzten], Sammelbezeichnung für Geschichten und Lieder, die als Zeitungsersatz seit dem 17. Jahrhundert von umherziehenden Sängern auf Jahrmärkten zu Drehorgelmusik vorgetragen und mit Bildtafeln illustriert worden sind.

Charakteristisch: die Konzentration auf sensationelle, rührselige oder schauerliche Begebenheiten (Naturkatastrophen, Unglücksfälle, Verbrechen, Liebes-, Familientragödien, seltener historisch-politische Ereignisse), die typisierten Figuren und Situationen, die formelhaft vereinfachte Sprache. Einfluß vor allem auf die ↗Balladen- und ↗Romanzendichtung seit dem 18. Jahrhundert (auch auf Brechts ↗episches Theater).

Bar, m., auch n. [mhd., in der Fechtersprache: ein kunstvoller Schlag, vgl. *parat* = erfolgreiche Abwehr], im ↗Meistersang Bezeichnung für ein mehrstrophiges Lied, stets mit ungerader Strophenanzahl (↗Stollenstrophe); am häufigsten: der sog. *gedritte Bar* aus drei Strophen (*Gesätzen*).

Barock, m. oder n. [portug. *barocco* = unregelmäßig, schiefrund (bei Perlen); danach frz. *baroque*, metaphorisch für ›exzentrisch, bizarr‹], im 18. Jahrhundert von J.J. Winckelmann abwertend für bizarre, effektvolle, vom Standpunkt der ↗klassizistischen Kunst aus regelwidrige Formen gebraucht, seit H. Wölfflins *Kunstgeschichtlichen Grundbegriffen* (1915) neutrale Bezeichnung für die Kunst des 17. und 18. Jahrhunderts, heute in der Kunstgeschichte allgemein die ↗Epoche zwischen 1600 und 1770 (↗Rokoko), in der Germanistik die Epoche zwischen 1620 und 1680. Häufig mit diesen Stichworten charakterisiert: Dominanz eines christlichen, absolutistischen Weltbilds; Glaube an eine strenge, von einem Zentrum ausgehende Ordnung der Welt; Zeitalter der ↗Emblematik und ↗Allegorie; Gegensatz von Lebensfreude und Weltangst; Erfahrung des Dreißigjährigen Kriegs (1618–48); Einsicht in die Vergänglichkeit aller Erscheinungen (vanitas), stoische Lebenshaltung und mystische Jenseitsvisionen.

Die Literatur des Barock ist vor allem Gelehrtendichtung (↗Sprachgesellschaften), geprägt von einem metaphorisch-allegorischen Denken und dem kunstvollen, z.T. sehr modern anmutenden Spiel mit den von zahlreichen ↗Poetiken (z.B. Opitz: *Buch von der deutschen Poeterey*, 1624) festgelegten Regeln der einzelnen Gattungen und ↗Genera dicendi.

Beliebte Gattungen und Strophenformen der barocken Lyrik: ↗Echogedicht, ↗Epigramm, ↗Figurengedicht, ↗Madrigal, ↗Ode, ↗Panegyrik, ↗Rondeau, ↗Sestine, ↗Sonett, das gesellige und religiöse ↗Lied. Beispiele von G.R. Weckherlin, M. Opitz, P. Gerhard, A. Gryphius, Chr. Hofmann von Hofmannswaldau, Fr. von Logau, Angelus Silesius, B.H. Brockes, P. Fleming u. a.

Für das Theater wichtig: die Entwicklung der ↗Guckkastenbühne mit maschinell austauschbaren Kulissen und Bühnenbildern, die Weiterentwicklung von ↗Jesuitendrama (J. Bidermann: *Cenodoxus*, 1602), ↗Festspiel (J.G. Schottel: *Neu erfundenes Freuden Spiel genandt Friedens Sieg*, 1648), Schäferspiel (↗Schäferdichtung) und Oper (*Daphne*, 1627, Text von M. Opitz, Musik von H. Schütz); Höhepunkte in allen drei Genera dicendi: das Trauerspiel (↗schlesisches Kunstdrama, ↗Schuldrama, in Frankreich ↗Haute tragédie), die ↗Haupt- und Staatsaktion (↗Wanderbühne) und das Prosalustspiel (A. Gryphius: *Herr Peter Squentz*, 1658).

In der Epik (vor allem Prosaroman) ebenfalls Einteilung nach den drei Genera dicendi: ↗heroisch-galanter Roman (Genus grande), Schäferroman (Genus medium, parodiert das Schema, des heroisch-galanten Romans, ersetzt Adelige durch Bürgermädchen und Studenten und führt das mehr durch erotische Anziehung als durch hohe Liebe verbundene Paar am Ende gewöhnlich nicht zusammen, z.B. M. Opitz: *Schaeffferey von der Nimpfen Hercinie*, 1630; Ph. von Zesen: *Adriatische Rosemund*, 1645) und ↗Schelmenroman (Genus humile, enttäuscht die ideale Welt des heroischen Romans: Der Held zieht sich nach einem wechselvollen Leben von der Welt zurück, z.B. Chr. von Grimmelshausen: *Simplicissimus*, 1668).

Beat generation [engl./amerikan. *beat* = Schlag, speziell: im Jazz der Grundschlag der Rhythmusgruppe; auch als Abkürzung von *beatific* = glückselig verstanden], Bezeichnung für eine Gruppe junger amerikanischer Schriftsteller, die um 1950/60 durch ihre betont anarchische Lebens- und Schreibweise (Kommunenbildung, Verherrlichung von Alkohol, Drogen, Sex, Kriminalität, Versenkung in Jazz, Leben im Untergrund bzw. auf der Straße, Entdeckung des Zen-Buddhismus, Entwicklung einer *Spontaneous prose*, einer nicht von der Vernunft kontrollierten, assoziativ-ekstatischen Schreibweise) berühtmt geworden ist.

Hauptvertreter: A. Ginsberg (*Howl and other poems*, 1956), J. Kerouac (*On the Road*, 1957), L. Ferlinghetti; nach dem Vorbild von W. Whitman, H.D. Thoreau, D.H. Lawrence, E.E. Cummings u.a. Von großem Einfluß auf die europäische Literatur seit den 1960er Jahren. ↗Pop-Literatur

Belletristik [frz. *belles lettres* = schöne Wissenschaften], zusammenfassende Bezeichnung für ›schöne‹ oder ›schöngeistige‹ Literatur, heute gleichbedeutend mit Unterhaltungsliteratur, im Unterschied zur wissenschaftlichen Literatur. Die Bezeichnung entstand im 18. Jahrhundert in Deutschland unter Einengung der französischen Verwendung, die Musik und Malerei miteinschloß.

Bibliographie [gr. Buchbeschreibung], a) Hilfswissenschaft zur Ermittlung und Beschreibung (Verfasser, Titel, Ort, Jahr, Band- und Seitenzahlen) und Ordnung (alphabetisch, chronologisch, systematisch) von Schrifttexten, b) das Produkt dieser Tätigkeit, das Bücherverzeichnis selbst.

Biedermeier [nach L. Eichrodt und A. Kußmaul, die die ›biederen‹ Reimereien des schwäb. Dichters Samuel Friedrich Sauter mit eigenen Parodien als *Gedichte des schwäbischen Schulmeisters Gottlieb Biedermaier...* veröffentlichten, 1850/65], Bezeichnung für Epoche zwischen 1815 und 1830 (oder 1848), für die Zeit nach dem Wiener Kongreß (Versuch der Wiederherstellung der monarchischen Ordnung durch strenge Regressionen, nach der Französischen Revolution und den Napoleonischen Befreiungskriegen, Unterdrückung demokratischer Bewegungen); auch als ↗Vormärz oder Restauration bezeichnet.

Als typisch gelten der resignierende Rückzug in beschränkte, unpolitische, private Bereiche (Häuslichkeit, Geselligkeit in Familie und Freundeskreis), der kauzige Sonderling, die Pflege des kulturellen Erbes (Gründung von Gesang- und Musikvereinigungen, historischen und literarischen Vereinen) und die genaue ›Beobachtung des Nächstliegenden‹.

Zum Biedermeier werden Maler wie F. G. Waldmüller, C. Spitzweg, M. von Schwind, Schriftsteller wie J. Gotthelf, F. Grillparzer, J. Nestroy, N. Lenau, E. Mörike, W. Müller, A. von Droste-Hülshoff, W. Raabe, A. Stifter, F. Th. Vischer gezählt, auch die Vertreter des ↗Jungen Deutschland.

Bild, 1. unscharfe Sammelbezeichnung der Stilanalyse für die verschiedensten Formen bildlicher Ausdrucksweise, die Natur- und Genreszenen beschreiben, optische Eindrücke in der Sprache widerspiegeln oder einen abstrakten Sachverhalt, einen Gedankengang oder seelische Regungen veranschaulichen (↗Allegorie, ↗Emblem, ↗Katachrese, ↗Metapher, ↗Personifikation, ↗Symbol, ↗Vergleich); 2. ↗Akt, ↗Szene; 3. Kompositionselement der erzählenden Literatur: Eine durch Beschreibung wiedergegebene Konstellation von Dingen oder Personen in einem bestimmten Moment (↗Szene, ↗Tableau); 4. Begriff der Filmwissenschaft: Der auf der Leinwand gezeigte Ausschnitt (zu differenzieren durch die Entfernung der Kamera zum gezeigten Bild: *Close-up*, *Medium* und *Long shot*).

Bildungsroman, von W. Dilthey (*Das Leben Schleiermachers*, 1870) eingeführte Bezeichnung für einen durch Goethes *Wilhelm Meisters Lehrjahre* (1795/96) ausgebildeten spezifisch deutschen Romantypus, in dem die innere Entwicklung einer Figur, die durch Lehrmeister und Konfrontationen mit der Realität (enttäuschte erste Liebe, verlorene Träume usw.) allmählich ins Leben eingeweiht und anscheinend zu einem ›charaktervollen, harmonischen Ganzen‹ und einem Teil der Gesellschaft ausgebildet wird, im Mittelpunkt steht.

Charakteristisch: der mehrstufige Aufbau (Jugend/Wanderjahre/Anerkennung und Einordnung in die Welt), die Polarisierung von Kindheit und Erwachsensein, Poesie und Wirklichkeit, Vers und Prosa, Nähe und Ferne usw. und die stark ausgeprägte symbolische Ebene. Oft auch verbirgt sich hinter der ›Bildung‹ eines Helden eine meist nicht bemerkte gegenläufige, negative Entwicklung: Der Held bezahlt die ›Bildung‹ mit dem Verlust der Individualität, der Unschuld, mit Unfruchtbarkeit, gar mit dem Tod. Häufig ist das Scheitern als Künstler Gegenstand.

Um die Gattung ›Bildungsroman‹ zu schärfen, wurde sie im literaturwissenschaftlichen Gebrauch zum Teil von den allgemeiner verstandenen Bezeichnungen ›Erziehungsroman‹ und ›Entwicklungsroman‹ abzugrenzen versucht. In diesen steht zwar ebenfalls die Entwicklung bzw. Eziehung einer Figur im Mittelpunkt; das Ziel jedoch ist keine ›Bildung‹ in einem bestimmten philosophisch-idealistischen Sinn, keine Ausbildung des Einzelnen zu einem Ganzen. Die Unterschiede sind allerdings fließend.

Vorbereitet u. a. durch J. J. Rousseaus *Émile* (1762) und die autobiographischen Seelenschilderungen des ↗Pietismus. Beispiele: Jean Paul: *Hesperus* (1795), *Titan* (1800/1803), L. Tieck: *Franz Sternbalds Wanderungen* (1798), Novalis: *Heinrich von Ofterdingen* (1802), Fr. Hölderlin: *Hyperion* (1797/99), A. Stifter: *Der Nachsommer* (1857), G. Keller: *Der grüne Heinrich* (2. Fass. 1879/80), H. Hesse: *Das Glasperlenspiel* (1943).

Binäre Opposition [zu lat. *binarus* = zwei enthaltend], zentrales Klassifizierungs- und Beschreibungsverfahren der an der Linguistik orientierten Literaturwissenschaft (↗Formalismus, ↗Strukturalismus), geht davon aus, daß vor allem Beziehungen der ↗Analogie (↗Äquivalenz) und des Gegensatzes (↗Antithese) das Bedeutungsgefüge eines Textes organisieren, und reduziert so komplexe Sachverhalte auf den Gegensatz von zwei Faktoren: Zwei Zeichen stehen genau dann in binärer Opposition zueinander, wenn sie einander aufgrund mindestens eines ihrer Merkmale ausschließen (z.B. *Gipfel* und *Wipfel*: Obwohl beide ›oben‹ bezeichnen, schließen sie einander aufgrund der binären Opposition von starrem Stein und beweglichem Baum, Grau und Grün usw. aus; die semantischen Unterschiede sind reduzierbar auf die binäre Opposition von |g| und |w|). ↗Paradigma

Binnenerzählung, die in eine (↗Rahmen-)Erzählung eingelagerte Erzählung.

Binnenreim, ein Reim innerhalb eines Verses: »Sie *blüht und glüht und* leuchtet« (Heine: *Die Lotosblume*); auch für andere Reimstellungen im Versinnern (↗Zäsurreim, ↗Schlagreim, ↗Mittelreim) und für Reime, bei denen nur ein Reimwort im Versinnern steht (↗Mittenreim).

Biographie [gr. Lebensbeschreibung], Darstellung der Lebensgeschichte eines Menschen mit dem Anspruch, die Fakten wiederzugeben, nutzt oft auch Techniken der fiktionalen Literatur und orientiert sich an Strukturen der ↗Hagiographie und ↗Legende. Die Grenzen zu ↗Vita, ↗Nekrolog, ↗Memoiren, biographischem Roman u.a. sind fließend.

Beispiele: Tacitus: *Agricola*, G. Boccaccios *Vita di Dante* (um 1360), G. Vasari: *Vite de' piú eccellenti architetti, pittori et sculptori italiani* ..., 1550/58; Voltaire: *Histoire de Charles XII*, 1731; J. Boswell: *The Life of Samuel Johnson*, 1791; C.G. Droysen: *Leben des Feldmarschalls Yorek von Wartenburg*, 1851/52; C. Justi: *Winckelmann*, 1866/72; Fr. Gundolf: *Goethe*, 1916; S. Zweig: *Fouché*, 1929; G. Mann: *Wallenstein*, 1971; W. Hildesheimer: *Mozart*, 1977; A. Muschg: *Gottfried Keller*, 1977; N. Boyle: *Goethe*, 1999; R. Stach: *Kafka*, 2002; R. Safranski: *Schiller*, 2004, u.a.

Bîspel [mhd. Bei-Erzählung, ↗Beispiel], kleinere Erzählgattung des Mittelalters, in ↗Reimpaaren, mit knapper Darstellung eines Einzelfalls und meist umfangreicherer, moralisierend-didaktischer Auslegung. Eng verwandt mit ↗Exemplum, ↗Fabel, ↗Märe, ↗Parabel, ↗Rätsel; Teil der ↗Lehrdichtung; als selbständiger Typus erstmals vom Stricker (um 1220/50) gestaltet.

Bitterfelder Weg, Kulturprogramm der DDR, beschlossen auf der ›Ersten Bitterfelder Konferenz‹ am 24. 4. 1959. Kernpunkte: Abwendung von Nachkriegsthemen (Weltkrieg, antifaschistischer Widerstand) hin zu Gegenwartsproblemen (z.B. sozialistischer Aufbau in der Großindustrie und in den LPGs, den landwirtschaftlichen Produktionsgenossenschaften); Arbeiter als Autoren bzw. Autoren (wie z.B. Fr. Fühmann, H. Müller, P. Hacks) als Arbeiter (Schlagwörter: »Kumpel, greif zur Feder«, »Dichter in der Produktion«). Wesentliche Voraussetzungen: Gründung des ›Literaturinstituts J.R. Becher‹ 1955 in Leipzig, das vor allem Industrie- und Landarbeiter zu Schrifstellern ausbildete; der Revisionismusvorwurf gegenüber G. Lukács; der 1957 erhobene Führungsanspruch der SED auch in kulturellen Fragen. Auf der ›Zweiten Bitterfelder Konferenz‹ 1964 enttäuscht relativiert, da die Überwindung der Entfremdung von Kunst und Gesellschaft nur mangelhat gelungen war. ↗Arbeiterliteratur, ↗DDR-Literatur

Blankvers [engl.], wichtigster englischer Dramenvers (Marlowe, Shakespeare, Milton), seit Lessings *Kleonnis* (1755) auch in Deutschland nachgebildet: reimlos (›blank‹), mit fünfhebigen Jamben, männlichem oder weiblichem Versschluß, z.B. »Die schṓnen Táge vón

Aránjuéz« (Schiller: *Don Carlos*), »Heráus in éure Schátten, rége Wípfel« (Goethe: *Iphigenie*).

Bloomsbury Group [nach dem Londoner Stadtteil Bloomsbury], von 1906 bis etwa 1930 bestehender exklusiver Kreis von Schriftstellern, Verlegern, Malern, Wissenschaftlern, Kritikern um Leonard und Virginia Woolf, dem z. B. auch E. M. Forster, Clive und Vanessa Bell angehörten.

Bohème [frz., zu mlat. *bohemas* = Böhme, seit dem 15. Jahrhundert auch: Zigeuner (offenbar, weil die Zigeuner über Böhmen eingewandert sind)], Bezeichnung für Künstlerkreise, die sich bewußt außerhalb der bürgerlichen Gesellschaft etablieren. Zum ersten Mal faßbar um 1830 in Paris (Quartier Latin, Montmartre) im Umkreis der französischen Romantiker (Th. Gautier, Nerval), dann auch in London, München (Schwabing), Berlin, Mailand u. a.

Botenbericht, bühnentechnischer Kunstgriff: Ein für die dramatische Handlung wichtiges Ereignis wird durch einen Augenzeugen oder Boten berichtet, da es sich außerhalb der auf der Bühne dargestellten Welt abspielt oder technisch schwer darzustellen wäre (Schlacht, Naturkatastrophe u. ä.). ↗ Mauerschau, ↗ Teichoskopie

Boulevardkomödie [frz.], publikumswirksame, ursprünglich zum Repertoire der Pariser Boulevardtheater gehörende ↗ Komödie, für die das Milieu (meist neureiches Großbürgertum mit Affinität zur Halbwelt), die immer wiederkehrende Thematik (Liebesaffären aller Art), eine raffinierte Handlungsführung, der geistreiche Dialog und die jeweils der Zeitsituation angepaßte Ausstattung (Moden, Möbel, Accessoires) charakteristisch sind. Beispiele von G. Feydeau, E. Labiche, E. Rostand, N. Coward, A. Schnitzler, Fr. Molnar u. a.

Brechung, Bezeichnung der mittelhochdeutschen Metrik für die Durchbrechung einer metrischen Einheit (Vers-, Reimpaargrenze) durch die Syntax bzw. die Aufteilung eines Verses auf zwei oder mehrere Sprecher. ↗ Enjambement, ↗ Hakenstil, ↗ Antilabe

Brief [von lat. *breve (scriptum)* = kurzes Schriftstück], schriftliche Mitteilung eines bestimmten Verfassers an einen bestimmten Adressaten.

Gilt als Ersatz für eine mündliche Aussprache, »Hälfte eines Dialogs« (Aristoteles); ist primär Mittel der Kommunikation mit einem anderen, eine soziale Handlung, ein in die Zukunft gerichteter Entwurf des Schreibers (im Mittelalter besitzt der Brief als Fixierung rechtsgeschäftlicher Vorgänge urkundliche Wirkung, vgl. den Ausdruck *verbrieftes Recht*). Der Brief zeugt wie das ↗ Tagebuch von den jeweiligen Umständen des Schreibens (Unterbrechung, Wechsel des Schreibmittels, des Papiers, des Stils, der Form, Wandel der Tageszeiten) und steht, wie z. B. auch die ↗ Autobiographie, zwischen Kunst- und Lebensform.

Er kann sich unabhängig vom historisch realen Adressaten verselbständigen, z. B. als in Briefform gekleideter ↗ Essay, als ↗ Satire, Literaturkritik usw.; so z. B. Luthers *Sendbrieff vom Dolmetzschen* (1530), Lessings *Briefe die Neueste Literatur betreffend* (1759–65), Herders *Briefe zur Beförderung der Humanität* (1793–97), Schillers *Briefe über die ästhetische Erziehung des Menschen* (1795), Börnes *Briefe aus Paris* (1832), Hofmannsthals *Ein Brief* (1902, Chandos-Brief). Eine Poetisierung ist der nach dem Vorbild von Ovids *Heroides* in Versen verfaßte Brief, den hochgestellte Personen aus Sage, Bibel oder Geschichte geschrieben haben könnten (die sog. *Heroide*, z. B. von Chr. Hofmann von Hofmannswaldau, 1679); Ovid selbst fingiert die Liebesbriefe berühmter Paare der Mythologie. Eine Mischform ist die ↗ Epistel, die anders als die *Heroide* nicht notwendig an einen fiktiven Schreiber, an eine Rolle gebunden ist, aber allein schon durch die Versform einen weniger persönlich-intimen Charakter besitzt.

Der Brief gewinnt vor allem im 18. Jahrhundert durch den ↗Briefroman, das rhetorische Ideal des natürlichen Sprechens und Schreibens (Chr. F. Gellert, ↗Briefsteller) sowie den Freundschaftskult der ↗Empfindsamkeit an Bedeutung. Bekannte Briefwechsel dieser Zeit zwischen Klopstock und Meta Noller, Schiller und Goethe u. a.

Briefroman, Form des ↗Romans, besteht aus einer Folge von Briefen eines oder mehrerer fingierter Verfasser.

Zeichnet sich durch Verfahren aus, die die Anteilnahme (Identifikation) des Lesers gestatten und erheischen: die Ich-Form, die Wahl einer außerliterarischen, vermeintlich natürlichen, nicht künstlichen Gattung, die der Leser selber schreiben kann, die suggerierte geringe Distanz zwischen Erlebnis und Aufzeichnung, der anscheinend offene Zukunftshorizont (Spannung) usw. Nach dem Muster von S. Richardsons *Pamela* (1740) und *Charles Grandison* (1753) bis 1820 massenhaft verbreitet: J. J. Rousseau: *Julie ou la Nouvelle Héloïse* (1761), J.C.A. Musäus: *Grandison der Zweite* (1760/62), Ch. de Laclos: *Les liaisons dangereuses* (1782), S. von La Roche: *Das Fräulein von Sternheim* (1771), J. W. von Goethe: *Die Leiden des jungen Werthers* (1774), L. Tieck: *William Lovell* (1795/96), Fr. Hölderlin: *Hyperion* (1797), u. a. Später seltener, z. B. W. Raabe: *Nach dem großen Kriege* (1861) oder A. Gide: *École des femmes* (1929).

Briefsteller, ursprünglich professioneller Schreiber, der für andere Briefe schrieb, sie ›erstellte‹, dann übertragen: schriftliche Anleitung zum Briefeschreiben, meist mit Formeln und Musterbriefen für unterschiedliche Anlässe und Adressaten.

Beispiele: G. Ph. Harsdörffer: *Der Teutsche Secretarius* (1656), K. Stieler: *Der allzeit fertige Secretarius* (1673), Chr. Fr. Gellert: *Sammlung vorbildlicher Briefe nebst einer praktischen Abhandlung von dem guten Geschmack in Briefen* (1751), u. a.

Buchdruck, bereits im frühen China üblich (4. Jh.: mit Inschriftensteinen, 8.–10. Jh.: mit Holzplatten, 11. Jh.: mit beweglichen Lettern); ebenso im ägyptisch-römsichen Altertum (eingefärbte Stein- bzw. Metallstempel mit figürlichen Darstellungen, Buchstaben oder ganzen Wörtern, Namen) und wohl auch im Mittelalter (eine Tontafel in Prüfening von 1199 zeigt eine 17zeilige Weihinschrift, die mit einem Holzstempel hergestellt wurde). Handabzüge von Holz- und Metalltafeln auf Papier (Holztafel- oder Plattendrucke) werden seit der ersten Hälfte des 15. Jahrhunderts mit den jeweils leeren Seiten zusammengeklebt und zu Büchern gebunden (Blockbuch); seit 1450 (Gutenberg) Druck mit beweglichen Lettern (↗Inkunabel).

Bukolische Dichtung ↗Schäferdichtung

Bürgerliches Trauerspiel, dramatische Gattung der deutschen ↗Aufklärung, definiert durch ihre Unterschiede zur traditionellen, an antikem Muster orientierten ↗Tragödie: Sie gestaltet das tragische Schicksal von Menschen bürgerlichen Stands, nicht das Unglück der Großen (Bruch der ↗Ständeklausel), verwendet ↗Prosa, nicht die der Alltagssprache vermeintlich fernere Verssprache, verbindet ↗Tragik mit dem Verlust ethischer Werte (Tugend, Sittlichkeit, Würde, Ehre usw.), nicht mit der sozialständischen ↗Fallhöhe, und spielt in mehrfacher Hinsicht im bürgerlichen Haus (vgl. die Bezeichnung der Vorläufer: die englische *Bourgeois* oder *Domestic tragedy* wie z. B. G. Lillos *The London Merchant*, 1731, die französische *Tragédie domestique* wie z. B. D. Diderots *Le père de famille*, 1758).

Hauptschauplatz ist der private Raum des Bürgers (↗Guckkastenbühne), nicht der große Platz vor einem Palast (wie in der klassischen Tragödie), auch das Personal (Vater/Tochter/Ehefrau), die Motive und Stoffe sind an das private Haus gebunden. Greift darin auf die ↗Komödie (↗weinerliches Lustspiel, ↗Tragikomödie), auch den englischen Roman (z.B. S. Richardsons *Clarissa*, 1747/48) zurück. Zielt durch den Bruch mit den Konventionen gerade auf eine Erneuerung der Tragödie und deren Wirkung (↗Katharsis, ↗Wirkungsästhetik): »Das Unglück derjenigen, deren Umstände den unsrigen am nächsten kommen, muß natürlicherweise am tiefsten in unsere Seelen dringen« (Lessing); dieses Mitleiden soll den Zuschauer ›sittlich-moralisch‹ belehren und sensibilisieren. Theoretisch fundiert in Philosophie und Poetik der Aufklärung (G.E. Lessing: *Briefe die neueste Literatur betreffend*, 1759–65, *Hamburgische Dramaturgie*, 1767–69).

Beispiele: G.E. Lessing: *Miß Sara Sampson* (1755), *Emilia Galotti* (1772), Fr. von Schiller: *Kabale und Liebe* (1783), H.L. Wagner: *Die Kindermörderin* (1776), J.M.R. Lenz: *Der Hofmeister* (1774), *Die Soldaten* (1776), Fr. Hebbel: *Maria Magdalena* (1844), u.a.

Burleske [nach ital. *burlesco* = spaßhaft, spöttisch], 1. derbkomisches Improvisationsstück, das in der Tradition der ↗Commedia dell'arte bestimmte Sachverhalte und menschliche Charakterzüge der Lächerlichkeit preisgibt (↗Posse, ↗Farce). Beispiele: J.W. Goethe: *Götter, Helden und Wieland* (1773), F.T. Vischer: *Einfacherer Schluß der Tragödie Faust* (1862); 2. Form der Epenparodie, die im Unterschied zur ↗Travestie das Stilniveau beibehält und dafür den erhabenen Inhalt gegen das Alltäglichste eintauscht (Mäuse anstelle von Heroen, ein gestohlener Eimer als Kriegsauslöser anstelle der gestohlenen Helena); oft auch synonym verwendet (z.B. P. Scarron: *Le Virgile travesti en vers burlesques*, 1648–53).

Beispiele: *Batrachomyomachia* (5./4. Jh. v.Chr.), S. Butler: *Hudibras* (1663–73), J. Gay: *Beggar's Opera* (1728), u.a.

Bylinen, f. Pl. [russ. *bylina* = Ereignisse (der Vergangenheit)], episches ↗Heldenlied der russischen Volksdichtung (↗Epos, ↗Oral poetry); umfaßt etwa 500–600 rhythmische, freie, reimlose Verse mit deutlicher Mittelzäsur; von einem Saiteninstrument begleitet, im Sprechgesang rezitiert; heute noch gepflegt.

Byronismus, nach dem englischen Dichter George Gordon Lord Byron (1788–1824) benannte, von Weltschmerz und Pessimismus bestimmte Lebens- und Stilhaltung zu Beginn des 19. Jahrhunderts; dem Byronismus zugeordnet: P.B. Shelley, J. Keats, T. Gautier, A. Puschkin, W. Waiblinger, A. von Platen, Chr. D. Grabbe, N. Lenau u.a., die vor allem heroisch-unglückliche Außenseiter wie Prometheus, Ahasver, Kain, Faust, Don Juan in den Mittelpunkt ihrer Dramen, Versepen und lyrischen Gedichte stellen.

C

Camouflage [frz. Tarnung, Maskierung], sprachliche Verhüllung einer Aussage, die, wird sie dennoch verstanden, den Leser oder Hörer zum Gesinnungsverwandten des Autors macht; allgemein für jede literarische Strategie, die in einem Text eine zweite, verborgene Bedeutungsebene errichtet (Differenz zwischen Oberflächentext und Subtext, exoterischer und esoterischer, offensichtlicher und versteckter Ebene); oft zur Umgehung von Tabus und Zensurvorschriften genutzt; bevorzugter Kunstgriff in ↗absoluter, geselliger und gelehrter Dichtung.

Canto, m. [ital. Gesang], Bezeichnung für den längeren Abschnitt einer epischen Versdichtung, vor allem im ↗Epos, z.B. in Dantes *Divina Comedia*, Ariosts *Orlando furioso*, dann auch bei Voltaire, Byron (*Don Juan*), als ›Gesang‹ übersetzt von Klopstock (*Messias*), Mörike (*Idylle vom Bodensee*) u.a.

Canzoniere [ital.], Sammlung von Liedern oder anderen lyrischen Gedichten; am berühmtesten: der *Canzoniere* von Petrarca (um 1350, gedruckt 1470). ↗Kanzone, ↗Petrarkismus

Captatio benevolentiae [lat. Haschen nach Wohlwollen], Redewendung, mit der man sich, meist zu Beginn eines Werks oder einer Rede (↗Prolog), die Gunst des Publikums erwerben will, indem man sich oder seine Fähigkeiten herabsetzt (›fishing for compliments‹). ↗Devotionsformel

Carmen, n., Pl. *carmina* [lat. Rezitation, Gesang], 1. altlateinisches Kultlied, rituelles Gebet, Zauber- und Beschwörungsformel, Prophezeiung, Schwurformel, Gesetzes- und Vertragstext; arbeitet, wie die in fast allen Sprachen nachweisbaren Kultlieder, auffällig mit Figuren der Symmetrie (↗Alliteration, ↗Zwillingsformel, ↗Reim, ↗Parallelismus, ↗Anapher, ↗Epipher); enthält so im Keim Formen, die in ästhetisierter, entmagisierter Funktion vor allem in der lyrischen Poesie wichtig werden (↗Lyrik, ↗Vers); 2. in der römischen Literatur allgemeine Bezeichnung für ein (lyrisches) Gedicht; 3. im Mittelalter Bezeichnung für Gedichte weltlichen oder geistlichen Inhalts (↗Vagantenlied).

Carmen figuratum [lat.] ↗Figurengedicht

Chanson [frz. Lied], 1. in frz. Literatur des Mittelalters: jedes volkssprachliche, gesungene epische (↗Chanson de geste) oder lyrische Lied; 2. heute: alle Arten des ein- und mehrstimmigen, meist nur von einem Instrument begleiteten, häufig auf Kleinkunstbühnen vorgetragenen Lieds (↗Couplet, ↗Song), z. B. F. Hollaenders *Ich bin von Kopf bis Fuß auf Liebe eingestellt.*

Chanson de geste, f. [frz. Tatenlied, zu lat. ↗Gesta], das anonyme französische ↗Heldenepos des Mittelalters mit einem Stoff aus der nationalen Geschichte, vor allem aus der Karolingerzeit, z. B. das *Chanson de Roland* (zwischen 1060 und 1130) oder *Huon de Bordeaux* (um 1200); in ↗Laissen-Strophen, häufig im ↗vers commun oder ↗Alexandriner, von Spielleuten meist zur Geige oder Leier vorgetragen. Oft in andere Gattungen (wie ↗komisches Epos, ↗Verserzählung, ↗Roman) eingegangen, z. B. in Ariosts *Orlando furioso* (Rolandslied) oder Wielands *Oberon* (Huon).

Charakter ↗Typus

Charge, f. [frz. Bürde (eines Amtes)], im Theater: Nebenrolle mit meist einseitig gezeichnetem Charakter, z. B. der Derwisch in Lessings *Nathan* oder der Kammerdiener Wurm in Schillers *Kabale und Liebe.*

Chevy-chase-Strophe [nach der Eingangsballade von Percys *Reliques of Ancient English Poetry* (1765): »Die Jagd auf den Hügeln von Cheviot«], Strophenform zahlreicher englischer Volks- und Kunst- ↗Balladen, im 15. Jahrhundert entstanden, seit dem 18. Jahrhundert auch in Deutschland beliebt: mit 4 Zeilen, abwechselnd 4 (1./3. Z.) und 3 (2./4. Z.) Hebungen, freier Füllung und durchweg betontem Versausgang (männliche ↗Kadenz), wobei zunächst nur die 2. und 4. Zeile reimen. Häufig Abweichungen vom Grundschema, z. B. sechszeilig, Reimschema abxbxb, ausschließlich vierhebige Verse usw.

Beispiele: S. T. Coleridge: *The Ancient Mariner*, Fr. G. Klopstock: *Heinrich der Vogler*, J. W. Goethe: *Der Fischer* (Verdoppelung des Schemas), Th. Fontane: *Archibald Douglas.*

Chiasmus [lat. in der Form des gr. Buchstabens chi (χ): in Überkreuzstellung], überkreuzte syntaktische Stellung von Wörtern zweier aufeinander bezogener Wortgruppen oder Sätze: »Eng ist die Welt und das Gehirn ist weit« (Schiller). Dient oft der sprachlichen Veranschaulichung einer ↗Antithese oder der Verschleierung eines semantischen ↗Parallelismus.

Chiffre [frz. Ziffer, Zahlzeichen, aus arabisch *sifr* = Null], 1. Namenszeichen, Monogramm; 2. Geheimschrift, bei der jeder Buchstabe (Zeichen) nach einem bestimmten System (↗Code) durch einen anderen ersetzt wird (Chiffrierung); 3. besonders in moderner Lyrik und Prosa: Einfaches, meist bildhaft-sinnfälliges, seiner eigentlichen Bedeutung entleertes Wort, dessen neue Bedeutung sich aus dem Zusammenhang erschließt, z. B. ›blaues Klavier‹ für das poetische Lied bei E. Lasker-Schüler.

Choljambus [lat.-gr. Hinkjambus, zu gr. *cholos* = lahm], antikes, vor allem in komischen und satirischen Gedichten gebrauchtes Versmaß: Ein jambischer ↗Trimeter, dessen letzter Jambus durch einen ↗Trochäus ersetzt ist: ⏑–⏑– | ⏑–⏑– | ⏑––⏓. Im Deutschen nachgebildet von A. W. Schlegel (»Der Chóliámbe schéint ein Vérs für Kúnstríchter / Die immerfort voll Naseweisheit mitsprechen, / Und eins nur wissen sollten, / Daß sie nichts wissen.«), Fr. Rückert u. a.

Chor [gr. *choros* = die für kultische Tänze abgegrenzte Fläche, dann: die Tänzer und die von ihnen vorgetragenen Gesänge selbst], wichtiges Merkmal der ↗Tragödie nach antikem Vorbild: Sprecher- bzw. Sängerkollektiv, oft als Repräsentant des Volks, Gegengewicht zum Helden, idealer Zuschauer, moralische Kontrollinstanz u. ä. eingesetzt, z. B. in Gryphius' *Leo Armenius*, Lohensteins *Agrippina* (↗schlesisches Kunstdrama), Schillers *Braut von Messina*, Goethes *Faust II*, Tiecks *Prinz Zerbino*, P. Weiss' *Gesang vom lusianischen Popanz*. Bei Shakespeare und in der ↗Tragédie classique funktional durch Einzelpersonen ersetzt (der Narr, der Vertraute). Chorische Aufführungen sind die Vorformen des griechischen und europäischen Dramas (↗Komödie, ↗Tragödie, ↗Dithyrambos, ↗geistliches Spiel, ↗Reyen).

Chorjambus [gr.-lat.], antiker Versfuß: –⏑⏑–. Als Zusammensetzung von Choreus (= Trochäus) und ↗Jambus gedeutet; wichtiger Baustein der *äolischen*, in Gedichten der frühgriechischen Dichter Sappho und Alkaios (um 600 v. Chr.) überlieferten ↗Odenmaße; im Deutschen durch Hebung/Senkung/Senkung/Hebung nachgebildet: »Múhend versénkt/ángstlich der Sínn / Sích in die Nácht« (Goethe).

Chorlied, lyrische Dichtung für den Gesangsvortrag durch einen Chor (Gegensatz ↗Monodie, ↗Rhesis); ursprünglich mit rituellen Tänzen, Märschen, Prozessionen oder Zusammenkünften verbunden, z. B. ↗Hymne, ↗Dithyrambos, ↗Päan, Threnos (Totenklage), Choral usw. ↗Strophe

Chronik [gr.-lat. Zeitbuch], Auf- bzw. Nachzeichnung historischer Ereignisse in ihrer zeitlichen Folge; erfaßt im Gegensatz zu den ↗Annalen oft größere Zeitabschnitte, reiht Ereignisse nicht nur unverbunden aneinander, sondern sucht auch sachlich-ursächliche Zusammenhänge herzustellen. Besonders häufig im Mittelalter als Welt-, Stadt-, Kaiser-, Kloster-, Familienchronik u. ä., z. B. die *Sächsische Welt-Chronik* (um 1237, vermutlich von Eike von Repgow), die *Gandersheimer Reimchronik* (1216/18, von Priester Eberhard) die reich illustrierte *Schedelsche Welt-Chronik* (1493). Als Kunstgriff Sonderform der ↗historischen Erzählung (›chronikale Erzählung‹), z. B. W. Rabeners *Auszug aus der Chronike des Dörfleins Querlequitsch, an der Elbe gelegen* (1742) oder Th. Fontanes *Grete Minde* (1880): Der Autor gibt sich als Herausgeber einer oft in archaisierendem Stil verfaßten (fiktiven) Chronik oder eines chronikähnlichen Manuskripts (Tagebuch, Briefe u. ä.) aus.

Chronotopos [gr. Zeit + Ort], von M. Bachtin (*Formen der Zeit im Roman*, postum 1975, dt. 1989) geprägter Begriff für die unauflösbare Verbindung literarischer Raum- und Zeitgestaltung im Roman: »Die Merkmale der Zeit offenbaren sich im Raum, und der Raum wird von der Zeit mit Sinn erfüllt und dimensioniert«. Je nach Romantypus und Epoche besitzen Zeit und Raum besondere, näher bestimmbare Funktionen für den Gang der Erzählung, werden auf eine spezifische Weise gestaltet und mit bestimmten Motiven (dem Narr, dem Schurken, der Idylle usw.) verbunden. ↗ Abenteuerroman, ↗ Dialogizität, ↗ mythisches Analogon.

Code [frz.-engl., von lat. *codex* = Schreibtafel, Buch, Verzeichnis], 1. (als Fachausdruck in der Fernmeldetechnik und im militärischen Nachrichtenwesen): Buch mit Anweisungen für die Ver- und Entschlüsselung einer Nachricht in eine oder aus einer Geheimsprache; 2. in der ↗ Semiotik, Informations- und Kommunikationstheorie Grundlage für das Verstehen von Zeichen: Vorschrift für die eindeutige Zuordnung der Zeichen eines Zeichenvorrats zu denjenigen eines anderen Zeichenvorrats, die Gesamtheit des Wissens (Wortschatz, Lebenserfahrung, grammatische Regeln usw.), über das Sender und Empfänger einer Nachricht zumindest zum Teil verfügen müssen, damit sie die Nachricht übermitteln und verstehen können. Literarische Texte sind in diesem Sinn *kodierte*, verschlüsselte Informationen, die der Leser aufgrund verschiedener Codes (von R. Barthes: *S/Z*, 1987, unterteilt z. B. in *symbolischen*, *kulturellen*, *proairetischen*, *hermeneutischen* Code) *dekodieren*, d. h. entschlüsseln kann; 3. in der Linguistik: ›Sprachsystem‹.

Collage [frz. Aufkleben], ursprünglich Begriff der bildenden Kunst, als literarisches Verfahren: die Kombination von meist unterschiedlichem, vorgefertigtem sprachlichen Material; auch die so entstandenen Produkte (von Lautréamont einmal als Resultate der zufälligen Begegnung einer Nähmaschine und eines Regenschirms auf einem Operationstisch bezeichnet), z. B. K. Kraus: *Die letzten Tage der Menschheit* (1919), A. Döblin: *Berlin Alexanderplatz* (1929). Oft synonym mit ↗ Montage verwendet. Häufig im ↗ Dadaismus und ↗ Surrealismus.

Comédie larmoyante, frz. Variante des ↗ weinerlichen Lustspiels, Beispiele von P. C. de Marivaux, P. C. Nivelle de La Chaussée (*L'école des mères*, 1744).

Comedy of humours [nach der seit dem Mittelalter gebräuchliche Einteilung der menschlichen Charaktere (*humours*) in die für sie vermeintlich spezifischen Körpersäfte (engl. ebenfalls *humours*)], englischer Komödientyp des 16. und frühen 17. Jahrhunderts mit satirisch überzeichneten, extremen Charakteren; ausgebildet von Ben Jonson (*Every Man in His Humour*, 1598).

Comedy of manners, im 17./18. Jahrhundert beliebter englischer Komödientyp, in der Tradition des europäischen Sittenstücks (Karikatur zeitgenössischer Moden, Gebräuche usw.), vor allem nach dem Vorbild Molières. Beispiele: J. Dryden: *Marriage à la Mode* (1672); W. Congreve: *Love for Love* (1695); R. B. Sheridan: *School for Scandal* (1777). ↗ Salonstück, ↗ Boulevardkomödie

Comics [engl./amerik., von *comic strips* = komischer (Bild)streifen], Ende des 19. Jahrhunderts in den USA entstandene spezielle Form der Bildergeschichte: durch das vom Film übernommene Prinzip der Reihung zur Handlungssequenz zusammengefügte Bilder, meist mit integrierten Textformen (Erzählerbericht, Sprechblasen, Soundwörter) und spezifischer Gestaltungsweise (z. B. sog. *speed lines*, Geschwindigkeitsstreifen). Gelten meist als Trivialliteratur, sind jedoch im Gefolge der amerikanischen Pop-Art (R. Lichtenstein), des avantgardistischen Films (J. L. Godard, F. Fellini u. a.), der sog. *Pop-Literatur* (H. C. Artmann, E. Jandl u. a.), der ↗ Semiotik sowie durch gezielt gesellschaftskritische Verwendung (in der sog. *Underground-Literatur*) Gegenstand literaturwissenschaftlicher Analysen geworden. Vorläufer: der mittelalterlichen. Bilderbogen, die Moritat (↗ Bänkelsang), die Karikatur, Serienbilder und Bildergeschichten (z. B. W. Hogarth: *A Harlot's Progress*, 1732; W. Busch: *Max und Moritz*, 1865).

Commedia [ital.], in der italienischen Literatur des Mittelalters ursprünglich jedes volkssprachliche Gedicht (im Gegensatz zum lat.) mit glücklichem Ausgang, z. B. Dantes *La Divina Comedia* (um 1292–1321, Erstdruck 1472 ↗Epos); später eingeengt auf das Drama allgemein, vor allem die Komödie.

Commedia dell'arte [ital. aus Lustspiel + Kunst, Gewerbe], um die Mitte des 16. Jahrhunderts in Italien entstandener Typus der ↗Komödie, von nachhaltigem Einfluß auf die europäische Theatergeschichte: Handlungsverlauf und Szenenfolge sind vorgeschrieben; Dialogpartien, Scherze (*lazzi*), ausdrucksstarke Gebärden, Tanz- und Musikeinlagen, akrobatische Kunststücke, Zaubertricks u. ä. werden aus dem ↗Stegreif improvisiert – erleichtert durch vorgefertigte, mit bestimmten mimischen Effekten und Scherzen verbundene, oft in Büchern gesammelte Musterreden, vor allem aber durch feststehende Figurentypen mit jeweils ganz eigenem Charakter, typischem Kostüm, Maske und Dialekt.

Die wichtigsten dieser Figurentypen: der Diener ↗*Arlecchino* und sein weibliches Pendant, häufig seine Geliebte: die kokette Dienerin *Colombina*; der pedantisch-gelehrte, mit lateinischen Zitaten prahlende schwarzgekleidete, vom Wein gerötete *Dottore*; der alte, geizige, doch liebesblinde venezianische Geschäftsmann *Pantalone*, mit Brille, Hakennase, langen roten Hosen und gelben Schnabelschuhen; der *Capitano*, der spanische, mit seinem Heldentum prahlende, doch feige Liebhaber; der faule Diener *Pulcinella*, mager und bucklig, mit heiserer Stimme, Vogelnase, Schnurr- und Backenbart, im weiten weißen Kittel und weißen Hosen (in England als Punch, in Rußland als Petruschka bezeichnet); die nichtmaskierten Verliebten *Florindo* und *Isabella*. Von Berufsschauspielern (↗Wanderbühne) bis ins 19. Jahrhundert aufgeführt, seit der 2. Hälfte des 20. Jahrhunderts zunehmend wiederbelebt (z. B. von G. Strehlers Piccolo Teatro in Mailand).

Beeinflußte u. a. Shakespeare (*Der Widerspenstigen Zähmung*, 1594, Gremio als Pantalone), Gryphius (der Capitano in *Horribilicribrifax Teutsch*, 1663), Goethe (*Jahrmarktsfest zu Plundersweilern*, *Hanswursts Hochzeit*, beide 1773), das Wiener ↗Volkstheater (z. B. Schikaneder/Mozart: *Die Zauberflöte*, 1791: Pamino und Pamina als Arlecchino und Colombina; Nestroy; *Einen Jux will er sich machen*, 1842), Hofmannsthal (*Der Rosenkavalier*, 1911) und das ↗Puppenspiel; von Molière und Goldoni zur Charakter- und Typenkomödie (ohne Masken) weiterentwickelt.

Computerphilologie, Sammelbezeichnung für die Einsatzmöglichkeiten des Computers in der Literaturwissenschaft (v.a. bei der Archivierung, Edition, Stilanalyse, Suche nach Textstellen, Stichwörtern, Sekundärliteratur u. a.).

Computertexte, Sammelbezeichnung für Texte, die ein Computer hergestellt hat: mit Hilfe eingegebener Wörter und syntaktischer Regeln. In der Tradition der meist individuell erzeugten Zufalls- oder Würfeltexte der »poésie impersonelle« (Lautréamont), »künstlichen Poesie« (M. Bense). ↗Experimentelle Literatur, ↗Hypertext, ↗Netzliteratur

Concetto, Pl. concetti [ital. aus lat. *conceptus* = Begriff], geistreich zugespitztes Gedanken- oder Wortspiel, weithergeholte Metapher, artifizielles Paradoxon (›Licht ist Dunkel‹); beliebt z. B. im ↗Manierismus (E. Tesauro, B. Gracián) und in der dt. ↗Romantik (Fr. Schlegel, Novalis).

Conclusio [lat. (Ab)Schluß], in der ↗Rhetorik: 1. Schlußteil einer Rede (↗Disposition); 2. abgerundete (geschlossene) Formulierung eines Gedankens; 3. logische Schlußfolgerung, z. B. »Alle Menschen sind sterblich. Sokrates ist ein Mensch. *Sokrates ist sterblich*« (sog. *Syllogismus*).

Confessio [lat. Bekenntnis], bekenntnishafte, oft als intime Beichte verfaßte ↗Autobiographie. Berühmt: die *Confessiones* von Augustinus und J. J. Rousseau.

Conte, m. [frz. Erzählung, Märchen], in der französischen Literatur: 1. zwischen Roman und Novelle stehende Erzählung, ausdrücklich als ›conte‹ bezeichnet, z. B. Balzacs *Contes drôlatiques*; 2. ↗fabliau.

Correctio [lat. Verbesserung], unmittelbare Berichtigung einer eigenen Äußerung (in der Gerichtsrede auch einer Äußerung des Gegners): »Ich trinke nicht, nein, ich saufe«; oft mit Wiederholung (↗Anadiplose) des zu verbessernden Ausdrucks: »Ich trinke; trinke? nein, ich saufe!«

Couplet [frz. Strophe, Lied, Diminutiv zu *couple* = Paar], in der fanzösischen Literaturwissenschaft: 1. Strophe, 2. das seit dem 16. Jahrhundert in Epos, Epigramm, Epistel, Elegie, Lehrgedicht, z. T. auch im Drama verwendete ↗Reimpaar (↗*heroic couplet*), 3. die durch ungereimte Refrainzeilen markierten Abschnitte im ↗Rondeau, 4. das meist kurze witzige Lied (mit Refrain) in ↗Singspiel, Operette, Kabarett usw., häufig auf aktuelle politische oder gesellschaftliche Skandale anspielend (z. B. Knieriems Kometenlied in J. Nestroys *Lumpazivagabundus*, ↗Volkstheater).

Crux [lat. Kreuz], in der ↗Textkritik: unerklärte Textstelle, in kritischen Ausgaben durch ein Kreuz (†) markiert; kann auf Textverderbnis (↗Korruptel) oder einem ↗*hapax legomenon* beruhen. Im übertragenen Sinne: unlösbare Frage.

Cultural materialism, Anfang der 1980er Jahre in Großbritannien entwickelte marxistisch orientierte Variante des ↗New Historicism, die vor allem die Funktionen der Literatur in staatlichen Machtsystemen untersucht, die unterschiedlichen gesellschaftlichen Mechanismen und Manifestationen der Macht, ihrer Legitimierung und Ausübung. Vetreter: C. Belsey (*The Subject of Tragedy*, 1985), J. Dollimore (*Sexual Dissidence*, 1991), u. a. ↗Gender studies

Cultural poetics ↗New Historicism

Cultural studies, Sammelbezeichnung für ›Kulturstudien‹ jeder Art, für interdisziplinär angelegte Erforschungen kultureller Fragestellungen (dabei besonders im Mittelpunkt: Fragen nach der Vielfalt der verschiedenen Kulturen in einer bestimmten Gesellschaft, besonders in multikulturellen Staaten wie den USA oder Großbritannien, nach ihrer Beschaffenheit und Funktion: als Ausdruck unterschiedlicher Lebensweisen, sozialer Klassen, ethnischer Rassen, als Resultat der Differenz zwischen den beiden Geschlechtern, als bedeutungsschaffende, für die Organisation einer Gesellschaft zentrale Systeme usw.). Im Gegensatz zur klassischen Kulturwissenschaft, die von der Idee einer einzigen ›hohen‹ Kultur ausgeht.

Zuerst als Bezeichnung verwendet für die in der Tradition der britischen Literaturkritik (↗New Criticism) stehenden kulturkritischen Schriften von R. Hoggart (*The Uses of Literacy*, 1957) und R. Williams (*Culture and Society 1780–1850*, 1958); heute besonders von G. Turner (*British Cultural studies*, 1996) und S. Bassnett (*Studying British Cultures*, 1997) vertreten. ↗Gender studies, ↗Kulturwissenschaft, ↗New Historicism

Cursus, Pl. cursus [lat. Lauf], vor allem in der lat. ↗Kunstprosa der Spätantike und des Mittelalters gebräuchliche rhythmische Formel, die den Schluß eines Prosasatzes oder -satzteils regelt; im Gegensatz zu den ↗Klauseln nach dem Wortakzent, nicht der Silbenlänge geregelt: 1. *cursus planus* (gleichmäßiger Cursus): .... x́x / xx́x; 2. *cursus tardus* (langsamer Cursus): .... x́x / xx́xx; 3. *cursus velox* (rascher Cursus): .... x́xx / xxx́x; 4. *cursus trispondiacus* (Cursus aus drei ↗Spondeen): .... xx́x / xxx́x.

D

Dadaismus, vor allem durch theoretische und praktische Beiträge zur ↗abstrakten Dichtung wichtige Literatur- und Kunstrichtung der ↗Moderne: 1916 von H. Arp, H. Ball, T. Tzara, K. Schwitters u. a. im Züricher *Cabaret Voltaire* als Widerstand gegen den vor allem dem Bildungsbürgertum zugeschriebenen Ersten Weltkrieg entwickelt, definiert sich durch Negation (»Dada bedeutet nichts«, Tzara) und den radikalen Bruch mit den geltenden, traditionellen ästhetischen Maßstäben: Das Absurde, Primitive, Abstrakte, die experimentellen Formen (reduzierter Text, ↗Lautgedicht, Geräuschkonzert, ↗Collage, ↗aleatorische Dichtung) u. ä. sollen protestieren und provozieren.

Nach Kriegsende in Berlin (R. Huelsenbeck, G. Grosz, R. Hausmann, W. Mehring u. a.), Köln (M. Ernst, J. Baargeld, Arp), Paris (Tzara, Arp, L. Aragon, A. Breton, P. Eluard u. a., ↗Surrealismus) bis 1920, von Schwitters unter dem Namen ›Merz‹ bis 1937 weiterverfochten. Weiterentwicklung von ↗Expressionismus, ↗Futurismus, Einfluß auf ↗konkrete Dichtung, Pop-Art usw.

Daktylus [lat. nach gr. *daktylos* = Finger, Zehe, übertragen: Zoll, Maß(einheit)], antiker Versfuß aus einer langen und zwei kurzen Silben: –◡◡; im Dt. mit einer betonten und zwei unbetonten Silben nachgebildet: x́xx (»Nímmer, das gláubt mir, erschéinen die Gőtter, / Nímmer alléin ...«, Schiller). Die wichtigen Versmaße mit Daktylen: ↗Hexameter und ↗Pentameter. Findet sich im ↗Minnesang und im 17. Jahrhundert (Ph. von Zesen) auch unabhängig von einer Rezeption antiker Versmaße.

DDR-Literatur, im weitesten Sinn: die in der Deutschen Demokratischen Republik, von deren Gründung 1949 bis zur ›Wende‹ 1989, entstandene Literatur; im engeren Sinn: die Literatur dieser Zeitspanne, die als Teil des staatlichen Programms der kommunistischen Partei aufgefaßt worden ist.

Die DDR-Literatur im engeren Sinn ist durch staatliche Verordnungen, Aufrufe und ›Jahrespläne‹ stark reglementiert und klar funktionalisiert worden; sie sollte zur Stärkung der sozialistischen Gesellschaft durch breite kulturelle Bildung beitragen und daher entsprechende Merkmale aufweisen: Realistische Themen und Schreibweisen, mit einer für ein breites Publikum verständlichen Sprache, eingängigen, gewöhnlichen Situationen, Helden und Geschichten und einen klaren, auf einen höheren Sinn hin strebenden Verlauf (»Die Werke der Wissenschaftler, Schriftsteller und Künstler müssen die gesellschaftliche Realität widerspiegeln, sie müssen dem Volke verständlich sein und eine friedliche Aufbaumoral festigen«, Regierungsverordnung 1950). Oft im Mittelpunkt: ein durchschnittlicher ›werktätiger Mensch‹, der durch einen Bildungsprozeß in die sozialistische Gesellschaft integriert wird; oder aber: die außergewöhnliche, bekannte historische Person, die an gesellschaftlichen Zwängen zugrunde geht. Programmtisch ist auch der Rückgriff auf die große Tradition der deutschen Dichtung (Goethe, Schiller, Kleist, Büchner, Heine, Fontane und Thomas Mann – »Vorwärts zu Goethe!«, Johannes R. Becher); die Kritik an der nationalsozialistischen Vergangenheit der Literatur und an bestehenden kapitalistischen Gesellschaften und die Überwindung des bürgerlichen Künstlerbilds, das den Künstler vom Volk trennt, durch das Ideal vom schreibenden ›Arbeiter‹ (↗Arbeiterliteratur, ↗Bitterfelder Weg).

Eine Definition über die geographisch-historische Abgrenzung bzw. parteiprogrammatisch geforderten Merkmale hinaus (etwa durch eine Unterscheidung zwischen den ›Sprachen‹ der beiden Deutschlands, ihrem Wortschatz und dessen Bedeutungen und Nebenbedeutungen) ist problematisch. Einige der wichtigsten Bücher der DDR-Literatur sind aus Zensurgründen nie oder um Jahre oder Jahrzehnte verspätet in der DDR selbst erschienen, u. a. H. Eislers *Johann Faustus*, B. Brechts *Das Verhör des Lukullus*, S. Heyms *5 Tage im Juni*, U. Johnsons *Ingrid Babendererde* und *Mutmaßungen über Jakob*, F. R. Fries' *Der Weg nach Oobliadooh*. Andere wurden ›innerlich‹ von den Autoren zensiert und wie U. Plenzdorfs *Die neuen Leiden des jungen W.* jahrelang in der Schublade zurückgehalten. Nicht wenige der ›klassischen‹ Autoren der DDR sind wie S. Kirsch, R. Kunze, G. Kunert und H.-J. Schädlich nach der Ausbürgerung von W. Biermann 1977 in den Westen übergesiedelt. Andere wie z. B. S. Anderson, E. Erb, U. Kolbe und D. Opitz (↗Prenzlauer Berg) gehören zu bewußt gegen die offizielle Programmatik gerichteten Gruppierungen.

Beispiele von J. Becker, W. Biermann, J. Bobrowski, V. Braun, B. Brecht, H. Eisler, F. R. Fries, Fr. Fühmann, P. Hacks, Chr. Hein, S. Hermlin, S. Heym, P. Huchel, H. Kant, S. Kirsch, R. Kunze, G. Kunert, M. Maron, H. Müller, U. Plenzdorf, B. Reimann, H.-J. Schädlich, E. Strittmatter.

Décadence [frz. Verfall], Sammelbezeichnung für eine Tendenz in der europäischen Literatur gegen Ende des 19. Jahrhunderts, der Merkmale zugeordnet werden wie: Pessimismus und Kulturverdrossenheit, die Gegenüberstellung von Lebenslust und Lebensüberdruß, bürgerlicher Moral und künstlerischer Autonomie, die Suche nach verfeinertem Sinnesgenuß, die Verabsolutierung des Künstlich-Schönen, des traumhaft Unbestimmten, morbid Rauschhaften, z. B. bei J.-K. Huysmans, O. J. Bierbaum, P. Altenberg, A. Schnitzler, R. Beer-Hofmann, R. Schaukal, dem frühen Hofmannsthal, dem frühen Rilke, S. Mallarmé, A. Rimbaud, P. Verlaine, A. P. Tschechow, O. Wilde, A. Beardsley, G. D'Annunzio, Th. Mann (*Buddenbrooks*, 1901, *Der Tod in Venedig*, 1913) und H. Mann (*Im Schlaraffenland*, 1900). Philosophisch beeinflußt von Fr. Nietzsche, literarisch vorbereitet durch die ›Weltschmerzdichtung‹ des ↗Byronismus, durch Th. de Quincey, E. A. Poe, Ch. Baudelaire u. a. ↗Fin de siècle, ↗Wiener Moderne

Decorum [lat. das sich Ziemende], auch *aptum*, frz. *bienséance*: insbesondere in der Tradition von Horaz' *Ars Poetica* (↗Poetik) zentrales Stilprinzip: die Angemessenheit der einzelnen formalen Elemente (Versformen, Gattung usw.) gegenüber dem Werkganzen und dem gewählten Stoff (↗Genera dicendi, ↗Rhetorik).

Deixis [gr.], in der Linguistik: Hinweis auf Elemente der Rahmensituation eines Kommunikationsprozesses, durch sog. *deiktische* Mittel markiert: verbale (*hier, dieser da, heute* u. ä.) oder nonverbale (z. B. Fingerzeig) Mittel, deren Bedeutung je nach Kontext unterschiedlich sein kann.

Dekonstruktion ↗Poststrukturalismus

Denotation ↗Konnotation

Detektivroman [engl. *to detect* = aufdecken], im 19. Jahrhundert besonders von E. A. Poe, Ch. Dickens und W. Collins ausgebildete Sonderform des ↗Kriminalromans.

Von nachhaltigem Einfluß auf die Entwicklung und Theorie des ↗Romans: erzählt von der Aufhellung eines Verbrechens, nicht vom Schicksal eines Verbrechers oder der Geschichte eines Verbrechens. Gattungskonstitutiv: Das fest umrissene, auf Spannung zielende Erzählschema, an dessen Anfang ein geheimnisvolles, scheinbar unerklärliches Verbrechen steht, das ein Detektiv, meist ein exzentrischer Einzelgänger, am Ende – trotz vieler falscher Spuren und falsch interpretierter Indizien – rekonstruiert. Im Unterschied zum ↗Abenteuerroman nimmt das Ende den Anfang zwar auf, doch zielt es auf die exakte Umkehr, nicht die Wiederherstellung der Ausgangssituation. Läßt sich literaturhistorisch als Trivialisierung des detektivischen, für die ↗Novellen von H. von Kleist, E.T.A. Hoffmann u.a. charakteristisches Erzählmodells verstehen. Berühmt: die Kriminalromane von A.C. Doyle, A. Christie, R. Chandler, I. Fleming, G. Simenon, E. Wallace.

Deus ex machina [lat. der Gott aus der Maschine], im Drama: künstliche, nicht aus der inneren Entwicklung des Geschehens heraus notwendige Lösung eines scheinbar unlösbaren Problems durch das unerwartete Eingreifen meist einer Gottheit. Bezeichnet nach der *mechane* (gr., lat. *machina*), einer kranähnlichen Maschine, die im antiken Theater das Herabschweben der Gottheit von oben technisch ermöglicht hat.

Dezime [span. Zehntel], spanische Strophenform aus 10 sog. spanischen ↗Trochäen: x́xx́xx́xx́(x); meist mit dem Reimschema abbaa ccddc; deutsche Nachbildungen vor allem in der Romantik (L. Tieck, L. Uhland). ↗Glosse

Dialektik [gr. *dialektike techne* = Kunst des Gesprächs], in der Philosophie (besonders bei Platon, I. Kant, J.G. Herder) eine Technik, bestimmte Meinungen auf ihre Stichhaltigkeit zu prüfen und Argumentationsfehler aufzudecken: das Gesetzte (*These*) wird durch sein Gegenteil (*↗Antithese*) verneint, dann durch die Verneinung der Verneinung erneut behauptet, auf ein höheres Niveau angehoben und in der Synthese zusammen mit der Antithese aufgehoben und zugleich gewahrt.

Diachrone Analyse, Darstellung [gr. *dia* + *chronos* = durch + Zeit], Untersuchung, Darstellung von Ereignissen, Zuständen usw. eines Systems in ihrer zeitlichen Abfolge, z.B. die diachrone Literaturgeschichtsschreibung, im Unterschied zur *synchronen*, der es um die Zusammenschau [gr. *syn* = zusammen] von in der Regel sehr unterschiedlichen, aber innerhalb eines bestimmten Zeitraums gleichzeitig anzutreffenden Phänomenen geht.

Dialog [gr. Zwiegespräch], Wechselrede zwischen zwei oder mehr Personen. In der Literatur: 1. neben ↗Monolog, Gebärde und ↗Chorlied Grundelement des ↗Dramas, dient vor allem der Personencharakterisierung, Konfliktentwicklung und -austragung; 2. wichtige Form des Erzählens, da hier die Person, von der sonst nur die Rede ist, sich selbst äußern kann (dominant z.B. im homerischen ↗Epos, bei Th. Fontane, J. Austen, Th. Mann, in der ↗Ballade und ↗Novelle); 3. eigenständige Gattung mit philosophischem, oft auch satirischem Charakter, z.B. Lukians *Göttergespräche*, Johann von Tepls *Der Ackermann aus Böhmen* (auch bezeichnet als *Der Ackermann und der Tod*, um 1400), Lessings *Ernst und Falk* (1778), Hofmannsthals *Gespräch über Gedichte* (1902). Geht auf die philosophischen Dialoge Platons (↗Ästhetik, ↗Poetik) zurück, wo der Dialog der dialektischen Denkform (dem Denken in These und Antithese, ↗Dialektik) entspricht und vor allem der polyperspektivischen Betrachtung einer Sache, der Wahrheitsfindung und Wissensvermittlung dient. ↗Dialogizität, ↗Gesprächsspiel

Dialogizität, von M. Bachtin (*Probleme der Poetik Dostojevskijs*, 1929, dt. 1971) geprägter Begriff: Bezeichnet die Mehrstimmigkeit (*Polyphonie*) der Wörter, die Anwesenheit unterschiedlicher, unvereinbarer Redeweisen und also auch Standpunkte, Weltsichten, ↗Gattungen in einem Wort; damit erklärt, daß in der lebendigen Rede Menschen stets auch die ›fremden Worte‹ der anderen, die Normen der Hochsprache ebenso wie die besonderen Sprachen der verschiedensten sozialen Gruppen (Jugendsprache, Beamtensprache, Sprache des Adels usw.), berücksichtigen und die Rede eines Einzelnen daher immer dialogisch, nicht monologisch zu verstehen sei. Prägt für Bachtin besonders die Struktur des ↗Romans. ↗Allusion, ↗Intertextualität

Diärese [gr. Auseinanderziehung, Trennung], 1. in der antiken Metrik:

Verseinschnitt, der anders als die ↗Zäsur mit dem Ende eines ↗Versfußes, einer ↗Dipodie oder einer anderen metrischen Einheit zusammenfällt; 2. getrennte Aussprache zweier aufeinanderfolgender Vokale, z.B. *Re-inkarnation, na-iv.*

Dichotomie [gr. Zweiteilung], in der Logik: Gliederung eines Oberbegriffs in einen seiner Unterbegriffe und dessen Negation, meist mit einer Hierarchisierung verbunden, z.B. Stoff-Form, Mündlichkeit-Schriftlichkeit, Leib-Seele.

Diegese [gr. Erzählung, Erörterung], in der ↗Erzähltheorie: 1. Inbegriff der Sachverhalte, deren Existenz von einer Erzählung behauptet bzw. impliziert wird: die erzählte Welt; kann homogen oder heterogen, stabil oder instabil, möglich oder unmöglich sein; 2. (gr. *diegesis*, ↗Disposition) von Platon unterschieden in: a) *einfache Diegese*: der Dichter spricht ausschließlich als sich selbst, b) ↗*Mimesis*: der Dichter läßt ausschließlich andere Sprecher als sich selbst in direkter Rede zu Wort kommen, c) eine Mischung aus beidem: eine in eine übergeordnete Erzählerrede eingebettete, direkt zitierte Figurenrede. ↗diegetisch

Diegetisch, in der ↗Erzähltheorie verwendet, um die Ebene des Erzählers und der Erzählung genauer zu bestimmen; unterschieden in: a) *extradiegetisch* (Standpunkt außerhalb der Welt des erzählten Geschehens), b) *intradiegetisch* (Standpunkt innerhalb des erzählten Geschehens); davon abgeleitet: c) *extradiegetische Erzählung* (Erzählung von etwas), d) *intradiegetische Erzählung* (die in eine Erzählung eingelagerte Erzählung: die Binnenerzählung in einer ↗Rahmenerzählung), e) *metadiegetische Erzählung* (Erzählung einer Figur, die der erzählten Welt einer intradiegetischen Erzählung angehört), f) *homodiegetische Erzählung* (Erzählung, deren Erzähler als Figur in seiner eigenen Geschichte vorkommt), g) *heterodiegetische Erzählung* (Erzählung, deren Erzähler nicht zu den Figuren der eigenen Geschichte gehört).

Différance [nach frz. *différer* = sich unterscheiden, aufschieben], von J. Derrida (*Die Schrift und die Differenz*, 1967, dt. 1972) geprägter Begriff, der den Unterschied zwischen Zeichen und Bezeichnetem erfaßt: Da die Bedeutung eines Zeichens nur durch Relationen zu anderen Zeichen, zum situativen Kontext, Bewußtsein des Adressaten usw. entsteht, ist es nie identisch mit dem Bedeuteten, das Bedeutete nie in ihm präsent, der Sinn beständig aufgeschoben. ↗Poststrukturalismus

Digression [lat. Abschweifung] ↗Exkurs

Dinggedicht, Mitte des 19. Jahrhunderts auftauchender Typus des lyrischen Gedichts: die poetisch-symbolische Darstellung eines Objekts (Kunstwerk, alltäglicher Gegenstand, Tier, Pflanze u.ä.), nicht eines Gefühls, Gedankens oder einer Situation, z.B. E. Mörikes *Auf eine Lampe*, C.F. Meyers *Der römische Brunnen*, R.M. Rilkes *Archaischer Torso Apolls.* In der Tradition des ↗Epigramms.

Dionysien, Pl. [gr.], altgriechisches kultisches Fest zu Ehren des Dionysos (lat. Bacchus, ein wohl aus Kleinasien stammender Gott der Fruchtbarkeit, des Weins und der Verwandlung, von einer lärmenden Schar efeubekränzter Nymphen, Mänaden und bocksbeiniger Satyrn begleitet, dem ↗Mythos nach von rasenden Mänaden in Stücke zerrissen und wieder auferstanden); wichtige Vorform der europäischen ↗Komödie und Tragödie (↗Mimesis, ↗Dithyrambus). Das abgeleitete Adjektiv ›dionysisch‹ (ekstatisch, orgiastisch, rauschhaft, irrational, sinnlich) bildet besonders seit G.W. Hegel und Fr. Nietzsche (*Die Geburt der Tragödie aus dem Geiste der Musik*, 1872) zusammen mit ›apollinisch‹ (formenstreng, ausgeglichen, rational, klar, nach dem gr. Gott der Kunst, der Ordnung und Harmonie: Apollon) ein festes, vor allem in der frühen Germanistik häufig anzutreffendes Begriffspaar.

Dipodie [gr. Doppel-(Vers)fuß], in der griechischen Metrik übliche Maßeinheit einer Verszeile: zwei zu einer metrischen Einheit zusammengefaßte ↗Versfüße (ein jambischer ↗Trimeter besteht dann aus 3 jambischen Dipodien = 6 jambische Versfüßen). In der dt. Metrik: a) Verse mit regelmäßig abgestuften Hebungen, z. B.: »Das Wàsser ráuscht, das Wàsser schwóll« (Goethe), b) einen Vierertakt (Langtakt: x́xx̀x) als Zusammenfassung von zwei Zweiertakten (Kurztakten), z. B.: »Bácke, bàcke Kúchèn.«

Direkte Rede [lat. *oratio (di-)recta* = wörtliche Rede], gibt im Gegensatz zur ↗indirekten Rede die Äußerungen eines Sprechers Wort für Wort so wieder, wie dieser sie geformt hat, also ohne Änderung von Pronomen, Modus und Wortstellung, z. B. sie sagte: »Bald bin ich bei Dir«.

Diskurs [frz. *discours*, von lat. *discursus* = das Umherlaufen, übertragen: das Sich-Ergehen über einen Gegenstand], 1. vor allem in Renaissance und Aufklärung übliche Bezeichnung für einen erörternden Vortrag oder Aufsatz, besonders ein wahrheitssuchendes philosophisches Gespräch (↗Essay); 2. in den modernen Geistes- und Sozialwissenschaften: ein »System des Denkens und Argumentierens«, eine institutionalisierte Aussageform, die durch einen gemeinsamen Redegegenstand, durch bestimmte Gesetzmäßigkeiten und Relationen zu anderen Diskursen geprägt ist; an einen bestimmten historischen Zeitraum gebunden, setzt sich aus den Aussagen, Bedingungen und Regeln ihrer Produktion und Rezeption in diesem Zeitraum zusammen (z. B. der Diskurs der Theologie im 14. Jahrhundert, des Rechts im 18. Jahrhundert, der Medizin im 17. Jahrhundert); Gegenstand der ↗Diskursanalyse; 3. in der (frz.) ↗Erzähltheorie: das Erzählen, der Erzählprozeß, die spezifische Anordnung, Verbindung und Gliederung der zugrundeliegenden, zu einer Geschichte verwobenen Handlungsfolge (der *Histoire*); im russischen ↗Formalismus meist als ↗Sujet, in der angloamerikanischen Literaturwissenschaft meist als ↗Story bezeichnet.

Diskursanalyse, Methode der Geistes- und Sozialwissenschaften, seit den 1960er Jahren in Frankreich (besonders von M. Foucault, z. B. in *Wahnsinn und Gesellschaft*, 1961, dt. 1973) entwickelt, untersucht schriftliche wie mündliche Texte im Netzwerk verschiedener ↗Diskurse (↗Dialogizität, ↗Intertextualität).

In der Literaturwissenschaft gegen die traditionellen Formen der Interpretation (Rekonstruktion eines höheren Sinns, der Absicht des Autors oder der sozialhistorischen Kontexte) gerichtet; untersucht z. B., welche Diskurse literarische Texte verwenden, wie sie diese verwenden, ob sie einen Diskurs nur wiedergeben oder ihn unterlaufen, nach welchen Regeln sie als Literatur aufgefaßt worden sind, welche spezifische Funktion bestimmte Diskurse in ihnen besitzen, welche Verbote, Kollektivsymbole und ↗Mythen ihnen zugrunde liegen, welche Beziehungen zwischen ihnen und anderen (juristischen, medizinischen, pädagogischen usw.) Dokumenten bestehen, welche Diskurse sich in ihrer Epoche oder ihrer Zeit überschneiden, ergänzen bzw. widersprechen.

Wichtige Vertreter: M. Foucault, R. Barthes, J. Kristeva, in Deutschland H. Turk, Fr. Kittler, J. Link. ↗New Historicism, ↗Poststrukturalismus, ↗Literatursoziologie

Disposition [lat.], in der ↗Rhetorik: Auswahl, planmäßige Gliederung und Ordnung des stofflichen Materials, der Gesichtspunkte und Gedankenabläufe für eine ↗Rede, Abhandlung usw.; besteht aus 1. dem *exodium*: Anfangsteil, der das Publikum für eine Sache gewinnen muß, 2. dem zweiteiligen Kernstück aus *propositio* (Darlegung des zu beweisenden Sachverhalts, oft mit einer *Narratio*, griechisch *diegesis*, ↗Diegese, einer beispielgebenden oder unterhaltenden Erzählung) und *argumentatio* (Durchführung des Beweises, entweder mehr durch Tatsachen, *argumenta*, oder Vernunftgründe, *rationes*, geführt), 3. der *conclusio* (oder *peroratio*): dem Schlußteil, der das Ergebnis rekapituliert und an das Publikum appelliert.

Distichon [gr. Zweizeiler], Gedicht oder Strophe aus zwei Zeilen. Am bekanntesten: das sog. *elegische* Distichon, zusammengesetzt aus einem ↗Hexameter in der 1. und einem ↗Pentameter in der 2. Zeile: »Ím Hexámeter stéigt des Spríngquells flǘssige Sắule, / Ím Pentámeter dráuf fállt sie melódisch heráb« (Schiller); seit der Antike übliche Strophenform von ↗Elegie und ↗Epigramm (↗Xenien), das die antithetische Struktur der Form oft semantisch unterstützt, z. B. durch witzige Kontrastierung, inhaltliche Pointierung: die 1. Zeile als Erwartung, die 2. als Aufschluß, die 1. im erhabenen Ton, die 2. im prosaischen o. ä. Im Deutschen bis ins 18. Jahrhundert meist mit gereimten, abwechselnd männlich und weiblich endenden ↗Alexandrinern nachgebildet.

Dithyrambos [gr., Etym. ungeklärt], 1. Form der altgriechischen Chorlyrik, Vorform der ↗Tragödie: kultisch-magisches Lied in unregelmäßigen Versen und Strophen, von einem vermutlich vermummten Chor zu Ehren des Dionysos gesungen und getanzt. Wie die klassische Tragödie (Aischylos, Euripides, Sophokles, Seneca) schon mit ↗Parodos, ↗Stasimon und ↗Exodos dreigeteilt; 2. allgemein: hymnisch-ekstatisches, astrophisches und polyrhythmisches Lied, z. B. Goethe *Wandrers Sturmlied*, Nietzsches *Dionysos-Dithyramben*; schwer von der ↗Ode abzugrenzen. ↗freie Rhythmen

Dokumentarliteratur, Anfang der 1960er Jahre in Opposition zu den damals erfolgreichen, deutlich fiktiven literarischen Gattungen und Formen (↗absurdes Theater, Parabelstück, ↗Hörspiel u. a.) entstandene Sammelbezeichnung: Theaterstücke, Hör- und Fernsehspiele, Filme, Romane, Gedichte, die in gesellschaftskritischer und politischer Absicht auf historische Dokumente zurückgreifen und auf Ausdeutungen, Weiterdichtungen usw. verzichten, jedoch allein schon durch Auswahl, Anordnung (↗Montage) und Aufbereitung des dokumentarischen Materials ein künstlerisches Arrangement sind. Bevorzugte Formen: ↗Reportage, ↗Bericht und ↗Drama (meist Nachspielen von Verhör und Verhandlung).

Beispiele: H. Kipphardt: *In der Sache J. Robert Oppenheimer* (1964), P. Weiss: *Die Ermittlung* (1965), F. C. Delius: *Wir Unternehmer* (1966), G. Wallraff: *Ganz unten* (1985), usw.; zahlreiche Vorläufer, z. B. G. Büchner: *Dantons Tod* (1835), E. Piscators Theater (↗Neue Sachlichkeit), A. Seghers: *Der Prozeß der Jeanne d'Arc zu Rouen 1471* (1936).

Dolce stil nuovo [ital. süßer neuer Stil], Richtung der italienischen Liebeslyrik in der 2. Hälfte des 13. Jahrhunderts (Dante, G. Cavalcanti u. a.), in der Tradition der ↗Trobadorlyrik (hermetische Sprache, Minnekonventionen: Idealisierung der Geliebten mit engelsgleichen Zügen, Läuterung durch Entsagung usw.), löst die Liebesdichtung aus ständisch-feudalen Bezügen und stellt dagegen den »Geistes-, Seelen- und Gesittungsadel« (H. Friedrich). Von großem Einfluß auf Petrarca (↗Petrarkismus), Michelangelo, Tasso u. a.

Dörperliche Dichtung [zu niederdt. Bauer, Tölpel), Bezeichnung für die meist lyrischen, aber auch epischen Werke des Mittelalters, in denen sog. *dörper* – als Ritter ausstaffierte, aber unhöfisch sich gebärdende Kunstfiguren – in meist grotesk verzerrt dargestellten Liebes-, Zank- und Prügelszenen ihr (Un)wesen treiben. Von Neidhart von Reuenthal begründet als satirische und sozialkritische Literaturgattung (↗Travestie des ↗Minnesangs, ↗Persiflage einer als brüchig empfundenen, idealhöfische Werte verratenden Adelswelt); weitere Beispiele von Steinmar, Hadloub, Wittenwîler (*Ring*, um 1400) u. a.

Dorfgeschichte, Erzähltypus des 19. Jahrhunderts, Teil der ↗Heimatliteratur, schildert das dörflich-bäuerliche Leben als ideale, von Natur und Tradition geprägte Daseinsform und blendet die tatsächlichen oft desolaten sozialen und ökonomischen Verhältnisse aus. Der Typus übernimmt das Stoff-, Motiv- und Topos-Reservoir der ↗Idylle, wobei er an die Stelle der stilisierten Natur und der Versform die realistische, geographisch genaue Milieuschilderung und die Prosa setzt.

Beispiele von B. Auerbach (*Schwarzwälder Dramen*, 1848), H. Zschokke, M. von Ebner-Eschenbach, L. Anzengruber, P. Rosegger u. a.. Kritische Überformung bei Th. Fontane, G. Keller, A. Stifter, Fr. Reuter, Nachbarschaften zur ↗Kalendergeschichte (J. P. Hebbel) und zur pädagogisch-sozialkritischen Bauernliteratur von Schweizer Autoren wie J. H. Pestalozzi und J. Gotthelf. Programmatisch abgelehnt von Bewegungen wie dem ↗Jungen Deutschland und dem ↗Naturalismus.

Drama [gr. Handlung], neben ↗Epik und ↗Lyrik eine der drei Hauptgattungen der Dichtung: stellt ein Geschehen durch die daran beteiligten Personen dar, als ob es unmittelbar gegenwärtig wäre (↗Mimesis); umfaßt sowohl den für eine szenische Aufführung geschriebenen Text als auch die nach einer Spielvorlage inszenierte Aufführung auf einer Bühne; in der ↗Theaterwissenschaft auch erweitert auf nicht-narrative, nur im Augenblick der Aufführung erfaßbare Formen des Musik- und Tanztheaters, wenn deren Spielvorlage eine festgeschriebene Choreographie oder eine eng mit einem Text verbundene Partitur ist.

Wichtige, bei einer Dramenanalyse zu beachtende Mittel szenischer Vergegenwärtigung: ↗Dialog, ↗Monolog, ↗Ad spectatores, Schweigen, ↗Teichoskopie, ↗Stichomythie, ↗Stil, ↗Vers, ↗Chor, ↗Maske, Kostüm, Gestik, Mimik, Sprechweise, Bewegung, Regieanweisung, verdeckte, hinter der Bühne stattfindende Handlung, Requisiten, Beleuchtung, Bühnenbild, -technik, -form (z. B. ↗Guckkasten-, ↗Illusions-, ↗Shakespeare-, ↗Simultan-, Stil-, ↗Terenz-, ↗Wagenbühne), Nebentexte allgemein (die nicht zu sprechenden Texte eines Dramas), Bezug auf die Dramentradition.

Viele Merkmale, die in der ↗Poetik, ↗Ästhetik und Literaturwissenschaft als spezifische Eigenschaften dramatischer Texte genannt werden, sind Tribut an eine (zumindest gedachte, wenn auch nicht realisierte) Aufführung: Die aus der ↗*Poetik* des Aristoteles abgeleitete Einheit von Ort, Zeit und Handlung (↗drei Einheiten) und der geschlossene Aufbau (↗Akt, ↗geschlossene Form) des klassischen Dramas z. B. konzentrieren das Geschehen auf einen Zeit- und Handlungsraum, der auf der Bühne des antiken ↗Theaters dargestellt werden konnte, im Ablauf der Tageszeiten (von Sonnenaufgang bis Sonnenuntergang) und der wechselnden Witterung einen natürlichen Rahmen besaß (↗Tetralogie); im Mittelpunkt stehen weniger die äußeren, einen raschen Wechsel von Ort und Zeit verlangenden Verhältnisse der Personen als ihre vor allem durch den kunstvollen Einsatz sprachlicher Mittel darstellbaren inneren Zustände, Gedanken, Regungen, Leidenschaften, auch Träume. Zum Großteil aus kultisch-rituellen Vorformen (z. B. ↗Mimus, ↗Dithyrambus, ↗Satyrspiel, ↗Tropus) abzuleiten: die Maske des Schauspielers und das Versmaß seiner Rede, seine Verwandlung in eine andere Person, seine ↗Ekstase, das ↗Pathos seiner Rede, das Ziel der vollkommenen szenischen Vergegenwärtigung, die ↗Katharsis des Zuschauers, sein Weinen oder Lachen, bestimmte Gattungen (z. B. ↗Tragödie, ↗Komödie, ↗geistliches Spiel, ↗Passionsspiel, ↗Mysterienspiel, ↗Oper,

↗Posse) und moderne Erscheinungsformen (z.B. das vor allem von S. Beckett und E. Ionesco vertretene ↗absurde Theater, das von A. Artaud geforderte ↗Theater der Grausamkeit, B. Brechts ↗episches Theater, das von P. Brook und A. Mnouchkine inszenierte multikulturelle Theater).

Dramatisch, Adjektiv zu ↗Drama; für Goethe eine der drei ↗Naturformen der Dichtung (↗episch, ↗lyrisch, dramatisch), die unabhängig von den drei Haupt- ↗Gattungen in jeder literarischen Gattung anzutreffen sind, von E. Staiger zum *Grundbegriff der Poetik* erklärt, dessen Wesen vor allem in der (sprachlichen, inhaltlichen, strukturellen) ›Spannung‹ liege; heute meist definiert als die Eigenschaften, die die implizite Absicht der Aufführung, der Aufführbarkeit verraten.

Dramatis personae, f. Pl. [lat.], die Personen eines Dramas.

Dramaturgie [zu gr. *dramaturgos* = Verfasser, Aufführungsleiter eines Dramas], 1. die Tätigkeit des Dramaturgen oder Regisseurs, 2. die Kompositionsprinzipien des Dramatischen, 3. die Theorie der Wirkungsgesetze und Techniken des Dramas, häufig in der Form von Theaterkritiken (z.B. G.E. Lessing: *Hamburgische Dramaturgie*, 1769 als Buch hg.).

Drei Einheiten, Merkmal des klassischen ↗Dramas, in der italienischen ↗Renaissance und im frz. ↗Klassizismus von der ↗Poetik des Aristoteles abgeleitet: Einheit von Ort, Zeit und Handlung – spielt nur an einem Ort, ist nicht länger als 12, höchstens 24 Stunden und zeigt nicht mehr als einen Handlungsstrang: Alle Teile (Figuren, Episoden usw.) sind streng kausal mit der Haupthandlung verbunden (↗geschlossene Form).

Dubitatio [lat. Zweifel, gr. *aporia*], vorgetäuschte Unsicherheit eines Redners (oder Erzählers), der sich hilfesuchend an das Publikum wendet und ihm z.T. Entscheidungen überläßt (die Wahl zwischen mehreren Benennungen einer Sache u.ä.); in der Literatur vor allem Stilmittel des ↗auktorialen Erzählens.

Dystopie [von gr. *dys-* = übel, schlecht und *topos* = Ort), negative ↗Utopie, spielt in einer erfundenen negativen Gesellschaft, oft in mechanisierten Überwachungsstaaten. Beispiele bei E.M. Forster *(The machine stops)*, A. Huxley *(Brave New World)*, F. Werfel *(Stern der Ungeborenen)*, G. Orwell *(1984)*, R. Bradbury *(Fahrenheit 451)*, auch Filme wie *Metropolis*, *Blade Runner*, *A Clockwork Orange*, *Terminator*, *Matrix*.

E

Echogedicht, gewöhnlich aus Fragen bestehende Verse, die meist witzig-verblüffend mit einem ↗Schlagreim, dem sog. Echoreim, beantwortet werden: »Ach, was bleibt mir nun noch offen? – Hoffen!« (Tieck).

Écriture automatique [frz.], im ↗Surrealismus und ↗Dadaismus programmatisch definiertes Schreibverfahren, sucht durch ›spontanes‹ Schreiben unbewußte psychische Prozesse festzuhalten: das oft alogische, assoziative, von der Vernunft nicht kontrollierte, unaufhörliche »Dikat des Denkens« (A. Breton: *Manifest des Surrealismus*, 1924, mit ausdrücklichem Bezug auf S. Freud).

Beispiele bei Breton, Ph. Soupault (*Champs magnétiques*, 1919), H. Arp u.a. Vorläufer in der ↗Romantik (E. Young, Novalis) und in L.M. Solomons und G. Steins Versuchen eines *Spontaneous automatic writing.*

Écriture féminine [frz.], in der ↗feministischen Literaturwissenschaft beschriebene weibliche Schreibweise, die meist als Subversion des männlichen Schreibens definiert wird: durch die Auflösung von Gattungsgrenzen, durch nicht lineares Erzählen, ↗Dialogizität, grammatikalische Brüche, die Betonung der Materialität der Sprache (z. B. durch den Rhythmus, durch Reime) u. ä. Kann auch von Männern praktiziert werden.

Editionstechnik, Verfahren zu einer wissenschaftlichen Form der Veröffentlichung besonders älterer Texte; umfaßt die wissenschaftlich überprüfbare Texterschließung und Textherstellung (↗Textkritik, ↗Handschrift, ↗Fassung, ↗Konjektur, ↗Emendatio, ↗Überlieferung), die Druckeinrichtung, bestimmt Umfang, Anordnung, Präsentation des Materials, Beigaben (Register, ↗Apparat, ↗Kommentar) und Zweck der Ausgabe (Darstellung der Überlieferungszeugen, der Entstehungsgeschichte usw.).

Editio princeps [lat.], Erstausgabe.

Einblattdruck, einseitig bedruckte Einzelblätter (bzw. nur auf den Innenseiten bedruckte Doppelblätter) der Frühdruckzeit (15., 16. Jh.), z. B. Heiligenbild, Kalender, ↗Flugblatt.

Einfache Formen, von A. Jolles (*Einfache Formen*, 1930) geprägte Bezeichnung für vor- bzw. außerliterarische Grundtypen sprachlichen Gestaltens: ↗Kasus, ↗Legende, ↗Memorabile, ↗Mythe, ↗Märchen, ↗Rätsel, ↗Sage, ↗Spruch, ↗Witz. Charakteristisch: einfache Verknüpfungstechniken und Erzählhaltungen, wenige Grundmotive, schlichter Sprachduktus. Wichtige Vorformen bestimmter literarischer Gattungen (so steht z. B. die ↗Novelle in der Tradition von Kasus und Memorabile).

Eklektizismus [zu gr. *eklegein* = auswählen, auslesen], Verfahren, das aus verschiedenartigen Vorlagen Gedanken, Theorien, Anschauungen oder Stilelementen auswählt und sie, meist ohne Rücksicht auf den ursprünglichen Kontext, verbindet; zumeist abwertend verwendet, bei Brecht u. a. als bewußtes Kunstmittel (↗Collage).

Ekloge [von gr. *eklegein* = auswählen], in der römischen Literatur: kürzeres ›erlesenes‹ Gedicht beliebigen Inhalts, meist in ↗Hexametern, später eingeengt: bukolische Dichtung in der Art Theokrits (↗Schäferdichtung), z. B. Vergils *Bucolica* (42–39 v. Chr.), G. R. Weckherlins *Eclogen oder Hürtengedichte* (1641); Mitte des 18. Jahrhunderts von der Bezeichnung ↗Idylle verdrängt.

Ekphrasis [gr., lat. *descriptio*] in der antiken ↗Rhetorik: detaillierte Beschreibung einer Person oder Sache, mit bestimmten ↗Topoi verfertigt (Aussparung des Negativen, Typisierung u. a.); Teil der antiken Prunkrede (↗Epideixis), in der Literatur zum *Bildgedicht* verselbständigt (z. B. D. von Liliencron: *Böcklins Hirtenknabe*, vgl. ↗Dinggedicht).

Elegie [gr.], lyrische Gattung mit zwei verschiedenen, historisch sich abwechselnden, manchmal auch überlagernden Definitionen: a) einer formal bestimmten, vor allem in der Antike üblichen Definition: aneinandergereihte ↗Distichen beliebigen, vor allem politischen, erotischen oder philosophischen Inhalts (nicht immer zu trennen vom ↗Epigramm), ursprünglich zur Flötenbegleitung vorgetragen. Beispiele bei Tyrtaios, Archilochos, Kallimachos, Catull, Tibull, Properz, Ovid (Heroide, ↗Brief), Goethe (*Römische Elegien*), Brecht (*Buckower Elegien*) u. a.,

b) einer inhaltlichen, vor allem später gängigen Definition: Gedicht mit klagendem Charakter. Beispiele bei K. Celtis, P. de Ronsard, Chr. Hofmann von Hofmannswaldau, J.W.L. Gleim, L. Chr. H. Hölty (*Elegie auf einen Dorfkirchhof*, nach Th. Gray), Fr. G. Klopstock, J. W. von Goethe (*Marienbader Elegien*), Fr. von Schiller (*Der Spaziergang*), Fr. Hölderlin (*Der Wanderer*, *Brod und Wein*), R. M. Rilke u. a. Von Schiller (↗naive und sentimentalische Dichtung) zum Begriff des ›Elegischen‹ erweitert: Sehnsucht nach einem unerreichbaren Ideal, im Gegensatz zum ›Idyllischen‹ (dem verwirklichten Ideal) und ›Satirischen‹ (dem von der Realität eingeholten Ideal).

Eleos [gr.] ↗Katharsis

Elision [lat. Ausstoßung], Wegfall eines unbetonten Vokals am Wortende vor einem vokalisch anlautenden Wort, vor allem zur Vermeidung des ↗Hiats, z. B. »Da steh' ich nun.« (Goethe). ↗Apokope

Elisabethanische Literatur, Sammelbezeichnung für die Literatur der Regierungszeit Elizabeths von England (1558–1603) bis zum Ende der Stuarts (1642).

In der Literaturgeschichte eine der bedeutendsten Epochen der frühen Neuzeit, besonders durch die Weiterentwicklung des ↗Dramas: Vermischung antiker Traditionen mit personenreicher, locker gereihter Szenenfolge, Mischung von Vers und Prosa, hohem und niederem Stil, Nichtbeachtung der ↗drei Einheiten und der ↗Ständeklausel, publikumsbezogene, massenwirksame Theaterpraxis, z. B. in Chr. Marlowes *Dr. Faustus* (1588/89), W. Shakespeares *Hamlet* (1601), *King Lear* (1605), Ben Jonson: *Volpone* (1605, ↗Comedy of humours); Entstehung eines berufsmäßigen Schauspielerstands, fester Theaterbauten (↗Shakespearebühne) neben den ↗Wanderbühnen.

Ellipse [gr., lat. Auslassung], 1. Weglassen eines zum Verständnis nicht unbedingt notwendigen Satzglieds: *Wann wirst (du) mein Bruder?*; oft durch Kommentar oder Interpunktion ausdrücklich hervorgehoben (*deiktische* Ellipse), häufig durch Abbrechen eines Satzes (↗Aposiopese) bedingt; in der Alltagssprache häufig in Kommandos, Sprichwörtern, Grußformeln, in der Literatur u. a. zur Sprachverzerrung oder Suggestion unmittelbaren Sprechens genutzt; 2. in der ↗Erzählforschung: Auslassung von Ereignissen, Vorenthalten von Information (im ↗Detektivroman gattungskonstitutiv).

Eloge [frz.], kunstreiche Lobrede, Lobschrift; vor allem in der französischen Literatur des 17. und 18. Jahrhunderts beliebt (↗Panegyricus).

Emblem, Pl. Emblemata [gr. das Eingesetzte, Mosaik- oder Intarsienarbeit], dreigeteilte, Bild und Text verbindende Kunstform, besonders vom 16.–18. Jahrhundert beliebt, von nachhaltigem Einfluß auf Literatur und Kunst, prägt die Bilderwelt der poetischen Sprache, die literarische Komposition usw. (↗Barock): Das *Bild* (*icon*, *pictura*, *imago*, *symbolon*) zeigt meist ein allegorisches, oft merkwürdiges Motiv aus Natur, Kunst, Historie, Bibel oder Mythologie, häufig auch nur Einzelheiten daraus, z. B. einzelne Körperteile, und wird durch das *Lemma* (gr. Titel, Überschrift, auch ↗Motto, *inscriptio*), einem knappen Diktum in lateinsicher oder griechischer Sprache, gern ein Klassikerzitat, über oder im Bild zum Denkbild, dessen Sinn die *subscriptio*, die Bildunterschrift, häufig ein ↗Epigramm, erläutert.

Emendatio [lat.], in der ↗Textkritik: Verbesserung einer offensichtlich falsch überlieferten Textstelle (orthographischer Fehler, Wortauslassung, Druckfehler u. a.). ↗Konjektur

Empfindsamkeit [nach der dt. Übersetzung von L. Sternes *Sentimental Journey*, 1768, mit ›Empfindsame Reise‹], Tendenz der europäischen ↗Aufklärung, in England seit etwa 1700 (als ›sensibility‹), auf dem Kontinent vor allem zwischen 1740 und 1785 verbreitet; in der Forschung als gefühlsbetonte »nach innen gewendete Aufklärung« und säkularisierter ↗Pietismus gedeutet.

Zeigt sich in allen Lebensbereichen: Pädagogik, Freundschaftszirkel (↗Göttinger Hain), gemeinsame, schwärmerische Lektüre, Anfänge der Psychologie (der ›Erfahrungsseelenkunde‹) durch Selbstbeobachtungen und -analysen, neu entdecktes Naturgefühl, starkes Interesse an Physiognomik und Pathognomik, an nonverbalen Äußerungen (Mimik, Gestik, Körperbewegung), Ausbildung eines nuancierten, ›privaten‹ Wortschatzes, allgemeine soziale Sensibilisierung. In erster Linie Folge der in den ↗moralischen Wochenschriften entworfenen ›empfindsamen Lebensgestaltung‹. Höhepunkt schwärmerischer

Naturlyrik (Th. Gray, E. Young, L. Chr. H. Hölty, J. W. L. Gleim, Fr. G. Klopstock, J. W. von Goethe), des ↗Briefromans (S. Richardson, Chr. Fr. Gellert, S. von La Roche; J. J. Rousseau, *La Nouvelle Héloïse*, 1761), des humoristisch-idyllischen Romans (O. Goldsmith, L. Sterne, Jean Paul), des ↗Rührstücks (A. W. Iffland, A. von Kotzebue), ↗weinerlichen Lustspiels und ↗bürgerlichen Trauerspiels. Schon im 18. Jahrhundert oft parodiert (so z. B. in Goethes *Werther*, 1774, der die bedingungslose Hingabe ans Gefühl als Egozentrismus kritisiert). Bezeichnet im 18. Jahrhundert zunächst die »moralischen Zärtlichkeiten« (Sympathie, Freundschaft, Menschenliebe, Mitleid) so wie die physische Fähigkeit, sinnliche Empfindungen wahrzunehmen, später dann auch die Empfindelei, die Fähigkeit, an »teilnehmenden Gemütsbewegungen Vergnügen zu empfinden« (J. H. Campe: *Wörterbuch der dt. Sprache*, 1807).

Empirische Literaturwissenschaft [gr. *empeiria* = Erfahrung], vor allem von S. J. Schmidt (*Grundriß der empirischen Literaturwissenschaft*, 1980 ff.) theoretisch fundierte Richtung der ↗Literatursoziologie, die literarische ↗Handlungen (Literaturproduktion, -vermittlung, -rezeption, -verarbeitung), nicht Texte in den Mittelpunkt stellt und literarische Texte als Ergebnis eines bestimmten, konventionell geregelten Umgangs versteht: Zur Literatur gehört der Text, von dem z. B. Vieldeutigkeit und nicht Eindeutigkeit, Fiktionen und nicht Tatsachen erwartet werden.

Enallage [gr. Vertauschung], Verschiebung der logischen Wortbeziehungen, besonders Abweichung von der erwarteten Zuordnung eines Adjektivs zu einem Substantiv, z. B. »Dennoch umgab ihn *die gutsitzende Ruhe* seines Anzugs« (Musil), »der *schuldige Scheitel*« (Goethe, statt: »Scheitel des Schuldigen«) oder – in umgangssprachlich fehlerhaften Sätzen – »in *baldiger* Erwartung Ihrer Antwort« (statt: »in Erwartung Ihrer baldigen Antwort«).

Endecasillabo [ital., nach lat.-gr. *hendekasyllabus* = Elfsilbler], wichtige italienische Versform: elfsilbig, mit weiblichem Reim; im Deutschen mit fünfhebigen Jamben nachgebildet: »Ihr náht Euch wíeder, schwánkendè Gestálten«, Goethe: *Faust*); häufig in ↗Sonett, ↗Terzine, ↗Stanze, ↗Sestine u. a., freie Adaption des französischen ↗Vers commun.

Endreim, a) auf die Stellung im Vers bezogen: Reim am Versende, im Unterschied etwa zum ↗Binnenreim; b) gelegentlich auch auf die Stellung im Reimwort bezogen: Reim, der vom Hauptvokal bis zum Wortende reicht, im Unterschied zum Anfangsreim (↗Alliteration).

Endsilbenreim, Reimbindung zwischen nebentonigen oder unbetonten Endsilben, z. B. *denn*: *Furien*; im Unterschied zum vor allem von der Stammsilbe getragenen Stammsilbenreim: *singen*: *klingen*.

Engagierte Literatur, im weitesten Sinn: alle Literatur, die ein religiöses, gesellschaftliches, ideologisches, politisches Engagement erkennen läßt, bzw. aus einem solchen resultiert. ↗Littérature engagée

Enjambement [frz. das Überschreiten], Zeilensprung, Übergreifen des Satzgefüges über das Versende hinaus in den nächsten Vers (auch über Strophengrenzen hinaus), z. B. »Dann hör ich recht die leisen Atemzüge / Des Engels …« (Mörike); kann die Zeilengrenzen verwischen, aber auch herausheben. In Bezug auf altgermanische Dichtung auch als *Haken-* oder *Bogenstil* bezeichnet, im Gegensatz zum *Zeilenstil*.

Enthusiasmus [gr. ›von einem Gott erfüllt sein‹, Besessenheit, Begeisterung], für Platon (*Phaidros*, *Ion*) wichtige Voraussetzung der Dichtung und ein Grund für deren Gefährlichkeit: Der Dichter schafft in einem Aufruhr der Affekte, nicht ganz bei Sinnen, als ein von den Göttern Besessener, ein Inspirierter, dem die Musen ›Geist eingeben‹, ein Aus-sich-Herausgetretener (Ekstase), ein Seher, ein ↗Poeta vates, ein Genie, das weiß, was sonst keiner weiß. Für ↗Poetik und ↗Ästhetik folgenreich, vor allem als Gegensatz zur ↗Mimesis bestimmt und als Erklärung spezifisch poetischer, von der Alltagssprache deutlich abweichender Formen und Ausdrucksweisen genutzt (z. B. von ↗Dithyrambus, ↗Ode, ↗Epos, erhabenem Stil oder ↗Vers: in ihnen redet der Dichter die Sprache der Götter).

Entwicklungsroman ↗Bildungsroman

Epanalepse [gr. Wiederholung], Wiederaufnahme eines Wortes/Satzteiles innerhalb eines Verses/Satzes, jedoch nicht unmittelbar wie bei der ↗Gemination: »*Und atmete* lang *und atmete* tief« (Schiller). ↗Anadiplose

Epideixis [gr. Schaustellung, Prunkrede], in der antiken ↗Rhetorik Vorform der poetischen, sprachlich reich geschmückten Darstellung: die Fest- und Preisrede (neben Gerichts- und Staatsrede), die ↗Kunstprosa.

Epigonal [zu gr. *epigon* = Nachkomme], geistig und formal abhängig von ›klassischen‹ Mustern, ihnen nacheifernd, sie nachahmend, unoriginell; besonders den im Bann der Weimarer ↗Klassik und deutschen ↗Romantik stehenden Werken des 19. Jahrhunderts (von A. von Platen, Fr. Rückert, E. Geibel, P. Heyse u. a.) nachgesagt (vgl. K. Immermanns Roman *Die Epigonen*, 1836). ↗Eklektizismus

Epigramm [gr. Aufschrift, Inschrift], (vor allem in der Antike) kurze Inschrift auf Grabmal, Kunstwerk, Gebäude u. ä.; meist im elegischen ↗Distichon, oft nur mit 2 Zeilen; daraus hervorgegangen: literarische Gattung, in der ein Gegenstand oder Sachverhalt mit einer pointierten, geistreichen oder verblüffenden, meist antithetischen Formulierung kommentiert wird (auch als ›Sinngedicht‹ bezeichnet); anders als die ebenfalls pointierend-kurzen Gattungen ↗Aphorismus, Aperçu, ↗Sentenz in Versform gefaßt und häufig nur zusammen mit dem Titel verständlich, der den gemeinten Gegenstand nennt, z. B. *Auf Wahls Nase*: »Wer Deine Nase mißt, / Stirbt, eh' er fertig ist.« (J. Chr. Fr. Haug).

Beispiele in der *Anthologia Graeca* (↗Anthologie), von F. von Logau, A. Silesius (*Der Cherubinische Wandersmann*, 1695), Fr. G. Klopstock, J. G. Herder, G. E. Lessing, J. W. von Goethe (*Venetianische Epigramme*, 1790, ↗Xenien), E. Mörike, B. Brecht u. a.; moderne Varianten: das Graffiti, der Toilettenspruch, die mit Magnetbuchstaben anzubringende ›Kühlschrankpoesie‹ usw.

Epik [nach dem gr. Adj. *epikos* = zum Epos gehörig], Sammelbezeichnung für jede Art fiktiver Erzählung in Versen oder Prosa; umfaßt mündliche ↗einfache Formen wie sehr lange, schriftliche (z. B. den ↗Roman) und heute fast vergessene Gattungen (z. B. ↗Idylle, ↗Verserzählung, ↗Romanze). ↗Erzähler, ↗Erzählforschung, ↗Oral poetry

Epilog [gr. Schlußrede], Schlußteil einer Rede (auch ↗Conclusio); im ↗Drama Schlußwort, von einer Figur nach dem Ende der Handlung in moralisierender, entschuldigender, ironisierender u. ä. Absicht direkt ans Publikum gerichtet; Gegenstück zum ↗Prolog; formelhafter Bestandteil u. a. im ↗geistlichen Spiel, ↗Fastnachtsspiel, elisabethanischen Drama (Shakespeare), bewußt eingesetzt im ↗epischen Theater.

Epimythion [gr. Nachüberlegung], Lehre, moralische Nutzanwendung am Ende einer Erzählung, vor allem bei ↗Fabel, ↗Exemplum, ↗Gleichnis u. ä.

Epipher [gr. Zugabe], nachdrückliche Wiederholung eines Wortes/Wortgruppe jeweils am Ende aufeinanderfolgender Satzteile, Sätze, Abschnitte oder Verse: »Ihr überrascht *mich nicht*, erschreckt *mich nicht*« (Schiller). ↗Anapher

Epiphrase [gr.], verdeutlichender

oder steigernder Nachtrag zu einem an sich abgeschlossenen Satz: »Dreist muß ich tun, und keck und zuversichtlich« (Kleist). Mittel der ↗Amplificatio.

Episch, 1. Adj. zu ↗Epos, auch zu ↗Epik im allgemeinen; 2. eine der drei (vor allem durch Goethe, Schiller, Staiger erläuterten) Grundhaltungen literarischer Aussage und Gestaltungsweise, für die u.a. die Gelassenheit der Anschauung (im Gegensatz zum ↗Dramatischen) und die große Ausführlichkeit (*epische Breite*) der Darstellung (im Gegensatz zum ↗Lyrischen) charakteristisch sind.

Epische Integration, Verfahren der Erzählung: Einschaltung von Parallel- und Kontrasterzählungen (Märchen, Träume, Bekenntnisse, Rückblicke usw.), Lied- und Verseinlagen, um Handlungsstränge zu verknüpfen, Sinnbezüge und Sachzusammenhänge zu verdeutlichen, zusätzliche Bedeutungshintergründe zu eröffnen; z.B. die Liedeinlagen in Goethes *Lehrjahren*, Klingsohrs Märchen in Novalis' *Heinrich von Ofterdingen*, der Schwanentraum des Grafen F. in Kleists *Marquise von O*****.

Episches Präteritum, von K. Hamburger (*Das epische Präteritum*, 1953) eingeführte Bezeichnung für die vorherrschende Tempusform der erzählenden Gattungen (dt. u. engl.: Imperfekt, frz.: Imparfait und Passé simple); oft zusammen mit einem Gegenwarts- oder Zukunftsadverb verwendet (»Jetzt war Weihnachten«, »Morgen war Weihnachten«). Im Unterschied zum historischen Präteritum, das einen Rückblick auf Ereignisse der Vergangenheit signalisiert (z.B. in der Geschichtsschreibung), Signal der Fiktionalität eines Textes.

Episches Theater, von Brecht geprägter Begriff für eine vor allem von ihm seit Mitte der 1920er Jahre entwikkelte (*Die Dreigroschenoper, Mutter Courage und ihre Kinder, Der kaukasische Kreidekreis* usw.) und theoretisch (marxistisch, vgl. *Kleines Organon für das Theater*, 1948) fundierte Form des modernen Dramas.

Will durch bestimmte Kunstgriffe (Mittel der ↗Verfremdung, von Brecht als ›V-Effekt‹ bezeichnet), verhindern, daß sich der Zuschauer (wie in der ↗Poetik des Aristoteles gefordert) emotional in das Bühnengeschehen einfühlt. Mittel der Verfremdung: Auflösung der traditionellen, streng gebauten, auf Spannung zielenden Dramenstruktur in lose verbundene Einzelszenen und durch erzählende (epische) Elemente (wie z.B. Kommentare einer Erzählerfigur oder kurze Einführungen, die den Zuschauer über den Ablauf des Geschehens, das Was, im voraus informieren und seine Aufmerksamkeit darauf lenken sollen, *wie* etwas passiert); unvermittelte Wechsel von einer scheinbar alltäglichen Rede in Prosa zu rhythmisierten Versen, zu Songs und ↗Chören; Vermeidung realistischer Mimik, Gestik, Sprechweise und Bühnendekoration usw. Der Schock des Nicht-Verstehens soll den Zuschauer zu einer aktiven Mitarbeit, einer kritischen Stellungnahme zwingen und ihn eine (im Sinne Brechts politische) Entscheidung treffen lassen. Greift u.a. Traditionen des chinesischen, japanischen (↗No-Theater), ↗elisabethanischen und antiken Theaters (↗Drama), des ↗Volkstheaters (K. Valentin), des ↗Bänkelsangs und ↗Kabaretts (vor allem der politischen Revue E. Piscators, ↗Neue Sachlichkeit) auf. Vergleichbare Erscheinungen auch im französischen und amerikanischen Theater (P. Claudel, Th. Wilder), in Deutschland besonders von P. Weiss weitergeführt (*Die Verfolgung und Ermordung Jean Paul Marats*, 1964).

Episode [gr. Dazukommendes], 1. in der antiken ↗Tragödie der zwischen zwei Chorliedern eingeschobene Dialogteil (*epeisodion*); 2. in dramatischen oder epischen Werken: Nebenhandlung (z.B. Max- und Thekla-Episode in Schillers *Wallenstein*) oder in sich abgeschlossener Einschub (z.B. Helfenstein-

Szene in Goethes *Götz*); meist als Gegenbild zum Hauptgeschehen gedacht (↗ epische Integration).

Epistel [gr.], 1. allgemein: ↗ Brief, besonders: einer der im Neuen Testament gesammelten Apostelbriefe; 2. satirisches Briefgedicht mit moralisch, philosophisch oder ästhetisch belehrendem Charakter, meist in Versen und im Plauderton. Beispiele von Horaz (*Epistula ad Pisones = Ars poetica*, ↗ Poetik), J. W. L. Gleim, J. W. von Goethe, E. Mörike, E. Kästner, B. Brecht u. a.

Epitaph [gr. zum Grab, Begräbnis gehörig], Grabinschrift in poetischer Form, meist als ↗ Epigramm; auch: das Grab- oder Denkmal an sich bzw. der vom ursprünglich Bestimmungsort losgelöste poetische Nachruf auf einen Verstorbenen.

Epitasis [gr. (An)spannung], im Drama: Höhepunkt der Verwicklungen, mittlerer Teil einer dramatischen Handlung (im ↗ Dreiakter zwischen ↗ *protasis* und ↗ *katastrophe*, im ↗ Fünfakter meist der 2. und 3. Akt vor ↗ *katastasis* und *katastrophe*).

Epitheton [gr. Zusatz, Beiwort], das einem Substantiv oder Namen beigefügte Adjektiv oder Partizip (Attribut): a) das sachlich unterscheidende Epitheton: »rote Rosen« (im Unterschied zu gelben); b) das schmückende oder typisierende Epitheton (Epitheton ornans), vor allem im Formelschatz von Epos und Volkslied häufig zu finden: »*rosenfingrige* Eos«, »*listenreicher* Odysseus«, »*kühles* Grab«, »Mägdlein *traut*«; c) das individualisierende Epitheton: »das *heilig-nüchterne* Wasser« (Hölderlin); d) das (oft zum ↗ Oxymoron tendierende) unerwartete Epitheton: »*marmorglatte* Freude« (Musil).

Epoche [gr. Haltepunkt, Beginn einer neuen Zeitrechnung], Bezeichnung für einen Zeitabschnitt der Literatur- oder Kulturgeschichte, der sich durch für ihn ganz spezifische (formale, philosophische, politische, soziale usw.) Eigenheiten auszeichnet und durch ein ›epochemachendes Ereignis‹ geprägt wird, z. B. ↗ Aufklärung, ↗ Barock, ↗ Realismus usw.

Die Zuordnung bestimmter Phänomene zu einer Epoche und deren Abgrenzung gegenüber vorangegangenen und späteren Epochen ist ebenso wie die Unterscheidung zwischen *Epoche* und Untereinheiten wie *Periode*, *Strömung*, *Tendenz* wegen zahlreichen Überschneidungen, Verflechtungen, Phasenverschiebungen, Sonderfällen und der oft ungenauen Verwendung dieser Begriffe problematisch (so wird z. B. in der Literaturgeschichte der Barock-Begriff auf Texte des 17. Jahrhunderts bezogen, die Architektur- und Musikgeschichte findet Beispiele auch noch bis in die 2. Hälfte des 18. Jahrhunderts; das Rokoko wird oft als die das Barockzeitalter abschließende Periode, aber auch als eigenständige Epoche bezeichnet, usw.).

Bei der Beschäftigung mit Literatur sind Epochenbegriffe vorsichtig zu verwenden: Sie helfen u. a. dabei, literarische Texte in eine sozial-, kultur-, medien- und literaturhistorische Umgebung einzuordnen, an ihnen Merkmale historischer Entwicklungen zu erkennen, sie in ihrer zeitlichen und auch nationalen Bedingtheit zu verstehen; sie verführen jedoch dazu, über Abweichungen, ahistorische Traditionen, spezifisch ästhetische Eigenheiten, möglicherweise auch über die gerade nur historisch zu verstehenden Details hinwegzulesen, von unangemessenen, anachronistischen Voraussetzungen auszugehen und einen literarischen Text auf den oft erst später geprägten, mit bestimmten Klischees angefüllten Begriff seiner Epoche zu reduzieren. ↗ kulturelles Gedächtnis, ↗ Literaturgeschichte, ↗ Literaturwissenschaft, ↗ New Historicism

Epode [gr. das Dazugesungene, Zauberspruch], 3. Strophe im gr. ↗ Chorlied, folgt auf ↗ Strophe und ↗ Antistrophe, weicht im rhythmischen Bau von diesen ab und wurde stets vom ganzen Chor gesungen (vergleichbar dem ↗Abgesang in der ↗Stollenstrophe des Mittelalters).

Epopöe [gr. epische Dichtung], veraltete, im 18. Jahrhundert häufige Bezeichnung für ↗Epos, besonders für Helden- oder Götter-Epos.

Epos, Pl. Epen [gr. Wort, Redensart, Erzählung, Lied, Gedicht, Vers], Gattung der erzählenden Versdichtung: von größerem Umfang, meist mehrere Teile (Gesänge, Bücher, Aventiuren, Cantos u.a.) umfassend, mit gehobenem Anspruch (↗Genus grande), ursprünglich von einem Sänger (↗Rhapsode, Barde) vorgetragen.

Von Aristoteles definiert als die »Nachahmung guter Menschen in Versform«, am angemessensten in ↗Hexametern, dem »erhabensten und feierlichsten aller Maße«. Die charakteristischen Gattungsmerkmale des Epos stammen zum Großteil aus einer archaisch-mündlichen Kultur (↗Oral poetry): typisierende Gestaltungsmittel und Formeln (↗Epitheton ornans, ↗Topoi, ↗Katalog), der Musenanruf, die Distanz des Erzählers zum Erzählten, die gleichartig gebauten Langzeilen bzw. Strophen (Hexameter, ↗Terzine, ↗Alexandriner, ↗Nibelungenstrophe, ↗Hildebrandston), ein Stoff der Mythologie, meist aus der Urzeit eines Volks (z.B. Erschaffung der Welt durch die Götter, Jenseitsreise eines gottgleichen Helden, Kampf und Untergang eines Volkes)

Unterschieden in ↗Heldenepos (wie das mhd. *Nibelungenlied*, um 1200), ↗Lehrdichtung (sog. *Lehrgedicht*, wie Hesiods *Theogonie*, um 700 v.Chr.) und komisch-satirische Formen wie das Tier-Epos (z.B. Goethes *Reineke Fuchs*, 1793) und das ↗komische Epos (↗Burleske, ↗Travestie); nicht immer genau zu trennen von kleineren Formen wie ↗Epyllion, ↗Verserzählung, Versroman, ↗Romanze.

Die europäische Literatur nachhaltig geprägt haben die um 1500 v.Chr. in Griechenland entstandenen, um 750 v.Chr. aufgeschriebenen, Homer zugeordneten Epen *Ilias* und *Odyssee*; außerdem folgenreich: Vergils *Aeneis* (29–19 v.Chr.), Dantes *Divina Comedia* (um 1292–1321), Ariosts *Orlando furioso* (1516–32), Tassos *Gerusalemme liberata* (1570–75), Spensers *Faerie Queene* (1590–96), Miltons *Paradise Lost* (1667), Klopstocks *Messias* (1748–73). Im 20. Jahrhundert selten (z.B. C. Spitteler: *Olympischer Frühling*, 1900–1910; G. Hauptmann: *Der große Traum*, 1942/43) und endgültig vom Prosa- ↗Roman ersetzt, der als modernes, privates, bürgerliches Gegenstück des Epos gilt. ↗Chanson de geste, ↗Prosaauflösung, ↗Spielmannsdichtung

Epyllion [gr., im 19. Jahrhundert geschaffenes Kunstwort: Diminutiv zu ↗Epos; Pl. Epyllien, Epyllia], kürzeres Epos in ↗Hexametern, auch elegischen ↗Distichen; meist dem großen Epos bewußt gegenübergestellt, z.B. Theokrits ↗Idyllen, Vergils *Bucolica* (42–39 v.Chr.), Ovids *Metamorphosen* (um 10 n.Chr.), Musaios *Hero und Leander* (5./6. Jh), J.H. Voß' *Luise* (1782–84), Goethes *Alexis und Dora* (1796).

Erhabene, das, auch das Sublime [lat. unterhalb + Grenze]: Grundbegriff der ↗Poetik und ↗Ästhetik, besonders in der Spätantike (Pseudo-Longinos, *Vom Erhabenen*, vermutlich 1. Jh. n.Chr.) und im 18. Jahrhundert (N. Boileau, E. Burke, I. Kant) erörtert; kann den Stil, das Thema, das Motiv, die Form usw. eines Kunstwerks bezeichnen und ist an deren Wirkung beim Rezipienten gebunden: an dessen Gefühl der Erhebung, Überhebung über sich selbst (↗Ekstase, ↗Enthusiasmus, ↗Sublimierung), an eine Grenzerfahrung, an das Erleben nicht mehr rational erfaßbarer Dimensionen und eigentlich lebensbedrohender Gefahren. Setzt die ästhetische Distanz des Betrachters zum Gegenstand voraus und verlangt zugleich Stilmittel, Kunstgriffe und Gattungen, die diese Distanz für Augenblicke aufzuheben vermögen; dem Erhabenen oft zugeordnet: der hohe Stil (↗Genera dicendi), die ↗Antithese, das ↗Paradoxon, das ↗Fragment, das ↗Epos, die Darstellung von Naturgewalten (wie z. B. dem reißenden Wasserfall, der tiefen Schlucht, der Weite des Meeres, dem Schneesturm) u. ä.

Erlebnisdichtung, 1. von W. Dilthey (*Das Erlebnis und die Dichtung*, 1905) geprägter Begriff: Dichtung, die vorgibt, persönlich-subjektive (reale oder irreale, traumhafte) Erlebnisse eines Autors darzustellen; vor allem für die Lyrik und Epik seit dem jungen Goethe (Sesenheimer Gedichte, *Werther*) verwendet; hat oft zu einer Gleichsetzung von Kunst und Leben und zu einer Verwechslung der fiktiven Rolle des Erzählers und des lyrischen Ichs mit dem Autor geführt. Historisch jedoch ist die Erlebnisdichtung des späten 18. Jahrhunderts nicht als Selbstausdruck und Selbstdarstellung des Autors zu begreifen, sondern u. a. durch die Auflösung der ↗Gattungen und ↗Genera dicendi entstanden: Bestimmte ↗Topoi und ↗rhetorische Figuren werden genauso wie die Verssprache ›naturalisiert‹, indem sie qua Ich-Erzähler bzw. lyrischem Ich in sinnliche Wahrnehmungen, vergangene Erfahrungen und psychologisch glaubhafte Sprachgebärden verwandelt werden. 2. eingeengt auf *Erlebnislyrik* oft synonym mit ↗Lyrik schlechthin: das im Gegensatz zur erzählenden Versdichtung (z. B. ↗Epos, ↗Ballade, ↗Romanze) relativ kurze Gedicht, das das Hauptaugenmerk auf ein Erlebnis, einen Eindruck oder einen Gedanken legt.

Erlebte Rede, Stilmittel der Erzählung, zwischen direkter und indirekter Rede, Selbstgespräch und Bericht: Die Gedanken einer bestimmten Person werden in der 3. Person Indikativ ausgedrückt, nicht, wie eigentlich zu erwarten, im Konjunktiv der indirekten Rede oder als direkte Rede. Meist auf kürzere Passagen beschränkt, mit nahtlosem Übergang zum Erzählbericht: »Der Konsul ging [...] umher [...] Er hatte keine Zeit. Er war bei Gott überhäuft. Sie sollte sich gedulden« (Th. Mann: *Buddenbrooks*). Besitzt meist eine mimische, z. T. auch ironisierende Funktion, da sie die genaue Wiedergabe einer bestimmten Denkweise oder eines bestimmten Tonfalles suggeriert (↗Skaz). ↗innerer Monolog, ↗Stream of consciousness

Errata, Pl. [lat. Irrtümer], 1. Druckfehler; 2. Verzeichnis der Druckfehler, die während des Ausdruckens entdeckt worden sind; im letzten Bogen oder auf einem Beiblatt berichtigt, auch *Corrigenda*.

Erregendes Moment, dramaturgischer Begriff, geprägt von G. Freytag (*Die Technik des Dramas*, 1863): die in der ↗Exposition aufgedeckten inneren oder äußeren Bedingungen, die den dramatischen Konflikt auslösen.

Erwartungshorizont, von H. R. Jauß (*Literaturgeschichte als Provokation der Literaturwissenschaft*, 1967) geprägter Begriff, bezeichnet den Hintergrund, vor dem ein Leser oder Hörer ein literarisches Werk im Augenblick seines Erscheinens wahrnimmt: ein »objektivierbares Bezugssystem der Erwartungen«, das sich »aus dem Vorverständnis der Gattung, aus der Form und Thematik zuvor bekannter Werke und aus dem Gegensatz von poetischer und praktischer Sprache« zusammensetzt; heute oft auch erweitert auf die von außerliterarischen Einflüssen geprägten Erwartungen realer Leser. ↗Rezeptionsästhetik

Erzähler, implizit die Voraussetzung jeder Erzählung, nicht mit dem ↗Autor zu verwechseln, vermittelt einem (meist fiktiven) Zuhörer ein vergangenes Geschehen, (mit)verantwortlich dafür, was und wie etwas erzählt wird.

Er kann identisch sein mit der Stimme, die die Wörter der Erzählung spricht, kann sich im Stil der Erzählung selbst darstellen, in ihr agieren, als sei er eine Person, oder hinter den Geschehnissen und deren Berichterstattung gänzlich verschwinden; er sieht die Figuren und Ereignisse einer Geschichte (↗Plot, ↗Fabel) von einem bestimmten Erzählerstandpunkt (Point of view, ↗Perspektive, ↗Erzählsituation) aus, bringt sie mit verschiedenen Kunstgriffen (↗episches Präteritum, ↗historisches Präsens, ↗auktoriales, ↗personales Erzählen, ↗Erzählfunktion, ↗Fokalisierung, ↗erlebte Rede, ↗innerer Monolog, ↗Dialog, ↗Erzählzeit) in bestimmte zeitliche und räumliche Verhältnisse zueinander (↗Chronotopos).

Erzählfunktion, von K. Hamburger (*Die Logik der Dichtung*, ⁴1987) vorgeschlagene Bezeichnung für die vermittelnde Instanz in Er-/Sie-Erzählungen, greifbar in Kommentaren, Berichten, direkten Leseranreden, Vorausdeutungen, Zusammenfassungen, ↗episches Präteritum usw.; die Erzählfunktion identifiziert sich nicht mit dem Er/Sie ihrer Erzählung, anders als der Erzähler einer Ich-Erzählung, der im Ich-Erzähler meist vollkommen verschwindet und personale Gestalt annimmt.

Erzählgrammatik, vor allem in der Erzähltheorie des ↗Strukturalismus, nach Vorbild der ↗Generativen Transformationsgrammatik unternommener Versuch, alle oder zumindest einen bestimmten Korpus von Erzählungen auf ein ihnen zugrundeliegendes Strukturmodell zurückzuführen und dieses, ähnlich wie das fundamentale Modell einer Sprache, zu rekonstruieren: »Die Erzählung ist ein großer Satz, genauso wie jeder konstitutive Satz gewissermaßen der Entwurf einer kleinen Erzählung ist. In der Erzählung stößt man [...] auf die wesentlichen Kategorien des Verbs (Zeiten, Aspekte, Modi, Personen)« (R. Barthes: *Das semiologische Abenteuer*, 1988).

V.a. von Barthes, V. Propp (*Morphologie des Märchens*, ²1975), C. Bremond (*Logique du récit*, 1973), A. Greimas und T. Todorov (*Poetik der Prosa*, 1972) beschrieben, meist von grundlegenden Oppositionen (z.B. gut/böse, ↗binäre Opposition, ↗Paradigma) in der Tiefenstruktur beherrscht, die auf der Textoberfläche überführt werden in Handlungsträger (*Aktanten*, z.B. Held/Bösewicht, Prinzessin/Stiefmutter), in Geschehnisse (als Ausbildung einer *Funktion*, so kann z.B. das Retten der Prinzessin dieselbe Funktion erfüllen wie das Lösen des Rätsels, das Töten des Drachens funktional gleich sein mit dem Besiegen des Bösewichts im Kartenspiel) usw. ↗einfache Formen, ↗mythisches Analogon, ↗Phrase

Erzählsituation, oft nicht klar von der Erzähl- ↗Perspektive unterschiedener Begriff, sucht den Ort des (fiktiven) Erzählers zu bestimmen.

Von Fr. K. Stanzel (*Theorie des Erzählens*, ⁴1989) unterschieden in: a) einen *auktorialen*, allwissenden Erzähler (als *External view point* von P. Lubbock, als *Sicht von oben* von T. Todorov bezeichnet), der entweder selbst als Person erscheint (z.B. durch Einmischung in das Erzählte, Anrede des Lesers usw., charakteristisch für humoristische Romane wie L. Sternes *Tristram Shandy*, 1756, Jean Pauls *Siebenkäs*, 1796, Th. Manns *Zauberberg*, 1924) oder unpersönlich, gottgleich, ›objektiv‹ hinter der Erzählung zurücktritt (so z.B. im homerischen ↗Epos), b) einen aus dem Blickwinkel einer Figur erzählenden *personalen* Erzähler (*Internal view point, einsinniges Erzählen*), der den Leser mit einer relativen, innerhalb der Erzählung wahren, da subjektiv erlebten Sicht der Welt konfrontiert. Eine Sonderform ist der sog. mehrpersonige Perspektivismus (auch polyvalentes Erzählen): Ein fiktives Geschehen gewinnt durch die personalen Erzählungen mehrerer Personen seine Konturen, so z.B. in M. Prousts *À la recherche du temps perdu*; c) einen mit einer Figur (entweder der Hauptperson oder dem die Haupthandlung beobachtenden Chronisten) identischen ↗*Ich-Erzähler* – im Unterschied zum Ich in ↗Autobiographie, ↗Brief und ↗Tagebuch eine gänzlich fiktive Figur und keinesfalls mit dem Autor identisch; begrenzt die Erlebens- und Darstellungsperspektive der Erzählung und ermöglicht so z. B. die glaubhafte Darstellung von eigentlich unglaublichen Ereignissen (Träume, Visionen, phantastische Begegnungen usw. sind vom erzählenden Ich erlebt und damit wahr, die Erzählung kann deren Faktizität durch keine andere Perspektive relativieren).

Von G. Genette (*Die Erzählung*, 1994) allgemein unterschieden in *heterodiegetische Narration* (der Erzähler kommt in der Geschichte nicht vor) und *homodiegetische Narration* (der Erzähler ist eine Figur der Geschichte; vgl. auch ↗Narration). Nach J. H. Petersen (*Erzählsysteme*, 1993) aus folgenden Faktoren zusammengesetzt: a) Erzählform (1./2. oder 3. Pers.), b) ›Formatierung‹ des fiktiven Erzählers, z. T. auch des fiktiven Lesers, c) ↗Perspektive/ ↗Fokalisierung, d) (An-)Sicht des Erzählten (Innen-/ Außensicht), e) Modus (*Telling*: berichtendes Erzählen/*Showing*: szenische Darstellung, oft auch als *Diegesis* und ↗*Mimesis* unterschieden).

Erzähltheorie, auch Narratologie, Erzählforschung, ↗Narrativik: Richtung der Literatur- und Kulturwissenschaft, die das in allen Kulturen und Medien anzutreffende vielgestaltige Phänomen des Erzählens wissenschaftlich zu beschreiben, zu erfassen, zu analysieren, zu systematisieren und zu deuten versucht.

In Vokabular, Zielsetzung und Gegenstandsdefinition oft kontrovers, einig darin, daß jeder Erzählung ein *Ereignis* zugrunde liegt, etwas, das J. Lotman (*Die Struktur literarischer Texte*, [4]1993) als *Sujethaftigkeit* bezeichnet und definiert als den Moment, in dem die Hauptfigur die Grenze zwischen zwei semantisch unterschiedlichen, meist gegensätzlichen Feldern überschreitet (z. B. durch die Türe gehen = die Grenze zwischen Innen und Außen überschreiten) und dabei das ihr zugeordnete umfassendere semantische Feld verläßt (z. B. durch die Türe gehen = vom Diesseits ins Jenseits, von der Zivilisation in die Natur, von der Heimat in die Fremde gehen); von A. C. Danto (*Analytische Philosophie der Geschichte*, 1974) auf eine Formel gebracht: 1) × ist F zum Zeitpunkt t-1, 2) H ereignet sich mit × zum Zeitpunkt t-2, 3) × ist G zum Zeitpunkt t-3.

Bei der Analyse einzelner Erzähltexte vor allem im Mittelpunkt: Fragen nach dem Charakter der Erzählung (berichtet von *fiktionalen*, erfundenen, oder *faktualen*, historischen Ereignissen) und dem ›Was‹ und ›Wie‹ der Darstellung, nach: a) den ereignishaften Momenten und semantischen Feldern (was geschieht, in welcher Reihenfolge, wann, wie oft und mit wem?), ↗Stoff und ↗Motiv, b) dem Verhältnis von Erzählung und zugrunde liegender Geschichte, von ↗Fabel und ↗Sujet (auch unterschieden in ↗Plot und ↗Story, ↗Histoire, ↗Diegese und ↗Narration): Wie gibt die Erzählung die Ereignisfolge wieder? In chronologischer oder achronologischer Anordnung (↗Anachronie), in welcher Geschwindigkeit, durch *Raffung* (die Erzählung ist kürzer als das Geschehen), *Dehnung* (länger als das Geschehen), ↗Ellipse (die Erzählung steht still, während das Geschehen weiter geht), *Pause* (die Erzählung geht weiter, während das Geschehen still steht) oder als ↗Szene (Erzählung und Geschehen sind zeitlich deckungsgleich)? In welcher *Frequenz*: Wie oft wird von wievielen Ereignissen erzählt (↗Anachronie)? In welchem ↗Modus: Mit Distanz oder ohne (↗Diegese/ ↗Mimesis), von Ereignissen oder von Worten (Wiedergabe der Geschichte durch die Präsentation der Figuren ↗Rede, z. B. als direkte oder indirekte, ↗erlebte oder innere Rede, erzählter oder zitierter innerer Monolog)? Aus welcher Sicht (↗Fokalisierung) und zu welchem Zeitpunkt? Auf welcher Ebene? In welchem Maß ist der Erzähler am Geschehen beteiligt (↗diegetisch, ↗Erzählsituation)? Wie werden die Ereignisse motiviert? c) dem Verhältnis zwischen Erzählung und Adressat (wer erzählt wem?), d) dem Verhältnis von Tiefen- und Oberflächenstruktur (↗ Erzählgrammatik), e) dem Verhältnis von Wort- und Handlungsebene (↗ Dialogizität, ↗ Stil), f) der Beziehung zwischen der einzelnen Erzählung und ihrer ↗ Gattung, g) den Beziehungen zwischen Raum und Zeit (↗ Chronotopos) innerhalb der erzählten Welt oder zwischen ›Wahrheit‹ und ›Lüge‹, ›gut‹ und ›böse‹ usw., h) den Verfahren, mit denen eine literarische Erzählung sich als ›wahr‹ ausgibt und ›Bedeutungen‹ erzeugt (impliziter ↗ Leser, ↗ Rezeptionsästhetik, ↗ Intertextualität).

Erzählung, 1. allgemeiner Oberbegriff (↗ Epik): mündliche oder schriftliche Darstellung von realen oder fiktiven Ereignisfolgen, meist, aber nicht nur in Prosa; schwer zu definierende selbständige Einzelgattung innerhalb der Grundgattung Epik, oft nur negativ umschrieben: weniger welthaltig, weniger figurenreich, weniger komplex in Handlung und Ideengehalt als der ↗ Roman; nicht so knapp und andeutend wie ↗ Skizze und ↗ Anekdote, weniger um ein Ereignis zentriert und pointiert als die ↗ Novelle, weniger konsequent auf den Schluß hin komponiert als die ↗ Kurzgeschichte, nicht wie ↗ Märchen und ↗ Legende auf Bereiche des Unwirklichen und Wunderbaren bezogen;

2. in verschiedenen Bedeutungen gebrauchter Begriff der Erzählforschung: a) die vorgeprägte, einer Erzählung zugrundeliegende Geschichte: die ↗ Fabel, die ↗ Histoire, der ↗ Plot als auch b) die material gegebene Erzählung selbst, das ↗ Sujet, die ↗ Story, der ↗ Diskurs, und c) der aktuelle Vorgang des Erzählens, die ↗ Narration, selbst.

Erzählzeit, die zum Erzählen oder Lesen realer oder fiktiver Vorgänge benötigte Zeit; im Unterschied zur *erzählten Zeit*: der Zeit, von der erzählt wird. Kann die erzählte Zeit raffen, strecken oder sich (durch Verfahren wie ↗ Dialog, ↗ indirekte Rede, ↗ erlebte Rede, ↗ innerer Monolog) mit ihr decken.

Erziehungsroman ↗ Bildungsroman

Essay, m. oder n. [engl., frz. (Kost-) Probe, Versuch, aus vulgärlat. *exagium* = das Wägen], wissenschaftlich-literarische Mischgattung: kürzere, stilistisch anspruchsvolle Abhandlung in Prosa, in der ein Autor seine reflektierten Erfahrungen mitteilt, oft über ein künstlerisches, wissenschaftliches oder kulturgeschichtliches Problem. Von der wissenschaftlichen Arbeit u. ä. durch die skeptisch-souveräne Denkhaltung des Schreibers unterschieden, der sein Thema vor allem durch kritisches Hinterfragen vorhandener Erkenntnisse, Sprichwörter, Gemeinplätze u. ä. entwickelt; charakteristisch: die Verständlichkeit der Formulierungen und die Offenheit des Aufbaus; wendet sich primär an den allgemeingebildeten Leser, nicht an den Fachmann, bildet einen Gedankengang ab als Prozeß, als ›Kostprobe‹ eines Geistes und kreist ein Problem assoziativ ein – wägt Möglichkeiten ab, läßt Zweifel zu, paradoxe Behauptungen, ↗ Aphorismen, unüberprüfte Gedanken, experimentelle Versuchsanordnungen, Abschweifungen, verzichtet auf objektive Referenzen (durch Sekundärliteratur, empirische Untersuchungen oder Laborversuche) und eine systematische Gliederung. M. de Montaigne (*Essais*, 1580) begründet die Gattung, die später besonders von Fr. Bacon, J. G. Herder, A. W. Schlegel, G. Forster, Fr. Nietzsche, J. Ruskin, W. Pater, Ch. A. Sainte-Beuve, O. Gildemeister, R. Kassner, H. von Hofmannsthal, P. Valéry, W. Benjamin, E. Bloch, Ortega y Gasset, Th. W. Adorno u. a. genutzt wird. ↗ Diskurs

Euphemismus [gr. Sprechen guter Worte], beschönigende Umschreibung (↗ Periphrase) von Unangenehmem, Unheildrohendem, moralisch oder gesellschaftlich Anstößigem, von Tabus, z. B. ›heimgehen‹ für sterben, ›Minuswachstum‹ für Rezession.

Eutopie ↗ Utopie

Exegese [gr. Auseinanderlegung, Erklärung], Auslegung, deutende Erklärung von Schriftwerken, insbesondere solchen mit Verkündigungs- oder Gesetzescharakter (biblisch, juristisch, seltener literarisch). ↗Allegorese, ↗Glosse, ↗Hermeneutik, ↗Interpretation, ↗Schriftsinn

Exemplum, auch Exempel [lat. Probe, Muster, Beispiel, gr. Paradigma], 1. in der ↗Rhetorik: kleine, in eine Rede u.ä. eingeschobene Erzählung, soll eine aufgestellte Behauptung positiv oder negativ belegen; 2. im Mittelalter allgemein für kurze Erzählformen mit praktischer Nutzanwendung, z.B. ↗Anekdote, ↗bîspel, ↗Fabel, ↗Gleichnis, ↗Legende, ↗Parabel, ↗Schwank; oft in Predigten zur moralischen Belehrung und Veranschaulichung eingefügt (sog. *Predigtmärlein*); oft in speziellen Ausgaben gesammelt (z.B. noch in M. von Cochems *Lehrreichem History- und Exempelbuch*, 4 Bde, 1696–99).

Exilliteratur, auch Emigrantenliteratur: Sammelbezeichnung für Literatur von Autoren, die aus politischen und religiösen Gründen ihre Heimat verlassen mußten (wie Ovid, Dante, G. Büchner, G. Herwegh, H. Heine, L. Börne, Mme de Staël u.a.), besonders aber für die Werke, die während Hitlers Machtergreifung (1933–45) im Exil entstanden sind (vor allem in Paris, Amsterdam, Stockholm, Zürich, Moskau und den USA). Bekannte Emigranten dieser Zeit sind C. Zuckmayer, C. Sternheim, E. Lasker-Schüler, Fr. Werfel, R. Musil, O.M. Graf, A. Seghers, B. Brecht, L. Feuchtwanger, Th., H. und K. Mann.

Exklamation [lat.], zum Ausruf gesteigerte Aussage, entweder gestisch, durch Tonstärke und Satzmelodie, oder mit Hilfe des Satzbaus (häufig: Imperativ, ↗Interjektion, ↗Inversion, ↗Apostrophe): »Hoch soll er leben!«.

Exkurs [lat.], auch *digressio, parekbasis*: bewußte Abschweifung vom eigentlichen Thema, sei es als ↗Dubitatio (Hinwendung ans Publikum und Besprechung der Schwierigkeiten der Darstellung), sei es in Form illustrierender ↗Exempla oder als in sich geschlossene Behandlung eines Nebenthemas.

Exodium [lat.], ursprünglich der Schluß des antiken Dramas, im römischen Theater dann das heitere, meist parodistische ↗Nachspiel (↗Satire, ↗Mimus) zu einer ↗Tragödie.

Exodus, m. [gr. *exodos*, f.], allgemein der Schlußteil der griechischen ↗Tragödie (nach dem ↗Stasimon, dem letzten Standlied des ↗Chors), besonders das Auszugslied des Chors.

Exordium [lat.], in der ↗Rhetorik: kunstgerechter Anfang (einer Rede); heute auf die Anrede »Meine Damen und Herren« u.ä. zusammengeschmolzen. ↗Disposition, ↗Exposition, ↗Proömium, ↗Prolog

Exotismus [zu lat. *exoticus* = ausländisch, fremdartig], künstlerische Verwendung ›exotischer‹ Motive, Schmuckformen, Darstellungsweisen u.a., in der Literatur besonders die Darstellung fremdartiger Landschaften und Kulturen und die Verwendung fremdklingender Namen und Ausdrücke.

Die Bezeichnung wurde im 19. Jahrhundert geprägt, das Phänomen findet sich jedoch schon in der Antike und im Mittelalter (im Anschluß an die Kreuzzüge: ↗Spielmannsepen). In der Neuzeit prägen vor allem die Entdeckungsfahrten in außereuropäische Länder die exotischen Strömungen (wie z.B. die Chinoiserien-Mode des 18. Jh.s) und Motive (wie z.B. das Motiv vom ›edlen Wilden‹). Seit der Romantik wird der Exotismus vor allem auch als Ausdrucksform für übersteigert-individuelle Stimmungen und zur Bereicherung der poetischen Sprache genutzt. Exotische Reiseromane (z.B. S. Hedin, K. May) werden im 19. Jahrhundert ein eigenes Genre der Unterhaltungsliteratur. Beispiele: A. U. von Braunschweig: *Aramena* (1678f.), Aphra Behn: *Oroonoko* (1688), J.G. Schnabel: *Die Insel Felsenburg* (1731ff.), Bernardin de Saint-Pierre: *Paul et Virginie* (1787), J.W.

Heinse: *Ardinghello* (1787), Chateaubriand: *Atala* (1801), H.W. Longfellow: *The Song of Hiawatha* (1855), A. Döblin: *Die drei Sprünge des Wang-Iun* (1915), in der Lyrik bei A. von Haller, W. Wordsworth, J.G. Seume (*Der Wilde*, 1801), Fr. Rückert, A. von Platen, A. Rimbaud, Klabund, M. Dauthendey, G. Benn u.a.

Experimentelle Literatur, im weitesten Sinn: Sammelbezeichnung für literarische Werke, die primär an der Erprobung neuer, formaler wie inhaltlicher Aussagemöglichkeiten interessiert sind; im engeren Sinn: Literatur, bei welcher der Herstellungsprozeß mit einem naturwissenschaftlichen Experiment vergleichbar ist.

Beispiele für experiementelle Literatur im engeren Sinn: Fr. Schlegel, Novalis, E. Zola (Manifest *Le roman expérimental*, 1880), G. Benn, M. Bense (*Die Programmierung des Schönen*, 1960), E. Jandl, G. Rühm, L. Harig. ↗Avantgarde, ↗Konkrete Poesie, ↗Wiener Gruppe.

Exposition [lat. Darlegung], erster Teil einer dramatischen (oder epischen) Handlung: Darlegung der Verhältnisse und Zustände, denen der dramatische Konflikt entspringt (↗erregendes Moment), einschließlich ihrer Vorgeschichte; im antiken Drama oft im ↗Prolog, in den Fünfaktern der Neuzeit meist im 1. Akt.

Expressionismus [von lat. *expressio* = Ausdruck], zunächst in der bildenden Kunst (vgl. Künstlerbünde wie *Der Blaue Reiter, Die Brücke*) geprägte, dann in Musik und Literatur übernommene Sammelbezeichnung. für verschiedene Kunstströmungen zwischen etwa 1910 und 1920, die programmatisch mit gängigen Traditionen (vor allem ↗Naturalismus, ↗Ästhetizismus) brechen. Als Kennzeichen des literarischen Expressionismus (vertreten von G. Benn, G. Heym, J. von Hoddis, E. Stadler, G. Trakl, E. Lasker-Schüler, A. Stramm, A. Döblin, C. Einstein, F. Werfel, E. Toller, aber auch O. Kokoschka, W. Kandinsky u.a.) gelten die Vorliebe für visionäre Stoffe (Weltende, Jüngster Tag, Menschheitsdämmerung), Motive wie die Großstadt, die Menschenmenge, das Leben und Sterben in der Gosse, eine sowohl ekstatisch gesteigerte als auch sezierend-nüchterne, symbolisch-mystische als auch aggressiv traditionelle Metaphern zerstörende Sprache, der Versuch, eine neue, ausdrucksintensive Formensprache zu schaffen (↗absolute Dichtung), durch einen aufs Nötigste verdichteten Stil, hämmernde Rhythmen, nominale Wortballungen, Wortneubildungen, Satzumstellungen, lose verknüpfte Bildfolgen; im Drama vor allem chorisch-oratorische Stimmenspiele, ausgedehnte Monologe, lyrisch-hymnische Sequenzen, die Aufnahme von Tanz und Pantomime. Wichtige Zeitschriften: *Der Sturm* (↗Sturm), *Die Aktion.*

F

Fabel [lat. Rede, Erzählung; dt. seit dem 13. Jh., zunächst in abschätziger Bedeutung als ›lügenhafte Geschichte‹], 1. nach Aristoteles' *Poetik*: das einem erzählerischen oder dramatischen Werk zugrunde liegende Stoff- und Handlungsgerüst, der ↗Plot, die ↗Histoire, im russischen ↗Formalismus auch als *fabula* bezeichnet; 2. kurze lehrhafte Erzählung in Vers oder Prosa, läßt Tiere in einer bestimmten Situation so handeln, daß sofort eine Ähnlichkeit mit menschlichen Verhaltensweisen deutlich wird und der dargestellte Einzelfall als anschauliches Beispiel für eine daraus ableitbare, meist angefügte oder vorangestellte moralische Regel oder Lebensklugheit zu verstehen ist (↗Epimythion); charakteristisch: der relativ kleine Kanon bestimmter, auf konstante Eigenschaften beschränkter Tiere (der schlaue Fuchs, der gierige Wolf, das vertrauensselige Lamm), eine meist dialektische Erzählstruktur (Vorführung zweier Tiere, zweier polarer Verhaltensweisen, oft im ↗Dialog), die ironisch-verfremdende Spannung zwischen einer irreal-paradoxen Handlung und einer gleichwohl darin abgebildeten allgemeingültigen Wahrheit. Nähe zu ↗Allegorie, ↗Bîspel, ↗Gleichnis, ↗Märchen, ↗Schwank, ↗Parabel, ↗Satire, ↗Verserzählung u. a.. Bekannte Fabelsammlungen von Äsop, Marie de France, H. Steinhöwel, B. Waldis, H. Sachs, La Fontaine, F. von Hagedorn, Chr. F. Gellert, J. W. L. Gleim, G. E. Lessing, J. H. Pestalozzi, W. D. Schnurre u. a.

Fabliau, m., Pl. fabliaux [afrz. ›Fabelchen‹], allgemein: epische Kleinform des Mittelalters wie ↗Lai, ↗Fabel, ↗Exemplum, ↗Schwank; besonders: altfranzösische kurze Schwankerzählung in achtsilbigen Reimpaaren; stoffliche Fundgrube für G. Boccaccio, G. Chaucer, F. Rabelais, Molière u. a.

Faksimile [lat. mache ähnlich; Neubildung des 19. Jahrhunderts], originalgetreue Wiedergabe, z. B. von Handschriften, älteren Druckwerken, Zeichnungen u. ä.

Falkentheorie, von P. Heyse (Einleitung zum *Deutschen Novellenschatz*, 1871) aus der Falkengeschichte in Boccaccios *Decamerone* (5. Tag, 9. Geschichte) abgeleitete Novellentheorie, nach der jede ↗Novelle einen ›Falken‹, d. h. ein klar abgegrenztes Motiv von besonderer Prägnanz besitzen sollte; heute als zu einseitig in Frage gestellt.

Fallhöhe, Begriff, mit dem in der ↗Poetik des ↗Dramas die sog. ↗Ständeklausel gerechtfertigt wurde: Das Personal einer ↗Tragödie z. B. müsse einem sozial hohen Stand angehören, da der Fall eines Helden desto tiefer und also desto tragischer empfunden werde, je höher dessen sozialer Rang sei. Seit Lessing in ihrer wirkungsästhetischen Bedeutung oft zurückgewiesen (↗bürgerliches Trauerspiel).

Fantastische Literatur ↗phantastische Literatur

Fantasy [engl. Phantasie, Hirngespinst], in Amerika zu Beginn des 20. Jahrhunderts (vor allem mit R. E. Howards' *Conan*-Romanen) ausgebildeter Typus der ↗phantastischen Literatur, beschäftigt »sich mit der Erfindung imaginärer Welten, in der die Menschen ohne Naturwissenschaft und Technik leben« (M. Görden: »Was ist Fantasy?«, 1982); kann so Elemente aus ↗Heldenepos, ↗Âventiure, ↗Ritter- und ↗Räuberroman, ↗Gothic Novel, ↗Märchen, ↗Sage u. a. wieder aufgreifen: Zentrales Thema ist der Kampf zwischen Gut und Böse; das Personal benutzt archaische Waffen, Geräte und Fortbewegungsmittel (Schwert, Lanze, Kochkessel, Weinschlauch, Pferd, Segelschiff), lebt in überholten Gesellschaftsformen (Monarchien, Militärdiktaturen, Theokratien), geht mit Elfen, Kobolden, Riesen, Zwergen, Faunen, Feen, Dämonen und Gespenstern um und besitzt zumeist selbst übersinnliche Fähigkeiten. Beispiele: J. R. R. Tolkiens *Hobitt*-Geschichten (1937 ff.) oder M. Endes *Die unendliche Geschichte* (1979). ↗Science Fiction

Farce [frz. Füllsel], derb-komisches Lustspiel; in Frankreich ursprünglich volkstümliche Einlagen in geistlichen ↗Mysterien- und ↗Mirakelspielen, dann selbständig aufgeführte, burlesk typisierende Szenen und kurze Stücke, meist in Versen (↗Fastnachtsspiel). In Deutschland seit dem 18. Jahrhundert zumeist in der Bedeutung ›Literatursatire‹ und ›Literaturparodie‹ gebräuchlich (so bezeichnen Goethe und M. Frisch ihre Literatursatiren *Götter, Helden und Wieland* bzw. *Die chinesische Mauer* ausdrücklich als Fabeln). ↗absurdes Theater, ↗Groteske, ↗Satire

Fastnachtsspiel, Typus des deutschsprachigen weltlichen ↗Dramas, im Unterschied zum ↗geistlichen Spiel; im 14. Jahrhundert zunächst derb-witzige Vorträge zur Faschingszeit, dann selbständiges Handlungsspiel, deutsches Gegenstück zur französischen ↗Farce. Greifbar etwa zwischen 1430 und 1600 (bei H.

Rosenplüt, H. Folz, H. Sachs, J. Ayrer u. a.); Ende des 18. Jahrhunderts formal wieder aufgenommen (z. B. J. W. von Goethe: *Satyros oder der vergötterte Waldteufel*; A. W. Schlegel: *Ein schön kurzweilig Fastnachtsspiel vom alten und neuen Jahrhundert*).

Fazetie, f. [lat. Witz, Scherz], kurze witzige Erzählung, oft ironisch-spöttisch oder erotisch gefärbt (↗ Anekdote, ↗ Schwank), ursprünglich in lateinsicher Prosa. V. a. im 15. Jahrhundert in Italien beliebt (Poggio: *Liber facetiarum*), in Deutschland von H. Steinhöwel, S. Brant, H. Bebel, N. Frischlin u. a. in der Volkssprache nachgebildet.

Feministische Literaturwissenschaft, kontrovers definierte Sammelbezeichnung für literaturwissenschaftliche Arbeiten, die eine kulturelle Verdrängung des Weiblichen voraussetzen (durch politische, ideologische, soziale, wirtschaftliche Unterdrückung der Frau) und literarische Phänomene (Schreibweisen, ↗ Écriture féminine, Gattungen, Literaturtheorien, literarische Weiblichkeitsentwürfe usw.) systematisch und historisch nach Geschlechterdifferenzen untersuchen bzw. eine Geschlechteremanzipation versuchen (durch Veröffentlichung z. B. bislang unveröffentlichter Literatur von Frauen, durch eine neue Literaturgeschichtsschreibung usw.).

Fernsehspiel, Sammelbezeichnung für formal verschiedenartige, eigens für das Fernsehen – für den kleinen Bildschirm, nicht die große Kinoleinwand – konzipierte dramatische Formen, oft mit dokumentarischem Charakter, z. B. von S. Beckett, T. Dorst, R. W. Fassbinder, E. Ionesco, H. Kipphardt, H. Pinter, O. Storz u. a.

Feuilleton [frz. Beiblättchen (einer Zeitung)], 1. der Kulturteil einer Zeitung; 2. der einzelne, kulturelle Fragen behandelnde Beitrag im Feuilleton einer Zeitung; oft synonym mit ↗ Essay verwendet, mit dem es grundsätzlich die thematische Freiheit und gewisse Strukturen (z. B. die subjektive, locker komponierte, unsystematisch-assoziative Darstellung) verbindet, wenn meist wesentlich kürzer, skizzenhafter, weniger exklusiv in Thema und logisch-dialektischer Durchführung, suggestiver, pointierter in der Sprachgebung. Als Meister des Feuilletons gelten u. a. L. Börne, A. Polgar, E. Friedell, A. Kerr, K. Tucholsky, E. E. Kisch, D. Sternberger.

Fiction [engl. Erdichtetes], in der englisch/angloamerikanischen Literaturwissenschaft Sammelbezeichnung für fiktive Erzählliteratur; nicht zu verwechseln mit ↗ Fiktion.

Figur [lat. Gestalt], 1. sprachliches Kunstmittel: ↗ rhetorische Figuren; 2. menschliche oder menschenähnliche Gestalt in literarischen Texten; in der Dramentheorie auch als *Figurant*, in der Erzähltheorie (↗ Erzählgrammatik) als *Aktant* bezeichnet; oft in Charakter und ↗ Typus unterschieden. ↗ Protagonist

Figura etymologica [lat.], Verbindung zweier oder mehrerer Wörter des gleichen Stamms: »einen schweren *Gang gehen*«, »*betrogene Betrüger*«. Sonderfall der ↗ Paronomasie.

Figurengedicht [nach lat. *Carmen figuratum*], auch *technopaignion* (gr. künstliche Spielerei): Gedicht, das durch seine typographische Form einen Gegenstand (Kreuz, Kelch, Baum, Ei usw.) im Umriß nachzeichnet, auf den es sich meist ausdrücklich oder symbolisch versteckt bezieht; beliebt vor allem in der Antike, im Mittelalter und Barock, bekannte Beispiele von Hrabanus Maurus, J. G. Schottel, G.Ph. Harsdörffer, D. G. Morhof, Chr. Morgenstern, A. Holz, S. Mallarmé, G. Apollinaire, in ↗ konkreter Dichtung.

Fiktion [von lat. *fingere* = bilden, erdichten], 1. allgemein: eine Annahme, für die (im Gegensatz zur Hypothese) kein Wahrheits- oder Wahrscheinlichkeitsbeweis im Sinne eines logischen Realitätsbezuges angetreten wird; 2. in der Literaturwissenschaft zentrales Wort der ↗ Poetik, ↗ Ästhetik und Literaturtheorie, gilt als spezifisches Merkmal der

Literatur: die erdichtete, ›fiktive‹ Wirklichkeit, die aufgrund bestimmter Verfahren (wie ↗ Dialog, fließender Übergang von Bericht in ↗ erlebte Rede, psychologische Motivation u. a.) als wirklich erscheint (↗ Mimesis), ohne das die literarischen Texte vorgeben, daß sie Wirklichkeit sei. Oft gezielt von den Texten selbst reflektiert, um die naive Verwechslung der Fiktion mit der Wirklichkeit zu verhindern und dem Rezipienten die besondere Art und Weise zu vermitteln, in der er mit der Fiktion umgehen soll. Wichtig: der Unterschied zwischen ›fiktiv‹ und ›fingiert‹ – die Figuren eines Romans oder Dramas sind fiktiv, d. h. sie sind Teile einer als wirklich erscheinenden nichtwirklichen Welt, aber sie sind nicht fingiert, d. h. es wird nicht der Eindruck vorgetäuscht, als ob sie wirklich existierten.

Fin de siècle [frz. Ende des Jahrhunderts], Bezeichnung für die Kunst und Literatur zwischen etwa 1890 und 1906 (↗ Décadence, ↗ Wiener Moderne); nach einem Lustspieltitel von F. de Jouvenot und H. Micard (1888).

Floskel [lat. Blümchen], in der antiken Rhetorik (Cicero, Seneca) zunächst Redezier (›Redeblume‹), Denkspruch, Sentenz; heute abwertend gebraucht für eine formelhafte Redewendung ohne Aussagequalität, z. B. ›wie ich bereits schon mehrfach ausgeführt habe‹.

Flugblatt, ein- oder zweiseitig bedrucktes, meist illustriertes Blatt, aus aktuellem Anlaß hergestellt und vertrieben; enthält meist Sensationsmeldungen, Wallfahrtsgebete, Kalender, zeitgeschichtliche Volkslieder (Zeitungslieder), politische Aufrufe, satirische Betrachtungen usw.; zentral bei der Erforschung der frühen Neuzeit (wie die ↗ Flugschrift).

Flugschrift, kürzere, ungebundene, nur geheftete, unter Umgehung von Verlag, Buchhandlung und Zensur vertriebene Schrift (z. B. Gedicht, fiktives Interview, Manifest, Artikel usw.), vor allem aus Zeiten politisch-militärischer Auseinandersetzungen (Reformation, Bauernkrieg, Dreißigjähriger und Siebenjähriger Krieg, Amerikanische und Französische Revolution, Befreiungskriege, Revolution von 1848, Pariser Mairevolte 1968), z. B. von M. Luther, U. von Hutten, T. Müntzer, G. Büchner (*Der Hessische Landbote*, 1834), den Geschwistern Scholl u. a.

Fokalisierung, von G. Genette (*Discours du récit. Figures III, 1972*) geprägter Begriff der ↗ Erzähltheorie, um den vielfältigen Wechsel der ↗ Perspektiven und deren verschieden ausgeprägte Anbindung an die einer Erzählung immanente Erzählerstimme genauer bestimmen zu können; geht vom jeweiligen Wahrnehmungszentrum eines Geschehens aus, wird unterschieden in a) *Nullfokalisierung* (der Erzähler weiß mehr, als die Figur wissen kann, allwissender Erzähler), b) *interne Fokalisierung* (der Leser erhält eine Information aus der Sicht einer Person), c) *variable Fokalisierung* (das Geschehen wird abwechselnd aus verschiedenen Blickwinkeln wahrgenommen), d) *multiple Fokalisierung* (ein einzelnes Ereignis wird aus dem Blickwinkel verschiedener Personen gesehen), e) *externe Fokalisierung* (der Erzähler weiß weniger als die Figuren). ↗ Erzählsituation

Formalismus, um 1915 entstandene Richtung der russischen Literaturwissenschaft, grundlegend für die Ausbildung der modernen Literaturwissenschaft (↗ Strukturalismus, ↗ Poststrukturalismus); entwickelt Methoden der exakten Beschreibung und Analyse, indem sie das literarische Kunstwerk als autonome ästhetische Einheit begreift und jedes seiner Elemente in der Relation zu den anderen bestimmt; analysiert vor allem die spezifische Formgebung der Kunstwerke (z. B. Realisation der ↗ Verse, der Erzählweise, Funktion des ↗ Stils, Herstellen von ↗ Äquivalenz und ↗ Ambiguität u. a.), in der sie das genuine Merkmal poetischer Texte, deren Literarizität, sieht.

Prägt das literaturwissenschaftliche Vokabular nachhaltig (z. B. ↗Sujet, ↗Skaz, ›Priem‹ oder ›Prijom‹ = das *literarische Verfahren*, ›literarisches Faktum‹ = außerliterarische Textsorten wie ↗Brief, Reportage oder ↗Tagebuch, die literarisiert werden können); lehnt in seiner radikalen Ausprägung biographische, psychologische, soziologische usw. Erklärungen ab und definiert literarische Phänomene allein durch ihre Funktion für das einzelne Werk, die die praktischen Funktionen der Sprache (Informationsübermittlung, Gefühlsausdruck usw.) außer Kraft setzt (pointiert: Der Tod des Helden ist in einer Tragödie notwendig, damit es eine Tragödie ist, und in Goethes Gedicht ist über allen Gipfeln *Ruh*, damit sie sich auf das *du* der 4. Zeile reimt; ↗mythisches Analogon).

Bedeutende Vertreter: V. Šklovskij, J. Tynjanov, V. Propp, B. Ejchenbaum. Wechselwirkung mit dem literarischen ↗Futurismus.

Formel [lat. kleine Form, Gestalt, Norm, Maßstab], 1. Sprachformel: im Wortlaut mehr oder weniger fixierte, vorgeprägte, allgemeinverständliche Redewendung für einen bestimmten Begriff oder Gedanken, z. B. »Tag und Nacht« für ›immer‹. Anders als das ↗Sprichwort meist keine selbständige, in sich geschlossene Aussage; besonders verbreitet in archaischen Sprachstufen, im Rechts- und Kultbereich (Segens-, Zauber-, Eidformel), in der Volksdichtung (*Es war einmal*), in Modesprachen (*echt geil*); häufig als Zwillings- und Reimformel (*Gold und Silber*, *Mann und Maus*, *Haus und Hof*, *Sack und Pack*); ↗Epitheton ornans, ↗Floskel, ↗Topos;

2. Bildformel, auch *Pathosformel* (A. Warburg: *Mnemosyne-Atlas*, postum 1993; ↗Ikonologie): bildlich fixierte, vorgeprägte Bewegungsmotive, die – durch traditionelle Verwendung, vielleicht auch durch unbewußte, anthropologisch konstante Zuweisungen – eine bestimmte Bedeutung haben, z. B. das bewegte Gewand weiblicher Figuren als Ausdruck für deren – ins Bild gebannte – erotische Raserei, das Reichen der Hände als Symbol für das Schließen eines ewigen Bundes; auch allgemein alle im ↗kulturellen Gedächtnis verankerten Wiedergebrauchs-Bilder, -Texte und -Rituale.

Fragment [lat. Bruchstück], 1. unvollständig überliefertes Werk, z. B. die *Poetik* des Aristoteles, das *Hildebrandslied*; 2. unvollendet gebliebenes Werk (durch Tod des Autors, Scheitern an der formalen oder gedanklichen Problematik o. ä.; z. B. Wolframs von Eschenbach *Willehalm*, Goethes *Natürliche Tochter*, Kafkas sämtliche Romane); 3. bewußt gewählte literarische Form, die ihre Wirkung aus der vorgeblichen Unabgeschlossenheit oder Unfertigkeit gewinnt, z. B. Herders *Fragmente über die neuere deutsche Literatur*, Lavaters *Physiognomische Fragmente*, Coleridges *Kubla Khan*, Fr. Schlegels *Lucinde*, Novalis' *Heinrich von Ofterdingen* u. a.

Frauenliteratur, umstrittene Sammelbezeichnung für literarische Werke (vor allem Romane) über Frauen bzw. von Frauen, besonders durch die Frauenbewegung seit 1970 als eigenständiges Literaturgenre und Forschungsgegenstand profiliert. ↗Gender studies

Bekannte Autorinnen sind z. B.: Sappho, Hildegard von Bingen, Mechthild von Magdeburg, Marie de France, Vittoria Colonna, Margarete von Navarra, Mme de Scudéry, Mme de Sévigné, Lieselotte von der Pfalz, Anna Luise Karsch, Luise Adelgunde Gottsched, Sopie Mereau, Dorothea Schlegel, Bettine Brentano, Karoline von Günderrode, Therese Huber, Jane Austen, Annette von Droste-Hülshoff, George Sand, Marie von Ebner-Eschenbach, Ricarda Huch, Gertrud von Le Fort, Elisabeth Langgässer, Else Lasker-Schüler, Anna Seghers, Irmgard Keun, Marieluise Fleißer, Nelly Sachs, Rose Ausländer, Hilde Domin, Ingeborg Bachmann, Colette, Gertrud Stein, Marguerite Duras, Natalie Sarraute, Simone de Beauvoir, Virginia Woolf, Sylvia Plath, Doris Lessing, Carson McCullers usw.

Beispiele für Literatur über Frauen von Frauen: S. von La Roche: *Geschichte des Fräuleins von Sternheim* (1771), L. Rinser: *Nina* (1961), Chr. Wolf: *Nachdenken über Christa T.* (1968).

Freie Bühne, von M. Harden, T. Wolff, den Brüdern Hart u. a. 1889 in Berlin gegründeter Theaterverein, der in geschlossenen Vorstellungen vor allem (meist durch Zensur verbotene) naturalistische Dramen aufführte (Ibsen, Hauptmann, Holz/Schlaf, Strindberg u. a.; ↗Naturalismus); von großem Einfluß auf die Theaterlandschaft (neuer Bühnenstil: natürliche Schlichtheit, Betonung von Mimik und Gestik als Darstellungsmittel seelischer Zustände; Gründung weiterer Theatervereine u. a. in Berlin, München, London, Wien, Kopenhagen, Moskau).

Freie Rhythmen, metrisch ungebundene, reimlose ↗Verse von beliebiger Zeilenlänge; häufig sinngemäß in verschieden lange Versgruppen gegliedert und von der ↗Prosa auf den ersten Blick nur durch den typographischen Einzug (Gliederung in Verszeilen) unterschieden.

Lassen einem Dichter deswegen allerdings nicht mehr Freiheiten, nur andere, sind sogar schwieriger als strenge Vers- und Strophenformen, weil ihnen durch andere Mittel als Metrum und Reim ein gehobener (Sprech-)Ton, eine Bedeutsamkeit verliehen werden muß, die sie von der alltäglichen Sprache und dem alltäglichen Sprechen unterscheidet, z. B. durch eine bewußte, sparsame Wortwahl, durch den Einsatz betonungsstarker Wörter, erlesener ↗Neologismen und ↗Archaismen, durch die Wiederkehr bestimmter rhythmischer und syntaktischer Formeln (relativ gleichmäßige Wiederkehr der Hebungen, Zeilenwiederholung, ↗Parallelismus, ↗Chiasmus, ↗Antithese, ↗Inversion usw.), durch Klangwiederholungen (besonders Alliterationen), durch das gezielte Verwischen und dadurch Betonen der Zeilengrenze (↗Enjambement), durch eine oft unklare Syntax und Semantik, durch Pathos einfordernde Sprechsituationen und Motive (Anrede an einen Gott z. B. oder, als Negation der Erwartung, die Benennung des vollkommen Banalen, das allein durch die typographische Auszeichnung an Wichtigkeit gewinnt).

Als Nachahmung antiker und hebräischer Dichtung (besonders von Psalm und ↗Dithyrambus) erstmals bei F. G. Klopstock (*Frühlingsfeier*, 1759) verwendet, weitere Beispiele: J. W. von Goethe: *Wanderers Sturmlied*, *Ganymed*, *Prometheus*, Novalis: *Hymnen an die Nacht*, H. Heine: *Nordseebilder*, u. a.

Freie Verse, frz. ↗Vers libres: gereimte, metrisch gebaute (meist jambische und trochäische) Verse verschiedener Länge, gereiht in beliebiger Mischung, freier Reimordnung, mit oder ohne strophische Gliederung. Häufig im ↗Madrigal, in Oper, ↗Singspiel, Kantate, ↗Komödie, ↗Fabeldichtung (La Fontaine, Chr. F. Gellert), ↗Lehrgedicht (B. H. Brockes, A. von Haller), ↗Verserzählung (Chr. M. Wieland); in der Moderne (A. Rimbaud, E. Stadler, F. Werfel) nur noch durch den Reim von den ↗freien Rhythmen unterschieden.

Frequenz ↗Anachronie

Fürstenspiegel, Darstellung des historischen oder fiktiven Idealbildes eines Herrschers, seiner Pflichten und Aufgaben, von ethisch-moralischen Prinzipien der Staatslenkung bis hin zu politisch-sozialen, oft sogar privaten Verhaltensregeln, z. T. in utopisch-kritischer, z. T. in praktisch-didaktischer Absicht (als Erziehungslehre für Prinzen); meist in Form eines Traktats, aber auch in Versform.

Beispiele: Augustinus: *De civitate dei*, T. von Aquin: *De regimine principum*, N. Machiavelli: *Il principe*.

Futurismus, Strömung der modernen Kunst und Literatur zu Beginn des 20. Jahrhunderts; 1908 in Italien von

F. T. Marinetti programmatisch begründet (Futuristisches Manifest), proklamiert die Zerstörung des Alten, will eine Kunst des modernen Lebens sein und die Welt der Technik spiegeln als eine »allgegenwärtige Geschwindigkeit, die die Kategorien Zeit und Raum aufhebt«, indem sie neue Darstellungsformen zu schaffen und die Sprache von ihren traditionellen Funktion zu befreien versucht. In Italien vor allem von Marinetti vertreten, in Rußland von W. Chlebnikow und W. Majakowski (↗Formalismus).

G

Galante Dichtung [im 17. Jh. zu frz. *galant* = modisch fein gekleidet, höfisch], 1. Sammelbezeichnung für literarische Werke mit erotisch-spielerischer Thematik; 2. pointiert-geistreiche Gesellschaftsdichtung der Übergangszeit vom Spätbarock zu ↗Aufklärung und ↗Rokoko (ca. 1680–1720). Charakteristisch: die erotische Thematik, der heiter-ironische Ton, der mittlere Stil (↗Genera dicendi) und die Vorliebe für poetische Kleinformen (↗Sonett, ↗Ode, ↗Lied, ↗Madrigal, ↗Brief, ↗Versepistel u. ä., daneben: Rückgriff auf den ↗heroisch-galanten Roman, Umwandlung zum Gesellschaftsroman).

Beispiele von Chr. Hofmann von Hofmannswaldau, B. Neukirch, C.F. Hunold (gen. Menantes, *Die allerneueste Art, höflich und galant zu schreiben*, 1702), A. Bohse (gen. Talander), J.C. Günther, J.G. Schnabel u. a. In der Lyrik Vorbereitung von ↗Anakreontik und Erlebnislyrik (↗Erlebnisdichtung).

Gattungen, sowohl eine der drei großen Grundhaltungen literarischer Darstellung (↗Lyrik, ↗Epik, ↗Dramatik, als *Gattungstrias* erst seit dem 18. Jahrhundert ausgebildet) als auch eine ihrer Unterklassen, z. B. ↗Novelle, ↗Märchen, ↗Fabel, ↗Epos, ↗Roman usw. als Gattungen der Epik, ↗Tragödie und ↗Komödie als Gattungen der Dramatik oder ↗Brief, ↗Predigt, ↗Tagebuch, Reportage, ↗Essay usw. als ursprünglich außerliterarische, erst spät literarisierte Gattungen.

Wichtiger Ordnungsfaktor, der dabei hilft, literarische Texte zu klassifizieren, zu beschreiben, in ihrer historischen wie individuellen Besonderheit zu begreifen und ihre Vorläufer zu erkennen; spielt in der ↗Poetik, ↗Ästhetik, ↗Literaturtheorie und Literaturgeschichte eine große Rolle, da er die Produktion wie Rezeption von Literatur entscheidend mitbestimmt, im Grunde das Erscheinen und die Wahrnehmung eines literarischen Textes erst ermöglicht: Eine Gattung ist das jedem Text ›vorschwebende Gestaltschema‹ (E.R. Curtius), sein Modell, das Muster, in dessen Angesicht der Autor schreibt und vor dessen Hintergrund der Leser liest (↗Erwartungshorizont); das, was da ist, bevor das einzelne Werk entsteht: ein durch vor-, außer- und innerliterarische Traditionen geprägter Fundus mit bestimmten, immer schon mit Bedeutung versehenen *Formen* (z. B. Vers- und Strophenformen, Umfang: Länge oder Kürze, rhetorische ↗Figuren, ↗Genera dicendi, epische und dramatische Verfahren wie dem für den ↗Detektivroman typischen, rückwärtsgewendeten Aufbau oder der für die klassische Tragödie verbindlichen Gliederung in 5 ↗Akte), *Sprechgebärden* (der jeweilige *Habitus*, der suggerierte Verhaltensstil eines ↗Erzählers oder ↗lyrischen Ichs, einer dramatischen Person: Befehl, Bitte, Frage, Aussage, Selbstgespräch usw.), *Typen*, *Motiven*, *Stoffen*, *Darbietungsformen* (Gesang, Vortrag, Bühne, Film usw.), aus dem jeder Text mehr oder weniger schöpfen, den er anreichern, umprägen, nach einer historischen Veränderung auch wiederbeleben kann; ein System für sich, das einen für die Gattung typischen Weltausschnitt zeigt, auf eine ganz distinkte, bedeutsame Weise formale und inhaltliche Elemente verbindet: Jedem möglichen Element ist von vornherein ein bestimmter Platz in der spezifischen Struktur einer Gattung zugeordnet, sie verleiht ihm ›Sinn‹, färbt es ein mit ihrer Welt; manche Elemente sind ihr fremd, manche fügen sich ihr unauffällig ein; was fehlt bzw. unerwartet anwesend ist, gewinnt vor ihrem Hintergrund eine besondere Bedeutung – im Detektivroman z. B. ist das Motiv des Mords notwendig, im Kinderlied hingegen ein makabrer Verstoß gegen die Regeln der Gattung. Philosophisch-anthropologische Erklärungen der Gattung, vor allem von G. W. Hegel und E. Staiger versucht, sind problematisch, Grenzfälle und Mischungen häufig (z. B. in der ↗Ballade, der ↗Verserzählung oder der Prosa der Moderne; diese Mischformen werden auch als *Hybrid genres* bezeichnet), Trennungen zwischen *Formen*, *Typen* und *Gattungen* sind oft unsauber gehandhabt (das ↗Sonett z. B. ist eine bestimmte Vers- und Strophenform der ↗Lyrik und der petrarkistischen Liebesdichtung, das ↗bürgerliche Trauerspiel ein Typus der Tragödie, der Bildungsroman ein Typus des Romans – und doch ist jede dieser Formen wiederum mit einem ganz eigenen Ton, eigenen Sprechgebärden, rhetorischen Mitteln, Weltausschnitten usw. verbunden, ist so gesehen eine Gattung für sich). ↗Textsorten, ↗Genre, ↗einfache Formen

Geblümter Stil [zu mhd. *blüemen* = mit Blumen schmücken, unter Einfluß von lat. *flosculus* = Blümchen, übertragen: Floskel], absichtlich den Sinn verrätselnde, auf Mehrdeutigkeiten zielende Stilart in mittelhochdeutschen Texten des 13. und 14. Jahrhunderts, besonders bei Wolfram von Eschenbach und in der religiösen Marienlyrik, fällt durch gehäufte Wort- und Klangspiele, gesuchte Wortwahl, schwierige Syntax (Wortumstellung, ↗Katachrese) u. ä. auf. Dem *Ornatus difficilis* der lateinsichen ↗Rhetorik und dem *trobar clus* der ↗Trobadorlyrik vergleichbar.

Gebrauchsliteratur, ungenaue Sammelbezeichnung für Literatur, die an einen bestimmten Zweck gebunden ist, z. B. Andachtsbücher, Kirchenlieder, ↗Kalendergeschichten, Reklametexte, Albumverse, ↗Gelegenheitsdichtung.

Gebrochener Reim, Reim, bei dem der erste Teil eines Kompositums das Reimwort ist: »Hans Sachs ist ein *Schuh*- / macher und Poet da*zu*«. ↗Enjambement

Gebundene Rede, die im Unterschied zur ungebundenen ↗Prosa bewußt metrisch, rhythmisch oder auch typographisch gestaltete Sprache, z. B. jeder Verstext, ↗freie Rhythmen, auch die ↗rhythmische Prosa (↗Kunstprosa, ↗Cursus).

Gedicht, heute vor allem Bezeichnung für Werke der ↗Lyrik; ursprünglich jedoch alles schriftlich Abgefaßte (vgl. ahd. *dihton*, *tihton* = schreiben), im 18. Jahrhundert noch jedes poetische Werk allgemein (so nennt Lessing seinen *Nathan* z. B. ein ›dramatisches Gedicht‹).

Geflügelte Worte [wörtliche Übersetzung der 104mal in den homerischen Epen wiederkehrenden Formel *epea pteroenta* = »vom Mund des Redners zum Ohr des Angeredeten fliegende Worte«], prägnante, vielseitig verwendbare ↗Zitate berühmter Dichter, Philosophen, Politiker u. a., die, aus ihrem Zusammenhang gelöst, als Bildungsnachweis, Anrufung einer historischen Autorität oder wegen ihrer rhetorischen Wirksamkeit in Reden und Gespräche eingebracht werden; vgl. G. W. Büchmanns Sammlung. *Der Citatenschatz des deutschen Volkes* (1864).

Gegenwartsliteratur, im weitesten Sinn: die jeweils aktuelle Literaturproduktion, wie sie sich in der ↗Literaturkritik spiegelt; im engeren Sinn zunehmend als grobe Epochenbezeichnung verwendet: die deutschsprachige Gegenwartsliteratur, die seit den 1970er Jahren auf die ↗Nachkriegsliteratur folgt.

Oft wird die Literatur dieses Zeitraums weiter differenziert nach Jahrzehnten (Siebziger, Achtziger, Neunziger) oder durch Epochenschwellen (nach der studentischen Protestbewegung 1968 bzw. nach der ›Wende‹ 1989) abgegrenzt; zum Teil wird die Bezeichnung auch nur auf die Literatur seit den 1990er Jahren, die ›neueste deutsche Literatur‹, angewandt.

Als Merkmale der deutschsprachigen Gegenwartsliteratur gelten: die im Unterschied zur einsträngig politisch orientierten Nachkriegsliteratur (und zur frühen ↗DDR-Literatur) große Vielfalt bzw. »neue Unübersichtlichkeit« (J. Habermas) der literarischen Richtungen, Themen und Schreibweisen; der verstärkte inhaltliche und formale Einfluß der elektronischen Medien (↗Netzliteratur, ↗Pop-Literatur, ↗Slam poetry); ein seit den 1970er Jahren offensiv postulierter individueller Authentizitätsanspruch (»Neue Subjektivität«) mit extremen Konsequenzen, vom Rückzug in die Innerlichkeit bis hin zur Lust an der Oberfläche; der Verzicht auf verbindliche ästhetisch-ideologische Leitvorstellungen, der zunehmende Verlust an gesellschaftlicher Bedeutung und internationaler Wirkung (↗Postmoderne) und die damit einhergehende Dominanz der in der Nachkriegszeit etablierten ›Vaterfiguren‹ (↗Gruppe 47, G. Grass, M. Walser, M. Reich-Ranicki) in den großen öffentlichen Literaturdebatten.

Zur Gegenwartsliteratur gerechnet werden so unterschiedliche Autor/innen wie: B. Böttcher, U. Draesner, K. Duve, H.M. Enzensberger, W. Genazino, R. Goetz, G. Grass, D. Grünbein, U. Hahn, P. Handke, L. Harig, J. Haslinger, Chr. Hein, J. Hermann, Th. Hettche, R. Hochuth, F. Hoppe, E. Jelinek, W. Kaminer, B. Kirchhoff, G. Klein, Th. Kling, A. Kluge, Chr. Kracht, H. Krausser, B. Kronauer, M. Maron, A. Maier, Fr. Mayröker, R. Menasse, Th. Meinecke, T. Mora, M. Mosebach, Herta Müller, A. Muschg, O. Pastior, M. Politycki, Chr. Ransmayr, G. Rühm, P. Rühmkorf, L. Sailer, B. Schlink, K. Schmidt, R. Schneider, R. Schrott, I. Schulze, W. G. Sebald, A. Stadler, B. Strauss, M. Streeruwitz, B. von Stuckrad-Barre, P. Süskind, M. Walser, J. Winkler, Chr. Wolf u. a.

Geistliches Spiel, geistliches Drama des Mittelalters, z. B. Oster-, Weihnachts-, ↗Passions-, Weltgerichts-, Mysterienspiel, das spanische *Auto sacramental* (Fronleichnamsspiel), die englische *Moralität* (in deren Mittelpunkt das Ringen der guten und bösen Mächte – Tugenden und Laster, Engel und Teufel – um die Seele des Menschen steht, ↗Nachspiel).

Als Teil der christlichen Messe (↗Tropus) aus der zunächst dialogischen, dann auch szenischen Darstellung der Heilsgeschichte entstanden, im 14. Jahrhundert aus der Kirche auf öffentliche Plätze verlegt (↗Simultanbühne), nun meist in der Volkssprache, nicht mehr in Latein, vom städtischen Bürgertum, nicht mehr dem Klerus getragen. Zeichnet sich durch realistische, oft drastische Spielweise aus; erstreckt sich im 15./16. Jahrhundert z. T. über mehrere Tage, Massenszenen wechseln mit Soloszenen, die Gemeinde der Gläubigen ist durch Chorgesang und Gebet miteinbezogen. Als Kunstform im 20. Jahrhundert erneuert (H. von Hofmannsthal: *Jedermann*, 1911; C. Orff: *Comoedia de Fine Tempore*, 1973 u. a.).

Geistesgeschichtliche Literaturwissenschaft, Untersuchung und Darstellung geschichtlicher, besonders kulturgeschichtlicher Phänomene, legt den Schwerpunkt auf die ›geistigen Kräfte‹ (Ideen) einer Zeitströmung, ↗Epoche oder Nation, versteht literarische Werke als Manifestationen einer einheitlichen Grundhaltung, als Dokumentationen des ›Zeitgeists‹. Dominant in der dt. ↗Germanistik zwischen den beiden Weltkriegen (neben dem ↗Positivismus), vertreten von H. Unger (*Hamann und die deutsche Aufklärung*, 1911), Fr. Gundolf (*Shakespeare und der deutsche Geist*, 1911), M. Kommerell (*Der Dich-*

ter als Führer in der dt. Klassik, 1928), H. A. Korff (*Geist der Goethezeit*, 1923–53), P. Kluckhohn, W. Rehm, F. Strich u. a.; systematisch schon bei W. Dilthey (*Einleitung in die Geisteswissenschaften*, 1883, *Das Erlebnis und die Dichtung*, 1905); abgelöst von der ↗werkimmanenten Interpretation.

Gelegenheitsdichtung, Sammelbezeichnung für literarische Werke, die zu bestimmten öffentlichen oder privaten Anlässen (Beerdigung, Feier, Unterhaltung, Huldigung usw.) verfaßt werden, oft als Auftragsarbeit; heute Teil der ↗Gebrauchsliteratur, in ↗Renaissance und ↗Barock Teil der ›hohen‹ Dichtung und Ort kunstvoll rhetorischer Ausschmückung (↗epideixis), z. B. durch R. G. Weckherlin, P. Fleming, J. C. Günther.

Gemination [lat.], unmittelbare Wiederholung von Wort (*iteratio, duplicatio*) oder Wortgruppe (*repetitio*), z. B. »*Rückwärts, rückwärts*, Don Rodrigo« (Herder), »*Mein Vater, mein Vater*, jetzt faßt er mich an« (Goethe). ↗Epanalepse

Gender studies [engl.], vor allem in den 1980er Jahren etablierte Richtung der Kultur- und Literaturwissenschaft, untersucht das sich in den verschiedenen Bereichen einer Kultur manifestierende hierarchische Verhältnis der Geschlechter, ihrer Differenz, Funktion und Identität (↗feministische Literaturwissenschaft), versteht ›Geschlecht‹ als historisch wandelbares, gesellschaftlich-kulturelles Phänomen: eine bestimmte Repräsentation und Interpretation des Körpers, im Unterschied zum biologischen *sexus*, ein Entwurf von Weiblichkeit und Männlichkeit, wie er z. B. in der Literatur und ihrer Lektüre errichtet, stabilisiert und revidiert wird. Beziehungen zu ↗Poststrukturalismus, ↗Diskursanalyse, ↗New Historicism u. a.

Genera dicendi, n. Pl. [lat.], die vorgeprägten Arten des schriftlichen und mündlichen Ausdrucks, des ↗Stils, besonders die in der antiken ↗Rhetorik unterschiedenen drei Stilhöhen, denen – historisch unterschiedlich – bestimmte Zwecke, Inhalte, ↗Gattungen und Stilmittel (↗Ornatus, ↗rhetorische Figuren, ↗Tropen) zugeordnet werden: So dient etwa bei Cicero das schmucklose *Genus humile* (niederer Stil) vor allem der sachlichen Belehrung (*docere*), das *Genus mediocre* (mittlerer Stil) der Unterhaltung (*delectare*), das *Genus grande* (Genus difficilis, hoher Stil) der emotionellen Rührung (*movere*).

Im Mittelalter ordnet die *Rota Vergiliana* (Rad des Vergil) die drei Genera dicendi den drei Hauptwerken Vergils zu: Jeder Stilhöhe entspricht ein bestimmter sozialer Stand der Personen, bestimmte Tätigkeiten, Requisiten, Lokalitäten, Tiere, Bäume usw. (Genus grande: *Aeneis* – Adel, Krieg, Herrschen, Schwert, Burg, Roß, Lorbeer; Genus mediocre: *Georgica* – Bauer, Ackerbau, Pflug, Rind, Obstbaum; Genus humile: *Bucolica* – Schäfer, Nichtstun, Hirtenstab, Weide, Schaf, Feigenbaum usw.). Die ↗Poetiken des 16. und 17. Jahrhunderts ordnen die verschiedenen dramatischen, epischen und lyrischen Gattungen nach den Genera dicendi (so entspricht z. B. dem Genus grande die ↗Tragödie, mit ↗Alexandriner, fürstlichem Stand der Personen usw., die ↗Komödie dem Genus humile, mit volkssprachlicher, schlichter ↗Prosa, unterer Gesellschaftsschicht, das bürgerliche Drama dem Genus mediocre, mit einer weltläufig-eleganten Prosa; ↗Barock).

Generative Transformationsgrammatik, in der Linguistik: vor allem von N. Chomsky ausgebildete Grammatiktheorie, die eine formalisierte Beschreibung von Sprache versucht; geht davon aus, daß die sprachlich realisierte *Oberflächenstruktur* (die material gegebenen Sätze z. B. der alltäglichen Rede, eines literarischen Textes) durch geregelte *Transformationen* (lat. Umwandlungen) aus einer wissenschaftlich rekonstruierbaren *Tiefenstruktur* erzeugt werden. In der Literaturwissenschaft vor allem wichtig geworden für die Erzählforschung (↗Strukturalismus, ↗Erzählgrammatik) und Gattungstheorie (↗Gattung). ↗Phrase

Geniezeit [zu lat. *genius* = Geist, Schutzgeist oder *ingenium* = Natur, Begabung], Bezeichnung für die von England und Frankreich ausgehende, in Deutschland durch den ↗Pietismus vorbereitete geistesgeschichtliche und literarische Bewegung in der 2. Hälfte des 18. Jahrhunderts (↗Sturm und Drang), die die Vorstellung, der Künstler sei ein an keine Standesgrenzen gebundenes Genie, das als zweiter Gott nach seinen eigenen Regeln schöpft anstatt nur geschickt, kraft seines Verstandes (↗Witz), die Regeln der ↗Poetik zu erfüllen, konsequent ausbaut. In der Philosophie und ↗Ästhetik vor allem von J.G. Hamann, A.G. Baumgarten, J.G. Sulzer, Chr. Fr. Gellert, J.J. Bodmer, J.G. Herder vertreten.

Genotext und Phänotext [zu gr. *genesis* = Entstehung, gr. *phainein* = erscheinen, sichtbar machen], von J. Kristeva (*La révolution du langage poétique*, 1974, dt. 1978) geprägtes Begriffspaar: der unbegrenzte Prozeß der Hervorbringung von Texten, der Schreibprozeß, der Akt des Symbolisierens, das dem Körper zugeordnete Feld von »Triebenergien« im Gegensatz zum abgeschlossenen, sprachlich fest strukturierten Produkt.

Genre [frz.], Bezeichnung für: 1. Unter-↗Gattungen (z.B. Novelle und Roman als Genres der Epik), 2. mit bestimmten Stoffbereichen verknüpfte narrative Schemata, z.B. Western, Thriller, screwball comedy.

Georgekreis, Kreis von Dichtern, Künstlern und Wissenschaftlern, die sich nach 1890 um den Dichter St. George sammeln (z.B. K. Wolfskehl, E. Kantorowicz, Fr. Gundolf, Fr. Wolters, B. und Fr. Stauffenberg, E. Bertram, M. Kommerell, N. von Hellingrath); zeichnet sich durch betont elitär-asketische, ästhetische, ›vergeistigte‹ Lebens- und Schreibweisen aus und pflegt gleichsam kultisch-religiöse Umgangsformen (der Kreis als Georges Jünger, George als deren Erzieher und ›Meister‹).

Germanistik [zu ›Germanist‹, ursprünglich Bezeichnung für einen Juristen, der das deutsch-germanische Recht erforscht], im späten 19. Jahrhundert aufgekommene Bezeichnung. für die seit der 1. Hälfte des Jahrhunderts als Universitätsdisziplin institutionalisierte Wissenschaft von der geschichtlichen Entwicklung der deutschen Literatur und Sprache; auch als deutsche Philologie, gelegentlich auch als germanische Philologie (erweitert auf alle germanische Sprache, inklusive Skandinavistik und Niederlandistik) bezeichnet. Unterteilt in Alt-Germanistik/germanistische Mediävistik (erforscht Sprache und Literatur der Frühzeit und des Mittelalters), neuere deutsche Literaturwissenschaft (zuständig für die Literatur der Neuzeit) und germanistische Linguistik (zuständig für die deutsche Sprache).

Gesamtkunstwerk, von R. Wagner (*Das Kunstwerk der Zukunft*, 1850) geprägter Begriff: die Wiedervereinigung der seit der griechischen ↗Tragödie getrennten Einzelkünste Dichtung, Musik, Tanz und bildender Kunst zu einem einheitlichen Kunstwerk; u.a. von M. Reinhardt und E. Piscator im Theater, vom Bauhaus in der Architektur zu realisieren versucht.

Geschichtsdrama, im weiten Sinn: dramatische Werke, die historische Themen und Stoffe gestalten; im engeren Sinn: dramatische Werke, die dies mit einer didaktischen Intention tun und ein bestimmtes Geschichtsverständnis vertreten, z.B. Geschichte als Fundus für allgemein menschliche, exemplarische Ereignismuster verstehen.

Beispiele für Geschichtsdramen im engeren Sinn: Shakespeare: *Richard III.*, 1594; J.E. Schlegel: *Hermann*, 1741; Klopstock: *Hermann*, Trilogie, 1769–1787; Goethe: *Götz von Berlichingen*, 1774; Schiller: *Wallenstein*, Trilogie, 1793–99; Kleist: *Hermannsschlacht*,

1808; *Prinz Friedrich von Homburg*, 1810; Grabbe: *Hermannsschlacht*, 1836; Büchner *Dantons Tod*, 1835; Hebbel: *Agnes Bernauer*, 1851; Hauptmann: *Die Weber*, 1892; Kaiser: *Die Bürger von Calais*, 1914; Brecht: *Mutter Courage*, 1941; Hildesheimer: *Mary Stuart*, 1970; H. Müller: *Germania Tod in Berlin*, 1956/71.

Geschlossene Form [nach H. Wölfflins *Kunstgeschichtlichen Grundbegriffen*, 1915], Bezeichnung für Kunstwerke von streng gesetzmäßigem, oft symmetrischem Bau, mit überschaubarer Anordnung aller Elemente um eine Leitlinie, konsequenter Funktionalität aller Teile; oft verbunden mit einer gehobenen, meist typisierenden Sprache, einheitlicher Thematik, wenigen Hauptgestalten, übersichtlicher, stets in sich geschlossener Handlung (in Drama, Epik), wenigen Hauptmotiven, normgerechter Anfüllung der Vers- und Strophenformen (in der Lyrik). Kennzeichnend vor allem für ↗Novelle, ↗Sonett, ↗Rondeau, ↗Ghasel, für klassische oder klassizistische Kunstwerke allgemein (z. B. die klassische ↗Tragödie, die frz. ↗haute tragédie). Gegensatz zur ↗offenen Form.

Gesetz, auch Gesätz, Gesatz: seit der Renaissance (als Übersetzung von gr. *nomos* = Gesetz, Melodie, Lied) gebräuchliche Bezeichnung für: 1. Lied, 2. Lied- oder Gedichtstrophe, besonders das *Gesätz* im ↗Meistersang, 3. ↗Aufgesang der ↗Meistersangstrophe.

Gesprächsspiel, im ↗Barock beliebte Form des literarischen ↗Dialogs, mit belehrend-unterhaltenden Themen, oft im zwanglosen Konversationston, nach dem Vorbild von B. Castigliones *Cortegiano* (1528), z. B. G. P. Harsdörffers *Frauenzimmer-Gesprächspiele* (1641–49), J. Chr. Gottscheds *Vernünftige Tadlerinnen* (1725 f.).

Gesta, Pl. [von lat. *res gestae* = (Kriegs-)Taten], Sonderform mittelalterlicher Geschichtsschreibung in lateinischer Sprache; beschreibt Leben und Handlungen bedeut. Personen, Gruppen, Völker – anders als ↗Annalen und ↗Chronik – in reich ausgeschmücktem Erzählstil, oft metrisch gebunden, mit ↗Anekdoten, moralisierenden Verallgemeinerungen u. ä. angereichert, Bekanntestes Beispiel: die im Mittelalter weit verbreiteten *Gesta Romanorum*, eine Sammlung historischer Geschichten, Sagen, Legenden, Märchen mit didaktisch-moralischem Anspruch, aus der u. a. G. Boccaccio, G. Chaucer, H. Sachs, Fr. von Schiller (*Die Bürgschaft*) Stoffe entlehnten. ↗chanson de geste

Ghasel, n. oder f. [arab. Gespinst], ursprünglich arabisch, dann im ganzen islamischen Raum verbreitete Gedichtform, mit einer nicht festgelegten Anzahl von Verspaaren (*beit* = Haus), deren erstes (›Königsbeit‹) sich reimt und allen folgenden geraden Zeilen den Reim vorgibt, während die ungeraden reimlos bleiben: aa xa xa za usw. Höhepunkt bei dem persischen Dichter Hafis (14. Jahrhundert), deutsche Nachbildungen von Fr. Schlegel, F. Rückert, A. von Platen u. a.; in Goethes *Westöstlichem Divan* (1819) frei gehandhabt.

Gleichnis, bezieht eine Vorstellung, einen Vorgang oder Zustand durch einen Vergleichspartikel (*so... wie*) ausdrücklich auf einen Sachverhalt aus einem anderen, meist sinnlich-konkreten Bereich, wobei sich die beiden Bereiche vor allem im wesentlichen Vergleichsmoment, dem *tertium comparationis*, decken, aber nicht wie bei der ↗Allegorie auch in den Einzelzügen. Vom bloßen ↗Vergleich durch breitere Ausgestaltung und eine gewisse Selbständigkeit des Bildbereichs unterschieden, von der ↗Parabel durch den ausdrücklichen Bezug zwischen Bild und Sache. Häufig in der Bibel und im homerischen ↗Epos: »Also durchherrschte er ordnend das Heer, und zurück zur Versammlung / Stürzten von neuem die Völker, hinweg von den Schiffen und Zelten, / Tosend: gleichwie die Woge des stürmisch brandenden Meeres gegen das / Felsengestade brüllt, und es dröhnen die Fluten« (*Ilias*).

Glosse [gr. Zunge, Sprache], 1. fremdes oder ungebräuchliches Wort, dann dessen Übersetzung oder Erklärung selbst; oft zwischen den Zeilen (*Interlinear*-Glosse) oder am Rand (*Marginal*-Glosse) hingeschrieben oder in einem *Glossar*, einem erklärenden Verzeichnis der schwer verständlichen Wörter, versammelt (volkssprachliche Glossen wie das um 770 entstandene *Abrogans* aus Freising gehören zu den ältesten Schriftzeugnissen des Deutschen); 2. Randbemerkung: knapper, meist polemisch-feuilletonistischer Kommentar zu aktuellen politischen oder kulturellen Ereignissen in Presse, Rundfunk, Fernsehen; 3. (auch *Glosa*) aus Spanien stammende Gedichtform: Das in einem Motto (meist mehrere Verse aus einem bekannten Gedicht) vorgegebene Thema wird variiert, indem jeder Vers des Mottos in einer eigenen, aus ↗Dezimem bestehenden Strophe als Schlußvers wieder aufgegriffen wird. Deutsche Nachbildungen durch A.W. Schlegel, L. Tieck, J. von Eichendorff u. a.

Gnome [gr. Spruch, Gedanke, Meinung], Denkspruch in Vers oder Prosa, oft ↗Maxime oder ↗Sentenz; ursprünglich mündlich, dann vor allem in Antike und Orient in schriftlichen Sammlungen, z. B. der Gnomologie des Theognis von Megara (6. Jh. v. Chr.), spätere Beispiele: Freidanks *Bescheidenheit* (13. Jh.), Fr. Rückerts *Weisheit des Brahmanen* (1836–39).

Gothic novel, engl. Bezeichnung für den in der 2. Hälfte des 18. Jahrhunderts in England als eigenständige Gattung hervorgetretenen Schauerroman; typisch vor allem: bizarre Landschaften, eine mittelalterliche Kulisse (Ruinen, Klöster, Verliese, Gewölbe, Grüfte usw.), unerklärliche Verbrechen, tyrannische Männer- und ätherische Frauenfiguren, Begegnungen mit unheimlichen oder übernatürlichen Gestalten und Erscheinungen (schwarzen Messen, bedrohlichen Naturerscheinungen, mysteriösen Fremden, Doppelgängern, Scheintoten u. ä.), Nacht-, Verfolgungs- und Beschwörungsszenen, eine kunstvoll verzögerte Handlungsführung mit Spannungs- und Überraschungseffekten. Entwirft eine Welt, die sich dem Zugriff kausaler Erklärungen entzieht oder aber am Ende als Mystifikation enthüllt und erklärt werden kann (hierin in der Tradition der ↗Aufklärung und wichtiger Vorläufer des ↗Detektivromans). Zählt neben Räuber- und Familien(schicksals-)roman zu den Hauptgattungen der ↗Trivialliteratur (↗Kolportageroman), oft aber auch Experimentierfeld künstlerischer Ausdrucksmöglichkeiten und von nachhaltigem Einfluß auf die europäische Erzählkunst (z. B. auf E. T. A. Hoffmann, L. Tieck, E. A. Poe, Marquis de Sade, W. Scott, Ch. Dickens, V. Hugo, H. de Balzac, F. M. Dostojewskij, W. Faulkner u. a.). Als Begründer der Gattung gilt H. Walpoles *The Castle of Otranto* (1764); weitere Beispiele von A. Radcliffe, M. G. Lewis, M. Shelley (*Frankenstein*, 1818) u. a.

Göttinger Hain, auch Hainbund: deutscher Dichterkreis der ↗Empfindsamkeit, 1772 von den Göttinger Studenten J. H. Voß, L. Chr. H. Hölty, J. M. Miller u. a. gegründet, stand M. Claudius, G. A. Bürger und vor allem F. G. Klopstock nahe (vgl. dessen für den Göttinger Hain namenstiftende ↗Ode *Der Hügel und der Hain*: der Hain als Göttersitz); verstand sich als Protestbewegung (↗Sturm und Drang) gegen den Rationalismus der ↗Aufklärung und die Dichtung des ↗Rokoko (vor allem Chr. M. Wieland); zentrales Veröffentlichungsorgan: der von H. Chr. Boie hg. *Göttinger* ↗*Musenalmanach*.

Grammatischer Reim, Reim aus verschiedenen Wortbildungs- und Flexionsformen eines Wortstammes (↗Polyptoton): *schreibt*: *bleiben*: *schreiben*: *bleibt* (Lessing). Beliebt vor allem im ↗Minne- und ↗Meistersang.

Groteske [von ital. *grottesco* = wunderlich, verzerrt, zu *grotta* = Grotte], ursprünglich Bezeichnung für ornamentale Wandmalereien, die Pflanzen-, Tier- und Menschenteile spielerisch miteinander verbinden, dann für die künstlerische oder literarische Darstellung des zugleich Monströs-Grausigen und Komischen: die Vereinigung des scheinbar Unvereinbaren, das paradoxe Nebeneinander heterogener Bereiche, die Übersteigerung ins Maßlose, die Vorliebe für Abartiges, das plötzliche Umschlagen von etwas Lustigem ins Schaurig-Dämonische oder umgekehrt (*das* Groteske). Als Gattungsbezeichnung oft für die Werke von Rabelais, Fischart, E.T.A. Hoffmann, Poe, W. Busch, Wedekind, Schnitzler, H. Mann, Kafka, Brecht, M. Frisch, Dürrenmatt, Pirandello, Ionesco, Beckett u.a. verwendet.

Gründerzeit, Bezeichnung für die Zeit nach dem Sieg im deutsch-französischen Krieg 1870/71 und der anschließenden Gründung des Deutschen Reichs. Anders als für den bürgerlichen ↗Realismus und ↗Naturalismus derselben Zeit gelten als typisch für die Literatur der Gründerzeit (P. Heyse, E. von Wildenbruch, F. Dahn, T. Storm, Fr. Nietzsche, C.F. Meyer) ein historisierender Monumentalismus und eine Vorliebe für den rätselhaften, unverstandenen genialen Heldentypus, wobei genaue Grenzziehungen insgesamt schwierig sind.

Gruppe 47, 1947 entstandene, 1977 aufgelöste Gruppierung von Schriftsteller/innen und Publizisten um H.W. Richter: A. Andersch, W.D. Schnurre, G. Eich, I. Aichinger, I. Bachmann, M. Walser, G. Grass, J. Bobrowski, P. Bichsel, J. Becker, P. Handke u.a. Hat die dt. ↗Nachkriegsliteratur bis weit in die 1960er Jahre hinein entscheidend geprägt, wollte vor allem eine sich »ihrer Verantwortung gegenüber politisch und gesamtgesellschaftlichen Entwicklungen bewußte Literatur« (Richter).

Gruppe 61, Arbeitskreis von Schriftstellern, Kritikern und Lektoren, entstanden 1961 im Gefolge einer Anthologie über Bergmannsgedichte, mit dem Ziel, »sich frei von politischen und staatlichen Aufträgen und Richtlinien mit den sozialen und menschlichen Problemen der industriellen Arbeitswelt künstlerisch« auseinanderzusetzen. Bis in die 1970er Jahre regelmäßige Zusammenkünfte und Lesungen mit gegenseitiger Kritik. Zu den Mitgliedern gehörten F.C. Delius, M. von der Grün, D. Wellershoff, G. Wallraff und P.P. Zahl.

Guckkastenbühne, auch ↗Illusionsbühne: in der ↗Renaissance entwickelte, noch heute übliche Bühnenform: von drei Seiten begrenzt, mit einer zum Publikum wie ein riesiges Fenster offenen Seite, die durch einen Vorhang geschlossen werden kann. Im Unterschied etwa zur ↗Simultanbühne, zum ↗Amphitheater usw.

H

Haiku [jap. humoristischer Vers, Posse], kürzeste, ursprünglich humoristische Gattung der japanischen Dichtung: aus 3 Versen mit 5, 7 und 5 Silben. Gilt als bürgerliche Variante des höfischen *Tanka* (5 reimlose Verse mit 5, 7, 5, 7, 7 Silben). Höhepunkt bei Matsuo Bascho im 17. Jahrhundert, deutsche Nachdichtungen von M. Hausmann, I. von Bodmershof u.a., Einflüsse auf M. Dauthendey, A. Holz, R. Dehmel, St. George, Klabund u.a. (↗Ästhetizismus).

Hakenstil, stilistische Eigenschaft besonders der altenglischen und altsächsischen tabreimdichtung (*Beowulf*, *Heliand*): Im Gegensatz zum ↗Zeilenstil, bei dem die Langzeile zugleich syntaktische Einheit ist, werden die Satzschlüsse in die Mitte der Langzeilen verlegt. ↗Brechung, ↗Enjambement

Hallescher Dichterkreis, 1. Erster Hallescher Dichterkreis: pietistisch geprägte literarische Vereinigung, 1733 von S.G. Lange in Halle gegründet, ab 1734 von J.J. Pyra geleitet; führt in Anlehnung an antike ↗Oden (vor allem des Horaz) den reimlosen Vers in die deutsche Dichtung ein, bereitet mit der literarischen Gestaltung des im ↗Pietismus betriebenen Gefühlskults (zentrale Motive: Natur, Freundschaft, das ↗Erhabene) die Dichtung Klopstocks und Goethes vor (↗Hymnen); 2. Zweiter Hallescher Dichterkreis: studentischer Freundeskreis (J.W.L. Gleim, J.P. Uz, J.P. Götz, P.J. Rudnick), gab um 1740 durch Übersetzung und Nachahmung Anakreons den Anstoß zur bis etwa 1770 lebendigen ↗Anakreontik.

Hamartia [gr. Irrtum, Verfehlung], in der Tragödientheorie des Aristoteles: das Fehlverhalten des Helden, das die tragische Katastrophe herbeiführt (↗Tragik); beruht auf der Fehleinschätzung (↗Hybris) einer außergewöhnlichen Situation, ist keine moralische Schuld im christlichen Sinn.

Handlung, 1. *das Geschehen*: die Gesamtheit der Ereignisse, aus denen sich die ↗Fabel, der ↗Plot, die ↗Histoire einer Erzählung zusammensetzt, besonders die durch gezielte Handlungen der Figuren verursachten Ereignisse, 2. die literarische *Handlung* (Begriff der ↗empirische Literaturwissenschaft): die beabsichtigte Veränderung oder Aufrechterhaltung eines Zustands durch eine Person allgemein, besonders die von bestimmten ästhetischen Konventionen geprägte, auf sprachliche Texte gerichtete Kommunikationshandlung, die z.B. die Fiktionalität und Mehrdeutigkeit (↗Polyvalenz), die Poetizität von Texten erst herstellt, da sie diese erwartet; 3. die *symbolische Handlung* (↗Symbol).

Handschrift, abgekürzt Hs., Plural Hss.: 1. das handgeschriebene Buch von der Spätantike bis zum Aufkommen des ↗Buchdrucks (nach 1450), 2. das *Manuskript*: die für den Druck bestimmte Niederschrift), 3. der *Autograph*: die eigenhändige Niederschrift.

Hanswurst, deutscher Prototyp der ↗lustigen Person in Drama und Epik (ital. ↗Arlecchino, frz. Harlequin, engl. Pickelhering, im Puppenspiel: Kasper): oft ein prahlsüchtiger Bauer oder Narr, dick, täppisch und gefräßig (deswegen ›Wurst‹). Spielt in S. Brants *Narrenschiff* (besonders in der Bearbeitung von 1519), in ↗Fastnachtsspiel, ↗Haupt- und Staatsaktion, ↗Lustspiel, ↗Wiener Volkstheater usw. eine große Rolle, kann Gegenstück des tragischen Helden sein oder Spiegelbild des Menschen, Mittel, um gesellschaftliche Werte in Frage zu stellen, tabuisierte Triebe auszuleben; besitzt von vornherein alle Freiheiten der Poesie. Rechtfertigt z.B. in Goethes *Hanswursts Hochzeit* (1775) die Verwendung einer derb-sexuellen Sprache, in Tiecks *Gestiefeltem Kater* (1797) die Ausschweifungen der Phantasie. Zentrale Figur der *Hanswurstiade*, einer im 17. und 18. Jahrhundert besonders von deutschen ↗Wanderbühnen aufgeführten Form der ↗Posse (oft als Nachspielen einzelner Szenen aus der zuvor aufgeführten ↗Haupt- und Staatsaktion, ↗Nachspiel).

Hapax legomenon, Pl. H. *legomena* [gr. nur einmal Gesagtes], ein nur an einer einzigen Stelle belegtes, daher in der Bedeutung oft nicht genau bestimmbares Wort, z.B. mhd. *troialdei* (Tanz?) bei Neidhart.

Haplographie [gr. Einfachschreibung], in Handschriften häufig: fehlerhaftes Auslassen eines Buchstabens/Silbe/Wortes bei aufeinanderfolgenden gleichlautenden Buchstabenfolgen, z.B. *Legendichtung* statt ›Legendendichtung‹.

Haupt- und Staatsaktion, polemische Bezeichnung Gottscheds für das Repertoirestück der deutschen ↗Wanderbühnen des 17. und frühen 18. Jahrhunderts: ›Hauptaktion‹ im Gegensatz zum komischen ↗Nach- und Zwischenspiel (↗Hanswurst), ›Staatsaktion‹ aufgrund der (pseudo)historisch-politischen Stoffe, der adeligen ↗Dramatis personae, der inszenierten höfischen Pracht (Krönungsszenen, Audienzen, Festgelage mit Tanzeinlagen), der oft geschwollen-pathetischen, auch platten Sprache, des gesten- und aktionsreichen Spiels.

Meist stark vereinfachende Prosabearbeitung bekannter Dramen (wie Marlowe: *Doctor Faustus*, Shakespeare: *Hamlet*, Calderón: *Das Leben ein Traum*, Corneille: *Cid*, Lohenstein: *Ibrahim Bassa*), treibt die Ereignisse rein äußerlich durch Intrigen, plötzliches Wiedererkennen u.ä. voran, verzichtet auf eine innere Entwicklung, verwandelt den tragischen Ausgang oft in ein versöhnliches Ende; zum festen Personal gehört der ↗Hanswurst, der das Spiel immer wieder durch derbe und zotenhafte ↗Stegreifeinlagen unterbricht.

Haute tragédie, klassische Form der französischen ↗Tragödie, in der 2. Hälfte des 17. Jahrhunderts ausgebildet, vor allem durch P. Corneille (*Der Cid*) und J. Racine (*Britannicus*, 1669, *Phèdre*, 1677).

In N. Boileaus *L'art poétique* (1674) in Anlehnung an Aristoteles' *Poetik* theoretisch begründet; charakteristisch: die vor allem sprachliche, weniger mimische Vergegenwärtigung der tragischen Geschehnisse (Verlagerung fast aller äußeren Geschehnisse von der Bühne weg in den Bericht und ins Innere der Personen), der symmetrische Bau der 5 ↗Akte, die ↗geschlossene Form, die Einhaltung der ↗Ständeklausel, die Befolgung der ↗drei Einheiten, die Beschränkung der Handlung auf das Wesentliche, die geringe Personenzahl, die Verwendung von ↗Alexandriner und Genus grande (↗Genera dicendi).

Hebung, in der Verslehre Charakteristikum des ↗akzentuierenden Versprinzips: die betonte, d.h. durch rhythmischen Nachdruck (ursprünglich das Aufheben des Fußes beim Tanz, das Heben der Hand, des Taktstocks usw., dann das Heben der Stimme) hervorgehobene Silbe, im Gegensatz zur unbetonten Silbe, der *Senkung*; schematisch wiedergegeben meist als x́ oder als – (in Analogie zum Längenzeichen des ↗quantitierenden Versprinzips).

Heimatliteratur, seit den 1970er Jahren gebräuchliche Bezeichnung: Im 19. Jahrhundert entstandener inhaltlich definierter Literaturtypus, in dessen Mittelpunkt die Darstellung eines bestimmten landschaftlichen, ländlich-bäuerlichen Raums steht, meist verbunden mit einer positiven Wertung und Motiven wie ›Heimatliebe‹, ›Heimweh‹, ›heile Welt‹.

Ein großer Teil der Heimatliteratur gehört zur ↗Trivialliteratur (erfolgreiche Beispiele von B. Auerbach, L. Ganghofer, P. Rosegger, L. Trenker). Der Typus findet sich aber auch – oft als Anlaß für besondere poetische Sprechweisen, Stoffe und Handlungsmuster, aber auch als kritisch hinterleuchtete Folie genutzt – in der sogenannten Hochliteratur (z.B. bei A. von Droste-Hülshoff, A. Stifter, Fr. Reuter, Th. Storm, Th. Fontane, G. Keller, O.M. Graf, M. Fleißer, S. Lenz, Th. Bernhard, G. Jonke, P. Handke, E. Strittmatter, V. Braun, M. Beig, F.X. Kroetz, P. Turini, R. Schneider, J. Winkler). Über die ›Heimatkunstbewegung‹ der Jahrhundertwende (z.B. der *Werwolf* von H. Löns und *Jörn Uhl* von G. Frenssen) wurde der Typus ideologisiert und erreichte in der nationalsozialistischen ›Blut- und Boden-Literatur‹ einen Höhepunkt.

Heldenepos, auch Volksepos: im Gegensatz zum zunächst nur mündlich überlieferten kürzeren ↗Heldenlied die jüngere, auf jeden Fall schriftlich fixierte längere, etwa 3000 bis 100 000 Verse umfassende Form der Heldendichtung. Zeichnet sich durch *epische Breite* (z.B. ausführliche Schilderungen von Menschengruppen, Fülle an Personal) und durch Kunstgriffe der Verknüpfung (z.B. eine Motivation, die die verschiedenen Ereignisse miteinander verbindet, spiegelbildlich angelegte Episoden usw.) aus.

Beispiele: das babylonische *Gilgamesch*-Epos (2. Jahrtausend v.Chr.), die Homer zugeschriebene griechische *Ilias* (vermutlich 2. Hälfte des 8. Jh.s v.Chr.), die indische *Mahābhārata* (5. Jh. v. Chr.), die *Argonautika* des Apollonios (3. Jh. v. Chr.), die altenglische *Beowulf* (um 700). Im hohen Mittelalter in strophischen Formen (↗laisse, ↗Nibelungenstrophe) und so schon rein äußerlich vom ↗höfischen Roman in ↗Reimpaaren unterschieden, stofflich den alten geschichtlichen Heldensagen, nicht der Antike und den ↗matière de Bretagne (↗Artusdichtung) verpflichtet, z. B. das mittelhochdeutsche *Nibelungenlied*, der spanische *Cid*, das altfranzösische *Chanson de Roland* (↗chanson de geste).

Heldenlied, mündliche und kürzere Vorform des ↗Heldenepos, zwischen etwa 50 und 500 Zeilen lang, z. B. das ahd. *Hildebrandslied* (Anfang des 9. Jahrhunderts, nur als Bruchstück überliefert), die Heldenlieder der altnord. *Edda* (13. Jahrhundert). Von jedem Sänger (↗Rhapsoden) aus einem festgelegten Handlungsgerüst und mit Hilfe eines z. T. umfangreichen Repertoires an epischen Formeln (Eingangs-, Schlußformeln, ↗Epitheta ornantia, feststehende Wendungen für bestimmte Situationen, Figuren und Tätigkeiten), Erzählmustern (typische Szenenabläufen, Motivformeln, Motivketten, Handlungsschablonen) gewissermaßen beim Vortrag neu geschaffen. Charakteristisch: die rhetorischen Figuren der Wiederholung allgemein, die Konzentration auf die Höhepunkte der Handlung, die Mischung von epischem Bericht und dramatischem Dialog (wie in der ↗Ballade). Heute noch bei asiatischen und afrikanischen Stämmen und Völkern, in Albanien, Finnland, in Teilen Rußlands (↗Bylinen) und des Baltikums praktiziert. ↗Oral poetry

Heldensage, die poetische, oft nach den Mustern von ↗Mythos und ↗Märchen gestaltete Erzählung von vor- und frühgeschichtlichen, mündlich oder schriftlich überlieferten, für die Geschichte einer Nation wichtigen Ereignissen und Personen, z. B. die Erzählungen der Sagenkreise um König Artus (keltisch.), Dietrich von Bern (ostgotisch) oder Siegfried (burgundisch).

Hellenismus [nach gr. *hellenistoi* = gr. Sprechender], von Droysen (↗Historismus) geprägte Bezeichnung für die griechische Spätantike: die Zeit von der Entstehung des Alexanderreichs (Ende 4. Jh. v. Chr.) bis zum Ende des Ptolemäerreichs (30 v. Chr.). Wichtig für die Literaturwissenschaft u. a. aufgrund der ersten Sammlung, Aufarbeitung und Kommentierung der klassischen philosophischen, wissenschaftlichen und poetischen Werke (Bibliothek von Alexandria, ↗Philologie). Literaturgeschichtlich bedeutend: die Ablösung des ↗Epos durch den ↗Abenteuerroman (Heliodor) und das ↗Epyllion (Kallimachos), die Entstehung von ↗Idylle (Theokrit) und ↗Figurengedicht.

Hendiadyoin [gr. eins durch zwei], ein Begriff wird durch zwei gleichwertige, mit einem ›und‹ verbundene Wörter (meist Substantive) ausgedrückt, z. B. »flehen und bitten« oder »mir leuchtet Glück und Stern« (Goethe) anstelle von »flehentlich bitten« und »Glücksstern«. ↗Pleonasmus, ↗Tautologie

Hermeneutik [zu gr. *hermeneuein* = aussagen, auslegen, erklären, übersetzen], in der Philosophie, Theologie, Philologie, Rechtswissenschaft usw.: 1. Kunst der Auslegung, der ↗Interpretation von Schrift oder Rede, z. B. die ↗Exegese der Bibel (Lehre vom mehrfachen ↗Schriftsinn), die Auslegung von Gesetzen, die ↗Allegorese; 2. Theorie der Auslegung, Reflexion über die Bedingungen des Verstehens und seiner sprachlichen Wiedergabe, z. B. W. Diltheys *Der Aufbau der geschichtlichen Welt in den Geisteswissenschaften* (1910), M. Heideggers *Sein und Zeit* (1927), H.-G. Gadamers *Wahrheit und Methode* (1960). In der griechischen Antike aus der Allegorese entwickelt, bis ins 18. Jahrhundert verbindliche Methode der Bibelauslegung, dann in gleicher Weise auch auf literarische, historische, allgemein profane Texte übertragen; im 18.

und 19. Jahrhundert besonders von J. H. Chladenius, A. H. Francke (↗Pietismus), S. J. Baumgarten, G. A. Fr. Ast, Fr. A. Wolf, J. G. Herder, Fr. Schlegel und Fr. D. E. Schleiermacher geprägt.

Hermeneutischer Zirkel, von J. G. Fichte und Fr. D. E. Schleiermacher etabliertes Bild für ein für die ↗Hermeneutik, das Verstehen der Welt allgemein grundlegendes Vorgehen; bezeichnet in der Literaturwissenschaft das Wechselverhältnis zwischen Vorverständnis (↗Erwartungshorizont) des Rezipienten und dessen Veränderungen durch den Text sowie das Verhältnis von Teil und Ganzem des Textes: Die einzelnen Teile eines literarischen Textes gewinnen nur an Bedeutung, wenn der Leser schon eine Vorstellung von der Bedeutung des gesamten Textes hat, umgekehrt beeinflußt die Lektüre der Einzelbestandteile auch die Vorstellung von der Bedeutung des gesamten Textes. Verstehen ist so definiert als ein nie abgeschlossener Prozeß, in dem die beiden beteiligten Pole (Ganzes/Teile, Werk/Leser, Frager/Antworter usw.) sich ständig beeinflussen und wechselweise verändern.

Hermetische Literatur [hermetisch = fest verschlossen, eigentlich mit dem magischen Siegel des griechischen Gottes Hermes, des Götterboten, der die Menschen in göttliches Wissen einweiht und ins Jenseits geleitet, Gott der Wissenschaften, der Kaufleute und Räuber], die Schriften einer spätantiken religiösen Offenbarungs- und Geheimlehre, als deren Verkünder und Verfasser Hermes Trismegistos (d. h. der dreimal größte Hermes, die griechische Verkörperung des ägyptischen Schrift-, Zahlen- und Weisheitsgottes Thot) angesehen wurde; beeinflußte Philosophie (M. Ficino), Kunst (S. Botticelli) und Literatur vor allem der ↗Renaissance, aber auch die ägyptisierende Freimaurermythologie des 18. Jahrhunderts und Romane wie Goethes *Wahlverwandtschaften* (1809).

Heroic couplet, seit G. Chaucer (*Canterbury Tales*, 1391–99) wichtigste metrische Form der englischen ↗Verserzählung und des ↗Lehrgedichts bis ins 18. Jahrhundert: ein Reimpaar aus zwei jambischen Fünfhebern, sog. ↗heroic verses: »Let subtle schoolman teach these friends to fight, / More studious to divide than to unite, / And Grace, and Virtue, Sense and Reason split / With all the rash dexterity of Wit« (A. Pope: *Essay on Man*).

Heroic verse, engl. Adaption des frz. ↗vers commun und des ital. ↗endecasillabo: gereimter Vers aus 5 Jamben, mit fester ↗Zäsur nach der 2. Hebung und männlichem oder weiblichem Versschluß, wobei zahlreiche Variationen möglich sind. Durch Aufgabe von Reim und fester Zäsur im 16. Jahrhundert zum ↗Blankvers weiterentwickelt.

Heroiden, Pl. [zu gr.-lat. *herois* = Heldin], ↗Brief

Heroisch-galanter Roman, Sonderform des Barockromans, dem Genus grande (↗Genera dicendi) zugeordnet: steigert das Grundschema des antiken ↗Abenteuerromans (ein meist gewaltsam getrenntes Liebespaar findet nach zahlreichen Bewährungsproben wieder zusammen) durch eine Fülle an Figuren und an Vor- und Nachgeschichten, durch kompliziert verschlungene Handlungsfäden und eine verschachtelte Erzählperspektive ins Vielfache (in Herzog Anton Ulrich von Braunschweigs *Römischer Oktavia*, 1677–1707, gibt es 24 Paare und 48 Handlungsstränge); das adelige, hochgeborene Personal agiert vor einem pseudohistorischen Hintergrund, wechselt durch Verkleidung, Verwechslung, Verkennung oft mehrfach seine Identität und muß alles erdenkliche Mißgeschick (Vertreibung vom Thron u. ä.) erdulden; die insgesamt unwahrscheinliche Handlung ist im einzelnen streng motiviert, meist durch die Verquickung äußerer (göttlicher?) Einflüsse (Zufälle) mit menschlichen Plänen (Täuschungen, Intrigen usw.).

Weitere Beispiele: Gomberville: *La*

Cythérée (1639), La Calprenède: *Cléopâtre* (1647–1663), Mme de Scudéry: *Artamène ou le Grand Cyrus* (1649–53), Ph. von Zesen: *Die Adriatische Rosemund* (1645), A. von Ziegler und Kliphausen: *Asiatische Banise* (1689), D.Chr. von Lohenstein: *Arminius und Thusnelda* (1689/90).

Heteroglossie [gr.], von Bachtin geprägte Bezeichnung für die Vielstimmigkeit, Redevielfalt von Wörtern, Äußerungen und Texten (↗Dialogizität).

Hexameter [gr.], der wichtigste antike Sprechvers: reimlos, mit 6 Füßen: –◡◡ | –◡◡ | –◡◡ | –◡◡ | –◡◡ | –◡̄ (Normalform). Die ↗Daktylen können jeweils auch durch ↗Spondeen (––) ersetzt werden, wobei der 5. Fuß allerdings im klassischen Hexameter stets ein Daktylus bleibt, da er zusammen mit dem immer um eine Silbe verkürzten 6. Versfuß das Ende einer Verszeile deutlich hervorhebt. Wird im Grunde als in einer mündlichen Kultur ausgebildetes Versmaß erst durch den festen, hörbaren, regelmäßig wiederkehrenden ›Endpunkt‹, die rhythmische Formel der letzten beiden Füße, konstituiert. Durch den relativ freien Wechsel von Daktylen und Spondeen sowie verschiedene ↗Zäsuren (2 bis 3 pro Vers) mit insgesamt 32 Variationen vielseitig verwendbar, das klassische Versmaß von ↗Epos, ↗Lehrgedicht, ↗Elegie, ↗Epigramm und homerischen ↗Hymnen; gilt als Versmaß des hohen, erhabenen Stils, des Genus grande schlechthin (↗Genera dicendi), in Frankreich dem ↗Alexandriner vergleichbar: ist so lang, wie man ohne Luft zu holen, sprechen kann und fordert im Idealfall die durchgängige »Erhebung der Stimme auf eine mittlere Höhe« (A.W. Schlegel). Deutsche Nachbildungen seit dem 14. Jahrhundert, anfangs meist als sog. *leoninischer* Hexameter (mit Reim von 3. Hebung und Versschluß), dann mit Endreim, seit Gottscheds *Critischer Dichtkunst* (1730) und vor allem Klopstocks *Messias* (1748–73) als akzentuierender reimloser Vers: mit 6 Hebungen, ohne Eigangssenkung, mit ein- oder zweisilbiger Binnensenkung und einer Senkung am Ende: x́ x (x) | x́ x (x) |x́ x (x) |x́ x (x) | x́ x x |x́ x; wobei der im Deutschen seltene Spondeus (z.B. *Stúrmnácht*) häufig durch einen Trochäus ersetzt wird.

Hiat(us) [lat. Öffnung, klaffender Schlund], das Zusammenstoßen zweier Vokale an der Silben- oder Wortfuge: 1. innerhalb eines Wortes (Lei-er) oder eines Kompositums (*Tee-ernte*), 2. zwischen zwei Wörtern (*da aber*). Galt vor allem in der normativen Metrik (↗Poetik) als schwerer Verstoß, meist durch ↗Elision ausgeglichen.

Hildebrandston, Strophenform des althochdeutschen ↗Epos, Variante der ↗Nibelungenstrophe: 4 paarweise gereimte Langzeilen (aabb), von denen jede aus einem vierhebigen Anvers mit klingender ↗Kadenz und einem dreihebigen Abvers mit männlicher Kadenz besteht: (x) | x́x | x́x | –́ | x̀ || (x) | x́x | x́x | x́; Eingangssenkung und Versfüllung sind frei, ↗Zäsurreime häufig. Bezeichnet nach dem in dieser Form abgefaßten *Jüngeren Hildebrandslied*; begegnet auch im Volkslied, im geistlichen Lied (*Es ist ein Ros' entsprungen*) und in ↗Balladen des 19. Jahrhunderts (z.B. Uhland: *Des Sängers Fluch*).

Hinkjambus ↗Choljambus

Histoire [frz.] ↗Diskurs, ↗Sujet, ↗Story

Historiendrama ↗Geschichtsdrama

Historischer Roman, vor allem mit W. Scotts *Waverley* (1814) ausgebildeter Typus des ↗Romans, der historisch authentische Gestalten und Vorfälle behandelt oder doch in historisch beglaubigter Umgebung spielt, z.B. V. Hugos *Notre Dame de Paris* (1831), A. Dumas' *Die drei Musketiere* (1844), J.F. Coopers *Lederstrumpf* (1826–41), E.G. Bulwer-Lyttons *Die letzten Tage von Pompeji* (1834), L. Tiecks *Vittoria Accorombona* (1840), W. Alexis' *Die Hosen des Herrn von Bredow* (1852), A. Stifters *Witiko* (1867), J. Roths *Radetzkymarsch* (1932),

B. Pasternaks *Doktor Schiwago* (1957), U. Ecos *Der Name der Rose* (1980) u.a. Voraussetzung ist die Entstehung eines historischen Bewußtseins mit Augenmerk auf Veränderungen und Entwicklungen (u.a. durch Voltaire, D. Hume, G. Vico, J.G. Herder), unmittelbarer Vorläufer ist die noch nicht streng wissenschaftliche Geschichtsschreibung des 18. Jahrhunderts (E. Gibbon: *History of the Decline and Fall of the Roman Empire*, 1776/78, Fr. von Schiller: *Geschichte des dreyßigjährigen Krieges*, 1791/93, u.a.). ↗gothic novel

Historisches Präsens (praesens historicum), vereinzelte Präsensformen in einem sonst im ↗epischen Präteritum verfaßten Erzähltext; markiert oft den Höhepunkt einer Handlung, dient der lebhaften dramatischen Veranschaulichung.

Historisch-kritische Ausgabe ↗Textkritik

Historismus, nicht klar definierbarer Begriff: 1. jede Art der historischen Betrachtung, besonders die für das Entstehen der historisch orientierten National- ↗Philologien (↗Germanistik, Anglistik usw.) und die Ausbildung des ↗historischen Romans, Geschichtsdramas usw. wichtige geistige Strömung des 19. Jahrhunderts, die versucht, Phänomene des kulturellen Lebens aus den geschichtlichen Bedingungen zu verstehen, und historische Konstellationen als individuelle Besonderheiten, nicht als Erfüllung eines geschichtlichen Ziels (z.B. Fortschritt, Erlösung u.a.) begreift (vertreten vor allem von L. von Ranke). Oft auch abwertend für wissenschaftliche Arbeiten, die sich, vermeintlich aus Respekt vor der historischen Individualität des Gegenstands, auf das Sammeln bloßer Fakten beschränken (auch als ↗Positivismus bezeichnet); 2. in der Kunst- und Literaturgeschichte: der zitierend-kombinierende, oft monumentalisierende, doch auch ironisierende Rückgriff auf die Formensprache älterer Epochen und historische Themen allgemein, besonders im 19. Jahrhundert (z.B. Neo-Rokoko, Neo-Gotik, Neo-Klassizismus, Historienbild).

Höfische Dichtung, Sammelbezeichnung für Dichtung, die sich thematisch und formal an einer höfischen, an einem Fürstenhof lebenden Adelsgesellschaft ausrichtet und sie ihrerseits mitprägt; in Deutschland insbesondere: 1. die volkssprachliche Literatur an den Höfen der Staufer, den Fürstenhöfen in Österreich und Thüringen vom letzten Drittel des 12. bis zur Mitte des 13. Jahrhunderts (↗Minnesang, ↗höfischer Roman), 2. die höfisch-repräsentative Literatur des ↗Barock, die zwar weitgehend von bürgerlichen Autoren getragen wird, ihre ethischen Normen aber im Ritterwesen und in B. Castigliones *Cortegiano* (*Der Höfling*, 1528) findet (↗heroisch-galanter Roman).

Höfischer Roman, erzählende, ursprünglich mündlich vorgetragene Großform der ↗höfischen Dichtung des Mittelalters, vom gleichzeitigen ↗Heldenepos in Stoff, Form und Sprache deutlich unterschieden: a) durch den Stoff und seine Tradition: Ein mehr sentimentaler, weniger kriegerischer Ritter erringt, meist im Dienst seiner Minnedame, in Zweikämpfen mit Rittern und Fabelwesen (↗Âventiure) gesellschaftliches Ansehen, wobei der Stoff nicht der nationalen Heldendichtung entstammt, sondern dem Sagenkreis um König Artus (↗Artusdichtung), der Antike (Aeneas, Alexander, die Helden der *Ilias* usw., z.B. bei Heinrich von Veldeke, Rudolf von Ems, Konrad von Würzburg) und der Legendendichtung (z.B. Hartmann von Aue: *Der arme Heinrich*, um 1190) b) durch die Versform, den gleichmäßig fließenden ↗Reimpaarvers (in Frankreich als Achtsilbler, in Deutschland als Vierheber) – die für die Heldenepik charakteristische Strophenform findet sich nur selten, und die Prosa kommt erst mit den für ein lesendes Publikum geschriebenen chroniknahen Romanzyklen auf; c) durch die spiegelbildliche Sujetfügung, die häufig die oft nur lose verbundenen Episoden zu einem ›doppelten Cursus‹ zweier Abenteuerreihen ordnet, wobei in der ersten der Held auf Grund eines Fehlverhaltens oder einer Schuld scheitert, in der zweiten sich dann bewährt; d) durch das explizite Hervortreten des auktorialen Erzählers, der in Exkursen, Reflexionen und direkten Anreden sowohl an seine Gestalten als auch an die Hörer quasi als Person erscheint.

Homogramme, auch Homographe [gr. gleich + schreiben], Wörter, die bei gleichem Schriftbild verschiedene Aussprache und Bedeutung haben, z. B. *modern* (Verb) – *modern* (Adjektiv); *rasten* – *sie rasten* (3. Pers. Pl. Prät. zu ›rasen‹, rennen). ↗Homonyme

Homoioteleuton [gr. gleich endend], Pendant des ↗Reims in der ↗Prosa: gleichklingender Ausgang aufeinanderfolgender Wörter oder Wortgruppen, z. B. »wie gew*onnen*, so zerr*onnen*«. In der antiken ↗Rhetorik zu den rhetorischen Figuren gerechnet und der ↗Kunstprosa vorbehalten (der ↗antike Vers ist reimlos), wird seit der christlichen ↗Hymnendichtung des 4. Jahrhunderts zunehmend als verskonstituierendes Mittel verwendet.

Homologie [gr. gleich + Rede, Verhältnis], vor allem in ↗Strukturalismus und ↗Literatursoziologie verwendeter Begriff: Strukturparallelismus, Ähnlichkeit der Relationen, die dann besteht, wenn zwei oder mehr Elemente in einem Bereich in derselben Relation zueinander stehen wie zwei oder mehr Elemente in einem anderen Bereich. So beschreibt L. Goldmann (*Die Soziologie des Romans*, 1970) den ↗Roman des 19. Jahrhunderts als Homologie zu den Weltanschauungen und Denkstrukturen der bürgerlichen Gesellschaft.

Homonyme [gr. gleich + Name], gleichklingende Wörter mit verschiedener Bedeutung, z. B. *lehren* und *leeren*.

Hörspiel, Sammelbezeichnung für ein »original für den Hörfunk abgefaßtes, in sich geschlossenes und in einer einmaligen Sendung von in der Regel 30–90 Minuten Dauer aufgeführtes, überwiegend sprachliches Werk, das beim Publikum eine der Kunst spezifische Wirkung hervorzubringen versucht und das in keinem anderen Medium ohne entscheidende Strukturveränderungen existieren kann« (A. P. Frank); setzt neben dem Wort vor allem Geräusch und Musik, ferner technische Hilfsmittel wie Blende, Schnitt, Montage usw. ein. Beispiele von B. Brecht, W. Benjamin, A. Döblin, G. Eich, E. Kästner, I. Bachmann, H. Böll, Fr. Dürrenmatt, M. Frisch, M. Walser u. a.

Huitain, m. [frz. Achtzeiler], Strophe oder Gedicht aus 8 gleichgebauten Zeilen, meist Achtsilblern, seltener Zehnsilblern; gängigstes Reimschema: ababbcbc. Begegnet vor allem in der französischen Dichtung des 16. bis 18. Jahrhunderts, wo er auf Grund seiner satirischen bzw. epigrammatischen Inhalte zeitweise mit dem ↗Sonett konkurriert.

Humanismus [zu lat. *humanus* = menschlich, gebildet], erste gesamteuropäische weltliche Bildungsbewegung zwischen Mittelalter und Neuzeit (14.–16. Jh.), entstanden aus der Wiederentdeckung, Verbreitung (Übersetzung, ↗Buchdruck) und Nachahmung der klassischen lateinischen und griechischen Sprache und Literatur (↗Antike), Teil der weiter gespannten, auch bildkünstlerischen, architektonischen, (natur-)wissenschaftlichen, d. h. alle kulturellen Bereiche umfassenden ↗Renaissance.

Zentriert sich auf Handels- und Universitätsstädte wie Venedig, Florenz, Nürnberg, Augsburg, Wien, Prag u. a. Gilt oft als Vorreiter der neuzeitlichen, diesseitig orientierten Denk- und Lebensformen, neuer ästhetischer Modelle und eines sich der Sinnenwelt öffnenden, selbstgewissen Menschentypus. Die Literatur des Humanismus, z. B. von Erasmus von Rotterdam, H. Bebel, J. Reuchlin, K. Celtis, ist vor allem weltliche und gelehrte ↗neulateinische Dichtung, die antike Stoffe und Formen (↗Fabel, ↗Epigramm, ↗Ode, ↗Fazetie) aufgreift – bedeutend sind jedoch besonders die Dichtungen geworden, die sich auch in der Volkssprache dem an Ciceros Reden geschulten Stilideal anzunähern versuchen, wie Petrarcas ↗*Canzoniere* (↗Petrarkismus), Boccaccios *Decamerone* (↗Novelle), Johann von Tepls *Der Ackermann aus Böhmen* (↗Dialog), Brants *Das Narrenschiff* (1494), Montaignes ↗Essays, Morus *Utopia* (↗Utopie). Berühmt: die großen Bibliotheksgründungen in Florenz (Laurenziana Medicea), Rom (Vaticana) und anderen Städten.

Humanistendrama, das lat. ↗Drama der (niederländischen und deutschen) Humanisten des 15. und 16. Jahrhunderts; geprägt durch Entdeckung des antiken römischen Dramas (Terenz, Plautus, Seneca, Vitruv) und besonders des Terenz-Kommentars von Donat (4. Jahrhundert). Zunächst ein an den akademischen Rhetorikunterricht gebundener Gesprächsdialog in Prosa (↗Schuldrama), dann wie in der Antike mit Hilfe eingeschobener ↗Chöre in ↗Akte gegliedert und in Versen (meist jambischen Trimetern, ↗Senar, ↗Hexameter, in den Dialogen und Strophenformen in den Chorliedern); oft als allegorisch-mythologisches Festspiel (↗Panegyrik), zeitgenössische Staatsaktion oder, im Rückgriff auf den *Amphithruo* des Plautus, als ↗Tragikomödie.

Beispiele: W. Pirckheimer/H. Schedel u. a.: *Lustspiel dt. Studenten in Padua* (1465 aufgeführt), J. Reuchlin, *Henno* (1497), K. Celtis: *Ludu Dianae* (1501), u. a.

Humor [lat. Feuchtigkeit], nach der antiken und mittelalterlichen Lehre von den vier Körpersäften (*humores*), deren Mischung für Temperament und Charakter eines Menschen verantwortlich gemacht wurde, zunächst Synonym für ›Temperament‹, ›Laune‹, dann allgemein: eine bestimmte ästhetisch-stoische Anschauungsweise des Lebens, die menschliche Schwächen, irdische Unzulänglichkeiten, Konflikte zwischen zwei widersprüchlichen, ungleichwertigen Prinzipien (z. B. zwischen schönen Träumen und schnöder Wirklichkeit, erhabener Rede und niederem Zweck) u. ä. als unausweichliche Bestandteile des Weltlaufs hinnimmt.

In der Literatur vor allem durch die Wahl eines bestimmten Stoffs (liebenswürdig-naive, amüsante, komische Geschehnisse oder Stoffe, die ein Ideal mit seiner unangemessenen Erfüllung kontrastieren) und durch bestimmte Darstellungs- und Kompositionstechniken (inadäquate Gestaltung, z. B. Stilmischung, selbstironische Äußerungen des Erzählers, Dialekt, ↗amplificatio, ↗digressio, rasche Perspektivenwechsel) auszudrücken und beim Rezipienten zu erzeugen versucht. Eine eigene Gattung bildet der im 18. Jahrhundert in England, dann in Deutschland seinen Höhepunkt erlebende *humoristische* ↗Roman, z. B. L. Sternes *Tristram Shandy*, H. Fieldings *Tom Jones*, Chr. M. Wielands *Die Geschichte des Agathon*, Jean Pauls *Siebenkäs*, E.T.A. Hoffmanns *Lebensansichten des Katers Murr*, F. T. Vischers *Auch Einer*, Th. Manns *Der Erwählte*. ↗Parodie, ↗Groteske, ↗absurdes Theater, ↗das Komische

Humoreske, zu Beginn des 19. Jahrhunderts analog zu ›Burleske‹, ›Groteske‹, ›Arabeske‹ als literarische Gattungsbezeichnung gebildet, ursprünglich für harmlos-heitere Geschichten aus dem bürgerlichen Alltag, dann u. a. für Dialoge, autobiographisch Skizzen, Erzählungen, auch Romane mit massiver Situationskomik und anspruchsvollen Anspielungen auf die literarische Bildung, z. B. von P. von Schönthan und L. Anzengruber.

Hybris [gr. Übermut], in der Tragödientheorie: der frevelhafte Hochmut des Menschen (Überhören göttlicher Warnungen, fortgesetztes Glück u. a.), der die Vergeltung (gr. nemesis) der

Götter, d.h. die tragische Katastrophe hervorruft.

Hymne [gr.], feierlicher Lob- und Preisgesang, ursprünglich zu Ehren eines Gottes. Formal nicht streng geregelt: in der Antke häufig in ↗Hexametern (z.B. die sog. *Homerischen Hymnen*), als Chorlied (↗Dithyrambos, ↗Ode, ↗Päan, z.B. bei Pindar) und dreiteilig aufgebaut (Anrufung des Gottes/Erzählung bedeutsamer mythischer Ereignisse/abschließendes Gebet); im Christentum nach Art der ↗Psalmen, in ↗freien Rhythmen oder als sog. *ambrosianische* Hymne, als ein Strophenlied von meist 8 vierzeiligen Strophen aus jambischen ↗Dimetern. In der Neuzeit eine rein literarische Gattung, z.B. bei M. Opitz, G.R. Weckherlin, Fr.G. Klopstock (↗Göttinger Hain), J.W. von Goethe (*An Schwager Kronos*), Fr. von Schiller (*An die Freude*), Novalis (*Hymnen an die Nacht*), Fr. Hölderlin, R.M. Rilke, G. Trakl u.a. ↗Sequenz, ↗Leis

Hyperbaton [gr. Umgestelltes, lat. *transgressio*], auch *Sperrung*: Trennung syntaktisch eng zusammengehöriger Wörter durch eingeschobene Satzteile: »Laß *nimmer* von nun an *mich* dieses Tödliche sehn« (Hölderlin); zur expressiven Betonung der getrennten Wörter oder aus rhythmischen Gründen verwendet; kann besonders durch ↗Parenthese oder ↗Prolepse entstehen.

Hyperbel [gr. Übermaß], extreme, im wörtlichen Sinne oft unglaubwürdige oder unmögliche Übertreibung zur Darstellung des Außerordentlichen, meist durch ↗Metaphern oder einen ausgeführten Vergleich: »ein Schneidergesell, so dünn, daß die Sterne durchschimmern konnten« (Heine), »zahlreich wie Sand am Meer«, »eine Ewigkeit warten«. Von der ↗Rhetorik zu den Tropen (↗Tropus) gerechnet.

Hyperkatalektisch [gr. über die Grenze hinausgehend], Bezeichnung für Verse, die über den letzten regelmäßig gefüllten Versfuß hinaus eine überzählige Silbe enthalten.

Hyperfiction ↗Netzliteratur

Hypertext [zu gr. *hyper* = über], die einem elektronisch (im Computer) abgespeicherten Text übergelagerte Struktur von elektronischen Vernetzungen mit anderen Texten. Ermöglicht dem Leser den interaktiven Umgang mit den Texten, das Verfolgen elektronischer Verbindungen oder das Schaffen von eigenen; der Hypertext ist daher nichtlinear, multisequentiell, schreibbar und unendlich; befreit von der Vorstellung, ein Text sei eine lineare und kausale Abfolge, eine organische Einheit. Gilt darin als Verwirklichung poststrukturalistischer und dekonstruktivistischer Theorien (↗Poststrukturalismus, ↗Rezeptionsästhetik) und wird z.T. auch auf literarische Phänomene übertragen (↗Hypotext). ↗Netzliteratur

Hypotext [zu gr. *hypo* = unter, darunter], 1. in der ↗Erzähltheorie ein in sich zusammenhängender, in einen anderen Text eingebetteter Text, z.B. eine Erzählung in der Erzählung; 2. bei G. Genette (*Palimpsestes*, 1982, dt. 1993) eine Form der ↗Intertextualität: der von einem ↗Hypertext überlagerte, jedoch nicht von ihm kommentierte Text, z.B. der einer ↗Parodie, ↗Travestie oder einem ↗Pastiche zugrundeliegende Text.

Hypostase, Hypostasierung [gr. Unterlage, Grundlage, Gegenstand], Vergegenständlichung oder ↗Personifikation eines Begriffs, besonders die Ausgestaltung einer Eigenschaft, eines Beinamens oder verschiedener Einzelzüge zu einer selbständigen Gottheit, häufig in der Mythologie anzutreffen; als poetischer Kunstgriff die Technik der Personenbildung aus verschiedenen Einzelzügen (etwa die Hypostase des Bischofs Turpin im *Chanson de Roland* aus ›Stärke‹ und ›Weisheit‹) oder durch Zusatz zu älteren literarischen (oder echten) Personen.

Hypotaxe [gr. Unterordnung, lat. *subordinatio*], syntaktische Unterordnung von Satzgliedern, oft mit kunstvoller Fügung von Haupt- und Nebensatz und der Verdeutlichung temporaler bzw. logischer Beziehungen durch unterordnende Konjunktionen: »Hier – traf er, da bald darauf ihre erschrockenen Frauen erschienen, Anstalten, einen Arzt zu rufen; versicherte, indem er sich den Hut aufsetzte, daß sie sich bald erholen würde; und kehrte in den Kampf zurück« (Kleist: *Die Marquise von O*****); im Gegensatz zur syntaktischen Beiordnung (Parataxe). ↗Kunstprosa, ↗Periode

Hysteron proteron [gr. das Spätere als Früheres], Umkehrung der zeitlichen oder logischen Abfolge einer Aussage, so daß z. B. der zeitlich spätere Vorgang vor dem früheren erwähnt wird: »Ihr Mann ist tot und läßt sie grüßen« (Goethe), »Dies ist mein Sohn nicht, den hab' ich nicht ausgewürgt, noch hat ihn dein Vater gemacht« (Th. Mann).

I

Ich-Form ↗Erzählsituation

Idealismus, Bezeichnung der Philosophiegeschichte für die Ende des 18. Jahrhunderts geführte Debatte hinsichtlich der Vorherrschaft der Vernunft über das Wirkliche bzw. das als wirklich Erscheinende; maßgeblich geprägt von I. Kant (*Kritik der reinen Vernunft*), J. G. Fichte (*Wissenschaftslehre*), F. W. Schelling (*System des transzendentalen Idealismus*) und G. W. Hegel (*Das älteste Systemprogramm des Idealismus*, vermutlich mit Fr. Hölderlin zusammen geschrieben).

Ideengeschichte, 1. ↗geistesgeschichtliche Literaturwissenschaft, 2. in Amerika: *history of ideas*, vor allem von A. O. Lovejoy seit Ende der 1930er Jahre vertreten.

Identifikation [lat. *idem* = derselbe, *identitem* = mehrmals, *facere* = tun, herstellen, ausüben], Affekt der ästhetischen Erfahrung, durch den der Rezipient in ein bestimmtes Verhältnis zum ↗Helden oder zu dem im Text Dargestellten versetzt wird; ist, geprägt von den in den Texten angelegten Identifikations- wie Distanzierungsangeboten, unterschieden worden in: a) *assoziative* Identifikation: Übernahme einer Rolle in der imaginären Welt einer Spielhandlung, b) *admirative* Identifikation: Bewunderung des Vollkommenen, c) *sympathetische* Identifikation: Solidarisierung mit dem Unvollkommenen, d) *kathartische* Identifikation: Befreiung des Gemüts durch tragische Erschütterung oder komische Entlastung (↗Katharsis), e) *ironische* Identifikation: Verweigerung oder Ironisierung der erwarteten oder erwünschten Identifikation. ↗das Imaginäre, ↗Illusionsbühne

Idylle, f. oder, bis ins 18. Jahrhundert, n. [gr. *eidyllion* = kleines Bild, kleines Gedicht, zu *eidos* = Gestalt, Idee], allgemein: jede Dichtung, die in räumlich-statischer Schilderung unschuldsvolle, selbstgenügsam-beschauliche Geborgenheit darstellt; besonders: zwischen Lyrik und Epik stehende literarische Gattung in der Nachfolge von Theokrits Idyllen (um 270 v. Chr., ↗Elegie) und Vergils *Bucolica* (↗Ekloge, ↗Schäferdichtung), die das paradiesisch ländliche Leben einfacher Menschen schildern (das *Goldene Zeitalter*); meist, aber nicht immer in Versform. In Deutschland besonders vom 18. bis ins 19. Jahrhundert beliebt (z. B. Goethe: *Die Laune des Verliebten*, Schiller: *Das Ideal und das Leben*, Voß: *Luise*, Mörike: *Idylle vom Bodensee*, alle in Versform, Geßners *Idyllen* und Jean Pauls *Quintus Fixlein*, beide in Prosa).

Ikon [gr. Bild], von Ch. S. Peirce geprägter Begriff der ↗Semiotik: ein bildhaftes Zeichen, das mindestens ein wahrnehmungsrelevantes Merkmal mit dem bezeichneten Objekt gemeinsam hat, z. B. ein Piktogramm an der Toilettentür oder ein lautmalerisches Wort, im Unterschied zu ↗Index (Kausalbeziehung zum Bezeichneten) und ↗Symbol (Beziehung aufgrund von Konventionen). Wie diese jedoch von gesellschaftlichen Konventionen und kulturellen Stereotypen geprägt (so werden z. B. Meere auf der Landkarte unabhängig von ihrer tatsächlichen Farbe als blau dargestellt und aus der Ferne auch so wahrgenommen).

Ikonographie, Ikonologie [gr. Bild + schreiben bzw. Verstand, Bedeutung], von A. Warburg (*Gesammelte Schriften*, postum 1932) angeregte, vor allem von E. Panofsky (*Studies in Iconology*, 1939, zusammen mit F. Saxl: *Dürers ›Melencolia I‹*, 1923) geprägte Richtung der Kunstgeschichte: die Erläuterung der Bildinhalte von Kunstwerken mit Hilfe überlieferter Bildkonventionen und Textquellen (Ikonographie) und die Entschlüsselung der dem Kunstwerk immanenten Beweggründe durch dessen Einbettung in einen ›kulturellen Kosmos‹ (Ikonologie). Versteht Stil, Komposition und Stoff eines Kunstwerks als Symptom einer bestimmten kulturhistorischen Situation und als Orte eines ↗kulturellen Gedächtnisses. Von Einfluß auch auf die Literaturwissenschaft, z. B. bei der Erforschung von ↗Allegorien, ↗Emblemen, ↗Formeln oder als Methode der kulturwissenschaftlich orientierten Literaturinterpretation allgemein.

Iktus [lat. Wurf, Stoß, Schlag, Taktschlag], lat. Bezeichnung für ↗Hebung.

Illusionsbühne [zu gr. *illusio* = Verspottung, Ironie, Täuschung], aus der ↗Guckkastenbühne entwickelte Bühnenform: versucht, die fiktionale räumliche Wirklichkeit des Dramas bei der szenischen Aufführung mit den Mitteln der Architektur, der Malerei und mit Requisiten in illusionistischer Weise zu vergegenwärtigen und als real vorzutäuschen; oft durch Beiseitesprechen (↗Ad Spectatores) relativiert. Gegenstück: die in Klassizismus und Moderne bevorzugte ↗Stilbühne.

Imaginäre, das [zu lat. *imaginarius* = bildhaft, nur in der Einbildung bestehend, *imago* = Bild, Urbild, Totenmaske], in der Psychoanalyse J. Lacans die Herausbildung eines Ichbewußtseins, einer Imago von sich selbst, durch die Entgegensetzung zu anderen Personen (zunächst vor allem zur Mutter); für W. Iser (*Das Fiktive und das Imaginäre*, 1991) grundlegende Kategorie der ästhetischen Erfahrung, da sie zwischen ↗Wirklichkeit und ↗Fiktion liegt und ein Realwerden des von der Kunst Erfundenen erlaubt. ↗virtuelle Realität

Imagologie [zu lat. *imago* = Bildnis], Richtung der ↗Literaturwissenschaft: erforscht die nationenbezogenen Fremd- und Selbstbilder in der Literatur sowie in allen Bereichen der Literaturwissenschaft und Literaturkritik.

Impliziter Autor, impliziter Leser ↗Autor, ↗Leser

Impressionismus, bezeichnet ursprünglich eine Stilrichtung der Malerei (nach dem Bild C. Monets *Impression, soleil levant*, 1872), dann auch der Literatur im letzten Drittel des 19. Jahrhunderts/Anfang des 20. Jahrhunderts (z. B. M. Proust, G. D'Annunzio, O. Wilde, K. Hamsun, D. von Liliencron, M. Dauthendey, R. Dehmel, der frühe Rilke, der frühe Hofmannsthal).

Charakteristisch: die Wiedergabe von einmaligen, an den Augenblick gebundenen Eindrücken und Stimmungen, die einfache Aneinanderreihung von Bildern und der Verzicht auf eine komplexe Darstellung und Deutung. Für die Literatur werden gern als typisch angeführt: die Vorliebe für Stilmittel wie ↗Parataxe, ↗erlebte Rede, ↗Lautmalerei, ↗Synästhesie, ↗freie Rhythmen und für kleine Gattungen wie ↗Skizze, ↗Novelle, ↗Einakter und ↗Lyrik. Die Grenzen zu anderen Unterarten des ↗Ästhetizsimus (↗Décadence, ↗Fin de siècle, ↗Wiener Moderne) sind fließend.

Incipit, m. [lat. es beginnt], erstes Wort der Anfangsformel, die in Handschriften oder Frühdrucken anstelle des (späteren) ↗Titels den Beginn eines Textes anzeigt, z. B. »Incipit comoedia Dantis Alegherii, Florentini natione, non moribus«; später dann, wie *Initia*,

Bezeichnung für die Anfangsformel selbst.

Index, Pl. Indices [lat. *indicare* = anzeigen], 1. alphabetisches Namen-, Titel-, Schlagwort- oder Sachwörter-Verzeichnis, Register; am Schluß eines Buches oder als gesonderter Band; 2. *Index Romanus* (römischer Index) oder *Index librorum prohibitorum*: Verzeichnis verbotener Bücher, die nach Meinung der katholischen Kirche gegen die Glaubens- und Sittenlehre verstoßen und von Katholiken weder gelesen noch aufbewahrt, herausgegeben, übersetzt oder verbreitet werden dürfen (es sei denn mit päpstlicher Erlaubnis); ↗Zensur; 3. in der ↗Semiotik nach Peirce: ein Zeichen, das zum Bezeichneten in einem Kausalzusammenhang steht (Rauch für Feuer), nach M. Bense Zeichen zwischen *Ikon* (durch Ähnlichkeit auf das Bezeichnete bezogen, z. B. ein Porträt) und *Symbol* (nur durch Konvention dem Bezeichneten zugeordnet, z. B. ein Staatswappen).

Inkunabel [lat. Windel, Wiege; erster Anfang], Wiegendruck: ein aus den Anfängen der Buchdruckerkunst bis zum Jahr 1500 stammendes Druckwerk (sowohl ganze Bücher als auch ↗Einblattdrucke).

Innere Emigration, von F. Thieß 1933 geprägte Bezeichnung für die politisch-geistige Haltung derjenigen Schriftsteller, die während des Dritten Reiches in Deutschland ausharrten und mit den ihnen verbliebenen literarischen Möglichkeiten (wie das verdeckte Gestalten von Parallelen oder Gegenbildern in ↗historischem Roman und Rezension) *bewußt* gegen den Nationalsozialismus Widerstand leisteten, z. B. W. Bergengruen, E. Wiechert, R. A. Schröder, R. Hagelstange, R. Huch u. a.

Innerer Monolog, Erzähltechnik, die wie die verwandte ↗erlebte Rede die Gedanken, Empfindungen, Erinnerungen, Assoziationen einer Person unmittelbar wiederzugeben sucht (↗Stream of consciousness). Häufig mit typischen Kunstgriffen verbunden wie der Fiktion einer lückenlosen Darstellung (↗Erzählzeit länger als erzählte Zeit) und der Lockerung der Syntax (einfachste unverbundene Aussagesätze, ↗Parataxe, ↗Asyndeton) bzw. ihrer Auflösung (in- und übereinandergeblendete Satzfragmente, ↗Simultantechnik). Beispiele: A. Schnitzler: *Lieutenant Gustl* (*1901*), J. Joyce: *Ulysses* (1922), M. Proust: *A la recherche du temps perdu* (1913–27), V. Woolf: *To the Lighthouse* (1927), A. Döblin: *Berlin Alexanderplatz* (1929, ↗Montage), H. Broch: *Der Tod des Vergil* (1945), u. a.

Inquit-Formel [zu lat. *inquit* = er sagte], das in die direkte Rede eines Textes eingeschobene »sagte sie«, »sprach er« u. ä.

Interjektion [lat. Einwurf], ein in einen Satzzusammenhang eingeschobener Ausruf: »Spricht die Seele, so spricht, *ach!* schon die Seele nicht mehr« (Schiller). ↗Parenthese

Interlinearversion [lat.], zwischen die Zeilen eines fremdsprachlichen Textes geschriebene Wort-für-Wort-Übersetzung ohne Rücksicht auf grammatische oder idiomatische Unterschiede zwischen dem Grundtext und der Übersetzung (↗Glosse).

Intermezzo [it, von lat. *intermedia* = in der Mitte] ↗Zwischenspiel

Interpolation [lat. Einschaltung, Verfälschung], in der ↗Textkritik: spätere, nicht vom Autor stammende Veränderung eines Originaltextes durch einen nicht kenntlich gemachten Einschub von zusätzlichen Wörtern, Sätzen oder Abschnitten, um: 1. seltene oder ungewöhnliche Ausdrücke zu erläutern oder zu ersetzen (↗Glosse), 2. einen Text einer bestimmten Absicht zu unterwerfen, 3. einen älteren Text zu modernisieren oder zu erweitern.

Interpretation [lat. Erklärung, Auslegung], Akt und Ergebnis des Verstehens von sinnhaltigen Strukturen, von theologischen, historischen, juristischen usw. Quellen, vor allem von Kunstwerken allgemein und Dichtung im besonderen.

Zeichnet sich gegenüber ihrer Voraussetzung, dem naiven Verstehen, durch stete Reflexion ihrer Bedingungen, ihres Gegenstands und ihres Vorgehens aus (↗Hermeneutik, ↗Literaturwissenschaft), das vom intendierten Erkenntnisgegenstand abhängt, der in der Literaturwissenschaft a) außerhalb der Literatur liegen kann: Dichtung wird als historische, soziologische usw. Quelle benutzt, verweist auf anthropologische Konstanten oder historische Besonderheiten (wie ↗Stil oder ›Geist‹ eines zeitlich und räumlich begrenzten Kollektivs, einer ↗Epoche, einer Nation) oder auf Leben und Absicht des Autors, b) an den Schnittpunkten zwischen dem einzelnen literarischen Werk und seinen außerliterarischen Gegebenheiten (Kultur, Gesellschaft, Autor usw.) bzw. seinen literarischen Konstanten (↗Gattung, Stil usw.) liegen kann (↗Literatursoziologie, ↗Poststrukturalismus, ↗Dialogizität, ↗Intertextualität), c) das Werk selbst sein kann, die Bezogenheit seiner Elemente aufeinander (↗Struktur) und die spezifisch ästhetische Erscheinungsweise seines ›Sinns‹ (↗werkimmanente Interpretation, ↗Formalismus, ↗New Criticism).

Intertextualität, alle bewußt oder unbewußt eingesetzten Bezüge eines literarischen Textes auf andere literarische oder außerliterarische Texte, durch ↗Zitat, ↗Motto, Anspielung (↗Allusion), Fußnote, Anmerkung, Kommentar, ↗Ironie, ↗Parodie, ↗Kontrafaktur, ↗Plagiat, ↗Gattung, ↗Stil, durch Verwendung kollektiver, im kulturellen Gedächtnis bewahrter Symbole u. a. Spielt bei der Produktion (Vorbilder, Gegenbilder usw.) wie Rezeption (↗Kanon, ↗Erwartungshorizont) eine wichtige Rolle. Als Begriff von J. Kristeva (*Semiotiké*, 1969, ↗Poststrukturalismus) in Anlehnung an M. Bachtins Überlegungen zur ↗Dialogizität literarischer Texte eingeführt, gegen die Grundlagen des traditionellen Literaturverständnisses (Einheit, Originalität, strukturelle Totalität des Kunstwerks) gerichtet: In einem literarischen Text sind viele Texte präsent, die intertextuellen Verweise überschreiten die Textgrenzen und eröffnen ein von den Absichten des Autors unabhängiges, unabschließbares Spiel der literarischen Elemente. ↗Palimpsest, ↗Paratext, ↗kulturelles Gedächtnis

Invektive [lat. *invehi* = jemanden anfahren], Schmährede; in der Antike häufig Bestandteil von Komödie und ↗Satire, ein wichtiger Teil der Gerichts-↗Rhetorik, aber auch eine selbständige Gattung; kann sich auch gegen Abstraktionen und Dinge (Reichtum, Zorn, Weinrebe o. ä.) richten, nicht nur gegen Personen (der Politik, der Geschichte, des Mythos).

Inversion [lat. Umkehrung, gr. *anastrophe*], von der üblichen Wortfolge abweichende Umstellung von Wörtern; kann ohne Ausdruckswert sein, z. B. bei Nachstellung von Präpositionen (*meinetwegen*), aber auch bestimmte Wirkungen erzielen, z. B. archaisierende (»Röslein rot«, Goethe) oder emphatische (»Unendlich ist die jugendliche Trauer«, Novalis). Häufig als sog. *Kaufmanns-Ironie*, um das ›ich‹ am Satzanfang zu umgehen (»und habe ich mich bemüht«). ↗Hyperbaton, ↗Tmesis, ↗Hysteron proteron

Invokation [lat.], Anrufung; Hilfe und Rat heischende Wendung an höhere Mächte, z. B. Anrufung der ↗Musen (wie am Beginn von Homers *Odyssee:* »Singe mir, Muse, die Taten des vielgewanderten Mannes …«), der Götter, eines Gottes oder einer Personifikation (wie im 1. Gesang von Klopstocks *Messias:* »Sing, unsterbliche Seele, der sündigen Menschen Erlösung«). Festes Versatzstück (↗Topos) der antiken Dichtung, vor allem am Anfang (↗Prolog) oder an besonders herausgehobenen Stellen eines Werks; wichtiges Gattungsmerkmal des ↗Epos, auch in der ↗Lyrik häufig (↗Apostrophe).

Ironie [gr. *eironeia* = Verstellung, Ausflucht, Mangel an Ernst], Redeweise, die das Gegenteil von dem meint, was sie sagt, z. B. »schöne Geschichte« statt ›Skandal‹.

Von Theophrast allgemein definiert als »Verstellungskunst in Worten und Handlungen«; in der antiken ↗Rhetorik, insbesondere in der Gerichtsrede, zur Überredung des Zuhörers eingesetzt: Ein erwartetes, doch nicht beweisbares negatives Werturteil wird in der Form eines ironischen Lobs vorgetragen, was den Hörer dazu provoziert, selbst nachzudenken und das eigentlich Gemeinte für sich zu bestätigen (diese didaktische Funktion besitzt die Ironie z. B. auch in Platons ↗Dialogen).

Kann Aggressivität, spielerischen Spott, Sarkasmus oder auch eine kritisch-distanzierte Weltsicht verraten, bei der Distanzierung vom Gesagten helfen (↗Humor, ↗Identifikation), eine rhetorische Einzelfigur sein, aber auch, länger durchgehalten, literarische Gattungen wie ↗Parodie, ↗Satire, ↗Travestie begründen und konstitutiv sein für ein ganzes Werk (so z. B. für H. Fieldings *Tom Jones*, 1743). Wird in der Literaturwissenschaft oft unterschieden in *subjektive* Ironie (prägt den Redeton einer Person, eines meist ↗auktorialen Erzählers oder lyrischen Ichs) und *objektive* Ironie (ergibt sich durch die Diskrepanz zwischen dem, was der Leser oder Zuschauer weiß, und dem, was die einzelnen Figuren wissen – in Sophokles' *Ödipus* etwa verflucht Ödipus den Mörder seines Vaters, den er, nichts ahnend, selbst umgebracht hat, in Goethes *Lehrjahren* bemerkt Wilhelm Meister nicht, daß Mariane eingeschlafen ist und erzählt ihr immer weiter von seiner Kindheit).

In der deutschen Frühromantik (Fr. und A.W. Schlegel, L. Tieck, E.T.A. Hoffmann, C. Brentano u. a.) zentraler Begriff (sog. *romantische* Ironie): zeugt von der Unvereinbarkeit von Ideal und Wirklichkeit, »der Unmöglichkeit und Notwendigkeit einer vollständigen Mittheilung« (Fr. Schlegel), und bietet zugleich einen Ausweg: Durch die Ironie kann das Unsagbare gesagt werden und das Ideale das Wirkliche verdrängen.

Isokolon [gr. Gleichgliedrigkeit], Folge von zwei oder mehr Sätzen, die in Bezug auf Konstruktion, Wort- (z. T. auch Silben)zahl gleicher oder ähnlicher sind, entweder syntaktisch selbständig oder von einem gemeinsamen Satzteil abhängig: »Die Kerzen leuchten, / die Glocke tönt, der Weihrauch ist gestreut«, Schiller). Oft durch ↗Homoioteleuton gebunden, häufig als formale Entsprechung einer Gedankenfigur wie semantischem ↗Parallelismus und ↗Antithese.

Isometrisch [gr. gleich + Maß], Bezeichnung für eine Strophe, deren Verse in bezug auf ihre Silben-, Hebungs- oder Taktzahl gleich lang sind; im Gegensatz zu *heterometrischen* oder *metabolischen* Strophen, die sich aus Versen unterschiedlicher Länge zusammensetzen. Gelegentlich auch für die Gleichheit der Silbenzahl aufeinander bezogener Reimwörter: *nature*: *peinture* (isometrischer Reim) im Unterschied zu *nature*: *pure* (heterometrischer Reim).

J

Jahrhundertwende ↗Fin de siècle

Jambus [gr.], antiker Versfuß aus einer kurzen und einer langen Silbe: ◡–; im Dt. als Folge von unbetonter und betonter Silbe nachgebildet. Wichtigster Sprechvers der antiken Dichtung, vor allem der sog. *Jambendichtung* (volkstümliche Spott- und Scherzgedichte); in der griechischen Dichtung immer als ↗Dipodie, d. h. als Verbindung zweier Versfüße (◡–◡–) gezählt (6 Jamben z. B. bilden einen dreigliedrigen ↗Trimeter), in der lateinischen Dichtung hingegen nach den einzelnen Versfüßen (6 Jamben bilden dann einen ↗Senar, einen

›Sechsfüßler‹). Die wichtigsten jambischen Verse der neueren Dichtung: ↗Alexandriner, ↗vers commun, ↗endecasillabo, ↗Blankvers und die Nachbildungen antiker jambischer Verse. Gegensatz zum ↗Trochäus.

Jesuitendichtung, von Jesuiten insbesondere während der Blütezeit des Ordens (16.–18. Jh., 1772 aufgelöst) verfaßte Zweckdichtung in lateinischer Sprache, meist dogmatisch-religiös, im Dienst der Ordensaufgaben: Erziehung und Wahrung, Sicherung und Ausbreitung des katholischen Glaubens (*propaganda fidei*).

Besonders in Spanien, Frankreich, Italien, Deutschland und Österreich gepflegt. Formal an den zeittypischen dichterischen Formen der neulateinischen Tradition und der jeweiligen Nationalliteratur orientiert; adaptiert oft auch beliebte weltliche Stoffe durch religiöse Umdeutung (geistliche ↗Eklogen, ↗Schäferdichtungen).

Beispiele: Fr. von Spee: *Trutznachtigall* (postum 1649), A. Silesius: *Der Cherubinische Wandersmann* (1675). Vor allem bekannt: das aufwendig inszenierte, durch volkssprachliche ↗Zwischenspiele und Musikeinlagen (Ballette, Pantomime) volksnahe *Jesuitendrama* in der Tradition des ↗Humanistendramas (↗Schuldrama), von nachhaltigem Einfluß auf das ↗schlesische Kunstdrama, z. B. G. Agricola: *Esther* (1577), J. Bidermann: *Cenodoxus* (1602).

Jugendstil, in Anlehnung an die Münchner Wochenschrift *Jugend* (1896–1940) gebildete dt. Bezeichnung für *Art nouveau*: internationale Stilrichtung der bildenden Kunst (etwa 1895–1910), für die vor allem formbeherrschende, das Gegenständliche überspielende, stilisiert-bewegte, häufig floral anmutende Linien charakteristisch sind.

Wird auch auf die Literatur, vorwiegend auf die um die ↗Jahrhundertwende entstandenen meist lyrischen Kleinformen übertragen, die sich auszeichnen: a) durch eine ›karnevalistische‹ Lust am Spiel mit Elementen der ↗Anakreontik, ständig wechselnden Rhythmen, dominanten Bewegungsmotiven (z. B. bei O. Bierbaum und A. Holz), b) durch eine kosmische Naturschwärmerei, kunstvoll-schwelgerische Sprache und Motive einer stilisierten Natur (Lilien, Seerosen, Schwäne, Weiher, Park), so z. B. bei R. Dehmel und R. M. Rilke, oder c) durch einen feierlich-weihevollen Charakter, mythologische Anspielungen und magische Sprachspielereien (z. B. bei E. Stadler, St. George, H. von Hofmannsthal). Jugendstilhafte Züge außerhalb des dt. Sprachraums bei O. Wilde, M. Maeterlinck, G. D'Annunzio u. a. Nicht scharf zu trennen von ↗Décadence, ↗Symbolismus, ↗Impressionismus u. ä., dem ↗Ästhetizismus zugeordnet.

Junges Deutschland, erstmals in L. Wienbargs *Aesthetischen Feldzügen* (1834) verwendeter Begriff, der die literarische Bewegung bezeichnet, die zwischen 1830 (Julirevolution) und 1835 ihren Höhepunkt hatte: Schriftsteller wie K. Gutzkow (*Wally die Zweiflerin*, 1835), H. Heine, Wienbarg, H. Laube (*Das junge Europa*, 1833/37), Th. Mundt (*Madonna*, 1835), die der deutsche Bundestag in einem Beschluß von 1835 unter diesem Namen verwarnt und zum Großteil verboten hat und die ihre Literatur programmatisch der vorangegangenen, vor allem von Goethe geprägten Literatur entgegensetzten: Durch erklärt politische und zeitkritische Ziele (z. B. liberale Staatsordnung, verfassungsrechtlich gesicherte Freiheiten, insbesondere die Presse- und Meinungsfreiheit), eine im aktuellen politisch-sozialen Leben, in der ›Zeit‹ stehende Dichtung, die durch Gegenständlichkeit und Detailtreue, neue, politisch-gesellschaftlich relevante Stoffe und kritische Reflexion die Wirklichkeit in ihrer Widersprüchlichkeit erfassen und ein großes Lesepublikum erreichen soll (z. B. durch Veröffentlichung in Zeitungen und Zeitschriften, Ausbildung eines *literarischen*

Journalismus, vor allem eines witzig-satirischen, suggestiv-pointierten, subjektiv-tendenziösen Stils, durch die Verwendung kurzer, lesefreundlicher Prosaformen wie ↗Novelle, Reisebericht, ↗Feuilleton, durch die Nutzung des publikumswirksamen Zeit- und Gesellschaftsromans oder des die Zensur umgehenden, da zeitgenössische Verhältnisse nur indirekt darstellenden ↗Geschichtsdramas).

Als weitere Vertreter des Jungen Deutschland gelten u. a. G. Herwegh, F. Freiligrath, H. Hoffmann von Fallersleben (*37 Lieder für das junge Deutschland*, 1848), L. Börne, I. Hahn-Hahn. Wird der ↗Epoche des ↗Biedermeier bzw. des ↗Vormärz zugeordnet.

K

Kabarett [von frz. Schenke], Kleinkunstbühne mit Programm aus humoristisch-satirischen, häufig auch zeit- und sozialkritischen ↗Chansons, ↗Couplets, Balladen, Sketchen u. ä., die sich mit Pantomimen, Singspiel- und Tanznummern, auch artistischen Kunststükken abwechseln.

Eine wichtige Gattung literarischen Gestaltens vor allem in ↗Dadaismus und ↗Expressionismus, z. B. für P. Altenberg, Chr. Morgenstern, A. Polgar, H. Ball, H. Arp, Klabund, K. Tucholsky, J. Ringelnatz, E. Kästner. Wichtige Kabarettgründungen dieser Zeit: das *Überbrettl* (Berlin 1901, E. von Wolzogen), *Schall und Rauch* (Berlin 1902, M. Reinhardt), *Elf Scharfrichter* (München 1901, Fr. Wedekind), *Die Pfeffermühle* (Zürich 1933, E. Mann, Th. Giehse).

Kabuki [jap., eigentlich Verrenkung], Gattung des klassischen japanischen volkstümlichen Theaters, verbindet Elemente des höfischen ↗Nô-Theaters, des Puppenspiels und populärer Tanzformen zu einem artistischen Sing-, Tanz- und Sprechtheater; typisch: die schmale langgestreckte Bühne mit 1–2 Auftrittsstegen durch den Zuschauerraum, zwei Orchester, antirealistische, flächenhafte Kulissen, eine raffinierte, ebenfalls antiillusionistisch eingesetzte Bühnenmaschinerie, die stilisiert-ritualisierte Darstellung von locker gefügten Szenen aus disparaten Stoffkreisen. Einfluß u. a. auf das ↗epische Theater.

Kadenz [ital. (Silben)fall], in ↗akzentuierenden Versen: der Versschluß. Unterschieden u. a. in: a) *männliche* Kadenz (auch *stumpfe* Kadenz): einsilbig, beschließt den Vers mit einer Hebung, b) *weibliche* Kadenz (auch *klingende* Kadenz): zweisilbig, beschließt den Vers mit einer Folge von Hebung und Senkung. Für die mittelhochdeutsche Metrik darüber hinaus noch wichtig: c) die *klingende* Kadenz: eine Folge von beschwerter Hebung und Nebenhebung, die sprachlich durch ein zweisilbiges Wort mit langer Tonsilbe gefüllt sein muß: … –́ x̀; z. B. »ich sáz ûf éime *stéinè*« (Walther von der Vogelweide).

Kalender, Angaben über Maße und Gewichte, Himmels-, Erd- und Witterungskunde, mit Sprichwörtern, Zitaten, Anekdoten und Kurzerzählungen usw. ausgestattet; so oft erste Publikationsorgane für Schriftsteller und wichtiges Zeugnis des kulturellen Lebens. Bekannte deutsche (literarische) Kalender von Chr. von Grimmelshausen und J. P. Hebel. ↗Almanach

Kalendergeschichte [zu lat. *calendae* = erster Tag des Monats, übertragen: Monat], ursprünglich eine zu einem Kalender, einem Verzeichnis der nach Wochen und Monaten geordneten Tage eines Jahres (oft mit praktischen Hinweisen, Merksätzen, Rezepten, Lebens- und Gesundheitsregeln, Anekdoten, Zitaten usw.), gehörende, dann auch eigenständige kurze, volkstümlich, meist realitätsbezogene Erzählung, oft unterhaltend und stets didaktisch orientiert; vereint Elemente von ↗Anekdote, ↗Schwank, ↗Legende, ↗Sage, Tatsachenbericht und ↗Satire.

Beispiele von Chr. von Grimmelshausen (*Des Abenteuerlichen Simplicissimi Ewigwährender Calender*, 1670/71), J.P. Hebel (*Der Rheinländische Hausfreund*, 1807 ff.), J. Gotthelf, B. Brecht u.a.

Kanon [gr. Rohr, Maßstab, Richtschnur], Zusammenfassung der für ein bestimmtes Sachgebiet verbindlichen Werke (Regeln, Gesetze usw.), z.B. die ›kanonischen‹ Texte des Alten und Neuen Testaments im Gegensatz zu den ↗Apokryphen; im literarischen Bereich: Auswahl der von einer bestimmten Gruppe für eine bestimmte Zeit (↗Epoche) jeweils als wesentlich, normsetzend, zeitüberdauernd, ›klassisch‹ (↗Klassik) erachteten künstlerischen Werke, deren Kenntnis für eine gewisse Bildungsstufe vorausgesetzt wird (z.B. in Lehrplänen, literaturwissenschaftlichen Lexika, ↗Literaturgeschichten).

Kanzone [ital. gesungenes Lied], 1. allgemein: mehrstrophiges gesungenes Lied oder rezitiertes Gedicht beliebigen, meist ernsten Inhalts; 2. besonders: das aus sog. Kanzonen- oder ↗Stollenstrophen gebildete Gedicht, oft mit philosophisch, ethisch oder religiös überhöhter Liebesthematik, auch als klassische Kanzone bezeichnet; Beispiele seit der 1. Hälfte des 12. Jahrhunderts in der provenzalischen ↗Trobadorlyrik (dort als *canso* bezeichnet), im mittelhochdeutschen ↗Minnesang (bei Friedrich von Hausen, Reinmar der Alte, Walther von der Vogelweide u.a.) und im italienischen ↗Dolce stil nuovo (z.B. in Petrarcas *Canzoniere*, 1350). Im 19. Jahrhundert in Deutschland von A.W. Schlegel, A. von Platen, Fr. Rückert (*Canzonetten*, 1818) u.a. wiederbelebt.

Kanzonenstrophe ↗Stollenstrophe

Kasus [lat. Fall], der Rechtswissenschaft entlehnte Bezeichnung für eine der ↗einfachen Formen, die, im Unterschied zum einmaligen ↗Memorabile, einen Generalisierbaren Normenkonflikt vorführt, der zum Nachdenken anregen soll; gilt als eine der Vorformen der ↗Novelle.

Katachrese [gr. Mißbrauch], uneigentlicher, auch unrichtiger Gebrauch eines Worts (↗Tropus): 1. als metaphorische Übertragung aus einem anderen Bedeutungsfeld, weil ein spezifischer Ausdruck fehlt oder verdrängt worden ist, z.B. Fluß*arm*, Berg*fuß*, Tisch*bein*, 2. als *Bildbruch*: die Verbindung nicht zueinander passender Wendungen: »auf den Knien meines Herzens« (Kleist).

Katalektisch [gr. (vorher) aufhörend], Bezeichnung für Verszeilen, die unvollständig schließen, weil ihr letzter Fuß um ein oder zwei Silben gekürzt ist. ↗akatalektisch, ↗hyperkatalektisch

Katalog [gr. Aufzählung, Verzeichnis], 1. alphabetisch oder systematisch (nach Sachgruppen) angelegtes, z.T. kommentiertes Verzeichnis von Büchern, Bildern, Kunstgegenständen usw.; 2. sprachlich gebundene Reihung gleichartiger Begriffe, Namen, Fakten usw. Als (kultische?) Dichtung zum Memorieren genealogischer Reihen (Götter, Könige usw.) in allen frühen Kulturen nachweisbar; Gattungsmerkmal des ↗Epos (der älteste erhaltene Katalog ist der Schiffs-K. in Homers *Ilias*, II, 484).

Katastasis [gr. Zustand], der scheinbare Ruhezustand bzw. die scheinbare Lösung einer dramatischen Handlung auf dem Höhepunkt der Verwicklung (↗*epitasis*), die Ruhe vor dem Sturm; gefolgt von der ↗Katastrophe. In Sophokles' *König Ödipus* z.B. die Erleichterung des Ödipus und der Iokaste bei der Nachricht vom Tode des Polybos. ↗retardierendes Moment

Katastrophe [gr. Wendung, Umkehr, Ausgang], Teil eines Dramas, durch den der dramatische Konflikt seine abschließende Lösung findet; meist auf den letzten ↗Akt konzentriert.

Katharsis [gr. Reinigung], zentraler Begriff der aristotelischen *Poetik*: die ›Reinigung‹ des Zuschauers, ausgelöst durch die von der ↗Tragödie hervorgerufenen Gefühlsregungen ›Schauder‹ und ›Jammer‹ (gr. *phobos*, beim Herannahen des unheilbringenden Dämons, und *eleos*, beim Offenbarwerden der Machtlosigkeit des Menschen gegenüber seinem Schicksal). Vermutlich der Theologie und Medizin entlehnt (Reinigung von Befleckung, Ausscheidung schädlicher Substanzen) und vor allem psychologisch, sogar psychotherapeutisch gemeint: als eine mit Lust verbundene, befreiende Entladung der in der Tragödie dargestellten, im alltäglichen Leben aufgestauten Affekte; häufig auch als Immunisierung der Seele gegen Affekte oder auch als sittliche Läuterung des Zuschauers interpretiert.

Kehrreim ↗Refrain

Kenning, f., Pl. kenningar [altnord. Kennzeichnung, poetische Umschreibung], in der altnordischen Dichtung, besonders der ↗Skaldendichtung, die kunstvolle Umschreibung eines Begriffs durch eine zweigliedrige Verbindung (Nomen + Nomen im Genitiv) oder ein zweigliedriges Kompositum (z.B. *fleina brak* = das Tosen der Pfeile, *fleinbrak* = Pfeilgetöse als Kenning für ›Kampf‹). Wird wie das *Heiti* [altnord. Name, Benennung], ein altertümlich oder metaphorisch gebrauchtes Wort (z.B. *valdr* = Fürst, eigentlich ›der Waltende‹), als ausschließlich der poetischen Sprache vorbehalten empfunden.

Kettenreim, 1. äußerer Kettenreim, ↗Terzinen-Reim: Endreime mit der Reimstellung aba bcb … (auch aba cbc …); 2. innerer Kettenreim: Reimfolgen, die Versanfang, Versinneres und Versende nach einem bestimmten Schema verbinden, z.B. a…b…a/ c…b…c (»St*reue* deinen goldnen *Regen* auf dies Paar und sie erf*reue* / *Schaue* sie in vollem *Segen* und mit Nektar sie be*taue*«, Neumark).

Kinder- und Jugendliteratur, unscharfe Sammelbezeichnung: Literatur, die für die Lektüre von Kindern und Jugendlichen als geeignet gilt oder aber von diesen tatsächlich gelesen wird; besonders: die für Kinder und Jugendliche eigens verfaßte Literatur.

Beispiele für Kinder- und Jugendbuch-›Klassiker‹: D. Defoe: *Robinson Crusoe* (1719), J. Swift: *Gullivers Reisen* (1726), H. Hoffmann: *Der Struwelpeter* (1845), W. Busch: *Max und Moritz* (1865), M. Twain: *Tom Sawyer* (1876), R.L. Stevenson: *Die Schatzinsel* (1883), E. Kästner: *Emil und die Detektive* (1929), A. Lindgren: *Pippi Langstrumpf* (1945), M. Ende: *Die unendliche Geschichte* (1979).

Kirchenlied ↗Leis, ↗Kontrafaktur, ↗Sequenz, ↗Volkslied

Klassik [von lat. *classicus* = der höchsten Steuerklasse zugehörig, übertragen: erstklassig, mustergültig], in der deutschen Literaturwissenschaft allgemeine Bezeichnung für ↗Epochen, die im Rückblick als vorbildhaft anerkannt werden (↗Kanon), z.B. für die in der römischen Antike vorbildhafte griechische Literatur und Kunst (*gr. Klassik*, in der Kunstgeschichte der Zeitraum zwischen Archaik und ↗Hellenismus, zwischen frühem 5. und späten 4. Jh. v.Chr.), die Blütezeit der mittelhochdeutschen Literatur um 1200 (*staufische Klassik*), besonders aber für die vor allem von Goethe und Schiller geprägte Richtung der deutschen Literatur um 1800, die selbst wiederum auf literarische Gattungen und Themen der ↗Antike zurückgreift.

Als Merkmale dieser sog. *Weimarer Klassik* gelten u.a.: eine harmonische, von einem Mittelpunkt aus gestaltete, ↗geschlossene Form, das Streben nach Einfachheit und Natürlichkeit, die Ausgewogenheit von Vernunft und Trieb, Individuum und Universum, Willkür und Gesetz (»edle Einfalt, stille Größe«, J.J. Winckelmann); vgl. die von N. Boileau (*L'art poétique*, 1674), P. de Ronsard, J. Racine, P. Corneille u.a. vertretene *französische Klassik* des 17. Jahrhunderts (*classicisme*), die ebenfalls Kategorien wie Klarheit, Harmonie, Einfachheit, Natürlichkeit in den Mittelpunkt stellt (↗Haute tragédie).

Die Schwierigkeiten im Umgang mit dem Begriff ›Klassik‹ resultieren aus seiner späten Entstehung in den 1920er und 30er Jahren, der Vielschichtigkeit eines Autors (Schillers ↗Tragödie *Die Braut von Messina*, Goethes ↗Epos *Hermann und Dorothea* gelten als typisch. für die Weimarer Klassik, Goethes *Götz*, Schillers *Räuber* nicht), aus den unterschiedlichen künstlerischen Strömungen einer Epoche (Gleichzeitigkeit von Weimarer Klassik und Jenaer ↗Romantik), aus den kategorial unzureichend geklärten Verwendungen des Begriffs (oft synonym mit ↗Klassizismus, oft diesem entgegengesetzt), aus der Komplexität eines einzelnen literarischen Textes (Goethes *Hermann und Dorothea* z. B. erzeugt nur den Schein von Einfachheit und Natürlichkeit, Hermann und Dorothea selbst sind Kunstgestalten, denen gerade die für ihr Geschlecht typischen, ›natürlichen‹ Eigenschaften fehlen: Hermann ist weibisch, Dorothea männlich).

Klassizismus, Bezeichnung für Kunst, die sich antiker (Stil-)Formen und Stoffe bedient; im Unterschied zur ↗Klassik oft als epigonal und weniger eigenschöpferisch, als ästhetisierend und der glatten Form huldigend eingeschätzt.

Zum Klassizismus werden Epochen wie ↗Renaissance und ↗Humanismus gezählt, Dichter wie P. de Ronsard, A. Pope, J. Chr. Gottsched, G. E. Lessing, Chr. M. Wieland, A. von Platen, E. Geibel, St. George, P. Ernst u. a.

Klausel [lat. Schluß], Vorform des ↗Cursus.

Klimax [gr. Steigleiter, lat. *gradatio*], 1. steigernde Reihung synonymer Wörter (»Wie habe ich ihn nicht gebeten, gefleht, beschworen«, Lessing) oder gleicher Satzglieder (»veni, vidi, vici«); 2. sich steigernde Gedankenführung, verbunden mit der Wiederaufnahme bestimmter Wörter (↗Epanalepse, ↗Anadiplose), z. B. »Gut verlorn, unverdorben – Mut verlorn, halb verdorben – Ehr verlorn, gar verdorben« (S. Franck). Gegensatz von: Anti-Klimax, Reihung in absteigender Folge (»Urahne, Großmutter, Mutter und Kind«, G. Schwab).

Klingende Kadenz ↗Kadenz, weiblicher ↗Reim

Klinggedicht, im 17. Jahrhundert dt. Bezeichnung für ↗Sonett.

Knittelvers, in der epischen, satirisch-didaktischen und dramatischen deutschen Dichtung des 15. und 16. Jahrhunderts häufiger Vers: vierhebig, paarweise gereimt, mit voller ↗Kadenz; entweder mit freier Füllung und 6 bis 15 Silben (*freier Knittelvers*, z. B. bei H. Rosenplüt und B. Waldis) oder mit 8 Silben bei männlicher, 9 bei weiblicher Kadenz (*strenger Knittelvers*, bei H. Sachs, J. Fischart, S. Brant u. a., ↗Meistersang).

Seit der 2. Hälfte des 18. Jahrhunderts infolge der Hinwendung zur altdeutschen Kultur als freier Knittelvers wiederbelebt, z. B. in Goethes *Urfaust* (1774) und *West-östlichem Divan* (1819 ff.), Schillers *Wallensteins Lager* (1800), Hofmannsthals *Jedermann* (1911), P. Weiss' *Marat/Sade* (1964) oder Kortums *Die Jobsiade* (1784): »Mit dem Hándel gíebts nur Kléinigkéiten, / Denn es íst kein Géld únter den Léuten, / Und die Rátsherrnschäft wirft áuch nicht viel áb; / Drum sínd meine Eínkǘnfte so knápp«.

Kode ↗Code

Kodex, Pl. Kodizes [lat. Holzklotz, (ab)gespaltenes Holz (als Material für Schreibtafeln)], 1. Buchform der Spätantike und des Mittelalters (↗Handschrift): mehrere gefaltete, ineinandergelegte und geheftete Pergament- oder Papierblätter, die zwischen zwei Holzdeckeln mit Leder- oder Metallüberzug befestigt sind (z. B. der *Codex argenteus*, die sog. Ulfilas-Bibel, 6. Jh., der *Codex aureus*, 9. Jh.); 2. großformatiges wissenschaftliches Werk, besonders eine Sammlung von Regeln und Gesetzen (z. B. der *Codex Justinianus*).

Kohärenz [zu lat. *cohaerere* = zusammenhängen], in der Textlinguistik: durch Satzbau, Bedeutung oder pragmatische Umstände hergestellter Zusammenhang zwischen einer Aneinanderreihung von Sätzen und Äußerungen, die so als sinnvolle Einheit, als ↗Text, erscheinen.

V.a. von T.A. van Dijk (*Textwissenschaft*, 1980) beschrieben. Mittel der Kohärenz: z.B. Konjunktionen, kausale Verbindungen zwischen Propositionen, deiktische Elemente (↗Deixis), das Thema, die Benutzung bestimmter, im kulturellen Wissen verankerter Schemata, die typische Situationen und Geschehnisse erfassen oder auf eine spezifische Weise formale und stoffliche Merkmale verbinden und so als Folie für die Deutung eines Textes dienen (z.B. ↗Gattungen, ↗Motive, ↗Stoffe, Vers- und Strophenformen, bestimmte narrative Schemata, vgl. ↗Oral poetry).

Kohäsion ↗Textualität

Kolon, Pl. Kola [gr. Glied, lat. *membrum*], in der antiken ↗Metrik und ↗Rhetorik: die syntaktische und sinntragende, durch Atempausen absetzbare Sprecheinheit innerhalb eines Satzes, in der Regel von mehr als 3 Wörtern (im Unterschied zum ↗Komma): »Es glühte der Tag (1. Kolon) / es glühte mein Herz (2. Kolon), / Still trug ich mit mir herum den Schmerz (3. Kolon)« (Heine); wichtiger Teil der ↗Periode; prägt mit seiner Länge oder Kürze den ↗Rhythmus einer Rede.

Kolportageliteratur [frz. *colportage* = Hausierhandel], künstlerisch anspruchslose Sensationsliteratur, ursprünglich von Hausierern angeboten; im 15. Jahrhundert vor allem religiöse Erbauungsliteratur, ↗Volksbücher, ↗Kalender, im 18. Jahrhundert ↗Ritter- und Räuberromane, seit Ende des 19. Jahrhunderts vor allem Liebes-, Kriminal-, Abenteuer-, Wildwest-, Zukunftsromane. ↗Trivialliteratur

Komische, das [zu gr. *komikus* = zur Komödie gehörig, Komik], allgemein das Erheiternde, Spaßige, Lustige, Wunderliche, Sonderbare, zum Lachen Reizende.

Wesentlicher Bestandteil von z.B. ↗Komödie, ↗Satire, ↗Witz, ↗Comic, Karikatur und umstrittener Grundbegriff der ↗Ästhetik, u.a. definiert von I. Kant, Fr. von Schiller, Jean Paul, A. Schopenhauer, G.W. Hegel, Fr. Th. Vischer, H. Bergson, S. Freud, J. Ritter. Für M. Bachtin (vgl. die dt. Auswahl aus dessen Büchern: *Literatur und Karneval*, 1990) mit der individuelle, soziale usw. Grenzen aufsprengenden Karnevalskultur verknüpft, vor allem mit dem Motiv des »grotesken Leibs«, der sich durch Überschreitungen der normalen Körperkontur (Höcker, lange Nase, Warze u.a.) und des körperlichen Maßhaltens (Fressen, Saufen, Scheißen) auszeichnet und dem auf der Ebene der Zeichen die ↗Dialogizität der Worte entspricht. Von Fr. G. Jünger (*Über das Komische*, [3]1948) auf den ohne ernste Folgen bleibenden Konflikt zweier widersprüchlicher, ungleichwertiger Prinzipien zurückgeführt, den das schwächere, unwichtigere, ›nichtige‹ Prinzip auslöst: Das ungeplante, da zu früh, zu spät, zu langsam, zu schnell oder am falschen Ort eintretende Hinzukommen unangemessener Elemente (Handlungen, Dinge, Personen, Worte, Sprechtempo, ↗Pnigos usw.) zu einer alltäglichen, sachlichen oder ernst-feierlichen Situation wirkt komisch, wenn dem unangemessenen, unterlegenen Element kein schwerer Schaden zugefügt und es in die normale Ordnung integriert wird (besitzt das Aufeinanderprallen kontrastierender Elemente ernste Folgen, wird das komische Element gar getötet, dann kippt das Komische um ins Tragische; ↗Tragikomödie). Dieses komische Mißverhältnis kann auch durch die unangemessene Kombination von Form, Stil und Stoff auf formal-strukturaler Ebene realisiert werden (↗komisches Epos, ↗Travestie, ↗Parodie) und lebt von der Diskrepanz zwischen dem von den Rezipienten oder/und einem Teil des (dramatischen oder epischen) Personals erwarteten Schemas (einer Handlung, einer Gattung, eines Reimworts usw.,

↗Erwartungshorizont) und dessen eingetretener Nichterfüllung. Eine besondere Form des Komischen ist die hartnäckige Wiederholung eines von der Norm abweichenden Schemas (z. B. der Tick, der Sprachfehler, die Abschweifung des Erzählers oder eine ständig wiederholte Nonsense-Floskel: »Ich sage Ja zu deutschem Wasser«, Harald Schmidt).

Komisches Epos, auch heroisch-komisches Epos, scherzhaftes Heldengedicht, engl. *mock heroic*: kürzeres Versepos, das die wichtigsten Merkmale des antiken ↗Heldenepos (Versform, Einteilung in Gesänge, gehobene, oft formelhafte Sprache, mythologische Gleichnisse, Anrufung und Eingreifen von Göttern, Kampfszenen usw.) übernimmt, jedoch ironisierend auf einen nichtigen, unheldischen, belanglosen Anlaß und Personenkreis bezieht: In der *Batrachomyomachia* (6./5. Jh. v. Chr.) z. B. kämpfen Frösche und Mäuse, nicht göttergleiche Helden wie in Homers *Ilias* miteinander, in A. Tassonis *La secchia rapita* (1622) löst der Raub eines Holzeimers, nicht der schönen Helena einen Krieg aus.

Weitere Beispiele: N. Boileau: *Le lutrin* (1674/83), A. Pope: *The Rape of the Lock* (1714), J.F.W. Zachariae: *Der Renommiste* (1744), J. J. Dusch: *Der Schoßhund* (1756), Chr. M. Wieland: *Komische Erzählungen* (1765), J.W. von Goethe: *Reineke Fuchs* (1793), K. Immermann: *Tulifäntchen* (1827), A. Grün: *Die Nibelungen im Frack* (1843), u. a. ↗Burleske, ↗Parodie, ↗Persiflage, ↗Travestie

Komma [gr. abgehauenes Stück], in der ↗Rhetorik: kleinster Sprechtakt, in der Regel von höchstens 3 Wörtern; meist syntaktisch unselbständiger Teil eines ↗Kolons (z. B. eine adverbiale Bestimmung: »heute nacht«), aber auch ein kurzer Satz (»veni, vidi, vici« = 3 Kommata).

Komödie [aus gr. *komos* + *oide* = festlich-ausgelassener Umzug + Gesang], aus dem antiken Dionysoskult (↗Mimus, ↗Dionysien) hervorgegangene Hauptgattung des ↗Dramas, besitzt im Gegensatz zur ↗Tragödie meist einen guten Ausgang und zielt auf eine komische Bloßstellung von Personen, Verhältnissen, menschlicher Schwächen, auch eine ironische Durchbrechung der Theaterillusion.

In der Literaturwissenschaft unterschiedlich differenziert: 1. formal: a) in die auf griechisch-römische Muster zurückgehende *klassische* Komödie mit ↗geschlossener Form: ↗Akteinteilung, Einhaltung der ↗Ständeklausel und der ↗Genera dicendi, b) die *romantische* Komödie mit ↗offener Form; 2. intentional: a) in die *politisch-gesellschaftskritische* Komödie, z. B. C. Sternheims *Die Hose*, b) die *didaktische* Komödie, z. B. das ↗weinerliche Lustspiel, die ↗Comédie larmoyante, c) die reine *Unterhaltungskomödie*, z. B. die ↗Boulevardkomödie; 3. struktural, nach dem Auslöser des ↗Komischen: a) in die ↗*Typenkomödie*, die ihre erheiternde Wirkung vor allem durch die übertriebene Zeichnung bestimmter Charaktere erreicht (z. B. Molières *Der Geizige*), b) die vor allem an eine komische Situation gebundene *Situationskomödie* (z. B. Kleists *Der zerbrochene Krug*), c) die *Intrigenkomödie* mit der überraschenden Lösung scheinbar unlösbarer Probleme (z. B. Shakespeares *Die lustigen Weiber von Windsor*); 4. nach der Qualität des Komischen: a) Komödien, die vor allem von Mißverhältnissen und Herabsetzungen bestimmt werden, z. B. ↗Farce, ↗Travestie, ↗Parodie, b) Komödien, die durch Aufhebung bestimmter Schamgrenzen, die Befreiung unterdrückter kreatürlicher Bedürfnisse, die anarchischen Elemente des ›Karnevalistischen‹ (↗das Komische) bestimmt werden, z. B. ↗Schwank, ↗Burleske, ↗Posse, c) Komödien, die durch ↗Humor geprägt sind, durch die gelassen-überlegene Anerkennung menschlicher und irdischer Beschränkungen, z. B. ↗weinerliches Lustspiel, ↗Tragikomödie.

Wichtig für die Entwicklung der europäischen Komödie sind neben den Komödien der ↗ Antike (von Aristophanes, Plautus, Terenz u. a.) besonders die ↗ Commedia dell'arte und die Komödien von Shakespeare und Molière.

Komparatistik [zu lat. *comparare* = vergleichen], auch vergleichende bzw. vgl. und allgemeine Literaturwissenschaft: beschäftigt sich besonders mit Beziehungen, Verwandtschaften, Gemeinsamkeiten und Unterschieden zwischen den Nationalliteraturen, mit literarischen Entwicklungen über Sprachgrenzen hinweg, sowohl mit internationalen literarischen Phänomenen, z. B. der Entwicklung einer ↗ Gattung, als auch mit deren jeweils besonderen Ausprägung in den verschiedenen Literaturen unter den verschiedenen nationalsprachlichen, völkerpsychologischen, sozialen, ökonomischen, politischen usw. Bedingungen.

Dadurch vor allem konzentriert auf ↗ Stoff- und Motivgeschichte, Form- und Gattungsgeschichte (z. B. des ↗ Märchens, des ↗ Dramas), Übersetzungsforschung, internationalen Literaturgeschichtsschreibung, Geistes- und Ideengeschichte, das Nachleben der ↗ Antike und klassischer Autoren (z. B. Homer, Dante, Shakespeare, Molière, Goethe), Fragen der ↗ Literatursoziologie und ↗ Literaturkritik, der Rezeption und Produktion, der Epochenbildung, insbesondere auch auf die Ausbildung von ↗ Literaturtheorien und die Entwicklung von Methoden, die klären sollen, ob die Gemeinsamkeiten zwischen den verschiedenen Nationalliteraturen poetische ›Universalien‹, also konstante, spezifisch literarische Eigenschaften sind oder prinzipiell unterschiedliche Phänomene, die nur für den in seiner Zeit, in seiner Kultur und seiner Sprache befangenen Interpreten gleich aussehen und diesselbe Funktion zu besitzen scheinen. Arbeitsfeld ist insgesamt die Weltliteratur, aber oft personen- und sachbedingt eingeengt auf den europäisch-amerikanischen Sprachraum – die Entwicklung der ↗ Oral poetry-Forschung, der Ethnologie und insbesondere der ↗ Cultural studies in den letzten Jahrzehnten des 20. Jahrhunderts (ausgehend von dem Vielvölkerstaat, dem ›melting pot‹ Amerika) forciert jedoch betont eine Erweiterung der Arbeitsfelder (afrikanische, asiatiatische, karibische, australische Dichtung, sog. *postkoloniale Literaturen* aus den ehemaligen Kolonialländern).

Kompetenz [lat. Fähigkeit] ↗ Performanz

Konjektur [lat. Vermutung], Bezeichnung der ↗ Textkritik für die wahrscheinliche Lesart verderbter, unleserlicher Textstellen, meist vom Herausgeber vorgeschlagen.

Konkrete Dichtung [zu lat. *concretus* = gegenständlich], neben ›abstrakte Dichtung‹ geläufigste Bezeichnung für die etwa seit 1950 international auftretenden Versuche, mit dem konkreten Material der Sprache (Wörtern, Silben, Buchstaben) unmittelbar eine Aussage zu gestalten, losgelöst von syntaktischen Zusammenhängen und oft auch auf das Wort als Bedeutungsträger verzichtend, z. B. durch *visuelle* Dichtung (wie R. Döhls *Apfelgedicht*) oder *akustische* Dichtung (wie E. Jandls *Sprechgedichte*, ↗ Lautgedicht).

Vorstufen u. a. im ↗ Futurismus und ↗ Dadaismus, wichtige theoretische Schriften: O. Fahlström, *Manifest für konkrete Poesie* (1953), E. Gomringer, *vom vers zur konstellation* (1955).

Konnotation [lat.], die Neben-, die Mitbedeutung eines Worts, im Unterschied zu seinem sachlich-begrifflichen Inhalt, der *Denotation*: ›Dummheit‹ z. B. als Konnotation von ›Esel‹, ›Schläue‹ als Konnotation von ›Fuchs‹.

Hängt u. a. ab vom textimmanenten wie pragmatischen ↗ Kontext, räumlich-regionalen, sozialen, stilistischen, gattungspoetischen usw. Zuordnungen und gemeinsprachlichen Assoziationen (↗ Proposition); in der Literatur meist durch Anspielungen, Zitate, sprechende Eigennamen, Verfahren der ↗Verfremdung, Buchstäblichnehmen der Konnotation, Gattungshinweise, ↗Selbstreferentialität u.a. konsequent ausgebaut (die ↗Fabel z.B. entfaltet und bestätigt die konnotativen Bedeutungen von ›Fuchs‹, ›Esel‹ usw. in einer Geschichte).

Konstruktivismus, radikaler Konstruktivismus: erkenntnis- und wissenschaftstheoretische Position, die Wissen und Erkenntnis ausnahmslos als Konstrukte (als Erlernen, Erfahren, Überprüfen, Bestätigen oder Relativieren eigener Wahrnehmungs-, Verhaltens-, Denk- und Handlungsmöglichkeiten), nicht oder weniger als Realitätserkenntnis definiert.

Sinn und Bedeutung literarischer Texte liegen demnach nicht in den Texten selbst, sondern werden ihnen im Akt des Lesens und der Interpretation zugeschrieben (↗Wirkungsästhetik). Findet sich in der Sprach-, Politik-, Medien-, Kulturwissenschaft, der Kybernetik, Psychologie, Kognitionspsychologie usw. In der Literaturwissenschaft vor allem von der ↗Literatursoziologie aufgegriffen.

Kontamination [zu lat. *contaminare* = vermischen], Verschmelzung 1. von verschiedenen Vorlagen zu einem neuen Werk, 2. (in der ↗Textkritik) von verschiedenen handschriftlichen Textfassungen zu einem neuen Text, 3. (in der Linguistik) von Wörtern oder syntaktischen Formen, wobei aus Wortteilen neue Wörter (z.B. *eigenständig* aus ›eigenartig‹ und ›selbständig‹) oder neue syntaktische Wendungen (›meines Wissens nach‹ aus ›meines Wissens‹ und ›meiner Meinung nach‹) entstehen.

Kontext [zu lat. *contextus* = Zusammenhang], der übergreifende (z.B. kulturelle, literaturhistorische, situative, textimmanente) Zusammenhang, in dem ein Wort, ein Satz, ein literarisches Werk steht.

Kontingenz [zu lat. *contingere* = sich ereignen], in der Logik, Kultur- und Sozialwissenschaft: die verschiedenen, an sich nicht notwendigen Operationsmechanismen, die einem bestimmten System in einer bestimmten Situation alternativ zur Verfügung stehen; auch allgemein: das, was möglich, aber nicht notwendig ist, und zugleich auf seine Alternativen verweist.

Gilt als spezifische Eigenschaft der Literatur, die durch den kritischen Bezug auf ↗Gattungen, ↗Stoffe, ↗Verse, durch Anspielungen, Zitate, Spiel mit verschiedenen Verfahren, ↗Parodie, ↗Ironie u.a. auf ihre Kontingenz verweisen oder diese, durch Steigerung der formalen ↗Selbstreferenz bzw. Einhaltung stilistischer, stofflicher und gattungspoetischer Regeln (↗Trivialliteratur), zugunsten einer ›inneren Stimmigkeit‹ verdekken kann.

Kontrafaktur [lat. Gegenschöpfung, Nachbildung], Übernahme einer beliebten Melodie für einen neuen Liedtext, vor allem Ersetzen weltlicher Texte durch geistliche und umgekehrt (z.B. P. Gerhardts geistliches Lied *O Haupt voll Blut und Wunden* als Kontrafaktur des Liebeslieds *Mein G'müt ist mir verwirret*).

Korruptel [lat. Verderbnis], in der ↗Textkritik: verderbte Textstelle; in kritischen Ausgaben entweder als unheilbar durch eine ↗Crux markiert oder durch eine ↗Konjektur des Herausgebers ›verbessert‹.

Kothurn [gr. Stiefel], der zum Kostüm des Schauspielers in der antiken ↗Tragödie gehörende hohe, mit Bändern geschnürte Stiefel. Von Aischylos eingeführt, im ↗Hellenismus und der römischen Kaiserzeit stelzenartig – steht übertragen für den hohen Stil (↗Genera dicendi) der Tragödie, im Unterschied zum *soccus* [lat. Schuh], der flachen Sandale des Komödien-Schauspielers.

Krasis [gr. Mischung], artikulatorisch oder metrisch bedingte Verschmelzung der Schluß- bzw. Anfangsvokale zweier aufeinanderfolgender Wörter, z.B. mhd. *sî ist* zu *sîst*.

Kretikus, Creticus [gr.-lat. der Kretische], antiker Versfuß mit 3 Silben: –́⏑–́, wobei die Längen auch in Kürzen aufgelöst werden können. Selten im Deutschen nachgebildet: »Dér in Nácht, / Quál und Léid / sích verlór« (H. Hiltbrunner). Gegenstück zum ↗Amphibrachys. In der antiken ↗Rhetorik wichtiger Bestandteil der ↗Klausel.

Kreuzreim, abab cdcd (*Sonne*: *Herz*: *Wonne*: *Schmerz*); häufig im ↗Volkslied und in volksliedhafter Dichtung.

Kreuzzugsdichtung, Sammelbezeichnung für epische und lyrische Dichtung des Mittelalters, die einen Glaubenskrieg gegen Heiden (u.a. im Heiligen Land, im arabisch besetzten Spanien) oder Ketzer zum Thema hat, z.B. das *Rolandslied* (12. Jh.) des Pfaffen Konrad, *König Rother* (um 1150), *Herzog Ernst* (vor 1186), Wolframs von Eschenbach *Willehalm* (um 1217), die *Livländische Reimchronik* (Ende des 13. Jh.s), Johanns von Würzburg *Wilhelm von Österreich* (1314, alles Beispiele für *Kreuzzugsepik*), *Kreuzlieder* von Bertran de Born, Friedrich von Hausen, Hartmann von Aue, Reinmar, Walther von der Vogelweide, Petrarca, in den *Carmina Burana* (13. Jh.) u.a.

Kriminalroman, -geschichte, -novelle: Literarisches Prosawerk, das die Geschichte eines Verbrechers oder eines Verbrechens erzählt (↗Detektivroman); vom Kurzkrimi in Zeitungen über novellistische knappe Erzählungen wie Fontanes *Unterm Birnbaum* (1885) bis zu umfangreichen, oft mehrteiligen Romanwerken (von Balzac, Dickens, Dostojewskij u.a.); überschneidet sich oft mit ↗Abenteuer-, ↗Ritter-, Räuber-, ↗Schauer-, ↗Schelmenroman usw.

Krisis [gr. Entscheidung], im ↗Drama der Augenblick, in dem der Held durch eine bestimmte Entscheidung seine Handlungsfreiheit verliert und damit den Umschwung der Handlung (↗Peripetie) einleitet: Jeder Handlungsschritt führt von nun an unausweichlich und notwendig zur ↗Katastrophe.

Kritische Ausgabe ↗Textkritik

Kryptogramm [gr. verborgene Schrift], in einem Text nach einem bestimmten System versteckte Buchstaben, die eine vom eigentlichen Text unabhängige Information enthalten, etwa Verfassername, Daten usw. (z.B. das ↗Akrostichon).

Kulturelles Gedächtnis, von M. Halbwachs (*Les cadres soxiaux de la mémoire*, 1925, dt. 1966) geprägter Begriff für »den jeder Gesellschaft und jeder Epoche eigentümlichen Bestand an Wiedergebrauchs-Texten, -Bildern und -Riten, in deren Pflege sie ihr Selbstbild stabilisiert und vermittelt, ein kollektiv geteiltes Wissen vorzugsweise (aber nicht ausschließlich) über die Vergangenheit, auf das eine Gruppe ihr Bewußtsein von Einheit und Eigenart stützt« (J. Assmann). Durch den Vorgang der *kulturellen Erinnerung*, der sog. *Memoria* ausgebildet, gespeichert und – im Hinblick auf die Zukunft – aktiviert oder verändert; nach der antiken Terminologie unterschieden in *Mnemosyne* (die griechische Göttin der Erinnerung, übertragen: die episch-erzählende, plastisch-darstellende Erinnerung) und *Anamnesis* (die körperlos-philosophische Wiedererinnerung). Wichtige Kategorie der Literatur-, Kunst- und Kulturwissenschaften allgemein (in ↗Semiotik, ↗Ikonographie, ↗Literaturgeschichte, ↗Literatursoziologie, ↗New Historicism, ↗Oral poetry u.a.), die vor allem nach Entstehungsgesetzen (z.B. ↗Kanon und ↗Zensur), Beschaffenheit, Auswirkungen (z.B. ↗Intertextualität) des kulturellen Gedächtnisses und nach bestimmten Erinnerungstechniken (Mnemotechnik, Erzählstruktur, ↗einfache Formen, Aufzeichnungs-, Speicherungs- und Übertragungstechnologien, ↗Witz, ↗Vers, ↗Formel, ↗Gattungen usw.) fragen.

Kulturwissenschaften [Kultur von lat. *cultura*, abgeleitet aus *colere* = pflegen, urbar machen, ausbilden], 1. inflationär gebrauchter Sammelbegriff für verschiedene Tendenzen der Geisteswissenschaften, die durch bestimmte Fragestellungen, Methoden, Gegenstandserweiterungen die einzelnen geisteswissenschaftlichen Disziplinen in einen fächerübergreifenden, offenen und internationalen Bezugsrahmen zu integrieren versuchen. Schon in der ↗Ideen- und Kulturgeschichte des 19. und frühen 20. Jahrhunderts ausgebildet (J. Burckhardt, J. Huizinga, E. Cassirer, G. Simmel, M. Weber, A. Warburg, Fr. Saxl, E. Panofsky), heute vor allem als ↗Cultural studies, ↗Diskursanalyse, ↗Gender studies, ↗literarische Anthropologie, ↗Literatursoziologie, ↗Medienwissenschaft, ↗Mentalitätsgeschichte, ↗New Historicism, Mündlichkeit-/Schriftlichkeitsforschung (↗Oral poetry), Symbol-, Bild- und Gedächtnisforschung (↗Ikonologie) usw.; 2. Volkskunde, Ethnologie (W. Wundt, J.G. Frazer, M. Mauss, B. Malinowski, C. Lévi-Strauss, C. Geertz).

Kunstlied ↗Lied

Kunstmärchen ↗Märchen

Kunstprosa, Bezeichnung für die kunstvoll gestaltete ↗Prosa(-rede) der griechischen und römischen ↗Antike, die zwischen sachlich-informierender Prosa und Verssprache steht und zur ↗gebundenen Rede gerechnet wird, weil sie vor allem die Kunstgriffe anwendet und ausbildet, die der Prosa eine der Verssprache vergleichbare, doch eigenständige Qualität verleihen wollen und – wie der ↗Vers – ein beziehungsreiches System von Gegensätzen und Wiederholungen errichten: die rhythmische, jedoch nicht metrische Gliederung der ↗Perioden vor allem durch ↗Antithese, ↗Parallelismus, ↗Klausel, ↗Cursus, ↗Numerus, die Symmetrie der Sätze (↗Isokolon), die häufige Anwendung von ↗Tropen und ↗rhetorischen Figuren, besonders von Klangfiguren wie ↗Anapher, ↗Alliteration, ↗Homoioteleuton. Typus der ↗Epideixis; von Gorgias (5. Jh. v. Chr.) begründet.

Kurzgeschichte [seit etwa 1920 nachweisbare deutsche Übersetzung von amerikanischer ↗Short story], kurze Erzählung, für die eine geradlinige Handlung, hart gefügte Szenen, die Typisierung der Personen, ein abrupter Beginn, ein unerwarteter, offener, nicht ausgedeuteter Schluß und – im Unterschied zur verwandten ↗Anekdote und ↗Novelle – ein eigentlich alltägliches, nicht unerhörtes Geschehen charakterist. sind. Beispiele u. a. von W. Borchert, Fr. Dürrenmatt, H. Böll, S. Lenz, I. Aichinger, G. Wohmann u. a.

L

Lai, m. [afrz. von altir. *loid, laid* = Lied, Vers, Gedicht], afrz. 1. gereimte Kurzerzählung mit Stoff aus der Artus-Welt (bedeutendste Autorin: Marie de France, 2. Hälfte des 12. Jh.s), 2. Gattung der Liedkunst, die nicht auf Strophen aufbaut, sondern auf einer meist großen Anzahl unterschiedlich langer Abschnitte (↗Leich).

Laisse, f. [afrz. Dichtung in Versen, Lied, Melodie, auch Abschnitt eines Heldenepos], Vers- und Sinnabschnitt des altfranzösischen ↗Heldenepos (↗chanson de geste) aus einer wechselnden Anzahl ungleicher Verse (↗isometrisch), die durch den gleichen Reim (sog. *Tiradenreim*) bzw. dieselbe ↗Assonanz zusammengehalten werden.

Langue [frz.] ↗parole

Langvers ↗Langzeile

Langzeile, aus 2 Kurz- oder Halbzeilen gebildete metrische Einheit, bei der ↗An- und Abvers trotz (oder auch gerade wegen) unterschiedlicher ↗Kadenzen oder Silben- bzw. Hebungszahl fest aufeinander bezogen sind, da sie weder syntaktisch noch rhythmisch selbständig sind (im Unterschied zum einfach aneinandergereihten ↗Reimpaar und zum *Langvers*, einem Vers von mehr als 5/6 Hebungen oder Takten, der eine geschlossene rhythmische Periode darstellt): »uns ist in alten maeren / wunders vil geseit« (↗Nibelungenstrophe). V.a. in älteren Perioden der einzelnen Literaturen verwendet, z.B. im *Gilgamesch*-↗Epos und der germanischen ↗Stabreimdichtung.

Laokoon-Problem, in Lessings *Laokoon* (1766) thematisiert, um die traditionelle Frage der ↗Poetik und ↗Ästhetik nach den Unterschieden bzw. Gemeinsamkeiten von Dichtkunst und bildenden Kunst zu klären: Anders als in Vergils Schilderung derselben Szene (*Aeneis*) öffnet der von Schlangen gewürgte, seine beiden sterbenden Söhne haltende Laokoon in der antiken Laokoon-Gruppe trotz größtem Schmerz den Mund nicht zum Schrei – was Lessing damit begründet, daß die Malerei und Bildhauerkunst einen Gegenstand, ein Ereignis nur als räumliches Nebeneinander von Figuren und Farben erfassen könne und deswegen einen *fruchtbaren Augenblick*, einen der Dauer standhaltenden ›schönen‹, nicht verzerrten, rasch vorübergehenden Moment gestalte; die Dichtung dagegen entfalte eine bewegte Handlung in der Zeit und könne auch Häßliches, Verzerrtes darstellen, weil das Wort als »willkürliches Zeichen« einen weiteren geistigen Raum als die Malerei eröffne. ↗ut pictura poesis

Lautgedicht, verzichtet auf das Wort als Bedeutungsträger, besteht nur aus rhythmischen, z.T. auch gereimten Buchstaben- und Lautfolgen; häufig als Kinderlied, Abzählvers, Unsinnspoesie (↗konkrete, ↗abstrakte Dichtung), z.B. J.H. Voß' *Lallgedicht*, Chr. Morgensterns *Das große Lalula*, E. Jandls *Schtzngrmm.*

Lautmalerei ↗Onomatopoesie

Leberreim, kurzes Stegreifgedicht mit beliebigem, meist scherzhaftem Inhalt (Rätsel, Spott, Trinkspruch) zur geselligen Unterhaltung; meist ein Vierzeiler, dessen Eingangsvers das Stichwort ›Leber‹ enthält, am häufigsten in der Form: »Die Leber ist von einem Hecht und nicht von einem ...«, worauf ein Tiername folgt, auf den die nächste Zeile reimt: »und nicht von einer Schleie, / Der Fisch will trinken, gebt ihm was, / daß er vor Durst nicht schreie.« (Fontane). Gesammelt u.a. von Johannes Junior (*Rhythmi Mensales*, 1601), H. Schaeve (*Jungfer Euphrosinens von Sittenbach züchtige Tisch- und Leberreime*, 1665), H. Hoffmann von Fallersleben (*Weinbüchlein*, 1829).

Leerstelle, von W. Iser (*Die Appellstruktur literarischer Texte*, 1970) geprägter Begriff der Wirkungs- und ↗Rezeptionsästhetik: eine Stelle in einem Text, die semantisch, d.h. in ihrer Bedeutung, unbestimmt ist und so dem Leser die Möglichkeit bietet, sich am Text zu beteiligen, ihn mitzuvollziehen und aktiv einen Sinn zu erzeugen.

Entsteht vor allem: a) wo ein Wort, ein Satz usw. dazu provozieren, scheinbar auseinanderliegende, nicht ausdrücklich einander zugeordnete Textelemente aufeinander zu beziehen, b) durch *Negation*: die gezielte Aussparung einer Norm, eines Interpretations- oder Sinnsystems (z.B. das Weglassen bestimmter zu einer ↗Gattung gehörender Merkmale, etwa der Verzicht auf den Vers im ↗Epos) oder c) weil »man auf Grund der im Werk auftretenden Sätze von einem bestimmten Gegenstand (oder einer gegenständlichen Situation) nicht sagen kann, ob er eine bestimmte Eigenschaft besitzt oder nicht.« (R. Ingarden: *Vom Erkennen des literarischen Kunstwerks*, 1968).

Legende [mlat. *legenda*, Pl. von *legendum* = das zu Lesende], ursprünglich Lesung aus dem Leben eines Heiligen an seinem Jahrestag, dann allgemein: Darstellung der vorbildhaften Lebensgeschichte eines Heiligen bzw. eines ihm vergleichbaren Menschen oder einzelner exemplarischer Geschehnisse daraus.

Z.B. Hartmanns von Aue *Der arme Heinrich* (um 1195), G. Kellers *Sieben Legenden* (1872), G. Bindings *Legenden der Zeit* (1909). Kirchlich-religiöses Gegenstück der profanen ↗Sage, Teil der

↗einfachen Formen. Sammlungen von Papst Gregor d. Großen (*Dialogi de miraculis patrum Italicorum*, 6. Jahrhundert, die älteste lateinische Prosa-Sammlung.), Jacobus de Voragine (*Legenda aurea*, um 1270), J. Bolland (*Acta sanctorum*, 63 Bände, von den sog. *Bollandisten* fortgeführt bis 1902, ca. 25 000 Legenden) u. a.

Lehrdichtung, auch didaktische, lehrhafte Dichtung: Texte, die mit einer mehr oder weniger deutlichen didaktischen Absicht Wissen – von der Naturkunde und Landwirtschaft über Religion, Philosophie, Medizin, Morallehre bis hin zur ↗Poetik – in künstlerischer Form vermitteln.

An keine bestimmte Form gebunden, häufig aber als ↗Fabel, ↗Parabel, ↗Bîspel, ↗Gnome, ↗Legende, ↗Spruchdichtung, ↗Allegorie oder ↗Epos. Traditionell in Versform wie z. B. Hesiods *Theogonie* (um 700 v. Chr.), Ovids *Ars amatoria*, Lukrez' *De rerum natura*, Vergils *Georgica*, Horaz' *De arte poetica* (alle 1. Jahrhundert n. Chr.), Hugos von Trimberg *Der Renner* (1300), N. Boileaus *L'art poétique* (1674), A. Popes *Essay on Man* (1733), B. H. Brockes' *Irdisches Vergnügen in Gott* (1721–48), A. von Hallers *Die Alpen* (1732), Fr. von Schillers *Der Spaziergang* (1795), J. W. von Goethes *Metamorphose der Pflanzen* (1798) oder Fr. Rückerts *Weisheit des Brahmanen*« (1836–39). Eine Sonderform sind B. Brechts sog. *Lehrstücke*, die an Modellsituationen gesellschaftliche Mißstände aufzeigen wollen (vor allem die um 1929/30 entstandenen kleineren Dramen wie *Der Jasager und der Neinsager*). Von der Antike bis ins 18. Jahrhundert von großer Bedeutung und oft den drei formalen Gattungen Lyrik, Epik, Dramatik als vierte, inhaltliche bestimmte Gattung an die Seite gestellt.

Leich, Pl. L.s [mhd., von ahd. *leih* = Spiel, Gesang], Großform der mittelhochdeutschen Lyrik: für den gesungenen Vortrag bestimmtes Musik- und Textstück, das wie die lateinische ↗Sequenz und der französische ↗lai aus formal verschiedenen Textabschnitten (↗Perikopen) aufgebaut ist, die sich wiederum aus mehreren strophischen, einander entsprechenden Elementen (*Versikeln*) zusammensetzen. Von großer formaler und thematischer Vielfalt (neben Minne- und Tanzleichs religiöse und politische Leichs), Beispiele bei Heinrich von Rugge (Kreuzleich), Ulrich von Gutenburg (Minneleich), Walther von der Vogelweide (Marienleich), Ulrich von Liechtenstein, Tannhäuser, Reinmar von Zweter, Konrad von Würzburg u. a.

Leis, m., Pl. Leise(n) [mhd. *kirleis*, *leise* = geistliches Lied], Bezeichnung für die ersten volkssprachlichen Kirchenlieder, die innerhalb der lateinischen Messe von der Gemeinde an hohen Festtagen gesungen wurden, z. B. das *Petruslied* (9. Jh.) oder der Osterleis *Krist ist erstanden* (13. Jh.).

Leitmotiv, bezeichnet ursprünglich in der Musik eine wiederkehrende, einprägsame Tonfolge, die einer bestimmten Person, Situation oder auch Stimmung zugeordnet ist und durch ihr mehrfaches Auftreten voraus- und zurückweisende symbolische Bezüge zwischen einzelnen Werkpartien herstellt (von H. Berlioz als »idée fixe« bezeichnet, besonders häufig in wortgebundener Musik wie ↗Oper, Programmusik und sinfonischer Dichtung). Auf die Literatur übertragen: eine im selben oder im annähernd gleichen Wortlaut wiederkehrende Aussage, die einer bestimmten Gestalt, Situation, Gefühlslage, auch einem Gegenstand, einer Idee oder einem Sachverhalt zugeordnet ist und der Charakterisierung, Akzentuierung und Bedeutsamkeitsstiftung dient.

Wichtige Bauform des Erzählens (z. B. in Goethes *Wahlverwandtschaften:* das Kopfweh von Ottilie und Eduard, das Trinkglas mit den Initialen E und O, Ottilies Kette usw., oder in Fontanes *Effi Briest*: die zum ↗geflügelten Wort gewordene Redewendung des alten Briest:

»Das ist ein weites Feld.«). In ↗ Ballade und Lied als ↗ Refrain.

Lemma [gr. Aufgenommenes, Aufgegriffenes], 1. Stichwort in Lexika, Wörterbüchern; 2. das im textkritischen ↗ Apparat oder den Anmerkungen eines Kommentars aufgegriffene Stichwort aus dem Haupttext; 3. im älteren Sprachgebrauch: Motti, Titel oder Kapitelüberschriften eines literarischen Werkes, die die zentrale Thematik thesenhaft zusammenfassen; beim ↗ Emblem die Bildüberschrift.

Lesart, in der ↗ Textkritik: die von einer (gesicherten) Textstelle abweichende, überlieferte Fassung (auch als ↗ *Variante*, z. T. auch als *Version* bezeichnet); im Apparat verzeichnet.

Leser, zentrale Kategorie der ↗ Rezeptionstheorie, die verschiedene, doch nicht einheitlich verwendete Leserbegriffe geprägt hat. Die wichtigsten: a) der *reale* Leser, der ein Teil des literarischen Publikums ist und außerhalb des Textes existiert (Forschungsgegenstand der ↗ Literatursoziologie, speziell der Rezeptionsgeschichte); b) der *intendierte* Leser: der Adressat, die historisch zu verortende ›Leser-Idee‹, die ein Autor vor Augen hat und auf die er sich mit seinem Text bezieht; c) der *ideale* Leser: die Abstraktion eines Lesers, der bei seiner Lektüre alle Bedeutungsangebote eines literarischen Textes vollständig realisieren könnte; d) der *fiktive* Leser: der in den Text eingezeichnete, fingierte, oft direkt angesprochene Leser, der als ›Partner‹ des Erzählers auftreten kann (↗ Dubitatio); e) der *implizite* Leser: eine von W. Iser (*Der implizite Leser*, 1972) geprägte Bezeichnung für die im Akt des Lesens zu realisierende ›Leserrolle‹ eines Textes, für die Gesamtheit aller in der Struktur eines Textes beschlossenen gedanklichen Operationen, die für eine ihm angemessene Rezeption gefordert wird (↗ Leerstelle).

Libretto, Pl. Libretti [ital. kleines Buch], Textbuch einer ↗ Oper, Operette, eines Musikdramas, Singspiels usw.

Lied, lyrische Gattung, die sich durch ihre Sangbarkeit definiert; meist, aber nicht immer (z. B. im ↗ Leich und ↗ Chorlied) aus mehreren gleichgebauten und gereimten Strophen aufgebaut. Gilt seit Ende des 18. Jahrhunderts (z. B. für J. G. Herder, F. G. Klopstock, den ↗ Göttinger Hain, J. W. von Goethe, J. von Eichendorff, C. Brentano u. a.) als Inbegriff des ↗ Lyrischen, des ursprünglichen, unmittelbaren Gefühlsausdrucks. Kann unterschieden werden in ↗ *Volks-* bzw. *Kunstlied* (das Werk eines namentlich bekannten Verfassers, oft von bekannten Komponisten vertont, als eigenständige musikalische Gattung vor allem im 19. Jahrhundert ausgebildet, z. B. F. Schuberts *Winterreise* und *Die schöne Müllerin* nach Texten von W. Müller, R. Schuhmanns *Dichterliebe* nach Texten von H. Heine), nach dem Inhalt (geistlich-religiöses/weltliches Lied), der soziologischen Zuordnung (Studenten-, Vaganten-, Soldaten-, Kinderlied usw.), der Funktion (politisches Lied, Scherz-, Trinklied usw.) und der Art des Vortrags (Chor-, Tanz-, Solo-, Klavierlied usw.). Umfaßt in Frühkulturen sowohl die durch ↗ Reim, ↗ Assonanz, ↗ Alliteration, ↗ Parallelismus usw. gebundene Kult- und Gebrauchs-›Lyrik‹ (↗ Carmen) als auch balladeske und epische, im Sprechgesang vorgetragene Dichtung (↗ Heldenlied).

Liederhandschrift, handschriftliche Lyriksammlung des Mittelalters, in Klöstern oder im Auftrag adliger bzw. bürgerlicher Mäzene entstanden, z. B. die *Carmina Burana* (13. Jh., eine Sammlung anonymer Lieder, benannt nach dem Kloster Benediktbeuren), die *Kleine* (mit 34) und *Große* (mit 140 Autorennamen) *Heidelberger Liederhandschrift* (um 1300), die *Riedsche Liederhandschrift* (mit Liedern Neidharts, 2. Hälfte des 15. Jh.s).

Limerick [nach der irischen Grafschaft bzw. Stadt], seit dem 19. Jahrhundert nachweisbare Gedichtform: 5 Verse, verbunden mit dem Reimschema aabba, wobei der erste Vers fast immer eine Person in Verbindung mit einer Ortsangabe nennt: »There was a young Lady of Riga«. Wegen des komisch-grotesken, häufig ins Unsinnige umschlagenden Inhalts der sog. *Unsinnspoesie* zugerechnet.

Literarische Anthropologie [zu gr. *anthropos* = Mensch], Richtung der Literaturwissenscahft, fragt vor allem nach der allgemeinen Fiktionsfähigkeit und -bedürftigkeit des Menschen und den historisch spezifischen Funktionen von ↗Fiktionen; in Deutschland besonders von H. Pfotenhauer (*Literarische Anthropologie*, 1987) und W. Iser (*Das Fiktive und das Imaginäre*, 1991) angeregt.

Literarischer Geschmack, meint in der 2. Hälfte des 17. Jahrhunderts zunächst das spontan-intuitive Reagieren auf ein literarisches Werk, besonders durch dessen besonderen künstlerische Formen, weniger durch dessen außerästhetischen ›Gehalt‹ hervorgerufen, dann allgemein: die spontane und subjektive, rational zunächst nicht begründbare Reaktion auf Kunstwerke, die nach Gefallen oder Mißfallen beurteilt werden.

Hängt u.a. vom persönlichen ↗Erwartungshorizont, von normativ ästhetischen Gesichtspunkten (bis ins 18. Jahrhundert formuliert in der ↗Poetik) und den in einer Gesellschaft unterschwellig favorisierten, von Institutionen wie Verlag, Schule, Universität, Fernsehen beeinflußten, historisch sich verändernden Kriterien ab (so ist ›Spannung‹ z.B. eine relativ junge Kategorie der ↗literarischen Wertung, die bis ins 18. Jahrhundert, da literarische Texte meist wiederholt gelesen, in der Regel in Versen verfaßt worden sind und vor allem mit Wiederholungen und Variationen gearbeitet haben, kaum eine Rolle gespielt hat). Fragen der literarischen Geschmacksbildung und des Geschmackswandels stehen vor allem im Mittelpunkt der ↗Literatursoziologie.

Literarische Wertung, Bestandteil der ↗Literaturkritik: Beurteilung der ästhetischen Qualität von Kunstwerken aufgrund bestimmter Feststellungen (durch Beschreibung, Analyse oder ↗Interpretation), normativer Gesichtspunkte (↗Poetik, ↗Stilistik) und des individuellen ↗literarischen Geschmacks.

Kann sehr unterschiedlich ausfallen (wer ein literarisches Werk als in sich geschlossenes Gefüge begreift, wird nach Kategorien wie Zusammenhang, Struktur, Funktion, Stil usw. beurteilen, wer Dichtung als Ort menschlicher Selbstreflexion versteht, eher nach Kategorien wie Authentizität, Natürlichkeit, Lebensgehalt), daher nicht beweisbar und meßbar: muß Zustimmung durch plausible Begründungen oder rhetorische Tricks erheischen; in der ↗Literaturwissenschaft problematisch, aber unumgänglich, zeigt sich allein schon in der Auswahl des Materials, der Formulierung des Themas und der Methodenwahl.

Literaturgeschichte, 1. Literatur in ihren historischen Zusammenhängen und Entwicklungen, 2. Darstellung einer in einer bestimmten Sprache verfaßten Literatur, auch der ›Weltliteratur‹ oder der Literatur einzelner ↗Epochen oder der Geschichte einzelner ↗Gattungen, z.B. Hansers *Sozialgeschichte der Literatur vom 16. Jahrhundert bis zur Gegenwart* (hg. von R. Grimminger, 1980ff.), J. Raulfs *Deutsche Literatur in Beispielen* (1986), W. Beutins u.a. (Hg.) *Deutsche Literaturgeschichte von den Anfängen bis zur Gegenwart* (1979ff.), H. Heines *Romantische Schule* (1836), W. Scherers *Geschichte der deutschen Literatur* (1883), I. Schaberts *Englische Literaturgeschichte* (1997), G. Schulz' *Deutsche Literatur zwischen Französischer Revolution und Restauration* (1983/89).

Die Literaturgeschichtsschreibung verbindet traditionell Biographik und Werkinterpretation, oft erweitert durch Versuche, literarische Entwicklungen in die ↗Ideen-, ↗Geistes-, Sozial- und Kulturgeschichte (↗Literatursoziologie) einzuordnen und vor deren Hintergrund zu deuten. Folgt oft einem ↗Kanon, trägt selbst auch nachhaltig zu seiner Bildung bei, wobei neuere Konzepte der Literaturgeschichtsschreibung meist dem Kanon der älteren entgegensteuern, z. B. durch eine Geschichte der Literatur, die von weiblichen Autoren oder Minderheiten (↗Komparatistik, z. B. postkoloniale Literatur) stammt, eine Literaturgeschichte der erfolgreichen, zu ihrer Zeit am meisten gelesenen literarischen Texte, eine namenlose Literaturgeschichte der Stoffe und Formen, der Rezeption von Literatur usw. (↗feministische Literaturwissenschaft, ↗Diskursanalyse, ↗Rezeptionsästhetik).

Als ›Väter‹ der deutschen Literaturgeschichtsschreibung gelten D. G. Morhof (*Unterricht von der Teutschen Sprache und Literatur*, 1682), A. Müller, Fr. und A. W. Schlegel, vor allem G. G. Gervinus (*Geschichte der deutschen Dichtung*, 1835 ff.)

Literaturkritik, Auseinandersetzung mit literarischen Texten, die vor allem die kritische Interpretation, Reflexion und Beurteilung (↗literarische Wertung, ↗literarischer Geschmack) in den Mittelpunkt stellt.

Anders als ↗Literaturtheorie, ↗Literaturwissenschaft und ↗Literaturgeschichte vor allem auf die Werke zeitgenössischer Autoren konzentriert und in Zeitschriften, Zeitungen, Rundfunk und Fernsehen für ein breiteres Publikum veröffentlicht; oft auch wieder in literarischen Texten (↗Parodie) versteckt. Bis ins 18. Jahrhundert vor allem Bestandteil der ↗Poetik, bis ins 19. Jahrhundert meist von den Literaten selbst geübt (z. B. von Gottfried von Straßburg, M. Opitz, J. Chr. Gottsched, J. J. Breitinger, J. G. Herder, Fr. Nicolai, G. E. Lessing, J. W. von Goethe, Fr. von Schiller, Fr. und A. W. Schlegel, H. Heine, L. Börne, G. Keller, Th. Fontane, H. von Hofmannsthal), seit Anfang des 20. Jahrhunderts als eigenständige Disziplin (A. Kerr, A. Polgar, K. Kraus, M. Reich-Ranicki u. a.).

Literaturpsychologie, Sammelbezeichnung für die vielfältigen, oft sehr unterschiedlichen literaturwissenschaftlichen Richtungen, die das literarisch Werk, seinen Entstehungs- und Rezeptionsprozeß unter Hinzuziehung verschiedener psychologischer Theorien, Methoden und Konzepte untersuchen.

Kann grob in zwei Hauptzweige unterschieden werden: a) die *psychoanalytische* Literaturwissenschaft, die im Rückgriff auf S. Freud (und J. Lacan, ↗Poststrukturalismus) die literarische Produktion wie Rezeption als Ausdruck des Unbewußten versteht, b) die vor allem seit den 1960er Jahren ausgebildete *empirische* Literaturpsychologie, die psychologischen Äußerungen über Literatur, ihre Schöpfung und Wirkung, besonders auch Hypothesen der ↗Literatursoziologie und ↗Rezeptionsästhetik im Rahmen empirischer Studien überprüft, z. B. Aspekte der Kreativität (wie den traditionell behaupteten Zusammenhang zwischen Wahnsinn und Genialität, den Ablauf des kreativen Prozesses als Analogon zum Träumen), der Beziehung zwischen Textinhalt, Textform und emotionalen Reaktionen des Lesers oder der literarischen Evolution (wie den Stilwandel und die Veränderung einzelner ↗Gattungen, die dem Nachlassen des ästhetischen Reizes durch ↗Verfremdung entgegenzuwirken suchen).

Literatursoziologie, untersucht die Literatur in ihrer gesellschaftlichen Verflechtung, wobei das literarische Werk selbst (als sprachliche, geformte, deutende Vorstellung der Welt) wie die sozialen und ökonomischen Voraussetzungen seiner Produktion, Verbreitung, Rezeption und Weiterverarbeitung Gegenstand sind.

Systematisch erstmals in Hegels *Ästhetik* (1835–38), die aus dem jeweiligen Verhältnis von Form und Inhalt eine Historisierung der künstlerischen Formen und Gattungen entwickelt, die auf einen bestimmten gesellschaftlichen Kontext verweist. Seit den 1920er Jahren, besonders nach 1968 als *materialistisch-marxistische* Literatursoziologie (bedeutende Vertreter: G. Lukács, W. Benjamin, Th. W. Adorno, L. Goldmann), die vor allem den ›gesellschaftlichen Gehalt‹ von Literatur, den historischen Wandel der Produktions- und Kommunikationsbedingungen und deren Einfluß auf das literarische Schaffen einer Zeit, besonders auch auf den ästhetischen Charakter, den Stil, die Symbolik usw. eines Texts erforscht. Heute meist als *systemtheoretische* Literatursoziologie: fragt vor allem nach den Strukturen, die das ›Sozialsystem‹ Literatur, nicht den Text als ästhetisches Gebilde, organisieren, nach dessen Austauschbeziehungen mit anderen Systemen der Gesellschaft (Ökonomie, Politik) und den Ausdifferenzierungen, Struktur- und Funktionsveränderungen von Subsystemen (so übernimmt z. B. innerhalb des Systems ›Sozialkultur‹ die Literatur seit Ende des 18. Jahrhunderts zunehmend die Funktion der Religion); oder als ↗empirische Literaturwissenschaft, ↗Diskursanalyse, ↗New Historicism, ↗Cultural Materialism, ↗Konstruktivismus u. a.

Literaturtheorie, im 20. Jahrhundert an die Stelle von ↗Poetik, z. T. auch ↗Ästhetik, ↗Rhetorik, ↗Stilistik getretener Zweig der ↗Literaturwissenschaft; sucht systematisch nach Prinzipien literarischer Darstellung allgemein, z. B. nach den spezifischen Beziehungen zwischen Inhalt und Form, Organisation und Verarbeitung eines ↗Stoffs, bestimmten stilistisch-formalen Kategorien (wie dem ↗mythischen Analogon), den Gesetzen der einzelnen ↗Gattungen; entwickelt und reflektiert literaturwissenschaftliche Begriffe, Methoden der Erfassung und Deutung von Literatur, erörtert die verschiedenen Funktionen von Literatur, Gesetze der literarischen Entwicklung, die Beschaffenheit ahistorischer Konstanten innerhalb von kulturgeschichtlichen Entwicklungen usw.

Im 20. Jahrhundert vor allem geprägt von Fragen nach dem von der Normalsprache abweichenden, eigene Bedeutungen schaffenden System der Literatur (z. B. ↗Formalismus, ↗New Criticism, ↗Strukturalismus, ↗Dekonstruktion, ↗Semiotik), nach dem Weiterleben literarische Vorformen und antiker Literatur, nach vorgeprägten Denk-, Ausdrucks- und Kommunikationsmustern (↗literarische Anthropologie, Kulturgeschichte, Archäologie der Kommunikation, ↗Ikonographie, ↗einfache Formen, ↗kulturelles Gedächtnis, ↗Cultural studies), nach dem Verhältnis von Rezipient und Text (↗Rezeptionstheorie, ↗Wirkungsästhetik), Literatur und historischer Wirklichkeit, Rezipient und Produzent im Rahmen gesellschaftlich-ökonomischer Entwicklungen (z. B. marxistische Literaturtheorie, ↗Literatursoziologie, ↗New Historicism, ↗feministische Literaturwissenschaft, ↗Diskursanalyse, ↗Poststrukturalismus); zunehmend zu einer allgemeinen Kulturtheorie weiterentwickelt (↗Kulturwissenschaft, ↗Intertextualität, Medienwissenschaft).

Literaturwissenschaft, in Deutschland seit den 1960er Jahren verbreiteter Begriff, ersetzt den älteren der ↗Philologie; neben ↗Literaturkritik, Buchhandel, Deutschunterricht, privater Lektüre, Dichterlesung, ↗Adaption in Theater, Film, Fernsehen und Musik, Literaturkreisen, eigenen Schreibversuchen usw. eine Form des Umgangs mit Literatur, wobei *Literatur* [nach lat. *littera* = Buchstabe] in der Regel definiert wird als: a) alles Geschriebene im Gegensatz zu allen mündlichen Äußerungen und ursprünglich nur mündlich überlieferten Formen wie ↗Volkslied, ↗Sage usw., oder b) alles, was zu einem bestimmten Zeitpunkt in der Gesellschaft mehrheitlich für Literatur gehalten wird oder c) alle schriftlich fixierten, auch ursprünglich nur mündlich überlieferten

Texte, die bestimmten ästhetischen Ansprüchen genügen (↗Poesie, ↗Dichtung im Gegensatz zur ↗Trivialliteratur).

Traditioneller Gegenstand der Literaturwissenschaft ist die künstlerische, durch ↗Fiktionalität gekennzeichnete Literatur im Gegensatz zur Sachliteratur; traditionelle Arbeitsfelder: 1. Sicherung und Bereitstellung der Texte bzw. ihrer ↗Fassungen (↗Edition, ↗Textkritik), 2. Beschreibung und Analyse ihrer Lautgestalt und Sprachstruktur (Satzbau, Wortbildung usw.), Klärung des Wortsinns (bei unbekannten Wörtern bzw. Wörtern mit historischem oder regionalem Bedeutungswandel), 3. Beschreibung und Analyse der Texte nach Kategorien wie ↗Form, ↗Struktur, ↗Vers, ↗Strophe, ↗Stil, ↗Stoff, ↗Sujet, Funktion, ↗Gattung usw., 4. Deutung (Interpretation, z. B. ↗werkimmanente Interpretation, ↗Dekonstruktion, ↗Formalismus, ↗Strukturalismus, ↗New Criticism), 5. Einordnung in größere Zusammenhänge, z. B. literatur-, kultur-, sozialhistorische Entwicklungen (↗Literaturgeschichte, ↗Geistesgeschichte, ↗Intertextualität, ↗Kulturwissenschaft, ↗Medienwissenschaft).

V. a. seit den späten 1960er Jahren erweitert um Fragen a) nach der durch historische Fakten rekonstruierbaren Umgebung literarischer Texte, nach der gesellschaftlich/historischen Einordnung von Literaturproduzenten und -rezipienten, von bestimmten Ideen, kulturellen Ereignissen, literaturwissenschaftlichen Schriften, Produktions-, Vertreibungs- und Rezeptionsformen, ästhetischen Normen, Werturteilen (↗literarischer Geschmack, ↗literarische Wertung), ↗Kanon-Bildungen, ↗Gattungen usw. (z. B. ↗Gender studies, ↗Literatursoziologie, ↗Kulturwissenschaft), b) nach literarischen Grenzformen wie ↗Dokumentarliteratur, ↗Brief, ↗Tagebuch, ↗Essay, subliterarische Formen wie ↗Witz, ↗Comics, Schlager und bis dahin kaum beachteten Randgruppen-Literaturen (von Frauen, Homosexuellen, Juden, aus ehemaligen britischen oder französischen Kolonien usw.), c) besonders seit den späten 1980er, 90er Jahren: nach den künstlerischen Verfahrensweisen gerade auch der Sachliteratur und Wissenschaftsliteratur (ihrer ↗Rhetorik, der Fiktionalität des Faktischen, ihren ↗Erzählungen; ↗Dekonstruktion, ↗Diskursanalyse, ↗Konstruktivismus), wobei der Begriff des literarischen Kunstwerks durch den des ↗Textes ersetzt und die Literatur als eine Form des ↗kulturellen Gedächtnisses (memoria) beschrieben wird: Literatur überliefert kulturelles Wissen, hält z. B. fest, wie die menschliche Kommunikation und Wahrnehmung einer bestimmten Zeit organisiert war, steht im Schnittpunkt von Übergangszeiten (etwa am Übergang von der Mündlichkeit zur Schriftlichkeit, ↗Oral poetry) usw.

Der *wissenschaftliche*, objektive, empirisch-analytische Umgang mit literarischen Texten ist problematisch – der Wissenschaftler hat zu ihnen nur durch eigene Lektüren Zugang, die jeweils von individuellen Leseerfahrungen (↗Erwartungshorizont) und Zielen, vom momentanen Befinden und der jeweiligen Situation, von Zeit und Ort der Lektüren, geprägt sind; einer von den eigenen ästhetischen Erfahrungen unabhängigen Texterfassung (z. B. durch eine statistische Auswertung im Computer) geht der traditionelle Gegenstand der Literaturwissenschaft, der ästhetische Gegenstand selbst, verloren. Jedes literaturwissenschaftliche Arbeiten setzt daher das Bewußtsein, die Reflexion und Überprüfung der eigenen subjektiven Wertungen und Sinnstiftungen voraus: a) durch das Bemühen um historisch wie literarisch angemessene Verstehensweisen (z. B. ist es literarisch unangemessen, den Tod von Ferdinand und Luise in Schillers Trauerspiel *Kabale und Liebe* allein als Folge eines historischen Stände- und Generationenkonflikts oder als Folge von Ferdinands Eifersucht zu begreifen – die beiden sterben vor allem, weil und damit Schillers Drama ein Trauerspiel ist, die Stände-, Generations- und Eifersuchtsproblematik verkleidet dieses ↗mythische Analogon nur glaubhaft; historisch unangemessen ist es z. B., dem ↗Reim im 20. Jahrhundert dieselben Funktionen zuzuordnen wie im 17. Jahrhundert – im 17. Jahrhundert war der Reim ein notwendiges, übliches, relativ unauffälliges Merkmal jeder Versdichtung, im 20. Jahrhundert, wo er zum Klischee der Lyrik, besonders des ↗Volkslieds und der trivialen Dichtung gehört, zeigen Texte ihren künstlerischen Anspruch gerade durch den Verzicht auf den Reim und den Einsatz ↗freier Rhythmen), b) durch das Bemühen um Vermittlung, durch eine logisch nachvollziehbare und anhand der zitierten Quellen überprüfbare Argumentation, eine klare, eindeutige Sprache, die exakte Formulierung von Thesen und Argumentationsschritten, den Anschluß an Begriffe, Methoden und Wissensbestände der Literaturwissenschaft und die Klärung der verwendeten, oft einem Bedeutungswandel unterworfenen Begriffe, c) durch die Systematisierung der Erkenntnisse, die gedankliche Abstraktion, die Rückführung der Erkenntnisse auf ein gedankliches Modell, eine bestimmte Methode oder Prämisse oder auf die spezifischen Eigenschaften eines einzigen Textes usw.

Litotes [gr. Schlichtheit], Steigerung eines Worts durch Abschwächung oder Verneinung seines Gegenteils, z. B. »nicht unbekannt« (d. h.: ›sehr bekannt‹). Mittel der untertreibenden Ausdrucksweise, des Understatements; durch den Gebrauch des Gegenteils der ↗Ironie verwandt.

Littérature engagée [frz.], von Sartre (*Über Literatur*, 1950) geprägte Bezeichnung, im weitesten Sinn: jede engagierte, d. h. für außerliterarische (politische, soziale, religiöse u. a.) Ziele sich einsetzende »Literatur der Praxis«, der »Stellungnahme«.

Locus amoenus [lat. lieblicher Ort], eine aus bestimmten stereotypen Elementen (Hain, Quelle, Vogelsingen, Windesrauschen usw.) zusammengesetzte fiktive Landschaft. Requisit und Kulisse insbesondere für Liebesszenen im ↗Minnesang und ↗Epos des Mittelalters, in ↗Schäferdichtung, ↗Idylle (Theokrit, Vergil) und ↗Lyrik allgemein; häufig auch in ↗Natureingängen. Meist der idealen Landschaft ↗Arkadiens und dem Goldenen Zeitalter zugeordneter ↗Topos.

Lustige Person, Bezeichnung für die komische Person im ↗Drama; mit typischen Eigenschaften ausgestattet: gefräßig, triebhaft, tolpatschig, prahlsüchtig, spottlustig, gerissen, mit verschiedenen Namen und nationalen Ausprägungen: der deutsche ↗Hanswurst, der italienische ↗Arlecchino, der französische Harlequin, der englische Pickelhering. Dient der Erheiterung der Zuschauer (durch komische Mimik und Gestik, Stegreifeinlagen, akrobatische Kunststücke usw.), der Durchbrechung der Bühnenillusion durch direkte Anrede des Publikums (↗ad spectatores) und, als Nebenfigur im ernsten Drama, der Relativierung des Bühnengeschehens (so ist z. B. in Mozarts ↗Singspiel *Die Zauberflöte* Papageno das komische und relativierende Gegenstück zu Tamino).

Lustspiel, 1536 erstmals belegte, seit dem 18. Jahrhundert allgemein übliche deutsche Übersetzung von lat. *comoedia*; Differenzierungen zur ↗Komödie sind problematisch, werden z. T. aber versucht (das Lustspiel sei von einem nachsichtigen Humor geprägt, das Komische gedämpfter gestaltet, es ziele auf ein mildes Lächeln des Zuschauers und nicht ein spöttisch-aggressives Lachen, z. B. Lessings *Minna von Barnhelm*, Büchners *Leonce und Lena*, Hofmannsthals *Der Schwierige*).

Lyrik [nach gr. *Lyra* = Leier], neben ↗Epik und ↗Drama dritte poetische Hauptgattung, mit historisch unterschiedlichen Definitionen und Ausprägungen.

Im Abendland erstmals bei den Griechen literarisch faßbar: alle zur Lyrabegleitung vorgetragenen Gesänge, ursprünglich meist mit einem magisch-kultischen Zweck (↗Carmen, Zauberspruch, Beschwörungs- und Segensformel, Totenklage, Kinder-, Arbeits-, Kriegslied usw.; ↗einfache Formen), im Unterschied z. B. zu dem mehr rezitativisch vorgetragenen, nur von einem Rhythmus-, keinem Melodieinstrument begleiteten ↗Epos, der von der Flöte begleiteten ↗Elegie und dem primär schriftlichen ↗Epigramm. Gilt seit der zweiten Hälfte des 18. Jahrhunderts (J. G. Herder, J. W. von Goethe, Fr. Schlegel, Novalis u. a.) als Inbegriff des subjektiven, unmittelbaren Gefühlsausdrucks (↗lyrisch, ↗Erlebnisdichtung) und als Urform der ↗Poesie.

Heute vor allem durch diejenigen strukturellen Merkmale definiert, die von der üblichen Schriftsprache und der geläufigsten literarische Gattung, dem ↗Roman, abweichen und allgemein als ›Nicht- ↗Prosa‹, besonders als Wiederholung (Überfluß) und Reduktion (Mangel) zu bestimmen sind, z. B.: a) durch den bewußten und konsequent genutzten Einsatz von Merkmalen, die ursprünglich für die Versdichtung allgemein zutrafen, von ↗Metrum, ↗Vers, ↗Rhythmus, besonders aber von ↗Reim, ↗Strophe, ↗Alliteration, ↗Refrain bzw. typographischem Einzug und leerem Papier (↗freie Rhythmen), b) durch häufigen Einsatz rhetorischer Figuren der Wiederholung wie ↗Gemination und ↗Epipher, c) durch häufigen Einsatz rhetorischer Figuren der Ökonomie und Kürze wie ↗Ellipse und ↗Apokoinou, d) durch die Kürze, die Qualität des Lakonischen, als Ergebnis der sprachlichen Verdichtung und Ökonomie, e) durch das auf die Spitze getriebene und betont mehrdeutige Spiel mit Klang (*Euphonie*, gr. Wohlklang) und Bedeutung der Wörter, f) durch den häufigen Verzicht auf die grammatische und logische Korrektheit der Prosa, z. B. durch ↗Inversion, g) durch die extreme ↗Überdetermination, den auf Kosten der Verständlichkeit gehenden, durch den Vers forcierten ›bedeutsamen‹ Beziehungsreichtum aller Elemente (Wörter, Silben, Buchstaben, Pausen, Betonungen usw.), h) durch den gezielten Versuch der Entsemantisierung, der Befreiung der Sprache von Sinn, i) durch das Fehlen einer Handlung, einer der außerliterarischen Wirklichkeit vergleichbaren ↗Referenz, j) durch die Dominanz der ↗Metapher und der paradigmatischen Achse (↗Paradigma), das Zurückdrängen der ↗Metonymie und das Außerkraftsetzen der syntagmatischen Achse, k) durch das *lyrische Ich*, den nicht mit dem Verfasser identischen, auf kein außerliterarisches Ich verweisenden, referenzlosen, ›leeren‹, durch niemanden vermittelten Ich-Sprecher eines Gedichts, aus dessen Perspektive sich der Leser das lyrische Gedicht ›erspricht‹ (↗Rollengedicht), l) durch die unmittelbare, doch absichtslose Ansprache des Lesenden, m) durch die ↗Selbstreflexivität des Textes und der einzelnen in ihm gebrauchten sprachlichen Zeichen, die Thematisierung des Gedichts im Gedicht selbst, n) durch die Sangbarkeit, den liedartigen Charakter des Textes u. a.

Lyrisch, bezeichnet 1. die Zugehörigkeit eines literarischen Werkes zur poetischen Gattung der ↗Lyrik, 2. eine der drei poetischen Grundhaltungen oder der drei ↗Naturformen der Poesie (Goethe); von E. Staiger (*Grundbegriffe der Poetik*, 1946) als »fundamentale Seinsmöglichkeit« (neben ↗episch, ↗dramatisch) definiert, für die u. a. charakteristisch ist: die Verinnerlichung (»Verinnerung«) der gegenständlichen Wirklichkeit, die »monologische Darstellung eines Zustands«, die stimmungshafte Verschmelzung von Subjekt und Objekt. Ist, als allgemeine Qualität, nicht an eine bestimmte Darbietungsform gebunden (so werden z. B. Goethes *Werther* und Hölderlins Prosafassung des *Hyperion* als lyrische Prosa bezeichnet, vgl. auch ↗lyrisches Drama), als Begriff jedoch problematisch, da trotz des Anspruchs auf Allgemeinheit an einer bestimmten Art von Lyrik, am ↗Lied und an der sog. *Erlebnislyrik* (↗Erlebnisdichtung) der Goethezeit, entwickelt; 3. die Verwendung strukturell-formaler, für die Lyrik typischer Merkmale in einer anderen Gattung bzw. Textsorte.

Lyrisches Drama, kurze, handlungs- und figurenarme Dramenform, in der lyrische Elemente stark hervortreten; als Bezeichnung vor allem für die Dramen des ↗Ästhetizismus üblich, z. B. H. von Hofmannsthals *Der Tod des Tizian*, *Der Tor und der Tod*.

Lyrisches Ich, Ich-Sprecher eines lyrischen Gedichts, weder mit dem Autor noch mit einer im Gedicht thematisierten Rolle identisch; eine variable Unbestimmtheitsstelle, Redeformel, Maske, aus der heraus der Leser das Gedicht selbst sprechen kann.

M

Madrigal [von lat. *cantus materialis* = einfacher Gesang oder *cantus matricalis* = muttersprachlicher Gesang; schon früh mit ital. *mandriano* = Hirt in Zusammenhang gebracht: Schäfergedicht, ↗Schäferdichtung], seit dem 14. Jahrhundert in Italien bezeugte wichtigste Form europäischer weltlicher Vokalmusik (als *Rezitativ* in Oper, Oratorium und Singspiel); auch eine von Musikbegleitung und Gesangsvortrag unabhängige Form vor allem der ↗Lyrik (z. B. in ↗Anakreontik, Goethes *Leipziger Lieder*, und ↗Romantik).

Zunächst mit meist polemischem, satirischem, moralischem oder bukolisch-idyllischem Inhalt und fester Form (einstrophig, 2–3 Terzette, 1–2 angeschlossene ↗Reimpaare), dann auch mit anderen Inhalten und freierer Silben-, Vers- und Reimfolge (7–11 Silben, 6–13 Verse, freie Anordnung und Reimstellung, auch reimlose Zeilen: ↗Waisen). In Deutschland seit dem 16. Jahrhundert nachgebildet und vereinheitlicht: verschieden lange jambische Zeilen ohne ↗Waisen.

Madrigalverse, in ↗Madrigalen u. a. verbreitete unstrophische Kombination von akzentuierenden Reimversen unterschiedlicher Hebungszahl, z. B. in A. Gryphius' Trauerspiel *Catharina von Georgien*, G. E. Lessings Fabeln und Erzählungen, Chr. M. Wielands ↗Verserzählungen, Goethes *Faust* (daher auch als Faustverse bezeichnet), E. Stadlers *Zwiegespräch*.

Makkaronische Dichtung [nach einem Helden der makkaronischen Dichtung, einem Makkaroni-Hersteller aus Padua], Spielart der komischen Dichtung, vorwiegend ↗Verserzählungen, deren Wirkung auf der Verschmelzung zweier Sprachen beruht, wobei die eine außer einem Teil des Wortmaterials das grammatische und syntaktische Grundgerüst bereitstellt, dem das Wortmaterial der anderen angepaßt wird, z. B. »Quisquis habet Schaden, pro Spott non sorgere debet«. Blütezeit im italienischen ↗Humanismus.

Manierismus, aus der Kunstgeschichte übernommene Bezeichnung für die gesamteuropäische, allerdings national zeitlich verschobene Übergangsphase von der ↗Renaissance zum ↗Barock, etwa 1530–1630. Als typisch werden meist angeführt: antinaturalistische Effekte (Verzerrung ins ↗Groteske, Vorliebe für Bizarres und Monströses), die Vereinigung des Unterschiedlichsten zu einer künstlichen Einheit, eine exklusiv sich gebärdende, hermetisch dunkle, durch überreiche Verwendung von ↗Metaphern, ↗Tropen und gelehrten Anspielungen (↗allusio) verrätselte Sprache, die Vorliebe für esoterische Konstruktionen und Weltdeutungen (Sprachalchemie, ↗Camouflage, ↗Paradoxon), z. B. bei B. Gracián, E. Tesauro, L. de Góngora, A. d'Aubigné, G. Ph.

Harsdörffer, Chr. Hofmann von Hofmannswaldau, D. Chr. von Lohenstein.

Männlicher Reim ↗weiblicher Reim

Märchen [Diminutivform zu mhd. *maere* = Kunde, Bericht, Erzählung], »von den Bedingungen der Wirklichkeitswelt mit ihren Kategorien Zeit, Raum und Kausalität unabhängige Erzählung wunderbaren Inhalts, die keinen Anspruch auf Glaubwürdigkeit erhebt« (K. Ranke).

Charakteristisch: der aus der mündlichen, volkstümlichen Tradition stammende Aufbau und Stoff (↗einfache Formen, ↗Oral poetry): a) die Einsträngigkeit der Handlung, b) das ↗Motiv der Jenseitsreise (oft als Reise durch den dunklen, riesigen Wald, ans Ende der Welt, als ↗Metamorphose, Begegnung mit Fabelwesen, die in einer Höhle wohnen, mit Drache, Zwerg, Riese usw. realisiert), c) die nach Gegensätzen angelegten stereotypen Figuren (die arme, weichherzige Bauerntochter/die hartherzige Königin, die böse Stiefmutter, der häßliche Zwerg/der schöne Königssohn), Schauplätze (das Schloß/der Wald/die Höhle), Farben (gold/schwarz, weiß/rot), und Handlungsmomente (Auszug, Vertreibung durch das Böse/ Heimkehr, Sieg des Guten, Aufgaben- und Rätselstellung/Lösung), d) die stereotypen Requisiten (Brunnen, Zauberspiegel, Ring, Kappe), die mit dem Wunderbaren verbunden sind (in die Zukunft sehen, unsichtbar machen oder Personen in Tiere verwandeln können), e) der einen mündlichen »Ammenton« (Wieland) nachahmende Stil, f) die formelhaften Wendungen (»Es war einmal«, »Und wenn sie nicht gestorben sind«) und g) strukturbildenden Symbolzahlen (Dreizahl: 3facher Kursus der Handlung, 3 Wünsche usw. – Siebenzahl: 7 Zwerge, 7 Jahre Frist usw.). Grundsätzlich zu unterscheiden: das mündliche, kollektiv überlieferte *Volksmärchen* – gesammelt z.B. in *1001 Nacht*, Apuleius' *Goldenem Esel* (2. Jh. n. Chr., mit dem Märchen von Amor und Psyche), G. Basiles *Lo cunto de li cunti* (1634/36, mit den Märchen von Schneewittchen, Dornröschen, Rapunzel), Ch. Perraults *Contes des ma mère l'Oye* (1697), J. K. A. Musäus' *Volksmärchen der Deutschen* (1782–86), J./W. Grimms *Kinder- und Hausmärchen* (1812/15) – und das von einem bestimmten, namentlich bekannten Autor erfundene, von Anfang an schriftlich festgehaltene und verbreitete *Kunstmärchen* (z.B. Goethes *Märchen*, 1795, Tiecks *Der blonde Eckbert*, 1797, E. T. A. Hoffmanns *Der Goldene Topf*, 1814, die Märchen von H. Chr. Andersen, 1835/48).

Märe, n. [mhd. *daz mære* = Kunde, Bericht, Erzählung, Pl. *diu mære*], im Mittelalter allgemein Bezeichnung für ↗Heldenepos und ↗höfischen Roman, heute besonders für den zwischen 1250 und 1500 entstandenen Typus einer ↗Verserzählung kürzeren Umfangs (etwa 100–2000 Verse), der sich durch vierhebige ↗Reimpaare und einen schwankhaften, höfisch-galanten oder moralisch-exemplarischen Inhalt auszeichnet und vor allem vom Stricker ausgebildet worden ist.

Marxistische Literaturwissenschaft ↗Literatursoziologie

Matière de Bretagne, f. [frz. Stoff], Bezeichnung für den keltisch-bretonischen Sagenkreis um König Artus; literarisch faßbar in der ↗Artusdichtung.

Mauerschau ↗Botenbericht, ↗Teichoskopie

Maxime [lat. von *maxima regula* = höchster Grundsatz], der zur Lebensregel erhobene, selbst gewählte (sittliche) Leitsatz einer Person. Als literarische Kunstform bei La Rochefoucauld, Goethe, Schopenhauer u. a.

Medias in res, auch mediis rebus [lat. mitten in die Dinge hinein], von Horaz (*Ars Poetica*) geprägte Bezeichnung für den Anfang einer Erzählung (oder eines Dramas), der mittendrin in der Geschichte beginnt und von den Ursprüngen erst im Laufe der Erzählung berichtet; im Gegensatz zum Anfang *ab ovo*, der die Geschichte vom Beginn, ›vom Ei‹ an erzählt. Gattungsmerkmal u. a. des ↗Epos.

Medienwissenschaft, Richtung der Geistes- und Kulturwissenschaften, untersucht vor allem den Einfluß von Medien (Schrift, Bild, Photographie, Film, Hörfunk, ↗Theater usw.) und bestimmten Aufschreibesystemen (z. B. Stift, Schreibmaschine, Computer, vgl. Fr. Kittler, *Aufschreibesysteme 1800/1900*, 1985) auf Wahrnehmung, Gefühl, Denken, Wissen, Kommunikation, Sozialisation, ↗kulturelles Gedächtnis, Informationsverarbeitung, Politik, Wirtschaft, Literatur (z. B. auf ↗Gattungen, ↗Stil) u. a. Die medienorientierte Literaturinterpretation untersucht die durch die jeweilige historische Medienentwicklung geprägten Rahmenbedingungen literarischer Texte. Dazu gehört die inhaltliche Thematisierung von Medien in den Texten ebenso wie die Erforschung der literalen Grundlagen in Schrift, Druck und Computer (↗Netzliteratur, ↗virtuelle Realität), die Erweiterung auf literarische Formen in anderen Medien (z. B. Hörfunk, Fernsehen, ↗Oral poetry) und die Berücksichtigung außerliterarischer Konkurrenzmedien (wie bildende Kunst, Photographie, Grammophon, Kino, Tonband).

Meistersang, das zunftmäßig betriebene Dichten und Vortragen von Meisterliedern durch sog. *Meistersinger* – in der Regel Handwerker, die sich im 15. bis 17. Jahrhundert, vereinzelt bis ins 19. Jahrhundert in deutschen (Reichs-) Städten (Mainz, Nürnberg, Colmar, Ulm u. a.) zu ›Gesellschaften‹ oder ›Bruderschaften‹ zusammenschlossen, um nach satzungsmäßig festgehaltenen Regeln zu dichten. An Singschulen gelehrt und von einer Jury (*Merker*) überwacht. Thematisch und formal eng mit dem ↗Minnesang und der ↗Spruchdichtung verbunden, verehrt die Sangspruchdichter des 13.–15. Jahrhunderts (Frauenlob, Wolfram von Eschenbach, Walther von der Vogelweide u. a.) als ›Stifter‹ und ›alte Meister‹; charakteristisch vor allem: die in der sog. *Tabulatur* vorgeschriebenen Strophenformen (↗Meistersangstrophe) und Endreime, der silbenzählende Versbau, die sog. *Töne* (Text + Melodie; ↗Ton; wobei nur der Schöpfer eines neuen Tons ein ›Meister‹ werden konnte) und die Tendenz zum Lehrhaft-Erbaulichen. Die bekanntesten Meistersänger: die Nürnberger Hans Folz (1435/40–1513) und Hans Sachs (1494–1576).

Meistersangstrophe, von den Meistersingern aus dem ↗Minnesang übernommen: eine ↗Stollenstrophe mit durchschnittlich 20–30 Versen, bei der zum üblichen Schema AA/B in der Regel ein Stollen(-teil) nach dem ↗Abgesang hinzugefügt wird. Ein Meistersingerlied besteht aus mindestens 3 Meistersangstrophen.

Melik, melische Dichtung [zu gr. *melos* = Lied, Gedicht, Melodie, allgemein Sprachklang, Klanggestalt eines poetischen Textes], Bezeichnung für die gesungene Lieddichtung der griechischen Antike (↗Chorlied, ↗Hymne, ↗Ode).

Melodram, gleichzeitige oder abwechselnde Verwendung von Sprechstimme und Musik in einer szenischen Darbietung, z. B. in der griechischen ↗Tragödie, der ↗Oper (L. van Beethoven: *Fidelio*, Kerkerszene; C. M. von Weber: *Freischütz*: Wolfsschluchtszene), der Schauspielmusik (Beethoven, *Egmont*) und im modernen ↗Musiktheater (E. Humperdinck: *Die Königskinder*, A. Berg: *Wozzeck*).

Melodrama, auch ↗lyrisches Drama, ↗Monodrama: musikalisch-dramatische Mischgattung; im 18. Jahrhundert durch Verbindung von Rezitation und Musik als Konzert-Melodrama entstanden (z. B. R. Schumanns *Manfred*, nach einem Text von Lord Byron, oder F. Liszts *Lenore*, nach einem Text von G. A. Bürger; noch A. Honeggers *Johanna auf dem Scheiterhaufen*, nach einem Text von G. B. Shaw), dann auch als Bezeichnung für eine Dramenform verwendet, für die ein aufwendiger, pathetischer Inszenierungsstil, der Vorrang schauriger und rührender Effekte vor einer glaubhaften Handlung, mittelalterliche oder orientalische Schauplätze und Helden charakteristisch sind (z.B. Fr. Grillparzer: *Die Ahnfrau*, V. Hugo: *Hernani*).

Memoiren, n. Pl. [frz. Denkwürdigkeiten, von lat. *memoria* = Erinnerung, Gedenken], literarische Darstellung des eigenen Lebens oder eines ›denkwürdigen‹ Teils daraus, wobei die Schilderung öffentlicher, politischer und kulturgeschichtlicher Ereignisse, die Erinnerung an berühmte Zeitgenossen oder das eigene politische, kulturelle oder gesellschaftliche Wirken im Vordergrund stehen (im Gegensatz zur mehr auf den geistig-seelischen Entwicklungsprozeß des Schreibers konzentrierten ↗Autobiographie), z.B. von Richelieu, Mme de Staël, Chateaubriand, Casanova, Friedrich II. von Preußen, Bismarck, Churchill, Adenauer, W. Brandt.

Memorabile [lat. *memorabilis* = denkwürdig], eine der ↗einfachen Formen: Erzählung von historisch fixierten, einmaligen Ereignissen, die zum Beweis der Glaubwürdigkeit mit unverwechselbaren Einzelzügen ausgestattet sind, im Unterschied zum verallgemeinernden ↗Kasus.

Menippea, eigentlich satura menippea ↗Satire.

Mentalitätsgeschichte [zu lat. *mens* = Geist], Richtung der Kulturgeschichte, geht im Gegensatz zur traditionellen Geschichtsschreibung von der epochemachenden Funktion zeittypischen Anschauungen, bestimmter Verhaltensmuster, langlebiger ↗Diskurse, nicht von einzelnen politischen Ereignissen aus. In Frankreich von Michelet (*Histoire de France*, 1833–67) angeregt, von M. Bloch und L. Febvre mit der Gründung der Zeitschrift *Annales* (1929) ausgebildet, vertreten vor allem von Ph. Ariès, J. Le Goff (*Geschichte und Gedächtnis*, 1992), G. Duby (*Geschichte des privaten Lebens*, 5 Bde, 1990–93), F. Braudel und M. Foucault (↗Diskursanalyse).

Metafiktion [gr. inmitten, hinter, nach + lat. Bildung, Gestaltung], Teil einer Erzählung, der sich auf die Erzählung selbst bezieht (↗Selbstreferenz), z.B. durch direkten Bezug, logische Widersprüche, Reflexion der Künstlichkeit, Leseranrede, Zitat, Verweis auf andere Texte, ↗Parodie, Illusionsdurchbrechungen allgemein.

Metalepse [gr. Vertauschung], 1. Mittel vor allem des ↗Wortspiels: Ersetzung eines mehrdeutigen Worts durch ein Synonym, ein Wort mit derselben Bedeutung, das eine in dem gegebenen Kontext nicht gemeinte Teilbedeutung besitzt, z.B. »er ist ein Gesandter, aber kein Geschickter« (d.h. nicht gewandt); 2. in G. Genettes ↗Erzähltheorie Bezeichnung für den Wechsel zwischen narrativen Ebenen, erzeugt durch Hin- und Herschaltung zwischen der Welt, von der erzählt, und der, in der erzählt wird; Mittel der Illusionsdurchbrechung, vor allem im komisch-humoristischen Roman (↗Humor) und in der postmodernen Literatur allgemein (↗Postmoderne) eingesetzt.

Metamorphose [gr.], Verwandlung, vor allem die Verwandlung eines Menschen in ein Tier, in eine Pflanze oder auch in ein Stück der unbelebten Natur (in einen Stein z.B.). Begegnet besonders in ↗Mythos (Zeus' Metamorphose in einen Schwan, einen Adler, Daphnes Metamorphose in einen Lorbeerbaum), ↗Märchen (der Froschkönig) und Ursprungssagen (sog. *aitiologischen* Sagen, z.B. der Watzmannsage).

In der Literatur am berühmtesten: die Metamorphosen des Ovid (um 10 n.Chr.), für die abendländische Kunst und Literatur bis in die Moderne eine der wichtigsten ↗Quellen, erzählt z.B. den Mythos von Narziß und Echo, von König Midas, der alles, was er berührt, in Gold verwandelt, vom goldenen Zeitalter, vom Paradies, das dem silbernen, bronzenen und eisernen Zeitalter vorausgeht; daneben: Shakespeares *A Midsummer-Night's Dream* (↗elisabethanische Literatur) und Kafkas *Verwandlung* (1912).

Metapher [gr. Übertragung], uneigentlicher sprachlicher Ausdruck (↗Tropus), der ein anderes Wort verdeutlichen, veranschaulichen und bereichern soll, das er – aufgrund einer sachlichen oder gedanklichen Ähnlichkeit oder derselben Bildstruktur – ersetzt: z. B. *Quelle* für ›Ursache‹, *Wüstenschiff* für ›Kamel‹, *Rindvieh* für einen uns ärgernden Menschen oder, als ↗Katachrese, *Bergfuß* für den unteren Teil eines Bergs; auch in Redensarten (»aus allen Wolken fallen«), Adjektiven (»graue Theorie«) und Verben (»die Bäume schlagen aus«).

Von Quintilian als »verkürzter Vergleich« definiert (»das Gold ihrer Haare« anstelle von »ihr Haar glänzt wie Gold«), wechselt anders als die ↗Metonymie von einem Vorstellungsbereich in einen anderen und verlangt eine bestimmte, die Dinge und Wörter nur im übertragenen Sinn benutzende Form des Denkens. In der ↗Poetik, ↗Ästhetik, Literaturwissenschaft allgemein von großer Bedeutung, vor allem als Ausgangspunkt literaturtheoretischer Überlegungen (↗Verfremdung, ↗Ambiguität, ↗Polyvalenz, ↗Überdetermination, ↗Bild als gattungskonstitutive Elemente der ↗Lyrik, als Merkmale von Poesie schlechthin). Mittel der Weltaneignung, indem die Metapher etwas Fremdes auf etwas Eigenes, etwas Vages und Unanschauliches auf eine konkrete Person bezieht; Prüfstein für den Scharfsinn, den ↗Witz, die schöpferische Eigenständigkeit eines Dichters bzw. für die Macht der Überlieferung (↗Formel, ↗kulturelles Gedächtnis, ↗Ikonographie, ↗Stoff, ↗Motiv). Fließende Grenzen zu ↗Allegorie, ↗Symbol, ↗Personifikation.

Metaphrase [gr. nächst, nahe bei + Wort, Rede], 1. wortgetreue Übertragung einer Versdichtung in ↗Prosa (im Gegensatz zur ↗Paraphrase), 2. erläuternde Wiederholung eines Worts durch ein Synonym: »der Kleine, das Kind, der Knirps«.

Metaplasmus [gr. Umformung], Abweichung von der sprachlich korrekten Form eines Worts/Satzteils durch Hinzufügen oder Auslassen von Lauten am Wortanfang (*'raus* statt ›heraus‹, sog. *Aphärese*), im Wortinnern (*drin* statt ›darin‹, ↗Synkope, bzw. *geküsset* statt ›geküsst‹) und am Wortende (*hatt'* statt ›hatte‹, ↗Apokope, bzw. *balde* statt ›bald‹), durch Dehnung und Kürzung von Lauten. Gilt als poetisches Mittel, um z. B. eine bestimmte individuell, archaisch oder mundartlich getönte Stilhaltung auszudrücken, den Wohllaut zu steigern oder das metrische Gleichmaß zu bewahren.

Metasprache, allgemein jede sprachliche Aussage über Sprache, z. B. »Fohlen ist die Bezeichnung für ein junges Pferd«, auch jede Übersetzung und jede wissenschaftliche Beschreibung der Sprache (durch die Linguistik, die Literaturwissenschaft, Philosophie usw.).

Metatext, Metatextualität [zu gr. *meta* = inmitten, hinter, nach], Text, der sich so auf einen Text bezieht, daß er seinen eigenen Konstruktcharakter reflektiert und sich eigentlich auf sich selbst bezieht (↗Selbstreferenz); im Unterschied zur nicht notwendig mit einem Selbstbezug verbundenen ↗Intertextualität.

Metonomasie [gr. Umbenennung], Veränderung eines Eigennamens durch Übersetzung in eine fremde Sprache, z. B. *Schwarzerd* in ›Melanchthon‹, *Bauer* in ›Agricola‹. Besonders bei den humanistischen Gelehrten des 15. und 16. Jahrhunderts beliebt.

Metonymie [gr. Umbenennung], Ersetzung des eigentlich gemeinten Worts (*verbum proprium*) durch ein anderes, das auf der Ebene der Dinge, der Realität selbst oder innerhalb einer erzählten Geschichte in einer geistigen oder sachlichen Beziehung, in einem logisch herleitbaren ›Ansteckungsverhältnis‹ zu ihm steht: oft ersetzt der Erfinder die Erfindung (»einen Porsche fahren«), der Autor das Werk (»Goethe lesen«), das Gefäß den Inhalt (»ein Glas trinken«), das Land die Personen (»England erwartet ...«) usw.

Im Unterschied zur ↗Synekdoche, die innerhalb desselben Begriffsfeldes bleibt (*Dach* für ›Haus‹), und der ↗Metapher, die in eine andere Bildsphäre springt (*Höhle* für ›Haus‹). In literarischen Texten oft gebraucht, um ein Geflecht aus textimmanenten Bezügen zu errichten (im ↗Detektivroman z. B. verraten den Täter seine Metonymien, die Spuren, die er am Tatort hinterlassen hat) oder eine Vorstellung von etwas zu evozieren, ohne es benennen oder beschreiben zu müssen (eine Figur kann allein durch ihre Metonymie, z. B. den Geruch einer Zigarre, in einer Erzählung anwesend sein).

Metrik [gr. *metrike techne* = Kunst des Messens], Lehre vom ↗Vers: systematische und historische Erfassung der strukturbildenden, die Verssprache von der ↗Prosa unterscheidenden Gesetzmäßigkeiten, der rhythmischen Wiederkehr bestimmter sprachlicher Besonderheiten allgemein, besonders von in Zahl, Länge, Höhe oder Betonung geregelten Silben (↗Metrum), von Sprech- bzw. Textgrenzen (Verszeile) und von Lauten (↗Alliteration, ↗Reim).

Metrum [lat. Vers-, Silbenmaß], Versmaß allgemein, d. h. das abstrakte Schema, das die Silbenabfolge eines Verses nach Zahl und gegebenenfalls Qualität (lang, kurz, betont, unbetont) mehr oder minder fest ordnet, z. B. ↗Trimeter, ↗Hexameter, ↗Blankvers, ↗Alexandriner, ↗endecasillabo, ↗Vierheber. Bezeichnet im engeren Sinn die kleinste metrische Einheit: den Versfuß, z. B. ↗Daktylus, ↗Jambus. Besitzt für die Analyse literarischer Texte eine ähnlich große Bedeutung wie die ↗Gattungen, da sie u. a. Stil, Tonlage, Wortanordnung, Wortwahl und ↗Rhythmus eines Verstextes entscheidend mitbestimmen, zusätzliche Beziehungen errichten und eine ästhetisch-rhythmische wie bedeutungsstiftende Funktion erfüllen: Die metrischen Schemata sind da, bevor der konkrete Text entsteht, von ihnen geht ein Dichter meist aus, auf sie hin – oder gegen sie – komponiert er seinen Text.

Mimesis [vom gr. *mimeisthai* = ausdrücken, zur Darstellung bringen], unterschiedlich definierter Grundbegriff der ↗Poetik, ↗Ästhetik und Kunsttheorie: 1. bezeichnet in der griechischen Antike ursprünglich die Darstellung von Göttern, Himmelsbewegungen usw. in rituellen Tänzen (↗Enthusiasmus; ↗Dionysien), 2. seit Aristoteles' *Poetik* allgemein die Nachbildung, die Nachgestaltung menschlicher Handlungen in Dichtung, bildender Kunst, Musik und Tanz. In Deutschland vor allem von Gottsched, Lessing, Bodmer/Breitinger, Goethe und Hegel erörtert. Thematisiert das Verhältnis der Kunst zu einer außerkünstlerischen Wirklichkeit (Nachahmung oder Neuschöpfung, ↗Realismus, ↗Naturalismus, ↗Konstruktivismus); oft als einfache Eins-zu-Eins-Abbildung mißverstanden, wobei vergessen wird, daß die Wirklichkeit in der Kunst immer nur eine nachgebildete, auf die außerkünstlerischen Wirklichkeit nur verweisende Wirklichkeit (eine ↗Repräsentation) ist: Ein naturgetreues Bild von einem Sonnenaufgang z. B. ist nur ein Bild von einem Sonnenaufgang; 3. in der ↗Erzähltheorie im Rückgriff auf Platon Form der ↗Diegese (gr. diegesis), der darstellenden dichterischen Rede: Der Dichter läßt ausschließlich andere Sprecher als sich selbst in direkter Rede zu Wort kommen.

Mimus, gr.-lat. Bezeichnung sowohl für den Possenreißer als auch für seine Darbietungen, insbesondere für improvisierte, volkstümliche, drastisch-realistische Darstellungen aus dem Alltagsleben (Diebstahl, Kauf und Betrug, Ehebruch und Kuppelei, Gerichtsszenen usw.); oft in vulgärer Alltagssprache, mit fest umrissenen Typen (der Narr, der geprellte Wirt, der betrogene Ehemann, das buhlerische Weib, der Parasit, der Advokat), deren Kostüme (Lederphallus, Riesenbauch, Eselsohren, Hörner) an den Ursprung des Mimus in kultisch-rituellen Verwandlungstänzen erinnern (Imitation bestimmter Tiere, Fruchtbarkeitsdämonen u. a.; ↗ Mimesis, ↗ Dionysien, ↗ Dithyrambus). Lebt u. a. fort in ↗ Fastnachtsspiel, ↗ Commedia dell'arte, Kasperltheater, Puppenspiel, ↗ Wiener Volkstheater, ↗ elisabethanischem Theater (z. B. in den Narrenfiguren Shakespeares oder den *Lustigen Weibern von Windsor*).

Minneallegorie [zu mhd. *minne* = Gedenken, Liebe], seit dem 13. Jahrhundert beliebte Form der Minnereflexion und Minnelehre, veranschaulicht den Vorstellungskomplex ›Minne‹ durch das Auftreten einer Personifikation (z. B. Frau Minne, Frau Âventiure, die 7 Tugenden) und/oder durch eine beredte Bild- und Handlungsfolge (z. B. die Jagd: der Liebende als Jäger, die Geliebte als Wild, oder den Liebeskrieg: der Liebende als Eroberer, die Geliebte als Festung). Charakteristisch: bestimmte Eingangstopoi (↗ Topos) wie Spaziergang, Traum oder Vision des Dichters, spezifisch symbolische, oft allegorisch ausgedeutete Örtlichkeiten (Grotte, Burg, Garten) und ein ↗ geblümter Stil. Meist als Teil größerer Werke (wie die Minnegrotten-Episode im *Tristan* Gottfrieds oder ›Joie de la curt‹ in Hartmanns *Erec*), aber auch selbständig wie im *Roman de la rose* (um 1230/80) von G. de Loris und J. de Meung.

Minnesang [von mhd. *minne* = Gedenken, Liebe], Bezeichnung für die höfische, ursprünglich gesungen vorgetragene Liebeslyrik des Mittelalters von etwa 1150 (sog. *donauländischer* Minnesang, z. B. Kürenberg, Dietmar von Aist) bis Anfang des 15. Jahrhunderts (Oswald von Wolkenstein); manchmal auch undifferenziert für alle Arten mittelhochdeutscher Lyrik (z. B. auch ↗ Kreuzzugslyrik, moralische, religiöse, politische ↗ Spruchdichtung).

Vor allem in ↗ Sammelhandschriften überliefert. Greift auf einheimische, lateinische (↗ Vagantendichtung), französische, provenzalische (↗ Trobadors), arabische und antike Traditionen zurück. Ist generell Rollenlyrik (vor allem aus der Rolle des Mannes gesprochen, in den sog. Frauenstrophen von ↗ Tagelied und ↗ Wechsel auch aus der Rolle der Frau) und wichtiges Medium der Selbstdarstellung der höfischen Gesellschaft, mit einer Vielfalt von Formen und Themen. Die gängigen, stark vereinfachenden Definitionen des Minnesang als Gattung der hohen Liebesdichtung gehen von dessen Höhepunkt um 1190–1230 aus (z. B. bei Friedrich von Hausen, Heinrich von Morungen, Hartmann von Aue, Wolfram von Eschenbach): Ein in einem fiktiven Lehensverhältnis zu einer adeligen Dame (*Frauendienst*) stehender Ritter wirbt um deren Liebesgunst (den *Lohn*), die ihm jedoch prinzipiell versagt bleibt – die Dame ist ein unerreichbares Ideal, keine individuelle Person, und trägt oft marianische Züge; Leiderfahrung und Affektkontrolle (*mâze*) bringen dem Ritter gesteigerte gesellschaftliche Anerkennung. Charakteristisch: der virtuose Einsatz von bestimmten Strophenformen (↗ Stollenstrophe, ↗ Ton), bestimmte ↗ Topoi (z. B. Natureingang, ↗ locus amoenus, Frauenpreis, Treuebekundung) und ↗ rhetorischen Figuren (besonders der Wiederholung und des Gegensatzes). Wichtige Abwandlungen dieses Gattungsschemas durch Walther von der Vogelweide (Schaffenszeit etwa 1190–1230), der die *herzeliebe* und die *niedere Minne* statt der vergeistigten *hohen Minne* preist und mehr oder weniger versteckt die Liebesvereinigung in Tageliedern und in an unverheiratete Mädchen, nicht adelige Damen gerichteten *Mädchenliedern* thematisiert, und durch Neidhart (etwa 1210–1240), der den Minnesang in der ↗ dörperlichen Dichtung parodiert.

Miszellen, Pl., auch Miszellaneen [aus lat. *miscellus* = gemischt], (kleinere) Aufsätze verschiedenen Inhalts, besonders kurze Beiträge von nicht mehr als einer Druckseite in wissenschaftlichen Zeitschriften.

Mittelreim, Reim zwischen Wörtern im Innern aufeinanderfolgender Verse: »Nu muoz *ich ie* mîn alten nôt / … / ir gruoz *mich vie*, diu mir gebôt« (Reinmar der Alte). ↗Binnenreim

Mittenreim, Reim zwischen Versende und einem Wort im Innern eines vorangehenden oder nachfolgenden Verses: »Wa vund man sament so manic *liet* / man vunde ir *niet* im kunicrîche« (Hadloub).

Moderne [nach spätlat. *modernus* = neu], individuell und historisch unterschiedlich definiert, vor allem als: 1. *das* Moderne: insbesondere vom ↗Jungen Deutschland eingebürgerter Begriff für dessen künstlerischen, gesellschaftspolitischen und kulturphilosophischen Ziele; 2. *die* Moderne: von E. Wolff für das literaturtheoretische Programm des ↗Naturalismus geprägte Bezeichnung (*Die Moderne, zur Revolution und Reform der Literatur*, 1887), von H. Bahr auch auf antinaturalistische Literaturströmungen ausgedehnt (wie ↗Impressionismus, ↗Symbolismus, ↗Décadence, ↗Wiener Moderne); 3. als Synonym von *Modernismus*: heute gebräuchliche Bezeichnung für die neueren internationalen literarischen Entwicklungen seit 1914 allgemein, insbesondere die der jeweils neuesten avantgardistischen, weder an der Vergangenheit noch am Abbild der Wirklichkeit orientierten künstlerischen Strömungen (z. B. ↗Expressionismus, ↗Dadaismus im Unterschied zu Naturalismus und Symbolismus).

Mit charakteristischen Problemfeldern und Phänomenen verbunden: Einsicht in die sprachliche Konstruktion und Relativität, die Gemachtheit von Wirklichkeit, Aufhebung der Grenze zwischen Innen- und Außenwelt, Entdeckung des Unbewußten (↗stream of consciousness), Verlust und Zerstörung sinngebender ↗Mythen (Religion, Geschichte, Vernunft), Fragmentarisierung, permanenter Wandel, Paradoxie, Heterogenität, Anarchie, Abwendung von traditionellen Erzählstrukturen (G. Stein, V. Woolf, J. Joyce, M. Proust) und traditioneller Verssprache (W. Whitmann, E. Pound, W. B. Yeats, T. S. Eliot), Entwicklung dissonanter Klangformen in der Musik (A. Schönberg) und abstrakter Bilder in der Kunst (P. Picasso, P. Klee), Vorliebe für kosmopolitische Metropolen (vor allem Paris, London, New York) u. a.

Modus [lat. Maß, Art, Weise], vor allem in Genettes ↗Erzähltheorie geprägter Begriff: bezeichnet den Grad an Mittelbarkeit (mit Distanz = narrativ, ohne Distanz = dramatisch; durch Präsentation von Figurenrede oder von Ereignissen: ↗Rede) und Perspektivierung (↗Fokalisierung) des Geschehens.

Monodie [gr.], allgemein einstimmiger (begleiteter oder unbegleiteter) Gesang im Gegensatz zur mehrstimmigen ↗Polyphonie, z. B. im gregorianischen Gesang, ↗Minne- und ↗Meistersang, auch eine von einer Melodie bestimmte mehrstimmige Passage (Opernarie); besonders das zur Instrumentalbegleitung vorgetragene Sololied in der altgriechischen Lyrik (↗Elegie, ↗Jambus, ↗Ode) und die vom Schauspieler gesungene, längere Partie in der antiken Tragödie (Euripides, Plautus).

Monodistichon [gr.], ein einzelner, für sich konzipierter Zweizeiler, ein einzelnes ↗Distichon; häufig ein ↗Epigramm (wie in Goethes/Schillers ↗*Xenien*) oder eine ↗Sentenz (wie in Angelus Silesius' *Cherubinischem Wandersmann*).

Monodrama, Ein-Personen-Stück, z. B. H. Qualtingers *Der Herr Karl* (1962) oder F. X. Kroetz' *Wunschkonzert* (1972). Im 18. Jahrhundert literarische Modeerscheinung: ein von Instrumentalmusik untermalter heroisch-sentimentaler oder lyrischer Monolog einer meist weiblichen Gestalt (↗Melodrama), z. B. Goethes *Proserpina* (1778).

Monographie [gr. allein + schreiben], im Unterschied zu Zeitschriften, Handbüchern, Kongreßberichten oder Sammelwerken ein von einem Verfasser einem begrenzten Thema gewidmetes, abgeschlossenes Buch, das systematische, historische, biographische Informationen so vereint, daß zugleich auch Wissens- und Forschungsstand zum Zeitpunkt der Fertigstellung der Monographie dokumentiert werden.

Monolog [gr. *monos* = allein, *logos* = Rede], Rede einer einzelnen Person, Gegensatz zum ↗Dialog. – Monologe im engeren Sinn (als ›Selbstgespräch‹) kommen im ↗Tagebuch und in bestimmten Formen der ↗Lyrik vor; Monologe im weiteren Sinn (als Rede eines Einzelnen an Dritte, im Stil des Selbstgesprächs geführt) finden sich in Gattungen wie der Predigt, dem Vortrag, auch der Erzählung. Eine eigene Form ist der dramatische Monolog, der auf der Illusionsebene des Theaters Selbstgespräch ist, aber auf der Kommunikationsebene für die Zuschauer eine wichtige Mitteilungsfunktion besitzt.

Montage [frz. Zusammenfügen, -bauen], aus dem Bereich der Filmtechnik übernommene Bezeichnung: das Zusammenfügen, das unverbundene Nebeneinanderstellen von sprachlichen, formal wie inhaltlich unterschiedlichen Texten und Textteilen oft heterogener Herkunft. In der Lyrik z. B. bei G. Benn und H. M. Enzensberger, in der Erzählprosa bei J. Dos Passos (*Manhattan Transfer*) und A. Döblin (*Berlin Alexanderplatz*), im Drama bei G. Kaiser (*Nebeneinander*) und P. Weiss (*Die Verfolgung und Ermordung Jean Paul Marats*). Oft bedeutungsgleich mit ↗Collage.

Moralische Wochenschriften, beliebter Zeitungstypus der ↗Aufklärung; in England zu Beginn des 18. Jahrhunderts aus der bürgerlich-puritanischen Protesthaltung gegen die galanten Sitten der Aristokratie entstanden (R. Steele/J. Addison: *The Tatler*, 1709–11, *The Spectator*, 1711/12, *The Guardian*, 1713), mit Beiträgen u. a. zur Jugend- und Frauenerziehung, Geschmacksbildung, praktischen Ratschlägen zur Lebensgestaltung, moralisch-erbaulichen Betrachtungen, ästhetischen Diskussionen, Rezensionen, Übersetzungen, häufig als ↗Brief, ↗Tagebuch, ↗Essay, ↗Fabel, ↗Satire oder ↗Allegorie. In Deutschland rasch aufgegriffen, J. Mattheson: *Der Vernünftler* (1713/14), J. Bodmer/J. Breitinger: *Discourse der Mahlern* (1721/22), J.Chr. Gottsched: *Die vernünftigen Tadlerinnen* (1715–27), M. Claudius: *Der Wandsbecker Bote* (1771–75).

Moritat [unklare Etymologie, von lat. *moritas* = erbauliche Geschichte, rotwelsch *moores* = Lärm, Schrecken oder Verballhornung von ›Mordtat‹], Lied des ↗Bänkelsängers; literarisch weiterentwickelt bei B. Brecht, P. Weiss, W. Biermann u. a.

Motiv [von mlat. *motivus* = bewegend], allgemein: Beweggrund einer menschlichen Haltung oder Handlung; in der Literatur- und Kunstwissenschaft: das stofflich-thematische, situationsgebundene Element, dessen inhaltliche Grundform schematisiert beschrieben werden kann, z. B. das mit vielen historischen Stoffen verbundene Motiv der Dreiecksbeziehung, des unerkannten Heimkehrers, des Doppelgängers, der feindlichen Brüder, das *Typusmotiv* des Einzelgängers, Bohémiens usw., das *Raum- und Zeitmotiv* der Ruine, des Wettlaufs mit der Zeit, des Unterweltsbesuchs, des Wiedererkennens (↗anagnorisis) usw. Besitzt im Gegensatz zum ↗Stoff keine Handlungskontinuität, keine Fixierung an Personen und keinen erzählbaren inhaltlichen Verlauf.

Motivation von hinten ↗mythisches Analogon

Motto, Pl. -s [ital. von vulgärlat. *muttum* = Wort], 1. der einer Schrift vorangestellte Leitspruch, zumeist ein Zitat, 2. Bestandteil des ↗Emblems.

Mündlichkeit, Schriftlichkeit ↗Oral poetry

Musenalmanach, seit Mitte des 18. bis ins 19. Jahrhundert beliebtes belletristisches Publikationsorgan nach dem Vorbild des Pariser *Almanach des Muses* (1765–1833): jährlich erscheinende Anthologie meist noch unveröffentlicher Dichtungen, vorwiegend von Lyrik und anderen poetischen Kleinformen, aber auch Dramen- und Epen(auszügen), Übersetzungen, Kompositionen, oft auch mit Kalendarium und Illustrationen, z. B. der von H. Boie hg. *Göttinger Musenalmanach* (1770–1804, Publikationsorgan des ↗Göttinger Hains), der von J. H. Voß hg. *Hamburger Musenalmanach* (1760–80), Schillers *Musenalmanach* (1796–1800), an dem Goethe, Herder, A. W. Schlegel, Tieck, Hölderlin u. a. mitgearbeitet haben, oder der von A. Wendt, A. von Chamisso und G. Schwab hg. *Deutscher Musenalmanach* (1830–39, Mitarbeit von J. von Eichendorff, Fr. Rückert, N. Lenau, F. Freiligrath u. a.).

Musen, in der gr. Mythologie: die neun Töchter der Mnemosyne, der Göttin der Erinnerung, gelten als die Schutzgöttinnen der Künste und als Inspirationsquelle des Dichters, Häufig Adressaten einer ↗Invocatio; im einzelnen diesen Bereichen zugeordnet: Clio (Geschichtsschreibung), Erato (Liebesdichtung), Euterpe (Lyrik, Tonkunst), Kalliope (erzählende Dichtung), Melpomene (Tragödie), Polyhymnia (Gesang), Terpsichore (Tanz), Thalia (Komödie), Urania (Sternkunde).

Musiktheater, Bezeichnung für die verschiedenen Verbindungen von Wort, Musik und Bühne im 20. Jahrhundert, die eine für die ↗Oper neue, mehr als bloß illustrative Beziehungen von Wort und Musik versuchen, z. B. durch ihre Kombination mit Sprechtheater und Ballett (I. Strawinsky, C. Orff), Oratorium (Strawinsky, A. Honegger), Film (B. Brecht/K. Weill), Funk und Fernsehen (H. W. Henze), Pantomime, ↗Melodrama (A. Schönberg, B. Bartok). Auch als Bezeichnung für einen bestimmten Aufführungsstil von Opern, wie ihn vor allem M. Reinhardt, W. Felsenstein, G. Gründgens, W. Wagner ausgebildet haben.

Mysterienspiel [spätlat. *ministerium* = Altardienst], aus der kirchlichen Liturgie entstandenes ↗geistliches Spiel des Mittelalters um das Leben Christi (z. B. Dreikönigs-, Oster-, Weihnachtsspiel); z. T. extrem umfangreich (bis zu 62 000 Verse, wochenlange Spieldauer).

Mystifikation [gr.-lat. Täuschung, Vorspiegelung], irreführende, ungenaue oder verschlüsselte Angaben über Autorschaft, Entstehungsbedingungen, Erscheinungsjahr, auch Verlag und Druckort eines literarischen Werks ohne zwingende (politische, moralische) Gründe, aus Freude am Versteckspiel, Herausforderung der Kritik, auch zur Erfolgssteigerung, z. B. die stets wechselnden Pseudonyme Tucholskys, die verschlüsselten Titelblätter der Werke Grimmelshausens (↗Schelmenroman) oder der als ›freie Übersetzung‹ eines berühmten Autors deklarierte Roman *Castle of Otranto* von H. Walpole (↗gothic novel). ↗Pastiche

Mystik [von gr. *myein* = sich schließen, die Augen schließen], Sonderform religiöser Anschauung und religiösen Verhaltens, in der – unabhängig von der Institution der Kirche – die Vereinigung der Seele mit Gott (unio mystica) durch Versenkung in das eigene Ich erreicht werden soll. Höhepunkt im Mittelalter (Bernhard von Clairvaux, Meister Eckhart, Mechthild von Magdeburg) und im ↗Barock (J. Böhme, F. von Spee, A. Silesius). Greift auf antike Traditionen (Platon, Neoplatonismus u. a.) zurück, beeinflußt den ↗Pietismus, die ↗Empfindsamkeit, die dt. ↗Romantik allgemein, auch Rilke, Lasker-Schüler u. a. Kennzeichen mystischer Schriften ist vor allem die Entfaltung sprachschöpferischer Kräfte: durch eine unruhige, nach immer neuen Bildern, Vergleichen,

Symbolen suchende Sprache, durch kühne Metaphorik (besonders Natur-, Liebes-, Lichtmetaphern) und gehäufte Anwendung bestimmter rhetorischer Figuren (↗Paradoxon, ↗Oxymoron, ↗Hyperbel, ↗Ellipse, Figuren der Reihung, Wiederholung, Steigerung), durch die bei allem Bilderreichtum abstrahierende ›uneigentliche‹ Verwendung des konkreten Wortschatzes (*Ausbruch, in sich gehen, außer sich sein*), durch Substantivierungen (*das Sein, das Tun*), Wortbildungen (*be-greifen, er-fahren, ent-blößen, durch-schauen; Erhaben-heit, Beweglich-keit, Verzück-ung*) und die Entfaltung einer als spezifisch deutsch geltenden Geisteshaltung der ›innerkeit‹, der ›Innerlichkeit‹, des Rückzugs auf sich selbst, der Flucht vor der sozialen wie politischen Wirklichkeit, der ›Seelentiefe‹.

Mythe [gr. Geschichte], eine der ↗einfachen Formen: Erzählung von Ereignissen des ↗Mythos (z.B. von Tells Apfelschuß) oder Erklärung irdischer Phänomene (z.B. des Fadens an der Bohne, ↗Sage).

Mythisches Analogon, von C. Lugowski (*Die Form der Individualität im Roman*, 1932) geprägter Begriff, besonders an den Prosa- ↗Romanen der frühen Neuzeit entwickelt; bezeichnet eine bestimmte Art der poetischen Formgebung, die charakteristische Merkmale mythischer Anschauungsweisen und mündlicher Dichtung (↗Oral poetry) übernimmt, um – innerhalb des Kunstwerks, unter künstlichen Bedingungen – wie der ↗Mythos Einheit und Sinn zu stiften; zeichnet sich aus durch: a) das beziehungslose, durch keinerlei Konjunktionen verbundene Nacheinander von Handlungsschritten, selbst wenn diese gleichzeitig stattfinden (von Lugowski differenziert in *lineare Anschauung, Aufzählung* und *Unverbundenheit*), z.B. »Eins tags der ritter aber bey der hertzogin in einem schönen sal saß, ires scheydens zu rede wurden, die hertzogin zu dem ritter sprach ...« (J. Wickram: *Galmy*); b) das allein in der Handlung begründete, sich in einer *Funktion* erschöpfende Dasein einer Figur, eines Gegenstands usw. (↗Abenteuerroman); c) das Beherrschtwerden der Figuren von äußeren Mächten (sog. *Gehabtsein*) und die Zeit-, Raum-, Situations- und Gattungsveränderungen nicht angepaßte *Wiederholung* fester Erzählschema, wörtlicher Wendungen usw., d) die *Motivation von hinten*, die im Gegensatz zur *Motivation von vorne*, zur psychologisch realistisch scheinenden Motivation, die einzelnen Ereignisse vom Schluß aus begründet: Ein Geschehen läuft nur so ab, wie es abläuft, um eine bestimmte mit der gewählten ↗Gattung, dem gewählten ↗Stoff, ↗Stil, usw. vorgegebene Lösung zu motivieren (so vergiftet auch in Schillers Drama *Kabale und Liebe* Ferdinand Luise nicht aus Eifersucht, sondern um das Gesetz der Gattung ›Tragödie‹ zu erfüllen, die den Tod ihres Helden fordert). Definiert Form nicht als Ausdruck von ›Inhalt‹, sondern als Einschränkung oder Erzeugung von ›Inhalt‹ (darin dem ↗russ. Formalismus vergleichbar). Liegt jedem literarischen Text zugrunde, wird nur mehr oder weniger versteckt bzw. zersetzt (vgl. auch ↗Erzählgrammatik).

Mythos [gr. Rede, Geschichte, (sagenhafte) Erzählung], 1. meist mündlich tradierte Erzählung von Göttern, Helden, ruhmreichen Familien und Ereignissen aus der fernen Vorzeit eines Volks, z.B. vom Kampf des Lichts mit der Finsternis oder der Gründung Roms durch Romulus und Remus; bewahrt die Geschichte eines Volkes und dessen ›Weltwissen‹ (Erklärung von Naturphänomenen, handwerklichen Techniken, Gesetzen, sozialen Regeln, Riten, Götterlehre usw.), geprägt von sog. »Anschauungsweisen des Mythos« (E. Cassirer), die jedes Ereignis als Resultat einer höheren Macht (Schicksal, Vorsehung, Karma, Fluch u.ä.) begreifen und räumliche, zeitliche und individuelle Unterschiede durch ein überall wirksames Gesetz von Analogie und Gegensatz (zwischen Makro- und Mikrokosmos, Hier und Dort, Vergangenheit, Gegenwart und Zukunft usw.) auslöschen. Häufig Gegenstand ästhetischer und philosophischer Reflexionen (besonders in ↗Antike, ↗Renaissance, ↗Klassik, ↗Romantik, ↗Strukturalismus, ↗Poststrukturalismus, ↗New Criticism, ↗New Historicism); gilt als Dichtung aus den Kindertagen der Menschheit, die einer ›poetischen Logik‹ (eben den »Anschauungsweisen des Mythos«) gehorcht und eine eigene Denkform ausprägt, besonders für Platon auch als Lüge, als dem *logos* (dem Verstand, der die Wahrheit herausfinden kann) entgegengesetzte unwahre Geschichte, die ein gefährlich archaisch-irrationales Potential besitzt, den Menschen die Sinne verwirren kann und ihnen die Freiheit zur Selbstbestimmung nimmt. Wichtige stoffliche und formale Grundlage der ↗einfachen Formen und der Dichtung (z.B. von Homers *Ilias* und Hesiods *Theogonie*, ↗Epos), durch jede Literarisierung immer auch künstlich geordnet und zerstört (↗mythisches Analogon). Seit dem Mittelalter Herausbildung neuer Mythologeme (Faust, Don Juan, Mörikes ›Privatmythos‹ um Orplid usw.). 2. *(mythos)* in Aristoteles' *Poetik* neben Charakter, Szenerie, Musik und Rede wichtigster Teil der ↗Tragödie: die dargestellte Geschichte, der ↗Plot)

N

Nachkriegsliteratur, im allgemeinen Sinn: die nach 1945, nach dem Ende des Zweiten Weltkriegs, entstandene Literatur; im engsten Sinn: Die deutschsprachige Literatur, die zwischen 1945 und 1949 bzw. bis zur Spaltung in zwei deutsche Literaturen 1951/52 entstanden ist. Zunehmend wird der Begriff allerdings als literaturhistorischer Epochenbegriff für einen größeren Zeitraum verwendet: Die deutschsprachige Literatur, die nach dem Zweiten Weltkrieg in den sog. Westzonen, der späteren Bundesrepublik (ab 1949) sowie in Österreich und der deutschsprachigen Schweiz bis in die 1970er Jahre verfaßt und veröffentlicht wurde; im Unterschied zur im Ausland von deutschsprachigen Autor/innen auch noch nach dem Krieg veröffentlichten ↗Exilliteratur und zur sich im selben Zeitraum nach eigenen Gesetzen entwickelnden ↗DDR-Literatur.

Die Nachkriegsliteratur im Sinn einer literarischen Epoche zeichnet sich durch eine relativ einheitliche Literaturlandschaft aus; die Autor/innen vertreten bei allen Unterschieden ähnliche Positionen, Themen und Schreibweisen und sind auf ökonomischer Ebene (z.B. im Verlagswesen) wie auch persönlich und berufsständisch (z.B. in der ↗Gruppe 47) eng miteinander vernetzt. Die Literatur gewinnt an politischer und gesellschaftlicher Relevanz, ihre Autoren werden zur moralischen Instanz. Inhaltlich dominiert die Verarbeitung der Kriegs- und Nachkriegserfahrungen, in den 1950er Jahren dann das Mißtrauen gegen das Wirtschaftswunder und Ängste vor einem Dritten Weltkrieg, in den 1960er Jahren die Aufdeckung des Holocaust (↗Dokumentarliteratur). Thematisch und formal wird bewußt der Traditionsbruch, der Neuanfang bzw. Rückgriff auf die Vorkriegsliteratur gesucht (Schlagwörter: Trümmerliteratur, Stunde Null, Kahlschlag). Die Sprache ist lakonisch reduziert, pathosresistent. Die von der amerikanischen Literatur inspirierte Kurzgeschichte (↗Short story) und das Hörspiel profilieren sich in den 1950er Jahren als literarische Gattungen. Neben der gesellschaftlich engagierten Literatur werden als wichtiger zweiter Weg avantgardistische Strömungen der ↗Moderne (↗absolute Literatur, ↗Dadaismus, ↗experimentelle Literatur) aufgegriffen und weiterentwickelt

(↗Konkrete Poesie, ↗Stuttgarter Schule, ↗Wiener Gruppe).

Die studentische Protestbewegung von 1967/68 markiert in gewisser Weise die ›Epochenschwelle‹ zwischen Nachkriegs- und ↗Gegenwartsliteratur: Mit ihr verliert die Literatur ihre gesellschaftlich anerkannte Funktion als politisch-moralische Instanz; eine neue Autorengeneration (die den Krieg nicht mehr oder nur als Kinder erlebt hat) wendet sich individuellen, intimen Themen zu (Beziehungsprobleme, weibliche Identität, Krankheit und Drogen usw.).

Beispiele: I. Aichinger, A. Andersch, St. Andres, I. Bachmann, H. Böll, W. Borchert, B. Brecht, H. Broch, E. Canetti, P. Celan, G. Eich, H. M. Enzensberger, E. Fried, M. Frisch, Fr. Dürrenmatt, G. Grass, U. Johnson, M. L. Kaschnitz, W. Koeppen, H. Kipphardt, W. Kraft, K. Krolow, E. Langgässer, S. Lenz, H. E. Nossack, Th. Plivier, N. Sachs, A. Schmidt, E. Schnabel, M. Walser, P. Weiss, C. Zuckmayer.

Nachspiel, kurzes, heitereres, oft auch derb possenhaftes Spiel (auch Pantomime, Ballett usw.), das in der europäischen Theatertradition bis Ende des 18. Jahrhunderts der Hauptaufführung eines dramatischen Werks folgt, ohne mit diesem in thematischem Zusammenhang zu stehen, z. B. das ↗Satyrspiel als Abschluß der griechischen Tragödien- ↗Trilogie, das ↗exodium im römischen Theater, die *Moralität* (volkssprachlicher Schwank, ↗geistliches Spiel) als Nachspiel des lateinischen ↗Humanistendramas, die Hanswurstiade (↗Hanswurst) als Nachspiel der barokken ↗Haupt- und Staatsaktion; noch 1757 folgt auf Lessings *Miß Sara Sampson* in Lübeck das Nachspiel *Der vom Arlekin betrogene Pantalon und Pierrot* als pantomimisches Ballett. Von dieser Tradition zu unterscheiden: das mit dem Hauptstück thematisch zusammenhängende Nachspiel, z. B. in M. Frischs *Biedermann und die Brandstifter* oder A. Millers *Tod eines Handlungsreisenden.*

Naive und sentimentalische Dichtung [frz. *naïf* aus lat. *nativus* = natürlich, angeboren; frz. *sentimental* = empfindsam], auf Fr. von Schillers Abhandlung *Über naive und sentimentalische Dichtung* (1795/96) zurückgehende Einteilung: Der *naive* Dichter (Schiller zählt dazu Homer, Shakespeare, Goethe) sucht die Übereinstimmung mit der Natur, die realistische und anschauliche Nachahmung des Wirklichen (↗Mimesis); der *sentimentalische* Dichter (Euripides, Horaz, Schiller selbst) schafft aus einem Zwiespalt zwischen sich und der Natur heraus, den er durch Reflexion und Darstellung des Ideals zu überwinden sucht (in spezif. Gattungen wie ↗Satire, ↗Elegie, ↗Idylle).

Narrativik [lat. *narrare* = erzählen], auch Narratologie: neuere Bezeichnung für Erzählforschung (↗Erzähltheorie), z. T. synonym, z. T. auch in Abgrenzung von dieser definiert als eine über die ältere, primär an der literarischen Erzählkunst orientierte Gattungspoetik hinausgehende Richtung der Literatur- und Kulturwissenschaften, die sich besonders der ↗Erzähltheorie, den Grundlagen, Situationen, Strukturprinzipien, Funktionsweisen, Bauformen, Verfahren des Erzählens (in Romanen z. B., aber auch in Filmen, Dramen, wissenschaftlichen Werken) und bestimmten Epochenspezifika zuwendet; rückt besonders den Akt des Erzählens, Fragen der Kommunikation und der Erzählerpsychologie ins Blickfeld.

Narration [frz.] ↗Erzählung

Naturalismus, 1. allgemein: Stiltendenz in Literatur und Kunst, die versucht, die Wirklichkeit genau abzubilden; 2. besonders: Richtung der europäischen Literatur, um 1870–1900, hat die genaue Beschreibung der Natur, d. h. ihrer sinnlich erfahrbaren Erscheinungen, zum ästhetischen Prinzip erhoben und versucht, anders als der (poetische) ↗Realismus, insbesondere durch die akribische Darstellung (↗Sekundenstil) des moralischen und wirtschaftlichen Elends, vor allem von Kleinbürgertum und Proletariat, und durch eine engagierte Kritik am Bürgertum und dessen doppelter Moral ›naturgetreu‹ zu sein. Verarbeitet die Einsichten der Evolutionstheorie Ch. Darwins und der Milieutheorie H. Taines und zeigt den Menschen als ein von den Faktoren ›Erbe‹, ›Milieu‹ und ›sozialen Verhältnissen‹ determiniertes Wesen.

Beispiele bei E. Zola (*Nana*, 1880, *Germinal*, 1884), A. Strindberg, H. Ibsen, F. M. Dostojewskij, L. Tolstoij, A. Holz (*Phantasus*, 1898 erschienen), J. Schlaf (zus. mit Holz, *Die Familie Selicke*, 1889), G. Hauptmann (*Vor Sonnenaufgang*, 1889, *Die Weber*, 1892/93) u. a. Programmatisch: W. Bölsches *Die naturwissenschaftlichen Grundlagen der Poesie* (1887) und A. Holz' *Die Kunst, ihr Wesen und ihr Gesetz* (1891). Von nachhaltigem Einfluß auf die spätere Literatur u. a. durch die Erschließung neuer Stoffbereiche, neuer dramatischer Strukturen (↗Freie Bühne), die Verwendung von Umgangssprache und Dialekt in einem literarischen Text und die Provokation von Gegenströmungen (wie ↗Impressionismus, ↗Décadence, ↗Symbolismus).

Natureingang, Naturdarstellung bzw. -evokation im Einleitungsteil eines Liebesgedichts, häufig im ↗Minnesang und den daran anknüpfenden Volksliedern: eine Aufreihung bestimmter, stereotyper Requisiten der Frühlings- oder Winterlandschaft (z. B. »diu grüene heide«, »bluomen unde klê«, »diu linde«, »diu kleinen vogelîn«, »der kalte snê«), die der dargestellten Minnesituation entsprechen (Frühlingsfreude/Minnehoffnung, Winterklage/Minneleid usw.). ↗locus amoenus, ↗Topos

Naturformen der Dichtung, auf Goethes *Noten und Abhandlungen zu besserem Verständnis des west-östlichen Divans* (1819) zurückgehende Bezeichnung für die drei ↗Gattungen Epik, Lyrik und Drama, die dieser auf drei in jeder Dichtung unterschiedlich zusammenwirkende, zeitlich nicht fixierbare Formen menschlicher Grundhaltungen zurückführt (»klar erzählend«: Epik, »enthusiastisch aufgeregt«: Lyrik, »persönlich handelnd«: Drama).

Nekrolog [gr. Leichenrede], 1. biographischer Nachruf auf einen Verstorbenen, auch Sammlung solcher Biographien; 2. Kalender- oder annalenartiges Verzeichnis der Todestage bzw. der Toten, vor allem im Mittelalter in kirchlichen oder klösterlichen Gemeinschaften erstellt (Verzeichnis der Äbte, Vorsteher, Stifter usw. für die jährliche Gedächtnisfeier).

Neologismus [gr.], neugebildeter, meist für neue Begriffe und Sachen benötigter sprachlicher Ausdruck; gebildet durch: 1. Kombination vorhandener Elemente (z. B. *Leiden-schaft*, im 17. Jahrhundert von Ph. von Zesen geprägt, oder *Null-Wachstum*, *Problem-bewußtsein*), 2. Übersetzung von Fremdwörtern (z. B. *empfindsam* für engl. ›sentimental‹, von Lessing im 18. Jahrhundert); 3. Bedeutungsverlagerung (z. B. *Zweck* = ursprünglich ›Nagel‹, seit dem 16. Jahrhundert der konkrete Zielpunkt im Unterschied zum abstrakten ›Ziel‹).

Netzliteratur, Sammelbezeichnung für alle literarischen Texte, die im Zusammenhang mit den technischen Bedingungen und Möglichkeiten des Internet entstanden sind bzw. entstehen und – im Unterschied zu digitalen, oft erst im nachhinein digitalisierten Texten, zu ›E-Texten‹ allgemein – dessen spezifische Eigenschaften (wie Interaktivität, Hypertextualität/Delinearität, Multimedialität) für künstlerische Zwecke nutzen. Ausgebildet haben sich vor allem drei Formen der Netzliteratur: Mitschreibeprojekte; ›Textprogramme‹ mit verschiedenen, von den Leser/innen wählbaren oder durch Zufallsgeneratoren erzeugten möglichen Wegen der Realisation; und Texte, die akustische und visuelle Künste verstärkt einbinden.

Die Grenzen zur Medienkunst sind fließend; oft wird daher von Hypermedia allgemein gesprochen.

Die deutschsprachige Netzliteratur-Szene ist seit Mitte der 1990er Jahre entstanden, entscheidend stimuliert durch die Wettbewerbe der Wochenzeitung DIE ZEIT (1996–99) und geprägt durch die Literaturtheorien der ↗Postmoderne (↗Rezeptionsästhetik, ↗Dekonstruktivismus, ↗Poststrukturalismus). (Theoretische) Vorläufer finden sich u. a. in der ↗konkreten Poesie, im ↗Dadaismus und im ↗Barock, ebenso im Bereich der Computerspiele.

Beispiel: F. Klötgen, D. Günther: *Die Aaleskorte der Ölig* (1998), Regie und Drehbuch: zuschauergeneriert; Textsammlungen unter:
http://www.netzliteratur.de und
http://www.dichtung-digital.com.

Neue Sachlichkeit, umstrittene, 1923 in der Kunstkritik geprägte Bezeichnung für eine Richtung der deutschen Literatur des 20. Jahrhunderts, die (als Gegenbewegung zur pathetisch-gefühlsbeladenen Sprache und utopisch-idealisierenden Haltung des ↗Expressionismus) Formen der ↗Dokumentarliteratur, eine nüchterne Sprache und Thematik bevorzugt. Vertreten von E. Jünger, E. E. Kisch, L. Feuchtwanger, B. Brecht, Ö. von Horváth, G. Kaiser, C. Zuckmayer, A. Döblin, H. Fallada, E. Kästner, A. Seghers, J. Ringelnatz, E. Langgässer, G. Britting, G. Eich, P. Huchel, I. Keun u. a.

Neulateinische Dichtung, lateinische, an antiken Vorbildern orientierte Dichtung der Neuzeit, besonders vom 14. Jahrhundert bis ins ↗Barock praktiziert, Höhepunkt im ↗Humanismus. V. a. Gelehrten- und ↗Gelegenheitsdichtung, bevorzugt in der Antike ausgebildete Gattungen wie ↗Elegie, ↗Ekloge, ↗Ode, ↗Hymne, ↗Epos, ↗Satire, ↗Epigramm, ↗Lehrgedicht, ↗Panegyrik und ↗Fabel. Beispiele bei Petrarca, Boccaccio, Tasso, Bacon, Milton, Pirckheimer, Celtis, Melanchthon, Erasmus von Rotterdam, Frischlin, Opitz, Fleming, Gryphius u. a. ↗Schuldrama

New Criticism [engl.], in den 1920er Jahren ausgebildete, in den 40ern und 50ern maßgebliche Methode der angloamerikanischen Literaturwissenschaft; versteht einen literarischen Text als organische, vielschichtige, autonome, von äußeren Faktoren unabhängige Einheit und versucht ihn immanent: aus sich heraus zu interpretieren, indem sie durch eine eng am Text orientierte Lektüre (*close reading*) dessen einzelne Elemente benennt und dann zum Textganzen, auch zum Text-Typus (↗Gattung, ↗Textsorte) in Beziehung setzt, den der New Criticism vor allem durch ideale, ahistorische Unterscheidungen bestimmt (↗Phänomenologie, ↗Typologie). Wichtige Vertreter: I. A. Richards (zus. mit C. K. Ogden: *The Meaning of Meaning*, 1923), W. Empson, C. Brooks, W. K. Wimsatt (*The Verbal Icon*, 1954), K. Burke, R. Wellek (*A Theory of Literature*, 1949) u. a., auch die Dichter W. B. Yeats, E. Pound, T. S. Eliot. Zentrale Begriffe: *ambiguity* (↗Ambiguität), *paradox* (↗Paradoxon), *irony* (↗Ironie), *unity* (Einheit), *affective fallacy* (die durch den Text beim Leser hervorgerufene subjektive Wirkung, ↗Rezeptionsästhetik) und *tension* (Spannung). In Deutschland der ↗werkimmanenten Interpretation, in Rußland dem frühen ↗Formalismus vergleichbar; von ↗Dekonstruktion, ↗New Historicism, ↗Literatursoziologie u. ä. programmatisch zu überwinden versucht.

New Historicism [engl.], auch *cultural poetics*: zu Beginn der 1990er Jahre von dem amerikanischen Literaturwissenschaftler S. Greenblatt geprägte Bezeichnung für eine sozialgeschichtlich orientierte Methode der Textanalyse, die sich vor allem auf das Verhältnis der Literatur zu anderen nichtliterarischen Texten konzentriert: Welche wechselseitigen Austauschbeziehungen (*Transaktionen*) bestehen zwischen kulturellen Äußerungen? Wie und unter welchen

Bedingungen eignen sich literarische Texte *soziale Energien* (bestimmte Gesten und Rituale, Verhaltens- und Sprachformen, kollektive Symbole und Erfahrungen) an? Welche Stimmen (der Religion, der Geschichtsschreibung, der Ethnologie, der Bühnenpraxis, der Ökonomie, der Politik usw.) sind in einem literarischen Text anwesend (↗Dialogizität)? Wendet sich mit Fragen wie diesen, vergleichbar der ↗Diskursanalyse und dem ↗Poststrukturalismus, gegen den ↗New Criticism und die Vorstellung, ein literarischer Text sei ein geschlossenes, von seinen Entstehungsumständen unabhängiges zeitloses Kunstwerk. Eine Variante: des ↗Cultural Materialism

Nibelungenstrophe, die wichtigste Strophenform des mittelhochdeutschen ↗Epos, bezeichnet nach der Verwendung im *Nibelungenlied*: 4 sich paarweise reimende ↗Langzeilen, von denen jede wiederum aus 2 Kurzversen (↗An- und Abvers) besteht, wobei die vierhebigen Anverse meist mit weiblicher klingender ↗Kadenz schließen, die dreihebigen Abverse mit männlicher Kadenz, und der letze Abvers sich durch 4 Hebungen auszeichnet: V. 1–3: (x) | x́x | x́x | –́ | x̀ || (x) | x́x | x́x | x́ (»uns íst in álten máerèn / wúnders víl geséit«); V. 4: (x) | x́x | x́x | –́ | x̀ || (x) | x́x | –́ | x̀x | x́ (»mán gesách an héldèn / níe so hérlìch gewánt.«). ↗Hildebrandston

Nô [jap. Fertigkeit, Fähigkeit, Kunst], klassische japanische Dramengattung, die Dichtung, pantomimische Darstellung, stilisierter Tanz, Gesang und Musik vereint. Eng mit der Tradition des Zen-Buddhismus verbunden, zielt auf mystische Kontemplation, indem sie Zeit, Ort und Charaktere stilisiert und konzentriert, nicht realistisch darstellt; zeichnet sich durch Personen- und Handlungsarmut und einen streng schematischen Aufbau aus. Im Gegensatz zum ↗Kabuki für ein aristokratisches Publikum bestimmt. Beeinflußt besonders das ↗epische Theater Brechts.

Nominalstil ↗Stil

Nouveau roman [frz.], nach 1945 in Frankreich entstandene, an Flaubert, Proust und Joyce anknüpfende experimentelle Form des ↗Romans, die sich von dessen herkömmlichen Strukturen löst und auf die realitätsorientierte Darstellung eines von bestimmten Gestalten getragenen Handlungsverlaufs verzichtet: Im realitätsunabhängigen Kosmos des nouveau roman besitzen die Dinge ein von der Kausalität und jeder Deutung befreites Gewicht, die Kategorien von Raum und Zeit werden überspielt, Innen- und Außenwelt vermischen sich, die Möglichkeit des Erzählens, des Schreibens allgemein wird in Frage gestellt. V. a. von N. Sarraute (*Les fruits d'or*, 1963), A. Robbe-Grillet (*La jalousie*, 1957) und M. Butor (*La modification*, 1957) geprägt.

Novelle [ital., eigentlich kleine Neuigkeit, zu lat. *novus, novellus* = neu], kürzere, meist in Prosa verfaßte, schriftliche Erzählgattung; von Goethe als »eine sich ereignete unerhörte Begebenheit« definiert, weil sie sich auf *ein einziges, real vorstellbares, als real ausgegebenes Ereignis* konzentriert, das im doppelten Sinn *unerhört* ist: so noch nie dagewesen als auch skandalös, gegen die Konventionen der Gesellschaft und den gewöhnlichen Gang der Dinge verstoßend.

Unterscheidet sich durch den ausdrücklichen Realitätsbezug von ↗Legende, ↗Fabel und ↗Märchen, durch eine konsequente Ausformulierung des zentralen Konflikts und die Tendenz zur ↗geschlossenen Form von der jüngeren ↗Kurzgeschichte, durch den bewußt kunstvollen Aufbau von ↗Anekdote, ↗Schwank, ↗Kalendergeschichte und anderen Kleinformen des Erzählens. Vorformen: ↗fabliau, ↗Schwank, ↗einfache Formen wie das ↗exemplum der ↗Predigt, ↗Kasus und ↗Memorabile. Grundlegend: G. Boccaccios *Decamerone* (1348–53), ein Zyklus von 100 zumeist erotischen Novellen, die sich – so die ↗Rahmenerzählung – 10 vor der Pest aus Florenz auf ein Landgut geflüchtete adelige Freunde an 10 Tagen erzählen; bildet die gattungskonstitutiven Merkmale aus: Anbindung an eine gesellschaftliche Erzählsituation und gesellig-mündlicher Erzählton (mittlere Stilhöhe, ↗Genera dicendi), dramatische Vergegenwärtigung des Geschehens durch häufig wiedergegebenen ↗Dialog, Konzentration auf den Handlungshöhepunkt, das oft durch ein ↗Symbol (↗Falkentheorie) verdeutlichte oder hinter ihm versteckte, meist durch eine List herbeigeführte erfüllte sexuelle Verhältnis, beschränktes Repertoire an Figuren und Handlungsmomenten, die auf einer fest umrissenen, begrenzten Spielfläche (genuiner Ort der Novelle ist das Haus, das Zimmer) in immer neuen Beziehungen arrangiert werden: Auslöser des Novellengeschehens ist meist ein zu einem Gegensatzpaar (Mann/Frau, Vater/Tochter u. ä.) hinzukommender Dritter (beliebtes Motiv: Frau zwischen zwei Männern), das Ende führt oft zu einem Austausch der Merkmale und der Positionen.

Beispiele: *Cent Nouvelles nouvelles* (1486), M. de Navarra : *Heptaméron des nouvelles* (1559), M. de Cervantes : *Novelas ejemplares* (1613), J. W. von Goethe : *Unterhaltungen dt. Ausgewanderter* (1795), Chr. M. Wieland: *Das Hexameron von Rosenhain* (1805), die Novellen von H. von Kleist, E. T. A. Hoffmann, G. Keller (*Das Sinngedicht*, 1881), A. Stifter (*Bunte Steine*, 1843–53), Th. Storm, C. F. Meyer, N. Gogol, E. A. Poe, Th. Mann, R. Musil u. a.

Numerus [lat. abgemessener Teil, Harmonie, Reihe, Rhythmus], in der ↗Rhetorik die geregelte Abfolge langer und kurzer Silben: 1. als *poetischer* Numerus, der eine gesamte Rede nach strengen Gesetzen in regelmäßig wiederkehrende Silbenfolgen gliedert, 2. als *Prosa*-Numerus, der an sich kein Gesetz kennt, aber durch bestimmte Regeln (Ausgewogenheit langer und kurzer Silben, Vermeidung eines leiernden, zu regelmäßigen Rhythmus, ↗Klauseln u. a.) den Rhythmus eines Satzes prägt.

O

Ode [gr. Gesang], in der Antike ursprünglich Sammelbezeichnung für alle strophischen Dichtungen, die von Musik begleitet vorgetragen wurden, sowohl für die in 3 Teile (↗Auf- und Abgesang: Ode/Antode und ↗Epode) gegliederten, für den Chorgesang bestimmten Gedichte (z. B. die ↗pindarische Ode) als auch für die von einem Einzelnen vorgetragene Dichtung mit festem Metrum und fester Strophenform (↗Odenmaße). Später allgemein: die strophisch gegliederte, meist reimlose Gattung der lyrischen Dichtung, für die ein erhaben-feierlicher Ton und eine oft dunkle Sprache charakteristisch sind. U. a. wichtig für die Gattungstradition: die Oden von Pindar, Sappho, Alkaios, Horaz (↗Hymne, ↗Carmen), G. R. Weckherlin, P. Fleming, A. Gryphius (↗reyen), G. F. Klopstock (↗freie Rhythmen), J. W. von Goethe und Fr. Hölderlin.

Odenmaße, feste Strophenformen der altgriechischen, für den Einzelvortrag bestimmte Lyrik (↗Monodie) im Unterschied zur für den Chorgesang bestimmten ↗pindarischen Ode. Jeweils vierzeilig, meist aus ↗äolischen Versmaßen gebaut und nach ihren Verwendern benannt, den im 7./6. Jahrhundert v. Chr. lebenden Dichtern Alkaios, Alkman, Archilochos, Asklepiades, Hipponax und Sappho. Die für die europäische Literatur folgenreichsten Odenmaße:

a) die *alkäische Strophe* aus 2 Elf-, einem Neun- und einem Zehnsilbler:

⏒ –⏑–⏒ | –⏑⏑–⏑⏒
⏒ –⏑–⏒ | –⏑⏑–⏑⏒
⏒ –⏑–⏒ –⏑–⏒
–⏑⏑–⏑⏑–⏑–⏒

b) die *asklepiadeischen Strophen*, z. B. die zweite asklepiadeische Strophe:

–́ – –́ ◡◡– | –◡◡–◡⏓
–́ – –́ ◡◡– | –◡◡–◡⏓
–́ – –́ ◡◡– | –◡◡–◡⏓
– – – ◡◡–◡⏓

oder die dritte asklepiadeische Strophe:

–́ – –́◡◡– | –◡◡–◡–
– – –◡◡– | –◡◡–◡–
– – –◡◡–⏓
– – –◡◡–◡⏓

c) die *sapphische Strophe*, aus 3 Elfsilblern (hendekasyllabi) und einem ↗ Adoneus:

–◡–⏓ –◡◡–◡–⏓
–◡–⏓ –◡◡–◡–⏓
–◡–⏓ –◡◡–◡–⏓
–◡◡–⏓

d) die *archilochischen Strophen*, z. B. die dritte archiloch. Strophe:

–◡◡–◡◡– | ◡◡–◡◡–◡–◡–⏓
⏓ –◡–⏓ | –◡–◡–⏓

Offene Form, auch atektonischer Aufbau: im Gegensatz zur ↗ geschlossenen Form Bezeichnung für die nur lose erscheinende Fügung der Teile, gekennzeichnet durch die häufige Verwendung der ↗ Parataxe (statt der logisch ordnenden und hierarchisch gliedernden ↗ Hypotaxe), die lockere Aneinanderreihung von Einzelaussagen, unvollendete Sätze, die freie Assoziation (↗ innerer Monolog), einen uneinheitlichen Stil (z. B. durch eine individualisierende, dem jeweiligen Sprecher angemessene, polyperspektivische Sprache), die Verselbständigung des Rhythmus in der Verssprache und der Einzelszene im Drama oder Roman, die Zersetzung des strengen, Anfang und Ende integrierenden Gefüges der Akte oder Kapitel (z. B. in Goethes *Faust*, Büchners *Lenz*), einen offenen Schluß u. ä.

Onomastik [zu gr. *onoma* = Name], Teildisziplin der Literaturwissenschaft, die sich mit Bedeutung, Funktion und Gebrauch von Eigennamen in literarischen Texten befaßt.

Onomatopoeie [aus gr. Name + schöpfen], auch Onomatopoiesis, Laut-, Klangmalerei: sprachliche Nachahmung akustischer, mittels ↗ Synästhesie auch optische Eindrücke durch: 1. Verwendung lautmalerischer Einzelwörter: *quaken*, *Kuckuck*, *Ticktack*, *zittern*, *watscheln*, 2. die besonders, meist metrisch-rhythmische Zusammenstellung ursprünglich nicht schallimitierender Wörter: »Und hohler und hohler hört mans heulen« (Schiller), »Hurtig mit Donnergepolter entrollte der tückische Marmor« (Voß). Oft mit der These begründet, daß zwischen Laut und Bedeutung von Anfang an eine verborgene, intuitiv erfaßbare Verwandtschaft bestünde (z. B. der Vokal ›i‹ als Ausdruck für Helligkeit, Höhe, Freude, der Vokal ›u‹ als Ausdruck für Dunkelheit, Tiefe, Trauer, sog. *Lautsymbolik*, heute z. T. von der Neurophysiologie bestätigt).

Oper [ital. (Musik-)Werk], musikalisches Bühnenwerk, bei dem Wort, Musik und szenische Darbietung zusammenwirken. Im 16. Jahrhundert (Florenz) als Erneuerung der antiken ↗ Tragödie entstanden, die man sich als enge Verbindung von Wort und Musik dachte; erste Opernaufführungen: *Dafne* (Text O. Rinuccini, Musik J. Peri, 1594), *Orfeo* (Text A. Striggio, Musik C. Monteverdi, 1607). Zahlreiche Schriftsteller haben ↗ Libretti für Opern geschrieben (z. B. H. von Hofmannsthal für R. Strauss' *Rosenkavalier*) bzw. mit ihren Dramen die Vorlage geliefert (Schillers *Don Carlos* etwa wurde von Verdi, T. da Molinas *Don Juan* von Mozart ›veropert‹). ↗ Madrigal, ↗ Musiktheater, ↗ Zwischenspiel

Oppositio [lat. Entgegensetzung], 1. ↗ Antithese, 2. Koppelung einer negativen und positiven Formulierung derselben Aussage, z. B.: »Er ist nicht reich, er ist sehr arm« (in diesem Fall: ↗ Litotes + direkte Aussage).

Oral poetry [engl.], bezeichnet sowohl die mündliche, in einer schriftlosen oder halbschriftlichen Kultur entstandene Dichtung als auch die Forschungsrichtung, die sich mit deren Tradierung, Form, Struktur und Thematik auseinandersetzt. Von M. Parry mit Bezug auf das (hypothetisch als Oral poetry aufgefaßte) homerische ↗ Epos zu Beginn des 20. Jahrhunderts entwickelt, von seinem Schüler A.B. Lord (*The Singer of Tales*, 1932, dt. 1965) empirisch an den Heldenliedern zeitgenössischer südslawischer Sänger (der *Guslaren*, nach deren einsaitigem Streichinstrument, der *Gusle*) bestätigt. U.a. charakteristisch für die Oral poetry: a) eine ausgeprägte, der mündlichen Improvisation (↗ Stegreif) entgegenkommende Formelhaftigkeit des Erzählens: stereotype Beschreibungs- und Handlungsmuster (↗ Topos), häufig wiederholte stehende Wendungen, markante, einfach angelegte, konstant bleibende, oft durch ein festes Beiwort (↗ epitheton ornans) charakterisierte Heldenfiguren, b) einfach gebaute, einprägsame, leicht wiederholbare und aneinanderzureihende Melodiemodelle, Versformen (im Epos meist ↗ Langzeilen) und Satzstrukturen (↗ Parataxe), c) das weitgehende Fehlen von Abstrakta, ↗ Hypotaxen und umfassenden, den Anfang auf das Ende hin berechnenden, das Ende an den Anfang zurückbindenden Kompositionsschemata, der Verzicht auf die Darstellung organischer Zusammenhänge und individueller Systeme (vermutlich aus mangelndem Bewußtsein, das erst durch die Verschriftlichung, die damit verbundene Distanzierung und Individualisierung des Menschen entsteht), d) das Fehlen eines einzigen festen Originaltextes, das gleichberechtigte Nebeneinander verschiedener ursprünglich mündlich tradierter, dann verschriftlichter Fassungen (↗ Textkritik), e) die Konzentration auf mythisch-religiöse Themen (wie Brautwerbung, Abenteuer eines Helden, Entstehung der Welt, Ursprungsmythos eines Volks) und f) die Dominanz von »Anschauungsweisen des ↗ Mythos« allgemein In der Literatur- und Kulturwissenschaft des ausgehenden 20. Jahrhunderts vor allem im Spannungsfeld von Mündlichkeit und Schriftlichkeit diskutiert (z.B. Einfluß der Schrift auf das Denken, Funktion der Stimme in einer mündlichen Kultur, Nachleben der Oral poetry, Nachahmung mündlicher Formen in der modernen Literatur). ↗ kulturelles Gedächtnis, ↗ Medienwissenschaft, ↗ Volksbuch

Oratio [lat.], Rede, Redeweise, ↗ Stil. U.a. unterschieden a) auf der Ebene des Modus in *Oratio obliqua* (indirekte Rede) und *Oratio directa* (direkte Rede), b) auf der Ebene der Syntax in *Oratio soluta* (der Umgangssprache nahe lockere Aneinanderreihung kurzer [Haupt-] Sätze), *Oratio perpetua* (Aneinanderreihung semantisch und syntaktisch linear vorwärtsschreitender Sätze) und *Periodus* (↗ Periode).

Orchestra, f. [gr. Tanzplatz], ursprünglich der kultische Tanzplatz vor dem Tempel des Gottes Dionysos, auf dem die chorischen Begehungen (↗ Dionysien) stattfanden, aus denen sich im Lauf des 6. Jahrhunderts v.Chr. das griechische ↗ Drama entwickelt hat. Im klassischen griechischen Theater: die zwischen Bühnenhaus (↗ Skene) und der Zuschauertribüne (Theatron) gelegene Spielfläche, auf der der ↗ Chor seinen Platz hat. Nach der Verdrängung des Chors durch die auf dem ↗ Proskenion agierenden Einzelschauspieler funktionslos; heute Bezeichnung für die im ›Orchestergraben‹ spielenden Musiker.

Ornatus [lat. Schmuck], Redeschmuck, der für eine über die bloße Korrektheit hinausgehende Schönheit des sprachlichen Ausdrucks sorgen soll. In der antiken ↗ Rhetorik Teil der *Elocutio* (sprachliche Ausarbeitung), durch den Gebrauch bestimmter Stilmittel (↗ Tropus, ↗ rhetorische Figur, ↗ numerus) zu erreichen; gemäß den 3 ↗ Genera dicendi unterschieden in: a) leichter Ornatus (vor allem grammatisch richtige, klanglich ebenmäßige Formulierung), b) mittlerer Ornatus (vor allem rhetorische Wort- und Sinnfiguren), c) schwerer Ornatus (d. h. reiche Verwendung von Tropen und Figuren).

Ottaverime [ital. Achtzeiler], auch ottava rima, ↗Stanze

Oxymoron [gr. scharf + dumm], Verbindung zweier Begriffe, die sich ihrem Wortsinn nach widersprechen und gegenseitig ausschließen, sei es in einem Kompositum (»traurigfroh«) oder durch ein Attribut: »stets wacher Schlaf«, »liebender Haß«, »kalte Glut« (sog. *contradictio in adiecto*, lat. Widerspruch im Beiwort).

P

Päan (Paian) [gr. Helfer, Heiler, Retter, Arzt], 1. Beiname Apollos, seit Ende des 5. Jahrhunderts v. Chr. auch anderer Götter; 2. altgriechisches chorisches Bitt-, Dank- oder Sühnelied (auch Schlacht- und Siegesgesang), ursprünglich an Apollon gerichtet und wohl aus kultischen Chorrufen seines Beinamens ›Paian‹ entstanden.

Paarreim, einfachste und häufigste Reimbindung: aa bb cc usw.

Palimpsest, m. oder n. [gr. wieder, zurück + abgeschabt], ↗Handschrift, deren ursprünglicher Text zumeist aus Sparsamkeit beseitigt (durch Abwaschen, Abschaben u. ä.) und überschrieben worden ist. In der modernen Literaturwissenschaft zumeist metaphorisch für alle Formen der ↗Parodie, des ↗Zitats, der kulturellen Erinnerung (↗kulturelles Gedächtnis) allgemein gebraucht.

Palindrom [gr. Rückwärtslauf], sprachlich sinnvolle Folge von Buchstaben, Wörtern oder Versen, die vor- wie rückwärts gelesen denselben oder zumindest überhaupt einen Sinn ergeben, z. B. »Anna«, »Ein Neger mit Gazelle zagt im Regen nie« (Schopenhauer), Roma – Amor (Goethe).

Palinodie [gr. Widerrufslied], Gegendichtung zu einem eigenen Werk, in der die früheren Behauptungen, Wertungen und Mitteilungsabsichten mit denselben formalen Mitteln (Gleichheit des Metrums, Reims, Strophenbaus usw.) widerrufen werden; oft auch allgemein verwendet für jede dichterische Absage an die Welt und vor allem an die Liebe.

Pamphlet [nach der im Mittelalter weit verbreiteten lateinischen anonymen Distichen-Komödie *Pamphilius seu de amore*, 12. Jh.], zumeist auf Einzelereignisse des politischen, gesellschaftlichen oder literarischen Lebens bezogene, vorzugsweise persönlich attackierende, weniger sachbezogen argumentierende Streitschrift mit aggressiver Rhetorik. ↗Flugschrift, ↗Pasquill, ↗Satire

Panegyrik [zu gr. *panegyris* = festliche Versammlung], in der Antike ausgebildete Gattung der ↗Rhetorik: feierliche Lobrede, Lobgedicht auf eine Person oder Institution, ursprünglich vor einer Festversammlung gehalten (↗Gelegenheitsdichtung); besonders beliebt in der Renaissance- und Barockliteratur. (↗Eloge).

Pantalone ↗Commedia dell'arte

Parabase [gr. das Vorrücken, auch Übertreten, Abschweifen], zentraler Bestandteil der antiken ↗Komödie: direkte Hinwendung des ↗Chors zum Publikum, mit Stellungnahmen zu aktuellen politischen, sozialen, auch kulturellen Ereignissen oder Erklärungen der Dichterintention. Schließt ursprünglich mit einem ↗pnigos, einer auf einen Atemzug gesprochenen langen Sentenz. Durchbricht die Welt des Spiels, lebt in jeder Form des Heraustretens aus der Spielillusion weiter (↗ad spectatores, ↗Commedia dell'arte).

Parabel [gr. das Nebeneinanderwerfen, Gleichnis], ein zur selbständigen Erzählung erweiterter ↗Vergleich, bei dem der eigentlich gemeinte Sachverhalt durch Analogie zu erschließen ist – der direkte Verweis wie beim ↗Gleichnis fehlt.

In der antiken Rhetorik wie die ↗Fabel zu den erdichteten ↗Paradigmen gezählt, die als in die Rede eingelegte Geschichten die Argumentation verstärken sollen (so z.B. Menenius' Agrippa Geschichte vom *Magen und den Gliedern*, auch noch Fiescos Erzählung vom Tierreich in Schillers *Fiesco*, II, 8). In der neutestamentlichen Forschung als Darstellung definiert, die einen prägnanten, von der Norm abweichenden Einzelfall vorführt, keinen allgemeinen Regelfall wie das Gleichnis, um u.a. die Lebenserfahrung des Lesers zu erweitern und die Wirklichkeit zu ›vergeistigen‹, z.B. die Parabel vom verlorenen Sohn oder vom barmherzigen Samariter. Daneben berühmt: die in Lessings *Nathan der Weise* eingebaute Ringparabel aus Boccaccios *Decamerone*, Goethes *Buch der Parabeln*, Kafkas *Vor dem Gesetz*, Brechts *Geschichten vom Herrn Keuner* (↗Kalendergeschichte), U. Johnsons *Jonas zum Beispiel* u.a.

Paradigma [gr. Beispiel, Muster], 1. ↗exemplum, 2. in der Wissenschaftstheorie: eine gemeinsam geteilte Vorstellung einer Gruppe von Wissenschaftlern (↗Paradigmenwechsel), 3. Begriff der ↗Semiotik, Gegenstück zu ↗Syntagma.

Paradigmenwechsel, von Th.S. Kuhn (*The Structure of Scientific Revolutions*, 1962, dt. 1967) eingeführter Begriff, der die Ablösung einer älteren wissenschaftlichen Methode durch eine neue bezeichnet, die so revolutionierend und in ihrem Innovationsanspruch so dynamisch sein muß, daß sie »für eine gewisse Zeit einer Gemeinschaft von Fachleuten Modelle und Lösungen liefert«; z.B. der Paradigmenwechsel vom ästhetischen ↗Formalismus und der ↗werkimmanenten Interpretation zur ↗Rezeptionsästhetik und ↗Literatursoziologie in den 1970ern, der Paradigmenwechsel von der ↗Literatur- zur ↗Kulturwissenschaft in den 1990ern.

Paradoxon, Pl. Paradoxa [gr. das Unerwartete], scheinbar alogische, unsinnige, widersprüchliche Behauptung, oft in Form einer ↗Sentenz oder eines ↗Aphorismus, die aber bei genauerer gedanklichen Analyse auf eine höhere Wahrheit hinweist, z.B. »Wer sein Leben findet, der wird es verlieren« (Math. 10, 39), »sus lebet ir tôd« (Gottfried von Straßburg: *Tristan*). Dient meist als Mittel der Verfremdung, der absichtlichen Verrätselung einer Aussage oder des emphatischen Nachdrucks; bezeichnet ursprünglich die didaktisch motivierte, absichtlich nicht unmittelbar einleuchtende, zum Nachdenken zwingende Formulierungsweise der griechischen Stoiker. In der ↗Ideengeschichte als Epochenphänomen (insbesondere von ↗Manierismus und ↗Barock) verstanden, für den ↗New Criticism spezifisches Merkmal der poetischen Sprache, im Dekonstruktivismus (↗Poststrukturalismus) grundlegende Denkfigur, die wie das ↗Oxymoron den Leser mit der Unauflöslichkeit von Widersprüchen, der Unmöglichkeit einer festen Bedeutung (↗Aporie) konfrontiert.

Paralipomenon, Pl. Paralipomena [gr. Übergangenes, Ausgelassenes], Textvariante, Fragment, Ergänzung, Nachtrag usw., der bei der endgültigen Fassung eines literarischen Werkes nicht berücksichtigt oder für die Veröffentlichung (zunächst) ausgeschieden wurde.

Paralipse [gr. Unterlassung, lat. *praeteritio*], 1. Hervorhebung eines Themas oder Gegenstands durch die nachdrückliche, jedoch nicht eingehaltene Erklärung, daß darauf aus bestimmten Gründen nicht näher eingegangen werde, eingeleitet durch Wendungen wie »Ich will nicht davon sprechen, daß«. Mittel der ↗Ironie; 2. in der ↗Erzähltheorie G. Genettes ein Sonderfall der ↗Ellipse: die Auslassung von Fakten innerhalb einer Handlung.

Parallelismus [von gr. *parallelos* = gleichlaufend], 1. rhetorische Figur (*parallelismus membrorum*): a) Gleichlauf syntaktischer Elemente (↗Isokolon): eine variierende oder verstärkende Wiederkehr derselben Wortreihenfolge mit ungefähr derselben Wortzahl, z.B.

»als ich noch Kind war, redete ich wie ein Kind, dachte ich wie ein Kind, urteilte ich wie ein Kind« (1. Kor. 13, 11); b) die Spaltung einer Aussage in zwei (oder mehr) Aussageeinheiten gleichen oder gegensätzlichen Inhalts, wobei das zweite Glied auch den Gedanken des ersten fortführen kann, z. B. »so muß ich dich verlassen, von dir scheiden«, »sie forderts als eine Gunst, gewähr es ihr als Strafe« (Schiller: *Maria Stuart*); häufig mit ↗Anapher, ↗Epipher, ↗Symploke, ↗Homoioteleuton verbunden; 2. allgemein jede Wiederholung von Personen, Situationen, Formulierungen usw. in einem literarischen Werk, z. B. die dreimalige Wiederholung von Wünschen, Aufgaben, Begegnungen, Träumen usw. im ↗Märchen oder die Wiederholung bestimmter Personengruppierungen auf verschiedenen Ebenen (z. B. die Gegenüberstellung adeliges Liebespaar/Diener-Liebespaar).

Paraphrase [aus gr. neben, in der Nähe + Wort, Rede], 1. erweiternde oder erläuternde Wiedergabe eines Textes in derselben Sprache, vor allem zur Verdeutlichung des Sinns, etwa bei einer Interpretation; 2. freie Prosa-Umschreibung einer Versdichtung; 3. freie, nur sinngemäße Übertragung (Übersetzung) eines Textes in eine andere Sprache.

Parataxe [gr. Nebeneinanderstellung, Beiordnung] ↗Hypotaxe

Paratext [zu gr. *para* = über, hinaus], von G. Genette (*Seuils*, 1987, dt. 1989) geprägter Begriff: ein Text, der nicht zum eigentlichen literarischen Werk gehört (z. B. Klappentext, ↗Widmung, ↗Motto, ↗Titel, Vorwort, Autorenname, Verlagsprospekt, Interview mit dem Autor, Tagebucheintragung, Entwurf), aber doch zusammen mit anderen Paratexten ein Bezugssystem zu diesem bildet, einen »pragmatischen Hof«. Bringt u. a. in ein literarischen Werk eine zweite, auch gegenläufige Stimme hinein (↗Dialogizität), nimmt Bezug auf dessen historischen Kontext (↗Intertextualität), prägt maßgeblich den ↗Erwartungshorizont und die Rezeption, meist ohne daß der Leser sich dessen bewußt ist. ↗Poststrukturalismus

Parenthese [gr. Einschub], grammatisch selbständiger Einschub in einen Satz, der den grammatischen Zusammenhang unterbricht, ohne die syntaktische Ordnung zu verändern: »So bitt ich – ein Versehn wars, weiter nichts – / Für diese rasche Tat dich um Verzeihung« (Kleist: *Penthesilea*).

Parodie [gr. Gegengesang, ursprünglich für einen neuen gesprochenen Vortrag des ↗Epos im Unterschied zu einem älteren musikalisch-rezitativischen], ein literarisches Werk, das ein vorhandenes (bekanntes) Werk unter Beibehaltung kennzeichnender formaler und stofflicher Elemente, aber mit gegenteiliger, satirischer, kritischer oder polemischer Absicht nachahmt; spielt mit der Diskrepanz zwischen dem von Form und Stoff geprägten ↗Erwartungshorizont des Lesers und der tatsächlichen Erfüllung; in der Wirkung umso komischer, je größer die Fallhöhe vom Parodierten zur Parodie ist.

Unterscheidet sich durch höheren Kunstanspruch, formale Übernahmen, Beibehaltung der Sujetfügung (nicht nur des ↗Plots) und umfassendere kritische Intention von ↗Travestie, Literatursatire und ↗Pastiche; zielt, anders als die ↗Kontrafaktur, die eine Vorlage für eigene Äußerungsabsichten nutzt, besonders auf die Herabsetzung oder Kritik der Vorlage.

Beispiele: Fr. Nicolais *Die Freuden des jungen Werther* und Fr. Th. Vischers *Faust III* als Parodien von Goethes bekannten Werken, Cervantes *Don Quijote* als Parodie des ↗Ritterromans, das ↗komische Epos als Parodie des ↗Heldenepos, die ↗Hanswurstiade als Parodie der ↗Haupt- und Staatsaktion. ↗Dialogizität

Parodos [gr. (seitlicher) Zugang, Einzug], im antiken Theater: 1. der seitliche Zugang zur ↗orchestra, durch den der Chor zu Beginn des Dramas feierlich Einzug hält; 2. das Einzugslied des Chors beim Betreten der orchestra, im weiteren Sinn überhaupt die ganze erste Chorpartie eines ↗Dithyrambus, einer Tragödie oder Komödie. ↗exodos, ↗stasimon, ↗Episode (epeisodion)

Parole [frz.], von F. de Saussure (*Cours de linguistique générale*, 1916) geprägter Begriff der Linguistik: die realisierte, benutzte, aktiv durch den Willen des Individuums bedingte Sprache, die konkrete Äußerung im Unterschied zur Gesamtheit aller Regeln und Zeichen einer Sprache, zur virtuellen, idealen Sprache, zur sog. *langue*, und im Unterschied zum Sprachvermögen allgemein (*langage*). ↗Performanz

Paronomasie [gr. Wortumbildung], Wortspiel mit Wortbedeutungen durch Zusammenstellen von Wörtern 1. desselben Stamms mit bestimmten Bedeutungsverschiebungen: »wer sich auf den *verläßt*, der ist *verlassen*« (dagegen ↗Polyptoton, ↗Figura Etymologica), 2. von Wörtern verschiedener Herkunft und Bedeutung, aber gleicher oder ähnlicher Lautung: »kümmert sich mehr um den *Krug* als den *Krieg*« (Schiller).

Pars pro toto [lat. der Teil für das Ganze], uneigentlicher Ausdruck, ↗Tropus, bei dem ein Teil einer Sache das Ganze bezeichnet, z. B. *Dach* für ›Haus‹. Eng gefaßte Form der ↗Synekdoche, vgl. auch ↗Metonymie.

Pasquill [ital. Schmähschrift, nach dem für seinen Witz bekannten römischen Schneider Pasquino], meist anonyme oder pseudonyme, gegen eine bestimmte Persönlichkeit gerichtete Schmähschrift, z. B. Goethes *Fastnachtsspiel vom Pater Brey*, Jean Pauls *Pasquill auf die jetztlebende schönste Frau in Deutschland.*

Pastiche [frz., von ital. *pasticcio* = Pastete, Mischmasch, Kunstfälschung], künstlerische Imitation eines für einen bestimmten Autor oder eine bestimmte Epoche typischen Stils, entweder als Fälschung oder als namentlich gekennzeichnete Stilimitation, meist in parodistischer Absicht oder als Stilübung (wie z. B. Prousts *Pastiches et mélanges*).

Pastorelle, auch Pastourelle [frz. Schäferlied, Hirtengedicht], im Mittelalter weit verbreitete lyrische Gedichtform, in der ein Ritter versucht, eine Schöne vom Lande zu verführen. Charakteristisch: die Mischung von Erzählung und Dialog und die schematische Folge von 1. ↗Natureingang (↗locus amoenus), 2. Werbegespräch zwischen Ritter und Mädchen und 3. (sofern der Ritter Gehör findet) ›Pastorellen-Umarmung‹. Beispiele bei Froissart, Gottfried von Neifen, Oswald von Wolkenstein u. a.

Pathos [gr. Leid], 1. in der Poetik des Aristoteles der Teil der ↗Tragödie, der durch seine Handlung (z. B. den Tod des Helden) im Zuschauer die Affekte *eleos* und *phobos* (Jammern und Schaudern, auch: Mitleid und Entsetzen) erzeugt (↗Katharsis); 2. in der antiken ↗Rhetorik dem *Genus grande* (↗Genera dicendi) zugeordneter Affekt des Publikums: eine momentane seelische Erschütterung, die durch die theatralische Vorführung furchtbarer und grausiger Gegenstände oder durch starke ↗Verfremdung (↗Hyperbeln, ↗Apostrophen usw.) hervorgerufen wird; 3. in der neuzeitlichen Ästhetik (z. B. Schillers: *Über das Pathetische*, 1793) Stilform, die die leidenschaftliche Darstellung ihrer Gegenstände mit dem Ausdruck hohen moralischen und sittlichen Anspruchs verbindet; heute zumeist abwertend als. ›hohles Pathos‹, als rhetorisch-affektierte Übertreibung verstanden.

Pegnitzschäfer, auch Pegnesischer Blumenorden: eine der bedeutendsten deutschen ↗Sprachgesellschaften.

Pentameter [gr. fünf + Maß], aus der Antike stammende Versform, die, obwohl sie schematisch gesehen aus sechs ↗Daktylen (ersetzbar durch ↗Spondeen) besteht, als ›Fünfmaßler‹ bezeichnet wird, weil vom 3. und 6. Daktylus jeweils nur die Länge realisiert ist und beide zusammen als *eine* metrische Einheit (eine ↗Dipodie) zählen; mit verbindlicher ↗Dihärese nach der 3. Länge: –◡◡ | –◡◡ | – || –◡◡ | –◡◡ |–. Im Deutschen mit Hebungen und Senkungen nachgebildet: »Únd von Wérken der Hánd || rúht der geschä́ftige Márkt« (Hölderlin: *Brod und Wein*). Tritt selten allein auf, meist zusammen mit dem ↗Hexameter als ↗Distichon.

Performanz, in der Sprachtheorie N. Chomskys (*Aspects of a Theory of Syntax*, 1967, dt. 1965): die individuelle Sprachverwendung im Unterschied zur allgemeinen Sprachfähigkeit (*Kompetenz*). Vergleichbar dem Begriffspaar *langue* und ↗*parole*, nur daß Chomsky die Kompetenz nicht als statisches (wie die *langue*), sondern als dynamisches Regelsystem beschreibt.

Perikope [gr. Abschnitt], 1. System aus mehreren Strophen (↗Leich), 2. in der Liturgie der für jeden Tag des Kirchenjahrs festgelegte Leseabschnitt aus der Bibel (Grundlage der ↗Predigt).

Periode [gr. Kreislauf, regelmäß. Wiederkehr], 1. in der ↗Rhetorik: ein kunstvolles, wohlklingendes Satzgefüge, dessen Gliederung in zwei Teile eine logische Beziehung (meist einen Gegensatz oder eine Analogie) zwischen den darin ausgedrückten Gedanken oder Sachverhalten deutlich macht und Anfang und Ende des Satzes eng miteinander verbindet, z. B. alle *Wenn ... dann*, *zwar... aber*, *je ... desto*-Sätze. Der spannungsschaffende 1. Teil der Periode, die *protasis* (gr. Voranstellung), gibt mit seinem Aufbau schon das Schema vor, mit dem sein Gegenstück, die *apodosis* (gr. Nach- oder Folgesatz), die Spannung löst, wobei beide Teile auch umgekehrt aufeinanderfolgen oder sich über mehr als zwei Satzteile (↗Kolon) erstrecken können: »Wenn ich mir also, sagte Franz, eine der Thaten unsers Erlösers in ihrer ganzen Herrlichkeit denke, wenn ich die Apostel, die Verehrungswürdigen, die ihn umgaben, vor mir sehe, wenn ich mir die göttliche Milde vorstelle, mit der er lehrte und sprach; wenn ich mir einen der heiligen Männer aus der ersten christlichen Kirche denke, die mit so kühnem Muthe das Leben und seine Freuden verachteten, und alles hingaben, was den übrigen Menschen so viele Sehnsucht, so manche Wünsche ablockt, um nur das innerste Bekenntniß ihres Herzens, das Bewußtsein der großen Wahrheiten sich zu behaupten und andern mitzutheilen; – wenn ich diese erhabenen Gestalten in ihrer himmlischen Glorie vor mir sehe […]: wenn ich mich dazu meiner Entzückungen vor herrlichen Gemählden erinnere, seht, so entschwindet mir meist aller Muth, so wage ich es nicht, mich jenen auserwählten Geistern zuzurechnen, und statt zu arbeiten, statt fleißig zu seyn, verliere ich mich in ein leeres unthätiges Staunen« (Tieck: *Franz Sternbalds Wanderungen*, 1798). In der ↗Kunstprosa durch rhythmische Formeln geregelte Periodenschlüsse, um das Satzende deutlich zu markieren; 2. metrische Einheit aus mehreren ↗Kola, z. B. ↗Hexameter, ↗Trimeter usw.; 3. in der mittelhochdeutschen Dichtung Bezeichnung für mehrere, durch eine bestimmte Reimstellung (z. B. abba) zusammengefaßte Verse; 4. ↗Epoche bzw. Teilabschnitt einer Epoche.

Peripetie [gr. Wendung, plötzlicher Umschwung], in der Tragödientheorie des Aristoteles: der meist plötzlich eintretende Umschlag der dramatischen Handlung, oft vom Glück ins Unglück, von Unwissenheit in Erkenntnis (↗Anagnorisis). Markiert den Punkt (↗*krisis*), von dem ab der Held, egal, wie er auch handeln mag, unausweichlich der ↗Katastrophe zutreibt. Im streng gebauten Fünfakter am Ende des 3. oder zu Beginn des 4. Akts, im Dreiakter am Ende des 2. bzw. zu Beginn des 3. Akts.

Periphrase [gr. Umschreibung], Umschreibung einer Person, einer Sache oder eines Begriffs durch kennzeichnende Tätigkeiten, Eigenschaften oder Wirkungen, z. B. »das Land, wo die Zitronen blühen« (Goethe) statt Italien. Dient der ↗amplificatio, der poetischen Ausschmückung eines Textes (↗Ornatus), der verhüllenden Nennung eines Tabuworts (»Freund Hein« für ›Tod‹, ↗Euphemismus) oder der Anspielung (↗Allusion). Spezifische Formen der Periphrase: ↗Antonomasie, ↗Metonymie, ↗Synekdoche.

Permutation [lat. Vertauschung], strenges oder unsystematisches Durchspielen möglicher Kombinationen von einzelnen Wort-, Satz- oder Versgliedern; auch das Produkt dieses Vorgangs. V. a. in der ↗konkreten Dichtung (bei R. Queneau: *Cent mille milliards de poèmes*, 1961, E. Gomringer, L. Harig u. a.), aber auch schon in Antike, Renaissance und Barock (G.Ph. Harsdörffer, Q. Kuhlmann).

Persiflage [frz. von *siffler* = auspfeifen], kunstvoll-ironische Verspottung einer Person oder eines Gegenstands, besonders durch nachahmende Übertreibung bestimmter Stilmanieren, z. B. die Figuren Peeperkorn und Naphta in Th. Manns *Zauberberg* als Persiflagen des Dramatikers G. Hauptmann und des Philosophen G. Lukács (↗Literatursoziologie). Häufig Bestandteil von ↗Satire, ↗Parodie oder ↗Travestie.

Personales Erzählen ↗Erzählsituation

Personifikation [lat. Maske, Gestalt + machen], Teil der ↗Allegorie, Sonderform der ↗Metapher: die Ausstattung von abstrakten Begriffen (*Welt*, *Liebe*, *Tugend*, *Zeit*, *Tod*), Kollektiva (Städte, Länder), Naturerscheinungen (Flüsse, Tagesanbruch, Abendröte), Tieren (↗Fabel) oder leblosen Dingen mit Eigenschaften und Fähigkeiten, die sonst nur Menschen zukommen, z. B. »Gelassen stieg die Nacht ans Land, / lehnt träumend an der Berge Wand« (Mörike), »Gevatter Tod« (Claudius), »Vater Rhein« (Hölderlin). Fließender Übergang zur nur metaphorischen Zuordnung von Verben und Adjektiven aus menschlichen Lebensbereichen zu Konkreta oder Abstrakta, z. B. »das Auto streikt«, »die lachende Sonne«. Wesentlicher Grundzug des ↗Mythos (der griechische Gott Chronos als Personifikation der ›Zeit‹, die Göttin Nike, davon abgeleitet: der Name der Sportartikelfirma, als Personifikation des Siegs, die Göttin Iris als Personifikation des Regenbogens, Eos als Personifikation der Morgenröte). ↗Prosopopoeie

Perspektive [lat. *per-spicere* = mit dem Blick durchdringen, wahrnehmen], auch *point of view:* Standort, von dem aus (vor allem in der Lyrik) gesprochen bzw. (vor allem in der Epik) ein Geschehen dargestellt wird. Zu charakterisieren durch 1. den räumlichen und zeitlichen Abstand zum Geschehen (Nah- oder Fern-Perspektive), 2. durch die Weite des Überblicks (↗Erzählsituation: auktorial, personal, Sicht von außen, Perspektivenwechsel usw.). Bezeichnet das Zentrum der Wahrnehmung in einer Textpartie und darf nicht mit der Identität des Erzählenden oder Sprechenden und seiner Beziehung zur erzählten Geschichte oder zur heraufbeschworenen Welt verwechselt werden. ↗Fokalisierung

Petrarkismus, wichtige, im 14. Jahrhundert in Anlehnung an Petrarcas (1304–1374) Gedichtzyklus *Canzoniere* ausgebildete Gattung der europäischen Liebeslyrik, auch das von ihr abgelöste literarisches Liebeskonzept allgemein.

Konstitutiv: die unveränderbare Konstellation von lyrischem (männlichen) Ich und angeredetem (weiblichen) Du, wobei die angebetete Dame – wie im hohen ↗Minnesang – den Liebenden immer zurückweist und zum unerreichbaren Ideal, zur Heiligen verklärt wird. Liebesschmerz und hohe Liebe, nie Liebesglück und sexuelle Erfüllung sind die Themen des petrarkistischen Gedichts und rechtfertigen dessen charakteristische formale Merkmale: den hohen Stil (↗Genera dicendi) und die kunstvolle Anwendung weniger rhetorischer Figuren, vor allem von bestimmten ↗Antithesen (Liebe und Tod, Feuer und Eis), ↗Hyperbeln, ↗Oxymora (*bittersüße Liebe*) und ↗Metaphern (z.B. Preziosen: ein schöner, doch kalter Schmuck als Metapher der Frau, Diamanten als Metaphern ihrer Augen, Perlen – ihre Zähne, Korallen – ihre Lippen usw.). Für M. Opitz (*Buch von der deutschen Poeterey*, 1624) wichtige Pflichtübung der Dichter, »weil die liebe gleichsam der wetzstein ist an dem sie jhren subtilen Verstand scherffen«. Oft auch parodistisch genutzt.

Beispiele von P. Bembo (*Rime*, 1530), Ariost, Michelangelo, der ↗Pléiade (Ronsard), Shakespeare, Weckherlin, Opitz, Fleming, Stieler, Hölty (↗Anakreontik), Klopstock (Oden an Fanny), Schiller (Laura-Gedichte), Mörike (*Peregrina*), Heine (*Buch der Lieder*), G. Eich (*Lauren*) u.a. Grundform der modernen, scheinbar authentischen Liebeslyrik (↗Erlebnisdichtung).

Phänomenologie [gr. Lehre von den Erscheinungen], in der Philosophie Hegels: die Lehre von den Entwicklungsstufen des Bewußtseins; in der programmatisch so benannten Philosophie E. Husserls (seit 1900) zentraler Begriff: eine »universale Sinn- und Bedeutungsforschung, die durch philosophisch reflektierte ›Wesensschau‹ das im Bewußtsein Gegebene möglichst objektiv zu erfassen sucht«. Weiterentwickelt von M. Heidegger, J.P. Sartre, P. Ricœur, H.G. Gadamer (↗Hermeneutik); in der Literaturwissenschaft umgesetzt vor allem von R. Ingarden (*Vom Erkennen des literarischen Kunstwerks*, 1968) und W. Iser (↗Wirkungsästhetik), die die Konkretisation literarischer Werke im Bewußtsein des Lesers in den Mittelpunkt stellen; in jüngster Zeit zu einer Theorie der Imagination (↗das Imaginäre) und der ↗Fiktion allgemein entwickelt.

Phänotext ↗Genotext

Phallozentrismus [zu gr. *phallos* = männliches Glied], in der Psychoanalyse J. Lacans und der ↗feministischen Literaturwissenschaft Bezeichnung für die Struktur einer sprachlich-kulturellen Ordnung, die den Phallus als Symbol, als Quelle der Macht und als ↗Referenz aller Zeichen setzt.

Phantastische Literatur [zu gr. *phantastikos* = Vorstellungskraft, Einbildung], 1. Sammelbezeichnung für jede Art von Literatur, die dem allgemeinen, als normal und empirisch überprüfbar anerkannten Weltbild ein anderes gegenüberstellt und die ästhetische Erfahrung des Phantastischen, des Irrealen, aber Möglichen, des in der Einbildung Existierenden in irgendeiner Weise thematisiert bzw. auslöst, z.B. ↗Fantasy, ↗Science Fiction, ↗Legende, ↗Märchen; 2. Gattungsbezeichnung für literarische (erzählende) Texte, die geprägt sind von einem Konflikt zwischen dem zunächst vorgestellten Weltbild, das für die beteiligten Figuren wie den Leser der Wirklichkeit entspricht, und Ereignissen, die innerhalb dieses Weltbilds nicht erklärt werden können, da sie aus einem anderen System, z.T. auch einer anderen literarischen ↗Gattung stammen – wobei der Einbruch des Unerklärlichen in die vertraute Welt sich fast immer mit dem Unheimlichen verbindet und der Held wie Leser darüber im Ungewissen gelassen wird, ob es innerhalb der Geschichte wirklich geschehen ist oder nur in der Einbildung, im Traum, durch eine Sinnestäuschung o.ä. Beispiele: E.A. Poe: *The Fall of the House of Usher*, H. James: *The Turn of the Screw*.

Phatisch ↗Referenz

Philologie [aus gr. Freund + Wort, Rede, Buch], Wissenschaft, die sich – eigentlich aus ›Liebe zum Wort‹ – um das Verständnis und die Vermittlung von sprachlichen, insbesondere von literarischen Texten bemüht; umfaßt Sprach- und ↗Literaturwissenschaft, erstreckt sich auf die modernen wie die alten Sprachen (Neu- und Altphilologie).

Phobos [gr. Angst, Schrecken, Schauder] ↗Katharsis

Phrase [gr. Ausdruck], 1. in der antiken ↗Rhetorik: die sprachlich-stilistische Ausformulierung der einem Text zugrundeliegenden Gedanken allgemein (lat. *elocutio*), besonders die einzelne Wortgruppe oder Wendung, im Unterschied zur *lexis*, dem einzelnen Wort; heute vor allem abwertend: ›leeres Geschwätz‹; 2. in der Linguistik (↗Generative Transformationsgrammatik): die einzelnen Einheiten eines Satzes, die durch einen Stammbaum (*phrasemarker*) hierarchisch dargestellt werden können.

Pietismus [zu lat. *pius* = fromm], die deutsche Literatur und Kultur prägende Bewegung des Protestantismus, in Deutschland (Halle/Saale) Ende des 17. Jahrhunderts entstanden, zeichnet sich u.a. durch praktische Seelsorge (pädagogische und missionarische Tätigkeit, gemeinsames Bibelstudium, ↗Kirchenlied, ↗Predigt, ↗Erbauungsliteratur), den Glauben an einen subjektiv erlebbaren ›Durchbruch der Gnade‹, der ›Erweckung‹ und eine schwärmerische Frömmigkeit aus.

Mitverantwortlich u.a. für die Entstehung der ›Erfahrungsseelenkunde‹ (Vorform der Psychologie und Psychoanalyse), die weite Verbreitung der Lesefähigkeit, die ›Lesesucht‹ (die Zunahme der stillen, identifikatorischen Lektüre), die Karriere des Romans, die Literarisierung außerliterarischer Formen wie ↗confessio, ↗Tagebuch, ↗Brief (↗Briefroman), die zunehmende Funktion der Poesie als Ersatzreligion, die Ausbildung der ↗Erlebnisdichtung und die Schaffung eines Wortschatzes der ›Innerlichkeit‹ (↗Mystik), der ›Seelentiefe‹ (z.B. *zer-fließen*, *durch-dringen*). Deutliche Spuren z.B. bei Klopstock (*Messias*), Goethe (*Wilhelm Meisters Lehrjahre*: die ›Bekenntnisse einer schönen Seele‹ im 6. Buch), K.Ph. Moritz (*Anton Reiser*), beim ↗Halleschen Dichterkreis, in ↗Empfindsamkeit und ↗Romantik allgemein Begründet von Jakob Spener (*Pia desideria*, 1675), weitere Vertreter: A.H. Francke, N.L. von Zinzendorf u.a.

Pikaroroman, auch pikaresker Roman [zu span. *picaro* = Schelm, Gauner], Bezeichnung für den im Spanien des 16. Jahrhunderts entstandenen und in ganz Europa erfolgreichen ↗Schelmenroman im Gefolge des anonymen *Lazarillo de Tormes* (1554).

Pindarische Ode, Form des altgriechischen ↗Chorlieds, besteht aus 2 gleich gebauten, vermutlich von Halbchören gesungenen Strophen (Ode/Antode) und einer metrisch (eventuell auch im Umfang) abweichenden dritten, vermutlich vom ganzen Chor gesungenen Strophe (↗Epode). Im Gegensatz zu den ↗Odenmaßen der monodischen Lyrik aus den verschied. Versmaßen komponiert. Beispiele bei Stesichoros, Pindar, Horaz, Celtis, Ronsard, Opitz, Gryphius u.a.

Plagiat [lat. *plagiarius* = Menschenräuber, Seelenverkäufer], widerrechtlich, nicht gekennzeichnete Übernahme und Verbreitung von fremdem geistigen Eigentum.

Pléiade [von gr. *pleias* = Siebengestirn], Dichter- bzw. Literatenkreis mit jeweils 7 Mitgliedern, im Anschluß an die *Pleias*, einer Gruppe von 7 Tragödienautoren des 3. Jahrhunderts v.Chr. Die bekanntesten: 1. die französische Pléiade, die bedeutendste Dichterschule der frz. ↗Renaissance um P. de Ronsard und J. Du Bellay; 2. die zur ↗Romantik zählende russ. Pléiade um A. Puschkin.

Pleonasmus [gr.-lat. Überfluß, Übermaß], meist überflüssiger, synonymer Zusatz zu einem Wort/einer Redewendung, als Stilfehler (»schwarzer Rappe«, »neu renoviert«) oder zur nachdrücklichen Betonung (»mit *meinen eigenen* Augen«). Ursprünglich pleonastisch sind auch Komposita wie *Lindwurm*, *Maulesel*, bei denen mittlerweile das jeweilige verdeutlichende Synonym (Wurm, Esel) das Grundwort (lind, maul) ersetzt hat. ↗Tautologie

Plot, unterschiedlich definierter Begriff, meist aber im Sinn von: die *Handlung* einer Erzählung bzw. eines Dramas, die kausale, logische, chronologische und psychologische Verknüpfung der Handlungen und Charaktere, die ↗Histoire, die ↗Fabel im Unterschied zu ↗Story, ↗Sujet (szujet) und *discourse* (↗Diskurs).

Pnigos, n. [gr. Atemlosigkeit], sprech- und atemtechnisches Kunststück der antiken ↗Komödie: eine in einem Atemzug, also sehr schnell zu sprechende lange Sentenz; oft am Schluß der ↗Parabase.

Poesie [gr. *poiesis* = das Machen, Verfertigen, Dichten, Dichtkunst], bezeichnet in der Antike ursprünglich das freie Schöpfertum im Unterschied zur nachschaffenden ↗Mimesis (lat. *imitatio*), dann allgemein die Dichtung, insbesondere die Versdichtung (im Gegensatz zur ↗Prosa).

Poésie pure [frz.] ↗absolute, autonome Dichtung

Poeta doctus, m. [lat.], auch Poeta Eruditus: Ideal des gelehrten, (groß-) städtisch gebildeten Dichters, der aus einem reichen, von der Kultur seiner Zeit geprägten Wissensschatz schöpft (was sich in Zitaten, Anspielungen, Reflexionen, einer Beherrschung der verschiedensten literarischen Gattungen und Stillagen usw. zeigt). Das Ideal des Poeta Doctus hat vor allem die Literatur der ↗Antike, des ↗Mittelalters, ↗Humanismus, ↗Barock, noch der ↗Aufklärung entscheidend geprägt. Als moderne Poetae docti gelten T.S. Eliot, Th. Mann, G. Benn, R. Musil, J.L. Borges u.a. Gegensatz von ↗Poeta Vates.

Poeta laureatus, m. [lat.], vor allem in ↗Antike, ↗Renaissance und ↗Barock häufiger: der Sieger eines dichter. Wettstreits (↗Agon), mit dem Lorbeerkranz gekrönt und mit dem Titel ›poeta laureatus‹ ausgezeichnet, z.B. Petrarca, Celtis, Frischlin, Opitz, Dryden, auch noch Wordsworth.

Poeta vates, m. [lat.], im Gegensatz zum ↗poeta doctus der aus göttlicher Inspiration schaffende, sich als Priester und Seher stilisierende Dichter; als Bezeichnung u.a. für Vergil, Horaz, Klopstock, Baudelaire und George verwendet.

Poète maudit [frz.], der in seiner Genialität von der Gesellschaft verkannte, gesellschaftlich ausgeschlossene, verfemte Dichter, der – alle bürgerlichen Werte verachtend – oft an der Grenze zum Wahnsinn oder Tod nur seinem Kunstideal (dem l'art pour l'art, der ↗autonomen Kunst) lebt. Zum poète maudit stilisierten sich u.a. Verlaine, Rimbaud und Mallarmé (↗Bohème).

Poetik [gr. Dichtkunst], Lehre von der Dichtkunst. Verbindet in unterschiedlicher Gewichtung Dichtungstheorie, normativ-praktische Anweisung zum ›richtigen‹ Dichten und Dichtungskritik, schreibt z.B. für bestimmten ↗Gattungen die *angemessenen*, passenden poetischen Verfahrensweisen vor (Versformen, ↗Genera dicendi, Einteilung in ↗Akte, Aufbau usw.), erörtert Fragen der Übertragung fremder Versmaße, der Reimbildung, der spezifisch poetischen Wortwahl, der Versbildung (↗akzentuierendes, ↗quantitierendes, ↗silbenzählendes Versprinzip), der ↗Gattungseinteilung, der Produktion, Funktion, Präsentation und Wirkung von Dichtung und das Verhältnis von Dichtung und Wirklichkeit, Dichtung und ↗Mythos usw. Besonders auf die Versdichtung konzentriert, ordnet die ↗Prosa der ↗Rhetorik zu.

Von nachhaltigem Einfluß auf die europäische Literatur allgemein, Höhepunkte in ↗Renaissance und ↗Barock; im 18. Jahrhundert zunehmend als ↗Literaturkritik und von der ↗Ästhetik, die alle Künste, auch die nicht literarischen systematisch zu erfassen sucht, auch von der ↗Stilistik, im 20. Jahrhundert dann von der ↗Literaturtheorie abgelöst, deren wichtigster Vorläufer und Bezugsrahmen sie ist.

Als eigenständige Disziplin von Aristoteles (*Peri poetikes*, 355 v.Chr.) begründet, der die Entwicklung der europäischen ↗Tragödie und Tragödientheorie (↗drei Einheiten, ↗Fallhöhe,

↗Katharsis, ↗Ständeklausel, Wahrscheinlichkeit der Handlung) und die Diskussion vor allem des Begriffs der ↗Mimesis, der Naturnachahmung, geprägt hat. Ebenfalls folgenreich: Horaz (*Ars poetica*, ↗Genera dicendi, ↗prodesse et delectare, ↗ut pictura poesis), J.C. Scaliger (*Poetices libri septem*, 1561, Einteilung der Dichtung in drei Hauptgattungen), N. Boileau (*Art poétique*, 1674, ↗Klassik), M. Opitz (*Buch von der deutschen Poeterey*, 1624), G. Ph. Harsdörffer (*Poetischer Trichter*, 1648–53), J. Chr. Gottsched (*Versuch einer critischen Dichtkunst*, 1730, ↗Witz), J. Bodmer/J. Breitinger (*Critische Dichtkunst*, 1740, ↗das Erhabene, das Wunderbare) u. a., wobei oft nicht scharf zwischen Poetik, Rhetorik und Ästhetik getrennt werden kann.

Poetischer Realismus, von O. Ludwig (*Shakespeare-Studien*, 1871) geprägte Bezeichnung für die typisch idyllisch-resignative, die Wirklichkeit verklärende, da Aspekte wie Grausamkeit oder Armut weitgehend aussparende Ausprägung des ↗Realismus in Deutschland in der zweiten Hälfte des 19. Jahrhunderts; auch als ›bürgerlicher Realismus‹ bezeichnet.

Poetry slam ↗Slam poetry

Point of view ↗Perspektive

Politische Literatur, Sammelbezeichnung für Literatur, die politische Ideen, Vorgänge, Aspekte thematisiert; im engeren Sinn: Literatur, die damit eine politische Beeinflussung oder Wirkung beabsichtigt.

Je nach Art ihrer politischen Ziele kann diese Literatur affirmativ sein oder kritisch-normkorrigierend oder auch initiativ, zum (revolutionären) Handeln aufrufen. Beispiele für politische Literatur finden sich zahlreich und zu jeder Zeit, z. B. im Mittelalter bei Walther von der Vogelweide, in der Reformationszeit, im 18. Jahrhundert nach der Französischen Revolution, im 19. Jahrhundert (↗Junges Deutschland, ↗Naturalismus, ↗Vormärz) und im 20. Jahrhundert (vaterländische Kriegsdichtung des Ersten und Zweiten Weltkriegs, Blut- und Bodenliteratur, ↗Dadaismus, ↗Expressionismus, ↗Agitproptheater, ↗Nachkriegsliteratur, ↗Dokumentarliteratur).

Polymetrie [gr.], Vielmaß, Anwendung verschiedener metrischer Schemata in einem Gedicht, z. B. in den antiken ↗Odenmaßen, im mittelalterlichen ↗Leich.

Polyphonie [gr. Vielstimmigkeit], 1. Gegensatz zur ↗Monodie, 2. ↗Dialogizität.

Polyptoton [aus gr. viel + Fall], Wiederholung desselben Worts in versch. Flexionsformen, z. B. »homo hominis lupus«, »Auge um Auge«. ↗Figura Etymologica, ↗Paronomasie

Polysemie [gr.], Mehrdeutigkeit von Wörtern, auch als *Äquivokation* oder ↗Ambiguität bezeichnet.

Polysyndeton [gr. vielfach Verbundenes], Verknüpfung mehrerer gleichgeordneter Wörter/Wortgruppen/Sätze durch dieselbe Konjunktion, z. B. »und es wallet und siedet und brauset und zischt« (Schiller); auch als *syndetische Reihung* bezeichnet. Gegensatz von ↗Asyndeton.

Polyvalenz [gr.], Mehrwertigkeit bzw. Mehrdeutigkeit von Texten. Gilt als Spezifikum literarischen Texte, die durch sprachliche Überstrukturierung (z. B. durch ↗Vers, ↗Reim, ↗Metaphern) ganz unterschiedlichen Lesern die Möglichkeit bieten, sich jeweils ihren eigenen, für sie stimmigen, zusammenhängenden und bedeutsamen Text (↗Kohärenz) zu ›erlesen‹; im Gegensatz zu wissenschaftlichen Texten, die eindeutig, klar und bestimmt sein sollen. ↗Handlung, ↗Konstruktivismus

Pop-Literatur [anglo-amerikan. von *popular* = allgemein verständlich], an den Begriff Pop-Art angelehnte Bezeichnung für die sich zunächst in den USA, dann auch in Europa in den 1960er Jahren herausbildende Literatur der Pop-Kultur. Merkmale der Pop-Literatur sind der Rückgriff auf Elemente der Trivial- und Zeitschriftenliteratur (z. B. *Playboy*, *Bravo*, *Life*) und die Vorliebe für anti-künstlerische Verfahren wie ↗Montage und Serialität, für *Objets Trouvés* und *Ready Mades* (↗Dadaismus), für jugendlich-›wilde‹ Helden und das ›pralle‹ Leben. Indem die Pop-Literatur den exklusiv-elitären Anspruch der Literatur in Frage stellt, weil sie deren Warencharakter betont, erschließt sie ihr Freiräume und definiert ein neues Lebensgefühl (»born to be free«).

Beispiele: Th. Wolfe: *The Kandy-Kolored Tangerine-Flake Streamline Baby* (1965), H. von Cramer: *Der Paralleldenker* (1968), P. Handke: *Die Innenwelt der Außenwelt der Innenwelt* (1969), R. D. Brinkmann: *Die Piloten* (1969), R. D. Brinkmann/R. R. Rygulla (Hg.): *Acid* (1969), F. Kriwet: *Apollo Amerika* (1969). Vorläufer in der ↗Beat generation.

In der Mitte der 1990er Jahre hat der Begriff Pop-Literatur Karriere gemacht, als Bezeichnung für eine ungemein erfolgreiche deutschsprachige Literaturrichtung, als deren gemeinsame Kennzeichen vor allem die Jugend, der Erfolg und die Medienwirksamkeit ihrer Autoren (wie z. B. S. Berg, Th. Brussig, M. Goldt, R. Goetz, Th. Hettche, F. Illies, Chr. Kracht, A. Henning von Lange, Th. Meinecke, S. Regner, B. von Stuckrad-Barre) und die Vorliebe für oberflächlich attraktive, materialistische Lifestyle-Themen gelten. Die Pop-Literatur der 1990er Jahre entwickelt Verfahren der frühen Pop-Literatur weiter, unterscheidet sich von dieser aber durch die radikal hedonistische, ästhetische Grundhaltung und den Verzicht auf politisch-gesellschaftskritische Intentionen. Vergleichbare Strömungen auch in Amerika (B. F. Ellis: *American Psycho*, 1985), England (N. Hornby: *High Fidelity*, 1995) und Frankreich (M. Houellebecq).

Positivistische Literaturwissenschaft [von lat. *positivus* = gegeben], von H. Taine (*Geschichte der englischen Literatur*, 1864) angeregte Richtung der Literaturwissenschaft, wendet sich gegen mystisch-spekulative Sinndeutungen, orientiert sich nach dem Vorbild der Naturwissenschaften am ›Faßbaren‹, indem sie Literatur als Produkt des Ererbten, Erlernten und Erlebten, als Resultat des sozialen Milieus und bestimmter historischen Konstellationen versteht. Wichtige methodische Grundlagen: ↗Biographie, ↗Textkritik, ↗Stoff- und Motivgeschichte, die Suche nach Stilparallelen, nach Vorbildern, Einflüssen, nach den äußeren Bedingungen eines Kunstwerks, die Erhebung und Sicherung von Daten und Fakten. In der deutschen Germanistik vor allem in der zweiten Hälfte des 19. Jahrhunderts dominant (C. Justi, R. Haym, K. Goedeke, B. Suphan, H. Paul, J. Kürschner, W. Scherer u. a.).

Posse [frz. (*ouvrage à*) *bosse* = erhabene Arbeit, im 15. Jahrhundert ins Deutsche entlehnt als *bosse*, *posse* mit der verengten Bed. ›Scherzfigur am Brunnen‹], niedere, volkstümliche Form der ↗Komödie, für die ein einfaches Handlungsgefüge, Stegreifeinlagen und eine vordergründige Situations- bzw. Charakterkomik typisch sind (wie in ↗Mimus, ↗Fastnachtsspiel, ↗Commedia dell'arte).

Als Bezeichnung zunächst für die kurzen, derb-komischen ↗Nachspiele der deutschen ↗Wanderbühnen verwendet, dann vor allem für die Stücke des ↗Wiener Volkstheaters (J. Nestroy) und seiner Tradition (L. Anzengruber: *Doppelselbstmord*, 1876; Y. Goll: *Die Unsterblichen*; 1920, R. Musil: *Vinzenz*, 1924, u. a.).

Postfiguration [lat. nach + Darstellung], im Unterschied zur ↗Präfiguration die bewußte Stilisierung eines Geschehens oder einer Gestalt nach biblischem oder mythischem Muster; z. B. in mittelalterlichen Legenden (der Heilige Georg als Postfiguration Christi) oder in Th. Manns *Joseph und seine Brüder* (Joseph als Postfiguration von Osiris).

Postille [von lat. *post illa* (*verba tex-*

tus) = nach jenen (Worten des Textes)], ursprünglich Auslegung eines Bibeltextes, die diesem jeweils abschnittweise folgt, dann allgemein jede schriftauslegende, für den Vortrag in der Kirche oder die Lektüre daheim bestimmt ↗Predigt; ironisch gebraucht von Brecht in seiner Gedichtsammlung *Die Haus-Postille* (1927).

Postkoloniale Literaturen ↗Komparatistik

Postmoderne [zu lat. *post* = nach, erstmals als Wort bei R. Pannwitz: Die *Krisis der europäischen Kultur*, 1917], Bezeichnung für die kulturgeschichtliche Periode *nach* der ↗Moderne; geht seit den 1960er Jahren von den USA aus, zeichnet sich durch die Radikalisierung der in der Moderne angelegten Einsichten aus; in der Wissenschaft z. B. durch konsequente Erkenntnisskepsis (Entwicklung fragmentarischer und vorläufiger Wissensmodelle, Verzicht auf sinnstiftende ›große Erzählungen‹, ↗Mentalitätsgeschichte, ↗Poststrukturalismus), in der Literaturwissenschaft durch die Beachtung der Popular- und Subkultur (Erforschung von ↗Trivialliteratur allgemein, ↗Comics, ↗Fantasy u. ä., von nichtliterarischen ↗Textsorten), in der Kunst durch das gleichberechtigte Nebeneinander verschiedener eigentlich unvereinbarer Perspektiven, Kunst-, Epochen und Gattungsstile in einem Werk (↗Aporie, ↗Collage, ↗Parodie, ↗Pastiche, ↗Zitat). Versteht ›Wirklichkeit‹ als ein Konstrukt (↗Konstruktivismus), das durch multimediale Technologien der Simulation verdrängt und ersetzt werden könnte (↗Repräsentation); betont, daß zentrale kunsttheoretische Konzepte (wie Schönheit, Wahrheit, Genialität, ↗Mimesis) immer durch soziale Institutionen (Schule, Universität, Museum, Medien) geprägt und vermittelt und daher nur relativ zu definieren seien (↗Polyvalenz, ↗Proposition). Vertreter: in der bildenden Kunst z. B. A. Warhol und J. Beuys, im Film D. Lynch, J.-L. Godard und P. Greenaway, in der Philosophie Fr. Lyotard und J. Baudrillard, in der Literatur Th. Pynchon, J. L. Borges. U. Eco, P. Süskind, Chr. Ransmayr, H. Krausser, A. Endler u. a. (↗Gegenwartsliteratur).

Poststrukturalismus, auch Neostrukturalismus, Dekonstruktivismus (nach dem methodischen Ansatz und der amerikanischen Schule der *deconstruction*): Sammelbezeichnung für eine vor allem seit den späten 1960er Jahren in Frankreich (z. B. durch M. Foucault, J. Derrida, J. Kristeva, G. Deleuze, F. Guattari, J. Baudrillard) und Amerika (z. B. durch P. de Man, H. Bloom) entstandene geistes- und sozialwissenschaftliche Richtung.

Die dekonstruktivistische Analyse ist vor allem eine Strategie der Lektüre von Texten, die nach den vielfältigen Verfahren sucht, mit denen ein Text ›Sinn‹ erzeugt und zugleich wieder zerstört, dekonstruiert; wobei sie sich vor allem auf die Verwendung ↗rhetorischer Figuren und ↗Tropen (besonders von ↗Allegorie, ↗Prosopopoeie, ↗Chiasmus und ↗Metapher), auf das Prinzip der ↗Intertextualität, auf die einen Text bzw. eine Gattung prägenden ↗binären Oppositionen (z. B. Tod/Leben, gefroren/flüssig; ↗Erzählgrammatik) und einander bekämpfenden widersprüchlichen Bedeutungskräfte konzentriert. So bestimmt die poststrukturalistische Literaturwissenschaft den Prozeß des Lesens (↗Rezeptions-, ↗Wirkungsästhetik) als unabschließbares Entfalten bedeutsamer Zusammenhänge und sich aufhebender Gegensätze; definiert die Sprache allgemein durch die ↗Différance, durch den beständigen Aufschub einer möglichen Offenbarung, weil beständigen Verweis eines Wortes auf ein anderes Wort. Literarische Texte sind damit Systeme, denen keine außerliterarische Wirklichkeit entspricht. Sie sind auch keine, so der traditionelle Glaube, organisch, kausal und hierarchisch gegliederten ›Einheiten‹, die eine feste, statische ›Form‹ besitzen und einen metaphysischen ›Sinn‹ erzeugen, der durch Interpretation entziffert und mitgeteilt werden könnte. ↗Strukturalismus, ↗Postmoderne

Präfiguration [lat. vorher + Darstellung], Deutung von Personen und Ereignissen des Alten Testaments als prophetisches. Vorzeichen des christlichen Heilsgeschehens im Neuen Testament, z.B. Adam als Präfiguration von Christus, Eva als Präfiguration von Maria. ↗Typologie, ↗Postfiguration

Präsupposition [lat. vor + unterlegen, unterstellen], in der Linguistik: eine für das korrekte Verständnis einer Äußerung notwendige Voraussetzung, die im Unterschied zur *Implikation* auch für die Verneinung eines Satzes zutrifft. Der Satz »Rita ißt gern Pralinen« z.B. präsupponiert die Aussage »Es gibt jemanden namens Rita.«

Hängt vor allem vom Kontext einer Kommunikationssituation ab, ist ein Komplex aus Kenntnissen und ↗Diskursen (↗Erwartungshorizont), der durch den Sender wie den Empfänger einer Nachricht aktiviert und manipuliert wird. Bestandteil der ↗Proposition; berührt sich mit der weitergefaßten, oft pragmatisch nicht begrenzten ↗Intertextualität.

Pragmatik [gr. *pragmatikos* = im Geschäftsleben erfahren, nützlich; *pragma* = Tun, Handlung], Teil der ↗Semiotik.

Predigt [von lat. *praedicare* = öffentlich ausrufen, laut verkündigen], Verkündigung von Gottes Wort an die Gemeinde durch den Prediger; im Mittelalter unterschieden in a) die im hohen Stil (↗Genera dicendi) gehaltene, nach den Gesetzen der ↗Rhetorik kunstvoll ausgearbeitete, sich einen Bibelvers zum Thema nehmende lat. *sermo*, b) die von einer Rhetorik der Bescheidenheit und Volkstümlichkeit geprägte volkssprachliche *homilie*, oft mit satirisch-komischen Zügen (z.B. die Predigten von Abraham a Santa Clara oder Luther), die maßgeblich die Entwicklung einer eigenständigen deutschen Prosadichtung beeinflußt hat (Ort, um die bis ins 18. Jahrhundert der Versdichtung vorbehaltenen poetischen Stilformen zu erproben und einen ›natürlichen‹, von der ↗Rhetorik und ihrer lat. Tradition nicht gemaßregelten Stil auszubilden).

Predigtmärlein, eine in eine ↗Predigt eingebaute Erzählung beliebigen Charakters (↗exemplum, ↗Legende, ↗Anekdote, ↗Sage, ↗Fabel, ↗Schwank u.a.), die die kirchliche Lehre veranschaulichen soll; vor allem in Mittelalter und Barock beliebt.

Preisgedicht ↗Eloge, ↗Panegyrik

Prenzlauer Berg, Künstlerviertel im früher zur DDR gehörenden Ostteil Berlins, mit zahlreichen Gründerzeithäusern. In den 1980er Jahren zum Synonym einer Lebens- und auch Literaturrevolte geworden. Die Gruppierung von Künstlern und Literaten, die in dem damaligen Abbruchviertel wohnten (z.B. S. Anderson, A. Endler, E. Erb, J. Faktor, U. Kolbe, K. Lange-Müller, D. Opitz, B. Papenfuß-Gorek, L. Rathenow), orientierte sich an den sinnzertrümmernden, radikal experimentellen, aber auch nüchternen Sprech- und Denkweisen der ↗Postmoderne und der ↗Beat generation, gab Untergrundzeitschriften heraus und veranstaltete heimliche Lesungen, lebte und schrieb gegen die ›offizielle‹ DDR (↗DDR-Literatur): *Berührung ist nur eine Randerscheinung* war der Titel einer 1985 im Westen erschienenen gemeinsamen Anthologie. Die Gruppierung löste sich Ende der 1980er Jahre auf und wurde in den 1990er Jahren noch einmal zum Gegenstand der Literaturdebatten im Feuilleton, als die Stasi-Kontakte einiger Autoren bekannt wurden.

Priambel, f. oder n. [lat. *praeambulum* = Vorspruch], einstrophiger, metrisch weitgehend freier, meist paargereimter Spruch, der zunächst eine Reihe miteinander nicht in unmittelbarer Beziehung stehender Sachen, Handlungen oder Vorkommnisse aufzählt und sie am Schluß in einer Pointe einer überraschenden Gemeinsamkeit zuordnet: »Münch und pfaffen, / geiß und alte affen, / hurn, buben und filzläuse, / wo die nehmen oberhand / verderben sie ein ganz land.« Blütezeit im 15. Jahrhundert (H. Rosenplüt, H. Sachs, ↗ Spruchdichtung, ↗ Fastnachtsspiel).

Priapea, n. Pl. (gr.), kurze, heiter-erotische bis drastisch-obszöne Gedichte, oft mit epigrammatischer Pointe; ursprünglich als Inschrift unter Statuen des antiken Fruchtbarkeits- und Gartengotts *Priapus* zur Abwehr von Flurschäden und von Unfruchtbarkeit angebracht. Beispiele bei Horaz, Catull, Martial, Goethe u. a.

prodesse et delectare [lat. nutzen und erfreuen], in der ↗ Poetik häufig anzutreffendes, die Literatur bis ins 18. Jahrhundert prägendes vereinfachtes Zitat aus Horaz' *Ars poetica* (V. 333), wonach das Ziel der Dichter die Vermittlung von (moralischen) Lehren und/ oder ästhetischem Vergnügen sei.

Produktionsästhetik, die Ansätze der Literatur- und Kunstwissenschaft, die die (gesellschaftlichen, politisch-ideologischen, auch individuellen) Entstehungsbedingungen von Kunstwerken untersuchen, vor allem in der ↗ Literatursoziologie (marxistische Literaturwissenschaft, bei Th. W. Adorno, G. Lukács u. a.), und in der ↗ empirischen Literaturwissenschaft

Prolegomenon, Pl. Prolegomena [gr. das im Voraus Gesagte], Vorrede, Vorbemerkung, Einführung zu einem größeren wissenschaftlichen Werk, z. B. das für die Entstehungstheorie der frühzeitlichen ↗ Epen, der ↗ Oral poetry bedeutsam gewesene *Prolegomena ad Homerum* von Fr. A. Wolf (1795).

Prolepse [gr. Vorwegnahme], 1. in G. Genettes ↗ Erzähltheorie eine der Hauptformen narrativer ↗ Anachronie: die Vorwegnahme (↗ Antizipation) eines späteren Ereignisses; 2. sinnbetonte Voranstellung eines aus der normalen Syntax gelösten Worts/Satzteils: »*Mir* welch ein Moment war dieser!« (Goethe).

Prolog [gr. Vorrede, Vorspruch], Einleitung eines dramatischen (seltener auch epischen) Werks. Ebenfalls szenisch dargestellt, oft als Monolog oder Dialog von Personen des Hauptteils oder einer ↗ Personifikation; soll u. a. das Publikum begrüßen und auf die Handlung vorbereiten, kann Handlungsstrukturen verdeutlichen, auf den Schluß vorausdeuten (↗ Epilog) und didaktische, moralische, kritische oder ästhetische Absichten formulieren. Oft zweigeteilt in 1. *prologus praeter rem* (↗ Proömium): unmittelbare Wendung des Autors an die Leser oder Hörer und 2. *prologus ante rem*: Hinweise auf das Werk, seine Geschichte und Tendenzen. Berühmte Prologe bei Aischylos (*Die Perser*), Gottfried von Straßburg (*Tristan*), Wolfram von Eschenbach (*Parzival*), Calderón, Molière, Goethe (*Faust*), Schiller (*Jungfrau von Orleans*), Tieck (*Der gestiefelte Kater*), Hofmannsthal (*Jedermann*), Brecht (*Baal*) u. a. ↗ argumentum

Proömium, Pl. Proömia, Proömien [gr. das vor dem Gesang Vorgetragene, das den Weg Bereitende], 1. allgemein: Vorrede zu einem ↗ Epos mit Musenanruf, Themenangabe usw. (↗ Prolog), insbesondere die sog. *Homerischen Hymnen*; 2. in der ↗ Rhetorik: Eröffnung einer Rede (↗ Exordium), enthält neben der Anrede der Hörer meist eine ↗ Captatio benevolentiae und allgemeine Betrachtungen.

Proposition [lat. Thema, Darlegung (des zu beweisenden Sachverhalts einer Rede)], 1. in der ↗ Rhetorik die ↗ Disposition, 2. in der Linguistik: die von einer Äußerung ausdrücklich ausgesprochene oder stillschweigend vorausgesetzte bedeutungshaltige Information, also alle durch den Akt der Äußerung als wahr gesetzten Aussagen, all das, was in der Tiefenstruktur (↗ Generative Textgrammatik) gegeben sein muß, damit die Äußerung, die Oberflächenstruktur, einen Sinn geben kann (↗ Kohärenz), z. B. die ↗ Präsuppositionen.

Prosa [lat. *prorsa* (*oratio*) = geradeaus gerichtete, geradeheraussagende Rede], im Gegensatz zur Verssprache die ungebundene, nicht durch formale Mittel (↗Metrum, ↗Reim) regulierte Schreib- und Redeweise, auch die in Prosa geschriebenen bzw. gesprochenen Texte. Ursprünglich nur als Bezeichnung für wissenschaftliche, schriftlich niedergelegte Texte (Geschichtsschreibung, Philosophie, Naturwissenschaft usw.) und für schriftliche Notizen im Gegensatz zur Dichtung, die bis ins 18. Jahrhundert weitgehend in Versen verfaßt und für den mündlichen Vortrag bestimmt war, dann allgemein für jede Textsorte, für die ungezwungene Alltagsrede ebenso wie den kunstvoll ausgefeilten fiktionalen Text (Alltagssprache/künstlerische Prosa); seit dem 18. Jahrhundert oft auch synonym verwendet mit ›erzählender Literatur‹ (vor allem dem ↗Roman), deren Hauptmedium sie ist, und der ↗Lyrik entgegengesetzt, die in Abgrenzung zur Prosa durch ihr »Nicht-Prosa-Sein« definiert wird. Häufig auch mit den ↗Konnotationen des Adjektivs ›prosaisch‹ verbunden: ›alltäglich‹, ›vernünftig‹, ›desillusioniert‹, ›sachlich‹ usw. (vgl. auch »mit jemandem Prosa reden« = mit jemandem ohne Umschweife, im Klartext reden, ihn rücksichtslos auf die Fakten hinweisen). Oft wird auch versucht, sich in der Prosa durch den Einsatz poetischer Themen, Wörter und Bilder oder eine der Wissenschaftsprosa entgegengesetzte vermeintlich unbewußte, natürliche Schreibweise (↗stream of consciousness, ↗Simultantechnik), durch die Verwendung von ↗Metapher, ↗Parallelismus u.a. der Verssprache, der ↗gebundenen Rede, anzunähern (↗Kunstprosa, ↗Prosagedicht, ↗rhythmische Prosa; ↗Rhetorik, ↗Stil), ohne dabei die Eigenständigkeit und Spezifik der Prosa aufzugeben.

Prosaauflösung, Auflösung einer Versdichtung in ↗Prosa, im Unterschied zur Übersetzung innerhalb der gleichen Sprache; vor allem im 15. Jahrhundert üblich, z.B. Eilharts von Oberge *Tristrant und Isalde* (1484) nach Gottfrieds von Straßburg Versepos oder der sog. *Prosa-Lanzelot* (afrz. um 1220, mhd. um 1230, älteste überlieferte Prosaauflösung).

Prosagedicht [nach frz. *poème en prose*], im ersten Drittel des 19. Jahrhunderts in Frankreich entwickelte Form der ↗Lyrik, die den Vers durch eine kunstvoll strukturierte und klanglich-rhythmisch ausgestaltete ↗Prosa ersetzt; steht zwischen ↗rhythmischer Prosa und ↗freien Rhythmen, z.B. A. Bertrands *Gaspard de la nuit* (1826–36), Baudelaires *Petits poèmes en prose* (postum 1869), Lautréamonts *Les chants de Maldoror* (1869), Rimbauds *Les illuminations* (1872). Im nachhinein auch als Bezeichnung für die lyrische Prosa S. Geßners (↗Idyllen), Wielands, Jean Pauls u.a. verwendet.

Prosarhythmus, Gliederung der ungebundenen Rede durch bestimmte Akzentuierungen; geprägt durch den Wechsel von betonten und unbetonten Silben, von langen und kurzen Wörtern, durch bestimmte Klangfolgen, Wortstellungen, Satzgliederungen (längere oder kürzere ↗Kola, Pausen, ↗Asyndeton, ↗Polysyndeton) und die Sinngebung. Im Unterschied zum Verstext nicht durch ↗Metrum und ↗Reim vorhersehbar und nur selten eindeutig festzulegen. ↗Kunstprosa, ↗Klausel

Prosimetrum [lat., gr.], Mischung von ↗Vers und ↗Prosa, charakteristisch für die menippische ↗Satire (Varro, Lukian, Petronius' *Satyrikon*, Wielands *Grazien*), häufig auch in der ↗Schäferdichtung.

Proskenion [gr.], lat. *proszenium*: im antiken Theater der Platz, meist ein erhöhtes Podest, vor dem Bühnenhaus (skene), von dem Treppen oder seitliche Rampen in die ↗orchestra hinabführen; Hauptspielort der Schauspieler.

Prosodie [gr. Akzent], ursprünglich der (musikalische) Akzent bzw. die Lehre vom (musikalischen) Akzent, dann allgemein Lehre von den Silbenquantitäten (Längen und Kürzen), heute Teil der ↗Metrik: Lehre von den für die Versstruktur konstitutiven Elementen, von *Quantität*, *Akzent* (betont/unbetont), *Tonhöhe* (hoch/tief) und *Wortgrenze*.

Prosopopoeie [gr. Gesicht + hervorbringen, machen], Form der ↗sermocinatio: die Darstellung lebloser Dinge (z.B. von Lampen, Steinen), Naturerscheinungen (z.B. Wind, Mond) oder Abstrakta (z.B. Liebe, Alter) als redende, hörende, z.T. auch handelnde Figuren (↗Personifikation, ↗Allegorie). In Paul de Mans Arbeiten (↗Poststrukturalismus) wichtige rhetorische Figur, da sie auch dem Text selbst ein ›Gesicht‹ verleiht, indem sie eine Stimme als Sprecherinstanz, eine den Text verantwortende außerliterarische Gestalt, eine ↗Referenz suggeriert, die es nicht gibt.

Prospekt [lat. Ausblick], meist auf Leinwand gemalter Hintergrund der ↗Guckkastenbühne.

Protagonist [gr. erster Kämpfer], in der gr. ↗Tragödie der 1. Schauspieler, im Gegensatz zum Deuteragonisten und Tritagonisten, dem 2. und 3. Schauspieler, dann allgemein: eine aus einer Gruppe (Ensemble, Team, Mannschaft, Partei u.ä.) aktiv herausragende Person.

Protasis [gr. Voranstellung], 1. der erste der drei notwendigen Teile einer dramatischen Handlung (vor ↗*epitasis* und ↗Katastrophe), meist identisch mit dem 1. Akt, stellt die Verhältnisse und Zustände dar, aus denen der dramatische Konflikt entspringt (↗Exposition, ↗erregendes Moment); 2. erster Teil einer ↗Periode.

Proverb(ium), veraltete lat. Bezeichnung für ↗Sprichwort.

Psalm, Pl. Psalmen [gr. das zum Saitenspiel vorgetragene Lied], eins der 150 hebräischen liturgischen Lieder aus dem 10. bis 2. Jahrhundert v. Chr., gesammelt im Alten Testament (im *Buch der Psalmen*, dem sog. ↗*Psalter*). Meist rhythmisch zweigeteilte Verse mit paralleler oder antithetischer Gedankenführung und syntaktischem Gleichlauf (↗parallelismus membrorum). Grundlage der christlichen Liturgie: in gehobenem Sprechgesang (psalmodieren) zwischen zwei Chören oder zwischen Vorsänger und Chor (Gemeinde) vorgetragen. Oft nachgedichtet oder literarisch bearbeitet, von Luther, Fleming, Opitz, Gerhardt, Lavater, Herder, Buber u.a.

Psalter [nach gr. *psalterion*, einem antiken Saiteninstrument], 1. Sammlung von ↗Psalmen; 2. Zentralbuch für klösterliche Chorgebete, enthält vor allem die 150 Psalmen, aber auch Gebets- und Andachtsbuch für Laien, meist mit ↗Kalendergeschichten, Heiligen- und Monatsbildern reich ausgestattet.

Pulcinella, m. [ital.] ↗Commedia dell'arte

Puppenspiel, auch Figurentheater: Theaterspiel mit Puppen oder anderen mechanisch bewegten Figuren, entweder als stummes Spiel oder von einem Kommentator begleitet oder mit unterlegten menschlichen Stimmen. Von manchen als vollkommenste Form des absoluten Theaters (↗absolute Dichtung) angesehen, da die Puppe einerseits durch Starre, Mangel an Mimik, andererseits durch unbegrenzte Form-, Bewegungs- und Verwandlungsmöglichkeiten (Fabelwesen, Veränderung der Größe, Fliegen, Verschwinden, Verwandeln, Verselbständigung einzelner Körperteile usw.) die schöpferische Imaginationskraft und Phantasie des Spielers und Rezipienten freisetzt und anregt. Charakteristisch: volkstümliche, dem ›Menschentheater‹ entlehnte Stoffe und Figurenkonstellationen (insbesondere der ↗Commedia dell'arte), oft auf aktuelle Sachverhalte anspielende Improvisationen und die Einbeziehung des Publikums (als Aufpasser, Schiedsrichter u.ä.) meist durch ein Frage-Antwort-Spiel. Fürs Puppentheater schrieben A. von Arnim (*Die Appelmänner*, 1813), J. von Eichendorff (*Das Incognito*, 1841), H. von Hofmannsthal (*Das kleine Welt-*

theater, 1903), G. Trakl (*Blaubart*, 1917) u. a.

Q

Quadrivium ↗ artes

Quantitierendes Versprinzip, Versstruktur, die durch den geregelten Wechsel langer und kurzer Silben konstituiert wird, im Gegensatz zum ↗ akzentuierenden, auf dem Wechsel von betonten und unbetonten Silben beruhenden Versprinzip. Grundlegend vor allem für die klassische griechische und römische Metrik (↗ antiker Vers), wobei Silben mit langem bzw. mit einem kurzen, von zwei oder mehr Konsonanten gefolgten Vokal als lang gezählt werden und als kurz die Silben, die einen kurzen Vokal besitzen bzw. mit einem langen Vokal enden und an eine mit einem Vokal einsetzende Silbe stoßen (↗ Hiatus).

Quartett [lat. *quartus* = der vierte], vierzeilige Abschnitt eines Gedichts, vor allem eines ↗ Sonetts (dort kontrastiert mit dem *Terzett*, dem Dreizeiler), bzw. eine vierzeilige Strophe (↗ quatrain).

Quatrain [frz. Vierzeiler], in der französischen Metrik: allgemein jede vierzeilige Strophenform, auch die Quartette des ↗ Sonetts; besonders aber ein Vierzeiler aus 4 ↗ Alexandrinern oder 4 ↗ vers communs, mit dem Reimschema abba, wie er vor allem als Form des ↗ Epigramms und der ↗ Gnome gebraucht wird. Dt. Nachbildungen bei M. Opitz, F. von Logau, G. E. Lessing, A. von Platen u. a.

Quelle, schriftliche Vorlage, mündliche Überlieferung oder bildliche Anregung, die einem literarischen oder wissenschaftlichen Werk als stoffliche Basis dient; oft nicht angegeben oder auch erfunden. Von der *Quellen-* und *Einflußforschung* (↗ Intertextualität) untersucht; auf Echtheit und Glaubwürdigkeit von der *Quellenkritik* geprüft. ↗ Stoff

Querelle des anciens et des modernes [frz.], bekannter Literaturstreit französischer Literaten in der zweiten Hälfte des 17. Jahrhunderts, ausgetragen zwischen Vertretern einer an der ↗ Antike orientierten Literaturauffassung (z. B. N. Boileau, J. de La Bruyère, J. B. Racine) und solchen, die die Lösung vom antiken Vorbild propagieren, die Behandlung von Stoffen auch aus der neueren Geschichte bzw. der Bibel fordern und sich für zeitgemäße, progressive Tendenzen einsetzen (z. B. Ch. Perrault, Fontenelle).

R

Rahmenerzählung, Erzählung, die eine fiktive Erzählsituation entwirft, in deren Rahmen eine oder mehrere *Binnenerzählungen* eingebettet sind. Kann dem Gerahmten den Schein einer lebendigen, mündlichen Erzählung verleihen, deren Anspruch auf Wahrheit untermauern oder sie als Erfindung bloßstellen, im Kontrast oder in Analogie dazu stehen, den Leser einstimmen und die Spannung steigern oder mehrere, thematisch auf den ersten Blick oft nur lose zusammengehörige Einzelerzählungen zu einer geschlossenen Einheit zusammenfassen; berichtet oft vom Fund einer fingierten Quelle (wie Chronik, Tagebuch, Brief, z. B. in Stifters *Die Mappe meines Urgroßvaters*, Storms *Schimmelreiter*) oder von einer Gesellschaft, die sich Geschichten erzählt (so als wesentlicher Bestandteil der Gattung ↗ Novelle, vgl. Boccaccios *Decamerone*, die *Erzählungen aus 1001 Nacht*), kann knapp sein (wie die Erzählung des Herausgebers in Goethes *Werther*) oder auch als ganzer Roman eine kleine Novelle rahmen (wie Goethes *Wahlverwandtschaften* oder die *Wunderlichen Nachbarskinder*).

Rätsel [spätmhd. zu raten], meist knappe, oft in Verse gebrachte, oft auch als Frage formulierte indirekte Umschreibung einer Person oder Sache, die der Hörer oder Leser erraten soll. Zu den ↗einfachen Formen gezählt, mit ursprünglich außerliterarischer, magisch-mythischer Funktion, unterteilt in a) *unlösbare* Rätsel, die nur ein Eingeweihter richtig beantworten kann, der sich damit als Mitglied eines Kult- oder Sozialverbands ausweist oder gar als ihr Anführer; b) *Hals(lösungs)*-Rätsel, deren Lösung über Leben und Tod entscheidet (wie z. B. das Sphinx-Rätsel oder das *Wafthrudnirlied* in der Edda). Wichtige Mittel der Verschlüsselung: ↗Metapher, ↗Vergleich, ↗Personifikation, ↗Ambiguität. Entweder selbständig (meist als ↗Epigramm, z. B. bei Logau, Goethe, Mörike) oder im Mittelpunkt größerer Erzählungen (z. B. im ↗Märchen: Prinzessin Turandot, Rumpelstilzchen, oder im ↗Schwank: *Pfaffe Amîs* des Stricker). Sonderformen: Buchstaben-Rätsel (Logogryph), Zahlen-Rätsel (Arithmogryph), Bilder-Rätsel (↗Rebus), ↗Palindrom, ↗Homonym, Kreuzwort- und Silbenrätsel.

Raubdruck, widerrechtlicher Nachdruck.

Realismus [von lat. *res* = Sache, Wirklichkeit], 1. Bezeichnung für gesamteuropäische Stilepoche zwischen 1830 und 1880; z. T. von den Künstlern (z. B. dem Maler G. Courbet und dem Schriftsteller O. Ludwig, ↗poetischer Realismus) als Bezeichnung selbst gebraucht für eine Kunst, deren Realismus vor allem darin gesehen wird, daß sie sich auf die aktuelle Zeit bezieht, über soziale, ökonomische, politische und ideologische Zeiterscheinungen reflektiert, die Kausalzusammenhänge von gesellschaftlichen und individuellen Daseinsformen aufzeigt, Zeit und Raum exakt und detailgetreu darstellt, Personen psychologisch differenziert und Wirklichkeit als eine dynamische, durch sinnliche Erfahrungen, bestimmte Perspektiven usw. gebildete Kategorie und nicht als statische Gegebenheit begreift. Geprägt u. a. durch den philosophischen Materialismus (K. Marx), den ↗Positivismus und die Evolutionstheorie (Ch. Darwin). Vertreter: H. de Balzac, G. Flaubert, Ch. Dickens, Ch. Brontë, L. Tolstoij, F. M. Dostojewskij, in Deutschland Th. Fontane, W. Raabe, A. Stifter, T. Storm, C. F. Meyer, G. Keller, G. Freytag, J. Gotthelf u. a.; 2. Bezeichnung für eine künstlerische Darstellungsweise, die sich – im Gegensatz zu einer idealisierenden Darstellung – am Vorbild der (historischen) Wirklichkeit orientiert und diese ›naturgetreu‹ und glaubhaft wiederzugeben versucht. Als Begriff problematisch, weil nicht eindeutig entschieden werden kann, was ›Wirklichkeit‹ ist: Konstruktionsformen, Wahrnehmungen und Definitionen von Wirklichkeit sind einem ständigen Wandel unterworfen (↗Konstruktivismus), hängen in der Kunst u. a. vom ↗Erwartungshorizont des Rezipienten, dem jeweiligen Potential einer ↗Verfremdung und der gewählten ↗Gattung ab: Der Schwarzweiß-Film z. B. kann ein Mittel des Realismus sein und – als Einlage in einem Farbfilm – einen dokumentarischen Anspruch untermauern oder – selbständig eingesetzt – ein die modernen Sehgewohnheiten stark befremdendes, betont künstlerisches Medium. Daher als Prädikat für ganz verschiedene Werke und aus ganz verschiedenen Gründen, verwendet, z. B. für die ↗Novellen Boccaccios (u. a. aufgrund der obszönen Thematik und dem Bezug auf die damals in Florenz grassierende Pest), für Grimmelshausens *Simplicissimus* (u. a. aufgrund des Verzichts auf das ↗Genus grande und der vermeintlich detailgetreuen Beschreibung des Lebens in den mittleren und niederen Ständen), für die Literatur des ↗Sturm und Drang (u. a. aufgrund ihrer Gegenüberstellung von individueller Empfindsamkeit und gesellschaftlicher Wirklichkeit), für die Werke Döblins, H. Manns und Hemingways (u. a. aufgrund ihrer Nichtzugehörigkeit zu ↗Expressionismus, ↗Surrealismus, ↗Neue Sachlichkeit).

Rebus, m. oder n. [lat. durch Dinge (ausdrücken)], Bilder- ↗Rätsel, das mit dem Gleichklang bestimmter Wörter und Silben spielt und graphische Abbildungen von Gegenständen, oft zusammen mit Zeichen (Ziffern, Buchstaben, Noten), so kombiniert, daß sich aus der Lautfolge ihrer Benennungen ein neuer Begriff oder Satz ergibt, z. B. Bild: Äste + Bild: Tisch = ›ästhetisch‹, 2g = ›Zweige‹.

Rede, 1. Bezeichnung für die Wiedergabeform einer Aussage; von der ↗Erzähltheorie unterschieden in *gesprochene Rede* und in *Gedankenrede*, wobei jeweils nach Abnahme der Mittelbarkeit durch die Art und Weise der Wiedergabe (durch Erzählung, Zitat oder als Mischung von dramatischem und narrativem ↗Modus: *transponierte Rede*) differenziert wird: a) *erzählte gesprochene Rede*: Erwähnung des sprachlichen Akts (»Pippi plauderte mit Annika.«) – Gesprächsbericht (»Sie erzählte ihr von Weihnachten.«), b) *transponierte gesprochene Rede*: indirekte Rede (»Pippi sagte zu ihr, daß sie Pfefferkuchen backen werde.«) – ↗erlebte Rede (»Ja, sie werden Pfefferkuchen mit sehr viel Zimt und Zucker backen!«), c) *zitierte gesprochene Rede*: direkte Rede (»Pippi sagte zu ihr: ›Ich werde Pfefferkucken backen.‹«) – autonome direkte Rede (»Ich werde Pfefferkuchen backen.«), d) *erzählte Gedankenrede*: Bewußtseinsbericht (»Pippi hatte darüber nachgedacht, ob sie Annika und Tommi zu Weihnachten einladen sollte, und freute sich darauf, mit ihnen das Fest vorzubereiten.«), e) *transponierte Gedankenrede*: indirekte Rede (»Pippi sagte sich, daß sie mit Annika und Tommi Weihnachten vorbereiten wolle.«) – erlebte Rede (»Fein, sie würde mit Annika und Tommi auf jeden Fall Pfefferkucken backen.«), f) *zitierte Gedankenrede*: Gedankenzitat (»›Ich will Annika nun sagen, wie man Pfefferkucken backt‹, dachte sie.«) – autonomer ↗innerer Monolog (»Da läutet es. Das wird Annika sein. Ich werde ihr gleich den Zimt unter die Nase halten … Noch bevor ich etwas sage. Vielleicht errät sie's.«). Ebenfalls wichtig: die *auktoriale Rede* (die unmittelbare Wendung eines fiktiven Erzählers an den Leser, ↗Erzählsituation); 2. Bezeichnung einer ↗Textsorte: zum mündlichen Vortrag bestimmter, je nach Situation und Zweck meist stilistisch entsprechend ausgearbeiteter Gebrauchstext, der im Gegensatz etwa zum wissenschaftlichen Vortrag nicht nur durch Argumente, sondern auch durch gedankliche und stilistische Kunstgriffe (↗Rhetorik) zu überzeugen versucht; im gesellschaftlichen und politischen Bereich von großer Bedeutung (Plädoyer vor Gericht, Wahl-, Fest-, Grab- und Gedenkrede, ↗epideixis, ↗Predigt).

Redundanz [lat.], in der Linguistik: Überschuß an Informationen, z. B. jede Form der semantischen Wiederholung (↗Hendiadyoin, ↗Gemination, ↗Epipher usw.). Mindert die Gefahr des Mißverstehens, kann aber gerade auch von der eigentlichen Information ablenken und sie ihrer Wichtigkeit berauben; oft als spezifisches Merkmal der Dichtung, besonders der ↗Lyrik, angeführt.

Referenz, Referentialität, referentiell [zu lat. *referre* = zurücktragen, sich beziehen auf], in der Linguistik: die Beziehung eines sprachlichen Zeichens zu dem von ihm bezeichneten Gegenstand in der außersprachlichen Welt. Im von K. Bühler (*Sprachtheorie*, 1934) entworfenen Sprachmodell (›Organonmodell‹) eine der drei Funktionen von Sprache, neben der *expressiven* (Kundgabefunktion, dient der Selbstdarstellung des Sprechers, bestimmt die Haltung gegenüber einem Gegenstand) und der *appellativen* Funktion, die auf die Beeinflussung des Hörers abzielt. Von R. Jakobson (↗Formalismus) erweitert um die *phatische* Funktion (Herstellung und Aufrechterhaltung des Kontakts zwischen Sprecher und Hörer, Sender und Empfänger), die *metasprachliche* (↗Metasprache) und die *poetische* Funktion. (reflexiver Bezug auf die Strukturiertheit des Sprachzeichens, ↗Selbstreferenz). ↗Semiotik

Refrain [frz. Echo], auch Kehrreim: regelmäßig wiederkehrende Laut- oder Wortgruppe in strophischer Dichtung, meist am Ende einer ↗Strophe. Aus dem Wechselgesang von Vorsänger und ↗Chor entstanden. Zu unterscheiden: a) *Ton-Refrain* (Interjektionen, Nachahmungen von Musikinstrumenten oder anderen Geräuschen, z. B. »Klipp, klapp«, »juchheidi«), b) *Wort-Refrain* (Einzelwort/Wortgruppe/ganzer Satz), c) *periodischer Refrain* (nicht in jeder Strophe, sondern in größeren, aber meist regelmäßigen Abständen), d) *flüssiger Refrain* (zur Anpassung an den jeweiligen Stropheninhalt im Wortlaut verändert). Gattungsmerkmal von ↗Volks-, Kinder-, Tanzlied (↗Ballade, ↗Triolett, ↗Rondeau usw.), ↗Chanson und Schlager.

Reicher Reim [nach frz. *rime riche*], Sonderform des erweiterten, d. h. zwei und mehr Silben umfassenden ↗Reims: *Wahrheit*: *Klarheit*, *dich verstecken*: *dich bedecken*, *jungem Streben*: *Wellenleben* (Goethe). Beliebt in orientalischen Formen (↗Ghasel).

Reien [mhd. Reihen, Reigen(tanz)], in der Literaturwissenschaft Bezeichnung für eine in mittelhochdeutschen (Tanz–)Liedern häufig benutzte Strophenform mit einleitendem Reimpaar (aa), an das sich beliebig andere Versperioden anschließen. Beispiele bei Neidhart, Tannhäuser, Ulrich von Liechtenstein u. a.

Reim [umstrittene Etymologie], Gleichklang von Wörtern vom letzten betonten Vokal ab, z. B. *singen*: *klingen*, *Rat*: *Tat*. Als Stilmittel in jeder Sprache (auch in ↗Prosa, z. B. ↗Homoioteleuton, ↗Reimprosa), kann vielfältige ästhetische Funktionen übernehmen (Gliederung, Schmuck, Symbolträger, Mittel zur Distanzierung usw.); in ↗akzentuierenden, auf den Wechsel von betonten und unbetonten Silben beruhenden Sprachen neben der ↗Alliteration das verskonstituierende Prinzip (anders z. B. als im reimlosen ↗antiken Vers). Unterschieden nach a) Qualität: reiner, ↗unreiner Reim, ↗Assonanz, b) Quantität, Silbenzahl: einsilbiger, sog. männlicher, zweisilbiger, sog. weiblicher Reim, ↗gleitender, ↗reicher, ↗erweiterter, ↗rührender Reim, ↗Schüttelreim, c) grammatischen Aspekten: ↗Stammsilbenreim, ↗Endsilbenreim, ↗grammatischer, ↗gebrochener Reim, d) Reimstellung: Versende, -anfang, ↗Binnenreim, ↗Schlagreim, e) Reimgruppierung, Reimschema: ↗Paarreim, ↗Kreuzreim, ↗Schweifreim, ↗Kettenreim, ↗unterbrochener, ↗umarmender Reim, ↗Reimhäufung.

Reimhäufung, auch Haufenreim: Folge von mehreren gleichen Endreimen (aaaa usw.) in einer Strophe oder einem Abschnitt; besonders in der mittelhochdeutschen Lyrik (↗Leich) virtuos eingesetzt.

Reimpaar, zwei durch ↗Paarreim (aa bb cc) verbundene Verse (bisweilen auch ↗Langzeilen, ↗Nibelungenstrophe). Grundform der althochdeutschen und mittelhochdeutschen Dichtung, in volkstümlicher Dichtung (↗Volkslied) bis heute gebräuchlich.

Reimprosa, 1. in der Antike: rhetorisch ausgeschmückte ↗Prosa, deren Satz- ↗Klauseln reimen (↗Homoioteleuton); 2. allgemein: mit Reimen durchsetzte Prosa, z. B. Rilkes *Cornet*, Th. Manns *Der Erwählte*, die Märchen aus *1001 Nacht*.

Reimspruch ↗Spruchdichtung

Reimvers, allgemein: ein im Gegensatz zum ↗Stabreimvers durch ↗Endreim bestimmter Vers, besonders: der vierhebige (oder viertaktige), durch Füllungsfreiheit zwischen 4 und 10 Silben schwankende Reimpaarvers, das metrische Grundmaß der althochdeutschen und mittelhochdeutschen Epik (z. B. von Ottfrieds von Weißenburg *Evangelienharmonie*, Gottfrieds von Straßburg *Tristan*). ↗Knittelvers

Reiseliteratur, Sammelbezeichnung

für literarische Texte, die dem Thema Reise gewidmet sind; reicht vom Reiseführer über geographische Schriften, wissenschaftliche Reisebeschreibungen (z.B. G. Forster, A. von Humboldt), künstlerische Reiseschilderungen (z.B. von Goethe, Heine und Fontane) hin bis zu Reise- oder Wanderromanen (z.B. Homer: *Odysee*, Cervantes: *Don Quijote*, Grimmelshausen: *Simplicisssimus*, Schnabel: *Insel Felsenburg*, Eichendorff: *Ahnung und Gegenwart*).

Rekursivität [zu lat. zurück, wieder + kreisen, beziehen] ↗Selbstreferenz

Reminiszenz [lat. *reminisci* = sich erinnern], Stelle in einem literarischen oder musikalischen Werk, die verdeckt oder offensichtlich an andere Werke oder an andere Stellen desselben Werks (Vorausdeutung oder Rückverweis) erinnert. ↗Allusion, ↗Ironie, ↗Parodie, ↗Intertextualität, ↗Zitat.

Renaissance [frz. Wiedergeburt, nach ital. *rinascitá*], seit dem 19. Jahrhundert übliche Bezeichnung für die geistige und künstlerische Bewegungen allgemein, die bewußt an ältere Bildungs- und Kulturtraditionen, insbesondere an die griechisch-römische ↗Antike anknüpfen (z.B. keltische Renaissance, karolingische Renaissance, ↗Klassizismus), besonders aber für die Ende des 14. Jahrhunderts von Italien (vor allem Florenz) ausgehende, in Europa vereinzelt bis Anfang des 17. Jahrhunderts anhaltende Renaissance, die als Geburtsstunde der für die Neuzeit charakteristischen Vorstellungs-, Denk- und Darstellungsformen gilt. Wird gern schematisch dem Mittelalter entgegengesetzt: Hinwendung zur Lebenswirklichkeit im Gegensatz zur mittelalterlichen Konzentration aufs Jenseits; Bemühen um ein genaues Erfassen der Realität und ihre naturgetreue Darstellung im Gegensatz zur uns heute befremdenden mittelalterlichen Darstellung (z.B. Ablösung der Bedeutungsperspektive durch die Zentralperspektive, des Verses durch die Prosa); Wechsel von der Mündlichkeit (↗Oral poetry) zur Schriftlichkeit (1450 Entwicklung des ↗Buchdrucks mit beweglichen Lettern durch Gutenberg); Entwicklung literarischer Gattungen, die das Leben oder die Gedanken eines Individuums festhalten, wie ↗Tagebuch, Reisebericht, ↗Autobiographie, ↗Essay; Ausbildung einer städtisch-verfeinerten Gesellschaftskultur; Entdeckung bislang unbekannter antiker Texte und Wiederbelebung antiker Gattungen wie ↗Panegyrik, ↗Schäferdichtung, ↗Epos, ↗komisches Epos, ↗Tragödie (↗Oper) u.a. Blütezeit vor allem der bildenden Kunst (Donatello, A. Mantegna, P. della Francesca, L. da Vinci, Raffael, Michelangelo, Tizian, A. Dürer u.a.), in der Literaturgeschichte meist als ↗Humanismus bezeichnet (herausragend: Petrarca, Dante, Boccaccio, Ariost, Tasso, Montaigne, Rabelais, Shakespeare).

Reportage [frz.], Berichterstattung für Presse, Funk, Fernsehen oder Internet über ein aktuelles Ereignis; Typus der ↗Dokumentarliteratur, soll Fakten und Details zuverlässig und sachlich referieren, kann aber durch deren Auswahl und Anordnung, durch atmosphärische Färbung, persönliches Engagement, eine besondere Perspektive usw. mehr oder weniger stark subjektiv geprägt sein, z.B. bei E.E. Kisch (*Der rasende Reporter*, 1926) oder G. Wallraff (*Dreizehn unerwünschte Reportagen*, 1969).

Repräsentation [lat.], 1. Darstellung, Vertretung einer Person, einer Sache, eines Begriffs, eines Zeichens usw. durch eine andere Person, Sache usw. allgemein, 2. in der Linguistik (↗Semiotik): Vertretung, Ersetzung eines vorsprachlichen Bewußtseins, der außerliterarischen Realität, des Denkens eines Subjekts usw. durch ein sprachliches Zeichen, aber auch der Prozeß der Sinnerzeugung, des Beziehens von Repräsentant und Repräsentiertem aufeinander, gelenkt von bestimmten Regelsystemen (wie ↗Code, ↗Gattung, ↗Stil). In der

↗Postmoderne radikalisiert zu der These, daß die Wirklichkeit immer nur virtuell, künstlich gegeben sei und die Sprache Erfahrungen nie zum Ausdruck bringen könne, an sich ohne ↗Referenz sei, weil jede Repräsentation zu einer Kluft zwischen Original und Kopie, Absicht und Wirklichkeit usw. führe.

Retardierendes Moment, im Drama: die Unterbrechung eines Handlungsverlaufs durch Geschehnisse, die scheinbar zur Abänderung oder sogar Umkehrung des vorgezeichneten Handlungsziels führen (↗Katastasis), jedoch nur vorübergehend sind und die Einlösung des vorgezeichneten Endes nur verzögern. Auch auf andere Gattungen übertragen.

Revue [frz. Überschau, Rundschau, Zusammenstellung], Bühnendarbietung aus lose aneinandergereihten Musik-, Tanz-, Gesangs-, Artistennummern, dramatischen Szenen u. a., mit oft nur lockerem thematischen Zusammenhang (↗Kabarett, Show); Vorläufer: ↗Posse, ↗Intermezzo, ↗Zwischen- und Nachspiel; im modernen Drama häufig als Kunstmittel eingesetzt.

Reyen [mhd. Reigen, Tanz], Bezeichnung für den ↗Chor im Drama des ↗Barock (vor allem im ↗schlesischen Kunstdrama, bei D. C. von Lohenstein, A. Gryphius u. a.). Beeinflußt anders als der Chor der antiken Tragödie kaum den Gang der Handlung, hat vor allem eine aktgliedernde, die Zwischenakte füllende, oft auch eine sog. *emblematische*, das individuelle Geschehen der Akte auf eine allgemeine Bedeutungsebene hebende Funktion (↗Emblem); bevorzugt als ↗pindarische Ode.

Rezension [zu lat. *recensere* = sorgfältig prüfen], 1. in Tageszeitungen (↗Feuilleton) und wissenschaftlichen Fachzeitschriften erscheinende kritische Betrachtung und Wertung von Buch (↗Literaturkritik) oder Konzert, Theater-, Film-, Fernsehaufführung; 2. Auswahlverfahren zur Textherstellung (↗Textkritik).

Rezeption [lat. *recipere* = aufnehmen, empfangen], bezeichnet ursprünglich die über geschichtliche Zeiträume und die Grenzen der Nationalliteraturen sich erstreckende Art und Weise der Überlieferung, Verbreitung und Wirkung einzelner Werke oder Stile, dann seit Mitte der 1960er Jahre allgemein: jede Art der kommunikativen Aneignung von Literatur durch ↗Leser oder Hörer (Rezipienten).

Rezeptionsästhetik, -forschung, -geschichte, -theorie, engl. *reader-response criticism*: von H.R Jauß (*Literaturgeschichte als Provokation der Literaturwissenschaft*, 1967) angeregte Theorie und Methode der Literaturanalyse. Geht wie die von W. Iser ausgebildete Variante der Rezeptionsästhetik, die ↗Wirkungsästhetik, davon aus, daß das literarische Kunstwerk sich erst vor dem jeweiligen ↗Erwartungshorizont des ↗Lesers konkretisiert und so nicht als geschlossene, unveränderliche Form, sondern nur in einem offenen Prozeß beschrieben werden kann. Stellt daher anders als die ↗werkimmanente Interpretation nicht den Text ›an sich‹ in den Mittelpunkt, sondern seine Aneignung und Verarbeitung durch den Leser, die Voraussetzungen, Bedingungen, z. T. auch den Prozeß dieser Konkretisation, wobei die Rezeptionsgeschichte die Beschaffenheit und Veränderung der historisch bezeugten, nicht nur theoretisch-idealen Rezeption beschreibt. Weiterentwickelt zur allgemeinen Rezeptionsforschung (↗Leser-Forschung, empirische Rezeptionsanalyse, ↗Literatursoziologie, ↗literarische Wertung, ↗literarische Geschmacksbildung).

Rhapsode [gr. zusammennähen + Gesang], wandernder Sänger, der im alten Griechenland ursprünglich in der Fürstenhalle, später allgemein bei Festen und Leichenfeiern epische Gedichte (↗Rhapsodie) vortrug, improvisierend einzelne Gesänge aneinanderreihte; wichtigster Vermittler und Bewahrer des ↗Epos (↗Oral poetry).

Rhapsodie [gr. ↗Rhapsode], in der Antike Bezeichnung für die einzelnen Abschnitte oder Gesänge der homerischen Epen, dann für eine Dichtung, vor allem aber ein Musikwerk, das in seiner thematischen Vielfalt, assoziativen Reihungsform und improvisativen Darstellungsweise mit der Vortragspraxis antiker ↗Rhapsoden verglichen werden kann.

Rhesis [gr. Rede], in der gr. ↗Tragödie die längeren Sprechpartien der Schauspieler im Unterschied zu den gesungenen Partien (↗Chorlied, ↗Monodie) und den ebenfalls gesprochenen, aus kürzeren Redeteilen bestehenden ↗Stichomythien; Grundmetrum: der jambische ↗Trimeter.

Rhetorik [gr. *techne rhetorike* = Redekunst], Bezeichnung sowohl für die Kunst der Beredsamkeit (definiert als die Fähigkeit, durch öffentliche Rede einen Standpunkt überzeugend zu vertreten und damit auf Denken und Handeln anderer einzuwirken) als auch für deren Theorie und praktisch-systematische Anleitung (↗Stilistik). Seit der Antike (5. Jh. v. Chr.) von großem Einfluß auf das Verfertigen von Texten aller Art, ursprünglich auf die Anforderungen der Gerichtsrede (*Genus iudicale*, heute: Forensik), der politischen Rede (*Genus deliberativum*) und der Festrede (*Genus demonstrativum*, ↗Epideixis) zugeschnitten, dann erweitert auf alle Textsorten in ↗Prosa (wissenschaftliches Traktat, ↗Predigt, ↗Brief usw.), später auch auf die der ↗Poetik zugeordnete Versdichtung allgemein. Im Mittelalter als eine der sieben freien Künste (↗Artes) an der Universität gelehrt, wichtiges Fach an Lateinschulen (↗Schuldrama), bis ins 19. Jahrhundert Allgemeingut der lesefähigen Bevölkerung.

Stellt dem Redner ein Repertoire von Anweisungen und Regeln, sprachlichen Techniken und Kunstformen zur Verfügung, mit denen er einen Stoff effektvoll und überzeugend darstellen kann, leitet zum methodisch kontrollierten Denken, Sprechen und Schreiben an und reguliert umfassend Inhalt wie Wortwahl, Satzbau und Gesamtkomposition eines Textes, wobei die klassische Rhetorik die Vorbereitung einer Rede in fünf grundlegende Schritte gliedert: 1. Findungslehre (*inventio*), die Lehre vom Suchen und Finden von Argumenten, Beweisen und den zu einem Thema passenden Gedanken (nach dem Fragenkatalog ›Wer, was, wo, womit, warum, wie, wann?‹, ↗Topos); 2. die Anordnungslehre (*dispositio*, ↗Disposition), die Lehre von Zahl und Anordnung der Redeteile, die von drei grundlegenden Teilen ausgeht: dem Anfang (exordium), der die Anrede ans Publikum enthält, dem Mittelteil, der den Sachverhalt darlegt (↗Proposition) und das Für und Wider erörtert, und dem Ende, das die Schlußfolgerungen zieht (*conclusio*) und mit einer erneuten Wendung ans Publikum (*peroratio*) schließt; 3. die Stillehre (*elocutio*), die Lehre vom sprachlichen Ausdruck, insbesondere von den rhetorischen ↗Figuren (klassifiziert nach der Anordnung der Wörter im Satz) und den ↗Tropen (klassifiziert nach der Bedeutung der Wörter), von den Stilgattungen (↗Genera dicendi), den Stilfehlern bzw. -tugenden (wie Sprachrichtigkeit: *puritas*, Klarheit: *perspicuitas*, gedankliche Angemessenheit: *aptum*, ↗*decorum*, und Kürze des Ausdrucks: *brevitas*); abhängig vom Zweck der Rede: Überzeugung des Publikums durch rationale Argumentation (*docere* = belehren) oder durch Erregung von Affekten milderer (rhetorisches Ethos: *delectare* = erfreuen) bzw. heftigerer Art (rhetorisches ↗Pathos: *movere* = rühren); 4. die Gedächtnislehre (*memoria*), die Regeln und Ratschläge für die Aneignung der Rede im Gedächtnis bereitstellt; 5. die Lehre vom wirkungsvollen Vortrag (*pronuntiatio*).

Seit altersher wird die Rhetorik häufig auch als ›Kunst der Lüge‹ bezeichnet (z. B. von Platon und Kant), seit dem ausgehenden 18. Jahrhundert als System, das zu einem ›künstlichen‹, ›unpersönlichen‹, ›unnatürlichen‹ Schreiben zwinge und, da durch Regeln und Übung, durch Nachahmung von Vorbildern *(imitatio)* und ihre Verbesserung *(ameulatio)* lernbar, der Vorstellung vom Originalgenie widerspricht. In den ↗Literatur- und Geisteswissenschaften heute vor allem Mittel der Stil- und Strukturanalyse von Texten, prägt entscheidend das literaturwissenschaftliche Vokabular und die Literaturtheorie (vor allem von ↗Poststrukturalismus, ↗Diskursanalyse, ↗Erzähltheorie).

Rhetorische Figuren [lat. *figura* = Gestalt, Wendung], sprachliche Schemata, Stilfiguren, standardisierte Abweichungen von der Normsprache, insbesondere von der in der Grammatik geregelten Anordnung der Wörter in einem Satz (durch Umstellen, Weglassen oder Hinzufügen); verändern im Gegensatz zu den ↗Tropen, die das Gemeinte uneigentlich, bildlich, metaphorisch bezeichnen, den gemeinten, eigentlichen Wortlaut nicht entscheidend. Bestandteil vor allem der emotional gesteigerten Alltagssprache, in der ↗Rhetorik als wichtiges Mittel der Wirkung (Affekterzeugung, Aufmerksamkeitslenkung, Abwechslung, Redeschmuck usw.) erweitert und systematisiert; unterschieden in: a) *Wortfiguren* (figurae elocutionis): Häufung von Wörtern desselben Sinnbezirks (z. B. ↗Accumulatio, ↗Epiphrase, ↗Klimax, ↗Pleonasmus, ↗Tautologie) oder wiederholte Setzung von Wörtern oder Wortfolgen (in gleicher oder verwandter Bedeutung unmittelbar hintereinander, z. B. ↗Gemination, oder mit Abstand, z. B. ↗Anapher, ↗Epipher, ↗Symploke, ↗Epanalepse, oder in abgewandelter Form, z. B. ↗Polyptoton, ↗Figura etymologica, ↗Paronomasie), b) *Sinnfiguren* (Figurae sententiae), die den Gedankengang einer Aussage ordnen, um sie zu verdeutlichen oder semantisch zu erweitern, z. B. ↗Vergleich, ↗Parenthese, ↗Antithese, ↗Hysteron proteron, ↗Chiasmus, ↗Apostrophe, ↗Interjektion, ↗Exklamation, ↗dubitatio, c) *grammatische Figuren*: die Änderung des üblichen Wortlautes (z. B. durch ↗Apokope, ↗Elision), die Abweichung vom grammatisch korrekten Sprachgebrauch (z. B. durch ↗Aposiopese, ↗Ellipse, ↗Enallage, ↗Hendiadyoin, ↗Zeugma), die Abweichung von der üblichen Wortstellung (z. B. durch ↗Hyperbaton, ↗Inversion), d) *Klangfiguren*, die durch ↗Parallelismus, besonders ↗Isokolon spontan entstehen können oder bewußt zur klanglichen Gliederung einer ↗Periode eingesetzt werden, z. B. ↗Homoioteleuton, ↗Reim, ↗Alliteration, ↗Onomatopoeie.

Rhythmische Prosa, ↗Prosa, in der bestimmte rhythmische Figuren oder metrische Modelle wiederkehren, die den Text von der Umgangssprache abheben, aber auch von den in ↗Lyrik und anderen Verstexten angewandten metrischen Gesetzmäßigkeiten unterscheiden. Wichtigste Kennzeichen: syntaktische (↗Parallelismus) und klangliche Entsprechungen (↗Alliteration, ↗Reim, ↗Homoioteleuton), rhythmisch geregelte Satzschlüsse (↗Cursus). Oft in kultisch-magischen Beschwörungsformeln, Gebeten, Zaubersprüchen, in der antiken ↗Kunstprosa und in poetischen Texten (z. B. Rilkes *Cornet*, ↗Reimprosa).

Rhythmus [gr., Etymologie unklar, vielleicht von gr. *rheo* = fließen, also Bewegungsfluß, *eryo* = ziehen, spannen, also das Spannungsgefüge, das einer Bewegung Halt und Begrenzung gibt], gleichmäßige Bewegung, die einen Sprachfluß gliedert, z. B. der Wechsel betonter und unbetonter, langer und kurzer Silben, steigender, öffnender und sinkender, schließender Satzmelodien, die periodische Wiederkehr bestimmter Gruppen durch Entsprechungen auf lautlicher (↗Reim, ↗Alliteration), semantischer bzw. syntaktischer Ebene (↗Parallelismus, ↗Anapher usw.). Unterschieden in: a) Prosa- oder Satzrhythmus, der sich aus der Betonung der

Wörter, Satzteile und Satzgefüge ergibt, und b) Versrhythmus, der aus der Spannung zwischen dem abstrakten, idealen Versschema (↗Metrum, ↗Strophe und dem realisierten Satzrhythmus entsteht. Oft als Übertragung menschlicher Grunderfahrungen (Herz- und Pulsschlag, Rhythmus des Gehens, Springens usw.) und physikalischer, kosmischer Erscheinungen (Welle, Pendel, Ebbe und Flut, Tag und Nacht, Sommer und Winter, Geburt und Tod) auf die Zeitvorstellung und die Sprache (v)erklärt. Koordiniert in poetischen Vorformen wie Arbeits-, Marsch-, Wiegen- und Tanzlied Bewegungsvorgänge und Sprachbewegung.

Ritornell [ital. zu *ritorno* = Wiederkehr], in Italien ausgebildete volkstümliche Gedichtform aus einer beliebigen Anzahl dreizeiliger Strophen, in denen jeweils die 1. und 3. Zeile durch Reim oder ↗Assonanz verbunden sind (axa / byb / ...); mit beliebiger Versform (meist ↗endecasillabo). Dt. Nachbildungen u.a. bei Rückert und Storm (Frauen-Ritornell): »... blühende *Myrte*! / Ich hoffte, süße Frucht von dir zu pflücken; / Die Blüte fiel; nun seh' ich, daß ich *irrte*.« ↗Terzine

Ritterroman, 1. oft irreführend für ↗höfischen Roman, 2. stoffbestimmter Romantypus, vom ausgehenden Mittelalter bis ins 17. Jahrhundert häufig, durch ↗Prosaauflösung der mittelalterlichen ↗Artus- und Heldenepik und höfischer Versromane entstanden, vor allem als ↗Amadisroman, ↗heroisch-galanter Roman und im ↗Volksbuch verwirklicht; im 18. Jahrhundert oft zur ↗gothic novel weiterentwickelt. Stark von Figuren-, Handlungs- und Situationsklischees beherrscht, Gegenstück zum ↗Schelmenroman: Ein durch einen Zauber beschützter, sozial hochstehender Held zieht aus, um in einer von Ungeheuern und sagenhaften Figuren bevölkerten, phantastischen Welt eine Dame zu erobern. Für die Literaturwissenschaft vor allem als frühe Form schriftlichen Erzählens in ↗Prosa, aufgrund seiner Parodien (z.B. durch Cervantes' *Don Quijote*, 1605/1615) und versepischen Weiterverarbeitungen (z.B. in Ariosts *Orlando furioso*, ↗komisches Epos) von Interesse.

Rokoko [zu frz. *rocaille* = Muschel; Ende des 18. Jahrhunderts in Paris Spottname für die verschnörkelten Formen des Régence- und Louis-Quinze-Stils, dann erweitert auf alles Lächerlich-Altmodische], Bezeichnung für den Spätstil des ↗Barock, in Deutschland zwischen 1740 und 1780. In der Literatur gekennzeichnet durch einen scherzhaft-ironischen, witzig-geistreichen, geselligen Ton, die Konzentration auf intime Szenen, die Vorliebe für arkadische Naturszenerien, den Rückgriff auf antike Gattungen und Mythologien (↗Schäferdichtung, ↗Anakreontik) und die spielerische Verwendung kleiner, oft miteinander vermischter Formen und Gattungen (↗Lyrik, ↗Verserzählung, ↗Idylle, ↗Epyllion, ↗Singspiel). Beispiele bei Chr.M. Wieland, Fr. Hagedorn, Chr.F. Gellert, E. von Kleist, J.E. Schlegel, J.W.L. Gleim, J.P. Uz, G.E. Lessing, S. Geßner, H.W. von Gerstenberg, dem jungen Goethe u.a.

Rollenlyrik, Sammelbezeichnung für Gedichte, in denen das lyrische Ich aus der Rolle einer typisierten Figur, als Liebender, Hirte, Wanderer, Knabe, Frau usw. spricht. Definiert sich meist durch die Selbstdarstellung des lyrischen Ichs, oft auch schon mit dem Titel (wie z.B. Goethe: *Künstlers Morgenlied*, C. Brentano: *Der Spinnerin Lied*, Rilke: *Sappho an Alkaios*), z.T. jedoch versteckt (wird dann gern als autobiographisches Bekenntnis mißverstanden, ↗Erlebnisdichtung). Abhängig von der jeweiligen Bestimmung der Begriffe ›Autor‹ und ›lyrisches Ich‹ (↗Lyrik). Im engen Sinn konstitutiv vor allem für ↗Minnesang, ↗Petrarkismus, ↗Schäferdichtung und ↗Anakreontik, im weitesten Sinn für jedes lyrische Gedicht (Lyrik als Sprechen in einer anderen Sprache, Ersprechen einer Rolle, Hineinsprechen in eine vergegenwärtigte, anempfundene Situation).

Roman [frz. *romanz* – im 12. Jh. übliche Bezeichnung für Vers- und Prosaschriften in der Volkssprache, in ›lingua romana‹ allgemein, seit dem 16. Jahrhundert eingeengt], Großform der Erzählkunst, im Gegensatz zum ↗Epos primär in ↗Prosa und schriftlich abgefaßt, im Gegensatz zu epischen Kleinformen wie ↗Novelle und ↗Kurzgeschichte Erzählung von einem größeren Weltausschnitt, nicht nur von einem Ereignis, einem Zeitpunkt, einem Ort, einer bestimmten, beschränkten Figurenkonstellation; geht ausschweifend mit Papier und Zeit um: »Ein Roman ist eine Geschichte, in der alles zu lang dauert« (Jandl). Beginnt seine Karriere mit der Erfindung des Buchdrucks im 15. Jahrhundert und dem Anwachsen eines lesefähigen Publikums, seit Mitte des 18. Jahrhunderts vorherrschende und am weitesten verbreitete, auch am wenigsten einzuschränkende Literaturgattung; oft zu gliedern versucht: a) nach Stoffen und dargestelltem Personal: ↗Abenteuer-, ↗Amadis-, ↗Ritter-, Räuber-, ↗Schelmen-, ↗Kriminal-, Künstler-, Großstadt-, Familien-, Reise-, Wildwest-, Zukunfts-, ↗historischer Roman usw., b) nach Themen und behandelten Problemen: Liebes-, Ehe-, Staats-, ↗Bildungs-, Gesellschafts-, psychologischer Roman usw., c) Erzählverfahren: Ich-, Er-, ↗Brief-, Fortsetzungs-, Tagebuchroman usw., d) nach der erzählerischen Grundhaltung und Zielsetzung: religiöser, didaktischer, satirischer, komischer, humoristischer, empfindsamer, idealistischer, realistischer, phantastischer, politischer, experimenteller Roman (↗nouveau roman) usw., e) nach Adressaten (Jungmädchen-, Frauenroman) oder Verbreitungsweise (Trivial-, ↗Kolportageroman).

Gattungsprägend, für die literarische Entwicklung bzw. theoretische Begründung des Romans wichtig sind u. a.: Heliodor: *Aithiopika* (erste Hälfte des 3. Jh.s n. Chr., Petronius: *Satyricon* (1. Jh. n. Chr., ↗Prosimetrum, ↗Satire), Apuleius: *Der goldene Esel* (2. Jh. n. Chr., ↗Märchen), Elisabeths von Nassau-Saarbrücken: *Hug Schapler* (um 1430), der *Fortunatus* (1509, ↗Volksbuch), J. Wickram: *Ritter Galmy* (1539), F. Rabelais: *Gargantua et Pantagruel* (1532–64), M. de Cervantes: *Don Quijote* (1605/1616, ↗Parodie), H. d'Urfé: *L'Astrée* (1607–27, ↗heroisch-galanter Roman), Chr. von Grimmelshausen: *Simplicissimus* (1668), R. Lesage: *Gil Blas* (1715–35), D. Defoe: *Robinson Crusoe* (1719), H. Fielding; *Tom Jones* (1749), L. Sterne: *Tristram Shandy* (1756), J. J. Rousseau: *Nouvelle Héloïse* (1761), Chr. M. Wieland: *Geschichte des Agathon* (1767/73/94), J. W. von Goethe: *Die Leiden des jungen Werthers* (1774), *Wilhelm Meisters Lehrjahre* (1795/96, Bildungsroman), Jean Paul: *Flegeljahre* (1804/5), G. Keller: *Der grüne Heinrich* (1854/55, 1. Fass.), G. Flaubert: *L'éducation sentimentale* (1869), F. M. Dostojewskij: *Schuld und Sühne* (1866), Th. Mann: *Die Buddenbrooks* (1901), M. Proust: *À la recherche du temps perdu* (1913–27), Fr. Kafka: *Prozeß* (1914/15), J. Joyce: *Ulysses* (1922, ↗stream of consciousness), A. Döblin: *Berlin Alexanderplatz* (1929, ↗Montage), G. Grass: *Die Blechtrommel* (1959).

Romantik [vom afrz. *romanz*, vgl. ↗Roman], 1. allgemeine: Bezeichnung für ein von Gefühl und Phantasie geleitetes, auch zügellos-wildes Verhalten oder eine stimmungsvolle Umgebung bzw. Situation; 2. besonders: zunächst abschätzig gebrauchte Bezeichnung für eine geistige, künstlerische, insbesondere literarische Bewegung in Europa zwischen 1790 und 1850, für die u. a. charakteristisch ist: die Hinwendung zur Literatur und Kunst des Mittelalters, der Rückgriff auf ↗Mystik und ↗Pietismus, ein gegen ↗Aufklärung und ↗Klassizismus gerichtetes Programm, der Versuch, die schöpferischen Kräfte des ›Volksgeistes‹ und des Unbewußten zu wecken (↗Volkslied), die Sehnsucht nach einer ursprünglichen Welt der Poesie (↗Mythos), der Rückzug vor dem bürgerlichen Alltag in die Natur und die Geschichte (Anfänge der ↗Germanistik), das Durchdringen der Außenwelt mit Gefühlen und Bedeutungen (›Verinnerungen‹), die versuchte Verschmelzung der Künste bzw. der Künste und Wissenschaften, die Definition des Kunstwerks als Organismus, die sog. romantische ↗Ironie, die Propagierung liberaler Lebensformen, auch der freien Liebe, unter dem Eindruck der Französischen Revolution. Von den sog. Romantikern nur als Adjektiv ›romantisch‹ im Sinn von ›nicht-klassisch‹, ›romanhaft‹, ›modern‹ gebraucht.

Bevorzugte literarische Formen: ↗Ballade, ↗Romanze, ↗Verserzählung, ↗Märchen, Volkslied, ↗Roman, ↗Novelle, ↗Aphorismus. In Deutschland eingeteilt in a) die ältere Jenaer oder Früh-Romantik (um 1798, z.B. J.H. Wackenroder, L. Tieck, Novalis, F./A.W. Schlegel, F. Schleiermacher), b) die Heidelberger oder Hoch-Romantik (um 1805/9, z.B. A. von Arnim, die Geschwister Brentano, J. von Eichendorff, die Brüder Grimm, in Berlin: A. von Chamisso, E.T.A. Hofmann), c) die schwäbische Romantik (nach 1810, z.B. L. Uhland, J. Kerner, W. Hauff), d) die Spät-Romantik (nach 1820, z.B. N. Lenau, E. Mörike, z.T. H. Heine). In England: S.T. Coleridge, W. Wordsworth, W. Scott, Lord Byron, P.B. Shelley, J. Keats, in Frankreich: F.R. de Chateaubriand, Mme. de Staël, V. Hugo, G. Sand, in Italien: A. Manzoni, G. Leopardi, in Rußland: A. Puschkin, M. Lermontov (↗Pléiade) u.a.

Romanze [span. *el romance* = das in der romanischen Volkssprache Geschriebene], kürzeres volkstümliches, aus Spanien stammendes Erzähllied, das im Stil der ↗Ballade ursprünglich Stoffe der altspanischen Sage und Geschichte gestaltet. Häufigste Versform: der reimlose trochäische 16-Silbler mit Mittelzäsur und ↗Assonanzen, in deutschen Nachbildungen auch der assonanz- und reimlose trochäische 8-Silbler (Herder, *Cid*, 1805). Weitere deutsche Beispiele: Brentanos *Romanzen vom Rosenkranz* (1804–12), Immermanns *Tulifäntchen* (1830), Heines *Atta Troll* (1847, ↗Verserzählung) u.a. Eine Sammlung von Romanzen wird als *Romanzero* bezeichnet.

Rondeau, n. [frz. m., zu *rond* = rund], deutsch auch Rundgedicht, Rundreim u.ä.: ursprünglich ein zum Rundtanz gesungenes Tanzlied, das in seiner klassischen Form aus 13 meist zehnsilbigen Versen mit nur 2 Reimen besteht und sich durch die Wiederholung (=W) der Anfangsworte des 1. Verses (meist ein Ausruf, eine Sentenz o.ä.) nach der 8. und 13. Zeile in 3 Teile (sog. *couplets*) gliedert: aabba / aabW / aabbaW. In Frankreich ausgebildet und vor allem im 14./15. Jahrhundert beliebt, in Deutschland insbesondere im 16./17. Jahrhundert nachgebildet, u.a. von G.R. Weckherlin und Ph. von Zesen. ↗Triolett

Rührender Reim, Gleichklang identischer Wörter: *ist*: *ist*, *staunen: staunen* (auch *identischer* Reim), oder von Wörtern gleicher Lautung (↗Homonym): *ist*: *ißt*, *lehren*: *leeren* (auch *äquivoker* Reim). Im Mittelalter Stilprinzip (z.B. im Prolog von Gottfrieds *Tristan*), später oft als Formfehler eingestuft.

Rührstück, ursprünglich Bezeichnung der ↗Aufklärung für eine dramatische Gattung, umfaßt das ↗weinerliche Lustspiel, das empfindsame Schauspiel und das ↗bürgerliche Trauerspiel nicht nach Inhalt oder Bauform, sondern nach der beabsichtigten Wirkung auf das Publikum. In der Tradition der englischen *Sentimental comedy* und der französischen ↗*Comédie larmoyante* insbesondere für ›Hausvaterdramen‹ (z.B. von A.W. Iffland und A. von Kotzebue) verwendet, die Scheinkonflikte zwischen bürgerlicher Moral und lasterhaftem Lebenswandel inszenieren, um sie durch Demonstrationen unerschütterlicher Bürgertugenden (Gehorsam, Fleiß, Sparsamkeit usw.) in rührenden Versöhnungsszenen aufzuheben. Arbeitet mit charakteristischen Figurentypen (der väterliche Patriarch, die zärtliche Mutter, der treue Diener) und Situationsklischees (Abschied, Entsagung, Wiederfinden, Sündenfall, Reue, Versöhnung). Heute oft abwertend: ›Schnulze‹.

Russischer Formalismus ↗Formalismus

S

Saga, Pl. sögur, dt. Sagas [altnord. das mündlich Ausgedrückte, Bericht, Erzählung, Geschichte, auch im Sinne von Historie], Sammelbezeichnung für die altnordische, insbesondere isländische Prosaerzählungen des Mittelalters (um 1200–1400), umfaßt Kurzgeschichten, umfangreiche Romane, historischen Biographien, Märchen u.a. Für die spätere Literatur wichtige Stoffquelle und formales Vorbild, zeichnet sich durch den sog. *Sagastil* aus, z.B. die Konzentration auf Handlungshöhepunkte, den Wechsel von Dialog und Bericht, die Abwesenheit einer Erzählerfigur, die Dominanz von Gegensatzpaaren und der Dreizahl. Beispiele: *Heimskringla* (von Snorri Sturluson), *Egils saga*, *Völsunga saga* (mit dem Nibelungen-Stoff) u.a.

Sage [von ahd., altnord. ↗*saga*; seit den *Deutschen Sagen* der Brüder Grimm (2 Bde, 1816–18) eingeengt], eine kurze, in mündlichem, volkstümlichen Stil gehaltene Erzählung, die bestimmte Örtlichkeiten, Personen, Ereignisse, (Natur-)Erscheinungen usw. meist mit magischen, numinosen oder mythischen Elementen verknüpft, ursprünglich um unheimliche, unerklärte Erscheinungen zu erklären (sog. *aitiologische* Sage: Ursprungssage). Wie das ↗Märchen meist kollektiv, mündlich und anonym tradiert, schöpft aus demselben Stoff- und Motivbereich (Zwerge, Hexen, Drachen u.a.), unterscheidet sich aber von ihm durch genaue Lokalisierung und Datierung, d.h. durch einen höheren Realitätsanspruch und die strenge Scheidung von jenseitiger und diesseitiger Welt: »Das Märchen ist poetischer, die Sage historischer« (Vorrede zu den *Deutschen Sagen* der Brüder Grimm). Geht oft allerdings auf schriftliche Quellen zurück und ahmt den Ton einer mündlichen Erzählung nur nach. Zählt zu den ↗einfachen Formen.

Salon [frz.], Bezeichnung für das große Empfangszimmer einer Dame der Gesellschaft und zugleich für die darin regelmäßig stattfindenden gesellschaftlichen Zusammenkünfte eines intellektuellen Zirkels (Künstler, Schriftsteller, Politiker, Gelehrte). Berühmte Salons in Paris vom 17. bis 20. Jahrhundert (Mme de Scudéry, Marquise de Sévignée, Mme de La Fayette, N. de Lenclos, Mme Épinay, Mme Récamier, A.-E. Noailles), um 1800 in Jena (Karoline Schlegel, ↗Romantik), Berlin (Henriette Herz, Rahel Varnhagen), Weimar (Johanna Schopenhauer), im 19. Jahrhundert in Wien (Karoline Pichler) und Berlin (Fanny Lewald). In Varnhagens Salon z.B. trafen sich die Brüder Humboldt, Schleiermacher, Jean Paul, Tieck, B. Brentano, Heine, Hegel, von Pückler-Muskau u.a.

Sammelhandschrift, Sammel-↗Codex, antike und mittelalterliche Überlieferungsform, bei der in einer ↗Handschrift die Werke verschiedener Dichter gesammelt sind; oft auf bestimmte Gattungen beschränkt, wie z.B. die Große Heidelberger ↗Liederhandschrift (um 1300, mit Texten von rund 140 mittelhochdeutschen Dichtern) oder der S. Galler Codex Ms 857 (zweite Hälfte des 13. Jh.s, mit dem *Nibelungenlied*, Strickers *Karl*, Wolframs *Parzival* und *Willehalm*).

Sapphische Strophe ↗Odenmaße

Satire [vermutlich von lat. *satura*

lanx = mit allerlei Früchten gefüllte Schüssel; oft auch vom antiken ↗Satyrspiel hergeleitet, vgl. die vor allem bis ins 18. Jahrhundert beliebte Schreibweise ›Satyre‹],

1. allgemeine Bezeichnung für eine Kunstform, die normwidrige Erscheinungen der Wirklichkeit, z. B. moralische Verfehlungen, persönliche Eigenheiten, bestimmte Sitten und Gebräuche nicht direkt, sondern indirekt – durch deren ästhetisch zugespitzte Nachahmung – bloßstellt und verspottet; oft mit didaktischer Absicht. Weder an ein bestimmtes Medium noch an eine bestimmte Form gebunden (vor allem in ↗Epigramm, ↗Roman, ↗Komödie, ↗Schwank, ↗Fabel, ↗Fastnachtsspiel, heute meist in ↗Kabarett, Cartoon und Film), reicht von einer ›lachenden‹, heiter-spöttischen Tonlage bis hin zu einer ›strafenden‹, aggressiv-düsteren (vgl. Schillers Zweiteilung in *Über naive und sentimentalische Dichtung*, 1795/96); abhängig von der historisch und individuell unterschiedlichen Perspektive des Künstlers, die jeweils definiert, was ›normwidrig‹ ist; mit nicht genau zu klärenden historischen Ursprüngen und Funktionen (vermutlich aus der Diatribe, einer witzig-volkstümlichen Moralpredigt, und der Jambendichtung, ↗Jambus, mit magisch-abwehrender Funktion, als Impuls zur Durchsetzung neuer Normen bzw. zur Sicherung der alten). Beispiele: im Mittelalter Heinrichs von Glîchezaere *Reinhart Fuchs*, Hugos von Trimberg *Renner*, Wittenwîlers *Ring*, Walthers ↗Spruchdichtung, im 18. Jahrhundert Lichtenbergs ↗Aphorismen, Schillers/Goethes ↗*Xenien*, im 19. Jahrhundert Nestroys *Lumpazivagabundus* (↗Volkstheater), im 20. Jahrhundert Wedekinds *Frühlingserwachen*, Orwells *Animal Farm* u. a.;

2. besonders Bezeichnung für zwei in der Antike ausgebildete literarische Gattungen, die von einer satirischen Ausdruckshaltung bestimmt sind und ihrer äußeren Form nach genau unterschieden werden können in: a) die *lucilianische* Satire, die Verssatire, fast immer in ↗Hexametern, mit ausgeprägtem Kunstanspruch und aggressiven Angriffen auf das gesellschaftlich-politische Leben, von dem Römer Lucilius (2. Jh. v. Chr.) entwickelt, mit Höhepunkten bei Horaz (*Sermones*), Persius, Juvenal, Ende des 15. Jahrhunderts bei S. Brant (*Narrenschiff*) u. a., b) die *menippeische* (auch varronische) Satire, die Prosasatire, die künstlerische Formen gerade in satirischer Absicht benutzt, indem sie Verstexte kontrastierend in die Prosa einfügt (↗Prosimetrum) und gleichsam mit beiden Ausdrucksformen spielt; von dem Griechen Menippos von Gadara (3. Jh. v. Chr.) begründet; oft als ↗Dialog angelegt bzw. als Lügengeschichte oder Bericht merkwürdiger Reisen mit romanhaften Zügen, z. B. Lukians *Toten-* und *Göttergespräche*, Petronius' *Satyricon*, Apuleius' *Goldener Esel* (↗Roman), im 16./17. Jahrhundert F. Rabelais' *Gargantua et Pantagruel*, T. Morus' *Utopia* (↗Utopie), der aus Apuleius' Roman entwickelte ↗Schelmenroman (z. B. Chr. von Grimmelshausens *Simplicissimus*), im 18. Jahrhundert J. Swifts *Gulliver's Travels*, Voltaires *Candide*, Chr. M. Wielands *Die Abderiten*, im 19. Jahrhundert H. Heines *Deutschland. Ein Wintermärchen* (↗Verserzählung), im 20. Jahrhundert H. Manns *Der Untertan*, K. Kraus' *Die letzten Tage der Menschheit*, auch J. Joyces *Ulysses* u. a.

Satyrspiel [zu gr. *Satyr* = ziegenfüßiger Waldgott der antiken Mythologie], in der griechischen Antike: heiter-ausgelassenes, ironisch-kontrastierendes ↗Nachspiel der ↗Tragödien- ↗Trilogie, fester Bestandteil der klassischen ↗Tetralogie: die Schauspieler (ein Chor von Satyrn, ausgestattet mit Ziegenfell, Pferdeschweif, Phallus, Maske mit Stülpnase, Pferdeohren, runden Augen und Glatze, und ein bis drei Heroen bzw. Götter) stellen meist Themen der Heldensage auf komisch-groteske, obszöne Weise dar. ↗Fastnachtsspiel

Schäferdichtung, auch Hirtendichtung, arkadische Poesie [von Arkadien: ideale Landschaft, der Mythologie nach in Griechenland oder auf Sizilien], Bukolik, bukolische Dichtung [von lat. *bucolicus* = zu den Hirten gehörig, ländlich]: Gattung der Literatur, beschwört das Bild einer ursprünglichen, paradiesisch-glücklichen Welt herauf, eines goldenen Zeitalters (vgl. Ovids ↗*Metamorphosen*), in dem es die Schrecken der Zivilisation (Krieg, Tod, Betrug und Verbrechen) noch nicht gibt. Nach dem Vorbild von Theokrits *Idyllen* (3. Jh. v. Chr.). Gegenentwurf zum Leben in der Stadt. Mit betont künstlichem Schauplatz, Personal, Handlung und Sprache; Schäfer und Hirten geben sich in einer anmutigen Landschaft (↗locus amoenus) dem Müßiggang hin, singen, musizieren, treffen sich zu Festen oder gehen ihren zahlreichen Liebeshändeln nach. In allen drei Hauptgattungen (↗Ekloge z. B. als lyrische, ↗Idylle als epische, Schäferspiel als dramatische Variante), mischt allerdings meist lyrische, dramatische und epische Elemente, z. T. auch ↗Vers und ↗Prosa (↗Prosimetrum, ↗Verserzählung).

Beispiele: Vergils *Bucolica* (42–39 v. Chr.), Longos' *Daphnis und Chloé* (2./3. Jh. n. Chr.), J. Sannazaros *Arcadia* (1504), T. Tassos *Aminta* (1573), G. B. Guarinis *Il pastor fido* (1590), Ph. Sidneys *Arcadia* (1590), H. d'Urfés *L'Astrée* (1607–27, ↗heroisch-galanter Roman), M. Opitz' *Schäferey von der Nymfen Hercynia* (1630), G.Ph. Harsdörffers *Pegnesisches Schäfergedicht* (1641ff.), S. Geßners *Idyllen* (1756, ↗Anakreontik), J. W. von Goethes *Die Laune des Verliebten* (1767), A. Holz' *Dafnis* (1903) u. a.

Schauerroman ↗Gothic novel

Schauspiel, 1. allgemein ↗Drama, 2. im Gegensatz zum streng gebauten Drama der ↗geschlossenen Form das Drama der ↗offenen Form, z. B. das mittelalterliche ↗Mysterienspiel, das Drama des ↗Expressionismus, das ↗epische Theater, 3. ein Drama, das den tragischen Konflikt nicht zur Katastrophe kommen läßt, sondern im Charakter der Personen oder durch andere innere Umstände eine Lösung des Konflikts findet, z. B. Shakespeares *Maß für Maß*, Lessings *Nathan der Weise*, Schillers *Wilhelm Tell*, Kleists *Das Käthchen von Heilbronn*.

Schelmenroman, auch Picaroroman, pikaresker Roman: Variante des ↗Abenteuerromans, in Spanien (*Lazarillo de Tormes*, 1554 anonym veröffentlicht) ausgebildet, seit dem 17. Jahrhundert in Europa weitverbreitet; im Kontrast zum im 15./16. Jahrhundert so beliebten ↗Ritterroman angelegt, meist in der Ich-Form, als fiktive Autobiographie eines fahrenden Schelms, des Pikaro, erzählt: einer Figur von niederer sozialer Herkunft und zweideutigem Charakter, einfältig und weltklug zugleich, in die weite Welt getrieben von einer Laune des Schicksals, nicht – wie der Ritter – vom Wunsch nach Ruhm, Diener der verschiedensten Herren, schlägt sich durch List und unlautere Machenschaften, nicht durch Mut und Stärke durchs Leben, findet die Liebe im einmaligen sexuellen Abenteuer, nicht als ewiges, paradiesisches Glück, entlarvt von seiner radikal subjektiven Perspektive aus die Welt als eine Bühne der Eitelkeiten (nichts hält, was es verspricht, nichts meint, was es sagt), unterbricht das Prinzip der additiven Reihung durch zahlreiche Einschübe und ironische (Wort-)Spielereien; wichtiger als das eigentliche Geschehen: das listige Spiel des Erzählers mit seinen Mitmenschen und, vor allem im späteren Schelmenroman, mit den Lesern (Vorläufer des humoristischen Romans).

Beispiele: M. Alemán: *Guzmán de Alfarache* (1599), R. Lesage: *Gil Blas* (1715–35), Chr. von Grimmelshausen: *Simplicissimus* (1668), J. Beer: *Der Simplizianische Welt-Kucker* (1677), Chr. Reuter: *Schelmuffsky* (1696), D. Defoe: *Moll Flanders* (1722), H. Fielding: *Tom Jones* (1749), J. G. Schnabel: *Insel Felsen-*

burg (1731), M. Twain: *Huckleberry Finn* (1884), J. Hasek: *Schweijk* (1920/23), Th. Mann: *Die Bekenntnisse des Hochstaplers Felix Krull* (1954), G. Grass: *Die Blechtrommel* (1959), u. a. Vorformen in der chinesischen, arabischen und römischen Literatur (z. B. Apuleius: *Der goldene Esel*).

Schlagreim, Sonderform des ↗Binnenreims: Gleichklang unmittelbar aufeinanderfolgender Wörter in einem Vers, z. B. »*quellende, schwellende* Nacht« (Hebbel). Häufig vor allem im späten ↗Minne- und ↗Meistersang.

Schlesisches Kunstdrama, Typus des barocken Trauerspiels aus dem Kreis der sog. *zweiten schlesischen Dichterschule*, zu der die in Schlesien lebenden Dichter D.Chr. von Lohenstein, Chr. Hofmann von Hofmannswaldau, A. Gryphius, A. A. von Haugwitz u. a. gerechnet werden; charakteristisch: paarweise gereimte ↗Alexandriner, Gliederung in 5 ↗Akte mit abschließenden ↗Reyen, Einsatz zahlreicher rhetorischer ↗Figuren, ↗Tropen, emblematische Anspielungen (↗Emblem), komplizierter Satzbau, auf eine weiträumige ↗Illusionsbühne berechnete Massenszenen (oft Greueltaten oder Geistererscheinungen). Beispiele: Gryphius: *Leo Armenius* (1646), *Carolus Stuardus* (1649/50), Lohenstein: *Agrippina* (1665), *Sophonisbe* (1666).

Scholien, n. Pl. [zu gr. *scholion* = schulmäßige, kurze, kommentierende Erklärung], vor allem in der antiken Literatur: stichwortartige Erläuterungen sprachlich schwieriger Wendungen oder historisch-faktische Kommentierung einzelner Textstellen; bieten mehr Informationen (zur Textkritik, Mythologie, Etymologie usw., z. T. ausführliche Interpretation) als die ↗Glossen, die einzelne Wörter nur erklären oder übersetzen.

Schrift [zu lat. *scribere* = mit dem Griffel eingraben, schreiben], wichtige Voraussetzung für die Entwicklung heutiger Kulturformen und Denkweisen (z. B. Entstehung eines abstrakten Denkens, eines Bewußtseins von Individualität und historischer Distanz). Dient ursprünglich dem Kult, der Aufzeichnung von Poesie und der Verwaltung. Erste Versuche seit dem 4. Jahrtausend v. Chr., Vorformen in Höhlenmalereien und Felsenritzungen (Petrographien, seit etwa 10000 v. Chr.). Früheste Schriftsysteme: die mesopotamische *Keilschrift* und die ägyptische *Hieroglyphenschrift* (verbreitet von 3000 v. Chr. bis etwa 300 n. Chr.), auf der Basis von Wortbildzeichen (Logogramme), zu genaueren Sinnfixierung ergänzt durch Silbenzeichen (Logotypen), Einzellautzeichen (Phonogramme) und Determinative (markieren Genus und Bedeutungsklassen); am Wortschatz, nicht an der Lautung orientiert, daher in verschiedenen Dialekten und Sprachen verwendbar (wie heute noch die chinesische Schrift). Im semitischen Raum (Libanon) Entwicklung einer analytischen Lautschrift (Phonographie), die zunächst nur das konsonantische Sprachgerüst fixiert; von den Griechen um 1000 v. Chr. übernommen und zur ersten reinen Lautschrift weiterentwickelt (mit 24 Buchstaben, Grundlage der abendländischen Schriften).

Schriftlichkeit ↗Oral poetry

Schriftsinn, eigentlich: Lehre vom mehrfachen Schriftsinn: Form der ↗Allegorese, in der der hinter dem Wortsinn liegende *Sensus Spiritualis* mehrfach nach Anwendungsbereichen oder Sinnbezügen aufgefächert wird; vor allem für die Bibel- ↗Exegese wichtig, im Mittelalter auch auf die Deutung weltlicher, besonders antiker Dichtung übertragen; geht meist vom *vierfachen* Schriftsinn aus: 1. Wortsinn (*Sensus Litteralis*, z. B. Jerusalem: die historischen Stadt) , 2. allegorischer Sinn (*Sensus Allegoricus*: Jerusalem als Kirche Christi; ↗Typologie, ↗Präfiguration), 3. moralischer, auf die praktische Unterweisung zielender Sinn (Jerusalem als menschliche Seele), 4. anagogischer, auf die Eschatologie (Lehre von den letzten Dingen) verweisender Sinn (Jerusalem als die himmlische Stadt Gottes).

Schriftsteller [nach der Wendung ›eine Schrift stellen‹], 1. im 17. Jahrhundert für den Verfasser einer Bitt- oder Rechtsschrift, 2. im 18. Jahrhundert Verdeutschung von ›Skribent‹: Verfasser von Prosaschriften ohne poetischen Anspruch, im Gegensatz zum meist höher eingeschätzten Dichter (Poet), 3. heute überwiegend wertfrei: Literaturproduzent aller Sparten, der Lyriker und Autor fiktionaler Literatur als auch der Verfasser von Essays, Sachbüchern, Zeitungsartikeln, Drehbüchern, Beiträgen zu Funk und Fernsehen usw.

Schüttelreim, Bildung einer neuen sinnvollen Wortfolge durch Austauschen der Anfangskonsonanten der am Reim beteiligten Wörter/Silben: »In Reimes Hut Geheimes ruht« (Konrad von Würzburg).

Schuldrama, an den niederländischen und deutschen Lateinschulen des 15. bis 17. Jahrhunderts im Rahmen des ↗Rhetorik-Unterrichts gepflegt, meist in Latein, soll die Schüler zu gewandtem Auftreten und zur eleganten Handhabung rhetorischer Mittel erziehen. An der Antike orientiert (↗Humanistendrama), in der ersten Hälfte des 16. Jahrhunderts vor allem im Dienst der Reformation, in der zweiten Hälfte als ↗Jesuitendrama mit gegenreformatorischer Tendenz, im 17. Jahrhundert Höhepunkt durch das ↗schlesische Kunstdrama.

Schwank [mhd. *swanc* = schwingende Bewegung, Schlag, Finte; ursprünglich Bezeichnung der Fechtersprache, dann übertragen: derb-lustiger Streich und die Erzählung eines solchen],

1. kurze, witzig-pointierte, oft derbobszöne Erzählung in Vers oder Prosa, zeigt wie ein Schlauer durch Streiche oder Listen einen Dummen austrickst, wobei meist der sozial Höherstehende der Unterlegene ist. Mit typisierten Figuren und Motiven (die Tücken des Alltags allgemein, besonders der Ehestreit und die Macht der Triebe), einsträngiger und chronologischer Handlungsführung, oft einer z.T. ironisch formulierten Lehre am Schluß (↗Epimythion). In vielen epischen Gattungen, u.a. als ↗Anekdote, ↗Fazetie, ↗Märchen (*Das tapfere Schneiderlein*), ↗Predigtmärlein (gesammelt z.B. in J. Paulis *Schimpf und Ernst*, 1522), ↗Märe (Beispiele vom Stricker, von Hans Folz, Hans Sachs) und ↗Roman (meist eine Sammlung mehrerer chronologisch um eine zentrale Figur gruppierter, oft durch narrative Passagen verbundener Schwänke, z.B. Strickers *Pfaffe Amis*, um 1230, *Ein kurtzweilig Lesen von Dil Ulenspiegel*, 1515, *Das Lalebuch*, 1597, ↗Volksbuch; setzt sich in *Münchhausiade*, Lügendichtung und ↗Schelmenroman fort); auch als Einlage in anderen Werken (z.B. in den *Gesta Karoli*) oder in Sammlungen konzentriert; im 16. Jahrhundert z.B. in J. Wickrams *Rollwagenbüchlein*, M. Montanus' *Wegkürtzer*, H.W. Kirchhofs *Wendunmuth*, im 17. Jahrhundert in J.C. Suters *Historischem Lustgärtlein*, zu Beginn des 19. Jahrhunderts in J.P. Hebels *Schatzkästlein des Rheinischen Hausfreundes* (↗Kalendergeschichte);

2. seit dem 19. Jahrhundert auch als Bezeichnung für eine derb-lustige, vor allem der Unterhaltung dienende Form der ↗Komödie, die wie ↗Burleske, ↗Farce, ↗Posse besonders mit Situations- und Typenkomik arbeitet, z.B. *Der Raub der Sabinerinnen* von den Gebrüdern Schönthan, *Im weißen Rößl* von R. Benatzky/Kadelburg/Blumenthal u.a.

Schweifreim, aabccb. Die Variante aabaab wird auch als *Zwischenreim* bezeichnet.

Science Fiction, auch Sciencefiction [engl. Wissenschaft + Dichtung], Sammelbezeichnung für Romane, Erzählungen, Filme, Hörspiele, Comics usw., die mögliche künftige Entwicklungen der Menschheit als Realität gestalten: Veränderungen der Lebensbedingungen in politischer sozialer, biologischer, ökonomischer und besonders in technologischer Hinsicht, z. B. Weltraumfahrten, Reisen in zukünftige (und vergangene) Zeiten, Entdeckung und Besiedlung ferner Himmelskörper, Invasionen durch extraterrestrische Wesen. Verbindet Elemente der ↗Gothic novel, des ↗Abenteuer-, ↗Kriminal-, Kriegs- und Liebesromans, oft in die Tradition der phantastischen, bis in die Antike zurückreichende Reiseliteratur (z. B. Homers *Odyssee*, ↗Epos) und der ↗Utopie gestellt. Begründer: Jules Verne (*Voyages au centre de la terre*, 1864) und H. G. Wells (*The Time Machine*, 1895), in Deutschland K. Laßwitz (*Bilder aus der Zukunft*, 1878). Heute meist zur ↗Trivialliteratur gerechnet; mitverantwortlich für den anhaltenden Erfolg: die quasi religiösen, auf Kontinuität berechneten, ein Gefühl der Zugehörigkeit erzeugenden Erscheinungs- und Rezeptionsformen (oft Fortsetzungsmagazine, z. B. die Heftserien *Der Luftpirat*, 1908–11, *Jan Mayen*, 1936–38, *Perry Rhodan*, seit 1961; mit Fanclub, Clubmagazin, Homepage im Internet u. ä.).

Sekundenstil, dramaturgische Technik, die eine vollkommene Deckungsgleichheit von ↗Erzählzeit und erzählter Zeit anstrebt, vergleichbar der filmischen Dauereinstellung ohne Raffung und Dehnung; erstmals im ↗Naturalismus realisiert, dokumentiert Dialogpausen, Regieanweisungen, Geräusche, Lichtreflexe genauso wie das Fortschreiten der Handlung und die Gedanken der Figuren. Beispiele: A. Holz/J. Schlaf: *Papa Hamlet* (1889), P. Weiss: *Der Schatten des Körpers des Kutschers* (1960), u. a.

Selbstorganisation ↗Autopoiesis

Selbstreferenz, Selbstreferentialität, Autoreferentialität [lat.], Selbstbezug, Selbstverweis. In der ↗Hermeneutik wichtige Voraussetzung jeder Erkenntnis (Bezugnahme des Erkenntnissubjekts auf sich selbst); im ↗Formalismus, ↗Strukturalismus und ↗Poststrukturalismus spezifisch poetische Funktion der Sprache (reflexiver Bezug auf die Strukturiertheit des Sprachzeichens, im Unterschied etwa zur referentiellen, auf eine außerliterarische Gegebenheit bezogenen Funktion, ↗Referenz); in der ↗Systemtheorie N. Luhmanns zentraler Begriff, geht davon aus, daß Systeme ihre Einheit im Prozeß einer auf sich selbst bezogenen Ausdifferenzierung (von grundlegenden Elementen, Operationen usw.) gewinnen. ↗Autopoiesis

Semantik ↗Semiotik

Semiotik [zu gr. *sema* = Zeichen], auch Semiologie: Theorie und Wissenschaft von den Zeichen(-systemen), untersucht die Struktur und das Funktionieren von sprachlichen und nichtsprachlichen Zeichen (z. B. Mode, Essen, Architektur, Musik, Gestik). Grundlagendisziplin für alle Wissenschaften, die sich in irgendeiner Weise mit den in der Kultur vorkommenden Kommunikationsformen beschäftigen, prägt die in der modernen Literaturwissenschaft benutzten Vokabeln und Methoden. Definiert ein *Zeichen* als kleinste eigenständige bedeutungstragende Einheit, die meist aus einem *Signifikanten* (dem materiellen Träger, z. B. einem graphischen Signal oder Lautfolgen wie ›Haus‹), dem *Signifikat* (der Vorstellung, die der Signifikant bedeutet, z. B. dem Begriff ›Haus‹) und dem *Referenten* besteht (dem Objekt bzw. der Klasse von Objekten, die das Signifikat bezeichnet, z. B. die konkreten Objekte, auf die sich ›Haus‹ anwenden läßt); unterscheidet *denotative* (lexikalische, stabile) und *konnotative* (kontext-, sprecher-, situationsabhängige, ↗Konnotation) Signifikate und zerlegt sie in *semantische Merkmale* (z. B. ›Ritter‹ = menschlich + männlich + adelig + ...), die zwischen den Zeichen Beziehungen des Gegensatzes oder der Ähnlichkeit herstellen (so werden auch Zeichen verbunden, die auf den ersten Blick nichts gemein haben, das Merkmal ›männlich‹ z. B. verbindet ›Ritter‹ und ›Rocker‹, oder Zeichen getrennt, die semantisch und klanglich zunächst ähnlich sind, das Merkmal ›beweglich‹ z. B. unterscheidet ›Wipfel‹ von ›Gipfel‹).

Geht davon aus, daß die Zeichen in Zeichensysteme (↗Code, z. B. die menschliche Sprache) eingebettet sind und beim Akt der Kommunikation aus den Teilsystemen dieser Codes, den *Paradigmen* (z. B. Flexionsklassen, lexikalischen Klassen), ausgewählt und nach bestimmten Regeln zu Systemen von Zeichen verknüpft werden (zu *syntagmatischen Folgen*, z. B. Sätzen), wobei auch Regeln anderer Systeme (z. B. Gattungssysteme, Moralsysteme) wichtig werden, zusätzliche Einschränkungen auferlegen oder Abweichungen zulassen können (literarische Texte z. B. können die Bedeutung sprachlicher Zeichen ändern, indem sie Merkmale hinzufügen bzw. tilgen oder die semantischen Relationen zwischen den Zeichen verändern; sie bringen damit einen eigenen Code hervor, der sich der natürlichen Sprache bedient, aber von ihr abweicht, vgl. ↗Syntagma).

Gliedert sich in 3 Teilbereiche: die ↗*Semantik* untersucht die Bedeutungen der Zeichen(-folge), die *Syntax* die Anordnung und Verbindung der Zeichen untereinander, die ↗*Pragmatik* (Grundlage der ↗Diskursanalyse, Einfluß auf ↗Rezeptionsästhetik u. a.) die Beziehungen zwischen Sender, Nachricht und Empfänger, die Formen und Bedingungen möglicher oder realer Verständigungen; setzt voraus, daß Sprache durch das Wissen über ihren Gebrauch definiert ist, ein gemeinsames Weltbild notwendige Voraussetzung für das richtige Verständnis einer Äußerung ist und der ↗Kontext (z. B. der ↗Erwartungshorizont, ↗Präsupposition) die Bedeutung von Zeichen entscheidend prägt. Begründer: Charles S. Peirce (1839–1914, *Semiotische Schriften*, 3 Bde, 1986–93) und Ferdinand de Saussure (1857–1913), wichtige Vertreter: C. W. Morris, M. Bense, L. Hjelmslev, A. Greimas, U. Eco, R. Barthes, M. Bachtin u. a.

Senar [von lat. *senarius* = sechsgliedrig], freiere lateinische Nachbildung des griechischen jambischen ↗Trimeters, nicht nach ↗Dipodien, sondern nach Versfüßen gewertet: ⏑ – ⏑ – ⏑ | – ⏑ | – ⏑ – ⏑ –.

Senkung [dt. Übersetzung von gr. *thesis* = setzen], in der Verslehre: die zwischen zwei ↗Hebungen stehende, nicht oder schwächer betonte Silbe, schematisch meist durch × wiedergegeben. Meist ein- oder zweisilbig; drei- oder viersilbig vor allem im ↗Knittelvers und in ↗freien Rhythmen.

Sentenz [lat. Meinung, Urteil(spruch), Gedanke], aus einem literarischen Text aufgrund seiner Allgemeingültigkeit und geschlossenen, selbständigen Struktur herauslösbarer Satz: »Was sind Hoffnungen, was sind Entwürfe, / die der Mensch, der vergängliche, baut« (Schiller). Differenzierter als das zu pauschalisierenden Vereinfachungen neigende ↗Sprichwort (»Träume sind Schäume«); leitet sich von den im literarischen Text dargestellten Situationen, nicht von gedanklichen Analysen ab und ist formal (durch Versmaß oder Prosastil) deutlich mit dem ursprünglichen Kontext verbunden. Unabhängig von der tatsächlichen Rezeption: kann, aber muß nicht zum ↗geflügelten Wort werden.

Sequenz [lat. Folge, Nachhall], in der katholischen Messe: der an die letzte Silbe des *Halleluja* anknüpfende (Jubel-) Gesang und der diesem Gesang unterlegte Text. Durch kein Metrum geregelt, arbeitet vor allem mit Parallelismen und Wiederholungen, ursprünglich in ↗Prosa (frz. *prose* als heute noch gängige Bezeichnung für Sequenz), seit dem 11. Jahrhundert durch Reime gebunden und rhythmisch gegliedert. Meist eine Folge von je zwei gleichlangen, auf dieselbe Melodie gesungenen Teilen (*Versikeln*). Beispiele bei Notker Balbulus (St. Gallen, 9. Jahrhundert, früheste deutsche Sequenz), in den *Carmina Burana* (z. B. das *Frühlingslied*), die Mariensequenz aus St. Lambrecht (nach 1150), das *Dies irae* (für die Totenmesse, Thomas von Celano, 13. Jahrhundert), das *Stabat mater* (Jacopo da Todi, 13. Jahrhundert) u. a.; Sonderform des ↗Tropus.

Sermo [lat.], 1. in der römischen Antike: Rede, Gespräch, Umgangssprache, dann auch die der Umgangssprache nahe Versdichtung (z. B. Horaz, *Sermones*), 2. in der Lehre von den ↗Genera dicendi gleichbedeutend mit ›Stil‹, 3. Hauptform der christlichen ↗Predigt, 4. heute meist abwertend: ›langweiliges Geschwätz‹, ›Strafpredigt‹, ›Redeschwall‹.

Sermocinatio [lat. Rede, Gespräch, Dialog], ↗rhetorische Figur: der Redner gibt vor, nicht seine eigene, sondern die Rede eines anderen (auch Verstorbenen) wiederzugeben oder einen Dialog mit einem anderen (dem Gegner, dem Publikum, einem Toten usw.) zu führen.

Sestine [ital. *sesto* = der sechste], allgemein: Strophe mit 6 Zeilen, besonders: eine von den provenzalischen Trobadors (↗Trobadorlyrik) ausgebildete Liedform aus 6 Strophen mit je 6 Zeilen, meist fünfhebigen Jamben (ursprünglich ↗Endecasillabo), und einer Schlußstrophe mit 3 Zeilen. Stellt kunstvoll dieselben Wörter in immer neue Sinnbezüge: Die Endwörter der ersten, in sich nicht gereimten Strophe werden in jeder Strophe so wiederholt, daß das Endwort der ersten Zeile einer Strophe mit dem Endwort der letzten Zeile der vorhergehenden Strophe übereinstimmt; in der dreizeiligen Schlußstrophe kehren dann zwei (meist mehr) der Schlußwörter in der Mitte und am Schluß der Zeile in der Ordnung der ersten Strophe wieder. Die schwere Variante: das letzte Reimwort der 1. Strophe wird zum 1. der 2. Strophe, das 1. zum 2., das 5. zum 3., das 2. zum 4. usw.: 123456 / 615243 / 364125 / 532614 / 451362 / 246531. Beispiele bei Dante, Petrarca, Michelangelo, L. de Vega (im Drama), Opitz (in der ↗Schäferdichtung), Weckherlin, Gryphius, Eichendorff, Rückert, Uhland, Borchardt, Pound u. a.

Shakespearebühne, die Bühne des ↗elisabethanischen Theaters, durch die in London seit 1576 nachweisbaren festen Theaterbauten (z. B. das *Globe Theatre*, achteckig, nach oben offen) mit differenzierter Raumordnung: staffelt die an das Bühnenhaus angeschlossene Spielfläche (vermutlich) in eine höherstehende Haupt-, eine niedrigere Vorder-, eine in der zweiten Galerie befindliche Ober- und eine durch einen Vorhang verschließbare Hinterbühne (vor allem zur Darstellung von Innenräumen). Verzichtet auf illusionistische Dekoration und Requisite, erlaubt den raschen Szenenwechsel.

Short story [engl.], amerikanische, erweiterte Form der ↗Kurzgeschichte; im 19. Jahrhundert ausgebildet (W. Irving: *Sketch-Book*, 1819/20, J. K. Paulding: *Tales of the Good Woman*, 1836), bekannt vor allem durch E. A. Poe (*Tales of the Grotesque and Arabesque*, 1840), H. Melville, M. Twain, H. James, O. Henry, D. H. Lawrence, W. Faulkner, J. Steinbeck, K. Mansfield, E. M. Forster, E. Hemingway, G. Orwell, J. L. Borges u. a.. Rückwirkend auch auf ↗Novellen von G. Boccaccio, H. von Kleist, E.T.A. Hoffmann u. a. übertragen.

Sigle, Sigel [lat.], feststehendes Abkürzungszeichen für ein Wort (z. B. § = Paragraph), eine Silbe oder einen Begriff (besonders bei Handschriften und Drucken, z. B. C = Große Heidelberger Liederhandschrift).

Signifikant, Signifikat, signifiant, signifié ↗Semiotik

Silbenzählendes Versprinzip, bestimmt die Länge eines Verses allein durch die Silbenzahl, im Unterschied zum ↗akzentuierenden (durch Betonung) oder ↗quantitierenden (durch Silbenlänge) Versprinzip. Grundlegend für die romanische Versdichtung (z. B. der für das französische Heldenepos charakteristische zehnsilbige ↗vers commun, der zwölfsilbige ↗Alexandriner, der elfsilbige italienische ↗endecasillabo), in Deutschland im ↗Meistersang (↗Knittelvers). In akzentuierenden Sprachen meist mit einem einfach alternierenden Rhythmus nachgebildet (dem Alexandriner etwa entspricht im Deutschen der sechshebige Jambus).

Simulakrum [lat. *simulacrum* = Bild, Abbild, Nachbildung, auch Statue, Götterbild, Traumbild, Gespenst, Schatten], in der Medien- und Kulturtheorie: eine ›Kopie ohne Original‹, eine Darstellung, die sich auf ein reales Vorbild zu beziehen scheint, diese ↗Referenz aber nur vortäuscht.

Simultanbühne [zu lat. *simul* = zugleich], Bühnenform, bei der mehrere Schauplätze gleichzeitig sichtbar sind; im Mittelalter vor allem im ↗geistlichen Spiel, macht Szenenwechsel überflüssig, versammelt alle für die Handlung erforderlichen Aufbauten und Kulissen auf der Spielfläche (meist einem Podium auf dem Marktplatz) oder um sie herum, wobei die Schauspieler von einem Ort des Geschehens zum nächsten ziehen. Auch im modernen Theater, z. B. bei J. Nestroy (*Das Haus der Temperamente*, Wiener ↗Volkstheater), A. Miller, T. Williams.

Simultantechnik [zu lat. *simul* = zugleich], Technik der literarischen ↗Moderne, erzeugt den Eindruck von Gleichzeitigkeit, indem sie das für die epische Dichtung an sich unumgängliche Gesetz der Sukzession (Darstellung von ›Leben‹ nur als Kette zeitlich nacheinander folgender Geschehnisse) durch Störungen der üblichen Leseerfahrung durchbricht, u. a. durch die ↗Montage gleichzeitig ablaufender, aber disparater Wirklichkeitsausschnitte, kurzer Porträts oder Szenen, die ↗Collage von Gesprächsfetzen, ↗Stream of consciousness-Passagen, Zitaten, Zeitungsausschnitten, Werbeslogans, Geräuschen u. ä. V. a. vom modernen Großstadtroman genutzt (J. Joyce: *Ulysses*, A. Döblin: *Berlin Alexanderplatz*, J. Dos Passos: *Manhattan Transfer*).

Singspiel, ursprünglich einfaches Schauspiel mit musikalischen Einlagen, dann Zwischenform zwischen ↗Oper und ↗Schauspiel; Höhepunkt im 16. Jahrhundert in Italien (↗Intermezzo, ↗Madrigal) und England, bindet die musikalischen Einlagen vor allem an die ↗lustige Person; in Deutschland vor allem im 18. Jahrhundert beliebt (Chr. M. Wieland/A. Schweitzer: *Aurora*, J. W. von Goethe/E.T.A. Hoffmann: *Claudine von Villa Bella*, E. Schickaneder/W. A. Mozart: *Die Zauberflöte*, C. Brentano/ E.T.A. Hoffmann: *Die lustigen Musikanten*). Im 19. Jahrhundert weiterentwickelt zur sog. *Spieloper* (Hauptvertreter als Textdichter und Komponist: A. Lortzing) oder zur Operette (z. B. von J. Offenbach, J. Strauß, F. von Suppé; K. Millöcker).

Sinngedicht, deutsche Bezeichnung für ↗Epigramm, vor allem im ↗Barock üblich.

Sinnspruch, 1. ursprünglich die Überschrift (↗Lemma, ↗Motto) eines ↗Emblems, dann allgemein: kurzer, prägnanter Satz, ↗Motto, ↗Maxime, 2. besonders Inschrift auf Wappen, Waffen, Fahnen usw.; gewählt als ethisches oder politisches Programm, Devise, Wahlspruch.

Siziliane, aus Sizilien stammende Sonderform der ↗Stanze mit nur 2 Reimklängen in der Form eines doppelten Kreuzreims: abab / abab. Deutsche Nachbildungen besonders häufig bei D. von Liliencron.

Skaldendichtung, lyrische Dichtung der Skalden, der am norwegischen Königshof angestellten norwegischen und isländischen Dichter des 9. bis 14. Jahrhunderts. V. a. Preis- (Verherrlichung kriegerischer Taten, der Ahnen, ihrer Tapferkeit u. a.), Liebes- und Spottgedichte, ursprünglich gesprochen, nicht gesungen vorgetragen. Mit äußerst kunstvollen Formen (oft von ↗Stab-, ↗Binnen- und Endreimen dicht gefügte Strophenmaße), mit extremer Freiheit der Wortstellung, einem eigenen dichterischen Vokabular (↗Heiti) und oft dunklen, anspielungsreichen Umschreibungen und Bildern (↗Kenning). Am berühmtesten: die sog. Jüngere oder Prosa-*Edda* von Snorri Sturluson (ca. 1178–1241).

Skaz, m. [russ. *skazat* = sagen, erzählen], fingierte Mündlichkeit; literarische Technik, stilisiert die Sprache durch Wortwahl, Satzbau, Klang, Metaphern, Themen, Wahl der Perspektive, entsprechende Rahmung (z. B. als Augenzeugenbericht) usw. zu verschiedenen Formen des mündlichen, alltäglichen, ›natürlichen‹ Erzählens, wobei oft mehrere stilistisch verschiedene, durch sozialen Stand, Beruf, Individualität u. a. geprägte Erzählmanieren kontrastiert werden. Oft auch als eigenständige Gattung der Erzählkunst bezeichnet. V. a. im russischen ↗Formalismus von großer Bedeutung (↗Dialogizität), besonders häufig mit der russischen erzählenden Dichtung des 19./20. Jahrhunderts (z. B. Gogol, Leskov, Dostojewskij) verbunden.

Skene [gr. Zelt], im antiken Theater: das die Spielfläche (↗orchestra, ↗proskenion) nach hinten hin abschließende Bühnenhaus, häufig mit einer Palastfassade verkleidet; Spielhintergrund und Garderobe.

Skolion [gr. das Krumme], in der griechischen Antike: beim ↗Symposion von jedem Teilnehmer zur Lyra vorgetragenes Lied; entweder eigens zum Vortrag verfaßt, improvisiert oder zitiert; meist über politische Ereignisse und Lebensweisheiten, oft ironisch oder satirisch; nicht gleichzusetzen mit ›Trinklied‹.

Skop, m. [von westgerman. *scop*, ahd. *scof, scoph* = Dichter, eventuell zur Wortsippe mit den Bedeutungen ›Hohn, Spott, scherzen‹, auch ›hüpfen, springen‹ gehörig], Bezeichnung für den in der altengl. Dichtung (*Beowulf*, *Widsith* u. a.) geschilderten Hofdichter und berufsmäßigen Sänger von ↗Helden- und ↗Preisliedern.

Slam poetry [von engl. *slam* = kräftiger Hieb, Schlag], in der Mitte der 1980er Jahre in den USA entwickelte, dann vor allem in den 1990er Jahren weit verbreitete Form der öffentlichen Lyrik-Lesung mit Wettkampf- und Partycharakter; ursprünglich wie der Rap Sprachrohr für marginalisierte ethnische Gruppen. Charakteristisch ist der spontane, alltagsnahe, unakademische, meist schräg-witzige Ton der Texte und die popkonzertähnliche Form der Lesung, die ›Performance‹.

Beispiele: A. Neumeister und M. Hartge (Hg.): *Poetry!Slam! Texte der Pop-Fraktion* (1996); http://www.slamnews.com.

Soccus [lat. Schuh] ↗Kothurn

Sonett [ital. *sonetto*, m.; frz. *sonnet*, m.; engl. *sonnet*; deutsche Lehnübersetzung des 17. Jahrhunderts: Klinggedicht], in der ersten Hälfte des 12. Jahrhunderts in Italien ausgebildete, dann weit verbreitete Gedichtform aus 14 Zeilen; eingeteilt in 2 Vierzeiler (Quartette) und 2 Dreizeiler (Terzette), die jeweils untereinander reimen und im strengen Sonett nicht durch ↗Enjambements miteinander verbunden sein dürfen. Häufige Reimschemata: abab abab oder abba abba, cdc dcd, cde cde oder ccd ede. In der italienischen Dichtung oft im ↗endecasillabo, in französichen und deutschen Nachbildungen im ↗Alexandriner. Diese Zweiteiligkeit, das Prinzip von Ähnlichkeit und Gegensatz, Erwartung und Erfüllung, bestimmt häufig auch die Wortwahl (↗Antithese, ↗Oxymoron), Syntax (↗Parallelismus, ↗Chiasmus, ↗Periode) und die gedanklich-logische Gliederung (↗Dialektik). Vorbildhaft: Petrarcas ↗*Canzoniere* (zentrales Thema: die hohe, da unerfüllte Liebe, ↗Petrarkismus) und die Sonette des ↗Barock (z. B. von A. Gryphius, Chr. Hofmann von Hofmannswaldau, P. Fleming; zentral: die Vergänglichkeit alles Irdischen); thematisch trotzdem nicht gebunden (erotische, politische, literaturtheoretische usw. Sonette, z. B.

von J.W. von Goethe, A.W. Schlegel, F. Rückert, Ch. Baudelaire, R.M. Rilke, G. Trakl, B. Brecht, R. Gernhardt). Häufig zum *Zyklus* verbunden, in vollendetste Gestalt zum *Sonettenkranz* (15 Sonette, von denen jeweils die Schlußzeile die Anfangszeile des folgenden ist, die Schlußzeile des 14. die Anfangszeile des 1. und das 15. aus den 14 Anfangszeilen zusammengesetzt wird). Eine Sonderform: das vor allem durch Shakespeare bekannte *englische* Sonett, aus fünfhebigen ↗Jamben, mit 3 Vierzeilern und einem abschließenden (epigrammatisch-pointierenden) ↗Reimpaar; Reimschema: abab cdcd efef gg.

Spel, gemeingermanisches Wort für ›Erzählung‹, ›Sage‹, ›Fabel‹, in der gotischen Bibelübersetzung auch für griechisch ›mythos‹; vgl. mittelhochdeutsch ↗Bîspel: die einem Text zur Belehrung beigefügte ›Geschichte‹.

Spenserstanze, von dem englischen Dichter E. Spenser in seinem Versepos *Faerie Queene* (1590ff.) geschaffene Strophenform mit 9 Zeilen: 8 fünfhebigen ↗Jamben und einem abschließenden ↗Alexandriner, Reimschema: ab ab bc bc c. Beliebt vor allem in der englischen ↗Romantik (J. Keats, Lord Byron, P.B. Shelley, W. Scott u.a.).

Sperrung, deutsche Bezeichnung für die ↗rhetorische Figur des ↗Hyperbaton.

Sphragis, f. [gr. Siegel], ursprünglich vorletzter Teil der altgriechischen ↗Hymnendichtung, in der sich der Sänger nennt, dann allgemeine Bezeichnung für persönliche Angaben (Name, Herkunft, Anlaß, Kunstauffassung u.ä.) des Autors im Werk, auch der diese enthaltende Teil (meist Schlußteil, letzte Strophe, letztes Gedicht eines Zyklus usw.).

Spielmannsdichtung, 1. allgemein jede Art von mündlich tradierter Kleindichtung des Mittelalters (volkstümliche Lyrik, Balladen, ↗Spruchdichtung), die man einem ›Spielmann‹, einem fahrenden Sänger zuschreiben zu können glaubt; 2. besonders: die *Spielmannsepik* – eine Gruppe von 5 anonymen, vermutlich in der zweiten Hälfte des 12. Jahrhunderts entstandenen mittelhochdeutschen Epen (*König Rother, Herzog Ernst, Oswald, Orendel, Salman und Morolf*), die in der literaturwissenschaftlichen Forschung aufgrund ihrer Gemeinsamkeiten (additiver Stil, unbekümmerte Verwendung von Sprache und Vers, starke Formelhaftigkeit, Freude am Vordergründig-Gegenständlichen, Hang zu Drastik und Komik, zentrales Motiv der Brautwerbung, Stoff aus dem Umkreis der Kreuzzugs- und Orienterfahrung des 12. Jahrhunderts, Spiel mit mündlichen wie schriftlichen Formen der Dichtung) häufig als eigene Gattung verstanden werden. Heute (wie die Rolle und Funktion des Spielmanns auch) umstritten.

Spondeus [zu gr. *sponde* = Trankopfer], antiker Versfuß aus 2 langen Silben: – –. Erscheint selten durchgängig in einem Vers, fast immer als Platzhalter von ↗Daktylus (so häufig im ↗Hexameter) oder ↗Anapäst, wobei eine lange Silbe dann zwei kurze ersetzt. Im Deutschen nachzubilden versucht durch: a) die Verbindung zweier Wörter mit gleicher oder annähernd gleicher akzentueller Schwere: »des Zéus Rát, meinem Gehéiß tréu«: x́x́ (sog. *gleichgewogener* Spondeus), b) ein Wort aus zwei Silben, von denen sowohl die erste als auch die zweite den Ton tragen kann: »Stúrmnácht«, »Méerflút«, »Schṓnhéit« (sog. *geschleifter Spondeus, schwebende Betonung*).

Sprachgesellschaften, gelehrte Vereinigungen des 17. Jahrhunderts, nach italienischem Vorbild (*Accademia della Crusca*, Florenz). Von großer Bedeutung für die Ausbildung der deutschen Sprache als überregionale Schrift- und Literatursprache: versuchten das Deutsche von fremden syntaktischen Elementen und Wörtern zu reinigen, Orthographie, Lexik und Grammatik in Lehrbüchern zu vereinheitlichen; Einfluß auf

Stil und Formensprache der deutschen Dichtung (durch Übersetzung fremder Literatur, Klärung stilistischer, vers- und reimtechnischer usw. Fragen in ↗ Poetiken); wichtiges Forum fast aller bedeutenden Dichter und Dichtungstheoretiker der Zeit: M. Opitz, G.Ph. Harsdörffer, J. G. Schottel, F. von Logau, Ph. von Zesen, A. Gryphius z. B. waren Mitglieder der ersten deutschen Sprachgesellschaft, der 1617 in Weimar gegründeten *Fruchtbringenden Gesellschaft* (auch *Palmenorden*, nach deren Emblem, einer Kokospalme); dem 1644 in Nürnberg gegründeten *Pegnesischen Blumenorden* gehörten G.Ph. Harsdörffer, J. Klaj, S. von Birken, J. G. Schottel u. a. an.

Sprechakt, engl. *speech act*: in der Linguistik jede sprachliche Äußerung, bestehend aus a) dem *lokutionären* Akt (die phonetisch, morphologisch, syntaktisch bestimmte Äußerung), b) dem *illokutionären* Akt (bezeichnet die mit der Äußerung des Satzes vollzogene Handlung, z. B. des Versprechens oder Verurteilens), c) dem *perlokutionären* Akt (der Wirkung auf die Umstände und Zuhörer).

Sprichwort, vom Volksmund überlieferter Satz, übersteht durch eine allgemeingültige, nicht an besondere historischen Ereignisse oder soziale Schichten gebundene Aussage und eine geschlossene syntaktische Form, vielfach auch durch sprachliche Charakteristika (Bildlichkeit, rhythmische Prägnanz, ↗ Reim/Assonanz, Parallelismus der Satzglieder u. a.) die Zeiten unverändert: »Morgenstund hat Gold im Mund«, »Wer andern eine Grube gräbt …«. Unterscheidet sich durch die Formulierung einer kollektiven Erfahrung vom individualisierenden ↗ Aphorismus, durch die syntaktisch abgeschlossene, oft eine Kausalbeziehung herstellende Form von der Redensart, durch die Anonymität und den nicht mehr rekonstruierbaren Situationskontext seiner ersten Verwendung von der dichterischen ↗ Sentenz (Zitat). Seit der Antike gesammelt, große Sprichwortsammlungen im ↗ Humanismus (Erasmus von Rotterdam, *Adagia*) und im 19. Jahrhundert (K. F. W. Wander: *Deutsches Sprichwortlexikon*, 5 Bde, 1867–1880).

Spruch ↗ Epigramm, ↗ Gnome, ↗ Spruchdichtung

Spruchdichtung, 1. Sammelbezeichnung (eingeführt von K. Simrock, Walther-Ausgabe 1833) für Lieder und Gedichte des Hoch- und Spät-Mittelalters (spätes 12. bis 15. Jh.), die sich durch ihre Funktion, ihre Herkunft, ihre Themen und z. T. ihre Form vom eigentlichen ↗ Minnesang absetzen: überwiegend didaktisch ausgerichtet, mit religiösen, politischen, ethisch-moralischen Themen, oft in polemischem Ton, vor allem von fahrenden nichtadeligen Sängern verfaßt, die Dichtung als Broterwerb betrieben. Meist einstrophig, erst seit Mitte des 14. Jahrhunderts (wie im ↗ Minnesang) auch mehrstrophig. Zu unterscheiden: der ursprünglich gesungen vorgetragene *Sangspruch* (Höhepunkt um 1200 durch Walther von der Vogelweide) und der *Reimspruch* (ein gesprochen vorgetragener vierhebiger ↗ Reimpaarvers, um 1230 bei Freidank ausgebildet). Weitere Spruchdichter: Reinmar von Zweter, Bruder Wernher, Frauenlob, Hans Rosenplüt, Hans Folz u. a.; 2. Bezeichnung für germanische ↗ Gnomen (Lebensweisheiten, Rätsel, Zaubersprüche), mit formelhafter Verwendung von Sprache und ↗ Vers, meist mit ↗ Stabreim.

Stabreim [Wortbildung des 19. Jahrhunderts, zu altnordisch *stafr* = Stab(reim)], besondere Ausprägung der ↗ Alliteration in der germanischen Versdichtung, an Wortakzent und bestimmte Wortarten gebunden: *Staben* können nur die bedeutungstragenden Wörter (Nomen und Verben), deren Anlaut betont ist, wobei sich alle Vokale untereinander und die Lautgruppen sk, sp, st reimen. V. a. in altenglischer (*Beowulf*, 8. Jh.), altnordischer (*Edda*) und altsächsischer (*Heliand*, 9. Jh.), vereinzelt auch in althochdeutscher Dichtung (*Hildebrandslied, Muspilli*); Wiederbelebungsversuche im 19. Jahrhundert (W. Jordan, R. Wagner).

Stabreimvers, germanische Versform, durch ↗Stabreim konstituiert; z.B. die germanische ↗Langzeile, in der 3 (oder auch nur 2) *Stäbe* die beiden Halbzeilen (An- und Abvers) miteinander verbinden: »Welaga nû, waltant got / wewurt skihit« (»Wehe nun, waltender Gott, / Unheil geschieht«, *Hildebrandslied*).

Stammsilbenreim, im Unterschied zum Endsilbenreim vor allem von der Stammsilbe getragen: *singen*: *klingen*.

Ständeklausel, in ↗Renaissance und ↗Barock formuliertes, auf Aristoteles und Horaz zurückgeführtes Gesetz, daß in der ↗Tragödie die Hauptpersonen nur von hohem, in der ↗Komödie nur von niederem Stand sein dürfen; damit begründet, daß eine tragische Wirkung nur durch eine möglichst große ↗Fallhöhe des Helden erzielt werden könne. ↗Genera dicendi

Stanze [von ital. *stanza* = Zimmer, Aufenthaltsort, Strophe], auch Oktave, ottava rima: in Italien Ende des 13. Jahrhunderts ausgebildete Strophenform aus 8 Elfsilblern (↗endecasillabo), mit weiblichen Reimen und Reimschema ab ab ab cc. Vorherrschende Strophenform der frühen italienischen Epik (z.B. von Ariosts *Orlando furioso*, Tassos *Gerusalemme liberata*), dann gesamteuropäisch auch in Drama und Lyrik übernommen. Im Deutschen oft mit Varianten in Hebungszahl, Reimstellung und Endung (vorbildlich: W. Heinses Anhang zur *Laidion*, 1774, mit weiblichen a- und c-Reimen, männlichen b-Reimen). Weitere Beispiele: Goethes *Zueignung* zu *Faust I*, Wielands *Oberon* (freiere Umgestaltung), Liliencrons *Poggfred*, Rilkes *Winterliche Stanzen*. Sonderformen: ↗Siziliane und *nonarime* (Anfügung eines 9. Verses, meist mit b-Reim: ab ab ab ccb).

Stasimon [gr. Aufstellung, zu *stasimos* = stehend], in der griechischen ↗Tragödie: das vom ↗Chor von der ↗Orchestra aus, von einem festen Platz aus gesungene Lied; im Gegensatz zu ↗Parodos (Einzugs-) und ↗Exodos (Auszugslied). Trennt die Schauspieler- bzw. Schauspieler-/Chorpartien voneinander. In der Regel strophisch gegliedert, metrisch sehr variationsfähig.

Stationendrama, ↗offene Form des Dramas: im Gegensatz zum linear und final gebauten, meist in ↗Akte gegliederten (aristotelischen) Drama eine lokkere Reihung von Einzelszenen (*Stationen*), die das Interesse des Zuschauers weniger auf den Ausgang der Handlung als (aus immer neuer Perspektive) auf das Geschehen selbst lenkt. Typische Form des ↗geistlichen Spiels im Mittelalter, des Dramas im ↗Sturm und Drang und vor allem im ↗Expressionismus (nach dem Vorbild von Büchners *Woyzeck* und Strindbergs *Nach Damaskus*: W. Hasenclever: *Der Sohn*, G. Kaiser: *Von Morgens bis Mitternacht*, E. Toller: *Die Wandlung*); weiterentwickelt im ↗epischen Theater.

Stegreifdichtung [nach der Redensart ›aus dem Stegreif‹, also unvorbereitet, spontan etwas tun, zu ahd. *stegareif* = Seilschlinge oder Ring zum Aufsteigen aufs Pferd, deswegen ›Stegreif‹ – noch im Steigbügel stehend, ohne erst vom Pferd zu steigen – und nicht, wie oft falsch geschrieben, mit h, ›Stehgreif‹], Bezeichnung für Dichtung, die ›aus dem Geist des Augenblicks‹ heraus, durch Improvisation entstanden ist. Merkmal vor allem von komischer Dichtung, insbesondere von Formen des ↗Dramas wie ↗Mimus, ↗Commedia dell'arte, Wiener ↗Volkstheater, ↗Posse u.ä. (Improvisation des Schauspielers nach vorgegebenem Thema oder Handlungsgerüst).

Stemma, Pl. Stemmata [gr. Stammbaum], Hilfsmittel der ↗Textkritik: stammbaumartige Übersicht über die verschiedenen Textfassungen eines literarischen Werks (gelegentlich auch eines ↗Stoffs), verdeutlicht die Unterschiede und Abhängigkeitsverhältnisse zwischen den verschiedenen Überlieferungsträgern.

Stichisch, eigentlich mono-stichisch [gr. allein + Vers, Zeile], fortlaufende Aneinanderreihung von Versen des gleichen metrischen Schemas, am häufigsten bei ↗Hexameter, ↗Trimeter (Senar), ↗Alexandriner, ↗Blankvers. In der Antike vor allem für das ↗Epos und die Sprechverse im Drama üblich, im Unterschied zur strophischen Ordnung (↗Strophe, ↗Odenmaße) der gesungenen Verse oder zur paarweisen Zusammenfassung gleicher oder verschieden gebauter Verse (↗Distichon).

Stichometrie [gr. Vers + Maß], 1. in der Antike: Verszählung und damit Feststellung des Umfangs eines literarischen Werks (Summe der Verse am Schluß der Papyrusrollen vermerkt); 2. in der Rhetorik: Bezeichnung für antithetische Dialoge im Drama, eine Art inhaltliche Analogie zur formalen ↗Stichomythie: »Den Admiralshut rißt ihr mir vom Haupt.« – »Ich komme, eine Krone draufzusetzen.« (Schiller: *Wallensteins Tod*).

Stichomythie [gr. Reihe, Vers, Zeile + Wort, Rede], Form des ↗Dialogs im Versdrama: Rede und Gegenrede, jeweils nicht mehr als eine Verszeile lang, folgen über eine längere Strecke hinweg in raschem Wechsel aufeinander:

Ödipus: War es ein eignes oder fremdes Kind?
Hirte: Kein eignes. Fremde hatten es gebracht.
Ö: Von welchen Leuten und aus welchem Haus?
H: Bei allen Göttern, frage mich nicht mehr!
Ö: Du bist verloren, wenn du nicht bekennst.
H: Es war im Haus des Laios gezeugt.
Ö: Von Sklaven oder fürstlichen Geblüts?
H: Das Schlimmste tritt nun über meinen Mund.
Ö: Und an mein Ohr. Doch hören muß ich es.
H: Man sagt, es war des Herren eignes Kind;
Die Königin weiß alles ganz genau.
Ö: Sie hat es dir gegeben?
H: Ja, mein Herr.
Ö: Mit welchem Auftrag?
H: Seines Untergangs.
Ö: Die eigne Mutter?
(Sophokles: *König Ödipus*)

Stil [lat. *stilus* = Schreibstift, Schreibart], in der Literaturwissenschaft: Bezeichnung für den unverwechselbaren Ton, den charakteristischen Gestus, das besondere Grundmuster einer sprachlichen Ausdrucks- und Darstellungsweise.

Bewußtes Mittel der künstlerischen Gestaltung, mit anderen Elementen des Textes in wechselweiser Beziehung: sowohl angemessener bzw. parodistisch-ironischer (↗Travestie) Ausdruck bestimmter Gedanken, Themen, Absichten usw. als auch der ›Vater‹ eines Gedankens, mit Einfluß auf die Wahl des Themas und der Gattung, auf Aufbau, Figurencharakter usw. Kann spezifisch sein für einen bestimmten Text, einen bestimmten Autor, eine bestimmte ↗Gattung, eine bestimmte soziale Schicht, eine bestimmte ↗Epoche, Strömung (›Zeitgeist‹) usw., z.T. von der ↗Poetik und ↗Rhetorik genau definiert (↗Genera dicendi). Immer nur als Abweichung von einer (idealen) Normalsprache und im Kontrast zu anderen möglichen Ausdrucksweisen zu beschreiben (z.B. »Den andern Morgen erwachte Mariane nur zu neuer Betrübnis«, Goethe: *Wilhelm Meisters Lehrjahre*, I, 2, im Unterschied zu »Am nächsten Morgen wachte Mariane betrübt auf«, »Mariane fuhr im Morgenrot todtraurig aus dem Schlaf« usw.).

Bei einer Analyse des Stils sind vor allem Fragen nach Abweichungen wichtig im Bereich: a) der *Lexik* (Wortwahl: Hochsprache, Dialekt oder Soziolekt? Hohe, mittlere oder niedere Stilebene? Nominal- oder Verbalstil, reich oder arm an Adjektiven, an ↗Metaphern, an

↗Metonymien, an ↗Archaismen oder ↗Neologismen, an ↗Deixis usw.?), b) der *Syntax* (Satzbau: auffällig häufige bzw. sparsame Verwendung von ↗Parataxe, ↗Hypotaxe, ↗Asyndeton, ↗Polysyndeton, ↗Inversion usw.?), c) der *Lautung* (Satzmelodie, ↗Rhythmus, Lautmalerei usw.?), d) der *Textgestalt* (Satzzeichen, Typographie des Erstdrucks usw.), e) der ↗*Kohärenz* (Häufigkeit der Mittel, z.B. von Präpositionen, Konjunktionen, Hypotaxen usw., die einen verständlichen, zusammenhängenden Text erzeugen?) und *Homogenität* (Entsprechen die Abweichungen in einem Satz den anderen Stilmitteln, dem ganzen Text, dem gewählten Thema, der gewählten Gattung usw. oder gibt es auch innerhalb des Texts ↗Stilbrüche?), f) der *Funktion* (didaktisch, auf Verständlichkeit berechnet, verrätselnd usw.? Spezifische, von der Kombination mit anderen literarischen Elementen – ↗Vers, ↗Prosa, ↗Stoff, ↗Plot, Gattung usw. – abhängige Funktion der einzelnen Stilmittel? Eine rhetorische Figur der Wiederholung etwa besitzt nicht zwangsläufig und in jedem Text eine die Aussage unterstreichende, intensivierende, kohärenzsteigernde Funktion, sie kann das Tempo verlangsamen, beschleunigen, den Sinn doppeldeutig erscheinen lassen, ihn verunklären, zur Nebensache erklären, den Leser beruhigen, aufwecken, einschläfern, ärgern; in einem Roman – von dem Entwicklung und Spannung erwartet wird – besitzt sie einen anderen Stellenwert als in der durch Elemente der Wiederholung wie Vers, Reim, Strophe, Refrain definierten Lyrik), g) der *Wirkung* (Vergleich der Reaktionen historischer Leser, mögliche Reaktionen des *idealen, impliziten* ↗Lesers). Zwangsläufig mit Wertungen und subjektiven Leseerfahrungen verbunden (als stilistisches Merkmal wird nur das bestimmt, was Bedeutung hat oder zu haben verspricht), die bei der Stilanalyse thematisiert und reflektiert werden müssen. ↗Rhetorik

Stilarten ↗Genera dicendi

Stilblüte, sprachliche Äußerung, durch Denkfehler oder Unachtsamkeit doppelsinnig, mit erheiternder Wirkung: »Stolz verließen des Professors weißseidne Beine die Rednertribüne« (W. von Molo); oft durch Koppelung zweier nicht zusammenpassender Bildbereiche (↗Katachrese): »der Dirigent, der die lodernde Rhythmik der Partitur mit ungewöhnlicher Schwungkraft herausmeißelte«.

Stilbruch, (ungewollter oder bewußter) plötzlicher Wechsel der Stilebenen, etwa durch Einmischung von Wörtern und Wendungen aus einer anderen, höheren oder tieferen Stilschicht (↗Genera dicendi) oder durch unpassende Bildlichkeit (↗Stilblüte). Häufig in ↗Komödie, ↗Satire, ↗Parodie.

Stilbühne, puristischer Bühnentypus, täuscht im Gegensatz zur Illusionsbühne keinen realistischen Raum vor. Charakteristisch: monumentale Spielfelder, geometrische Formen wie Rundscheiben, Treppen oder Blöcke, ein leerer Horizont, wenige andeutende Requisiten (Säule, Spiegel, Wappen, Vorhang usw.), eine gezielte Lichtregie.

Stilfiguren ↗rhetorische Figuren, ↗Rhetorik

Stilgeschichte, 1. Darstellung der Geschichte verschiedener Epochenstile (↗Stilistik), 2. in der ersten Hälfte des 20. Jahrhunderts analog zu ›Geistesgeschichte‹ gebildete Bezeichnung für eine Forschungsrichtung, die in der Literaturgeschichte vor allem Entwicklungen und Ausprägungen des Sprach- und Darstellungsstils verfolgt; methodisch kennzeichnend: die Übernahme kunstgeschichtlicher Begriffe, besonders die Weiterbildung der von H. Wölfflin (*Kunstgeschichtliche Grundbegriffe*, 1912) geprägten Begriffspaare *linear – malerisch, flächenhaft – tiefenhaft, geschlossen – offen* (↗geschlossene, offene Form), *einheitlich – vielheitlich, absolute – relative Klarheit.* Beispiele bei O. Walzel, F. Strich, L. Spitzer (*Stil-Studien*, 1928) u. a.

Stilistik, Lehre vom ↗Stil; unterschieden in a) Theorie des literarischen Stils; b) analytisch-deskriptive Stilistik: analysiert und beschreibt Auswahl, Kombination und Funktion sprachlicher (Stil-)Mittel, oft historisch ausgerichtet und an Epochen- oder Nationalstilen interessiert; c) normative Stilistik: Anleitung zu einem vorbildlichen (Schreib-)Stil, im Unterschied zur ↗Rhetorik, der Kunst des vorbildlichen Rede(-Stils), z. B. L. Reiners: *Deutsche Stilkunst* (^{3}1969), R. M. Meyer: *Deutsche Stilistik* (1906).

Stoff, die aus einem literarischen Werk herauslösbare Handlung, die Ordnung der einzelnen Geschehenspartikel (z. B. Begegnung/Trennung/Wiederfinden) in ihrer logischen, chronologischen und psychologischen Abfolge: der Faust-Stoff, der Amphitryon-Stoff, der Don-Juan-Stoff, der Julius-Caesar-Stoff usw. Immer schon auf eine bestimmte Weise geformt, nie Rohstoff, bloßer Stoff an sich; geht oft zurück auf sog. *Urstoffe*, in denen z. B. bestimmte archetypische Handlungs- und Verhaltensmuster (wie die Ödipus-Konstellation, der Generationenkonflikt) oder Auseinandersetzungen zwischen unterschiedlichen Weltauffassungen (Idealismus – Materialismus; Rationalismus – Irrationalismus u. a.) durch eine Erzählung mit konkretem Personal, einer auf bestimmte Weise angeordneten Kette von Ereignissen, einer spezifischen Situationsangabe usw. verarbeitet werden. Wichtige Stoffquellen neben einzelnen literarischen Texten: die Geschichte, die antike Mythologie und die Bibel. Herkunft, Entstehung und Veränderungen (Stilisierung, Trivialisierung usw.) eines vielfach überlieferten und literarisch verarbeiteten Stoffs untersucht die *Stoffgeschichte*, die *Thematologie*. Im russischen ↗Formalismus meist als ↗Fabel, in der anglo-amerikanischen Literaturwissenschaft als ↗Plot, in der französischen als Histoire, in der Poetik des Aristoteles als ↗Mythos bezeichnet; vom jeweiligen literarischen Werk meist in logisch, chronologisch und psychologisch anderer Abfolge arrangiert (↗Sujet, ↗Story, ↗Diskurs).

Stollen, 1. einer der beiden gleichgebauten, in der Regel durch Kreuzreim (abab) verbundenen und nach der gleichen Melodie zu singenden Teile, die den ↗Aufgesang der ↗Stollenstrophe bilden; in der einfachsten Form: 2 Verse (ab) mit gleicher oder unterschiedlicher Länge, auch 3 und mehr Verse sind möglich; 2. Bezeichnung J. Grimms für die beiden Stäbe im Anvers der germanischen ↗Langzeile (↗Stabreimvers).

Stollenstrophe, auch Kanzonenstrophe: häufigste Strophenform der provenzalischen ↗Trobadorlyrik, der altfranzösischen, italienischen und mittelhochdeutschen Lyrik: zweiteilig, umfaßt etwa 6 bis 18 Zeilen, mit variabler Länge und metrischer Gestaltung, gegliedert in ↗Aufgesang (der meist aus 2 metrisch und musikalisch gleichgebauten Hälften, ↗Stollen, besteht) und einen metrisch und musikalisch selbständigen ↗Abgesang (provenzalisch *cauda*, ital. *coda*): Grundformel A A/B. Auch in neuzeitlicher Dichtung (z. B. Goethes *Hochzeitslied*); im Meistersang zur ↗Meistersangstrophe erweitert.

Stream of consciousness [engl. Bewußtseinsstrom, als Bezeichnung geprägt von W. James in bezug auf E. Dujardins Roman *Les lauriers sont coupés*, (1887)], auch zitierte Gedanken- ↗Rede: Technik der erzählenden Literatur, imitiert den ›wirklichen‹, durch das Durcheinander von Unterbewußtsein, Unbewußtem, äußeren Reizen und bewußten Wahrnehmungen bestimmten Denkvorgang: Empfindungen, Erinnerungen, sich überlagernde Reflexionen, subjektive Reaktionen auf Umwelteindrücke, abgelegene Assoziationen u. a. werden scheinbar ungeschieden und ungeordnet hintereinander hingeschrieben; als ↗innerer Monolog dargestellt. Bekanntestes Beispiel: *Ulysses* (1922) von J. Joyce.

Strophe [gr. Wendung, in der Antike ursprünglich die Hinwendung des tanzenden Chors zum Altar und das dazu gesungene Lied, dem bei der Abkehr ein auf die gleiche Melodie gesungenes, gleich gebautes Lied entspricht; im Mittelalter auch als ›liet‹, ›gesätz‹, ›gebände‹, im protestantischen Kirchenlied als ›Vers‹ bezeichnet], Anordnung einer bestimmten Anzahl von gleich oder ungleich langen Verszeilen zu einer in sich geschlossenen, thematisch mehr oder weniger selbständigen, in gleicher Form wiederkehrenden höheren metrischen Einheit. Im Unterschied zur ↗stichischen, einfachen Reihung der Verse. Aus mindestens 2 Verszeilen, wobei die *Reimfolge* oder/und der *Umfang* und das *Metrum* (Zahl der Hebungen, der Silben, der Versfüße? Art der Versfüße? Vorhandensein einer festen ↗Zäsur? Ort der Reime im Vers?) im voraus festgelegt sind. Besonders in modernen Verstexten (↗freie Rhythmen) durch die graphische Gestaltung (Leerzeile) ersetzt. ↗Distichon, ↗Meistersangstrophe, ↗Nibelungenstrophe, ↗Volksliedstrophe, ↗Odenmaße

Struktur [lat. *structura* = Zusammenfügung, Ordnung, (Bau)werk], 1. oft metaphorisch verstandene Bezeichnung für Aufbau, Gefüge, Komposition; 2. im ↗Strukturalismus programmatischer Leitbegriff, bezeichnet die einem Objekt (z. B. einem psychischen, sozialen, ökonomischen, philosophischen, wissenschaftlichen, sprachlichen Sachverhalt, einem literarischen Text, einer literarischen ↗Gattung oder der Literatur einer ↗Epoche) zugrundeliegende Ordnung und definiert es damit als ein relativ geschlossenes und autonomes Gebilde, als ein System, in dem jedes Element in einer bestimmten Beziehung, einer bestimmten *Relation*, zu den anderen Elementen dieses Systems steht und eine für dieses System spezifische Funktion erfüllt. Ist so das abstrakte, theoretische Modell, das die Eigenschaften des konkreten Objekts im mathematischen Sinn abbildet, dessen Regelsystem und Funktionsgleichungen erfaßt. Erst durch die strukturierende Tätigkeit des Lesers erzeugt. ↗Formalismus, ↗Semiotik

Strukturalismus, Richtung der Geistes- und Sozialwissenschaften (Psychologie, Soziologie, Ethnologie, Linguistik, Literaturwissenschaft, Philosophie, Kultur- und Medienwissenschaft), versucht an Zeichensystemen (z. B. einem Kunstwerk, der menschlichen Sprache usw.) die ↗Struktur – die Ordnungen, Regel- und Gesetzmäßigkeiten – zu beschreiben, durch die sie funktionieren; erfaßt die einzelnen Elemente eines Gegenstands dabei nicht isoliert, sondern nur auf dem Hintergrund und als Funktion der Systeme, denen sie angehören. In der französischen Sprachwissenschaft von F. de Saussure (*Cours de linguistique générale*, 1916; ↗binäre Opposition, ↗langue, ↗parole) entwickelt, von nachhaltigem Einfluß auf die ↗Literaturtheorie, auf Vokabeln und Methoden der literaturwissenschaftlichen Textanalyse (↗Architext, ↗Erzählgrammatik), vertreten von G. Genette, R. Barthes, T. Todorov (frz. Strukturalismus), J. Mukarovsky und R. Jakobson (Prager Strukturalismus), J. Lotman und B. Uspenski (sowjet. Strukturalismus); daneben wichtig für die Literaturwissenschaft: die Überlegungen vor allem von M. Foucault (Philosophie, ↗Diskursanalyse), C. Lévi-Strauss (Anthropologie, ↗Mythos) und J. Lacan (Psychoanalyse, ↗Subtext, ↗Überdetermination). Weiterentwicklungen durch Kybernetik, ↗Systemtheorie, ↗Semiotik, ↗Poststrukturalismus, ↗Dekonstruktivismus u. a., wobei vor allem die Grenzen zum ↗Poststrukturalismus fließend sind.

Sturm und Drang [nach dem gleichnamigen Drama von F. M. Klinger, 1777], auch Geniezeit: Bezeichnung für eine ausschließlich in der deutschen Literatur erscheinende, vor allem von jungen, 20- bis 30jährigen Autoren getragene geistige Strömung von etwa 1765 bis 1785; entwickelt das Gedankengut der ↗Aufklärung konsequent weiter (Skepsis gegenüber deren Fortschrittsoptimismus, Revolte gegen deren ständische, in Konventionen erstarrte absolutistische Gesellschaftsordnung), formuliert zentrale (durchaus gesamteuropäische) Ideen wie: Versöhnung von Verstand und Gefühl, von Vernunft und Natur, Autonomie des Individuums, Erneuerung der Kunst und Kultur durch Rückkehr zu den Ursprüngen der Völker und ihrer Dichtung, Erfahrung der Natur als Urquell alles Lebendigen und Schöpferischen, Kunst als genuiner Ort von Gefühl, Spontaneität, Leidenschaft und Phantasie. Politisch folgenlos, literarisch bahnbrechend, von nachhaltigem Einfluß auf das moderne Literaturverständnis: feiert den Künstler als ein aus sich heraus schaffendes, weder an Regeln noch an Standes- oder Gattungsgrenzen (↗Poetik) gebundenes Genie; definiert Dichtung als Ausdruck persönlicher Erfahrungen, als sozialkritisch-politische Mittel und als aus dem Augenblick heraus geschaffenes Werk, nicht als handwerkliches Konstrukt.

Leitfiguren: Homer, Pindar, Shakespeare, der sagenhafte englische Sänger Ossian, Klopstock und der junge Goethe, der nach seiner Begegnung mit Herder 1770 in Straßburg in allen drei Hauptgattungen die initiierenden Werke des literarischen Sturm und Drang schreibt: *Sesenheimer Lieder* (1771, ↗Erlebnisdichtung), *Götz von Berlichingen* (1773), *Die Leiden des jungen Werthers* (1774). Im Drama (Schiller: *Räuber*, *Fiesko*, *Kabale und Liebe*, J.M.R. Lenz: *Hofmeister*, H.L. Wagner: *Die Kindermörderin*) bewußter Gegensatz zur klassischen aristotelischen ↗Tragödie: Auflösung der ↗drei Einheiten durch häufige Ortswechsel und vielfältiges Handlungsgefüge, Verwendung von Prosa, Aufhebung der ↗Ständeklausel usw. (↗offene Form); in der erzählenden Literatur überwiegend psychologisierende, oft autobiographische Analysen (J.H. Jung: *Heinrich Stillings Jugend*, K.Ph. Moritz: *Anton Reiser*, W. Heinse: *Ardinghello*); in der Lyrik vor allem tradierte bzw. neugeschöpfte, nachempfundene volksnahe Formen wie ↗Lied und ↗Ballade (Goethe: *Mailied*, M. Claudius: *Der Mond ist aufgegangen*, G.A. Bürger: *Lenore*) oder Gedichte im Ton antiker ↗Hymnen und ↗Oden (Goethe: *Prometheus*). Vorbereitet von ↗Pietismus, ↗Empfindsamkeit, der Kulturkritik J.J. Rousseaus, dem Genieverständnis E. Youngs (*Conjectures on Original Composition*, 1759), der Philosophie J.G. Hamanns (*Sokratische Denkwürdigkeiten*, 1759, *Kreuzzüge des Philologen*, 1762, hieraus besonders die *Aesthetica in nuce*), vor allem aber durch J.G. Herder (*Fragmente über die neuere dt. Literatur*, 1767, *Journal meiner Reise im Jahre 1769*, *Abhandlung über den Ursprung der Sprache*, 1770, die Aufsätze über Shakespeare und Ossian in den von ihm herausgegebenen Blättern *Von deutscher Art und Kunst*, 1773).

Sturmkreis, Berliner Künstlerkreis um die von H. Walden herausgegebene Zeitschrift *Der Sturm* (1910–1932), dem wichtigsten Organ des ↗Expressionismus neben der Zeitschrift *Die Aktion.* Bildet vor allem durch A. Stramm eine ›Wortkunst‹ aus, die Tendenzen des ↗Futurismus verarbeitet und sich durch radikale Verkürzung auf sprachliche Elemente (Wortsinn, Wortklang, Worttonfall) und Abstraktion auszeichnet; von K. Schwitters in seiner *Merzdichtung* weiterentwickelt.

Stuttgarter Schule, lose Gruppierung von Autoren, aber auch Typographen, Druckern und bildenden Künstlern, um die von M. Bense herausgegebene Zeitschrift *augenblick* (1955–1961) bzw. die von ihm und E. Walther von 1960 an herausgegebene Publikationsreihe *rot.* Verbindend ist für diese Gruppe, zu der unter anderem R. Döhl, L. Harig und H. Heissenbüttel gehören, die Neigung zur experimentellen Literatur

(↗konkrete Dichtung) und die Diskussion von Benses Ästhetik.

Sublimierung [zu lat. *sublimis* = erhaben, hochstrebend], von S. Freud in Anlehnung an die Theorien des ↗Erhabenen geprägter Begriff: die Übertragung einer die Vorstellungs- und Darstellungskraft überschreitenden Idee in eine repräsentative Form allgemein; in der Psychoanalyse besonders: die Übertragung, Verschiebung, Umlenkung sexueller Energien in künstlerische oder intellektuelle Energien mit dem Ziel, eine konkrete, direkte Befriedigung durch eine abstrakte zu ersetzen und den Sexualtrieb der Vernunft und dem Willen zu unterwerfen.

Subtext [zu lat. *sub* = darunterliegend, unter], im ↗Poststrukturalismus geprägter Begriff: der implizite (stillschweigend, zwischen, unter den Worten anwesende) Text im Unterschied zum explizit formulierten Haupttext; das, über was der Text eigentlich spricht, indem er es verschweigt, sein ›Unbewußtes‹. In Analogie zu S. Freuds *Traumdeutung* (1900), wo zwischen ›manifestem Gehalt‹ und ›latentem‹, im Traum verborgenen, unbewußten Sinn unterschieden wird. Mitverantwortlich für den unumgänglichen Unterschied von Zeichen und Bedeutung (↗différance).

Sujet [frz. Gegenstand, Stoff, von lat. *subicere* = darunterwerfen, zugrundelegen], besonders in der ↗Erzähltheorie des russischen ↗Formalismus gebräuchlich (auch als *szujet* bezeichnet): die sprachlich-künstlerische Anordnung der einer Erzählung zugrundeliegenden Geschehenspartikel, in der Regel synonym mit ↗Story und ↗Narration. Kann durch Abweichungen von der logischen, chronologischen und psychologischen Ereignisfolge (↗Plot, ↗Fabel, ↗Histoire) ›Sinn‹ erzeugen, d.h. auf die spezifisch literarische Motivation (Verweis auf andere Zusammenhänge, Umwertung bestimmter Beziehungen, Neubewertung, Charakterisierung der Figur, Logik der gewählten Gattung, des gewählten Stils, des künstlerischen Plans, des ↗mythischen Analogons usw.) dieser Abweichung verweisen.

Sujethaftigkeit ↗Erzähltheorie

Surrealismus [frz. über, jenseits der Realität], Bezeichnung für eine nach dem Ersten Weltkrieg in Paris entstandene avantgardistische Richtung der modernen Kunst und Literatur, beeinflußt von der Psychoanalyse S. Freuds, sucht die eigentliche Wirklichkeit und letztendliche Einheit allen menschlichen Seins in einem mit traditionellen Erkenntnismitteln nicht zu begreifenden, nichtrationalen Unbewußten. Erklärt Träume, wahnhafte Visionen, spontane Assoziationen, somnambule und hypnotische Mechanismen, rauschhafte, durch Drogen ausgelöste Bewußtseinszustände u.ä. zur Ausgangsbasis künstlerischer Produktion und sieht u.a. in einer magisch-verrätselten Sprache, kühnen Metaphern, dem überraschenden Perspektivenwechsel, der Doppelbödigkeit der Zeichen, dem Verzicht auf Logik, Syntax und ästhetische Gestaltung (↗Écriture automatique) die Mittel, die die von psychischen Mechanismen gesteuerten Bildsequenzen aus vorrationalen Tiefenschichten festhalten können. Vertreter: G. Apollinaire, L. Aragon, A. Breton (*Erstes Manifest des Surrealismus*, 1924), A. Artaud, R. Char, P. Éluard, G. Bataille, in der bildenden Kunst H. Arp, G. de Chirico, S. Dali, M. Ernst, P. Klee, R. Magritte, J. Miró, P. Picasso, M. Ray, im Film L. Buñuel, J. Cocteau u.a. In der dt. Literatur zeigen Texte von Fr. Kafka, H.H. Jahnn, A. Döblin, W. Benjamin, P. Celan, H. Hesse u.a. ein surrealistisches Gepräge.

Symbol [gr. Kennzeichen, von *symballein* = zusammenwerfen, zusammenfügen], in der Antike ursprünglich konkretes Erkennungszeichen, z.B. die Hälfte eines Rings oder Stabs, die, mit dem Gegenstück zusammengepaßt, bei einer Wiederbegegnung, einer Vertragserneuerung, einer Nachrichtenübermittlung usw. als Beglaubigung dient, vergleichbar einem vereinbarten Losungswort; dann übertragen verwendet: ein bildhaftes Zeichen, das über sich hinaus auf höhere geistige Zusammenhänge weist, ein Sinn-Bild. Im Unterschied zur rational auflösbaren, einschichtigen, willkürlich gesetzten ↗Allegorie (›Frau Justitia‹ als Allegorie der Gerechtigkeit) oder zum klar definierten ↗Emblem mehrdeutig, oft von vager Bedeutsamkeit und in einem naturhaften, durch zahlreiche Konnotationen unterstützten, intuitiv erkennbaren Verhältnis zum Gemeinten, z. B. die Waage in der Hand der Justitia als Symbol der Gerechtigkeit, das Kreuz als Symbol des Christentums, die Taube als Symbol des Friedens, die Figur des Mephisto als Symbol des Bösen, der Steinwall zwischen den verfeindeten Höfen in G. Kellers *Romeo und Julia auf dem Dorfe* als Symbol der Trennung oder (als sog. *symbolische Handlung*) das Sakrament der Taufe als Symbol der Aufnahme in die christliche Gemeinde, das Reichen der Hände als Symbol für das Schließen eines ewigen Bunds. Zielt auf tiefere Bewußtseinsschichten, reicht bis ins Unbewußte (↗Archetypus) und setzt geistige, weltanschauliche und kulturelle Gemeinsamkeiten voraus, daher in verschiedenen Epochen oder Kulturkreisen mit unterschiedlichen Bedeutung (die Eule z. B. im Altertum als Symbol der Weisheit, im christlichen Mittelalter als Symbol der Abkehr vom Christentum).

Häufig Zentralbegriff in ↗Ästhetik und ↗Literaturwissenschaft; nachhaltig geprägt von: a) Goethe, der alle Dichtung, Kunst überhaupt als Symbol, als Erscheinung des (unanschaulichen) Allgemeinen im (anschaulichen) Besonderen versteht, b) F. T. Vischer (*Das Symbol*, 1887, in: Kritische Gänge, Bd. 4, ^{2}1922), der Symbole als ästhetisierte, unverbindliche, auch ungefährlich gewordene rituelle Handlungen und Dinge definiert, deren Bedeutung wir nur unter der Voraussetzung akzeptieren, daß wir nicht an sie glauben: Ihre Form verweist nur dem Schein nach auf einen Sinn, während im rituellen Gegenstand Form und Bedeutung eins sind (für einen gläubigen Christen z. B. IST die Hostie der Leib Christi, nicht nur eine ↗Repräsentation), c) der ↗Semiotik von Ch. S. Peirce, dort im Unterschied zu ↗Ikon und ↗Index definiert

Symbolismus, von Frankreich ausgehende, zwischen etwa 1870 und 1920 gesamteuropäisch, insbesondere in der Lyrik verbreitete Strömung, zeichnet sich durch den prinzipiellen Verzicht auf politisch-moralische oder sozialkritische Funktionen und konkrete, der Wirklichkeit nachgebildete ›Inhalte‹ (persönliche Empfindungen, Stimmungseindrücke usw.) aus, will unabhängig von den Sachbezügen, Raum- und Zeitkategorien autonome Welten der Schönheit erzeugen: Besonders der auffällige Einsatz von Kunstmitteln (↗Reim, Lautmalerei, ↗Synästhesie, Farb- und Lautsymbolik, ungewöhnliche syntaktische Fügungen) soll die Erinnerung des Lesers an außerliterarische Gegenstände tilgen und die textimmanenten Bezüge vervielfachen, die zwischen den Dingen magisch-mystische Zusammenhänge erahnen lassen und jedes zum ›symbolischen‹, bedeutsamen, bedeutungsschwangeren Zeichen verklären. Beispiele bei S. Mallarmé, P. Verlaine, A. Rimbaud, Ch. Swinburne, O. Wilde, W. B. Yeats, T. S. Eliot, G. D'Annunzio, in Rußland bei A. Blok und A. Belyj, in Deutschland bei St. George (↗Georgekreis), dem frühen Hofmannsthal, R. M. Rilke u. a. Für den Symbolismus vorbildhaft: Ch. Baudelaire und E. A. Poe (*The Poetic Principle*, 1849). ↗Futurismus, ↗Dadaismus, ↗Surrealismus, ↗Sturmkreis, ↗konkrete Dichtung

Symploke [gr. Verflechtung], Häufung von rhetorischen Figuren der Wiederholung: »Alles geben die Götter, die unendlichen / Ihren Lieblingen ganz, /

Alle Freuden, die unendlichen, / Alle Schmerzen, die unendlichen, ganz« (Goethe, Verbindung von ↗Anapher und ↗Epipher).

Symposion [gr. Zusammentrinken], 1. in der Antike wichtiger Ort des philosophischen Gesprächs (↗Dialog) und der Verbreitung von Dichtung (besonders von ↗Lyrik, ↗Rätsel, ↗Skolion): das der (Haupt-)Mahlzeit am späten Nachmittag folgende gesellige Trinkgelage, mit Tänzern, Sängern, Gauklern und Rezitatoren zur Unterhaltung. Als fiktiver Rahmen erstmals bei Platon (*Symposion*, um 380 v. Chr.), dann bei Xenophon, Epikur, Plutarch u. a.; 2. Bezeichnung für eine wissenschaftliche Tagung.

Synästhesie [gr. Zusammenempfindung], Vermischung von Reizen, die unterschiedlichen Sinneswahrnehmungen oder -organen zugeordnet sind; in der Literatur vor allem durch die Wortwahl zu erfassen bzw. zu stimulieren versucht: »goldener Töne voll« (Hölderlin), »Durch die Nacht, die mich umfangen, / blickt zu mir der Töne Licht« (C. Brentano), auch umgangssprachlich: »duftige Farben«, »schreiendes Rot«, »heiße Rhythmen«.

synchron ↗diachrone Analyse

Synekdoche [gr. Mitverstehen], Ersetzung des eigentlichen Begriffs durch einen zu seinem Bedeutungsfeld gehörenden engeren oder weiteren Begriff; meist steht a) der Teil fürs Ganze (pars pro toto: ›Dach‹ für Haus) b) seltener: das Ganze für ein Teil (totum pro parte: ›ein Haus führen‹), c) die Gattung für die Art (›Brot‹ für Nahrung) und umgekehrt, d) der Rohstoff für das Produkt (›Eisen‹ für Schwert), e) der Singular für den Plural (›die Jugend‹ für die jungen Leute). Fließender Übergang zur verwandten, weitere Bezugsfelder umgreifenden ↗Metonymie.

Synkope [gr. Verkürzung], metrisch oder artikulatorisch bedingte Ausstoßung eines kurzen Vokals im Wortinnern: ›ew'ger‹ statt ›ewiger‹.

Syntagma [gr. Zusammenstellung], 1. veraltete Bezeichnung für die Zusammenstellung verschiedener Abhandlungen über ein Thema zu einem Sammelwerk; 2. in der ↗Semiotik: Bezeichnung für grammatisch und logisch eng verbundene Wortgruppen unterhalb der Satzebene, die phonetisch als ein Sprechtakt realisierbar sind. Im Unterschied zum ↗Paradigma (↗Semiotik) auf die realisierte Wortreihe, die Verbindung grammatisch und semantisch verschiedener Wörter bezogen, nicht auf die Auswahl eines Worts aus der Klasse der anderen Wörter, die dieselbe grammatische Funktion besitzen; auf einer waagrechten (syntagmatischen) Achse, nicht einer senkrechten (paradigmatischen) Achse zu denken. Im ↗Strukturalismus (R. Jakobson) Gedankenmodell für die Beschreibung bestimmter rhetorischer ↗Tropen (die ↗Metapher z. B. ist durch Austausch auf der paradigmatischen Achse entstanden, die ↗Metonymie setzt eine Verbindung auf der syntagmatischen Achse voraus) und spezifisch poetische Eigenheiten (der ↗Vers z. B. stellt der sukzessiven, syntagmatischen Reihenfolge der Wörter ein System aus Wiederholungen entgegen, das paradigmatische Achsen zwischen grammatisch und semantisch unterschiedlichen Elementen errichtet).

Systemtheorie ↗Literatursoziologie, ↗Selbstreferenz, ↗Konstruktivismus

Szene [lat. *scaena*, *scena*, gr. ↗*skene* = Zelt, Hütte, Bühne, Theater], 1. kleinste dramaturgische Einheit des ↗Aktes im ↗Drama, durch einen Ortswechsel oder/und das Auftreten bzw. Abtreten einer oder mehrerer Personen markiert; z. T. auch Bezeichnung für größere Handlungsabschnitte; 2. Kompositionselement der erzählenden Literatur: meist eine Passage, die eine ›dramatische‹ Krise, Wendung oder Entscheidung gestaltet, Bericht oder Beschreibung zugunsten des ↗Dialogs stark zurückdrängt und fiktive und reale Zeit annähernd deckungsgleich behandelt (betrifft die *Erzählgeschwindigkeit*, die *Dauer*: ↗ Erzähltheorie); 3. Teil des antiken Theaters (↗ Skene).

T

Tableau [frz. Tafel, Gemälde, Schilderung], 1. malerisch arrangiertes Bühnenbild, besonders eine effektvolle Gruppierung der Figuren, meist am Beginn oder Schluß eines Dramas; im Drama des ↗ Barock häufig: die Herrscher-Apotheose (die Darstellung des Herrschers als Gott, besonders des Vorgangs dieser ›Gottwerdung‹). Als sog. *lebendes Bild* (*Tableau vivant*) ein eigener, vor allem in der Renaissance und um 1800 gepflegter Kunstzweig: Lebende, aber stumm und bewegungslos verharrende Personen stellen bekannte Werke der bildenden Kunst oder eine Szene aus der Bibel, der Geschichte o. ä. dar (beschrieben z. B. in Goethes *Wahlverwandtschaften*); 2. Kompositionselement der erzählenden Literatur: breit angelegte personenreiche Schilderung, die als visuelle Einheit im Gedächtnis haften bleibt; bewegter und personenreicher als das ↗ Bild, im Gegensatz zur ↗ Szene vor allem durch epische Beschreibung, weniger durch Dialog geprägt, Merkmal des klassischen ↗ Epos (Katalog).

Tabulatur [zu lat. *tabula* = Tafel], auf Tafeln oder in Büchern seit dem Ende des 15. Jahrhunderts satzungsmäßig festgelegte Regeln des ↗ Meistersangs; regeln die Reimqualität, den Versbau, die Strophenformen, den grammatisch korrekten, mundartfreien und hinsichtlich Syntax und Aussage verständlichen Sprachgebrauch, z. T. auch die mit bestimmten Zeremonien verbundene Vortragspraxis.

Tagebuch, im Idealfall: eine von Tag zu Tag fortschreitende Darstellung des eigenen Lebens. Selten chronologisch vollständig und homogen, durch einen Wechsel der Stile, Formen und Gegenstände geprägt, spiegelt die Aufregungen und Veränderungen eines gelebten Lebens wieder; umfaßt Termineinträge, Gedichte, essayistische. Überlegungen, Entwürfe zu literarischen oder anderen Werken, psychologisierende Selbstanalysen genauso wie Zeichnungen, eingeklebte Fundstücke und leer gelassene Seiten. Meist weniger privat (Geständnis der intimsten Geheimnisse) als der Schreiber vorgibt, oft von vornherein auf eine spätere Veröffentlichung hin angelegt. Bekannte Tagebücher von M. de Montaigne, S. Pepys, J. G. Herder, G. Chr. Lichtenberg, J. W. von Goethe, Novalis, J. von Eichendorff, F. Grillparzer, G. Keller, R. Wagner, S. Kierkegaard, Fr. Nietzsche, A. Schnitzler, R. M. Rilke, Fr. Kafka, H. Hesse, Th. Mann, B. Brecht, V. Woolf, A. Nin, V. Klemperer u. a. Seit dem 18. Jahrhundert – wie der ↗ Brief – auch als literarische Gattung, mit fingiertem Schreiber und fingierten Umständen, als Einlage im ↗ Roman (z. B. in Defoes *Robinson Crusoe*, 1719, Goethes *Wahlverwandtschaften*, 1809) oder als Kompositionsprinzip (wie in Raabes *Chronik der Sperlingsgasse*, 1857, Rilkes *Aufzeichnungen des Malte Laurids Brigge*, 1910, Frischs *Stiller*, 1954). ↗ Autobiographie, ↗ Memoiren

Tagelied [mhd. *tageliet*, *tagewîse*], Gattung der mittelhochdeutschen Lyrik mit der zentralen Situation: Abschied der Liebenden – meist eines Ritters und einer Dame – am Morgen nach einer gemeinsam verbrachten Liebesnacht, ausgelöst vom Tagesanbruch (Morgenstern, Sonnenaufgang, Gesang eines Vogels u. ä. als Signale). Spezifisch: der ↗ Dialog der Liebenden, Dreistrophigkeit, ein ↗ Refrain, der das Motiv des Tagesanbruchs aufgreift (z. B. »Dô tagete ez«, Heinrich von Morungen), die Motive des Weckvorgangs (oft durch einen Wächter, der zum Aufbruch mahnt: *Wächterlied*), der Abschiedsklage und des *urloup* (mhd. Gewährung, im doppelten Sinn: letzte Hingabe an den Geliebten und Verabschiedung). Verhält sich zum hohen ↗Minnesang (wo die monologische Rede des Verliebten voraussetzt, daß ihn die Geliebte noch nicht erhört hat) wie das Danach zum Davor (impliziert, daß der Geschlechtsakt unmittelbar zuvor stattgefunden hat). Beispiele bei Heinrich von Morungen, Wolfram von Eschenbach, Walther von der Vogelweide, Ulrich von Lichtenstein, Johann Hadlaub, Oswald von Wolkenstein u.a. Zahlreiche Variationen, im Spät-Mittelalter auch als *geistliches* Tagelied (Weck- und Mahnruf an die christliche Gemeinde). ↗Alba

Takt [lat. *tactus* = Berührung, später auch: Schlagen, z.B. des Takts], vor allem durch A. Heuslers *Deutsche Versgeschichte* (3 Bde, 1925–29) aus der Musik in die Verslehre übernommen: Gliederungseinheit des ↗akzentuierenden Verses, aus ↗Hebung und darauffolgender ↗Senkung(en). Umstritten, da eine Einteilung der Verse in Takte davon ausgeht, daß die Versfüße jeweils mit einer Hebung beginnen und die Zeitspannen zwischen zwei Hebungen jeweils gleich lang sind. Jambische, mit einer Senkung beginnende Verszeilen z.B. (etwa den Vierheber: xx́ xx́ xx́ xx́) erkennt die Taktmetrik als trochäische Verse mit Auftakt.

Tanka ↗Haiku

Tautologie [gr.], das Selbe durch Wörter gleicher Bedeutung und Wortart (Synonyma) mehrmals sagen, meist in einer ↗Zwillingsformel: »ganz und gar«, »recht und billig«, »angst und bange«, »Art und Weise«, »Schloß und Riegel«. Nicht immer scharf vom eingliedrigen, attributiven ↗Pleonasmus (»bereits schon«, »neu renoviert«) unterschieden.

Teichoskopie [gr. Mauerschau], bühnentechnischer Kunstgriff: ›Live‹-Bericht eines Beobachters, der auf einem Turm, einer Mauer o.ä. steht oder aus dem Fenster blickt, um bestimmte, aus technischen Gründen auf der ↗Bühne nicht darstellbare Szenen (z.B. Schlachten) zu vergegenwärtigen. Bezeichnet ursprünglich die Episode in Homers *Ilias* (III, V.121–244), in der Helena von der trojanischen Stadtmauer aus dem Priamos die Hauptthelden der Achaier zeigt. ↗Botenbericht

Terenzbühne, Bühnenform des ↗Humanismus, als Rekonstruktion des römisch-antiken, besonders für Komödien typischen Bühnenaufbaus und im Gegensatz zur ↗Simultanbühne des Mittelalters gedacht: mit nur *einem* Schauplatz, meist eine Straße mit durch Vorhänge vorgestellten Hauseingängen, durch die die Spieler auf- und abtreten und die, geöffnet, eventuell einen zweiten Schauplatz (Inneres eines Hauses) abgeben (deswegen auch als *Badezellenbühne* bezeichnet).

Terzett [aus ital. *terzo*, lat. *tertius* = der dritte] ↗Quartett

Terzine [it. Dreizeiler, Dreireimer], in Dantes *Divina Comedia* (um 1292–1321, Erstdruck 1472) ausgebildete Strophenform: 3 Zeilen à 11 Silben (↗endecasillabo, in französischen Nachbildungen: ↗vers commun, im Deutschen meist jambische Fünfheber), mit charakteristischer Reimverkettung (Schema: aba / bcb / cdc / ded / ...), die die Strophen zu einem offensichtlich fortlaufenden, doch in sich geschlossenen Text fügt; am Ende meist abgeschlossen durch eine zusätzliche Verszeile nach der letzten Strophe, die deren Mittelreim aufgreift (... / xyx / yzy-z). Klassische Strophenform der italienischen ↗Schäferdichtung (z.B. von J. Sannazaros *Arcadia*), der ↗Elegie, auch der ↗Satire, Äquivalent für das elegische ↗Distichon der Antike. Deutsche Beispiele bei Goethe (*Im ernsten Beinhaus wars*), Chamisso, Tieck, Rückert, George, Hofmannsthal (*Terzinen über die Vergänglichkeit*), Borchardt, Weinheber u.a. ↗Ritornell.

Tetralogie [gr. vier + Wort, Geschehnis, Handlung], Folge von vier einzelnen Werken, die eine Einheit bilden; in der Antike ursprünglich für die vier an einem Festtag (↗Dionysien u.a.) nacheinander aufgeführten, in Stoff oder Thematik zusammengehörenden Dramen (zunächst drei Tragödien und ein ↗Satyrspiel, z. B. die 458 v. Chr. aufgeführte *Orestie* des Aischylos, dann vier Tragödien), später allgemein für vierteilige Dramen- oder Romanzyklen (wie R. Wagners *Ring der Nibelungen*, G. Hauptmanns *Atriden-Tetralogie* oder Th. Manns *Joseph und seine Brüder*).

Tetrameter [gr.], neben dem jambischen ↗Trimeter *der* Sprechvers des antiken ↗Dramas: 4 meist trochäische Einheiten (↗Dipodie), durch feste ↗Diärese nach der 2. Einheit in 2 symmetrische Hälften gegliedert: –◡–◡̄–◡–◡̄ | –◡–◡̄–◡◡̄. Im Deutschen selten, in der Regel als reimloser 8-Heber mit fester Mittelzäsur: »Réde núr! erzǽhl, erzǽhle, wás sich Wúnderlíchs begében!« (Goethe: *Faust II*).

Text [von lat. *textus* = Gewebe, Geflecht], allgemein jede Folge von sprachlichen Äußerungen, deren Zusammenhang thematisch, grammatisch, stilistisch, durch eine gemeinsame kommunikative Funktion usw. gegeben ist (↗Textualität); im weiteren Sinn in gesprochener, im engeren Sinn in geschriebener Sprache. In der Literaturwissenschaft unterschiedlich gebraucht, meist um den eigentlichen Wortlaut einer Schrift im Gegensatz zu den ↗Paratexten (↗Apparat, ↗Glossen, Kommentare, Register, Illustrationen usw.) zu bezeichnen; vor allem seit den 1950er Jahren als weitgehend wertungsfreier Alternativbegriff zu ›Werk‹, ›Dichtung‹, ›Literatur‹ (↗werkimmanente Interpretation), soll die traditionelle Trennung von Sprach- und Literaturwissenschaft, von außerliterarischen und literarischen Texten aufheben (so auch ↗Textsorten statt ↗Gattungen, ↗Texttheorie statt Literaturtheorie). Für ↗Hermeneutik, ↗Rezeptionsästhetik, ↗Dekonstruktion u. a. kein fester, unveränderbarer Untersuchungsgegenstand, da er seine Bedeutungen erst im Akt des Lesens erhält und sich abhängig vom individuellen, fiktiven oder realen sozial-historischen Kontext des Lesers ändert. In der Editionswissenschaft und ↗Textkritik: die Summe der verschiedenen ↗Fassungen, wobei zwischen einem *unfesten* Text (ein in verschiedenen Variationen vorliegender, gar nie als originales, festes Werk geplanter Text; ↗Oral poetry) und einem *dynamischen* Text (ein in verschiedenen Entstehungsstufen entwickelter Text), zwischen dem *idealen* Text (der eigentlich gewollte, doch fehlerhaft überlieferte Text), dem *authentischen* Text (der ursprüngliche, doch verlorengegangene Text) und einem *historischen* Text (das überlieferte Dokument) unterschieden wird.

Textkritik, philologische Prüfung und Sicherung von Texten, deren Authentizität nicht gesichert ist, weil z. B. keine vom Autor beglaubigte endgültige ↗Fassung vorliegt, mehrere handschriftliche Fassungen existieren, das Original nur durch Abschriften bekannt ist, Eingriffe früherer Herausgeber, Mißverständnisse beim Abschreiben, Lese- oder Druckfehler zu vermuten sind usw.

Als Methode vor allem in den Geistes-, Rechts- und Religionswissenschaften üblich, wichtigste Voraussetzung für das literaturwissenschaftliche Arbeiten; besteht in der Regel aus folgenden Schritten: 1. *Heuristik*: Sammlung und kritische Bestandsaufnahme aller direkten und indirekten Textzeugnisse (Handschriften, Handschriftenfragmente, Drucke, auch Auszüge, Zitate in anderen Werken, bei antiken Texten zudem Übersetzungen); 2. *Kollation*: Vergleichen des Wortlautes, der Orthographie, um aufgrund von Gemeinsamkeiten (z. B. bestimmten Leitfehlern) und Unterschieden (z. B. Sonderfehlern) die gegenseitigen Verwandtschafts- und Abhängigkeitsverhältnisse der Zeugnisse und den Grad ihrer Autorennähe klarzustellen (unterschieden wird zwischen Leithandschriften und zweitrangigen Handschriften); 3. *Handschriften-Filiation*: Aufstellung eines ↗Stemmas

(Stammbaumes); 4. *Rezension* (auch *Examinatio*): Rekonstruktion eines dem Original nahestehenden Textes (↗Archetypus) oder einer vom Autor mutmaßlich intendierten Fassung – auf der Basis eines als Grund- oder Leithandschrift angesetzten Textzeugen, mit Hilfe der übrigen überlieferten Fassungen, unter Berücksichtigung von Untersuchungen zu Wortgebrauch, Metrik, Reimtechnik, Stil eines Autors u. a.; wobei oft die Vorstellung eines Archetyps oder Originals aufgegeben werden muß, insbesondere für einen Großteil der zunächst mündlich überlieferten, in verschiedenen Fassungen verschriftlichten, nie als buchstäblich unveränderbares Werk geplanten Dichtung des Mittelalters (↗Oral poetry); 5. ↗*Emendation*: Verbesserung von offenkundigen Fehlern, Beseitigung von ↗Korruptelen (den vermuteten Sinn störenden Wörtern, syntaktischen oder formalen Ungereimtheiten) durch ↗Konjekturen, Markierung nicht zu klärender Stellen (↗Crux), Entfernung mutmaßlich späterer Ergänzungen (↗Interpolation); 6. *Echtheitsdiagnose*; 7. *Edition* (↗Editionstechnik): Herausgabe des Textes; abhängig von der Funktion der jeweiligen Ausgabe: eine für den einfachen Gebrauch bestimmte, der modernen Rechtschreibung angeglichene *Leseausgabe*, die auf einen textkritischen ↗Apparat mit ↗Lesarten und ↗Varianten verzichten kann. Eine *kritische Ausgabe*, die den Überlieferungsprozeß eines nicht im Original erhaltenen Textes und den Versuch einer annähernden Rekonstruktion aus den überlieferten Handschriften oder Drucken dokumentieren will. Oder eine *historisch-kritische Ausgabe*, die die verschiedenen authentischen ↗Fassungen eines Textes von den frühesten Entwürfen bis zur ↗Ausgabe letzter Hand berücksichtigt und dadurch ein Bild der Entstehungsgeschichte liefert.

Textsorten, auch Textarten: Bezeichnung für alle Arten schriftlich fixierter ↗Texte; von der Literaturwissenschaft in den 1970er Jahren als Gegenbegriff zu ›Gattung‹ eingeführt: Im Gegensatz zu den literarischen ↗Gattungen, die vor allem nach formal-inhaltlichen Aspekten bestimmt werden, sich an der Gattungstrias Epik, Dramatik, Lyrik orientieren und auf poetisch-fiktionale Texte beschränken, werden Textsorten u.a. nach funktionalen oder sozialen Kriterien klassifiziert und erstrecken sich so auch auf vormals außerhalb des literaturwissenschaftlichen Interesses liegende Texte (Schlager-, Werbetexte, Reportagen, juristische, naturwissenschaftliche Schriften usw.).

Texttheorie, a) Textlinguistik: beschäftigt sich mit der Analyse und Theorie satzübergreifender, also textbildender Strukturen (vor allem von H. Ihwe, T.A. van Dijk ausgebaut; ↗Textualität); b) von M. Bense (*Theorie der Texte*, 1962) und der ↗Stuttgarter Schule gepflegtes Verfahren der Textanalyse und der (experimentellen) Textherstellung (↗konkrete Dichtung).

Textualität, Gesamtheit der grammatischen, stilistischen, semantischen, pragmatischen, optischen, akustischen usw. Eigenschaften, die eine Sammlung von Zeichen zu einem ↗Text machen. Unterschieden in ↗Kohäsion (die durch Syntax, Wiederholungen, Umschreibungen, Pronomen, Konjunktionen usw. hergestellten Beziehungen) und ↗Kohärenz (der thematische, kompositionelle, graphische usw. Zusammenhang). Im ↗Poststrukturalismus auch auf nichtsprachliche Äußerungen erweitert: auf bestimmte ↗Diskurse und vorgeprägte Strukturen (z.B. Sehgewohnheiten), die eine gewisse Textualität besitzen und die Wahrnehmung der Wirklichkeit, das heißt in diesem Fall die Konstruktion (↗Konstruktivismus) der Wirklichkeit, erst erlauben.

Theater [gr. *theatron* = Schaustätte, von *theastai* = schauen, eng verwandt mit *theoria* = Betrachtung, Untersuchung], 1. jede sichtbare Darstellung eines äußeren oder inneren Geschehens auf einer Bühne, sowohl mit Hilfe künstlerischer Figuren (↗Puppenspiel, ↗Schattenspiel) als auch durch Menschen. Umfaßt die wortlose Pantomime, das tableau vivant (↗Tableau) und das Ballett wie das gesprochene ↗Schauspiel oder die gesungene ↗Oper; 2. Sammelbezeichnung für alle Einrichtungen (Bauwerk, Bühne, Regie, Intendanz, Theaterwerkstätten, Fundus, Publikum, Kritik usw.), die diese Darstellung ermöglichen; 3. der Theaterbau. ↗Drama, ↗Tragödie, ↗Komödie, ↗Chor, ↗Dithyrambus, ↗Schuldrama, ↗elisabethanisches Drama, ↗Wanderbühne, ↗bürgerliches Trauerspiel, ↗Volkstheater, ↗episches Theater.

Theater der Grausamkeit, von A. Artaud (*Manifeste du théâtre de la cruauté*, 1932, ↗Surrealismus) geprägter Begriff: theatralische Darstellungsart, die durch Schockeffekte (Schreien, Heulen, disharmonische Musik, Licht- und Farbeffekte, Maskentänze, den Zuschauer einbeziehende Aktionen usw.) die ästhetische Distanz des Zuschauers zum Bühnengeschehen aufzuheben sucht, um ihn emotional zu involvieren und den Ursprung des Theaters im Ritus (↗Katharsis) zu beleben. V.a. im ↗absurden Theater eingesetzt, Rückgriff auf frühe Beispiele (wie Sophokles' *König Ödipus*, Shakespeares *King Lear*).

Theaterwissenschaft, zu Beginn des 20. Jahrhunderts ausgebildete Wissenschaft, beschäftigt sich mit der Theorie und der historischen Entwicklung des Theaters wie mit dessen Wirkung (auch Theaterkritik); je nach Forschungsschwerpunkt zwischen Ethnologie, Anthropologie, Religions-, ↗Literatur-, Musik-, ↗Kultur- und ↗Medienwissenschaft, Soziologie, Psychologie, Architektur, Technikgeschichte usw. angesiedelt.

Theatrum mundi [lat. Welttheater], seit der Antike formulierte, seit dem 12. Jahrhundert zum literarischen ↗Topos gewordene Vorstellung, die Welt sei ein Theater, auf dem die Menschen (z.B. vor Gott) ihre Rollen spielen: je nach philosophischer oder theologischer Auffassung als Marionetten oder mit der Freiheit der Improvisation. Bei Calderón Gegenstand eines ganzen Dramas (*El gran teatro del mundo*, entstanden um 1635, gedruckt 1675); vgl. H. von Hofmannsthal: *Das Salzburger große Welttheater* (1922).

Thema [gr. das Aufgestellte], häufig verwendeter, doch umstrittener Begriff der Literaturwissenschaft, allgemein: der Gesprächsstoff, der Gegenstand einer Rede oder eines schriftlichen Textes; stiftet zwischen den stofflichen und motivischen Einzelheiten einen Zusammenhang (↗Textualität) und verbindet sie mit außerliterarischen Erfahrungs- und Vorstellungsbereichen; aber auch synonym mit ↗Stoff bzw. ↗Motiv.

Theogonie [gr. Gott + Geburt], Götterlehre, beschreibt und systematisiert mythische Vorstellungen von Herkunft und Wirken der Götter, z.B. Hesiods *Theogonie* (8./7. Jh. v.Chr.). ↗Epos

Thriller [engl. to *thrill* = begeistern, packen, schaudern machen], angloamerikanische, auch im Deutschen übliche Bezeichnung für Romane, Theaterstücke, vor allem aber für Filme, Hör- und Fernsehspiele, die auf starke Spannungs- und Schauereffekte ausgerichtet sind.

Titel [lat. *titulus* = Aufschrift, Überschrift], Benennung eines Werks der Literatur, Wissenschaft, Kunst und Musik, eines Texts allgemein, zur Information, Klassifikation, Orientierung, leichten Zitierbarkeit, Einprägsamkeit usw. In Antike und Mittelalter unüblich (z.T. vergleichbar: ↗Incipit, ↗Explicit), in der Neuzeit wichtiger Bestandteil eines literarischen Werks, bestimmt die ↗Rezeption (Anwerbung, Erwartung und Einstimmung des Lesers, ↗Erwartungshorizont) entscheidend mit (↗Paratext).

Titurelstrophe, Strophenform des mittelalterlichen höfischen Epos, in den *Titurel*-Fragmenten Wolframs von

Eschenbach (um 1220) ausgebildet: 2 gereimte Verspaare mit klingender ↗Kadenz, mit 8 Hebungen im 1., 6 im 3. und 10 im 2. und 4. Vers, wobei der 1., 2. und 4. Vers meist eine Zäsur nach der 4. Hebung besitzt.

Tmesis [gr. Zerschneidung], Trennung eines zusammengesetzten Worts durch Dazwischenschieben anderer Satzglieder: »ob ich schon wanderte« (Psalm 23. 4) statt ›obschon ich wanderte‹. Form des grammatischen ↗Metaplasmus.

Ton, [mhd. *dôn*], in ↗Minnesang, ↗Sangspruchdichtung, ↗Meistersang und strophischer Epik des Mittelalters: metrisch-musikalisches ›Strophenmodell‹, regelt sowohl die *wîse* (den Verlauf der Melodie, ihre Gliederung und rhythmische Struktur) als auch das *wort* (die metrische Gestalt des vertonten Textes). Zum Großteil in der *Colmarer Liederhandschrift* (15. Jh.) überliefert, meist mit Melodie. Bei den Meistersängern mit eigentümlichen, oft wunderlichen Namen (*abgeschiedne Vielfraßweis*, *Regenbogens langer dôn*, *kurze Affenweis*).

Tonbeugung, in der Verslehre: eine vom metrischen Schema geforderte Betonung einer eigentlich unbetonten Silbe, häufig in alternierenden Versmaßen: »Venús die hát Junó nit vérmocht zú obsíegen« (Opitz).

Topos, Pl. Topoi [gr. Ort, Gemeinplatz, lat. *locus communis*], 1. in der antiken ↗Rhetorik: Fragestellungen und Suchformeln, die das Finden von Argumenten erleichtern (z.B.: Zu was steht eine Sache im Gegensatz? Wo gibt es Ähnliches? Was sind Ursachen, was Folgen?), 2. allgemein: jedes traditionelle Denk- und Ausdrucksschema, besonders jedes Element des »literarisch erfaßten und geformten Lebens« (E.R. Curtius), z.B. Zitate, stereotype Redewendungen, ↗Formeln, ↗Metaphern, ↗Embleme, ↗Motive (wie die Klage über die Schlechtigkeit der Welt, den Verfall der Bildung, das Lob des Goldenen Zeitalters, eine Trostformel), ↗Stoffe, Beschreibungsmuster (von schönen/häßlichen Personen, Städten, Landschaften – ↗locus amoenus –, Ereignissen usw.), Gliederungsschemata (Einleitung/Zusammenfassung, Eingangs- und Schlußformel im ↗Brief usw.), literarische ↗Gattungen. In der Funktion jeweils abhängig vom einzelnen Werk, von der Gattung, dem Zweck der Rede und vom spezifischen geschichtlichen Zusammenhang. Bis ins 18. Jahrhundert Bestandteil der sog. *Topik* (Lehre von den Topoi, ↗Poetik), nach ↗Gattungen und Stilhöhen (↗Genera dicendi) geordnet. In der Moderne zumeist versteckt (z.B. der Topos von der Originalität des Künstlers).

Tragische, das [zu gr. *tragike* (*techne*) = Kunst des Trauerspiels, Tragik], Grundbegriff der ↗Ästhetik, wesentliches Gattungsmerkmal der ↗Tragödie: das Unglückliche, Schicksalshafte, Traurige, Furchtbare, der Gegensatz zum ↗Komischen allgemein Umstritten definiert, von Aristoteles als Verfehlung (hamartia) aus Unkenntnis (↗hybris), von Euripides als für den Menschen sinnloses Spiel der Götter; in der Neuzeit vor allem gesehen als Mißverhältnis von moralischer Schuld und ins Maßlose gesteigerter Sühne, als Resultat des unerbittlich waltenden ›Schicksals‹, als Konflikt von Individuum und Gesellschaft, Freiheit und Gesetz, Individualethik und Verantwortungsethik, Freiheit und Notwendigkeit usw.

Tragikomödie, Gattung des Dramas, die tragische und komische Elemente so vermischt, daß sie sich im Kontrast intensivieren oder abmildern; läßt z.B. ↗lustige Personen ein tragisches Schicksal (Tod, Leid) erfahren, in tragischen Situationen komische Motive (körperliche Bedürfnisse usw.) auftauchen oder tragisch angelegte Konstellationen eine glückliche Lösung finden. In ihrer Wirkung vom jeweiligen Kontext abhängig, in ihrer Definition wesentlich von den jeweiligen Definitionen des ↗Komischen und ↗ Tragischen. Als Begriff (*tragico-comoedia*) erstmals bei Plautus (*Amphitruo*), bezeichnet dort das gegen den Regelkanon der klassischen ↗ Tragödie verstoßende Nebeneinander von hohem und niederem Personal (↗ Ständeklausel), von tragischen und burlesken Elementen. Beispiele: G. B. Guarini: *Il pastor fido* (1590, ↗ Schäferdichtung), W. Shakespeare: *Troilus und Cressida* (1609), Molière: *Der Menschenfeind* (1667), L. Tieck: *Der gestiefelte Kater* (1797), H. von Kleist: *Amphitryon* (1807), G. Büchner: *Leonce und Lena* (1836), E. Rostand: *Cyrano de Bergerac* (1897), A. Tschechow: *Der Kirschgarten* (1904), G. Hauptmann: *Die Ratten* (1911), Fr. Dürrenmatt: *Der Besuch der alten Dame* (1956), u. a. Zahlreiche Grenzformen: ↗ Groteske (Verzerrung des Komischen, Verbindung von Lächerlichem und Erhabenem, ↗ absurdes Theater), ↗ Rührstück, ↗ weinerliches Lustspiel (nur mäßige Komik und Tragik).

Tragödie [gr. *tragodia* = Bocksgesang], neben der ↗ Komödie Hauptgattung des europäischen ↗ Dramas. Stofflich und formal vor allem durch die klassische griechische Tragödie des späten 6./5. Jahrhunderts v. Chr. (Aischylos, Sophokles, Euripides) geprägt, für die u. a. charakteristisch sind: Stoffe aus der Heldensage (↗ Epos, ↗ Mythos), die Einheit von Ort, Zeit und Handlung, der sozial hohe Stand der Figuren, das Wechselspiel zwischen ↗ Chor und wenigen Einzelschauspielern, der Kontrast von gesprochenen, gespielten Szenen (Epeisodia) in prosanahen Versmaßen (jambischer ↗ Trimeter, ↗ Tetrameter) und gesungenen, getanzten, in lyrischen Strophenmaßen gesetzten Chorliedern (nach dem Ort ihres Vortrags gegliedert in 1. Einzugslied, *Parodos*, 2. das nach dem Auftritt der Schauspieler gesungene Standlied, *Stasimon*, und 3. Auszugslied, *Exodos*), der Kontrast von ↗ Dialog und ↗ Monolog, von längeren Redeabschnitten (z. B. ↗ Teichoskopie, ↗ Monodie) und kürzeren (z. B. ↗ Stychomythie, *Amoibaion*: lyrischer Wechselgesang zwischen Chor und Schauspieler).

Im Mittelpunkt: die unaufhaltsame Verwicklung des aus Unkenntnis, Verblendung, Selbstüberschätzung (↗ Hybris) oder im Affekt unschuldig schuldig gewordenen Helden in das ihm vorbestimmte, von einem bösen Dämon beeinflußte Schicksal, das Umschlagen der Unkenntnis in Einsicht (↗ Anagnorisis), die Wende vom Glück zum Unglück.

Beispiele u. a. von Aischylos (*Orestie*, ↗ Tetralogie), Sophokles (*Antigone*, *Oidipus Tyrannos*, *Elektra*) und Euripides (*Alkestis*, *Medea*, *Iphigenie bei den Tauern*). Ursprünge vermutlich im prähistorischen Kult (↗ Dionysien: Darstellung von Leben, Tod und Auferstehung des Dionysos durch als Böcke, *Tragoi*, maskierte Chorsänger, ↗ Dithyrambus, ↗ Mimesis). Für die europäische Tragödie darüber hinaus folgenreich: die ↗ Poetik des Aristoteles (335 v. Chr.) und die Tragödien Senecas (*Agamemnon*, *Medea*, *Phaedra*: erstmals Gliederung in 5 ↗ Akte), wiederaufgegriffen seit der ↗ Renaissance (in ↗ Humanistendrama, ↗ Schuldrama, ↗ elisabethanischem Drama, ↗ Jesuitendrama, ↗ Haute tragédie) als Urbild eines verbindlichen Regelkanons: Aktgliederung durch Chöre (ersetzbar durch ↗ Zwischenspiele, Zwischenaktmusiken, ↗ Reyen), Einhaltung der ↗ Ständeklausel und der ↗ drei Einheiten, Verwendung des ↗ Verses (↗ Alexandriner, ↗ Blankvers). Seit dem 18. Jahrhundert zunehmend aufgelöst (↗ bürgerliches Trauerspiel, ↗ Sturm und Drang, ↗ offene Form).

Traktat [lat. Behandlung], Abhandlung über ein religiöses, moralisches oder wissenschaftliches Problem, z. B. Spinozas *Tractatus theologico-politicus* (1670), Voltaires *Traité sur la tolérance* (1763); in Deutschland häufig im Titel popular-theologischer ↗ Erbauungsliteratur, daher bisweilen auch abschätzig für platt tendenziöse Schrift (›Traktätchen‹).

Transposition [lat. *transponere* = versetzen, umsetzen], allgemein: eine Übertragung in einen anderen Bereich, z. B. in der Musik von einer Tonart in eine andere. Bei J. Kristeva (↗Poststrukturalismus, ↗Genotext) ein Vorgang in der Arbeit des (Text-)Unbewußten: der Übergang von einem Zeichensystem in ein anderes, z. B. durch ↗Intertextualität.

Transzendentalpoesie [zu lat. *transcendere* = hinübersteigen, überschreiten], von Fr. Schlegel geprägter Zentralbegriff der romantischen Poetik (↗Romantik): ein Kunstwerk, das in sich selbst die Bedingungen seiner Möglichkeit in einem unabschließbaren Prozeß reflektiert.

Trauerspiel, deutsche Bezeichnung für ↗Tragödie, 1641 von Phillip von Zesen eingeführt. Meist synonym mit Tragödie, manchmal auch eingeengt auf dramatische Werke, deren Helden zwar leiden und untergehen, als Christen tragischen Konflikten aber entrückt sind, wie z. B. im barocken Märtyrerdrama (↗schlesisches Kunstdrama) oder im ↗bürgerlichen Trauerspiel.

Travestie [von ital. *travestire*, frz. *travestir* = verkleiden], der ↗Parodie verwandte Gattung, verspottet ein bestimmtes literarisches Werk, indem sie dessen Stoff beibehält, die Stillage aber verändert. Überwiegend als Travestie eines erhabenen Stoffs durch die Wahl eines niederen Stils (↗Genera dicendi), wie z. B. P. Scarrons *Le Virgile travesti* (1648–53), Chr. Morgensterns *Horatius travestitus* (1897) oder J. Nestroys Hebbel-Travestie *Judith und Holofernes* (Wiener ↗Volkstheater).

Triade [gr. *trias* = Dreiheit], in der griechischen Verskunst: Gruppe aus 3 Strophen, die sich aus einer nach dem gleichen metrischen Schema gebauten Gegen- oder Antistrophe und einer im metrischen Schema abweichenden Abgesangsstrophe (↗Epode) zusammensetzt (Schema AAB), z. B. die ↗pindarische Ode aus mehreren nach diesem triadischen System gebauten Abschnitten (Perikopen). In der deutschen Dichtung vor allem in der Lyrik des 17. Jahrhunderts (besonders bei A. Gryphius).

Trilogie [gr. drei + Geschehnis, Handlung], ursprünglich die drei Tragödien in der griechischen Dramen-↗Tetralogie, dann allgemein: Folge von drei stofflich-thematisch zusammengehörigen Dramen im Rahmen eines Aufführungszyklus (an einem Tag oder an drei aufeinanderfolgenden Abenden), z. B. Klopstocks *Hermanns Schlacht*, O'Neills *Trauer muß Elektra tragen*. Auch für umfangreiche, aus technischen Gründen zweigeteilte, z. T. an zwei Abenden aufgeführte, mit einem einaktigen Vorspiel versehene Dramen (wie Schillers *Wallenstein*, Grillparzers *Das goldene Vlies*, Hebbels *Die Nibelungen*) oder übertragen auf dreiteilige Roman- oder Gedichtzyklen (wie Raabes *Der Hungerpastor*, *Abu Telfan*, *Der Schüderrump*, Goethes *Trilogie der Leidenschaft*).

Trimeter [gr.], in der Antike: jeder Vers aus 3 metrischen Einheiten (↗Dipodien), besonders der prosanahe *jambische* Trimeter mit Zäsur meist nach dem 5. halben Fuß: ⏓–́⏑–́⏓|–́⏑–́⏓–́⏑⏓́ (Grundschema). Wichtigster Dramenvers der Antike, haüfig auch in Schmähgedichten (↗Jambus). In der römischen Antike als sechshebiger ↗Senar, im Deutschen als sechshebiger alternierender Vers mit Eingangssenkung und männlichem Versschluß nachgebildet, z. B. bei Schiller (*Jungfrau von Orleans*, II, 6–8), Mörike (*Auf eine Lampe*) oder im Helena-Akt von Goethes *Faust II*: »Bewúndert víel und víel geschólten, Hélená, / Vom Strände kómm ich, wó wir érst gelándet sínd«. Als Dramenvers in Deutschland im 17. Jahrhundert durch den ↗Alexandriner, in der zweiten Hälfte des 18. Jahrhunderts durch den ↗Blankvers abgelöst.

Triolett, n. [frz. *triolet*, m.], seit dem 13. Jahrhundert nachweisbarer französischer Typus des Rundgedichts (↗Rondeau): aus 8 Versen, von denen der 1. als 4. und, zusammen mit dem 2., am Schluß wiederholt wird (Schema: ABaA abAB). Deutsche Nachbildungen bei den ↗Anakreontikern (z. B. F. Hagedorns *Der erste May*), bei A. von Platen, F. Rückert u. a.

Trivialliteratur [von lat. *trivialis* = allbekannt, gewöhnlich, zu *trivium* = Kreuzung dreier Wege, allgemein zugänglicher Platz], Sammelbezeichnung, hängt in der Definition davon ab, welche Maßstäbe jeweils für die sog. ›gehobene‹ oder ›hohe‹ Literatur, für den literarischen ↗Kanon gültig sind; meist als inhaltlich und sprachlich-stilistisch ›minderwertig‹ definiert: unkritische, klischeehafte Abhandlung der immer selben Themen (Liebe, Abenteuer, Krieg, Verbrechen, Heimat, ↗Science Fiction), die auf ›massenhafte‹ Verbreitung bzw. leicht verständliche Unterhaltung zielt. Von der Unterhaltungs- und Schundliteratur nicht genau zu trennen, in der Regel wird die *Unterhaltungsliteratur* als reicher in der sprachlichen, thematischen und stofflichen Vielfalt begriffen, die *Schundliteratur* dagegen als literarisch anspruchsloser und vor allem als moralisch bedenklich. Insbesondere seit den späten 1960er Jahren wichtiger Gegenstand der Literaturwissenschaft und Literaturgeschichtsschreibung, wichtiger Anstoß zu neuen, vor allem soziologisch und rezeptionsästhetisch orientierten Methoden, da die vor allem am Kanon einiger Klassiker entwickelte ↗werkimmanente Interpretation an der Trivialliteratur scheitert.

Trivium [lat. Dreiweg] ↗artes

Trobadorlyrik, auch Troubadourlyrik [vermutlich von provenzalisch *trobar* = finden, dichten und komponieren], Sammelbezeichnung für die Lyrik der Trobadors, der südfranzösischen, vor allem provenzalischen Dichter-Komponisten und Sänger des 12./13. Jahrhunderts. In manchem mit dem mittelhochdeutschen ↗Minnesang vergleichbar: für den gesungenen Vortrag bestimmt, mit kunstvollem Einsatz von Reimschemata, Strophenformen und Stilmitteln, z. T. in allgemein verständlichem Stil (*Trobar leu*), z. T. absichtlich den Sinn verrätselnd und dunkel (*Trobar clus*, ↗geblümter Stil). Bildet wichtige neue Gattungen aus wie die *Alba* (↗Tagelied), die *Pastorela* (↗Pastorelle), die dem Gottes- und vor allem dem Frauenpreis geltende, in Motiven und Thematik dem hohen Minnesang entsprechende *Canso* (↗Kanzone, weiterentwickelt im ↗Dolce stil nuovo und im ↗Petrarkismus) und das *Sirventes* (ein politisch-gesellschaftskritisches Rüge-Gedicht, das vor allem die in den cansos gepriesene höfische Idealwelt angreift). Vermutlich der früheste Trobador: Wilhelm IX., Graf von Poitiers, Herzog von Aquitanien (1071–1127); Höhepunkte u. a. bei Bertran de Born (vor 1180–1196), Jaufré Rudel (erste Hälfte des 12. Jh.), Macabru (dichtete um 1135–1150), Bernart de Ventadour (1150–1170) und Arnaut Daniel (1160–1210). In den Handschriften oft Gedichterläuterungen (*Razos*) und stilisierte Lebensläufe (*Vidas*), die die Lieder in ihre angeblich Entstehungssituation einordnen. ↗Trouvère

Trochäus, Pl. Trochäen [gr. Läufer], auch choreus [gr. Tänzer], antiker Versfuß aus einer langen und einer kurzen Silbe: –́⏑. Im Deutschen, Englischen usw. als Folge von Hebung und Senkung nachgebildet: x́x (↗akzentuierendes Versprinzip). Gegensatz zum ↗Jambus. Oft auch unabhängig vom Bezug zur griechisch-römischen Verskunst als allgemeine Bezeichnung für die Versfüße in alternierenden Versen ohne Eingangssenkung verwendet. Grundelement u. a. a) des antiken ↗Tetrameters (8 Trochäen), b) des in der deutschen ↗Anakreontik beliebten reimlosen Vierhebers, c) des für die spanischen ↗Romanzen charakteristischen, meist zu vierzeiligen Strophen gefügten Vierhebers mit ↗Assonanz (nachgebildet z. B. in Herders *Cid*: »Tráuernd tíef saß Dón Diégo«, d) der sog. *serbischen* Trochäen, stets reim- und zäsurlosen 5-Hebern, in die deutsche Dichtung von Herder und Goethe als Nachbildung serbischer Volksballaden eingeführt: »Wás ist Wéißes dórt am grǘnen Wàlde?« (Goethe).

Trope, auch Tropus, m., Pl. Tropen [gr. Wendung, Richtung, Weise, Vertauschung], in der ↗Rhetorik Bezeichnung für Wörter oder Wendungen, die in einem übertragenen, bildlichen Sinn gebraucht werden, z.B. *Blüte* für ›Jugend‹. Im Gegensatz zu den ↗rhetorischen Figuren mit semantischem Unterschied zwischen Gesagtem und Gemeintem, Bezeichnung und Bedeutung. Nach dem Grad der Begriffsverschiebung unterschieden in: a) *Grenzverschiebungs-Tropen*, mit sachlicher Beziehung zwischen Gesagtem und Gemeintem, z.B. ↗Periphrase (Umschreibung: *Höllenfürst* für ›Teufel‹), ↗Antonomasie, ↗Emphase, ↗Hyperbel, ↗Litotes, ↗Metonymie, ↗Synekdoche; b) *Sprung-Tropen*: der gemeinte Wortsinn ›springt‹ in einen anderen Vorstellungs- oder Bildbereich über, z.B. ↗Metapher (*Löwe* für ›Krieger‹), ↗Allegorie, ↗Katachrese. Besonders im ↗Formalismus, ↗Strukturalismus (R. Jakobson) und ↗Poststrukturalismus (G. Genette, R. Barthes, P. de Man) wichtige Grundlage literaturtheoretischer Überlegungen (vgl. z.B. ↗binäre Opposition, ↗Erzählgrammatik, ↗Syntagma).

Tropus [gr. Wendung, Richtung, Weise, Vertauschung], textlicher oder/und musikalischer Einschub in liturgische Gesänge des Mittelalters; meist zur Erklärung, Belebung oder Ausschmükkung; stets mit der Ausgangsmelodie und dem Grundtext verbunden, im Gegensatz zu den aus ihm sich entwickelnden, vom Text- und Melodieverbund abgelösten Formen (↗Sequenz, ↗geistliches Spiel). Ursprünglich in ↗Prosa, dann auch versifiziert und gereimt (*leonischer* ↗Hexameter). Blüte im 9. und 11. Jahrhundert, gesammelt in sog. *Troparien.*

Trouvère, m. [von frz. *trouver* = finden, nach *trobar*, ↗Trobadorlyrik], 1. nordfranzösische Entsprechung zum provenzalischen *trobador*, z.B. Chrétien de Troyes (um 1150–1190, ↗Artusdichtung), Conon de Béthune (um 1150–1220), Blondel de Nesle (zweite Hälfte des 12. Jh.s), Adam de la Halle (1238–1287), im Mittelpunkt von deren Lyrik vor allem Fragen der dialektischen Liebeskasuistik stehen (vgl. Andreas Capellanus' Traktat *De amore*, um 1185); 2. Bezeichnung für einen Verfasser der ↗Chansons de geste.

Typologie [gr. Lehre vom ↗Typus], 1. Methode der Bibel- ↗Exegese (↗Allegorese), bezieht Gestalten, Geschehnisse und Sachverhalte des Alten und Neuen Testaments als Typus und Antitypus aufeinander (Adam als Antitypus, Vorausdeutung, ↗Präfiguration von Christus, Eva als Antitypus von Maria, der Dornenbusch als Antitypus des Kreuzes usw.); bezieht übertragen auch biblische Gestalten auf Heilige (der Heilige Georg als Antitypus zu Christus) bzw. auf Gestalten der antiken Mythologie (Dionysos als Antitypus zu Christus, ↗Dionysien). Von großem Einfluß auf das geistliche und weltliche Schrifttum und die Kunst des Mittelalters; 2. Lehre vom Typischen, vom Typus (Phänotypus, Idealtypus), von Grund- oder Urformen, von exemplarischen, abstrahierten Mustern. In der Philosophie durch Platon, in der Psychologie durch C.G. Jung (↗Archetypus), in der Geisteswissenschaft durch W. Dilthey (↗geistesgeschichtliche Literaturwissenschaft) ausgebildet; 3. Klassifikation von Texten nach typischen Formen, Stofftraditionen und Aussageweisen (↗Textsorten); an Stelle der älteren Einteilung in ↗Gattungen.

Typus [gr. *typos* = Schlag, Abbild, Muster], allgemein: Grund-, Urform, exemplarisches Muster, Vorstellung von Personen oder Sachen, die sich aus konstanten, als wesensbestimmend angesehenen Merkmalen zusammensetzt. In der Literaturwissenschaft: Gestalt ohne individuelle Prägung, meist auf eine für bestimmte Stände, Berufe oder Altersstufen charakteristische Eigenschaft reduziert, mit feststehender Funktion, z. B. der Typus der kupplerischen Alten in der ↗Komödie. Im Gegensatz zum *Charakter*, der mit einer Vielzahl von Eigenschaften ausgestatteten unverwechselbaren, menschenähnlichen Figur.

U

Überdetermination [zu lat. *determinare* = vorbestimmen], von S. Freud (*Die Traumdeutung*, 1900) geprägter Begriff, bezeichnet die Vieldeutigkeit der Elemente des Trauminhalts. Geht auf die Tätigkeiten der Traumarbeit zurück, die durch das *Verschieben* einer Bedeutung in ein anderes Wort, in ein anderes Ding usw. und durch das *Verdichten*, das Ansammeln verschiedener Bedeutungen in einem Wort, einem Ding usw. die meisten Traumgedanken in mehrfache Beziehung zueinanderstellt. Von J. Lacan als Resultat rhetorischer Kunstgriffe (Verdichtung = ↗Metapher, Verschiebung = ↗Metonymie) bestimmt. Charakteristisches Merkmal auch poetische Texte (↗Polyvalenz), verursacht nicht nur durch Anwendung rhetorischer Figuren und Tropen, sondern auch durch die Verwendung des ↗Verses, durch den Bezug auf literarische Schemata wie ↗Gattung und ↗Topos, durch den spezifischen werkimmanenten Kontext usw. Wichtige Voraussetzung der dekonstruktivistischen Lektüre von literarischen Texten und kulturellen Konstellationen (↗Poststrukturalismus, ↗différance).

Überlieferung, Gesamtheit der zu einem Werk überlieferten *Textzeugen*, von der ersten handschriftlichen Niederschrift des Autors über die Erstausgabe (↗Editio princeps) bis hin zur historisch-kritischen Ausgabe (↗Edition, ↗Textkritik) und zu wörtlichen Zitaten bei anderen Autoren. Zu unterscheiden: a) *authentische*, vom Verfasser eigenhändig geschriebene oder redigierte Textzeugen (Autograph), b) *autorisierte*, vom Autor für gültig erklärte Textzeugen, c) *nichtautorisierte* Textzeugen (z. B. Raub- oder Nachdrucke). Nach dem Modus der Überlieferung: a) *kritische* Überlieferung (z. B. die Tradierung antiker Literatur durch alexandrinische oder humanistische Gelehrte), b) *schulmäßige* Überlieferung (die Tradierung der antiken Literatur vor allem in mittelalterlichen Klosterschulen usw.), c) *dilettantische* Überlieferung (Liebhaberabschriften, z. B. bei mittelhochdeutscher Dichtung), d) *gewerbliche* Überlieferung (durch berufsmäßige Schreiber bzw. in der Neuzeit Drucker und Verlage). Nach der materialen Beschaffenheit der Überlieferungsträger: a) handschriftliche Überlieferung (auf Papier, aber auch auf Gegenständen: ↗Epigramm), b) gedruckte, c) mündliche, jedoch zum großen Teil nur aus schriftlichen Zeugnissen erschließbare Überlieferung (↗Oral poetry).

Übersetzung, schriftliche Wiedergabe eines Textes in einer anderen Sprache. Stellvertretend für das Original oder als Hilfsmittel für das Verständnis des (meist synoptisch dargebotenen, ↗Synopse) Originals gedacht; wortgetreu (↗Interlinearversion), sinngetreu (↗Paraphrase) oder, vor allem bei poetischen Texten, formgetreu. Oft unterschieden in: a) *Übersetzung*: möglichst wortgetreuer Anschluß ans Original, b) *Übertragung*: freiere sinnbetonte Wiedergabe unter voller Berücksichtigung der semantischen, idiomatischen und stilistischen Eigentümlichkeiten der Zielsprache, c) *Nachdichtung*: formbedachte und gehaltkonforme Nachschöpfung, besonders bei poetischen Texten. Prinzipiell problematisch, da jede sprachliche Äußerung in einem mehrdeutigen Umfeld (sowohl textimmanent wie außerliterarisch, kulturell, politisch usw.) steht, eine Übersetzung daher aus dem mehrschichtigen Bedeutungsspektrum

(↗Konnotation, ↗Überdetermination) meist nur bestimmte Sinnschichten herausgreifen kann, die dann, in die Zielsprache transponiert, wiederum Teil eines mehrschichtigen Kontextes werden, meist mit anderem Bedeutungsschwerpunkt. U.a. kaum übersetzbar: stilistische Feinheiten, Wortspiele, mundartliche Färbungen, Wörter ohne entsprechendes Äquivalent in anderen Sprachen (wie z.B. dt. ›Gemüt‹, ›Kultur‹, ›Geist‹).

Umarmender Reim, auch umschlingender, umschließender Reim, Spiegelreim: abba.

Unbestimmtheit ↗Leerstelle

Unreiner Reim, auch Halbreim, ungenauer Reim: unvollkommene vokalische oder konsonantische Übereinstimmung der Reimsilben: *blüht*: *flieht* (qualitativ unrein), *hat*: *Rat* (quantitativ unrein). Kann mundartlich rein sein, z.B. *neige: schmerzensreiche* (bei dem Frankfurter Goethe), *Menschen*: *Wünschen* (bei dem Schwaben Schiller) oder nur orthographisch unrein, z.B. *Geld*: *Welt*, *Gedränge*: *Menge*. In der Aussprache unrein: der ↗Augenreim.

Unterbrochener Reim, regelmäßiger Wechsel zwischen reimlosen und reimenden Versen: xaya. Besonders häufig in ↗Volkslied und Volks- ↗Ballade.

Utopie [gr. Nicht-Ort, Nirgendwo; von Th. Morus in *Utopia* (1516) gebildetes Kunstwort aus gr. *ou* = nicht + *topos* = Ort, für die fiktive Insel seines Idealstaates unter König Utopos], Bezeichnung für eine literarische Gattung, die eine ideale Welt entwirft und in einem räumlich oder/und zeitlich fernen Staat ansiedelt. Erlaubt dem Leser, sich auf diese ideale Welt einzulassen, an sie als Möglichkeit, nicht als Wirklichkeit zu glauben, schützt den Autor vor Zensur und kaschiert dessen Kritik an gegebenen gesellschaftlich-politischen Zuständen. Orientiert sich formal häufig an Morus' *Utopia*: Kontrastierung der idealen Welt mit negativen Erfahrungen, Verkleidung der Utopie als Reisebericht, Verwendung des Dialogs, ironische Distanz des Erzählers, satirische Züge; nutzt vor allem die Form des ↗Essays und des ↗Romans. Nicht notwendig mit der Darstellung einer glücklichen und guten Welt verbunden *(Eutopie)*, kann auch Darstellung einer schlechten Welt, einer negativen Utopie sein (↗Dystopie).

Beispiele: T. Campanella: *Civitas solis* (1602), Fr. Bacon: *Nova Atlantis* (1627), C. de Bergerac: *L'autre monde ou les états et empires de la Lune* (1657), J. Swift: *Gulliver's travels* (1726), J.G. Schnabel: *Insel Felsenburg* (1731/43), Fr.G. Klopstock: *Deutsche Gelehrtenrepublik* (1774), A. Bogdanov: *Der rote Planet* (1907), A. Huxley: *Brave New World* (1932), H. Hesse: *Glasperlenspiel* (1943), G. Orwell: *1984* (1948), G. Grass: *Die Rättin* (1986) u.a. Oft auch für einen philosophischen Zukunftsentwurf allgemein (wie Platons *Politeia*, 4. Jh. v.Chr., oder die Utopie vom Paradies bzw., als negative, erschreckende Utopie, von der Apokalypse in der Bibel), auch für ein Denkmuster, das durch das »Prinzip Hoffnung« (E. Bloch) und die Unzufriedenheit mit den gegebenen politischen, sozialen usw. Zuständen bestimmt wird. V.a. im 19. Jahrhundert und in der Umgangssprache oft abwertend verwendet (›utopisch‹ im Sinn von ›wirklichkeitsfremd, unerfüllbar‹). Als literarische Gattung im 20. Jahrhundert z.T. von der ↗Science Fiction abgelöst. Vgl. auch ↗virtuelle Welt.

Ut pictura poesis [lat. wie ein Bild (sei) das Gedicht], von der Spätantike bis ins 18. Jahrhundert zur programmatischen Formel erhobenes Zitat aus der *Ars poetica* des Horaz (V. 361); dient dort der Unterscheidung zwischen ›guter‹ und ›schlechter‹ Dichtung: »Eine Dichtung ist wie ein Gemälde: es gibt solche, die dich, wenn du näher stehst, mehr fesseln, und solche, wenn du weiter entfernt stehst; dieses liebt das Dunkel, dies will bei Licht beschaut sein und fürchtet nicht den Scharfsinn des Richters; dieses hat einmal gefallen, doch dieses wird, noch zehnmal betrachtet, gefallen.« Meist als Forderung nach einer ›malenden‹, beschreibenden, auch bilderreichen Dichtkunst und einer ›sprechenden‹, erzählenden Malerei (↗Allegorie) mißverstanden. ↗Laokoon-Problem

V

Vagantendichtung, umstrittene Bezeichnung für die weltliche lateinische Dichtung vor allem des 12. und 13. Jahrhunderts, besonders für mittellateinische Lyrik verschiedenster Gattungen: Liebes-, Tanz-, Trink-, Spiel-, Buhl-, Bettel- und Scheltlieder, Parodien, Satiren und Schwänke; z. T. wohl verfaßt von den namengebenden *Vaganten* (lat. Umherschweifende), einer zwischenständischen Schicht ›fahrender‹, d. h. reisender, auch wohnsitzloser Studenten (Scholaren) und Studierter (Mönche, Geistliche). Als charakteristisch gelten eine jugendliche libertinistische Unbekümmertheit, der Lobpreis eines ungebundenen Lebensgenusses, der Liebes- und Sinnenfreude, ein witziger, scharfzüngiger, wortgewandter, an gelehrten Anspielungen reicher, gelegentlich auch Lateinisch und Deutsch, Lateinisch und Französisch mischender Stil und eine kritische Einstellung gegenüber etablierten Mächten, Formen und Regeln insbesondere der Kirche.

Neben ↗Vagantenzeile und -strophe zahlreiche andere metrische und rhythmische Schemata; in der Regel gesungen vorgetragen. Zum Großteil in den sog. *Carmina Burana* (13. Jh., nach dem Fundort, dem Kloster Benediktbeuren) gesammelt. Lebt weiter in den neuzeitlichen Studentenliedern (z. B. in dem auf einen Text der Vagantendichtung zurückgehenden *Gaudeamus igitur*, gesammelt in den sog. *Kommersbüchern*).

Vagantenzeile, Langzeile der mittelhochdeutschen (↗Vaganten-)Dichtung mit 7 Hebungen (einem vierhebigen Siebensilbler und einem dreihebigen Sechssilbler) und einer ↗Diärese nach der 4. Hebung: »Méum ést propósitúm / ín tabérna móri« (Archipoeta); 4 durchgereimte Vagantenzeilen bilden eine *Vagantenstrophe.*

Variante [zu lat. *varius* = verschiedenartig, wechselnd], Bezeichnung der ↗Textkritik für eine Abweichung vom textkritisch erarbeiteten Haupttext (↗Lesart) oder vom endgültig vom Autor autorisierten Text. Bei kritischen Ausgaben im Apparat aufgeführt: a) Autor- oder Entstehungs-Varianten, d. h. Verbesserungen, Änderungen eines Textes durch den Autor selbst, b) Überlieferungs- oder Fremd-Varianten, d. h. absichtliche oder zufällige Eingriffe von fremder Hand, z. B. vermeintliche Verbesserungen (etwa der Reime, der Wortwahl) durch Schreiber oder Redaktoren, Abschreibefehler und andere Versehen (Auslassungen von Wörtern, Zeilen); oft von möglichen Autor-Varianten nicht zu unterscheiden.

Verfremdung, 1. allgemein jede Distanzierung der poetischen Sprache von der Alltagssprache, der poetischen Welt von der alltäglichen Welt. Entsteht z. B. durch eine von der ↗Prosa unterschiedene Aussprache (z. B. die vom Metrum erzwungene Betonung der Endungsvokale in französischen Verstexten und Liedern, vgl. »Frère Jacques«), durch auffällige Schreibung, Lexik (↗Archaismus, ↗Neologismus), Syntax (↗Inversion), Gliederung (↗Alliteration, ↗Reim, ↗Vers u. a.), durch ↗Redundanz, ↗Polyvalenz, Wortspiel, durch den Verzicht auf die psychologische Motivation von Handlungen (↗mythisches Analogon), das Aussparen alltäglicher menschlicher Bedürfnisse, das verrät, daß die poetische Welt eine künstlich erzeugte ist (in vielen Romanen müssen die Figuren nicht auf die Toilette, an Heuschnupfen leidet kaum eine), usw.;

2. im russischen ↗Formalismus (V.

Sklovskij: *Die Kunst als Verfahren, Die Auferweckung des Wortes*, beide 1916) als spezifische Funktion der Kunst erkannt: die ›Auferweckung‹ der alltäglichen, selbstverständlich gewordenen, automatisierten Sprache, das Bewußtmachen alltäglicher Situationen, Vorgänge, verblaßter Metaphern, künstlerischer Konventionen, literarischer Gattungsschemata, bestimmter Lese- und Sehgewohnheiten (↗ Erwartungshorizont) u. ä. durch die ›(Ver-)Störung‹ des Rezipienten, durch die Einordnung z. B. von verblaßten Metaphern in einen bestimmten Kontext, der deren sonst nicht bemerkten Bildwert ›erweckt‹ (z. B. »ihm sank Ohr und Mut«, Wieland, ↗ Zeugma), oder durch die befremdende Schilderung menschlicher Umgangsformen aus der Sicht eines Pferdes. Lenkt zugleich das Interesse des Rezipienten immer auch auf die verfremdende ›künstlerische‹ Form selbst. Für Gattungen wie ↗ Witz, ↗ Satire, ↗ Parodie, ↗ Travestie, ↗ Groteske konstitutiv; vor allem in der modernen Lyrik, Roman- und Theaterliteratur forciert (z. B. durch den Verzicht auf Reim und Vers in einem lyrischen Gedicht, den Verzicht auf eine zusammenhängende Geschichte in einem Roman, den Bruch mit den traditionellen, an der Chronologie der Handlung ausgerichteten Erzählverfahren, durch ↗ Simultantechnik, ↗ stream of consciousness usw.);

3. in B. Brechts Konzept des ↗ epischen Theaters zentraler Begriff (›V-Effekt‹), bezeichnet die technischen Mittel zur Verfremdung (durch Dramenbau, Bühnenbau, Spielweise usw.); mit dem marxistischen Begriff der *Entfremdung* verbunden: Der Zuschauer soll durch die bewußt künstlich inszenierte Theaterwelt die geschichtliche Bedingtheit, Widersprüchlichkeit und Konstruiertheit der wirklichen Welt erkennen.

Vergleich, 1. allgemein: jede Form, durch die zwei oder mehrere Phänomene miteinander in Beziehung gesetzt und aneinander gemessen werden; 2. ↗ rhetorische Figur, bestimmt eine gemeinsame Eigenschaft (*tertium comparationis*) zwischen den miteinander verglichenen Phänomenen: »Haare (schwarz) wie Ebenholz, Wangen (weiß) wie Schnee und Lippen (rot) wie Blut«. Ohne den Vergleichspartikel ›wie‹ eine ↗ Metapher: »Das Ebenholz ihrer Haare, der Schnee ihrer Wangen, das Blut ihrer Lippen.« Episch breiter ausgeführt im ↗ Gleichnis oder in der ↗ Parabel.

Verismus [von lat. *verus* = wahr], Bezeichnung für die photographisch-dokumentarische Wiedergabe der ›nackten‹ und besonders auch der häßlichen, schockierenden Wirklichkeit in Literatur, Schauspiel, Oper, bildende Kunst, Photographie und Film. In der Regel mit sozialkritischer, anklagender Absicht. Definiert anders als der ↗ Realismus ›Wirklichkeit‹ gerade als das Krasse, Perverse, Grausame und Grelle. Gezielt z. B. bei L. Tolstoij, H. Ibsen, im ↗ Theater der Grausamkeit, in der bildenden Kunst bei G. Grosz, O. Dix, im Film bei D. Lynch u. a. Als *Verismo* wird die italienische, dem europäischen Naturalismus entsprechende Stilrichtung bezeichnet (G. Verga, L. Capurana, in der Musik: G. Puccini, R. Leomcavallo und P. Mascagni).

Vers [lat. *versus* = Wendung (des Pflugs), im übertragenen Sinn: Furche, Zeile], 1. Zeile eines Verstextes, definiert durch eine von der normierten Alltagssprache und der ↗ Prosa abweichende, über sie hinausreichende Ordnung; erzeugt durch die Wiederholung bestimmter Schemata, die die Anordnung, Reihenfolge und rhythmisch-phonetische Beschaffenheit der Wörter sowohl innerhalb der Zeile wie innerhalb des Textes regeln. In der Regel aus metrischen Schemata zusammengesetzt: a) einer im voraus bestimmten Silbenzahl (↗ silbenzählendes Versprinzip), b) einer bestimmten Zahl der betonten Silben bei freier Umgebung (akzentzählendes Versprinzip) oder c) einer bestimmten Zahl und Beschaffenheit der geregelt aufeinanderfolgenden qualitativ unterschiedenen Silbentypen (↗akzentuierendes, ↗quantitierendes Versprinzip), d) darüber hinaus z. T. auch durch die metrisch festgelegte Pause(n) innerhalb der Zeile (↗Zäsur, ↗Dihärese, oft zur Teilung des Verses in gegensätzlich profilierte rhythmische Einheiten – ↗Kola – genutzt).

Der Vers braucht zumindest ein Gegenstück, einen weiteren Vers (oder auch einen mit einer bestimmten Form assoziierbaren Titel), der die Folie ist, vor der die schematische Wiederkehr dieser Merkmale erst erkannt werden kann. Häufig durch Elemente der Wiederholung auf phonetischer, semantischer und grammatisch-syntaktischer Ebene unterstützt (↗Alliteration, ↗Stabreim, ↗Epipher, ↗Anapher, ↗Gemination, ↗Symploke, ↗Antithese, ↗Parallelismus, ↗Chiasmus); z. T. in größere metrische Ordnungssysteme (↗Strophe) eingebunden. Am Ende durch eine Pause markiert, angezeigt a) durch den typographischen Umbruch: das Weiß am Ende der Zeile, b) (vor allem in antiken und mittelalterlichen, für den mündlichen Vortrag bestimmten, bei der Niederschrift aus Gründen der Papierersparnis meist als fortlaufender Text angeordneten Versen) durch eine wiederkehrende rhythmische oder/und klangliche Formel (wie die unumstößliche Abfolge von ↗Daktylus und ↗Trochäus am Ende des klassischen ↗Hexameters oder die obligatorische männliche ↗Kadenz in der ↗Nibelungenstrophe, wie ↗Reim bzw. ↗Assonanz); oft durch eine syntaktische Pause (Satzende, Ende des Satzteils, Satzzeichen) verstärkt oder durch Überschreitung (↗Enjambement: z. B. durch Weiterführen des Satzes oder durch den gewaltsamen, der Sinn- und Satzstruktur zuwiderlaufenden Satzumbruch, die sog. *harte Fügung*, durch die rhythmische Verlagerung der Betonungen oder durch die ›Tarnung‹ der Reimwörter usw.) verwischt bzw. hervorgehoben. Durch die Aufgabe der metrischen Regulierung in der modernen ↗Lyrik (↗freie Rhythmen) häufig einziges notwendiges Merkmal des Verses.

Der Vers gilt als Stimulation menschlicher Bewegungs- und Artikulationsorgane und als Erfüllung eines menschlichen Grundbedürfnisses nach Harmonie (Ordnung, Wiederkehr, Gleichmaß und Vertrautheit). Der russische ↗Formalismus hat ihn als bedeutsamkeitsstiftendes und störendes, die alltägliche Sprache verfremdendes Element beschrieben: Die Einschränkung des Sprachflusses auf bestimmte Grundmuster durch den Vers greift in die Logik des Satzbaus, der Satz- und Wortakzente ein, verändert den Funktionszusammenhang von Form und Inhalt, zerstückt den Satz- und Sinnzusammenhang und hebt die natürliche, durch Tempo- und Betonungswechsel ausgedrückte Hierarchie der Sprachelemente auf: a) durch die gleichmäßige Verteilung sinnunterstützender Betonungen, b) durch die Gleichwertigkeit grammatikalisch wie semantisch unterschiedlicher Wörter (als Realisation eines Trochäus z. B. nimmt eine Konjunktion denselben Stellenwert ein wie ein Substantiv oder Verb, ↗Syntagma), c) durch die Steigerung, Verlangsamung und Überhöhung des Sprech- bzw. Leserhythmus (bedeutungsschwer, mit Nachdruck gesprochen ist jede Silbe, jeder Buchstabe, jede Pause eines Verstextes zu denken, am Versende stockt der Fluß der Sprache: Jede Überschreitung muß die Spannung zwischen Metrum, einem Prinzip der Wiederholung, und Syntax, einem Prinzip des Fortschreitens und der Melodie, aushalten), d) durch das Errichten einer Zone verschärfter Wahrnehmung, in der alle formalen Eigenschaften der Sprache potentiell Teile eines Ausdrucks- und Bedeutungssystems sind, e) durch den Traditionszusammenhang des jeweiligen Versmaßes, das wie andere literarische Elemente auch (↗Gattung, ↗Stoff, ↗Motiv, ↗rhetorische Figur, ↗Trope, dramatische Formen wie ↗Akt, ↗Dialog, Bühnenform, erzähltechnische Verfahren wie ↗auktoriales Erzählen, ↗stream of consciousness usw.) ein vorgeprägtes, schon benutztes Muster ist, keine ›nackte‹ Form; durch den Kontext seiner Verwendung (in einem bestimmten Werk, einer bestimmten ↗Gattung, einer bestimmten Gesellschaft usw.) eine Ansammlung von Bedeutungen, eine Art des ↗kulturellen Gedächtnisses, das von den jeweiligen Texten mehr oder weniger ausgebaut, verändert bzw. überlagert wird;

2. seit dem 17. Jahrhundert in der Bedeutung ›Zeile‹ Ersatzwort für das mittelhochdeutsche *rîm*, das gr. *stichos*; 3. nach der Kirchensprache, wo ein vertonter Bibelvers einer Strophe entspricht: ›Vers‹ im Sinn von ↗Strophe; 4. allgemein: Synonym für die ↗gebundene Rede und die mit ihr verbundenen Phänomene (oft gleichgesetzt mit der ›Poesie‹ allgemein) im Gegensatz zur ungebundenen Rede, zur ↗Prosa.

Verschränkter Reim, auch erweiterter Kreuzreim: abc(d) abc(d).

Vers commun [frz. gewöhnlicher, gemeiner Vers], jambisch alternierender 10Silbler (männlicher Reim) oder 11Silbler (weiblicher Reim), mit ↗Zäsur nach der 4. Silbe: »Auff, aúff, mein Géist, / und dú mein gántzer Sínn, // Wirff alles das / was Welt ist von dir hin« (Opitz). In Frankreich neben dem ↗Alexandriner beliebteste Versart; mit dem italienischen ↗endecasillabo und dem ungereimten englischen ↗Blankvers vergleichbar, durch die regelmäßige Wiederkehr derselben Zäsur auf Dauer jedoch monotoner.

Versepistel ↗Brief

Versepos, Bezeichnung für das ↗Epos, die vor allem seine Besonderheit als *Vers*dichtung im Unterschied zu Prosaformen der ↗Epik, insbesondere zum ↗Roman hervorhebt.

Verserzählung, 1. allgemein Bezeichnung für jedes kürzere ↗Epos in Versen, umfaßt das antike ↗Epyllion, das altgermanische Heldenlied, die Verslegenden und Reimversschwänke, die ↗Bîspeln und ↗Mären des Mittelalters genauso wie die ↗Fabeln, ↗Idyllen, ↗Novellen, ↗Märchen usw. in Versen; mit fließenden Grenzen zum längeren Versroman (z.B. A. Puschkins *Eugen Onegin*, ↗höfischer Roman) und zu sangbaren Gattungen wie ↗Romanze und ↗Ballade;

2. besonders: Bezeichnung für eine in Deutschland seit der Mitte des 18. Jahrhunderts vor allem durch Chr. M. Wieland (*Moralische Erzählungen*, 1752, *Komische Erzählungen*, 1762/65), in Frankreich und England früher, vor allem durch Lafontaine (↗Fabeln) und A. Pope (*The Rape of the Lock*, 1712) ausgebildete Gattung, die alle unter 1) angeführten Formen in sich aufnehmen kann, sich aber durch einen besonderen, ›tändelnd-leichtfüßigen‹ Erzählton und durch die kontrastierend genutzte, konsequent durchgeführte Mischung epischer, lyrischer und dramatischer Elemente auszeichnet.

Im Mittelpunkt der Verserzählung als Gattung steht weniger die Handlung als die Gegenüberstellung verschiedener literarischer Gattungen, die Gegenüberstellung von erzähltem Handlungsbericht, philosophischer Reflexion und lyrischer Einlage (Stimmungsbild, Träumerei u.a.), ironisch-scherzhaftem und emphatisch-ernsten Ton, prosanahem Stil (mit Hypotaxen, Enjambements, variablem Versmaß mit Füllungsfreiheit und freier Reimstellung wie ↗Madrigalvers, ↗vers libre, ↗Blankvers) und liedhaft-fragmentarischen Passagen. Nähe zu ↗Travestie, ↗Burleske, ↗Parodie: nimmt vom ↗Epos z.T. Vers- und Strophenformen (↗Hexameter, ↗Terzine, ↗Stanze), den mythologischen Stoff und Konventionen wie den Musenanruf (↗invocatio), zeigt aber anders als dieses die menschlichen Schwächen der Götter und Helden, konzentriert sich auf alltägliche, für die Figuren immer ohne schwere Folgen bleibende Belanglosigkeiten, erzählt vom immer selben Lauf der Welt und läßt den Erzähler in einem weltläufig-modernen Jargon mit den Lesern plaudern. Spielt formal wie inhaltlich (zentrales Ereignis: ein tabuisiertes Thema wie der Geschlechtsverkehr, ein gesellschaftlicher Skandal, oft auch die ›Schändung‹ einer Göttin oder die unernste Behandlung einer Legende) mit der ästhetischen Distanz des Lesers, setzt die verschiedenen Erzählverfahren und den Vers ausdrücklich als künstliche Systeme in Szene (↗Dialogizität der Verssprache: auf andere Versmaße anspielender Rhythmuswechsel, holpernde Rhythmen, gesuchte, ›unpoetische‹ Reimwörter, ↗Augenreime; Verfahren des humoristischen Romans wie Abschweifungen, ausdrücklicher Verzicht auf die Motivation der Handlung ↗Zeugma usw., ↗Humor).

Weitere Beispiele: W. Heinse: *Erzählungen für junge Damen und Dichter* (1775), J. J. Eschenburg: *Poetische Erzählungen* (1788), W. Scott: *The Lay of the Last Minstrel* (1805), J. Keats: *Endymion* (1817/18), Lord Byron: *Don Juan* (1819/23), H. Heine: *Deutschland. Ein Wintermärchen* (1844), N. Lenau: *Don Juan* (1851 erschienen), D. von Liliencron: *Poggfred* (1891), P. Rühmkorf: *Über das Volksvermögen* (1967), u. a.

Versfuß, auch ↗Metrum: kleinste Einheit einer Verszeile, feststehend in Zahl und Abfolge mehrerer, nach Dauer oder Gewicht unterschiedener Silben, z.B. der ↗Daktylus (aus einer langen und zwei kurzen Silben: –◡◡. ↗Dipodie, ↗Takt

Vers libre [frz. freier Vers], 1. auch *vers mêlé*: Bezeichnung für den in der französischen Literatur des 17. Jahrhunderts beliebten ↗freien Vers: von beliebiger Länge, doch mit Reim und gleicher metrischer Füllung, meist verschieden lange jambische Zeilen; 2. Bezeichnung für den im französischen ↗Symbolismus entwickelten, theoretisch fundierten und programmatisch eingesetzten freirhythmischen, reimlosen Vers; entspricht formal den sog. ↗freien Rhythmen des 18. Jahrhunderts.; aufgegriffen u. a. von W. Whitman, E. Pound, R.M. Rilke, E. Stadler; 3. z.T. auch für Verse verwendet, die die syntaktisch-logischen Bezüge der Sprache auflösen (Verse aus Einzelwörtern, Silben, Buchstaben).

Versifikation [lat. Verse machen], Umformung eines Prosatextes in Verse.

Vierheber, auch Viertakter: Vers mit 4 Hebungen oder 4 ↗Takten, entweder mit freier Senkungsfüllung oder alternierendem Wechsel von ↗Hebung und Senkung, mit freier oder vorbestimmter ↗Kadenz, eventuell mit ↗Auftakt. Basisvers der ↗akzentuierenden Dichtung (↗Knittelvers, ↗Volksliedstrophe, ↗Nibelungenstrophe).

Vierzeiler, Strophe aus 4 Verszeilen; Grundform metrischer Gruppenbildung, häufig vor allem in der volkstümlichen Lyrik und Epik (↗Nibelungenstrophe); aus gleich oder unterschiedlich langen Versen, reimlos oder mit Kreuzreim (abab) / Paarreim (aabb) / umschließendem Reim (abba) bzw. Durchreimung (aaaa) oder ↗Assonanzen. Am häufigsten: a) der durch Kreuzreim verbundene Vierzeiler, mit vierhebigen bzw. achtsilbigen Zeilen (typische Strophenform des ↗Volkslieds, der ↗Ballade, des Kirchenlieds und der volkstümlichen Kunstlyrik, vor allem in der Romantik, ↗Volksliedstrophe; vgl. die englische Bezeichnung *common metre*), b) die sog. ↗Chevy-chase-Strophe.

Virtuelle Realität [lat. *virtus* = Tüchtigkeit, Tugend, Beherrschung], ›Virtual Reality‹ wurde in den späten 1970er Jahren am Massachusetts Institute of Technology (MIT) geprägt, um ein neues, durch die Computertechnologie mögliches Mensch-Maschine-Verhältnis zu bezeichnen: Eine vom Computer geschaffene, interaktive, dreidimensionale Umwelt, in die eine Person eintauchen kann.

Der Begriff wird seit Mitte der 1980er

Jahre auch in den Literatur- und Kulturwissenschaften inflationär verwendet. Durch die Technologie ist ein neues Raum-Zeit- und Realität-Künstlichkeit-Verhältnis Wirklichkeit geworden, das in der Theorie der Künste und Wissenschaften schon vorweggedacht, vorweggeträumt worden ist (z. B. ↗Konstruktivismus, ↗Poststrukturalismus, ↗Semiotik, ↗Systemtheorie, ↗Science Fiction) und eine quasi mythisch-kultische Dimension besitzt. Eine virtuelle Welt ist eine Welt, die obwohl sie nicht real existiert und künstlich erzeugt ist, dem Menschen Eingriffe (*Interaktionen*) erlaubt, als wäre sie real. Im Unterschied zur einseitigen Interaktion mit fiktiven Welten wie jenen der Literatur, an denen sich die Leser/innen in der Einbildung beteiligen können, ist die Interaktion mit einer virtuellen Welt wechselweise: Der Benutzer (Leser, Zuschauer, Mitspieler) kann sich nicht nur in einem quasi realen, da dreidimensionalen Raum (*Cyberspace*) bewegen, er kann die virtuelle Welt beeinflussen, in ihr agieren und auf sie reagieren, er wird zu einem Teil von ihr, sie zu einem Teil von ihm. Er wird, wenn man so mag, zum Wanderer in einer anderen Welt. Anders als die reale Welt ist die virtuelle Welt *uchronisch* und *utopisch*, also jederzeit und überall und für jeden zugänglich (*World Wide Web*). In der virtuellen Realität sind die Zeit-Raum-Grenzen durch Vernetzung aufgehoben (↗Hypertext): Man braucht weder einen zeitlichen noch räumlichen Weg zurückzulegen, um auf der Stelle an ganz verschiedenen, auch weit auseinanderliegenden historischen oder geographischen Punkten zu sein

Vita, Pl. Viten [lat. Leben], Lebensbeschreibung, ↗(Auto)biographie, vornehmlich Abriß der äußeren, aktenmäßigen Lebensdaten (*Curriculum vitae*). Beispiele: G. Boccaccio: *Vita di Dante* (um 1360), G. Vasari: *Vite de' piu eccellenti architetti, pittori et sculptori italiani* … (1550/58), u. a.

Volksbuch, von J. Görres (*Die teutschen Volksbücher*, 1807) geprägte Bezeichnung: die populären, in »gemeiner prosaischer Form« verfaßten Druckwerke des späten 15./16./17. Jahrhunderts (auch volksmedizinische Schriften, Wetterprophezeiungen, Kalender usw.), die sich vor allem durch einen jahrhundertelang fortwährenden Gebrauch und immer wieder neue, fortwährend sich verändernde Bearbeitungen auszeichnen, z. B. *Die schöne Magelone*, *Melusine*, *Faust*, *Eulenspiegel*, *Gregorius*; im 20. Jahrhundert eingeengt: die fiktionale Erzählliteratur dieser Zeit, insbesondere der frühneuhochdeutsche Prosaroman. In der deutschen Romantik als Buch aus dem Volk und für das Volk verklärt, jedoch ursprünglich vor allem für einen adeligen Rezipientenkreis bestimmt, von meist adeligen Verfassern, z. B. Elisabeth von Nassau, Eleonore von Österreich); quellen- und stoffgeschichtlich vor allem dem Mittelalter und der Antike verpflichtet (z. B. ↗Prosaauflösung höfischer Epen, Übersetzung antiker, z. T. auch orientalischer Dichtungen, Vereinigung von Geschichten unterschiedlicher Herkunft unter einem eine lose Einheit stiftenden neuen Namen wie z. B. beim *Eulenspiegel*). Wichtiges Zeugnis des beginnenden Gutenbergzeitalters (Übergang von der Mündlichkeit zur Schriftlichkeit: ↗Oral poetry).

Charakteristisch: der parataktische, z. T. derbe, insgesamt aber bewußt unindividuelle, neutral anmutende Stil, der Verzicht auf die gerade in der späten antiken und mittelalterlichen Versdichtung so kunstvoll eingesetzten rhetorischen Kunstmittel, Perspektivenwechsel und Erzählerkommentare, die allmähliche Herausbildung von für uns heute ›realistischen‹ Erzählverfahren (Zersetzung des ↗mythischen Analogons, z. B. durch die psychologische Motivation der Handlung, den Aufbau von Spannung, einen zentralen, die verschiedenen Ereignisse von seiner Perspektive aus betrachtenden Erzähler oder Helden). Zahlreiche Nachahmungen, Fortsetzungen (die *Schildbürger*, 1598, als Fortsetzung des *Lalebuchs*) und Neuverarbeitungen (bei Goethe, Tieck u. a.)

Volkslied [von J. G. Herder 1773 dem engl. ›popular song‹ nachgebildet], ↗Lied von einem meist unbekannten Verfasser, scheint dem »Volk aus der Seele« zu sprechen und aus »uralten Zeiten« (meist aus dem 14. bis 19. Jh.) überliefert, definiert sich durch seine kollektive und mündliche Rezeption: von breiten Volksschichten gesungen, auch ›zer-sungen‹ (d.h. in Wortlaut, Versform, Strophenfolge, Aussage, Melodie usw. verändert). Einprägsam in Inhalt (im Mittelpunkt: Liebe und Tod), Form (meist ↗Vierzeiler) und Melodie, reich an metrischen und rhythmischen Entsprechungen und Wiederholungsfiguren (↗Reim, ↗Alliteration usw.), mischt widersprüchliche Stilelemente (Pathos und Trivialität, Bericht und Gefühlsausdruck, Heiterkeit und Traurigkeit usw.), vernachlässigt Logik, Informationsgenauigkeit und grammatikalische Richtigkeit. V. a. seit der engl. und dt. ↗Romantik (Herder, T. Percy, J. Grimm, J. W. von Goethe, A. von Arnim, C. Brentano) von bekannten Dichtern nachgeahmt und eigentlich erst ›erfunden‹, z. T. bewußt als Volkslied, als fremdes, nur gehörtes Lied ausgegeben.

Volksliedstrophe, besonders oft in volkstümlicher und romantischer Lyrik (z. B. Heines *Buch der Lieder*) anzutreffen: 4 sog. Volksliedzeilen mit 4 bzw. 3 Hebungen und Füllungsfreiheit, mit Reimschema abab, meist mit abwechselnd weiblichem und männlichem Ausgang. Vermutlich durch die Abspaltung von 2 Langzeilen aus der ↗Nibelungenstrophe entwickelt.

Volksstück ↗Volkstheater

Volkstheater, 1. als Synonym von *Volksstück* [seit der zweiten Hälfte des 18. Jahrhunderts belegter Begriff]: jedes Bühnenstück über das Volk und für das Volk, besonders das von professionellen Schauspieltruppen (oder Laienorganisationen) für ein breites Publikum teils auf ↗Wanderbühnen, teils an den festen Vorstadtbühnen großer Städte gespielte volkstümliche Theaterstück.

Charakteristisch: die komödiantisch-virtuose Darbietung, oft mit musikalischen (Gesangsnummern), pantomimischen und tänzerischen Einlagen, und die karikierende Zeichnung der Charaktere, bestimmter Gesellschaftsformen und Redeweisen. Zeigt meist eine »alltägliche, kleine Welt, in die die große Außenwelt eher bedrohlich, oft auch lächerlich hineinwirkt« (K. Zeyringer). Literaturhistorisch herausragend: das *Wiener Volkstheater*, von J. A. Stranitzky (um 1676–1726) und P. Hafner (1735–1764) angeregt, mit heute noch bespielten Theaterbauten (Kärntnertor-, Leopoldstädter-, Josefsstädter-Theater, Theater an der Wien); meist heitere oder satirische (Lokal-) ↗Possen, ↗Zauberstücke und ↗Singspiele, die auf spezifische Weise Gesellschaftskritik mit Sentiment und Skurilles mit Phantastisch-Märchenhaftem mischen; führt die Tradition der ↗Commedia dell'arte (↗Stegreifdichtung, Typen wie ↗Hanswurst, Kasperl, Staberl, Gesangs- und Tanzeinlagen) und der barocken ↗Haupt- und Staatsaktion (üppige Ausstattung, Ballette, Theatermaschinerie) fort.
Die bekanntesten Wiener Volkstheaterdichter: F. Raimund (z. B. *Der Alpenkönig und der Menschenfeind*, 1828) und J. Nestroy (z. B. *Der Talisman*, 1840); auch Mozarts *Zauberflöte* (1791) wurde an einem Wiener Volkstheater uraufgeführt. Großen Einfluß auf so unterschiedliche Autoren wie G. Hauptmann (↗Naturalismus), H. von Hofmannsthal, B. Brecht, C. Zuckmayer, Ö. von Horváth, Fr. X. Kroetz, P. Turrini u. a..

2. Bezeichnung für ein Theaterunternehmen, das im Gegensatz zum Hof- und Bürgertheater inhaltlich und finanziell von allen Schichten getragen wird; so erstmals von Goethe im Gegensatz zu *Hoftheater* gebraucht.

Vormärz, neben ↗Jungem Deutschland und ↗Biedermeier häufig gebrauchter, zeitlich jedoch nicht genau definierter Begriff für die literaturgeschichtliche Phase vor der deutschen Märzrevolution 1848 (Scheitern der vor allem mit der Julirevolution 1830 begonnenen Emanzipations-, Nationalisierungs- und Demokratisierungsversuche des Bürgertums), in der Regel auf die Zeitspanne 1830–1848 festgelegt (z.T. erweitert: vom Wiener Kongreß, von 1815 an, oder eingeengt: vom Beginn der ein starkes Nationalgefühl auslösenden Rheinkrise, von 1840 an). Besonders zur Bezeichnung der politisch progressiven Spielart des (mehr konservativen) ↗Biedermeier verwendet, zu der H. Heine (*Neue Gedichte*, 1844), G. Herwegh (*Gedichte eines Lebendigen*, 1841/43), H. Hoffmann von Fallersleben (*Unpolitische Lieder*, 1841), F. Freiligrath (*Ça ira*, 1846), G. Weerth, L. Pfau, z.T. auch G. Keller, G.G. Gervinus (↗Literaturgeschichte) und politisch linke Schriftsteller wie K. Marx und F. Engels gerechnet werden, die fast alle für kurze oder längere Zeit ins Exil (Zürich, Brüssel, Paris, London) gehen mußten (↗Exilliteratur) und ihren Texten oft einen Programm-, Bekenntnis-, Aufruf- oder Pamphletcharakter verliehen haben.

Vorspiel, Szene, Szenenfolge oder Einakter, der einem längeren Drama (Oper, Film etc.) vorangeht; im Gegensatz zum ↗Zwischen- und ↗Nachspiel thematisch und funktional eng mit dem Hauptstück verbunden, dient der Einstimmung des Zuschauers, enthält die Vorgeschichte des dramatischen Geschehens (in Wagners *Rheingold*), eine Charakterisierung des Milieus (in Brechts/Weils *Dreigroschenoper*) oder des Haupthelden (in Schillers *Wallensteins Lager*), die Bedingungen der Haupthandlung (Goethes *Faust*) oder eine Rahmenhandlung.

W

Wagenbühne, auch Prozessionsbühne: in Mittelalter, ↗Renaissance und ↗Barock weitverbreitete Bühnenform des ↗geistlichen, z.T. auch weltlichen Spiels (z.B. ↗Fastnachtsspiel); in England im Rahmen der theatralisch gestalteten Fronleichnamsprozessionen (fahrbare Altäre) im 13. Jahrhundert ausgebildet (engl. *pageant*): Durch die Straßen geführte, zumeist doppelstöckige Wagen mit aufgebauter Spielszene (oft ↗tableaux vivants, ↗Allegorien), die an vorbestimmten Stellen hielten und aktiv bespielt wurden.

Waise [Bezeichnung aus der Meistersingerterminologie], reimlose Zeile innerhalb einer gereimten Strophe. Reimen zwei Waisen verschiedener Strophen miteinander, so spricht man von *Korn*(*reim*).

Wanderbühne, auch Wander-, Straßentheater: Bezeichnung für reisende Berufsschauspieler ohne festes Theater.

Für das deutsche Drama (↗Haupt- und Staatsaktion) des ↗Barock wichtig: die reisenden *englischen Komödianten* mit einem relativ vom Text unabhängigen Aktionstheater im Gegensatz zum Deklamationstheater des humanistisch-protestantischen ↗Schuldramas, mit szenischem Realismus anstelle symbolischer Stilisierung, mit der Alltagsrede nahen Prosasprache anstelle der Verssprache, der Figur des ↗Hanswursts und mit ↗Stegreifeinlagen. Im 18. Jahrhundert bedeutend: die Wanderbühnen um J. und C. Neuber, J. Fr. Schönemann, K. Ackermann und A.W. Iffland; aktiv an den Versuchen einer ↗Nationaltheater-Gründung (z.B. in Hamburg, Mannheim) beteiligt, mit regelmäßigen Aufführungen an Hoftheatern, schließlich fest in höfisch oder bürgerlich geführte Theater integriert. Im 19. und 20. Jahrhundert Fortführung im Tournee- und Straßentheater.

Wechsel, Liedgattung des ↗Minnesangs: Kombination einer Frauen- und einer Männerstrophe, wobei die Rollenfiguren nicht miteinander (dialogisch), sondern übereinander sprechen und ihre Gefühle und Gedanken monologisch äußern. Z. T. durch zusätzliche Strophen erweitert, eventuell von einer dritten Person, z. B. einem Boten (Botenstrophe). Besonders in der zweiten Hälfte des 12. Jahrhunderts (Kürenberg, Reinmar der Alte, Walther von der Vogelweide) verwendet. Vom allgemeinen ↗Wechselgesang zu unterscheiden.

Wechselgesang, Gattung der ↗Lyrik: in der Regel nicht unmittelbar aufeinander bezogene Äußerungen zweier oder mehrerer (z. T. außerhalb des poetischen Textes bezeichneter) Personen zu einem bestimmten Thema (Liebe, Natur), meist metrisch oder strophisch gleichgeordnet; nicht immer scharf zu trennen vom oft mit epischen Verbindungsstücken versehenen Dialoggedicht, das bisweilen auch als Wechselgesang bezeichnet wird.

Beispiele u. a. im Alten Testament (*Hohes Lied*), in der griechischen Chorlyrik und ↗Tragödie (Amoibaion), in den ↗Idyllen Theokrits und Vergils, der ↗Schäferdichtung des 17. und 18. Jahrhunderts, im ↗Volkslied und geistlichen Lied, bei Goethe (*Buch Suleika*, Schluß des *Faust*), Mörike (*Gesang zu zweien in der Nacht*) und George (*Brand des Tempels*).

Weiblicher Reim, zweisilbiger, aus einer Hebungs- und einer Senkungssilbe bestehender Reim: *klingen*: *singen*. Im Unterschied zum auf eine Hebung endenden männlichen Reim: *Tanz*: *Kranz*.

Weimarer Klassik ↗Klassik

Weinerliches Lustspiel, auch rührendes Lustspiel: nach dem Vorbild der französischen ↗Comédie larmoyante entstandener Komödientyp der deutschen ↗Aufklärung, oft als ›Komödie ohne Komik‹ bezeichnet. Drängt die komischen Elemente der traditionellen ↗Komödie (überzeichnete Demonstration menschlicher Schwächen, Laster und Makel) zurück und will – anders z. B. als die von Gottsched (↗Poetik) geforderte ›Verlach-Komödie‹, die die Spottlust des Zuschauer ausnutzt und an seine rationale Einsicht appelliert – vor allem das ›Herz‹ ansprechen, um den Zuschauer moralisch zu bessern (↗Empfindsamkeit). Im Mittelpunkt daher: Situationen, in denen die Figuren Tugenden wie Treue, Freundschaft, Großmut, Mitleid, Opferbereitschaft unter Beweis stellen können.

Beispiele: Chr. F. Gellert: *Die Betschwester* (1745), J. E. Schlegel: *Der Triumph der guten Frauen* (1748), Chr. Fr. Weiße: *Amalia* (1765). Von G. E. Lessing mit *Miß Sara Sampson* (1755) zum ↗bürgerlichen Trauerspiel weiterentwickelt.

Weltliteratur, allgemein: gesamte Literatur aller Völker und Zeiten; heute im engeren Sinn: der ↗Kanon der als überzeitlich und allgemeingültig angesehenen literarischen Texte aus der Gesamtliteratur. Bei Goethe mit dem spezifischen Sinn verwendet: Literatur, die das naturwissenschaftliche, gesellschaftliche und historische ›Weltwissen‹ einer Zeit umfassend darzustellen und damit gesellschaftlich zu wirken vermag.

Werkimmanente Interpretation, auch textimmanente Interpretation [immanent aus lat. *in* + *manere* = darinbleiben], in der deutschen ↗Literaturwissenschaft besonders nach 1945 verbreitete, bis etwa 1968 dominante Methode der Text- ↗Interpretation, konzentriert sich im Gegensatz zu der bis dahin tonangebenden ↗geistesgeschichtlichen und ↗positivistischen Literaturwissenschaft auf das literarische Werk an sich (vor allem das der ›Klassiker‹ wie Goethe und Kleist) und seine besondere ästhetische Qualität (Werkästhetik); versucht, es aus sich selbst heraus zu verstehen und als quasi organische Einheit zu beschreiben: durch Aufdecken von Leitmotiven, versteckten Beziehungen, Erklären spezifisch ästhetischer Eigenheiten, Untersuchung von

↗Vers, ↗Stil, Raumbeschreibungen usw. Vertreten vor allem von O. Walzel, E. Staiger, W. Kayser, E. Trunz, R. Alewyn, in Ansätzen schon vor dem Zweiten Weltkrieg (z. B. M. Kommerell) und um 1800 (z. B. Fr. Schlegel).

Problematisch, wenn sich der Erkenntnisradius auf den Wortlaut beschränkt, ohne die von Werk zu Werk jeweils neu zu bestimmenden literatur- und kulturgeschichtlichen Umstände (z. B. den historischen ↗Erwartungshorizont, die historische Wortbedeutung usw.) zu berücksichtigen. Von der marxistischen Bewegung nach 68 (↗Literatursoziologie) deswegen radikal abgelehnt und durch historisch-soziologische Fragestellungen ersetzt. In manchem dem russischen ↗Formalismus (R. Jakobson, V. Sklovskij) und dem ↗New Criticism (*close reading*: I. A. Richards, T. S. Eliot) vergleichbar.

Widerspiegelungstheorie, auch Abbildtheorie: von G. Lukács (*Die Theorie des Romans*, 1916, *Geschichte und Klassenbewußtsein*, 1923) nachhaltig geprägter Begriff einer vor allem an den Schriften von Marx und Lenin orientierten ↗Ästhetik: die abstrahierende, selektierende, systematisierende Reflexion historischer und sozialer Situationen durch die Literatur; oft im Sinn einer einfachen Abbildung der Wirklichkeit mißverstanden.

Wiegendruck, dt. Bezeichnung für ↗Inkunabel.

Wiener Gruppe, seit 1958 Bezeichnung für eine Wiener Künstlergruppe (Autoren, Maler, Komponisten) mit avantgardistischen Zielen, aus dem 1946 gegründeten »art-club« entwickelt. Knüpft nach dem Zweiten Weltkrieg im Gegensatz zur allgemeinen österreichischen Kulturszene (↗Nachkriegsliteratur) an ↗Dadaismus und ↗Surrealismus an. Theoretische Grundlagen der sprachexperimentellen Texte (↗experimentelle Literatur, ↗konkrete Dichtung) liegen auch in der Kybernetik und der Sprachphilosophie L. Wittgensteins. Höhepunkte in zwei literarischen Kabaretts 1958 und 1959 und in dem Band *hosn, rosn, baa* (von Fr. Achleitner, H. C. Artmann und G. Rühm), 1959. Löst sich nach dem Selbstmord von K. Bayer 1964 auf.

Wiener Moderne, auch Jung-Wien, Junges Österreich: avantgardistischer Dichterkreis um H. Bahr in Wien (Treffpunkt: Café Griensteidl), 1890–1900, mit Dichtern wie H. von Hofmannsthal, A. Schnitzler, R. Beer-Hofmann, P. Altenberg, zunächst auch K. Kraus. Greift die antinaturalistischen Literaturströmungen der Zeit auf (↗Symbolismus, ↗Impressionismus, ↗Jugendstil, ↗Décadence).

Wirkungsästhetik, 1. allgemein jeder kunst- oder literaturtheoretische Ansatz, der Kunstwerke unter dem Aspekt ihrer a) beabsichtigten wie b) ihrer faktisch vollzogenen (historischen) und c) ihrer sich vollziehenden Wirkung erforscht, z. B. Aristoteles' *Poetik* (↗Katharsis) oder Brechts Theorie des ↗epischen Theaters; im Gegensatz zur Produktionsästhetik, die vor allem die Voraussetzungen und historischen Umstände des künstlerischen Schaffens untersucht; 2. eine vor allem von W. Iser (*Die Appellstruktur der Texte*, 1970) ausgebildete Literaturtheorie: geht davon aus, daß sich die ›Mitteilungsrealität‹ des Kunstwerks aus den in ihm verankerten Wirkungsabsichten und -signalen erschließen, möglicherweise sogar vorhersagen läßt; versteht das Werk als spezifische Form sozialen Handelns, das den realen ↗Leser in einen kontinuierlich reflektierten Dialog mit dem *impliziten* Leser (mit der dem Text eingeschriebenen Leserrolle) bringt, ihm bestimmte ↗Leerstellen anbietet, bestimmte Deutungsansätze und Wahrnehmungsformen vorschlägt und auch wieder verwirft, wobei fast immer die von einem bekannten Horizont abweichende Intention des Textes als dessen ›Sinn‹, als dessen ›Mitteilungsrealität‹ bestimmt wird. Durch die Konzentration auf den

Leseakt an sich von der von H. R. Jauß initiierten, eng verwandten ↗Rezeptionsästhetik unterschieden, die sich vor allem für die Veränderlichkeit des Kunstwerkes durch seine Verschmelzung mit jeweils historisch anders definierten Bewußtseinsprägungen und ↗Erwartungshorizonten interessiert. Im ↗Poststrukturalismus konsequent weitergedacht (das literarische Werk an sich ist nicht poetischer und besonderer als die Alltagssprache, der Leser macht es erst dazu).

Witz, 1. ursprünglich (ahd. *wizzi*, altengl. *wit*): Wissen, Verstand, Klugheit, so noch in *Mutterwitz*, *Vorwitz*, *Witzbold*, auch *Wahnwitz* (mangelnde Klugheit), *Aberwitz* (Unverstand), *Treppenwitz* (verspäteter, erst auf der Treppe sich einstellender kluger Einfall); im 17. Jahrhundert dann als Übersetzung von frz. *ésprit* im Sinn von ›Witz, Talent zum geistreichen Formulieren haben‹ verwendet; 2. seit dem 18. Jahrhundert vor allem in der Bedeutung ›Scherz‹: spezifisch sprachliche Form des ↗Komischen, eine der ↗einfachen Formen: knappe Erzählung (oft ein zitierter Dialog), die einem Sachverhalt oder einem Wort durch eine unvermutete, scheinbar unbeabsichtigte Verbindung mit einem abliegenden Gebiet einen Doppelsinn verleiht, der blitzartig die herkömmliche Wertewelt (Normen, Sitten, Institutionen usw.) in Frage stellt, pervertiert, ihren geheimen Wesenskern entlarvt. Von wichtiger sozialer und psychischer Bedeutung (Abbau von Aggression, Formulierung von Kritik, Abbau aufgestauter Triebe, Ersparnis der Triebhemmung, Ausdruck des Unbewußten). Fließende Grenzen zu ↗Aphorismus, ↗Apophthegma, ↗Anekdote, ↗Rätsel.

Wortkunst, von den Autoren und Theoretikern des ↗Sturmkreises geprägte Bezeichnung für Dichtung allgemein, besonders aber für ihre eigenen, auf dem Wort und seinen Elementen aufbauenden Arbeiten.

Wortspiel, Spiel mit der Vieldeutigkeit und Klangvielfalt der Sprache, häufig a) mit der wörtlichen Bedeutung einer metaphorischen Ausdrucksweise (»wir haben alle braune Haar' g'habt, lauter dunkle Köpf', kein lichter Kopf zu finden«, Nestroy), b) mit Wörtern desselben Stammes (»wer sich auf den verläßt, ist verlassen«), gleichen oder ähnlichen Klangs (»Alter macht weiß, aber nicht weise«, ↗Paronomasie, c) mit Bedeutungsnuancen, -spaltungen, -wandlungen, Silben- und Buchstabenverwechslungen (»der Punsch war der Vater des Gedankens«; ↗Schüttelreime), d) mit Wortzerlegungen (»Eifersucht ist eine Leidenschaft, die mit Eifer sucht, was Leiden schafft«, Schleiermacher), künstlichen Worttrennungen (»medi-zynisch«, Nietzsche) und durch leichte Entstellungen (»abgeliebte Dame«, Heine), Wortzusammenziehungen usw. Grundbestandteil bestimmter Kleinformen wie ↗Witz, ↗Echogedicht, ↗Anekdote, ↗Sprichwort, ↗Aphorismus, ↗Rätsel usw. (in J. Joyces *Finnegans Wake*, 1939, konstitutives Prinzip eines ganzen Romans); kann komisch-witzig (Einsatz von Wortwitz) wie geistvoll-beziehungsreich (also auch unkomisch!) sein. Ein nur um des witzigen Effektes willen konstruiertes Wortspiel wird positiv als *Bonmot*, abwertend als *Kalauer* bezeichnet.

X

Xenien, n. Pl. [gr. *xenion* = Gastgeschenk], in der Antike: Begleitverse zu freundschaftlichen Geschenken (vgl. Martials *Xenia*, 84/85 n. Chr.); von Goethe und Schiller ironisch verwendet für ihre gemeinsam verfaßten, gegen literarische Gegner usw. polemisierenden ↗Epigramme (↗Distichon), daher oft im Sinn von ›literaturkritischer Spottvers‹ gebraucht.

Z

Zäsur [lat. *caedere, caesus* = hauen, einschneiden], 1. in der Verslehre: ein durch ein Wortende markierter syntaktischer oder metrischer Einschnitt, meist in längeren Versen oder Perioden. Zu unterscheiden: a) verskonstituierende Zäsuren: im voraus festgelegt, entweder auf eine oder mehrere Stellen (z. B. im ↗Alexandriner, ↗vers commun) oder relativ variabel (z. B. im ↗Trimeter, ↗Endecasillabo, ↗Hexameter); b) frei bewegliche Zäsuren (z. B. im ↗Blankvers, ↗Vers libre). In der griechisch-römischen Metrik zu unterscheiden: die durch eine Wortgrenze markierte Zäsur innerhalb eines ↗Versfußes oder einer ↗Dipodie und die ↗Diärese, bei der Wortende und Versfuß-(Dipodie-)Ende zusammenfallen (z. B. im ↗Pentameter); 2. allgemein: gedanklicher Einschnitt, Einschnitt in einem Lebenslauf, einer Entwicklung usw.

Zäsurreim, Reim an metrischen Einschnitten: a) im Versinnern zwischen Wörtern vor den Zäsuren eines Verses (↗Binnenreim) oder zwischen Wörtern vor den Zäsuren zweier Verse, z. B. in der 1. Strophe des *Nibelungenlieds*: »Uns ist in alten *maeren* (/) wunders vil geseit / von helden lobe*baeren*, (/) von grôzer arebeit«; b) zwischen dem Wort vor der Zäsur eines Verses und dem Versende (Inreim, Mittenreim).

Zeilensprung, deutsche Bezeichnung für ↗Enjambement.

Zeilenstil, Übereinstimmung von syntaktischer und metrischer Gliederung, wobei sich Satz- und Versende meist erst nach zwei oder mehreren Zeilen decken. Kennzeichnend besonders für archaische Dichtung (vor allem die germanische ↗Stabreimdichtung). Fällt der Satzschluß in die Mitte eines Folgeverses, so spricht man von *Haken-* oder *Bogenstil.*

Zensur [lat. *censura* = Prüfung, Beurteilung; nach dem Amt des ›censors‹, der das staatsbürgerliche und sittliche Verhalten der römischen Bürger überwachte], staatliche und kirchliche Kontrolle aller Veröffentlichungen in Wort und Bild, um politisch nonkonforme oder nicht genehme sozialkritische Äußerungen zu unterdrücken (so wurde 1835 eine ganze literarische Richtung, ↗das Junge Deutschland, unter Zensur gestellt); im Mittelalter vor allem von der katholischen Kirche, seit 1569 durch Einrichtung einer kaiserlichen Bücherkommission, die für die Einhaltung der Zensurbestimmungen auf der Frankfurter Buchmesse sorgen sollte, auch vom Staat. Heute Zensurverbot im Grundgesetz der BRD: »Eine Zensur findet nicht statt« (Art. 5, Absatz 1, Satz 3 GG).

Zeugma [gr. Joch, Zusammengefügtes, auch *syllepsis*, gr. Zusammenfassung], ↗rhetorische Figur der Worteinsparung, Sonderform der ↗Ellipse: Zuordnung eines Satzglieds zu zwei (oder mehr) syntaktisch oder semantisch verschiedenen Satzteilen; unterschieden in: a) *syntaktisches* Zeugma: ein Satzglied wird auf zwei (oder mehr) Satzteile bezogen, obwohl es in Genus, Numerus oder Kasus nur zu einem paßt und eigentlich neu gesetzt werden müßte: »Entzahnte Kiefern schnattern und das schlotternde Gebein« (Goethe: *An Schwager Kronos*), »Ich gehe meinen Weg, ihr [geht] den euren«; b) *semantisches* Zeugma: ein Satzglied wird auf zwei Wörter oder Satzteile bezogen, die entweder verschiedenen Sinnsphären angehören oder das eine Mal in eigentlicher, das andere Mal in metaphorischer Bedeutung verstanden werden müssen: »Er saß ganze Nächte und Sessel durch« (Jean Paul), »Er warf die Zigarre in den Aschenbecher und einen Blick aus dem Fenster«.

Zitat [zu lat. *citare* = auf-, herbei-, anrufen], wörtliche Übernahme einer Wendung, eines Satzes, Verses oder längeren Abschnitts aus einem anderen Text, von einem anderen Autor, auch aus der mündlichen Rede eines anderen.

Mit Nennung des Verfassers, oft auch der Quelle, hervorgehoben durch besondere Hinweise: Fußnote, Anmerkung, graphische Auszeichnung (Anführungszeichen, Kursivdruck usw.). U.a. zur Bestätigung und Erläuterung eigener Aussagen, als Ausgangspunkt für eine Widerlegung der durch das Zitat repräsentierten Thesen, als Bildungsnachweis, Reminiszenz, zur rhetorischen Ausschmückung, als Element des formalen Aufbaus (z.B. am Anfang oder Ende einer Rede) oder, aus dem Zusammenhang gerissen, als Mittel polemischer oder humoristisch-satirischer Absichten. Bei ↗geflügelten Worten kann die Verfasserangabe fehlen; unterbleibt sie bei unbekannteren Zitaten, besteht der Verdacht des Plagiats. Ein Grenzfall: die indirekte, sinngemäße Wiedergabe von Zitaten (↗Paraphrase).

Zwillingsformel, umgangssprachliche Redewendung (↗Formel) aus zwei Wörtern derselben, meist nominalen Wortart, durch Konjunktion oder Präposition verbunden: »Katz und Maus«, »Knall auf Fall«; oft zusätzlich durch klangliche Mittel wie ↗Alliteration (»Kind und Kegel«), ↗Reim (»Weg und Steg«), vielfach auch durch das rhythmische Modell der wachsenden Silbenzahl (»Kopf und Kragen«). Seltener: Drillingsformeln (»Feld, Wald und Wiese«).

Zwischenspiel, auch Intermezzo, entr'acte, interlude: szenisch-dramatische, tänzerische oder musikalische Einlage zwischen der eigentlichen Theaterdarbietung, auch davor oder danach. Zur Abwechslung oder Überbrückung technischer Schwierigkeiten (Kulissen- und Kostümwechsel). Im ↗geistlichen Spiel des Mittelalters z.B. die ↗Posse oder ↗Farce (Füllsel), im italienischen Renaissancetheater das ↗Intermezzo, in England der schwankhafte gesungene und getanzte *Jig*. Im übertragenen Sinn: heitere, episodische Dramen-, Opern-, Ballett- oder Filmschöpfung.

Zyklus [gr. *kyklos* = Kreis], Korpus von Werken, die als selbständige Einzeltexte zugleich Glieder eines größeren Ganzen bilden. Im weiteren Sinn: jede Sammlung von Gedichten, Erzählungen u.a., die über eine nur zufällige oder nach rein äußerlichen Gesichtspunkten zusammengestellte Folge hinaus eine vom thematischen Zusammenhang her motivierte Struktur aufweist; im strengeren Sinn: ein um ein bestimmtes Grundthema zentriertes, dieses unter jeweils neuem Ansatz entfaltendes, es gleichsam ›kreisförmig‹ abschreitendes Werk, z.B. Goethes *Chinesisch-deutsche Jahres- und Tageszeiten*, Novalis' *Hymnen an die Nacht*, Heines *Buch der Lieder*, Georges *Siebenter Ring*, Rilkes *Duineser Elegien* (Lyrik), Kellers *Die Leute von Seldwyla* (Novellen) oder Schnitzlers *Reigen* (Drama).

Abkürzungen

aengl.	altenglisch	ital.	italienisch
afrz.	altfranzösisch	Jh.	Jahrhundert
ahd.	althochdeutsch	lat.	lateinisch
amerik.	amerikanisch	m.	maskulinum
dt.	deutsch	mhd.	mittelhochdeutsch
engl.	englisch	mlat.	mittellateinisch
f.	femininum	n.	neutrum
frz.	französisch	nhd.	neuhochdeutsch
gr.	griechisch	Pl.	Plural
hg.	herausgegeben	sog.	sogenannt

Die wichtigsten Grundbegriffe im systematischen Überblick

Stil

Allgemein: Amplificatio, Anachronismus, Decorum, Denotation, Dialogizität, Écriture automatique, Écriture féminine, Figur, geblümter Stil, Genera dicendi, Konnotation, Kunstprosa, Ornatus, Oratio, Pastiche, Parodie, Poetik, Prosa, Rede, Rhetorik, rhetorische Figuren, Skaz, Stil, Stilistik, Topos, Travestie, Tropen

Rhetorische Figuren: Accumulatio, Alliteration, amplificatio, Anadiplose, Anakoluth, Anapher, Antithese, Apokoinou, Apokope, Aporie (dubitatio), Aposiopese, Apostrophe, Asyndeton, Chiasmus, Correctio, Cursus, Digression, Elision, Ellipse, Enallage, Epanalepse, Epipher, Epizeuxis, Exclamatio, Figura etymologica, Gemination, Hendiadyoin, Homoioteleuton, Hyperbaton, Hysteron proteron, Interjektion, Inversion, Invocatio, Klausel, Klimax, Kyklos, Oppositio, Oxymoron, Paralipse, Parallelismus, Paronomasie, Parenthese, Polyptoton, Polysyndeton, Prolepse, Prosopopoie, Reim, Onomatopoie, sermocinatio, Sperrung, Symploke, Tautologie, Tmesis, Zeugma

Tropen: Allegorie, Antonomasie, Emphase, Euphemismus, Hypostase, Hyperbel, Ironie, Katachrese, Litotes, Metonymie, Metapher, Metonomasie, Metalepse, pars pro toto, Periphrase, Synekdoche

Weitere Stilmittel: Akrostichon, Akroteleuton, Allusion, Ambiguität, Ambivalenz, Anagramm, Camouflage, Epitheton, Homonyme, Hypotaxe, Isokolon, Kolon, Komma, Palindrom, Paradoxon, Parataxe, Pathos, Periode, Pleonasmus, Stilblüte, Stilbruch, Synästhesie, Wortspiel

Vers

Allgemein: akatalektisch, akzentuierendes Versprinzip, antiker Vers, Antilabe, Antithese, Äquivalenz, Apokope, binäre Opposition, Brechung, Chorlied, Elision, Hakenstil, hyperkatalektisch, isometrisch, katalektisch, Kunstprosa, Langzeile, Metrik, Metrum, Paradigma, Prosa, Prosarhythmus, Prosodie, quantitierendes Versprinzip, silbenzählendes Versprinzip, stichisch, Stichometrie, Syntagma, Verfremdung, Vers, Zeilenstil

Elemente: Akzent, Auftakt, Diärese, Dipodie, Enjambement, Hebung, Kadenz, Reim, Rhythmus, Senkung, Strophe, Takt, Versfuß, Zäsur

Versmaße: Adoneus, alternierende Versmaße, Amphibrachys, Anapäst, Choljambus, Chorjambus, Daktylus, Jambus, Kretikus, Spondeus, Stabreimvers, Trochäus

Versformen: Alexandriner, Blankvers, endecasillabo, freie Rhythmen, freie Verse, heroic verse, Hexameter, Knittelvers, Langvers, Madrigalvers, Pentameter, Senar, Tetrameter, Trimeter, Vagantenzeile, vers commun, vers libre, Vierheber

Versgruppen: Abgesang/Aufgesang, Epode, Quartett, Refrain, Stollen, Terzett, Terzine, Vierzeiler

Strophenformen: Bar, Chevy-chase-Strophe, couplet, Distichon, Dezime, Heroic couplet, Hildebrandston, Huitain, Kanzonenstrophe, Laisse, Meistersangstrophe, Nibelungenstrophe, Odenmaße, Spenserstanze, Stanze, Stollenstrophe, Ton, Volksliedstrophe

Reim: Alliteration, Assonanz, Augenreim, Binnenreim, Endreim, Endsilbenreim, gebrochener Reim, grammatischer Reim, Kettenreim, Kreuzreim, männlicher/weiblicher Reim, Mittelreim, Mittenreim, Paarreim, reicher Reim, Reim, Reimhäufung, Reimpaar, rührender Reim, Schlagreim, Schüttelreim, Schweifreim, Stabreim, Terzinenreim, umarmender Reim, unreiner Reim, Waise, Zäsurreim

Gattungen

Allgemein: Architext, Ästhetik, Belletristik, decorum, Dokumentarliteratur, Drama, einfache Formen, engagierte Literatur, Epik, Erlebnisdichtung, Frauenliteratur, Gattungen, Gebrauchsliteratur, Gelegenheitsdichtung, höfische Dichtung, Intertextualität, Kinder- und Jugendliteratur, Lehrdichtung, Lyrik, Parodie, Pastiche, Persiflage, Petrarkismus, Poetik, politische Literatur, Rhetorik, Satire, Schäferdichtung, Textsorten, Topos, Travestie, Trivialliteratur, Utopie

Drama

Allgemein: Agon, Dionysien, Drama, dramatisch, Dramaturgie, Katharsis, Mythos, offene/geschlossene Form, Poetik, Theater, Theaterwissenschaft, Wanderbühne

Elemente: Alexandriner, Antagonist, Antilabe, Ad spectatores, Akt, Anagnorisis, Aufzug, Blankvers, Botenbericht, Charge, Chorlied, Deus ex machina, Dialog, Dramatis personae, drei Einheiten, Emblem, Emblematik, Epilog, Episode, erregendes Moment, Exodium, Exodos, Exposition, Fallhöhe, Guckkastenbühne, Hamartia, Hybris, *katastasis*, *katastrophe*, Kothurn, *krisis*, lustige Person, Illusionsbühne, Monolog, Nachspiel, Orchestra, Pathos, Peripetie, Prolog, Prosa, Proskenion, Protagonist, *protasis*, retardierendes Moment, Reyen, Rhesis, Shakespeare-Bühne, Skene, Ständeklausel, Stasimon, Stichometrie, Stichomythie, Stilbühne, Simultanbühne, Szene, Terenzbühne, Tetrameter, Trimeter, Tableau, Teichoskopie, Vers, Vorspiel, Wagenbühne, Zwischenspiel

Gattungen: absurdes Theater, Agitprop-Theater, bürgerliches Trauerspiel, Comedie larmoyante, Comedy of humours, Comedy of manners, Commedia dell'arte, Dithyrambus, elisabethanische Literatur, episches Theater, Farce, Fastnachtsspiel, geistliches Spiel, Geschichtsdrama, Haupt- und Staatsaktion, Haute tragédie, Humanistendrama, Jesuitendrama (Jesuitendichtung), Kabuki, Komödie, lyrisches Drama, Melodram, Melodrama, Monodrama, Musiktheater, Mysterienspiel, Nô, Oper, Posse, Puppenspiel, Rührstück, Satyrspiel, schlesisches Kunstdrama, Schuldrama, Schwank, Singspiel, Tragikomödie, Tragödie, Volkstheater, weinerliches Lustspiel

Epik

Allgemein: episch, Erzählung, Erzählgrammatik, Erzähltheorie, Kohärenz, Leser, Metamorphose, Mythos, Narrativik, Oral poetry, Prosa, Textualität, Typologie

Elemente und Verfahren: Anachronie, Antizipation, Appellfunktion, auktoriales Erzählen, binäre Opposition, Binnenerzählung, Dialogiziät, Diegese, diegetisch, epische Integration, Episches Präteritum, erlebte Rede, Erzähler, Erzählfunktion, Erzählsituation, Erzählzeit, Fabel, Fokalisierung, Frequenz, Handlung, Histoire, historisches Präteritum, Ich-Form, innerer Monolog, Leitmotiv, Metafiktion, Metalepse, Metatext, Metonymie, Modus, Motiv, mythisches Analogon, Narration, Perspektive, Plot, Prolepse, Rahmenerzählung, Rede, Stoff, Story, Stream of consciousness, Sujet, Skaz, Topos, Zitat

Gattungen: Abenteuerroman, Anekdote, Amadisroman, Apophthegma, Arbeiterliteratur, Artusdichtung, Âventiure, Ballade, Bildungsroman, Bîspel, Brieffroman, Burleske, Bylinen, Chanson de geste, conte, Detektivroman, Dystopie, Ekloge, Epos, Epyllion, Exempel, Fabel, Fabliau, Fantasy, Fazetie, Gothic novel, Heimatliteratur, Heldenlied, Heldensage, heroisch-galanter Roman, höfisches Epos, höfischer Roman, historischer Roman, humoristischer Roman (Humor), Idylle, Kasus, komisches Epos, Kriminalroman, Kurzgeschichte, Legende, Memorabile, Märe, Mythe, Netzliteratur, Novelle, Nouveau roman, phantastische Literatur, Predigtmärlein, Prosimetrum, Reiseliteraur, Roman, Romanze, Saga, Sage, Science Fiction, Schelmenroman, Schwank, Short Story, Thriller, Verserzählung, Utopie

Lyrik

Allgemein: Allegorie, Antithese, Äquivalenz, Apostrophe, binäre Opposition, Chiffre, Emblem, Lyrik, lyrisch, Metapher, Mythos, Paradigma, Prosopopoie, Refrain, Reim, Rollenlyrik, Symbol, Titel, Topos, Verfremdung, Vers, Überdetermination

Gattungen und Formen: alba, Ballade, Bänkelsang, Carmen, Carmen figuratum, chanson, Chorlied, Computertext, Dinggedicht, dörperliche Dichtung, Ekloge, Elegie, Epigramm, Ghasel, Glosse, Haiku, Hymne, Kanzone, Kirchenlied, konkrete Poesie, Lautgedicht, Leich, Leis, Lied, Madrigal, Minnesang, Meistersang, Ode, Päan, Panegyrik, Pastorelle, Petrarkismus, pindarische Ode, Priapea, Prosagedicht, Psalm, Romanze, Rondeau, Ritornell, Sequenz, Sestine, skolion, Slam poetry, Sonett, Tagelied, Tanka, Triolett, Tropus, Troubadourlyrik, Wechsel, Wechselgesang, Vagantendichtung, Volkslied

Weitere Textsorten: Annalen, Autobiographie, Aphorismus, Biographie, Brief, Chronik, Comics, Confessiones, Emblem, Epigramm, Epistel, Essay, Feature, Fernsehspiel, Feuilleton, Gesta, Gnome, Hörspiel, Maxime, Memoiren, Paratext, Predigt, Rede, Reportage, Sentenz, Sprichwort, Tagebuch, Witz, Xenien

Textkritik

Asteriskus, Bibliographie, Crux, Editionstechnik, editio princeps, Einblattdruck, Emendation, Errata, Fassung, Glosse, Handschrift, Incipit, Inkunabel, Interlinearversion, Interpolation, Konjektur, Kontamination, Korruptel, Lemma, Lesart, Quelle, Scholien, Sigle, Stemma, Textkritik, Titel, Überlieferung, Übersetzung, Variante

Literaturgeschichte

Allgemein: Buchdruck, Epoche, Gattungen, geistesgeschichtliche Literaturwissenschaft, Kanon, literarische Wertung, literarischer Geschmack, ideengeschichtliche Literaturwissenschaft, Literaturgeschichte, Literatursoziologie, Mentalitätsgeschichte, Oral poetry, Rezeptionsgeschichte, Schrift, Stilgeschichte

Epochen und Strömungen: Antike, Hellenismus, (staufische) Klassik, Humanismus, Mystik, Renaissance, elisabethanische Literatur, Manierismus, Barock, querelle des anciens et des modernes, Aufklärung, Anakreontik, Rokoko, Empfindsamkeit, Pietismus, Geniezeit, Sturm und Drang, (Weimarer) Klassik, Romantik, Klassizismus, Byronismus, Biedermeier, Junges Deutschland, Vormärz, Realismus, poetischer Realismus, Historismus, Gründerzeit, Impressionismus, Symbolismus, Naturalismus, Ästhetizismus, Fin de siècle, Décadence, Jugendstil, Moderne, Expressionismus, Neue Sachlichkeit, Verismus, Futurismus, Dadaismus, Surrealismus, Avantgarde, Nachkriegsliteratur, Gegenwartsliteratur, DDR-Literatur, Bitterfelder Weg, Postmoderne, Gegenwartsliteratur, Pop-Literatur

Dichterkreise: Pléiade, Sprachgesellschaften, Göttinger Hain, Hallescher

Dichterkreis, Georgekreis, Wiener Moderne, Sturmkreis, Bloomsbury Group, Gruppe 47, Beat generation, Wiener Gruppe, Stuttgarter Schule, Gruppe 61, Prenzlauer Berg

Richtungen der Literatur- und Kulturwissenschaften

Allgemein: Ästhetik, Cultural Materialism, Cultural studies, Dekonstruktion, Diskursanalyse, Editionstheorie, Erzähltheorie, feministische Literaturwissenschaft, Formalismus, empirische Literaturwissenschaft, geistesgeschichtliche Literaturwissenschaft, Gender studies, Germanistik, Hermeneutik, Ideengeschichte, Ikonographie, Ikonologie, Interpretation, Komparatistik, Konstruktivismus, literarische Anthropologie, Literaturgeschichte, Literaturkritik, Literaturpsychologie, Literatursoziologie, Literaturtheorie, Literaturwissenschaft, Medienwissenschaft, Mentalitätsgeschichte, New Criticism, New Historicism, Oral poetry, Phänomenologie, Philologie, Positivismus, Poststrukturalismus, Produktionsästhetik, Rezeptionsästhetik, Semiotik, Strukturalismus, Systemtheorie, Textkritik, werkimmanente Interpretation, Wirkungsästhetik

Zentrale Begriffe: absolute Dichtung, Analogie, Appellfunktion, Äquivalenz, Arbitrarität, Architext, autonome Kunst, Autopoiese, binäre Opposition, Code, Dialektik, Dialogizität, Différance, Diskurs, das Erhabene, Fiktion, Gattungen, Handlung, Homologie, Humor, Identifikation, Ikon, das Imaginäre, Index, Interpretation, Intertextualität, Kanon, Katharsis, Kohärenz, das Komische, kulturelles Gedächtnis, Laokoon-Problem, Leerstelle, Leser, literarischer Geschmack, literarische Wertung, Metapher, Metatext, Mimesis, Mündlichkeit/Schriftlichkeit, mythisches Analogon, naive und sentimentalische Dichtung, Naturformen der Dichtung, Paradigma, Paradigmenwechsel, Performanz, Poetik, Polyvalenz, prodesse et delectare, Realismus, Redundanz, Referentialität, Repräsentation, Rezeption, Rhetorik, Selbstreferenz, Signifikat/Signifikant (Semiotik), Struktur, Textualität, Textsorten, Topos, das Tragische, Transzendentalpoesie, Überdetermination, ut pictura poesis, Verfremdung, virtuelle Realität, Widerspiegelungstheorie

Dieser Band ist eine erweiterte Neuauflage des Sammlung Metzler-Bandes 320: »Grundbegriffe der Literaturwissenschaft« (1999), herausgegeben von Heike Gfrereis. Dort befinden sich auch weiterführende Literaturhinweise zu jedem der Artikel.

Bibliografische Information
Der Deutschen Bibliothek
Die Deutsche Bibliothek verzeichnet diese Publikation in der Deutschen Nationalbibliografie; detaillierte bibliografische Daten sind im Internet über ‹http://dnb.ddb.de› abrufbar.

Gedruckt auf chlorfrei gebleichtem,
säurefreiem und
alterungsbeständigem Papier

ISBN-13: 978-3-476-02114-4
ISBN-10: 3-476-02114-9

www.metzlerverlag.de
info@metzlerverlag.de

Einbandgestaltung: Katja Störrle Rodrigues
Foto: Maik Schuck/Weimar
Satz: Typomedia GmbH, Scharnhausen
Druck und Bindung: C. H. Beck, Nördlingen
Printed in Germany
September / 2005
Verlag J. B. Metzler Stuttgart · Weimar